LE PRISME.

Paris.— Imprimerie et Fonderie de Rignoux,
rue des Francs-Bourgeois-S.-Michel, 8.

LE
PRISME

ENCYCLOPÉDIE MORALE

DU DIX-NEUVIÈME SIÈCLE.

Illustré par

MM. DAUMIER, GAGNIET, GAVARNI,
GRANDVILLE, MALAPEAU, MEISSONIER, PAUQUET,
PENGUILLY, RAYMOND PELEZ, TRIMOLET.

PARIS,

L. CURMER, ÉDITEUR,

49, RUE DE RICHELIEU,

AU PREMIER.

———

M DCCC XLI.

LE PRISME,

ALBUM DES FRANÇAIS.

L'ENFANT CHARMANT.

 on, ce n'est pas parce qu'il est mon enfant, mais il faut avouer qu'il est charmant!»

Prenez un père n'importe où, et vous êtes certain d'entendre sortir cette phrase de sa bouche paternelle.

Or, entrez par hasard, ou mieux dit, pour votre malheur, chez un propriétaire de ce trésor. Dès l'antichambre, vous êtes assailli par un, deux ou trois enfants charmants; car il n'est pas dans l'obligation des pères et des mères de n'avoir qu'un enfant charmant. *Tant plus il y en a,* comme dirait notre spirituel Odry, *tant plus il y en a de charmants!*

L'un vous étourdit de son tambour, l'autre vous jette à travers jambes sa toupie d'Allemagne, un troisième se pend à vos bras, l'autre se pend à votre habit.

A cette vue, et surtout à ce bruit, l'étranger est plus tenté de s'en aller que d'avancer; déjà il déplore sa visite, et va mettre à exécution son premier projet, lorsque la porte d'un salon en face s'ouvre, et la maman paraît.

«Madame, je... » dit l'étranger en s'avançant vers la mère, qui tenait à la main un bas qu'elle remmaillait.

1

— Pardon, monsieur, je n'entends pas, dit la dame, qui, se tournant calme vers l'enfant qui jouait du tambour en chantant, ajouta sans élever la voix, ni l'air le moins du monde émue : Alfred, tais-toi, mon garçon, tu empêches monsieur de parler.

— Madame, le..., » dit l'étranger interrompu une seconde fois par la toupie, qui, lancée avec force contre ses jambes, lui arracha presque un cri de douleur et lui fit faire un bond en arrière.

— Est-ce que le petit vous aurait manqué, monsieur ? demanda tranquillement la maman.

— N'y faites pas attention, madame, ce ne sera rien, dit l'étranger frottant la partie blessée... Je voudrais seulement...»

Le père, qui parut alors, causa une espèce de suspension d'armes; les enfants se turent, la maman baissa la tête sur son bas, et acheva de relever la maille que, pendant tout ce colloque, elle avait maintenue très-adroitement sur les pointes de son aiguille.

Retenu hors de chez lui pendant le jour par les fonctions de son emploi, le père se trouve enchanté de la joie bruyante que sa présence excite, et qu'il attribue à son arrivée, tandis que ce n'est qu'une continuation de conduite de la journée.

«Quel feu! quelle vie il y a dans ces enfants!» se dit alors le père, se complaisant dans ce qu'il appelle son image! Et tout est pour lui sujet d'admiration. «C'est comme moi! » Un enfant casse-t-il un verre : « Quelle adresse! dit-il; il pouvait tous les casser! c'est comme moi.» Tombe-t-il et se démet-il un bras : « C'est du vif argent qui coule dans ses veines, dit-il, c'est comme moi; je ne peux pas tenir en place.» Crie-t-il à se casser une veine dans le gosier : «Quel poumon! dit-il avec orgueil; ce sera un Turc, cet enfant-là, il me ressemblera.» A-t-il brisé un meuble : «Quelle force!» Enfin tout, tout, je le répète, est pour ce père un sujet d'admiration et de comparaison avec lui. Or, pour en revenir, le père entre; il reconnaît un de ses anciens amis, camarade de classe, qui arrive d'Afrique.

«Tiens, c'est Eugène, Eugène que je n'ai pas vu depuis dix ans. Ma femme, c'est Eugène, tu sais.... Taisez-vous donc, enfants. Paul, laisse le bras d'Eugène tranquille. Mon ami, je te présente ma femme, qui m'a donné quatre enfants, quatre enfants charmants, comme tu les vois, qui font tous les quatre mon bonheur. Mais taisez-vous donc, enfants, vous me rompez la tête.

— Ils sont un peu bruyants tes enfants, dit Eugène en suivant les parents dans un salon où pas un meuble n'était à sa place, et où il fallut un moment avant de trouver un fauteuil qui ne fût encombré ni de joujoux, ni d'habillements, ni même de débris de déjeuners.

— Bruyants, dit tranquillement la mère en s'asseyant sur une pile de bas à raccommoder. Mais pas trop, monsieur; on ne les entend pas aujourd'hui.

— Bruyants! répéta le mari en regardant Eugène qui avait ouvert de grands yeux étonnés à la réponse de la mère, des yeux qui voulaient dire : « *Comment vous les faut-il donc?*

— Bruyants, mon ami! c'est de la vie, c'est de la séve, ça; c'est mon sang qui coule dans leurs veines.

— *De plus fort en plus fort*, eurent alors l'air de dire les yeux d'Eugène, qui de la mère se tournèrent vers le père.

— Mais je veux te les faire connaître en détail, reprit Gaspard. D'abord, mon Paul.

— Cet enfant est admirable! dit le père; il a un esprit d'une justesse étonnante; il sera un bon magistrat quand il sera grand. J'ai de lui des traits étonnants; ma femme en tient un registre, je te le ferai lire un jour. Paul, regarde monsieur... Hein, comment le trouves-tu, Eugène?

— Très-bien, dit Eugène.

— C'est mon aîné; il a sept ans. Vois comme il est grand, fort. Du reste, les autres ne lui cèdent en rien. Ernest, approche, approche ici, te dis-je; ne mange donc pas ton pain au beurre comme un goulu; lève les yeux, ouvre-les... plus grands, plus grands. Hein, quels yeux! Quant à mon Alfred, celui-là est un prodige, c'est un esprit, une vivacité, une pétulance : tout mon portrait, c'est du salpêtre. Imagine-toi, mon cher, qu'il ne peut pas rester en place... Et puis un enfant qui veut tout voir, tout toucher, tout connaître...

— Il doit casser quelquefois, fit observer timidement Eugène en ramassant le bras de son fauteuil, sur lequel il avait voulu s'appuyer, et qui avait cédé et tomba sur le tapis à la première pression.

— Casser! il ne fait que cela, mon ami. Du reste, il est bien aidé par ses frères. Les laisse-t-on tout seuls dans une pièce, on dirait que les Cosaques y ont passé... Ma femme me dit bien quelquefois que je devrais me fâcher; je le voudrais bien, moi aussi; j'essaye, je commence... Oh, mon Dieu! la bonne volonté ne me manque pas, mais impossible. Mon cher, ça vous a des petites raisons, des réponses, des répliques, que je reste court, moi, devant eux. Non vrai, ce n'est pas parce que ce sont mes enfants; mais, d'honneur, ce sont des enfants charmants. Mais laissons les moutards, et parlons un peu de toi... Alfred, pose ton tambour, tu m'étourdis.

— Tout à l'heure, papa, quand j'aurai fini mon air. »

Et le petit démon, frappant à tour de bras et à faux son tambour, se met à chanter en hurlant : «Il était un p'tit homme. »

«Cet enfant est mélomane dans l'âme, dit le père avec admiration; il fera un Rossini ou un Auber dans quelques années... C'est étonnant comme il aime la musique! Seulement va achever ton air dans l'antichambre, va, mon petit. Ah ça, Eugène, parlons donc un peu de toi, de tes voyages, de tes aventures; car tu dois avoir eu des aventures en Turquie.

— Et des plus piquantes, mon ami, dit Eugène.

— Oh! conte-nous ça. »

Voyant le silence régner à peu près autour de lui, Eugène prit la parole :

« Imagine-toi, Gaspard, qu'un soir à Alger...

— J'espère que mes enfants ne sont pas sauvages, dit Gaspard en regardant avec satisfaction Ernest, qui grimpait comme un petit chat sur les genoux d'Eugène; s'il te fatigue, mets-le à terre, Eugène.

— Non, mon ami, du tout, dit Eugène qui d'abord avait essayé d'empêcher l'enfant de monter, mais qui, voyant la chose impossible, s'était décidé à l'aider et à l'asseoir. Je te disais donc qu'un soir, par une belle soirée d'Orient....... Tiens-toi tranquille, Ern... petit.

— Mais va donc, dit Ernest se démenant sur les genoux d'Eugène, va donc, remue ton genou. Au pas, au pas! au trot, au trot! au galop, au galop! plus haut, j'te dis!

— Cet enfant adore le cheval ! dit le père dans l'ébahissement devant Ernest. Ce sera un Franconi un jour. Tu disais donc, Eugène, qu'un soir... »

Eugène, obligé de faire aller son genou, continua en réprimant un mouvement d'impatience : « Par une belle soirée...

— Eh bien, Amélie, qu'as-tu à pleurer ? dit le père interrompant encore son ami, pour s'adresser à sa fille, qui tout d'un coup s'était mise à pousser des cris déchirants.

— C'est Ernest qui veut que je monte sur l'autre genou du monsieur, et Paul qui ne veut pas.

— C'est que je veux que tu viennes jouer avec moi à cache-cache, dit Paul impérativement.

— Et moi, je ne veux pas, répliqua Amélie pleurant plus fort. Je veux faire comme Ernest, et puisque Ernest tourmente le monsieur, je veux le tourmenter moi aussi.

— Alors, moi, je vais lui sauter par derrière, dit Paul, se mettant à grimper le long du fauteuil ; et à l'aide du col d'habit d'Eugène qu'il avait saisi pour se hisser, et auquel il resta un moment suspendu, il finit par atteindre avec assez d'agilité le dossier du fauteuil sur le haut duquel il s'installa en conquérant.

— Délicieux, délicieux ! sur mon âme, dit le père en se pâmant de rire, pendant qu'Eugène, assis sur le bord de son siège pour éviter les pieds de Paul, qui décrottait ses souliers à son habit, avait hissé sur son autre genou Amélie, qui, satisfaite, répétait en s'agitant :

— Puisque Ernest tourmente le monsieur, je veux le tourmenter, moi aussi.

— Tu ne t'imagines pas combien cette petite a d'esprit, mon ami, dit Gaspard ; aussi turbulente que ses frères, mais autrement volontaire, je t'assure. Et puis de l'intelligence : un enfant de cinq ans, qui n'ignore rien.

— Mais tu es trop bon de souffrir toutes leurs petites gentillesses... Mes enfants te fatiguent peut-être ?...

— Peut-être ! mâchonna entre ses dents Eugène, qui suait à grosses gouttes... Peut-être !... il est bon... le père... Je t'avoue, mon ami, reprit-il plus haut...

— Qu'ils t'incommodent, n'est-ce pas ?... Diable, c'est qu'ils ne sont pas morts les amours, » acheva Gaspard.

A ces paroles, Eugène dit qu'il cherchait la porte, ou au besoin la fenêtre, pour s'échapper au plus vite.

« Ah ! c'est que ce ne sont pas des enfants ordinaires, les miens ! dit le père, le geste superbe d'orgueil. Il est vrai que je les élève moi-même, et que je ne les gâte pas ; d'abord, je déteste les enfants gâtés... Du reste, mon ami, vois-tu, les enfants sont ce qu'on les fait : il ne s'agit que de savoir les prendre... Moi, j'en fais ce que je veux... Aussi, au dire de tout le monde, il y en a peu comme les miens ; et ce n'est pas parce que je suis le père... mais, vrai... Ah ! mon Dieu, qu'as-tu donc au col de ton habit ?...

— Quoi !... s'écria Eugène vivement et avec inquiétude.

— On dirait de la graisse... ou du beurre... C'est, pardieu, du beurre, affirma Gaspard... Ah ! si je savais lequel de mes coquins a ainsi arrangé ton habit...

— Je t'en prie, Gaspard, ne les gronde pas, dit Eugène se levant, ce qui força les enfants à descendre de dessus ses genoux, et essuyant avec la patience d'un martyr le col de son habit tout abîmé... J'aime mieux m'en aller...

— Non, reste donc, Eugène, je veux te faire voir comme j'élève mes enfants ici... Moutards, lequel de vous a mis du beurre sur l'habit de mon ami ?

— C'est moi, papa, dit Paul toujours juché sur le dossier du fauteuil.

— Très-bien, viens m'embrasser, mon garçon... Hum ! ajouta-t-il, se tournant victorieux vers son ami; j'espère qu'il n'est pas menteur, celui-là!... Mais que frottes-tu donc à ton pantalon... il est tout noir ?

— Je crois que c'est de l'encre, dit Eugène, dissimulant mal sa mauvaise humeur.

— Impossible, mon ami; il n'y a que mes enfants qui auraient pu t'en mettre, et je leur ai défendu d'y toucher... C'est plutôt du charbon.

— Que non, ce n'est pas du charbon, c'est bien de l'encre, dit Ernest avec effronterie. Tiens, regarde, papa, j'en ai encore les mains toutes remplies.

— Comment, de l'encre! Vous savez bien pourtant, monsieur Ernest, que je vous avais défendu de toucher à mon écritoire; vous y avez donc touché?

— Oui, papa; mais il ne faut pas me gronder, je n'ai pas menti.

— Tu es un enfant adorable! Viens m'embrasser, mon vieux Ernest.

— Papa, dit Amélie en s'avançant vers son père, embrasse-moi aussi.

— Et pourquoi, ma fille ?

— Parce que j'ai cassé ton beau sucrier de porcelaine de Sèvres.

— Comment, ma fille! dit la maman avec un grand sang-froid... c'est très-mal, et si je n'étais si pressée après cet ouvrage...

— Ma bonne amie, ne gronde pas cette petite, dit le père avec effusion, elle est trop charmante; venir s'accuser ainsi, pauvre chatte!... Viens dans mes bras... viens... Un autre père les gronderait, les fouetterait même; eh bien! qu'est-ce qu'on en ferait?... des menteurs... tandis que moi, de la manière dont je les élève... non; ce n'est pas parce que ce sont mes enfants... avoue-le, Eugène, ils sont charmants...

— Charmants! répéta Eugène d'une voix étouffée, et comme si ce mot ne pouvait sortir de son gosier.

— Mais où vas-tu donc, Eugène?

— Mon ami, dit Eugène de l'air de quelqu'un qui prend une grande résolution, je m'en vais.

— Et le dîner, et l'aventure d'Alger... Certes, je ne veux pas te retenir si tu as affaire ailleurs; seulement, promets-moi que tu reviendras, demain, ou après... n'est-il pas vrai?

— Oui, dit Eugène, comme s'il eût dit: bien fin si tu m'y rattrapes. »

Comme il descendait quatre à quatre, ne pouvant mettre trop d'espace entre les enfants de son ami et lui, il heurta une personne qui l'arrêta par la manche de son habit.

« Mais, si je ne me trompe, c'est Eugène, le camarade de classe de mon fils! Vous êtes donc arrivé d'Afrique? et vous avez vu Gaspard, et sa femme et ses quatre enfants?... Comment les trouvez-vous?... C'est ça des amours d'enfants, toujours de bonne humeur, ne pouvant rester une minute en place, toujours en l'air, riant, criant, cassant, brisant tout, de vrais petits diables, des enfants charmants, en un mot! ce n'est pas parce que je suis leur grand'mère... Mais... vrai...»

Eugène pensa laisser la manche de son habit à la grand'mère plutôt que d'attendre la fin de la phrase.

Du reste, qu'on ne s'y trompe pas: n'est pas enfant charmant qui veut. Pour mériter ce titre, il faut être à la fois tracassier et adroit, raisonneur et juste, tapageur et franc, et avoir surtout beaucoup, mais beaucoup d'esprit.

Toutefois et malgré, Dieu vous garde des enfants charmants. C'est ce que répétait Eugène en s'éloignant à grands pas de la maison de son ami, et en secouant ses bras, ses jambes et son cou, sur lesquels il lui semblait encore sentir les griffes grassouillettes de ces petits démons.

«Où allez-vous donc si vite, mon cher Eugène, dit un monsieur tout habillé de noir, en passant familièrement son bras sous celui du jeune homme. Pardieu! je suis bien aise de vous rencontrer... Vous savez que j'ai perdu ma femme?

— Quoi! vous êtes veuf? et sans enfants, sans doute? dit Eugène ayant presque sur les lèvres une félicitation.

— Non, Dieu merci! elle ne m'en a laissé qu'un, la pauvrette, mais un comme il y en a peu; ce n'est rien que d'en parler, il faut le voir... Non, ce n'est pas parce que je suis son père... mais, vrai... d'honneur... c'est un enfant...

— Encore un enfant charmant!»

Et Eugène, se débarrassant du bras de son second ami, s'échappe, prend la première rue venue, et court encore.

Mme EUGÉNIE FOA.

LE JEUNE HOMME.

> Illusions! compagnes des amours,
> Prenez vos luths et parfumez vos ailes.
> (MILLEVOYE.)

I.

On vous a fait tantôt l'histoire de la rose;
On vous a dit comment sa corolle mi-close
S'épanouit déjà de désir et d'amour :
Ainsi que le matin nous ouvrons la paupière
Quand sous nos rideaux blancs un rayon de lumière
     Se glisse, messager du jour.

Comment elle disperse et prodigue sans cesse,
Riche qui ne craint pas d'épuiser sa richesse,
Les parfums échappés de son disque vermeil
Au passant qu'elle enivre, aux brises oublieuses;
Et déploie au regard ses pétales joyeuses,
     Comme un éventail, au soleil.

Comment elle aimerait, heureuse et frémissante,
Sentir puiser l'insecte à sa source odorante,
L'insecte aux réseaux d'or, aux ailes de saphir;
Et comment dans son sein qu'elle entr'ouvre, naïve,

Rampe en hideux anneaux la chenille furtive
Qui s'accroupit pour y dormir.

Près de la pauvre fleur que la larve velue
Par le contact impur de ses baisers pollue,
Nous esquissons les traits de l'amour regretté.
Car tout par son pendant se complète et s'éclaire :
La laideur par le beau , la nuit par la lumière,
L'ombre par la réalité.

Dans les récits sacrés , pages monumentales,
Que le ciseau gravait au front des cathédrales,
On voyait surgir l'ange à côté du démon.
Nous avons fait de même , en écrivant ces pages,
Que le sculpteur naïf, au temps de ces vieux âges.
Si nous avons mal fait : pardon.

II.

Il croît jusqu'à quinze ans chaste et l'âme candide ;
Comme une étoile au ciel l'illusion le guide
Avec son prisme officieux.
L'enfance est un sommeil que jeune homme on achève ,
Un âge où l'on poursuit incessamment un rêve
Avec un bandeau sur les yeux.

C'est un Éliacin : son cœur est un cénacle.
C'est un lis parfumé dans un saint tabernacle
Qui réjouit l'œil du Seigneur.
Agneau nourri de lait , né dans la bergerie ;
Fleur aux tièdes chaleurs de la serre , mûrie
A l'ombre de son précepteur.

On a de saints avis illuminé son âme
Et prémuni son cœur ; le seul nom d'une femme
Fait rougir son front virginal ;
Mais la voyant si belle, en son âme indécise
Il hésite et se dit à plus d'une reprise :
« Est-ce bien le démon du mal ?

«Cette sérénité d'un visage limpide
Où les soucis encor n'ont pas creusé de ride
Cachent-ils un piége secret ?
Faut-il craindre ces yeux ? dois-je être l'alouette
Qui , tandis qu'elle pose au miroir et coquette,
Laisse son pied pris au lacet ?

« Non, j'en crois mon ardeur devant sa beauté sainte.
Dieu n'eût pas accordé cette céleste empreinte
          A qui ne descend pas des cieux.
C'est un ange : à lui seul j'adresse ma prière,
Aux bagues de ses doigts j'égrène mon rosaire
          Sous mes baisers religieux. »

                    III.

Et dès lors c'est le temps des rêves séraphiques,
Des élans éthérés, des extases mystiques
          De Daphnis et de Chérubin.
Concerts où l'on convie et le ciel et les anges,
Mais où, malgré le ciel et les saintes phalanges,
          Trouve à glaner l'Esprit malin.

Il glane en attendant la moisson productive ;
Il rit en écoutant la harangue naïve
          De l'amoureux plein de ferveur,
Qui s'en va palpitant de délire et de fièvre
Quand Rosine à son front, en appuyant la lèvre,
          Dépose cent ans de bonheur.

Laissez se dévider l'écheveau. Patience !
Caïus, qui débuta par deux ans de clémence,
          Ne fut pas Néron tout à coup.
Pour des baisers cueillis aux lèvres des cousines,
Le louveteau déjà se lèche les babines :
          Le louveteau deviendra loup.

Mais quand, chassant l'erreur où votre âme se fonde,
L'instinct qui vous fait loup découvre un nouveau monde
          A votre candeur qui s'enfuit ;
Avant de dévorer l'agneau qui boit au fleuve,
Pauvre loup ! il vous faut subir une autre épreuve :
          Fermer les yeux quand le jour luit.

Être un renard qui jappe en voyant à la treille
Se balancer gaîment une grappe vermeille
          Qui dore au soleil sa couleur.
Contraint de caresser avec un œil d'envie
Le fruit qu'eût savouré votre bouche ravie,
          Vous écrier avec douleur :

« Pourquoi glacer ma verve, ô belles dédaigneuses !
Par les souris cruels de vos bouches railleuses ?
    Quand mon cœur ose s'enhardir...
Oh ! je voudrais franchir cet âge qui me pèse !
De précoces désirs étouffez la fournaise,
    Ou, mon Dieu, faites-moi grandir. »

IV.

Enfin elle a sonné l'heure en plaisirs féconde,
Où, libre et dégagé des entraves du monde,
Il ne voit plus alors qu'il dit : amour, bonheur !
Sur la bouche qu'il aime un sourire moqueur ;
Où son regard rencontre un regard de tendresse,
Une âme qui lui parle, une bouche qu'il presse ;
Où la pudeur combat contre ses vœux ardents,
Et succombe devant le désordre des sens.

O paroles d'amour ! ô paroles sacrées !
Demeurez dans son cœur saintes et vénérées,
Tabernacle discret où nul œil curieux
Ne peut en pénétrer l'attrait mystérieux.
Restez comme la vierge au Seigneur consacrée,
Qui belle n'a pourtant, humble fleur ignorée,
Révélé son visage où s'est empreint le ciel
Qu'au crucifix de bois qui pare son autel.

Une femme est d'abord, dont l'œillade le guette
(Guérillas embusqué qui braque l'escopette),
Que le soir assombrit des voiles attristants,
Pour qui le sablier a coulé quarante ans.
C'est à vous, beau printemps, d'effeuiller son automne,
Les jaunissantes fleurs qui cerclent sa couronne.
A vous ce fruit, joyeux d'attirer votre main,
Qui mûr et dédaigné serait tombé demain.

Ensuite, son amour plane au front des actrices :
Il veut les coudoyer dans l'Éden des coulisses ;
Il parcourt, enivré d'un désireux regard,
Ces visages chargés de céruse et de fard ;
Il suit dans leurs élans les jupes paresseuses ;
Il suit dans ses contours la jambe des danseuses ;
Et les trésors secrets à ses yeux obstinés
Se blottissent en vain sous les plis satinés.

Aux écueils des plaisirs brisant ses ailes d'ange,
Il marche hardiment les pieds nus dans la fange.
Il va, levant le masque à toute illusion,
Cherchant le spectre affreux nommé Déception.
Ses souvenirs passés, ses amours diaphanes,
Il les livre en risée à quelques courtisanes,
Et disperse à tous vents les trésors de pudeur
Par sa mère autrefois amassés en son cœur.

Puis, quand le dégoût vient, il se rappelle un rêve
Qu'il avait fait, enfant, plein d'amour et de séve.
Mais sous un souffle impur son rêve s'est terni.
Pour femme il ne veut plus un ange au nom béni,
Et riche de beautés, de grâce et d'innocence :
C'est, fils de Bélial, le veau d'or qu'il encense ;
Il vend, lâche Ésaü! sans remords opportun,
Cette part d'avenir que Dieu donne à chacun.

V.

Alors, Illusion, noble et sainte déesse,
Quitte à ce dernier coup l'ingrat qui te délaisse!
Dis, belle résignée, en ton âme sans fiel,
Dans ton règne étoilé que le firmament dore :
« Encore un apostat qui me renie! encore
        Une âme de moins dans mon ciel. »

                                   HENRI ROLLAND.

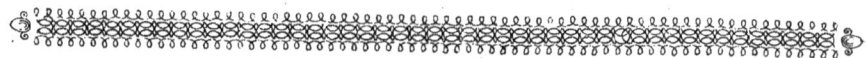

LES MAITRES CHANTEURS.

ᴇ s philologues des prisons n'ont pas encore établi d'une manière exacte et positive l'origine du mot *chanteur,* qui est venu enrichir la langue française en prenant depuis quelques années une nouvelle signification. Si nous nous en rapportons aux littérateurs de *la Force,* et aux grammairiens de la police correctionnelle, *faire chanter* signifie exploiter la crédulité, les vices, et la poltronnerie de certaines gens, et leur soutirer de l'argent à l'aide de promesses ou de menaces. Nous croyons donc rendre hommage aux autorités compétentes, et éclaircir un point obscur des vocabulaires d'*argot,* en accordant le titre de maître chanteur aux sommités de la profession, aux professeurs habiles qui donnent, à des prix plus ou moins élevés, de savantes leçons aux élèves de leur choix.

Et cependant, les membres habiles de cette dangereuse corporation n'ont encore rien eu à démêler avec la justice. Bien que leur existence soit liée à tout ce qu'il y a de plus abject dans ce monde d'escrocs, de joueurs, de tripoteurs d'affaires véreuses, d'usuriers, d'industriels sans industrie, qui se répandent chaque matin sur le pavé de Paris, ils ont su conserver de belles relations, de nombreuses connaissances, même des amitiés parmi cette société toute parisienne, composée de gens qui, mettant en première ligne la dissipation, l'agitation et le plaisir, s'inquiètent assez peu de la moralité et des ressources des compagnons de leurs débauches. Grâce à cette indifférence, ils peuvent à leur aise choisir le terrain de leurs exploitations, et se mettre à l'abri d'une surveillance trop active. Et puis, qui songe à s'enquérir de leurs moyens d'existence? N'ont-ils pas toutes les apparences du comfortable et du bien-être? Ne font-ils pas partie de cette jeunesse dorée, dont le crédit s'est fondé sur des espérances imaginaires ou sur une fortune depuis longtemps dissipée? Ne sont-ils pas toujours et partout charmants convives, beaux joueurs, causeurs amusants? N'ont-ils pas ce premier vernis d'instruction qui suffit à la population flottante dont ils s'entourent, et qui attire ces intimités de rencontre si faciles à contracter? Lorsque, dans leurs jours de fortune, ils ont joué le rôle d'amphitryons, ne l'ont-ils pas fait avec une magnificence digne d'un millionnaire de bon goût? Si, parfois, dans les moments difficiles, ils usent largement de la bourse de leurs amis, en abusent-ils jamais? Et si, faute de mémoire, ils oublient ces emprunts forcés, ne les payent-ils pas par leur obligeance, par un dévouement à toute épreuve, par les offres les plus généreuses? Qu'un de leurs intimes ait besoin d'argent, ils se transforment aussitôt en courtiers, et déterrent à grand'peine un de ces banquiers raisonnables dont la mission sur cette terre est de faire oublier la parcimonie d'un père ou d'un tuteur. Que l'affaire présente des difficultés, ils s'empressent de devenir eux-mêmes solidaires des engagements exigés, se contentant, par décence, de partager les bénéfices de l'opération. Soyez poursuivi par une lettre de change usuraire, ils viennent à votre secours; et, forts de leur expérience, vous pouvez marcher les yeux fermés dans cette voie de jugements, d'oppositions, de règlements, d'appels; priviléges du débiteur, chemins de traverse qui procurent, en dépit des recors, quelques derniers mois de soleil et de liberté. C'est ainsi qu'ils se font accepter, c'est en s'initiant à toutes les affaires de leurs amis, qu'ils se rendent indispensables. Et qui oserait mettre en doute leur loyauté et l'honnêteté de leurs expédients? N'ont-ils pas donné vingt fois des preuves de susceptibilité et de courage? Ne sait-on pas qu'ils tiennent plus à l'honneur qu'à la vie, et que, pris sur le fait, ils répondraient comme un aventurier célèbre : «Il vous est permis de penser que nous sommes des fripons, mais nous ne souffrons jamais qu'on nous le dise!»

Cette assurance, le maître chanteur sait la conserver dans le cours de ses exploitations. Préparé à tout événement, il calcule avec sang-froid toutes les chances d'une entreprise; il en devine d'avance les écueils, et son audace parvient souvent à les surmonter. Rarement, il est vrai, il lui est nécessaire de déployer une grande énergie : la faiblesse, les erreurs, et la timidité de ses adversaires, viennent lui donner de faciles triomphes, et la peur est toujours l'un de ses plus puissants auxiliaires. Et puis, le voit-on jamais s'aventurer sans qu'il soit sûr de réussir? Ne connaît-il pas le côté faible de ses victimes? n'a-t-il pas des coups imprévus à leur porter? Une jeune femme est nonchalamment couchée sur les coussins de son boudoir. Elle a dit le matin qu'elle était souffrante, et que sa porte resterait fermée pour tous : cependant sa femme de chambre vient lui annoncer qu'une personne inconnue demande à lui parler. Après plusieurs refus, l'insistance du visiteur, et surtout quelques mots écrits à la hâte, lui font changer de résolution; elle consent enfin à recevoir ce personnage mystérieux. Celui que l'on vient d'introduire est un jeune homme aux manières distinguées, à la mise élégante; il salue avec grâce, et paraît être façonné aux usages de la bonne compagnie.

«Madame, dit-il, après avoir accepté un siége à côté de la jeune femme, j'ai d'abord à m'excuser de venir ainsi troubler votre solitude. Je me serais empressé de respecter la consigne que vous avez donnée à votre femme de chambre, si l'affaire qui m'amène n'intéressait pas et votre avenir et votre repos.

— Mais, monsieur, de quoi s'agit-il donc? Les quelques lignes que vous venez de me faire remettre m'ont effrayée! Qui vous envoie? que désirez-vous? et, surtout, qui êtes-vous?

— Je suis un peu des amis de M. Alfred D...

— Eh bien! qu'y a-t-il de commun entre M. Alfred et moi? Je le connais à peine... Je l'ai rencontré quelquefois dans des réunions, dans des bals, comme on rencontre tout le monde; mais ce jeune homme n'a jamais été admis chez moi.

— Il est heureux pour lui, madame, qu'il n'ait pas le même reproche à se faire. Il a eu le bonheur de vous recevoir plusieurs fois.

— Monsieur!

— Eh! je ne viens pas ici, madame, vous demander compte de vos actions, et vous faire subir un interrogatoire. Je ne me reconnais pas le droit de contrôler vos démarches, et je vous prie simplement de m'accorder quelques minutes d'attention.

— Parlez, monsieur, parlez; je vous écoute.

— Voilà le but de ma visite. Comme vous devez le savoir, M. Alfred D... est parti depuis quelques jours, laissant le soin de ses affaires et la clef de son appartement à l'un de ses amis. Poussé par un instinct de curiosité fort blâmable, cet indiscret ami a découvert une correspondance qui vous intéresse, je crois, au dernier point.

— Et que prétend-il faire de cette correspondance? Où donc voulez-vous en venir?

— Ne craignez rien, madame. Ces lettres sont aujourd'hui entre les mains d'une personne qui en connaît tout le prix, et qui les garde précieusement.

— Mais c'est un vol, une infamie, un abus de confiance!

— Veuillez vous calmer, madame. Il est un moyen de réparer la négligence de M. Alfred; grâce à la cupidité du nouveau dépositaire de ces lettres, il est facile de se les faire restituer.

— Je vous comprends, enfin, monsieur. Je suis tombée dans un guet-apens; je suis victime d'une horrible machination! Vous êtes donc un voleur, monsieur? Sortez, sortez d'ici, ou je vais vous faire chasser.

— La colère, madame, est une mauvaise conseillère, dit le chanteur sans se déconcerter. Vous n'appellerez pas, vous ne me ferez pas chasser, et je suis même certain que plus tard vous vous montrerez reconnaissante du service que je vous rends aujourd'hui.» Puis, reprenant après un instant de silence: «Vous devez savoir, madame, qu'il existe une personne qui payerait ces lettres bien cher.

— Et qui donc, monsieur?

— Votre mari. Il paraît que, victime d'un déplorable aveuglement, monsieur votre mari s'obstine à méconnaître le trésor qu'il possède; et, s'il avait entre les mains des preuves suffisantes, il serait tout disposé à vous intenter un procès en séparation.

— Et vous avez eu la pensée...

— Non, madame: nous avons cru prendre le parti du plus faible en nous adressant d'abord à vous.

— Ainsi, c'est de l'argent qu'il vous faut! Que demandez-vous? Vous faites là, monsieur, un bien misérable métier.

— Je ne fais que remplir avec conscience la mission dont je me suis chargé.

— Abrégeons, monsieur, abrégeons ce triste débat. Qu'exigez-vous de moi?

— Si nous estimions, madame, votre correspondance à sa juste valeur, nous vous en demanderions un prix fort élevé; mais, dans l'espoir de vous être agréable, le dépositaire consent à s'en dessaisir contre une indemnité de cinq mille francs.

— Cinq mille francs, grands dieux! Mais, où voulez-vous que je trouve cette somme?

— Je sais, madame, qu'il est assez rare de trouver chez une jolie femme cinq mille francs d'économies; aussi n'ai-je pas entièrement compté sur cette ressource. Mais vous possédez des bijoux, des diamants sur lesquels il est facile d'emprunter, et je vous dirai comme le bandit espagnol Jose Maria: Vous êtes assez belle, madame, pour pouvoir vous passer pendant quelque temps de ces parures inutiles.

— Je vois, monsieur, que vous possédez à fond les ressources de votre métier. Et quand vous faut-il cette somme?

— Si je ne craignais pas d'être importun, je reviendrais ce soir; ou s'il vous convient mieux de la faire remettre chez moi, j'attendrai à l'heure que vous voudrez bien m'indiquer la personne qui en sera chargée.

— Revenez, monsieur, revenez ce soir! Après m'avoir humiliée comme vous l'avez fait, serai-je encore forcée à mettre des étrangers dans la confidence de cette sale affaire? Du reste, monsieur, je ne crois pas avoir besoin de réclamer votre discrétion; et, s'il vous reste encore un peu d'honneur, je ne pense pas que vous soyez tenté de divulguer un secret dont vous tirez d'aussi beaux avantages!

— Je mets toujours la plus grande conscience dans ces sortes de transactions, et je veux vous en donner une preuve, ajoute le chanteur, en remettant à sa victime un petit paquet cacheté : Voici votre correspondance. Vous aurez le temps de l'examiner avant ma seconde visite. Si par hasard il manque quelques lettres, j'aurai l'honneur de vous les remettre ce soir. »

C'est ainsi que le maître chanteur se constitue à son profit le vengeur de la morale et des maris, et lorsqu'il n'a plus rien à demander à ce terrain fertile, il se met à la piste d'une nouvelle affaire, et souvent son choix s'arrête sur l'un des commensaux de son cercle habituel. Un jeune dissipateur est sur le point de réparer, à l'aide d'un brillant mariage, les nombreux échecs de son patrimoine. Déjà les bans sont publiés : quelques jours encore, et les erreurs de jeunesse seront tout à fait effacées, lorsqu'un matin, un *obligeant ami* vient brusquement interrompre ses rêves dorés, et prendre une large part à son bonheur.

« Tu dors, malheureux, tu dors, et la foudre gronde sur ta tête! Élisa, cette créature angélique, n'est plus la femme que nous avons connue autrefois si douce, si timide, si réservée. En apprenant que tu allais contracter un riche mariage, sa jalousie s'est réveillée, et elle ne parle de rien moins que de déposer son enfant sur l'autel nuptial! Évitons un pareil scandale! appliquons à l'instant la recette de Figaro. Cette recrudescence de passion n'est autre qu'un caprice de mille écus; à ce prix seulement, la malheureuse consent à se taire. Pour prévenir tout danger, j'ai promis cette somme, persuadé que tu ferais honneur à un engagement pris en ton nom. »

Quelquefois le chanteur, exalté par le succès de plusieurs affaires de ce genre, se décide à abandonner les sphères secondaires, pour essayer ses forces sur un théâtre plus élevé. Arrivé alors à l'apogée de la profession, sa perspicacité se développe, ses investigations deviennent plus actives, ses plans sont mieux combinés. Il ne s'agit plus désormais de ces misérables produits dont il a bien voulu se contenter pour se faire la main ; il faut maintenant que les bénéfices probables de son industrie prennent des proportions gigantesques, et lui donnent au besoin quelques années de repos. Cette scène nouvelle n'est pas abordable pour tous, et, si quelques-uns parviennent à s'y faire accepter, le plus grand nombre ne vient s'y essayer que pour subir des chutes éclatantes. C'est dans cette troupe privilégiée que se retrouvent ces individus dont l'existence est un problème, et qui, sans avoir une position avouée, jouissent cependant de quelque crédit dans certains bureaux de ministères. La vie qu'ils mènent depuis des années laisse supposer que les services qu'ils peuvent rendre sont assez largement rétribués; mais leurs actions et leurs démarches sont entourées d'un voile tellement épais, qu'il est impossible de définir le caractère de leurs attributions. Sous le couvert d'une occulte protection, leur discrétion obligée résiste rarement à l'appât d'une gratification brillante, et, grâce au mystère dont ils s'entourent, ils abusent plus aisément de la confiance qui leur est accordée. Vers la fin de la restauration, une lettre compromettante tomba ainsi entre les mains de trois maîtres chanteurs. Le signataire de ce précieux autographe était l'un des personnages les plus éminents de l'époque, et l'on savait qu'il était assez riche pour le racheter à un prix très-élevé. L'occasion était belle ! La lettre est lue, commentée, appréciée. Chaque ligne est une fortune, chaque mot est un trésor. Les prétentions des intéressés montent en un instant jusqu'à soixante, quatre-vingt, cent, cent vingt mille francs! Une audience est demandée : le plus expérimenté de la bande sera le plénipotentiaire. Au jour indiqué le maître chanteur se présente avec son assurance ordinaire dans les salons du duc ***. Une fois introduit dans le cabinet du ministre, il tire gravement une lettre de son portefeuille, et en la lui présentant il lui dit :

« Monsieur le duc, l'original de cette lettre est entre les mains d'une personne qui pourrait en faire un mauvais usage. C'est dans le but de vous en prévenir que j'ai eu l'honneur de vous demander une audience.

— Et quel usage pensez-vous qu'on puisse faire de cette lettre? réplique froidement le ministre, après avoir parcouru le papier.

— Il me semble, monsieur le duc, que si cette lettre tombait entre les mains de vos ennemis, ce serait une arme dangereuse dont ils pourraient abuser.

— Et c'est sans doute dans mon intérêt que vous êtes venu m'en indiquer le détenteur?

— Votre Excellence a trop la connaissance des hommes pour croire à un semblable dévouement.

— Quel prix demande-t-on?

— Le possesseur croit l'estimer au-dessous de sa valeur en réclamant une indemnité de cent vingt mille francs.

— Je vois que vous traitez les choses fort grandement. Mais ces prétentions sont très-exagérées, et puis cette pièce a peu d'importance pour moi; et, si on s'avisait de la publier, les personnes intéressées mériteraient tout au plus un reproche de négligence. Cependant je ne veux pas que votre démarche soit infructueuse... Êtes-vous bien sûr que cette lettre soit écrite par moi?

— Dans une heure, je puis présenter l'original à Votre Excellence.

— Eh bien! revenez. Nous pourrons nous entendre... Vous me semblez avoir assez d'adresse, du sang-froid... Il serait peut-être possible de vous utiliser. Précisément, nous aurions quelqu'un à envoyer aux colonies... un homme sûr, éprouvé...

— Je suis aux ordres de monsieur le ministre.

— Revenez donc dans une heure. »

Le maître chanteur est enchanté, ravi! La manière dont il a été reçu lui donne une haute idée de lui-même. Déjà il se croit un personnage politique, et, dans ses rêves ambitieux, il songe au moyen de profiter seul de sa bonne fortune et de sacrifier ses affidés. Dans ce but, le récit de son entrevue est arrangé à sa guise : à l'entendre, les bénéfices de l'entreprise seront au-dessus de toute prévision. Enfin la lettre lui est remise, et, pour la seconde fois, il est introduit dans le cabinet ministériel.

A peine le duc *** a-t-il la lettre entre les mains, qu'il s'écrie d'un ton indigné :

« Monsieur! il paraît qu'à toutes les belles qualités que j'ai reconnues chez vous, vous pouvez ajouter celle de faussaire! Ceci est un faux, et je garde cette pièce pour la remettre à la justice!

— Mais, monsieur le ministre, balbutie le chanteur, anéanti sous ce coup inattendu, je puis vous affirmer...

— Vous voudriez peut-être me faire croire que vous avez agi de bonne foi? Vous êtes bien heureux que je ne vous fasse pas arrêter sur-le-champ! Dès ce jour, votre conduite sera activement surveillée. » Puis, après avoir sonné : « Huissier, reconduisez monsieur! »

Revenu de son émotion, l'habile chanteur s'aperçut un peu tard qu'il venait d'avoir affaire à plus fort que lui; et il eut besoin de tout son courage pour supporter les malédictions de ses deux associés, qui s'attendaient à tout autre dividende.

Dans ces derniers temps, les mêmes chanteurs furent plus heureux, et pourtant ils s'adressèrent à un personnage vieilli dans la diplomatie. De prétendues pièces officielles, habilement fabriquées, et soustraites, disait-on, aux affaires étrangères, furent présentées à un ministre résident. Il s'agissait d'une convention secrète, qui, au mépris des engagements contractés, sacrifiait les intérêts de la nation si bien représentée par le vieux diplomate. Des entrevues eurent lieu, des rendez-vous mystérieux furent donnés.

L'un des complices, chamarré de croix, s'affubla avec succès du titre de secrétaire d'ambassade. L'affaire avait été heureusement combinée : elle arriva à bonne fin, et les chanteurs puisèrent à pleines mains dans les fonds secrets de la représentation étrangère. Plus tard, la vérité fut connue, et le rappel du ministre devint le dénoûment de cette étrange mystification.

Souvent les chanteurs forment entre eux une espèce de tribunal secret, un corps de police formidable. Revêtus de ce nouveau caractère, il est presque impossible d'échapper à leurs perquisitions incessantes, à leur espionnage de chaque jour. Vices, passions, erreurs, faiblesses, crimes et délits, tout cela rentre alors dans leur ressort. Qui ne connaît le malheur de ce pauvre banqueroutier sur le point d'atteindre la frontière, brusquement arrêté, au moment de toucher au port, par un ordre d'arrestation imaginaire, et obtenant sa liberté, un instant compromise, au prix de cinquante mille francs? Et ce juif payant deux fois au poids de l'or, d'après un tarif à lui, un énorme lingot de cuivre, d'abord parce qu'il croit faire un excellent marché, et ensuite parce qu'on le menace de le dénoncer comme recéleur? Et ces malheureux attirés dans un rendez-vous par une femme charmante, bonheur interrompu par l'apparition soudaine d'un père ou d'un mari de circonstance venant réclamer le prix de leur honneur? Et ces fidèles conservateurs d'un goût emprunté à l'antiquité, et ces vieux débauchés toujours en quête des jeunes filles au-dessous de quinze ans, ne sont-ils pas tombés dans les piéges tendus par cette redoutable corporation?

Parlerons-nous du *chantage* littéraire, et de ces pauvres diables déshonorant, faute de mieux, le titre d'homme de lettres ; de ces fondateurs de journaux et de publications en projet envoyant à qui de droit des missives dans le genre de celle-ci :

MONSIEUR,

Nous comptons donner de la publicité à une affaire dans laquelle vous êtes personnellement compromis. Votre réputation d'intégrité, quelque bien établie qu'elle soit, ne pourra résister aux preuves évidentes que nous avons sous les yeux. Nous vous prions donc de nous dire quelles sont vos intentions à cet égard.

                                                        Recevez, etc.

Ou bien :

MADAME,

Nous allons faire paraître la première livraison d'un ouvrage intitulé *Biographie des femmes entretenues*. Ce livre sera orné de charmants portraits sur acier. Voudriez-vous accorder une ou deux *séances* à notre dessinateur ordinaire ? Dans le cas où notre proposition ne serait pas agréée, nous osons espérer que vous voudrez bien nous indemniser de la perte d'un aussi gracieux modèle. Alors seulement, nous consentirions à priver nos lecteurs de tous les détails qui nous ont été communiqués sur vous.

                                                        Veuillez agréer, etc.

La législation nouvelle est venue heureusement comprimer l'élan de cette littérature exceptionnelle. Les chanteurs littéraires n'ont plus aujourd'hui que de rares successeurs ; et si, de temps à autre, la *Gazette des Tribunaux* vient nous révéler quelques essais de transactions de ce genre, ils ont eu déjà pour tout bénéfice une condamnation correctionnelle, écueil dangereux où viennent souvent échouer les aventureuses expéditions des maîtres chanteurs.

                                                        F. DE VALRINE.

LES PREMIÈRES REPRÉSENTATIONS.

SOUVENT le public qui remplit une salle le jour d'une première représentation est plus curieux à étudier que les acteurs de la scène et les chefs-d'œuvre qu'ils ont la prétention de jouer. Ce que Paris renferme de plus illustre et de plus élégant, disent les journaux (et les journalistes sont toujours en majorité), se donne tacitement rendez-vous pour ces grandes solennités. Le théâtre, les arts, la littérature, et ce qu'on est convenu d'appeler le monde, y envoyent leurs représentants. C'est un panorama d'hommes de génie, un kaléidoscope de grands noms, une macédoine d'illustrations dont la renommée universelle ne dépasse pas les limites de *la presse*. La *critique* domine cette brillante réunion ; car depuis un temps immémorial, un certain nombre de loges et de stalles lui est réservé. Aussi méprise-t-elle les spectateurs ordinaires de toute la supériorité que les directeurs lui accordent ; et si vous n'êtes pas rédacteur des *Débats*, attaché au *Petit Poucet littéraire* ou à la *Revue fashionable des apothicaires unis*, vous ne devez aspirer qu'au simple rôle de comparse. Nous pouvons donc diviser les assistants en deux classes distinctes : ceux qui y viennent par nécessité ou par désœuvrement, et les gens qui y sont attirés par l'espoir de s'y amuser, et le désir de connaître les sommités de la première catégorie.

Après une heure d'attente à la porte du théâtre, deux dames essoufflées viennent de se placer à la galerie, sous la protection d'un billet de faveur.

« Nous arrivons à temps, dit l'une d'elles à son amie ; nous verrons arriver tout le monde, et nous jouirons du coup d'œil.

— J'adore les premières représentations , répond l'amie; tout ce qu'il y a de plus distingué dans les arts s'empresse de s'y rendre, et avant le lever du rideau, nous demanderons les noms des *personnes connues.*

— Quel est donc ce monsieur si laid qui vient de paraître au balcon?

— Ah! je ne sais pas. Ce doit être un auteur. Je le vois souvent aux *premières,* et il a l'air d'avoir ses entrées. Il est malheureux que nous n'ayons pas encore de voisin. Quels sont les acteurs qui jouent ce soir?

— Je n'ai pas encore regardé le programme; mais on m'a dit que la pièce était parfaitement montée. Nous aurons donc l'élite de la troupe.

— Beauvalet joue-t-il?

— Certainement, puisque c'est un drame.

— Et Menjaud?

— Menjaud! vous aimez cet acteur-là?

— C'est ma passion. Comme il a bon ton!

— J'aime bien mieux Lockroi.

— Ah! Lockroi; c'est un joli homme, bien fait pour ses rôles.

— Croiriez-vous que j'ai été folle de lui, et que j'ai payé plusieurs fois rien que pour le voir? Tenez, j'étais précisément placée dans cette loge d'avant-scène, à droite.

— Moi, j'aurais du penchant pour Menjaud.

— Mais il est fort vieux.

— Comment, fort vieux! il paraît tout jeune sur la scène. On ne lui donnerait pas plus de trente ans.

— Combien donnez-vous à mademoiselle Mars?

— Elle doit avoir passé au moins la cinquantaine.

— Cinquante ans! vous n'y êtes pas. L'âge de la duchesse d'Angoulême : soixante-six ans.

— Quelle indignité! qui vous a dit cela?

— C'est mon mari qui est toujours bien informé.

— Votre mari?

— Assurément. Vous ne savez donc pas qu'il s'occupe de théâtre entre ses heures de bureau. Il connaît beaucoup M. Saint-Ernest, de l'Ambigu.

— Ah! je ne savais pas cela. C'est bien différent.

— Tenez, aux secondes loges, Arnal avec une dame.

— La dame de chœur?

— Eh non; une dame que je ne connais pas. Voyez comme il est mieux à la ville qu'à la scène!

— Ses lunettes lui donnent une gravité étonnante. On le prendrait pour un diplomate. C'est une chose bien extraordinaire. Un homme qui m'a fait tant rire!

— Vous savez qu'il fait des vers?

— Comme Lamartine?

— La même chose. Seulement, ce sont des vers plus légers, des poésies badines. L'autre jour je lisais un fragment d'épître qu'il a adressée à Bouffé. Je crois même avoir conservé le journal; je vous le prêterai.»

La salle se remplit peu à peu. Vingt conversations du même genre s'engagent à l'orchestre et dans les loges. Un groupe discute sur les progrès et la beauté de mademoiselle Plessy; trois amateurs soutiennent chaudement mademoiselle Mars, qu'un de leurs voisins vient d'appeler *ingénuité centenaire;* mademoiselle Doze a aussi ses défenseurs, et le nom de mademoiselle Noblet elle-même est prononcé dans un petit cercle. Chacun étale complaisamment ses admirations et ses sympathies. Celui-ci n'est attiré que par mademoiselle

Rachel, qu'il place au haut des cieux lorsqu'il laisse ses camarades sur la terre; cet autre spectateur concentre toute son affection dans le jeu de mademoiselle Mars; ce dernier n'a des yeux que pour sa jeune élève. Au parterre, les affections se rencontrent plus jeunes et plus vives, et quelquefois elles s'élèvent jusqu'à la passion. C'est là que commencent les premières amours sans espoir, les douces liaisons formées par l'imagination ou le caprice. De ces modestes banquettes, se lancent d'audacieuses déclarations, toujours sans réponses, des vers inédits inspirés par l'étude récente de Catulle, des bouquets de collégiens, cachant une phrase amoureuse qui n'arrive jamais à son adresse, et que M. Samson lit à haute voix au foyer des acteurs. A côté de ces attractions passionnelles (style phalanstérien), nous trouvons les curieux et les indifférents, jeunes gens cuirassés d'un profond mépris pour toutes ces adorations de théâtre, Lovelaces en herbe, persuadés qu'il est de bon goût de médire de toutes les femmes avec l'aplomb que donne une expérience de vingt ans.

« Je ne conçois pas, dit l'un de ces derniers, en s'adressant à son voisin, que l'on se prenne de belle passion pour toutes ces comédiennes dont le seul mérite dépend du prestige de la scène. Je serais, en vérité, fort malheureux si j'avais le moindre penchant pour ces créatures qui se plaisent à étaler tout ce qu'elles peuvent laisser voir de nudités, et qui adressent des sourires gracieux à tout le monde. Le premier cuistre possesseur de deux francs a le droit de penser que toutes ces minauderies, toutes ces poses, toutes ces coquetteries, tous ces jeux de physionomie, toutes ces œillades, s'adressent à sa ridicule personne. Un de mes amis a eu la faiblesse de tomber dans ce piége affreux. Une petite fille sans talent, que vous avez pu voir sur l'un de nos théâtres secondaires, a excité chez lui une passion si violente, qu'il n'en est pas encore guéri. Croiriez-vous qu'il se ruinait toutes les fois qu'elle était annoncée? Il dînait à peine pour pouvoir trouver dans sa bourse le prix de son entrée. Ce métier dura trois ans. Chaque soir il était à la même place, suivant tous les gestes et tous les mouvements de son adorée, qui ne soupçonnait pas son existence. Souvent il interprétait à sa guise le geste le plus insignifiant; il se persuadait qu'un regard lui avait été personnellement adressé; et ces jours-là, il rentrait enchanté de sa soirée. Enfin il reconnut qu'avec de maigres appointements de quinze cents francs par année, il ne pouvait pas jouer plus longtemps d'une manière brillante le triste rôle de soupirant, et ses belles illusions s'évanouirent. Il aurait eu certainement le droit d'espérer s'il avait pu offrir un léger équipage; mais il fallait de l'argent, le nerf de l'intrigue, dit Beaumarchais ! avec de l'argent, on obtient tout ce qu'on désire. A propos, vous savez que c'est encore Déjazet qui possède le plus grand nombre d'amoureux *in partibus* ? Tous les soirs, la petite salle du Palais-Royal en est encombrée, et vous pourriez les compter par centaines. Pour ma part, elle me plaît beaucoup, et j'aimerais à faire un petit souper-régence avec elle. On la dit bonne enfant et très-spirituelle. Tiens! la voilà dans une baignoire. Quand on parle du loup... C'est surprenant ! »

Le premier acte vient de finir. Deux femmes littéraires, remarquables surtout par la désinvolture de leurs toilettes, causent cavalièrement avec deux barbes voisines.

«Que pensez-vous de cette introduction ?

1re barbe. — On ne peut rien dire encore : c'est froid.

— Que dites-vous de Beauvalet ?

2e barbe. — Assez bon ; mais trop caverneux.

— Et de Samson ?

— *Il parle par le nez bien plus que par la bouche.*

— Comme vous connaissez vos auteurs !

— Victor ! je le sais entièrement par cœur.

— Avez-vous vu Balzac ?

— Balzac !... où donc est-il ?

— Là-bas , près du balcon , avec une canne.

— Mais ce n'est pas Balzac, c'est Francis Cornu. Je le connais bien ; il a été sur le point de devenir mon collaborateur... L'auteur du *Festin de Balthazar.*

— Vous m'étonnez ! on m'a toujours désigné ce monsieur comme étant M. de Balzac.

— Voulez-vous voir Hugo , si vous ne le connaissez pas ?

— Je l'ai vu vingt fois, et le premier jour je l'ai deviné à son front.

— Vraiment ! vous avez donc quelques notions de phrénologie ?

— Non, mais bien de physiognomonie.

— Alors, quel est ce monsieur qui vient de se placer sur le devant de cette troisième loge, à gauche ?

— Ce doit être un homme célèbre ?

— Je le crois certes bien ! c'est Balzac lui-même... le vrai Balzac , le seul autorisé à porter ce nom.

— J'en suis toute surprise ; je le croyais blond. Je dois vous l'avouer, je l'aimerais mieux blond.

— Oui ; mais quels yeux !

— C'est vrai. Prêtez-moi donc votre lorgnette pour que je l'examine à mon aise. Ah! il se retire. Quel fâcheux contre-temps !... je suis tout émue.

— Dumas vient d'entrer dans la loge voisine du balcon. Vous savez qu'il se marie ?

— L'auteur d'*Antony !* Ah ! Dieu, comme c'est prosaïque.

— L'Académie a exigé ce nouveau *titre.*

— Il en avait déjà bien assez. Plus d'un de ces messieurs n'a pas le quart de son talent. Quelle belle popularité ! A la place de sa femme , je serais bien fière.

— Madame Dorval est derrière nous.

— Ah ! je ne l'avais pas encore aperçue. L'aimez-vous ?

— Si je l'aime ! je l'adore. Elle a des moments magiques. C'est le drame incarné : les *Français* ne pouvaient pas s'en passer. Comme elle était belle dans *Antony !* Quel succès pyramidal !

— Alors vous ne devez pas aimer Noblet ?

— A côté de Dorval, Noblet est une *bavaroise glacée.* »

Après le quatrième acte, une dissertation de haute critique est mise sur le tapis dans la loge de la *Revue fashionable des apothicaires unis.*

« Eh bien ! qu'en pensez-vous, vous autres ? dit l'un des rédacteurs influents.

— Exécrable , détestable , nauséabond !

— Est-ce une pièce ?

— Infâme rapsodie !

— Pourriez-vous me dire dans quelle langue cela est écrit ?

— Ce n'est pas une langue, c'est un patois.

— Voyez comme le public est indulgent ! il écoute sans rien dire.

— Il ne dit rien parce qu'il dort ; et puis on ne siffle plus aujourd'hui.

— Tout à l'heure, au foyer, ce farceur de Janin prétendait qu'il avait vu plus mauvais que cela.

— Quel homme paradoxal !

— En parlerons-nous ?

— Certainement non. L'*art* n'a rien à voir dans ces compositions bâtardes. Nous ne devons pas nous avilir à ce point. Notre mission est plus sainte et plus belle.

— Il faudrait envoyer l'auteur à l'école. Avez-vous remarqué le *malgré que* du troisième acte ?

— Charmant, en vérité ! le *malgré que* m'avait échappé.

— Et dans le quatrième, la jeune fille parle d'un monsieur qui a les *cheveux rouges.* On ne dit jamais *cheveux rouges ;* la grammaire s'y oppose : on dit *cheveux roux.*

— Cependant l'usage le permet !

— L'usage de ceux qui parlent mal.

— Je me suis quelquefois surpris à me servir de cette expression.

— On peut la tolérer dans la conversation ; mais on ne doit jamais se permettre de l'écrire. Et ce père stupide qui *débarque à Florence.*

— Pardonnez-moi ; mais je crois que c'est une métaphore.

— Point du tout : l'acteur a bien dit *j'ai débarqué à Florence ,* comme si Florence était un port de mer.

— C'est tout à fait prendre le *Pirée* pour un homme.

— Vous l'avez dit, et je partage entièrement votre opinion. Et ces acteurs !

— Quels saltimbanques !

— Si je parviens à être directeur, comme je renverrai tout cela au boulevard !

— Ce sera le plus bel acte de votre administration.

— Ces actrices, quel ton ! En vérité, les bonnes traditions se perdent de jour en jour. Ni goût, ni manières, ni tenue. Il n'y a plus moyen de travailler pour le théâtre, à moins de consentir à faire du commun. Croiriez-vous que tout à l'heure, au moment de la reconnaissance, trois femmes pleuraient comme des Madeleines !

— Ce sont des femmes hydrauliques.

— Joli ! je retiens le mot pour ma prochaine chronique, si je me décide à en faire une.

— Nous ne restons pas jusqu'à la fin ; nous mourrions d'ennui. Vous savez le dénouement. Après une scène larmoyante, *le père consent à lui laisser épouser celui qu'elle aime.*

— Que cela ! et on appelle une plaisanterie pareille, ouvrage dramatique ! Je prédis quinze représentations.

— Je suis sûr que cette pièce sera jouée cinquante fois au moins : on aime le mauvais.

— Notre ami V... se fera-t-il nommer ?

— Il en est bien capable. Une chute de plus ou de moins, qu'importe !

— Dieu les bénisse ! voici la fin. C'est le moment que je préfère. Quel *four !* Décidément ce garçon n'a pas le moindre talent.

— Il y a au coin de l'orchestre un malheureux qui applaudit comme un forcené.

— Je le crois bien ; c'est un créancier. Partons, messieurs. Allons fumer un cigare et boire un peu de bière pour faire passer cela. »   F. G.

LES AMIS DE COLLÉGE.

E droguiste le plus accompli, le marchand de briquets phosphoriques, le fabricant de veilleuses, et le garçon de bureau, vous diront, pour peu que la nature et leurs femmes les aient gratifiés d'un héritier : « Nous mettrons notre fils au collége ! Outre les avantages qu'il pourra en re- tirer, il y fera de belles connaissances, et les amitiés de collége sont les amitiés les plus solides. »

Assurément, les gens qui ont donné cours à ce lieu commun n'ont jamais touché les bancs de l'école, et, s'ils ont tiré par hasard quelque bénéfice de l'*instruction,* ce n'est certes pas celui des liaisons qu'ils y ont contractées. En effet, sauf quelques heureuses ex- ceptions, ces amitiés passagères, formées par l'habitude de se voir et la nécessité de vivre sous les mêmes règlements et la même discipline, ces liaisons, inspirées par le caprice et une certaine conformité de goûts enfantins, ne résistent jamais à une séparation de quel- ques mois. Guidé par votre jeune expérience, vous choisissez un ami, vous êtes son insépa- rable, son intime, son *copin* ; vous vous querellez, vous vous battez avec lui, et, par ce doux échange de coups de poing, vous reconnaissez de jour en jour que vous êtes nés l'un pour l'autre. Castor et Pollux n'étaient pas plus unis, et vous les prenez pour mo- dèles. Si vous êtes studieux, vous partagez avec lui les couronnes académiques ; si vous vous abandonnez aux douceurs de la paresse, vous faites ensemble l'école buisson- nière, et vous vous apportez de mutuelles consolations les jours de *retenue.* Vos classes sont terminées. L'inégalité de fortune de vos parents, inégalité de position dont vous n'aviez aucun souci la veille, vous force à entrer dans deux carrières tout à fait opposées ; mais cette différence de condition ne vous séparera pas ! Vous vous verrez tous les jours, vous vous jurerez même une affection éternelle ! Les mots *oubli, incon- stance, fragilité,* sont rayés de votre vocabulaire ; et, après deux ou trois mois d'inti- mité, vos rencontres devenant de plus en plus rares, les amitiés nouvelles, les relations du monde, les exigences de profession, vous jettent dans deux sphères tellement distantes l'une de l'autre, qu'il arrive un moment où vous auriez de la peine à dire si vous vous êtes jamais connus.

Voilà la fin de ces promesses et de ces serments, véritables amplifications de rhétorique. Et cependant il existe encore des pères prévoyants qui placent leurs enfants dans certains colléges, avec l'espoir qu'ils trouveront un jour des protecteurs parmi les amis qu'ils s'y feront. Vous rencontrez même des gens toujours prêts à vous lancer cette phrase : « Je ne conçois pas que le jeune C. ne soit pas encore placé ; il était le condisciple du duc de ***. C'est vraiment de l'ingratitude ! » Comment trouvez-vous ces gens-là ? Il serait, en vérité, charmant de tout obtenir, et de n'avoir, en fait de qualités, que les droits que donne une ancienne camaraderie. Les places et les emplois ne seraient plus alors encombrés d'aspi- rants, d'adjoints et de surnuméraires ; le seul titre d'élève d'un de ces établissements favo- risés deviendrait un certificat de capacité dont le titulaire verrait s'aplanir devant lui tous les obstacles, disparaître toutes les difficultés. Que votre persévérance ou votre talent vous fassent obtenir une position élevée, soyez certain que chaque jour vous serez assailli par un de ces amis oubliés depuis quinze ans : « Nous étions ensemble en *sixième;* nous terminâmes en même temps notre philosophie. » Heureux souvenirs de cette triste période de *pensums,* d'*abondance* et de *retenues!* Dernièrement un de ces inévitables solliciteurs se fit annoncer chez un ancien camarade devenu secrétaire général. « Je viens te féliciter sur tes nouveaux honneurs, et, comme tu es tout-puissant, je viens te demander quelque chose pour moi... presque rien... trois ou quatre mille francs d'appointements me suffisent. As-tu cela à ma disposition? Tu te rappelles sans doute que nous ne faisions qu'un à la pension de S., et j'ose espérer que les grandeurs ne t'ont pas fait oublier tes amis.

« —Mon cher monsieur, je suis charmé que vous veniez en aide à mes souvenirs, lui répondit le secrétaire général. J'avais presque oublié ces belles années de mon enfance ; mais votre heureuse mémoire est pour moi d'un grand secours. Malheureusement, nous étions douze cents élèves à la pension de S., et vous avez été devancé par plusieurs de nos anciens condisciples, qui sont venus, comme vous, réclamer leurs droits. J'ai donc mis à leur disposition toutes les places vacantes, et aujourd'hui je n'ai plus rien à vous offrir, à moins que vous ne vouliez accepter une place de surnuméraire. »

Les mêmes scènes se renouvellent à tout moment dans des conditions différentes. Êtes-vous sur le point de faire représenter un ouvrage important, vous recevez vingt lettres amicales dans le genre de celle-ci :

« Mon cher ami,

« Je te prie de m'envoyer une loge pour *la première ;* je tiens à m'associer à ton nouveau succès.

« Ton ancien camarade,

« Péribou.

« *P. S.* Dans le cas où tu n'aurais plus de loge, je me contenterais de deux ou trois stalles. »

Vous vous demandez aussitôt : Qu'est-ce que Péribou? — Et comme vous jouissez déjà de quinze cents amis intimes, vous consultez votre liste, et le nom de Péribou ne s'y trouvant pas, vous vous empressez de lui réserver une place de parterre pour votre vingtième représentation. Les directeurs de théâtre, les entrepreneurs de concerts, les acteurs, les hommes devenus illustres, sont exposés aux mêmes inconvénients. Des camarades, morts pour eux depuis longtemps, ressuscitent un matin sous forme de lettres. C'est une épidémie, une peste ; et s'ils se donnaient la peine de faire droit à toutes ces sottes demandes, leurs établissements se transformeraient en succursales des colléges où ils ont été élevés. Qu'un individu entre en septième lorsque vous terminez votre rhétorique, il vous abordera, dix ans plus tard, en se faisant un devoir de vous tutoyer : « Ah ! te voilà ; je suis ravi que tu sois encore de ce monde ! Quoi de nouveau depuis que nous ne nous sommes vus? » Ou bien : « Que fais-tu, depuis le collége? Moi, je vais commencer mon droit. Avocat, mon cher, avocat! c'est un titre qui mène à tout.» Que votre nom, grâce aux réclames que vous avez faites, soit devenu populaire, le même individu s'empressera de dire, en entendant parler de vous : « Un tel, ah, si je le connais! C'est un de mes plus anciens amis; nous étions ensemble au collége. »

Il y a quelques.années, Charles de V., lancé de bonne heure dans le monde, possesseur d'une grande fortune, se vit entouré de nombreux amis, grâce à son élégance, à son cuisinier, au luxe de ses fêtes, de ses équipages et de ses chevaux. Son nom était prononcé avec respect par les maîtres de la fashion, et les jeunes gens de cette époque se plaçaient volontiers sous son patronage. La bande de Charles de V. faisait l'ornement de tous les bals, de toutes les courses, de toutes les parties savamment organisées. On disait alors : *Ce monsieur est de la coterie V.*, comme on dit aujourd'hui : *Un tel est membre du Club-Jockey;* et cette qualité suffisait pour vous donner un vernis d'opulence et de bon goût. Être admis dans ce cercle était chose assez difficile, et plus d'un viveur en herbe, doué par la nature de toutes les facultés nécessaires à un véritable dissipateur, échoua dans ses démarches. Quelques condisciples de Charles de V., du même âge que lui, obtinrent leur admission en cette qualité, et tous les nouveaux candidats crurent pouvoir arriver à la faveur de ce titre. Aussi chaque jour voyait-il surgir un nouveau camarade de pension ou de collége, et, fatigué de ces importunités, lorsque le visiteur inattendu ne lui plaisait pas, de V. lui disait gravement : « Monsieur, je ne sais vraiment pas pourquoi vous vous permettez de me tutoyer; mes vrais amis ont seuls ce privilége. Vous avez tort de prétendre que nous avons été condisciples, car je n'ai jamais étudié, et je ne vous crois pas assez ignorant pour vouloir soutenir une semblable erreur. »

Ce ridicule privilége, que s'arrogent encore d'anciens camarades que vous avez à peine aperçus sur les bancs de l'école, devient quelquefois une insupportable humiliation. Vous entrez dans un établissement de *bains*, et le garçon auquel vous remettez votre cachet s'écrie : « Tiens, c'est toi? Je ne t'aurais jamais reconnu. Comme tu es changé! Tu le vois, je suis ici... des malheurs, mon cher, des malheurs... Étudier Cicéron, et laver des baignoires !

«Que veux-tu? Il n'y a pas de sots métiers, il n'y a que de sottes gens. Si tu as besoin de mes petits services, ne te gêne pas. As-tu des cors? je vais t'en débarrasser. »

Autre exemple : Nous nous dirigeons vers l'Opéra-Comique ; un homme nous offre un billet : « Quoi ! — Ah ! — C'est toi ? — Assurément ! — Et que fais-tu donc? — Je vendais ma contre-marque. — Mais on ne vend pas sa contre-marque ! — Je voulais aller prendre une glace à Tortoni. »

Il nous trompait, le malheureux; c'était son métier! Il était réellement notre condisciple, et il obtint jadis trois couronnes au concours. Conservez donc de pareils amis de collége !

F. G.

LES EXAMINATEURS.

MONSIEUR,

Dans un des articles de votre charmante publication, *l'Écolier*, j'ai remarqué une phrase à peu près ainsi conçue : l'Université envoie des examinateurs qui interrogent des machines dressées à la demande et à la réponse, et leur inspection est une comédie. Cette phrase n'a qu'un tort, c'est de ne pas être assez explicite : les détails de cette comédie, je vous assure, n'auraient pas manqué de piquant.

Comme j'en ai connaissance, moi, ayant milité dans l'instruction publique, permettez-moi de vous en offrir un croquis que vous insérerez, si bon vous semble, dans les esquisses de mœurs dont vous composez le PRISME.

Un examinateur est un grand monsieur tout en noir, sauf la cravate blanche et le ruban rouge à sa boutonnière ; l'expression de son visage est sévère et dure ; jamais le sourire ne vient effacer les plis de son sourcil éternellement froncé ; il parle laconiquement avec une voix brève, avec un regard inquisiteur, et ne répond que par des hochements de tête affirmatifs aux discours prolixes et verbeux du directeur dont il est censé inspecter l'institution, ou du professeur dont il s'imagine interroger les élèves. Un superbe dédain est stéréotypé sur son front ; toute la morgue pédantesque et l'orgueil pédagogiste se trahissent dans son allure empesée, dans son importance gourmée.

Ses fonctions consistent à parcourir chaque maison d'éducation, pour s'assurer si la nourriture est saine, si l'ordre et la propreté y règnent, si elle réunit toutes les conditions de salubrité pour les pensionnaires. Ou bien, aux environs de Pâques, il surgit dans chaque collège royal, et s'y attable un jour ou deux, après quoi il envoie de volumineux registres de notes, appréciation très-exacte, comme on doit supposer, des capacités de chacun.

Suivons-le dans une de ses excursions.

Tout un collège est bouleversé, en rumeur ; l'examinateur a paru ; déjà, depuis plusieurs mois, on s'est préparé à cette catastrophe annuelle, et chaque élève a été lesté d'une tirade

7

latine ou française, d'un épisode de l'Enéide, ou d'une satire d'Horace, ou d'un acte d'A-
thalie et de Polyeucte. Le professeur de la classe désignée pour subir ce jour-là la fatale
revue donne ses ordres comme un général qui est près d'engager le combat; il s'agit, pour
lui, de disposer la scène.

«Monsieur Paul Césaire, dit-il, prenez votre Précis d'histoire, et repassez soigneusement le résumé de la guerre des Samnites. — Vous, monsieur Arthur Cernay, vous m'avez
fort pertinemment répondu sur Julien l'Apostat. — Vous, monsieur Ravel, vous savez, si
je ne me trompe, la géographie des Gaules d'une manière sûre; veuillez vous en occuper en
attendant l'arrivée de ces messieurs.»

Ces messieurs entrent précédés par le proviseur, qui les introduit. Le comité inspectif est
composé de deux personnages: l'un, assez vert, quoiqu'à demi chauve, les cheveux grison-
nants et portant des besicles d'or; l'autre, enveloppé hermétiquement dans une douillette
ouatée; celui-ci est cassé, porte une perruque (ce qui fait rire prodigieusement les élèves,
car *cet âge est sans pitié*), mâchonne ses mots d'une façon inintelligible, et ne suit les
examens que d'une manière passive. Il communique, d'une voix éteinte, ses observations à
son compagnon, et fait des questions que l'autre transmet.

«Ah! disent les enfants, c'est le vieux qui a les idées, c'est le jeune qui a *la platine.*»
On commence.

L'Examinateur. «Je prierai monsieur le professeur de m'indiquer le nom de l'élève à
interroger.

Le Professeur. — Il s'agit de la question de Résumé.

L'Examinateur. — Oui, monsieur.

Le Professeur. — Paul Césaire, descendez, et venez vous placer devant monsieur l'examinateur, pour répondre à ses questions.

L'Examinateur. — Voudriez-
vous me réciter la filiation des rois
de Rome, en décrivant les principaux événements arrivés sous
le règne de chacun d'eux?»

Je ne sais si vous avez lu un
vaudeville fort spirituel de MM.
Scribe et Mélesville, intitulé *la
Famille du Baron.* On y voit un
jeune homme, nommé Saint-
Yves, prié d'improviser sur un
sujet demandé. Or, il n'a jamais
fait qu'une pièce de vers intitu-
lée les Ruines de Rome, le tout à
tête reposée. On commence par
lui demander de traiter le parallèle de la comédie et de la tragédie, puis de peindre la fontaine
de l'Éléphant; à chaque sujet pro-
posé, il se récrie sur la trivialité,
sur le peu de ressources qu'il pré-

sente, jusqu'à ce qu'il soit parvenu à les amener aux ruines de Rome, qu'il débite avec
une aisance parfaite, vu qu'il les sait depuis sa rhétorique. La scène est absolument la
même qui se passe ici pour arriver des rois à la guerre des Samnites.

Le Professeur. « Voyons, monsieur Paul Césaire, vous allez nous dire la filiation des rois de Rome, depuis Romulus jusqu'au moment où la république, par le dévouement de Brutus, s'établit sur les ruines de la monarchie sapée par les crimes des Tarquins. Je crois entrer dans les intentions de monsieur l'inspecteur.

L'Examinateur. — Sans doute.

Le Professeur. — C'est une question magnifique à traiter. Certes, s'il est quelque chose de beau, ce sont les obscurs commencements d'une grande ville destinée à être la maîtresse du monde. Vous nous parlerez des accroissements de Rome, dans le cours de votre récit, et à la chute des Tarquins, en finissant, vous résumerez, en quelques mots, la situation de la cité vis-à-vis l'Italie, et tous les voisins envieux qui se pressaient autour d'elle : les Eques, les Volsques, les *Samnites*...

L'Examinateur. — Oui, vous montrerez la ville grandissant à chaque victoire. Commencez.

Le Professeur. — Peignez bien l'acharnement de ces derniers ennemis, les *Samnites*, ces farouches soldats qui résistèrent jusqu'à l'extermination. C'est une guerre féconde en événements, en dévouements de toutes sortes.

L'Examinateur. — Elle fut d'une grande influence sur l'esprit des peuples limitrophes, en les frappant de terreur...

Le Professeur. — (*A part.*) Il y vient... il y vient. (*Haut.*) En leur apprenant la puissance que l'éducation et la discipline romaines donnaient à la grande ville.

L'Examinateur. — Commencez, monsieur Paul Césaire.

Le Professeur. — Passez rapidement sur les premiers commencements de Rome et sur ses rois. Question insignifiante composée de fables menteuses de traditions ridicules. Je crois entrer dans les intentions de monsieur l'inspecteur.

L'Examinateur. — Sans doute.

Le Professeur. — N'appuyez que sur la lutte de Rome avec Porsenna, avec les peuples d'alentour, ou plutôt, pour couper court, tracez la guerre qui se dessine le mieux, et que vous a indiquée monsieur l'inspecteur, la guerre des Samnites.

L'Examinateur. — Commencez.

Paul Césaire. — (Placer ici un chapitre de l'auteur du Précis d'histoire romaine.)

L'examinateur est ravi. Il avait écrit, en faisant sa question : D. *La filiation des rois de Rome.* — R. *M. Paul Césaire a répondu d'une manière remarquable sur la guerre des Samnites.*

Second interrogatoire.

L'examinateur ne peut déchiffrer un nom écrit sur la liste des élèves. Le professeur y lit distinctement le nom de Cernay, le même que nous avons vu chargé de la monographie de Julien l'Apostat.

L'Examinateur. « On nous a entretenus des efforts de la république, de ses commencements ; reportez-nous aux principes de cette longue période qu'on appelle l'empire. Parlez-nous de César.

Le Professeur, vivement. — Oui, parlez-nous *des Césars.*

Cernay. — Lequel ?

L'Examinateur. — Comment ?

Le Professeur. — M. Cernay demande à monsieur l'inspecteur quel est celui des Césars qu'il lui plairait d'indiquer.

L'Examinateur. — Mais j'avais dit...

Le Professeur. — Je crois être agréable à monsieur l'inspecteur en désignant un règne où l'on voit comment le christianisme...

L'Examinateur. — Ah! très-bien, Constantin. Volontiers.

Le Professeur. — (*A part.*) Diable. (*Haut.*) Constantin !! quel règne !! quelles proportions !! Impossible de l'envisager autrement qu'en face. Impossible de l'analyser en détail, il faut tailler dans le grandiose. Soleil éblouissant. Tableau admirable que complète, comme pendant, la physionomie austère et païenne de Julien l'Apostat. Monsieur l'inspecteur a-t-il pris connaissance du travail de M. ***, sur le caractère de Julien l'Apostat ?

L'Examinateur. — Oui, oui, c'est un ouvrage très-recommandable dans quelques parties ; mais c'est une véritable apologie, un panégyrique complet. Je comprends autrement la portée de cette époque remarquable. Julien l'Apostat voulait moins reconstruire la vieille Rome par ses mœurs antiques, que se venger du christianisme envahisseur...

Le Professeur. — C'est dans cet esprit que j'ai fait considérer à mes élèves le règne de Julien l'Apostat. S'il vous plaît d'entendre sur ce sujet M. Cernay, vous en aurez la preuve.

L'Examinateur. — Volontiers. »

M. Cernay, qui est un jeune homme intelligent, au lieu du Julien l'Apostat qu'il s'était fait jusqu'alors un homme pénétré des vertus antiques, de mœurs austères, valeureux et conquérant, sert à M. l'inspecteur un Julien l'Apostat apprêté suivant sa convenance.

M. l'Inspecteur écrit : D. *Jules César.* — R. *M. Arthur Cernay a développé d'une manière fort remarquable le règne de Julien l'Apostat.*

Nous avons peur de fatiguer, par la répétition d'une même scène, sinon, nous vous montrerions comment Ravel, qui possède d'une manière sûre la géographie des Gaules, est appelé à répondre ; comme quoi l'inspecteur lui demande le monde connu des anciens, comme quoi le professeur se récrie aussitôt sur les beautés du sujet, tout en étant fort embarrassé, car il sait que l'inspecteur a traité cette matière, et, par conséquent, ne se départira pas d'un sujet favori. Il s'efforce de suppléer, du moins, à l'ignorance de l'élève sur cette partie :

« Voyons, Ravel, dites-nous d'abord les limites du monde connu des anciens.

Ravel, avec hésitation. — Les anciens connaissaient l'Europe, l'Asie, l'Afrique.

Le Professeur. — Très-bien. Continuez. Dites-nous qu'ils ne les connaissaient pas dans toutes les parties. Apprenez-nous quelles bornes elles avaient. En Europe, d'abord.

Ravel. — l'Europe était bornée... l'Europe était bornée...

Le Professeur. — Indiquez-nous d'abord les provinces qui les composaient.

Ravel, vivement. — Les Gaules !...

L'Examinateur. — Ensuite.

Ravel. — Les Gaules étaient bornés à l'O. par l'océan Atlantique...

Le Professeur. — C'est cela. Décrivez chaque nation avec détails, surtout les Gaules ; car la géographie ancienne du sol natal est celle qui nous intéresse le plus vivement.

Ravel. — La Gaule Transalpine se divisait en quatre parties principales : les trois premières comprises sous la désignation de *Gallia comata*, étaient, etc., etc. »

Ravel s'étend avec complaisance sur les *Averni*, les *Suessiones*, les *Senones*, les *Parisii*, les *Ædui*, les *Lingones*, de telle sorte que la fin de la séance arrive avant la fin de sa nomenclature.

M. l'inspecteur, qui a vu avec attendrissement la façon assurée avec laquelle il parsemait le sol gaulois de ses anciennes peuplades, les plaçant au *S.*, au *N.-E.*, à l'*O.*, sans se soucier du déplacement qu'il occasionnait, se lève et dit, d'une voix émue, en tenant la main du professeur serrée dans les siennes :

« Messieurs, persévérez dans la voie de progrès où des guides habiles vous dirigent ;

abandonnez-vous aux soins de monsieur le professeur, que sa science profonde, son zèle fervent, sa méthode d'enseignement féconde en bons résultats, vous recommandent à plus d'un titre. (*Au Professeur.*) Je serai heureux de témoigner, par mon rapport, de la manière dont les élèves, choisis au hasard dans la classe, ont répondu *ex abrupto* aux premières questions venues, et de la satisfaction que m'a fait éprouver cet examen.

— Monsieur l'inspecteur, répond le professeur les larmes aux yeux, ces paroles sont la plus glorieuse récompense de mes travaux, et suffisent à me soutenir dans le chemin pénible de l'instruction publique.

— Recevez l'assurance...

— J'ai bien l'honneur...»

L'inspecteur se retire, suivi de son compagnon, qui n'a rien dit, rien fait, ni rien vu.

La comédie est jouée.

Il en est de même, dans les classes de latin, pour faire traduire à l'élève le seul chant d'Homère ou le seul acte d'Euripide qu'il sache, pour lui faire expliquer ou réciter le seul épisode de l'Énéide qu'il possède parfaitement.

Voilà le rôle que joue l'examinateur de collége. Voyons l'inspecteur de pension.

Il arrive un beau jour sans être attendu. Il va droit au cabinet du directeur, et demande à parcourir l'établissement des fondations aux combles. Le directeur aussitôt s'empresse, et le précède pour lui montrer le chemin.

« Je veux, dit-il, que monsieur l'inspecteur nous surprenne, et nous voie sans le vernis de la préparation. Suivez-moi, s'il vous plaît, dans les quartiers.»

Ils montent; mais, chemin faisant, le directeur fait admirer le réfectoire, les dortoirs aérés, les arbres touffus de la cour, le tout pour laisser le temps à un exprès, averti par un clignement d'yeux, d'annoncer la nouvelle dans toute la maison. Le sinistre est répandu partout; chaque élève épouvanté cache les brochures illicites, les comédies, les vaudevilles, les romans, sous un amoncellement de livres, derrière de respectables dictionnaires. Les serviettes sales qui traînaient sur les baraques, les chaussures couvertes de poussière qui moisissaient dans un coin, sont exilées dans quelques retraites obscures; on arrose les carreaux, on ouvre les fenêtres, chacun saisit quelque livre de travail, prend une plume; toutes les oisivetés se mettent en apparence d'occupation; le maître d'études ferme son Paul de Kock, et ouvre devant lui les *Éléments de géométrie.*

L'inspecteur entre: il admire le silence qui règne, l'activité de tous. Il se penche sur le dos d'un élève, c'est une version grecque qu'il élabore; il s'empare d'un livre d'une couverture douteuse, c'est l'*Essai sur la chimie*, de Guérin-Varry. Il interroge un jeune homme qui lit un ouvrage d'histoire, et le questionne sur des dates. Le directeur l'interrompt, et lui demande la permission de lui présenter un élève distingué qui a remporté plusieurs prix au concours: celui-ci récite sur-le-champ les dates demandées. L'inspecteur est ravi, transporté. L'heure du dîner sonne, il descend aux cuisines; un fumet délicieux la révèle au loin à son sens olfactif. Les élèves viennent s'asseoir autour du banquet, et, tout étonnés, se voient servir des plats inusités au lieu du veau habituel, de l'éternel mouton à la sauce noire, des pommes de terre en pâtée, et des haricots à l'eau, «deux légumes bien divertissants,» comme dit le Gringalet des *Saltimbanques.*

L'inspecteur se retire, accompagné par toutes les autorités du lieu, qui l'accablent de saluts et de coups de chapeau; il s'incline en exprimant toute sa satisfaction, et le directeur

8

rentre chez lui joyeux, en promettant à ses élèves, innocents complices de la parade, un congé général qu'il ne donnera pas.

L'inspecteur visite ainsi plusieurs maisons ; il appelle cela faire sa tournée. Pour tant de peines et de fatigues d'observations, il perçoit de fort bons appointements, et déclare incessamment, dans ses rapports au ministre de l'instruction publique, qu'il est très-satisfait. Je le crois ; je le serais à moins.

> Un soldat aux épaulettes de laine, dans la milice de l'instruction publique (comme nous appelle l'auteur de l'*Écolier*), autrement dit :
> Un Pion.

L'ERMITE DU VÉSUVE.

'ERMITE du Vésuve est une de ces individualités italiennes dont le touriste, esclave des types traditionnels, s'est plu à faire un personnage éminemment apocryphe. Des gens prétendent avoir observé, à mi-côte du Vésuve, un saint homme à la physionomie grave et anachorétique, habitant une étroite cellule, vivant pour le jeûne et la prière, enfin, un pieux cénobite de la nature de ceux que les voyageurs placent considérablement au-dessus du niveau de la mer. Nous aussi nous atteignîmes le sommet du Vésuve, et c'est la chose du monde la plus facile : les quatre cinquièmes de l'ascension se font à dos de chevaux, non moins caractérisés par leur format et leur aptitude rocailleuse que les porteurs de Montmorency, ces pauvres victimes de l'amour et de l'hippomanie. Nous aussi nous parcourûmes les flancs de la montagne, mais sans révélation de cellule ni d'ermite ; et cependant, si vous laissez flotter les rênes sur le cou de votre coursier, une habitude instinctive le conduit devant une maison d'apparence honnête, où se présente sur la porte un gros gaillard assez proprement enfroqué : voilà l'ermite. Sa figure, avec saillies rubicondes, est un emblème rassurant pour le promeneur altéré ; mettez pied à terre, et un garçon complétement dépourvu de vêtements monastiques viendra vous offrir un échantillon de sa cave et de sa cuisine.

C'était pendant une éruption mémorable, celle du mois d'août 1834, que nous visitâmes l'hôtellerie du capucin. Le Vésuve donnait ce soir-là une représentation extraordinaire, où il devait absorber, séance tenante, un village de cinq cents maisons. Naples tout entière s'était portée à ce spectacle, aussi joyeuse, aussi empressée qu'aux plus brillantes girandoles. Les chemins étaient couverts de voitures, de cavalcades. On riait, on chantait, et les tavernes débordaient sur la route comme aux fêtes de l'Église. Un des torrents de lave entraîné du cratère par une pente rapide coulait au pied de l'ermitage, et nous arrivâmes par un détour sur la plate-forme élevée où, de temps immémorial, Ramponneau s'est fait ermite. Là, comme sur la route, comme au bas de la montagne, la foule se pressait, avide de contempler, d'un lieu de sûreté, l'incendie ruisselant au milieu des bois. C'était gala au logis du moine : on voyait le bon homme aller, venir, se multiplier, comme le chef infatigable d'une auberge achalandée, et la joie rayonnait sur sa face enluminée : c'est que sa maison était pleine, et qu'il savait bien que toute la nuit il garderait son monde. Habituellement on ne quitte la table qu'au point du jour, pour assister, du haut de la montagne, au magnifique spectacle du lever du soleil. En attendant, nous prîmes place à une table, très-altérés, mais plus curieux encore de connaître cette autre création du menu voyageur, le lacryma-christi. Jamais vin porta-t-il un nom si pompeux ? Jamais aussi abusa-t-on plus impudemment de la sonorité de sa langue pour décorer un vil cru d'une noblesse mensongère ? L'ermite, il faut le dire, pour un marchand de vin, se montra bon capucin. Il nous prépara loyalement au désappointement en nous invitant à prendre ce qu'il avait de mieux, du somno, du vin du cru, du vin de ces vignes que la lave dévorait à nos pieds huit jours avant la vendange. Quant à ce lacryma-christi, ça vient on ne sait d'où ; c'est un de ces intrus comme on en voit tant dans le monde, vivant d'un nom et d'un domicile d'emprunt ; il se prétend du Vésuve, et le malheureux est issu, sans doute, de quelque basse terre sans nom, sans valeur. Le somno n'était pas mauvais ; on ne pouvait lui reprocher que son extrême jeunesse. Cependant, heureusement pour nous, nous avions tout prévu, l'irritation de la soif causée par les exhalaisons chaudes du volcan, et l'insuffisance des rafraîchissements de l'ermite ; aussi débouchâmes-nous quelques bouteilles d'excellent marsala, que nous avions apportées sur le dos de notre guide. Le disciple de Vatel et de saint Antoine fut invité à en prendre sa part, et il ne se fit pas prier : comme fait en pareil cas le débitant

modèle, il alla chercher son tabouret, qu'il avait laissé près d'une table où il venait de trinquer et boire, et il s'assit au milieu de nous. Évidemment le tabouret et le moine avaient déjà fait deux ou trois fois de cette façon le tour de la salle, et ils commençaient à devenir, par nécessité, inséparables. Il eût été facile d'abuser de la disposition du saint homme : le marsala lui plaisait, et il se fixa près de nous jusqu'à l'heure du départ. Mais nous n'étions pas seuls ; il se trouvait même parmi nous des insulaires hérétiques, et nous ne voulions pas leur donner le divertissement d'un saint homme en défaut d'équilibre : nous nous contentâmes de verser un nombre raisonnable de bouteilles dans le gosier du pauvre moine, auquel la conflagration de la montagne avait donné, peut-être, une ardeur inextinguible ; et aussitôt que parut le jour, nous partîmes pour terminer notre ascension, laissant à notre hôte, en échange de ses bénédictions, quelques piastres, et le restant de notre marsala, dont nous n'étions plus responsables devant Dieu ni devant les hommes.

ALEXANDRE RABOT.

LES INCOMPLETS.

'ᴇsᴛ quelque chose de fâcheux, en vérité, que de naître borgne, boiteux, acéphale, de clocher, de se faire remarquer par un front proéminent, des yeux sensiblement chassieux, un nez turgescent et couperosé, des mains taillées dans des semelles d'hippopotame, et l'apparence de toutes ces difformités physiques rendue plus sensible par une paire de lunettes d'un vert foncé. L'homme incomplet est celui que la nature a moulé sur ce patron disgracieux, sans préjudice des embellissements de l'art dont la plupart des incomplets au naturel paraissent encore susceptibles au figuré.

Les trois quarts de l'humanité se composent d'êtres incomplets qu'on pourrait considérer comme la négation du beau ; d'autres auxquels on a surajouté et qui, vu l'exagération de leurs formes, paraissent exister en partie double, et peuvent être pris comme l'affirmation du laid. Le type de la beauté physique est rare, dira-t-on, et ne se trouve guère que dans l'Apollon du Belvédère ; en France, à l'état de copie, et ailleurs comme divinité mythologique seulement.

Je le veux bien.

J'ajouterai même qu'une fée difforme, la fée Bancroche, semble avoir présidé à la naissance des myriades d'êtres qui parsèment l'anthroporama de Paris.

La nature elle-même est peut-être incomplète ; mais est-ce une raison pour mettre en relief ces disparates choquantes dont l'homme physique se trouve affligé par les mensonges de l'art du tailleur, et les paradoxes bourrés de coton dont chacun enveloppe son corps d'homme ou de femme ? De là naît une autre espèce d'incomplets : les incomplets du costume.

Le beau n'est que relatif.

Partant de ce principe, l'homme incomplet se crée un idéal de toilette dans les régions équatoriales où le lion secoue sa crinière frisée par Delignou. L'homme incomplet possède un fer à friser, des bottes à éperons, un cure-dent perpétuel et douze cents francs d'appointements. Il se crée là-dessus une lithographie qu'il n'atteindra jamais. Il commence par un chapeau de castor plus ou moins neuf, et finit par des bottes veuves de leurs semelles; exemplaire contrefait de la *Gazette des modes*, de feu M. de la Mésangère, le complément de sa toilette est resté chez le chemisier, son gilet chez la *spécialité* du genre. La fortune l'établit possesseur d'un habit qu'il lustre avec une brosse humectée. Il s'affuble d'un nom qui date des croisades, et stationne, aux heures de la digestion seulement, au perron du café de Paris, en compagnie d'un cigare incomplet.

Paris a des incomplets à tous points cardinaux de sa rose des vents. Tel pourrait être à peu près complet dans sa sphère, qui en rêve une autre à cent kilomètres (mesure nouvelle) des limites du possible.

De là ces expressions qui jugent l'homme : « Il est assez bien fait pour un clerc d'huissier. » Après des efforts inouïs, des précautions hyperboliques, un homme trop complet pour un commis voyageur rentre dans les incomplets dès que son luxe et ses appointements le portent à s'initier aux us et coutumes du Jokey-Club. Voilà ce qui nous perd, le génie de l'imitation qui produit les incomplets.

Entre une rue et une autre, un homme perd sa raison d'être; les rapports de son existence se trouvent changés. Un fashionable du boulevard Saint-Denis s'éclipse à la hauteur du café de Paris.

La province copie toutes les modes en les exagérant; elle s'empare des *poignards*, épreuves après la lettre d'un habit manqué. On n'est pas complet en province; l'idéal n'y existe même pas à l'état d'observation. Les erreurs de coupe que Paris se permet quelquefois sont mises sur le dos d'un gant-jaune de Nîmes ou de Carpentras. Tout est beau, tout est complet, dès qu'on peut y mettre: « C'est pour la province. » Du moins la province ne songe-t-elle point d'avoir du génie; à Paris, le génie fait les incomplets.

Vous trouvez des hommes immenses, des artistes dont le moindre coup de brosse embrasse l'humanité tout entière. Incomplets! incomplets! Monnaie de Rubens, de Raphaël, de Léonard de Vinci; ils ont au bout de leur pinceau un dogme, une idée chrétienne ou panthéistique, la formule abrégée de l'humanité.

L'artiste incomplet a une barbe qu'il cultive à l'exclusion de ses ongles et de ses cheveux; son costume n'est pas exempt des palingénésies sociales des époques qu'il est censé avoir étudiées. Il se dessine des paletots inédits dans ses moments de loisir, et se crée des modes à l'atelier. L'artiste incomplet envoie au Musée ces personnages formés de toutes pièces, ces bras mal attachés, ces têtes imposées à des torses qui menacent de les laisser choir. Apôtre d'une école incomplète, il donne dans le postiche et l'exagération de plus grandes hardiesses du maître; il se tient au-dessous du beau; le plus souvent, il le dépasse. Coloriste forcené, il anéantit le dessin au nom de Rubens. L'artiste incomplet crée encore ces petites expositions, pavés lancés à la tête du jury. Le Musée s'ouvre à un petit nombre d'hommes d'élite, qui viennent religieusement saluer l'aurore d'un art nouveau, et s'agenouiller devant l'œuvre d'un messie incomplet. Cet homme, d'une portée séculaire, est encore une nullité auprès du poëte incomplet.

Sublime rejeton de l'art poétique, le poëte incomplet existe comme une protestation contre l'anathème qui pèse sur le vers. Il porte la croix de l'hémistiche sur le Golgotha, désert de la poésie. Sa pensée incomplète se trahit au milieu d'une strophe, par un vers éclopé, par une rime boiteuse, par un — transporté à la soixante et dix-huitième stance d'un chant mélancolique. Il coule en bronze, dans sa strophe incandescente, le buste de V. Hugo, de Lamartine, de G. Sand, de Pierre Leroux, de Xavier de Maistre; mais ce qu'il adore surtout, c'est Greluchon, un autre incomplet. Il s'élance comme une comète dans le firmament du vers de un pied et au-dessous. Les prosateurs ne sont à ses yeux que des vers luisants du verbe, des crétins de l'adjectif; il nie la prose complétement.

L'homme incomplet sous les bannières militantes d'Apollon et des muses n'est pas seulement l'expression d'un doute, il est encore le bourreau de sa propre personne. Holocauste toujours brûlant sur le trépied sacré de la poésie, livrant à tous vents sa mélopée incomplète, il s'abreuve d'une satisfaction incomplète, en relisant ses sonnets incomplets. Les âges seuls doivent le compléter comme Homère. Il souffre de toutes les imperfections d'un siècle incomplet. Son chapeau est comme le romantisme, une forme sans fond ; les plus belles fleurs de poésie meurent à peine écloses dans la serre chaude de son cerveau. Ses paroles sont l'incarnation d'une moitié de pensée dans une moitié de rime. Il dîne au restaurant à vingt-deux sous, dîner incomplet.

Son cœur, presque toujours trop plein d'émotions, est constamment à la recherche de la femme complète. Dérision ! La femme complète n'existe qu'incomplétement.

L'espèce incomplète de la femme se distingue par de beaux traits et des dents d'un émail douteux, des cheveux en *manteau de roi*, coiffés d'un chapeau feuille morte ; un galbe

parfait, qui ne ressort jamais mieux que sous un paletot pilote ; ses traits ont une grâce virile qui n'exclut aucune des poésies de la femme. L'esprit a ses coudées franches avec elle, quand il s'aventure jusqu'à mettre le pied dans son sanctuaire, et dans ses moments de familiarité intime, l'amour laisse échapper à ses pieds ce mot brûlant : «Bonjour, mon garçon.» Son âme se replie comme un beau lis au souffle desséchant de l'égoïsme. Elle a un cœur, et quel cœur ! Ses illusions se sont effeuillées une à une ; elle a perdu ses croyances, son ignorance primitive. Elle a mis ses plus beaux châles au Mont-de-Piété. Son fond d'amour incompris est méconnu. Elle marche le front dépouillé des grâces de la jeunesse, mais couronné des roses de l'âge mûr. Sombre et mélancolique comme la nuit, elle s'entretient avec les étoiles, ses sœurs, et fume des cigarettes jusqu'au lever du jour. Son front ne s'anime plus d'une touchante rougeur, mais elle conserve l'empreinte des passions profondes qui ont agité sa vie. Elle comprend l'amour, le dévouement, elle comprend le sacerdoce, la poésie, la souffrance, l'expiation. La femme incomplète quitte l'expiation pour s'attacher à la souffrance, jusqu'à ce que la poésie vienne l'arracher à un mythe incomplet ; le nouveau Dieu fera place à un autre, jusqu'à ce que l'Olympe et le paradis soient épuisés. La femme incomplète n'a jamais qu'un amant à la fois, mais cet homme est tout pour elle, jusqu'à ce qu'un dieu encore inconnu soit beaucoup plus. La femme incomplète est une muse inédite ; quand elle parvient à rencontrer un cœur naïf, elle l'enveloppe dans les lugubres voiles de sa pensée ; elle l'associe à ses désenchantements, aux mille bonheurs qu'elle n'a pas ; elle le promène dans le désert de son âme ; elle devient pour lui une terre promise, et elle jette aux brûlants désirs du jouvenceau la manne de quelques caresses virginales. On finit par mourir de cet amour-là. Le malheur de cette femme, c'est de s'être posée, comme mythe des perfections de son sexe, une individualité *de lettres* dont elle est la charge incomplète.

Voilà le monde ; un abrégé bizarre de choses incomplètes où la fortune n'a que des demi-sourires ; l'amour, des joies incomplètes ; la poésie, des jours de souffrance ; où la vertu n'existe qu'à demi. Encore est-il juste de remarquer qu'au sujet de tout ce que le monde présente d'incomplet, rien n'est moins complet que cet article.

                                                                    ANDRÉAS.

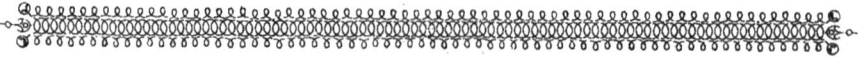

LES FEMMES LITTÉRAIRES.

I, aux douceurs du mariage, vous ajoutez encore le bonheur de posséder une femme littéraire, vous serez doublement malheureux.

Lorsque je rencontre par le monde une femme littéraire, je répète avec Rivarol :

« J'aime les sexes prononcés. »

En effet, la femme littéraire n'est d'aucun sexe. Elle n'est ni bas-bleu, ni femme de lettres, ni poëte, ni humanitaire, ni créatrice de religions; mais elle est femme littéraire et majeure trop émancipée.

Ne confondez pas cette création bâtarde et dégénérée avec la femme forte, puissante et mal peignée, répandant parmi les hommes des flots de poésie, des avalanches de romans, des macédoines philosophiques, des oraisons phalanstériennes et des enfants mal élevés.

La femme littéraire doit être placée un peu plus bas que la femme de lettres, entre un livre de ménage, des bas percés et un volume de Spinosa. Elle est naturellement liée à cette dernière par une certaine analogie de pensées, d'allures, de virilité et de négligence.

Voyez cet intérieur mal tenu, ces meubles couverts de poussière, ces nippes soyeuses et en lambeaux, ces étoffes somptueuses et tachées, ces héritiers barbouillés, ces livres en désordre, cette atmosphère de fumée de charbon, cette nappe vainement réclamée par le blanchisseur, tout cela est sous la protection de la femme littéraire.

Un mari homme de lettres, un petit cousin littérateur, un oncle dramaturge, un ami de la maison poëte incompris, donnent naissance à cette ravissante *moitié du genre humain.* Vous voulez faire une fin, et vous *engager dans les liens de l'hyménée,* comme dit votre futur beau-père, auteur de vaudevilles farouches ! Vous allez épouser une charmante personne, pleine de grâces et de vertus, dotée du produit de mille couplets égrillards et de vingt scènes scabreuses. Arrêtez, malheureux ! Mieux vaut la mort qu'un pareil mariage ; la rivière est à deux pas; ce modèle de toutes les perfections va devenir une femme littéraire.

Grâce au *flambeau de l'hymen,* toute adolescente de cette origine est subitement éclairée, et laisse tomber le vain masque de la timidité de la jeunesse. Le premier jour de vos noces, *le plus beau jour de votre vie,* vous entendrez sortir, de la voix la plus douce, cette phrase de *Roméo et Juliette,* prononcée avec une harmonie de circonstance :

« Étends un voile noir sur mes joues, que la pudeur colore à l'idée inconnue d'un époux, jusqu'à ce que mon timide amour, prenant plus d'audace, ne voie plus dans ce mystère qu'un chaste devoir. »

Heureux encore si la langue anglaise ne vient pas prêter à cette citation sa véritable couleur locale ! Heureux, mille fois heureux, si, avant la moitié de la lune de miel, votre épouse adorée, destinée par votre choix *à descendre avec vous le fleuve de la vie*, ne vient pas embellir votre réveil de quelque couplet de Vadé, ou d'une chansonnette du même genre, composée par monsieur son père, à l'usage des jours épicuriens.

Vous savez combien les jeunes filles sont curieuses et disposées à s'instruire. Élevées dans cette atmosphère de gaudrioles et d'incidents amoureux, elles apprennent volontiers de ces choses qu'un mari seul a le droit de leur apprendre, si tel est son bon plaisir. Un livre oublié, une pièce de vers récitée dans la chambre voisine, entre amis, un rôle régence destiné à Déjazet, et déclamé avec trop d'ardeur, se classent merveilleusement dans leurs cervelles, et vous savez en apercevez trop tard.

Où diable *Jean-Paul* avait-il l'esprit lorsqu'il se plaignait de n'avoir en partage qu'une femme prosaïque, lui qui possédait un véritable trésor, une de ces créatures mille fois plus gracieuses que *Gretchen*, une femme vraiment femme, une de ces bonnes Allemandes qui s'occupent de leur ménage, surveillent la *grande lessive*, cultivent des fleurs sur votre fenêtre, et remettent vos boutons d'habit. Écoutez les ridicules doléances de ce rêveur germanique ! Parce qu'il est encore en conversation avec la dernière étoile de la nuit, et que sa douce compagne vient lui annoncer que le café est servi, il se met en fureur, et la traite de pécore, de nature incomplète, de femme sans poésie. Restez, mon ami, dans vos demeures éthérées, comptez les étoiles du ciel, et dites aux voix de la nuit votre langage mystérieux et souvent incompréhensible ; mais, de grâce, ne répandez pas votre amertume sur celle qui s'occupe ainsi de votre bien-être et de votre pot-au-feu.

Pourquoi vous êtes-vous uni à cet ange de ménage, que vous accablez publiquement de votre dédain? Vous auriez dû venir auprès de nous, et nous vous aurions donné le choix d'une femme incomprise, d'une femme de lettres, d'une propagatrice humanitaire, de cent femmes émancipées ou de deux cents femmes littéraires. Alors, vous seriez allé rêver ensemble et deviser par les vertes campagnes, sur les riants coteaux, au bord des eaux limpides, sous la protection de l'azur des cieux; et, en rentrant chez vous, votre épouse étant trop poétique pour s'abaisser à préparer le repas nécessaire, et trop vaporeuse pour l'avoir ordonné, vous vous seriez vu souvent dans la nécessité d'aller souper avec un chant du crépuscule.

O Jean-Paul! si vous aviez goûté de *la femme littéraire,* vous conserveriez la vôtre avec amour.

La femme littéraire est quelquefois entachée de latinité, et alors Dieu sait, si vous l'avez choisie pour compagne, ce que vous aurez à supporter de vers, de citations, de répliques, de corrections puisées à la source de tous les auteurs de l'antiquité. Les classiques deviendront vos ennemis acharnés; Virgile, Horace, Tacite, Juvénal, Cicéron, vous livreront une guerre de tous les instants. Vous ne pourrez pas ouvrir la bouche qu'elle ne soit fermée par une phrase latine; vous n'avancerez pas une proposition qu'elle ne soit complétée par un fragment latin. Parlerez-vous d'un homme supportant le malheur avec courage, votre femme s'écriera avec enthousiasme : *impavidum ferient ruinæ,* etc. Direz-vous les douceurs de la campagne, et votre douce moitié vous interrompra par une églogue de Virgile. Dans vos querelles d'intérieur, vous serez mille fois accablé du *quousque tandem !* Et, dans un salon, dans la crainte de provoquer cette érudition insolite, vous passerez pour un ignorant fieffé.

Voilà ce qui vous attend, si vous avez sollicité la main de quelque fille de professeur de *belles-lettres,* chargée par son père de conserver les langues mortes dans la famille. Par bonheur, ce ridicule se perd chaque jour, et les femmes, dont l'éducation n'a pu se passer du grec ou du latin, ne sont plus d'âge à être mariées. Cependant votre étoile peut être assez mauvaise pour que vous soyez conduit vers une de ces merveilles que la province se plaît encore à conserver, et, si vous rencontrez cette rareté, arrêtez-vous sur le bord de l'abîme! Vous n'auriez pas fait l'acquisition d'une femme, mais d'un pédagogue en jupons.

Si le hasard vous pousse à devenir homme de lettres, n'initiez jamais votre femme aux secrets de votre cabinet de travail; cette contagion la perdrait. Que de femmes, créées pour être des épouses accomplies, sont devenues femmes littéraires, et quelquefois femmes de lettres par ce simple contact! Vous pouvez vous soustraire, dans vos projets de mariage, à la fille d'un auteur dramatique, à la sœur d'un littérateur, à la cousine d'un poëte incompris, toutes trois élevées femmes littéraires; mais comment ferez-vous pour préserver votre chère moitié de cette influence, si vous lui faites subir vos propres productions?

Comme on le voit, le danger est grand, et l'homme de lettres, en se mariant, est presque sûr d'augmenter le nombre des femmes littéraires. La jeune fille la mieux élevée résiste difficilement à cette atmosphère de drames, de vaudevilles, de romans, de nouvelles et de feuilletons; ses qualités naturelles disparaissent, et elle se fait une existence, des habitudes, un langage, je dirai même un argot, qu'elle ne soupçonnait pas. Entrez chez un de ces ménages lettrés! Le désordre le mieux compris règne dans tout l'appartement; les restes du déjeûner, les journaux, les légumes, les livres, les brosses encore vierges, les brochures, les casquettes de la maison, forment sur une table une macédoine ravissante; la femme est en déshabillé complet : la littérature l'absorbe tout entière; elle vient de terminer la lecture d'une nouvelle passionnée, excellent sujet de pièce pour son mari.

«Ah! vous voilà, mon cher, vous dit-elle, je vais vous demander votre avis sur un sujet de vaudeville dont l'idée me paraît tout à fait neuve. Il s'agit d'un père amoureux de sa fille, modèle de toutes les vertus; de son côté, la jeune personne, éloignée du monde par la jalousie de l'auteur de ses jours, se prend de belle passion pour son frère, mauvais sujet sous tous les rapports. Ce jeune homme, criblé de dettes, habitué à vivre avec des courtisanes, devine le secret de sa jeune sœur, et le met à profit dans le dessein de dévaliser son rival. Il est, en effet, sur le point de commettre le vol projeté, lorsque son père le surprend, et lui brûle la cervelle. Ceci n'est pas encore le dénoûment! Après une scène déchirante, où il avoue à sa fille son fatal amour, le meurtrier s'embarque pour l'Amérique, et la jeune personne reste à jamais abandonnée! Que dites-vous de la situation?

— C'est un charmant tableau de famille, qui me paraît pourtant un peu sombre pour un vaudeville.

— Vous n'y entendez rien! On peut faire sortir de ce sujet les effets les plus heureux. Le meurtre, par exemple, aura lieu dans la coulisse, et se fera en récit.

— Ah! si vous mettez le meurtre en récit, ce sera tout différent.

— Comment voulez-vous que, dans un vaudeville, on fasse tuer, sur la scène, un fils par son père? Si c'était un étranger, passe encore; ça s'est déjà vu. Mais que pensez-vous de la situation de la jeune fille?

— Elle me paraît fort embarrassante.

— Embarrassante n'est pas le mot; c'est dramatique qu'il fallait dire. Le cruel abandon de cette jeune personne laisse les spectateurs en suspens. Le public ne sait pas ce qu'elle va devenir, et cette incertitude termine la pièce d'une façon poignante. Étiez-vous hier à la première du nouveau drame?

— Non, je n'ai pas pu y aller.

— Vous avez perdu. Dorval a eu de très-beaux moments; Guyon a fait deux *sorties* magnifiques; mais la débutante a fait un *four* complet. Le parterre l'a légèrement *égayée.* Du reste, la réunion était des plus brillantes; l'élite de la littérature s'y trouvait : Georges Sand, madame Doria, Balzac, Anicet Bourgeois. Mon mari était retenu à un autre théâtre.

— Et comment se porte ce cher garçon?

— Très-bien. Il est à sa répétition. Je crois que nous marcherons bien, d'après ce qu'il m'a dit. Moëssard a du naturel, Chilly a du feu, et la petite Théodorine a de très-heureuses inspirations. Nous comptons sur vous et vos amis pour nous *chauffer* cela. Nous supprimons décidément les chevaliers du lustre; ils ne comprennent pas. Vous savez que nous avons changé notre dénoûment. L'héroïne mourait d'abord par le poison, puis ensuite par le poignard. Nous nous sommes arrêtés quelque temps à l'asphyxie, et, après mûre réflexion, nous avons adopté l'incendie : c'est moins usé et plus brillant. Nous *viendrons* dans cinq ou six jours, à moins qu'il ne nous survienne une indisposition ou un véto de la censure; mais ce dernier empêchement n'est pas à craindre, car nous n'avons pas d'allusions politiques comme dans notre drame. Vous savez? Quel succès! Des droits d'auteur fabuleux ! Quel dommage qu'il n'ait pas été seul ! nous aurions aujourd'hui deux mille francs de plus. Ces collaborateurs vous ruinent. »

Il existe une femme de vaudevilliste qui ne saurait prononcer une phrase sans l'embellir d'un fragment de couplet. Cet accompagnement obligé est devenu chez elle une habitude tellement prononcée, que ses amis la mettent eux-mêmes sur la voie. Vous lui parlez d'un officier de sa connaissance, et elle vous répond machinalement :

> Oui, j'ai connu ce militaire,
> Je l'ai vu sur le champ d'honneur ;
> Un mouvement involontaire
> Près de lui fait battre mon cœur.

Vous abordez les derniers succès de nos troupes à Alger, et elle fredonne :

> Dans les doux champs de la belle Algérie,
> On verra croître des lauriers ! (*Bis.*)

Vous entamez le chapitre du sentiment, et elle ajoute à sa réponse :

> Le bonheur est dans l'inconstance,
> Elle seule embellit nos jours.

Les femmes littéraires composent une famille d'une variété infinie, dont les traits fugitifs ne peuvent être bien saisis que par les complices de leurs égarements. La femme du romancier vient en première ligne, et vous la reconnaîtrez à l'usage immodéré de termes techniques puisés dans le vocabulaire de son mari : *Nous avons nos épreuves à corriger; aurons-nous bientôt nos bonnes feuilles ? Nous allons donner notre bon à tirer; notre dernier volume vient d'être lancé, et nous avons à le faire mousser. Il faut que nous écrivions aux journalistes, en envoyant les deux exemplaires. Notre éditeur n'a pas le moindre savoir-faire,* etc. Puis, se présentent à la suite, l'épouse du critique, chargée par son mari de lire les ouvrages dont il doit rendre compte; la femme du poëte, toujours prête à cadencer les vers de son époux; la compagne du débutant littéraire, colportant de journaux en journaux les premières inspirations de son adoré, et allant elle-même toucher le prix des feuilletons reçus; la *camarade* de l'humanitaire, propageant, dans son petit cercle, la supériorité de la femme, et son aptitude aux droits civils et électoraux: créature très-avancée, prêchant par la parole et par l'exemple, et dévoilant au monde une conduite mille fois plus émancipée que toutes les théories de celui qu'elle a choisi!

Quelquefois, fatiguée de jouer un rôle secondaire, la femme littéraire s'élève au rang de femme de lettres, en débutant par un *bulletin des modes.* En vérité, si la manie littéraire fait encore des progrès, et si les gens possédés de cette manie continuent à se marier, il n'y aura plus de *femmes* sur cette terre.   F. G.

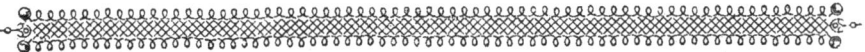

LES FLOTTEURS.

 vous, heureux de ce monde, à vous, charmantes Parisiennes, qui vous abandonnez aux douceurs de la médisance autour d'un confortable foyer! Quand votre regard se perd dans les tournoiements de la flamme, et que vous interrogez gravement les étincelles joyeuses qui pétillent, insouciantes des nombres dans lesquels vous les groupez, pour en faire sortir une chance désirée; quand, lasses enfin d'évoquer cet oracle capricieux et inintelligent, vous êtes-vous jamais demandé d'où, comment, par qui vous arrivait ce précieux combustible que les campagnes vendent au poids de l'or aux grandes villes, et que Londres, enveloppée dans son atmosphère brumeuse, envie à Paris? Vous savez les côtes rougies par le corail, les pays fortunés où, dans le sable, se cache le diamant, la vallée de Cachemire, les neiges du Nord, blanchies par vos hermines, Venise, dont les gants *créent* des mains ou les conservent, Smyrne, qui étend ses tapis sous vos jolis pieds, Malines, Valenciennes, Bruxelles, qui jettent sur vos fronts leurs voiles indiscrets; mais vous ne savez pas d'où vient la seule chose sans laquelle toutes ces jouissances seraient comme non avenues pendant huit mois de l'année. Auriez-vous besoin de tapis, de parures de diamants et d'hermines, si l'ardent foyer qui réchauffe ne nous réunissait pas tout près de vous dans vos magnifiques salons?

Ce bois arrive du Morvan, arrangé en train par des *flotteurs*. Et ce Morvan, ces trains, ces flotteurs, trois mots qui vous arrivent sans doute à l'oreille pour la première fois, renferment, et une industrie que vous ignoriez, et de curieuses existences dont votre vie de bien-être ne vous laissera jamais soupçonner les fatigues. Tous les ans, le Morvan, cette forêt qui semble toujours vierge, tant elle est féconde, détache de sa couronne de chêne des milliers de rameaux que, sans plus de souci, elle jette dédaigneusement au courant des ruisseaux, en leur disant : — Paris aura froid cet hiver : allez réchauffer un peu cette ville blasée! — Et le flot obéissant charrie son lourd trésor, jusqu'à ce que ; resserré dans de prévoyantes écluses, il s'arrête, et avec lui la masse compacte de toute la coupe.

C'est à Clamecy, au plus tard, que le flot s'arrête. Là, le bois est tiré hors de la rivière à l'aide de crocs, et arrangé, sur les deux rives de l'Yonne, en longues et hautes piles serrées, entre lesquelles un homme peut difficilement passer en s'effaçant. Ce bois, ainsi aligné, occupe souvent une lieue d'étendue riveraine, du village d'Armes à celui des Pouceaux, Clamecy inclus ; et c'est une belle chose que cette longue ceinture qui suit la rivière dans tous ses capricieux contours. *Une armée en bataille est plus intéressante, sans doute,* parce qu'elle se meut ; mais elle n'est pas aussi imposante, aussi gigantesque, ni si compacte, ni plus impénétrable! Du reste, l'intérêt est aussi grand, le drame aussi complet. Qu'un corps d'armée soit détruit, un autre corps lui succède : la bravoure est de toutes les générations ; mais que le feu consume cette double muraille de bois, que la petite rivière inconnue se tarisse ou cesse de couler, et Paris, Paris tout entier n'a d'autre ressource contre le froid que de souffler dans ses doigts. Rassurons-nous, rien de semblable ne s'est vu! Les flotteurs, ces infatigables matelots, qui sont à eux seuls architectes, constructeurs, pilotes, continueront pour nous leur rude métier.

Quand la rivière commence à croître, vers les pluies de mars, ils arrivent par milliers sur la rive, eux, leurs femmes, leurs enfants. Tout le monde s'en mêle. Un vigoureux gars ébranle une pile ; elle s'écroule, et presque jamais sans accident. Alors les jeunes filles approchent leurs brouettes, les enfants les chargent de bûches, les vieillards réunissent ces bûches et les tressent avec de longues perches de quinze pieds de long, les garçons les posent dans le *cadre* et les y enfoncent violemment à coups de marteau : cette portion de train s'appelle une *branche;* quatre *branches* réunies carrément forment un *coupon,* dix-huit coupons font un train. Comme tout ce travail se fait au bord de l'eau, et que chaque *branche* est poussée dans la rivière, quand elle est terminée, ces branches, liées entre elles par des *rouettes* (baguettes d'un pouce de diamètre et de quinze à vingt pieds de long, tournées pour les rendre flexibles comme une baguette d'osier), forment le *train* prêt à partir, lorsque les écluses du prochain pertuis seront lâchées.

Chaque train est monté par deux personnes. Le *second* est un enfant dont le nom est emprunté à sa fonction : le *boute d'argez.* C'est lui qui dirige la queue du train ; le maître flotteur tient la tête, qu'il ne quitte qu'en cas d'accident. D'une main hardie, il est à l'avant, debout, la tête nue, les cheveux aux vents, le bras levé. Un pantalon de coutil, une ceinture de serge bleue, un gilet rouge, de gros souliers, composent son costume habituel. Il est là, les bras dispos, la jambe tendue, prêt à s'élancer à droite ou à gauche selon le besoin. Faut-il franchir une écluse, enfiler une arche de ces vieux ponts, sombres, étroits, surbaissés, que la prudente timidité de nos pères a jetés sur les cours d'eau les plus ignorés, le train, que le flot emporte, peut se briser, ou tomber tête baissée dans la chute d'une écluse profonde! Rassurez-vous, le maître flotteur a, sous chaque main, une perche robuste dont il engrave la pointe dans le sable, contre le courant : puis il engage le bout opposé

de la perche sous l'une des deux *oreilles* qui sont solidement attachées à la tête du train. Le
flot pousse toujours ; mais, au lieu de continuer sa marche fatale, le long serpent de bois se
dresse et s'élève souvent à une effrayante hauteur. Cette manœuvre exige une grande habileté. Trente pieds séparent l'homme et son fragile esquif du flot qui les portait. Ils retom-
bent. L'eau bouillonne, rugit, s'amoncèle en nappes retentissantes ; mais l'obliquité nécessaire est obtenue : la tête du train est engagée dans l'étroit passage. Si la queue du train,
encore bien loin, n'a pas suivi l'impulsion, vous entendrez sortir de dessous l'arche ce
simple commandement : — *Boute d'argez, moun houmme!* — Et le *boute d'argez* saisit
une perche aussi grosse que lui, la fiche dans le gravier, et la masse recule sous cet effort
de l'enfant. Maintenant qu'ils ont surmonté le danger, voyez le flotteur et son *second* allant
de l'une à l'autre perche, *boutant par-ci, boutant par-là*, selon que la rivière, étroite
et sinueuse, profonde ou basse, leur offre assez d'eau pour marcher. Le parcours est long,
et l'Yonne est une capricieuse rivière. Les flotteurs n'ont pas, comme les marins, des cartes
qui leur indiquent les écueils et les récifs. Cependant, grâce à une longue expérience,
chaque obstacle leur est connu, chaque banc de sable leur est familier. Ils savent, dans un
parcours de cent lieues, qui s'accomplit en huit ou quinze jours, où il est nécessaire de
tourner, où ils doivent marcher droit, ce qu'il faut fuir, ce qu'ils doivent chercher. Le train
va, vient, s'allonge, serpente, vole ; tous ces mouvements sont imprimés ou combattus par
le flotteur. Ici sa tête s'enfonce dans l'eau, et y entraîne notre homme jusqu'à la ceinture ;
là, elle se dresse, et, comme essoufflé, le train semble vouloir s'arrêter. C'est une lutte sans
fin entre cette longue machine poussée par le flot, et le prévoyant flotteur qui ménage les
courbes, sauve les angles de ce long ruban de bois, pour les adapter aux encaissements
difficiles ou étroits d'une petite rivière. Quelquefois l'eau baisse de quelques pouces, et
voilà notre homme à sec, immobilisé sur le sable pour trois, huit ou quinze jours : il est
engravé.

LES ANGLAIS EN SUISSE.

Si vous faites, comme tout le monde, un voyage en Suisse, vous rencontrerez, sur les bateaux à vapeur du lac de Genève, ces nombreuses compagnies de touristes, venus de tous les points du globe, pour s'emparer des vallons pittoresques de ce pays. Il est curieux de les voir arriver, à l'heure du départ, dans leurs bizarres costumes de voyage : le sac sur le dos, le bâton du montagnard à la main, fiers comme de jeunes conscrits marchant à la conquête du monde. Les Anglais sont toujours en majorité : voyageurs de naissance, ils fondent chaque jour de nouvelles colonies, ou par droit de victoire, ou par droit d'habitation. L'Inde ne leur suffit plus, et ils viennent tous les ans prendre possession d'un nouveau canton helvétique.

Les Anglais qui jouissent d'une grande fortune voyagent de telle sorte, qu'ils peuvent aisément croire qu'ils ne sont pas un seul instant sortis de chez eux. Enterrés dans les coussins d'une excellente chaise de poste, suivie de plusieurs voitures contenant les domestiques, les femmes de chambre, et toutes les mille nécessités du véritable comfort, ils parcourent les grandes routes avec une effrayante rapidité. Sous la tutelle d'un homme de confiance, spécialement chargé de la dépense et de leurs plaisirs, ils ne veulent même pas avoir la peine de penser ; ils payent assez cher pour qu'on les en exempte. Aussi, lorsque, dans les pays qu'ils traversent, il se trouve quelque merveilleuse curiosité à l'usage du voyageur, l'homme de confiance doit dire à haute voix : « Voilà la cascade de !.... La grotte de !.... L'église de !.... Le tombeau de !.... » Si l'habitant de la chaise de poste est bien disposé, il met la tête à la portière assez de temps pour ne rien voir, et retombe de nouveau dans son apathie habituelle. Quelquefois, ennuyé des préparatifs d'un relai, son instinct investigateur le porte à demander le nom du village dans lequel il se trouve arrêté, et il se montre fort satisfait d'un nom incorrect qu'il n'a pas entendu.

Dans les villes de repos, ces voyageurs font toujours choisir l'hôtel le plus convenable, l'appartement le plus commode, dans lequel ils restent enfermés. L'habitude de l'intérieur est chez eux tellement puissante, qu'ils ne communiquent avec personne, laissant au *factotum* le soin de régler tous les comptes, et de s'occuper de tous les détails matériels de l'arrivée et du départ. Pourquoi ces gens-là vont-ils en Suisse ? Ils feraient, ce me semble, tout aussi bien d'arpenter vingt fois de suite toutes les routes de l'Angleterre ; ils en retireraient les mêmes avantages.

D'autres Anglais voyagent d'une manière plus modeste, et par conséquent plus profitable. Ils montrent partout une incessante curiosité, un désir de s'instruire qu'on ne saurait trop encourager. Aucune ville ne leur échappe, la plus mince habitation les intéresse ; ils examinent attentivement le moindre filet d'eau ; le nom de tous les lieux qu'ils viennent de visiter se trouve soigneusement consigné sur un album qui, à chaque instant, vient au secours de leur mémoire, car ils tiennent avant tout à retenir les noms de tous les hameaux traversés : c'est le but principal de leur voyage. Malgré les efforts de ces hommes consciencieux, qui apportent toute leur attention à cette minutieuse nomenclature, je crains que leurs connaissances topographiques ne se trouvent souvent en défaut. En effet, il existe de coupables conducteurs qui, pour se débarrasser des perpétuelles demandes adressées par ces Anglais, ne trouvent rien de mieux que de transposer les noms des villes et villages de la route, de telle sorte qu'après d'interminables recherches sur la carte routière, le voyageur scrupuleux se voit dans la nécessité de se contenter de leurs assertions, et d'inscrire sur le précieux album, fruit d'un long travail et de recherches infinies, un nom inspiré par le caprice.

Que faire pendant la traversée d'un lac, si l'on veut s'écarter du cercle de ces quelques phrases de la *langue universelle* ? «Il fait très-beau temps aujourd'hui ! Nous eûmes hier une journée magnifique. Nous aurons peut-être ce soir de l'orage ! » On se lasse d'admirer les sites pittoresques qui se succèdent sur les deux rives ; il faut bien tuer le temps ! Et alors on se laisse prendre aux manières affectueuses d'un compagnon de voyage qui vous enchaîne par cette exclamation prononcée avec une extrême difficulté : «Quel admirable pays !» C'est ordinairement un *gentleman* novice, au visage épanoui, enchanté de ce qu'il voit, émerveillé de ce qu'il n'aperçoit pas encore. Plein d'ardeur et d'impatience, il embrasse tout par le regard ou la pensée ! Il arrivera un moment où, ne pouvant contenir son ravissement, il sera avec vous plein d'expansion ; heureux de rencontrer une âme qui le comprenne, il vous donnera la virginité de toutes ses impressions anglo-françaises.

«Ah ! *sir*, quel rivage enchanteur !

— Comment vous portez-vous *this morning* ?

— *Verily beautiful* vallon.

— *The country* beaucoup agréable en vérité !

— *Do you speak english ?*

— Monsieur, *the wind serves.*

— *Where are you* loger.»

Montrez-vous plein de complaisance pour ces pèlerins affectueux, vous gagnerez l'amitié de ces jeunes Anglais qui recommencent chaque année le voyage de Suisse pour se perfectionner dans *la langue française* ; ils vous prendront pour un *modèle de conversation ;* ils se serviront de vous comme d'un dictionnaire. Si vous y tenez, il vous sera facile de reconnaître l'un de ces touristes à ces deux seules expressions admiratives : « Fort joli ! merveilleusement sublime !» qu'il applique indistinctement au mont Blanc, ou à quelque chalet d'Interlaken.

Bien que les voyageurs exacts forment une classe très-nombreuse, il est bien rare de découvrir beaucoup qui s'imposent ; dans toute l'étendue du pays, une aussi minutieuse investigation que ceux dont je vous ai parlé tout à l'heure. Quelques contrées célèbres par tradition, ou illustrées par de grands souvenirs, ont seules le droit d'exciter l'admiration de nos voisins, et d'attirer chaque année d'immenses caravanes. Ferney, Chillon, la chapelle de Guillaume Tell, sont ordinairement le but de ces saints pèlerinages. Néanmoins, je l'avoue, on a tellement abusé de la canne de Voltaire, que Ferney commence à être négligé.

Quelques Anglais viennent en Suisse uniquement pour visiter les lieux décrits dans *la Nouvelle Héloïse ;* Montreux, Clarens, la Meillerie, ont encore leurs dévots pèlerins, qui vous apprendront *qu'on ne peut vraiment goûter le philosophe genevois qu'au milieu des sites dont il nous a donné de si brillantes descriptions.* Il est d'usage de négliger le château de Coppet; mais depuis lord Byron|, nul touriste ne peut se dispenser d'accorder quelques heures au château de Chillon, dont personne ne se souciait autrefois. Les zélés prennent l'esprit d'imitation jusqu'à passer une nuit dans ces sombres cachots, en compagnie d'un bol de punch dans lequel ils puisent toujours de si heureuses inspirations, qu'ils finissent par graver leur nom à côté de celui du grand poëte !

Les touristes qui voyagent sous l'influence immédiate du *Guide du voyageur en Suisse* sont fort communs. Entièrement soumis à ses instructions, fidèles à ses conseils, ils croiraient commettre un sacrilége en s'écartant de la loi écrite de ce livre indispensable. Plongés dans la méditation de ses articles, ils préparent à l'avance leurs jouissances, ils notent tous les lieux dignes de leur étonnement. Voyez l'exactitude de leurs costumes ! Est-il possible de mieux comprendre la vraie manière de voyager ? N'ont-ils pas le sac, la blouse, les hautes guêtres de cuir ? Tout leur bagage ne se compose-t-il pas des seuls objets prescrits ? Les amateurs de points de vue oublient-ils jamais l'immense télescope, s'ils voyagent en compagnie, ou la longue vue portative, s'ils cheminent isolément ? Comment auriez-vous l'audace de porter vos pas vers les montagnes, dans un costume non autorisé par *Ebel ?* Avez-vous seulement le bâton ferré sur lequel doit être gravé l'un de ces grands noms : *Chamouny, Grindelwald,* Iungfrau ? La gourde du pèlerin pendelle au moins à votre ceinture ? Rien de tout cela ! Allez donc, malheureux citadins, vous renfermer tout le jour dans la chambre de votre auberge ! Les sentiers du montagnard, la *mer de glace,* ne sont pas faits pour vous; vous êtes indignes du *grand et petit Jorane.* Comment pourriez-vous apprécier, et le *col de*

Balme ; et de dôme de Goûté ? Cette généreuse indignation, excitée par votre imprévoyant costume, se manifestera, soyez en sûr, chez les arpenteurs de montagnes, marcheurs infatigables, dont le voyage se résume en une perpétuelle transpiration.

A côté de ces intrépides curieux, vous pouvez placer les Anglais, se formant à la discussion par des disputes sans cesse renouvelées avec tous les aubergistes de la route. Persuadés qu'on leur fait tout payer plus cher qu'aux autres voyageurs, ils sont toujours sur le qui-vive, et leur irritation n'a pas de bornes si on leur demande un prix qui leur semble exagéré. «Vous vous moquez, s'écrient-ils après un repas où ils ont mangé comme quatre, cinq francs pour ce mauvais dîner? C'est plus cher que chez Véry! Je veux donner trois francs!» Ou bien, après avoir demandé une tasse de café :

«Vingt-cinq sous pour ce petit déjeuner? C'est révoltant! Vous voulez nous exploiter! Chez Tortoni, à Paris, moi je paye vingt sous!» Puis viennent les jeunes Anglais placés sous la tutelle d'un précepteur, et la protection de cet adage : *Les voyages forment la jeunesse.* A propos de cette classe de plus en plus envahissante, il est bon de citer une anecdote assez curieuse, extraite des anciennes revues, par l'auteur d'un charmant article sur *Les Anglais en Italie ;* elle pourra donner une idée de la manière dont ces jeunes *gentlemen* apprenaient, dans le siècle dernier, à connaître *les hommes et les choses* de ce monde. Le *squire* Lavender, personnage de convention, créé par les anciens *reviewers,* raconte ainsi les aventures et les équipées relatives au voyage de son fils :

«Mon fils, pendant son séjour à Paris, ne fit guère sa société que d'Anglais débauchés, tarés, piliers intrépides de tripots et de cafés. Il dut à leur fréquentation de se voir engagé dans deux ou trois mauvaises affaires, dont il ne se tira que par la protection de l'ambassadeur d'Angleterre. Il prit pour maîtresse une ancienne actrice irlandaise, avec laquelle il vécut, et se livra à toutes sortes de dépenses folles. Il n'apprit pas un mot de français, et ne parla jamais à aucun Français, ni à aucune Française, excepté pour les apostropher, dans l'occasion, en bel et bon anglais, d'une façon injurieuse et brutale. Je l'avais confié aux soins d'un gouverneur genevois, homme de bon sens, pénétré de la dignité de ses devoirs, qui me conseilla, en m'informant de l'existence que mon fils menait à Paris, de le faire partir pour l'Italie, comptant sur un changement de climat pour opérer en même temps un changement dans ses mœurs. Sa conduite en Italie vous apparaîtra sous son vrai jour, si vous voulez bien jeter les yeux sur la lettre qu'il m'adressa peu de jours après son arrivée à Rome :

«Monsieur,

«Je n'ai pu trouver une seule minute pour vous écrire, pendant les six semaines que j'ai passées à Florence, et les huit jours employés à visiter Gènes ; les curiosités du pays, les courses, les promenades ont pris tout mon temps. La chose la plus curieuse que j'ai vue est la tour de Pise : elle est toute de travers ; vous diriez un ivrogne qui s'achemine le long d'un fossé, et cherche vainement à reprendre son équilibre. J'ai trouvé en Italie plusieurs de mes compatriotes, et nous passons le temps ensemble d'une manière assez agréable : il y a même, à Rome, quelques gentilshommes anglais fort aimables; nous sommes huit ou dix bons diables, bons vivants, d'humeur liante, et nous faisons société ensemble. Nous nous réunissons ordinairement chaque matin pour déjeuner; puis, après nous être fait promener pendant une heure ou deux dans la rue du *Corso,* dans des voitures traînées par de détestables chevaux, nous nous donnons rendez-vous au café anglais, où il y a toujours une excellente compagnie, un billard irréprochable, de bon tabac à fumer, et des jeux de toute espèce; de là, nous allons dîner ensemble, et ordinairement les uns chez les autres; ensuite, après avoir sablé quelques bouteilles de vin de France ou d'Espagne, que nous avons eu le secret de nous procurer ici, nous allons souper, et nous jouons, en général, jusqu'au jour, qui paraît ici de fort bonne heure en hiver. Quant aux Romains, je ne crois pas qu'ils ressemblent en rien aux Romains d'autrefois, et vous concevez que nous n'avons jamais de rapports avec ces gens-là : ils sont par trop au-dessous de nous; d'ailleurs, aucun d'eux ne parle anglais, ce qui achève de rendre toute communication impossible. Nous vîmes, l'autre jour, le pape et les cardinaux, dans une procession; mais nous résolûmes de soutenir l'honneur de la vieille Angleterre, et nous restâmes devant eux le chapeau sur la tête, tandis que tous ces bélitres d'Italiens étaient agenouillés autour de nous. Du reste, je puis vous assurer qu'ici la cuisine est détestable : croiriez-vous que, dimanche dernier, voulant fabriquer un pudding, nous ne pûmes trouver de rum de premier choix? Nous nous vîmes privés d'une foule d'ingrédients nécessaires.

«Je vous dirai, monsieur, à cette occasion, que je voudrais bien être délivré du petit gouverneur suisse que vous avez aposté près de moi; c'est une bien maussade compagnie : le petit faquin me tourmente sans cesse pour me faire voir tous les étrangers qu'il ramasse, comme si mes bonnes connaissances d'Anglais ne me suffisaient pas. Je termine en vous annonçant que je suis présentement absolument dénué d'argent; il faut que j'acquitte au plus vite des dettes de jeu que j'ai contractées, mais une veine heureuse réparera bientôt cet échec. Envoyez-moi donc tout l'argent que vous pourrez vous procurer, et vous me trouverez toujours

«Votre fils soumis.»

Quelques jeunes gens, fraîchement sortis des *universités*, viennent encore en Suisse pour y conserver les bonnes traditions de cette existence de viveur. Vous les voyez toujours entre eux, s'emparant de tous les salons d'un hôtel, qu'ils transforment le soir en cabaret. Sont-ils jamais embarrassés pour découvrir ce qui les intéresse le plus, le bon vin et le tabac de première qualité? Malheur à vous, si vous n'adorez pas les chants tyroliens! Assis autour d'un bataillon de bouteilles de claret et d'eau-de-vie, ils vont chercher à imiter, avec le sentiment musical qu'on leur connaît, le perpétuel *jolen* des montagnards. Quelquefois, ils sont conduits dans ce pays hospitalier par des motifs d'une importance incontestable. Grâce à la complaisance que je sais mettre dans ces relations de rencontre, deux de ces touristes me jugèrent dignes de leur confiance; ils m'avouèrent enfin, l'un qu'il n'était venu en Suisse que pour manger *des fraises* dans l'arrière-saison, l'autre pour *pêcher à la ligne dans les lacs*.

Dans ces dernières années, un lord fit ce voyage uniquement pour risquer une expérience qu'il paya de sa vie. Après avoir lancé, au milieu des rochers qui dominent la chute du Rhin, une barque que le hasard fit reparaître à la surface des eaux, il monta avec son domestique dans un second bateau, et il se lança avec assurance dans ce précipice, où les flots engloutirent barque, Anglais et domestique. Une expérience non moins dangereuse a eu lieu dernièrement : Un autre Anglais s'est avisé de vouloir se rendre en ligne droite d'un point à un autre, dans un canton couvert de montagnes, et il est arrivé à l'exécution complète de son projet, en se faisant hisser et descendre de précipice en précipice jusqu'au terme de son voyage. Si vous allez à Chamouny par la *Tête-Noire*, on vous montrera un énorme rocher qu'un Anglais a payé 1,500 francs, non pour l'emporter, chose fort difficile dans cet étroit passage, mais bien pour y faire graver son nom, ses armes et sa généalogie.

F. F.

PETITS MÉTIERS LITTÉRAIRES.

 E mendiant de lettres est une des plaies de la littérature, un des plus horribles ennuis de la gloire que nous espérons tous.

Je vous suppose aussi inconnu que le dernier rapin littéraire, et, sous l'influence d'un cauchemar dramatique, vous vous abandonnez aux rêves de vos prochains succès, encore endormi *dans les bras de Morphée,* comme le disait M. E. Dupaty, de l'Académie française.

Le bruit de votre sonnette vous a jeté bien loin de vos illusions littéraires. La figure grimaçante d'un créancier est venue se glisser dans le brouillard de votre réveil ; *tous les bottiers aiment à voir lever l'aurore !*

Votre tête est encore farcie de scènes sanglantes, de lugubres personnages, divines créations de votre esprit. La veille, vous combiniez le plan de votre premier drame ; et vous rêvez encore meurtre, poignard, poison, duel, supplice, extermination, apparitions nocturnes, traître incorrigible, Moëssard, Chilly, Harel, Anicet Bourgeois, Bocage, et toute cette galerie fantastique vient de faire place au visage du traître qui vient vous réveiller. *Mort et damnation !*

Oppressé par votre drame, vous saisissez votre bonne dague, fleuret innocent destiné à percer le cœur de votre premier critique ; et, le fer d'une main, la chandelle de l'autre,

vous vous disposez à soutenir bravement une *scène* dont l'acteur supposé vous jette dans un doute affreux. Un homme vient de faire son entrée ; sa figure noble et distinguée tout à la fois, ses manières élégantes, son organe affectueux, sa diction facile, vous désarment aussitôt, et vous donnent instinctivement l'idée d'un directeur de théâtre à la piste de votre talent. Vous recevrez ce visiteur matinal avec toute la politesse que comporte votre costume improvisé. Vous offrez un siége, et, débarrassé de la sombre physionomie que donne toujours la crainte d'un fournisseur, vous demandez à ce monsieur l'objet de sa visite.

«Monsieur, vous dit avec assurance votre interlocuteur, *j'ai beaucoup parcouru le monde,* et partout votre renommée est venue frapper mon oreille.

— Ah ! monsieur, je n'osais pas espérer... De faibles essais...

— Quelquefois, un début est un vrai coup de maître.

— Je le désire assurément, mais...

— Vous ne manquerez pas de puissants appuis, et s'ils vous font défaut, votre talent seul vous soutiendra.

— Mon œuvre est à peine terminée, et je ne sais pas si elle vous conviendra.

— Elle me conviendra certainement, et le succès vous est acquis d'avance.

— Quand pourra-t-on me jouer?

— Quand vous voudrez; le théâtre vous est ouvert.

— J'aurais cependant quelques corrections à faire.

— Corrigez, corrigez : Boileau l'a dit; et, grâce à ce conseil, Racine a fait des chefs-d'œuvre. »

Ici les rayons de la gloire frappent vos yeux; vous éteignez votre chandelle. Votre interlocuteur reprend :

« Victor Hugo m'a parlé de vous !

— Je le connais fort imparfaitement.

— Il vous a distingué; il fait le plus grand cas de vous, et je crois vraiment que c'est lui qui m'a donné votre adresse, que tout passant, du reste, aurait pu m'indiquer. Voilà de quoi il s'agit. Je viens de traduire un ouvrage inédit de Tacite, découvert dernièrement dans la bibliothèque du Vatican, et je viens vous demander la permission de vous compter au nombre de mes souscripteurs. L'ouvrage est sous presse, et coûtera vingt francs. J'ai oublié ma bourse ce matin, et je vous prierai de vouloir bien m'avancer cette somme; vous recevrez les deux volumes franco, et vous lirez votre nom imprimé à la fin de l'ouvrage dans la liste des souscripteurs. »

Étourdi, anéanti, vous balbutiez ces quelques mots :

« Mais vous n'êtes donc pas directeur ?...

— Je l'ai été pendant plusieurs années. Je dirigeai *le Biribi littéraire !* journal qui eut longtemps une grande influence sur le public; mais nous n'avons pas voulu faire de concessions aux novateurs modernes, et *l'amour de l'art* nous a tués. Alors, j'ai demandé des consolations aux vrais classiques. »

Vous vous creusez le cerveau pour trouver une excuse, lorsque votre visiteur ajoute :

« Entre confrères, il ne faut pas se gêner. Dites-le moi franchement : si vous n'avez pas vingt francs, donnez-m'en dix; je m'en contenterai. Tous mes souscripteurs ont, il est vrai, payé d'avance. Tenez, voici ma seconde liste, toutes nos illustrations : V. Hugo, Balzac, Chateaubriand, Lamartine, Soulié... Il ne manque plus que vous. Ainsi donc vous me devrez dix francs : c'est une affaire arrangée. » — Le mendiant parti, vous vous frottez les yeux, vous retombez, de toute la hauteur où vous étiez monté, dans le monde réel; et vous vous apercevez que vous venez d'être victime d'un nouveau genre d'escroquerie, *le vol à la traduction.*

Dernièrement le nom d'un littérateur plus célèbre par ses malheurs que par son talent a été exploité par deux flibustiers de ce genre. Ils couraient d'homme de lettres en homme de lettres, étalant complaisamment des infortunes imaginaires. Chez l'un, ils déroulaient le tableau du plus misérable intérieur; chez l'autre, la supposition d'un suicide était mise sur le tapis. Les ombres de *deux amis* étaient habilement invoquées; Gilbert et Malfilâtre venaient ensuite, et ce triste cortége excitait la pitié; et la recette fut brillante !

Le mendiant de lettres subit mille transformations. Aujourd'hui c'est un *amant des Muses* toujours sur le point de publier son recueil : *couronne poétique, guirlande poétique, macédoine poétique, mélanges poétiques, pot-pourri poétique, débris poétiques, fragments poétiques,* dont une pièce est toujours dédiée au confrère sollicité. Ces nouveaux industriels savent supporter toutes les avanies, revenir à la charge malgré vingt refus; le métier est productif, ils en vivent depuis dix ans. Souvent, fatigué de leurs importunités, vous vous décidez, par avarice ou faute d'argent, à écrire sur un papier qu'ils vous présentent l'adresse d'un de vos amis, chez lequel ils se disent fiers de se recommander de votre nom. Demain vous recevrez la visite d'une vieille femme dont le fils, dit-elle, doit faire vivre sa famille du produit de ses ouvrages... et des quelques écus que vous allez lui donner. Depuis deux ans, cette mendiante semi-littéraire colporte d'étage en étage les vertus, le mérite, le dévouement, la piété filiale de ce fils pour lequel il faudrait créer un prix Montyon, si ce modèle de toutes les perfections s'était donné la peine de naître.   F. G.

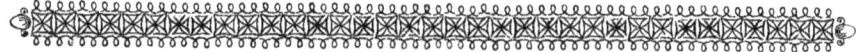

LES ALBUMS.

u nombre des contributions indirectes prélevées par le monde sur les gens de lettres et les artistes, nous placerons aussi l'illustration des albums.

Naguère cet objet de luxe ne se rencontrait que dans les hautes régions aristocratiques, dans les salons du monde élégant, sur la *console* de la femme à la mode : aujourd'hui, il est tombé de chute en chute dans la classe bourgeoise : la femme du sous-chef de bureau a son album, la fille du concierge, jeune prodige porté par vocation à suivre les cours de l'école gratuite, se prépare à composer son album.

Au beau temps de cette manie, les femmes mettaient leur amour-propre dans l'heureuse composition de ces recueils : c'était à qui posséderait la reliure la plus brillante, le papier le plus attrayant, les vers les plus choisis, les pensées les plus originales, les dessins et les phrases musicales les mieux inspirés. Aviez-vous la moindre intention littéraire, vous étiez aussitôt entouré de mille prévenances, de mille coquetteries. Comptiez-vous parmi vos amis quelque littérateur illustre, vous étiez accueilli par un aimable sourire et les plus gracieuses sollicitations. Le succès de l'homme du monde dépendait du tribut qu'il pouvait apporter.

Tout le monde était mis à contribution. Souvent vous vous voyiez contraint, au risque de passer pour un homme impoli, de renouer des relations depuis longtemps négligées, d'exhiber de vieilles connaissances, de déterrer même dans vos souvenirs des amitiés de collège et d'enfance. La tactique employée par les intéressés était toujours la même. Après une absence préméditée, vous receviez un jour un petit billet parfumé dans lequel on vous priait d'accepter un dîner dont on vous nommait d'avance les convives ; réunion chantante, petit comité du meilleur goût. Fier d'une intimité que vous étiez loin de soupçonner, vous vous rendiez à cette aimable invitation, et le soir, la maîtresse de la maison, si indifférente pour vous autrefois, venait vous tirer de votre solitude, s'asseyait auprès de vous, et vous disait enfin, après une conversation des plus animées :

«Je sais que vous faites des vers ravissants.

— Mais, madame, je...

— Ne niez pas. Vous en avez écrit sur l'album de la duchesse de G...; ils ont eu le plus grand succès ! »

Comment ne pas être heureux de posséder un talent qu'on ne se connaissait pas ! Vous vous incliniez, prêt à accepter les bénéfices d'une réputation qui vous tombait d'un monde aussi élevé, et votre interlocutrice ajoutait :

«Vous connaissez assez particulièrement M. Victor Hugo pour obtenir en ma faveur quelques vers de lui.

— Je le connais fort imparfaitement...

— Qu'importe ! Vous êtes lié avec tous ses amis ; vous pouvez bien me rendre ce petit service. Je vous dirai en confidence que je vous en aurai la plus grande obligation ; la vicomtesse de L..., qui croit avoir de si belles connaissances, n'a rien pu obtenir de l'auteur d'*Hernani.*»

L'album était, en effet, une source de rivalités mondaines. On tenait surtout à obtenir quelques mots, ou du moins la signature des hommes illustres peu prodigues de ces hommages adressés à des personnes inconnues. Il augmentait sa valeur de toutes les difficultés qu'il avait fallu vaincre pour arriver à le remplir. Compléter un album était une tâche fort difficile. Si vous arriviez dignement à ce résultat, vous donniez une haute idée de votre influence, de votre crédit, de votre habileté, et vous deveniez le personnage le plus important et le plus recherché. «Avez-vous vu l'album de madame de B. T.? C'est un véritable trésor! Elle a deux Roqueplan, un Decamp, deux Rossini, un Lamartine, deux Victor Hugo, et des vers inédits du roi de Bavière. — C'est aux démarches de M. G. qu'elle le doit : ce jeune homme est lié avec tout ce qu'il y a de destingué dans les lettres et dans les arts. »

Quelquefois, votre obligeance bien connue vous faisait obtenir la charge de colporteur d'album. Une jolie femme vous écrivait, en vous envoyant quelques feuilles de vélin magnifiquement reliées :

«Mon cher Monsieur,

«Je compte tout à fait sur vous. Vous connaissez tout Paris, et il vous sera facile de faire disparaître la blancheur monotone de ces pages sous les nobles pensées, les vers sublimes, et les dessins de tous nos illustres. Venez dans quinze jours dîner avec nous, et nous jouirons ensemble de cette belle moisson littéraire.»

Jaloux de conserver une réputation justement acquise, vous déployez toutes les ressources de votre diplomatie, et vous courez chez un grand poëte, certain de vous compter au nombre de ses cinquante intimes.

«Je viens te demander quelques vers pour l'album de la duchesse de ***; ici un nom sonore.

— Encore un!... En voici quinze sur cette table; je les possède depuis trois mois. Il existe des gens incroyables, que l'on n'a jamais vus, et qui vous écrivent : Monsieur, je serais heureux ou heureuse d'avoir des vers de vous sur mon album.

— Ce sont les jouissances de la gloire.

— Au diable la gloire! Crois-tu donc que je vais choisir une si mauvaise compagnie!..... J'ai feuilleté tous ces cahiers, et dans tous j'ai trouvé des vers du petit V., garçon sans talent, qui, n'ayant pu ruiner d'éditeur, se croit obligé d'écouler ainsi le fruit de ses inspirations. C'est un moyen comme un autre. On commence à le vanter, à le prôner; tu verras que ce petit esprit de salon se fera un nom : mais en attendant, je ne veux pas de ce voisinage, et ces gens-là n'obtiendront rien de moi.

— Eh! mon cher ami, il ne s'agit pas ici de noms de pacotille! Il n'y aura dans notre album que Lamartine, Victor Hugo, Alfred de Musset, Méry et toi. Le reste est consacré à Delaroche, Champmartin, Scheffer, et Delacroix : je ne veux rien de commun.

— Alors je vais te donner un petit chef-d'œuvre que je n'ai utilisé que deux ou trois fois.

— Du tout, du tout! De tes vers inédits, et de tes meilleurs; je ne veux pas qu'on dise que ta pièce de vers a été composée pour une autre personne. De plus, je veux que tu t'engages à ne jamais la donner ailleurs; sans cela, tu détruirais l'ensemble que je médite. Je ne veux rien de B. Tu sais qu'il met la même pièce sur tous les albums. Deux cents exemplaires en circulation..... Quelle faculté! Ses volumes ne sont jamais arrivés au quart de cette publicité. »

Nous possédons une lettre assez curieuse dictée par un de ces désirs féminins ; la voici :

« Monsieur,

« Nous venons de rire aux larmes en lisant les *Scènes populaires* d'Henri Monnier. Quel esprit, quelle observation, quelle vérité! Nous voudrions bien pouvoir inviter à notre grande soirée cet artiste que vous voyez, je crois, intimement ; mais vous devez sentir que, dans sa nouvelle position d'acteur, sa présence pourrait froisser notre société habituelle. Cependant comme je désire, pour mon album, un petit proverbe et quelques dessins de lui, je vous prierai de nous l'amener lorsque nous serons seuls. J'aurai soin d'avoir ses volumes, et nous lui ferons lire plusieurs scènes : on dit qu'il les dit à ravir. Faites vos efforts pour qu'il soit gai ce jour-là ; il nous improvisera quelques bagatelles qu'il inscrira ensuite sur l'album en question. Mon mari joint ses sollicitations aux miennes. »

Moins susceptibles ou plus adroits que l'auteur de cette lettre, les maîtres de maison tendaient aux gens de lettres et aux artistes un piége plus séduisant. Après un dîner généreusement offert, on vous faisait passer dans un salon transformé en atelier. Des crayons habilement taillés, du papier d'une entière blancheur, étaient complaisamment étalés sur une table, et, sous le vain prétexte d'un goût dominant pour les arts, la femme de l'amphitryon vous disait : « Vous êtes servis à souhait..... Tout ce qu'il faut pour dessiner..... Faites-nous un de ces croquis spirituels que vous exécutez si bien : c'est une chose charmante qu'une réunion d'artistes! — M. *** va nous improviser une toute petite scène ; il est si complaisant! »

Cette contagion fit de tels progrès, que les gens de goût se virent dans la nécessité d'ajouter à leurs invitations : il n'y aura pas d'album ; le dîner est offert gratis. Dans l'intérêt de leurs amis, quelques personnes, chargées de percevoir de nouvelles contributions littéraires, se donnèrent le mot, et illustrèrent eux-mêmes ces précieux recueils. Trois albums se rencontrèrent dans le même salon : ils étaient tous les trois semblables ; toutes les feuilles étaient également rehaussées des mêmes pensées et des mêmes noms : cette mystification fut trouvée charmante ; elle porta le dernier coup à cette étrange manie.

Ainsi on y lisait :

Je viens de déposer le bâton blanc du voyageur.   CHATEAUBRIAND.

Que j'en ai vu mourir, hélas! de jeunes hommes.   V. HUGO.

Si j'étais petit oiseau.   H. DE BALZAC.

L'amour est un cigare ; il ne brûle que par un bout, à moins qu'il ne soit partagé.
Le chevalier de L...

Modèle de deux lignes parallèles.   AMPÈRE.

Quand reviendras-tu, mon Elvire?   A. DE LAMARTINE.

Trois cigares le soir, quand le jeu nous ennuie,
Sont un moyen divin pour mettre à mort le temps.   A. DE MUSSET.

14

Dominus vobiscum.

Dieu vous préserve des albums.   J. Janin.

O, u, i, j'ai vu l'empereur,
Je l'ai vu sur le champ d'honneur.   É. Marco de Saint-Hilaire.

La, la, la, la — ut de poitrine.   Duprez.

Le gendarme est la sauvegarde des nations civilisées.   É. Ourliac.

Ah! les femmes!   *Pensée secrète d'un inconnu.*

Je la séduirai, la malheureuse!   Odry.

Viens, gentille dame!   Ponchard (*Dame blanche*).

J'ai fait mes adieux à ma mère;
Je venais vous faire les miens.   E. Scribe.

Quoi morte! quoi verte! déjà rongée par les vers! Pauvre femme! elle a passé comme l'herbe de la prairie, comme l'aube matinale, comme une lettre à la poste.   P. Borel.

La Turquie! et des millions d'odalisques!   G. Sand.

La pipe enflammée de mon ami G... se trouvera toujours sur mon cœur enflammé. A. Karr.

J'ai longtemps parcouru le monde.   Le prince Pukler-Muskau.

Je suis vraiment un damné séducteur!   P. Foucher (*Saynètes*).

Un volume doit s'écrire plus vite que la pensée.   A. Dumas.

Parlerons-nous de l'album de famille aujourd'hui tombé jusqu'au cinquième étage. Cette espèce de lion de ménage sert à consigner le progrès de quelque Raphaël au berceau, ou à mettre en lumière les inspirations éthérées des petits cousins.
Voici la composition invariable de cet album bourgeois :

   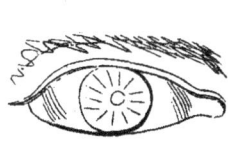   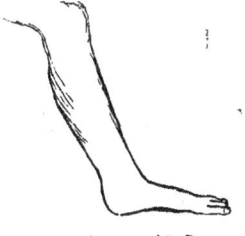

Raphaël Pillou.   Eugénie Pillou.   Anastasie Pillou.

De brûlantes pensées brisent mon âme.   Amanda Kroquenson, née Pillou.

A peine nous sortions des portes de Trézène, etc.
(Chef-d'œuvre de calligraphie.)

Lolotte Pillou, âgée de sept ans et demi.

Quelquefois l'album de famille est un dangereux moyen de correspondance; exemple :

Raphaël Pillou devient amoureux de sa cousine Loudoudin; et aussitôt il burine sur l'album commun :

A ELLE.

O belle fille aux formes d'ange !
O madone au front gracieux ,
Je veux t'aimer, etc.

François LOUDOUDIN , neveu PILLOU.

Raphaël PILLOU.

Touchée de cet aveu indirect, la jeune Lodoïska Loudoudin saisit une feuille blanche, et laisse couler timidement de sa plume :

A LUI.

O beau jeune homme à l'œil de flamme !
Calice d'amour parfumé,
Toi qui m'as révélé mon âme !
Toi le premier par qui j'aimai , etc.   Lodoïska LOUDOUDIN.

L'album de famille a fait naître un genre d'industrie dont nous devons nous défier. Un de vos amis inconnus vous aborde, et vous dit : «Je suis bien malheureux de ne pas savoir faire les vers ! Imaginez-vous que je suis amoureux de la plus belle des femmes ! Elle m'a confié son album , en me priant d'y inscrire mes pensées. Quel aveu délicat ! Mais je ne sais que dire, l'inspiration n'arrive pas ; je ne suis pas en verve ; la rime me fuit. Vous, qui faites les vers si facilement, venez donc à mon aide !» Plein de compassion pour cet infortuné, vous lui donnez quelques strophes excellentes pour un amoureux, et détestables à publier ; et, trois jours après, vous rougissez en déterrant dans un journal ces vers imprimés et signés de votre nom. En effet , n'en êtes-vous pas l'auteur ?

F. G.

LE GANT-JAUNE NAPOLITAIN.

UELQUES germes féconds qu'ait laissés en Italie notre irrésistible propa-
gande, la forme seule s'y est modifiée; car il était impossible qu'un pays
devenu une espèce de promenade publique ne perdît pas un peu de sa
fraîcheur, comme ces allées de nos bois que la poussière des carrosses
fait grisonner avant l'âge. Chaque pays d'ailleurs possède un certain
nombre de ces créatures mixtes, formées dans toutes les banalités cou-
rantes, de ces êtres mal dotés, auxquels Dieu semble n'avoir laissé aucune faculté intelligente, que l'instinct de l'imitation; et Naples, en ce genre, n'est pas la ville la moins
abondamment pourvue.

Le gant-jaune napolitain semble avoir subi de préférence l'influence de la fashion
anglaise. Dans la coupe étroite de ses habits, dans l'air rogné de sa toilette, on voit qu'il
cherche ce je ne sais quoi des Anglais, dont leurs gentlemen se sont fait une forme carac-
téristique, dont la roideur n'exclut pas l'élégance et la distinction. Mais le copiste, malheureux dans ses prétentions, n'a fait qu'appauvrir sa piètre figure, semblable en cela à notre
anglomane parodiste, qu'on souffre de voir se donner tant de mal pour étaler l'exiguïté de
ses habits. — Le lion parthénopéen paraît sur l'horizon plusieurs heures après le soleil; et
c'est au café qu'il rayonne pour la première fois, étalant, dès avant midi, tous les trésors
de sa toilette fraîchement épanouie. — On ignore s'il a déjeuné avant de quitter son domicile, où personne n'a jamais pénétré. — Ce qu'il y a de certain, c'est que, la journée
durant, il ne paraît consommer que des verres d'eau. — A partir de onze heures, le voilà
installé devant le café d'Italie, le Tortoni de Naples, celui qui possède aussi l'heureux privilége de se faire un étalage des astres de la voie publique. — Là, il voit entrer les
étrangers, et les étudie dans l'accomplissement des fonctions ingurgitatives. Son occupation
se partage alternativement entre l'inspection affectueuse de ses gants, qu'il a soin de
maintenir à une distance convenable de ses vêtements, pour que leur contact n'en altère
pas la fraîcheur, entre le maintien de sa canne à pomme dorée, qui lui sert à varier ses
poses, et l'émission spontanée de toute sa puissance fascinatrice, quand vient à passer
une femme suffisamment vêtue. — Le dimanche et les grandes fêtes, lorsque la ville
pavoisée monte et descend la large rue de Tolède, on le voit glisser rapidement le long des
maisons, l'air affairé; il paraît impatienté par le pas indolent des promeneurs, et sa tenue
est laborieusement combinée de façon à projeter une ombre sur la foule endimanchée.
Après une heure ou deux, il entre au café et s'étend nonchalamment sur une banquette
dans la salle de billard. On l'a vu quelquefois tirer un mouchoir de sa poche; mais on a
remarqué que ce n'était jamais qu'en présence d'étrangers, comme moyen d'abouchement.
Au reste, ses avances aujourd'hui n'aboutissent plus à rien; car il est rare qu'un voyageur,
après deux ou trois jours de séjour à Naples, n'ait pas rencontré un Européen bienveillant
qui l'ait averti de la force supérieure du gant-jaune au billard, et notamment à la Carolina

(partie russe), où il n'est pas étonnant de lui voir faire quarante-huit points sans quitter la queue, ce qui doit lui être d'une immense ressource sur ses vieux jours.

Vers les deux heures de l'après-midi, lorsque la chaleur devient excessive, le lion de la carambole s'éclipse, et va, on le présume, se livrer au sommeil.

Il ne serait pas décent qu'on l'aperçût dehors à une heure où, suivant un proverbe napolitain, on ne rencontre plus dans les rues que des chiens et des Français. — Le proverbe que je viens de citer est aussi faux que possible, car le possesseur exclusif des rues de Naples, pendant les heures consacrées à la sieste, c'est le négro, quadrupède éminemment indigène, auquel on ne saurait contester dans sa patrie une certaine position sociale, lorsqu'on l'y voit jouir d'un monopole aussi important que celui du balayage des rues, monopole essentiellement confortable, et qui lui procure une imposante obésité.

D'avril en octobre, le gant-jaune reparaît à cinq heures. — Ses repas, sa sieste, sa *nuitée,* sont un mystère comme l'hivernage de l'hirondelle. — Il se montre toujours là où la foule s'est portée : jamais rien ne l'attire hors du cercle étroit où l'a circonscrit sa stupidité magique. A partir de cette heure, il parcourt la grande allée de la villa Reale. — Vous l'y rencontrerez avant votre dîner ; plus tard, vous l'y rencontrerez encore. A la chute du jour, il a repris sa place au café d'Italie ; et jusqu'à minuit, il occupe trois postes successifs : le péristyle de Saint-Charles, depuis la rue jusqu'au Contrôle exclusivement, un espace de vingt-cinq pieds carrés devant le café, de temps à autre un tabouret près d'une table autour de laquelle des étrangers prennent des glaces. Entre cinq heures et minuit, a-t-il dîné, où a-t-il diné? C'est ce qu'il est aussi impossible de résoudre, qu'il le serait de découvrir ce qui le remise, lui et ses gants jaunes.

L'espèce que nous avons essayé de décrire, parmi les divisions de la race, est la plus commune et la plus vulgaire. Elle parle peu le français, si répandu dans le monde, et paraît avoir concentré de bonne heure toutes ses facultés intellectuelles dans une ambition qui l'absorbe, l'illustration de la voie publique. L'espèce la plus relevée est celle qui a fait le voyage de Londres; mais elle est rare.

ALEXANDRE RABOT.

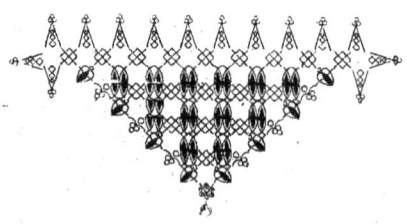

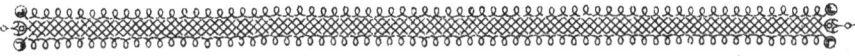

LES SATURNALES.

Arlons du carnaval, puisqu'il doit revenir; préparons-nous à célébrer dignement celui de l'année prochaine, en racontant l'histoire à jamais mémorable du jeune et fougueux Gédéon, qui vient d'exécuter à Paris un voyage à la recherche des saturnales, et qui n'a rien trouvé du tout, pas même un des innombrables épagneuls répondant au nom de *Love,* qu'il est tant de mode de perdre aujourd'hui.

Le 28 février de la présente année, Gédéon quitta la Rome des Gaules, c'est-à-dire, Arles, sa patrie, pour se mêler aux dernières fêtes du carnaval parisien. Gédéon était Français de naissance, mais Romain de cœur, quoique n'ayant pas été allaité par une louve. Il adorait surtout le Bas-Empire, connaissait parfaitement le Musée secret du roi de Naples, et savait par cœur l'*Erotica biblion,* espèce de bouquet à Chloris, que Mirabeau écrivit en prison à l'usage de toutes les Sophies et de plusieurs Émilies. Le vœu le plus ardent de Gédéon était de découvrir un pays où l'on célébrât encore les saturnales.

Un jour, en lisant le *Journal de Paris,* que l'on reçoit à Arles, Gédéon était sur le point de s'endormir en songeant aux fêtes de Bacchus et de Diane Limnatide, lorsque tout à coup il fut brusquement réveillé par un alinéa ainsi conçu : « Au moment où les citoyens sont distraits de la politique par les plaisirs du carnaval, le pouvoir met à profit l'époque des saturnales pour etc. » Le Romain d'Arles n'en voulut pas lire davantage; il retint immédiatement sa place, et il débarqua à Paris le mardi gras, jour suprême des saturnales.

Dès le matin Gédéon se prépara, en vrai Romain du temps de Constance Chlore, à la célébration de ces fêtes charmantes qui s'appelaient bacchanales chez les Grecs. Il frotta son corps avec l'huile odoriférante de la Bétique, il ceignit sa tête d'une couronne de myrte, et, après avoir saupoudré d'or ses favoris à la manière des Latins de la décadence, il quitta son hôtel à deux heures. Le portier éclata de rire en voyant passer Gédéon, et sa femme l'appela farceur, mot qui ne se trouve point dans Pétrone.

Le boulevard était délirant de voitures; c'était une orgie de cabriolets, une ribotte de landaws, une théorie d'atalantes, une panathénée de zéphyrines. Gédéon pensa que tous ces véhicules conduisaient des fidèles au temple de Vénus aphrodite, et il demanda au premier passant où était situé ce monument corinthien. Le passant continua son chemin en lui disant : *Oh c'te tête !* ce qui veut dire, en langue carnavalesque, qu'on a une fort vilaine balle. Gédéon était entouré de gens très-maigres, qui célébraient le mardi gras d'une façon très-peu romaine; il crut qu'il s'était trompé, et qu'il avait pris pour le carnaval ce qui n'était qu'une répétition générale de Longchamps. Il voulut revenir sur ses pas pour se rendre au lieu où se célébraient les saturnales; il s'informa auprès d'un sergent de ville de l'endroit où se trouvaient les gens qui comprenaient le carnaval à la manière classique, les saturnaliens, les bacchants, les impudiques ; le sergent de ville lui répondit : Au violon !

La nuit vint, et Gédéon n'avait pas rencontré la moindre saturnale. Il foula aux pieds sa couronne de myrte ، et il entra dans un café pour prendre une bavaroise. Le solitaire bacchant saisit machinalement le journal, cause de ses déceptions premières, et il lut la réclame suivante à la fin de la quatrième page : « Ce soir le carnaval va nous faire ses derniers adieux : Musard, Tolbecque, Valentino, l'Opéra, la Renaissance, vont rivaliser de zèle et de cornets à piston ; Paris sera cette nuit la capitale du Bas-Empire. » Cette réclame n'était pas composée en petit-texte.

Gédéon attendit minuit avec impatience ; il entra à l'Opéra en habit romain, une tunique bleue, des cothurnes, les bras et les jambes nues, costume exact de Polyeucte lyrique. A peine avait-il fait quelques tours dans la salle, qu'un commissaire de police vint le prier poliment d'aller revêtir un tricot couleur de chair, sous peine de passer la nuit en prison. « Il n'est donc pas permis d'être Romain, s'écria douloureusement Gédéon. — Soyez Romain tant que vous voudrez, répliqua le commissaire, mais allez vous habiller. — L'Apollon du Belvédère ne serait donc pas admis au bal masqué ? — A moins d'être revêtu d'un costume décent. — Voilà comment vous comprenez l'art antique. — Monsieur, je fais mon devoir. »

Force fut à Gédéon d'aller chercher un tricot. N'en trouvant aucun à sa taille, il se déguisa en Turc, et partit pour la Renaissance. C'était un luxe magnifique, une foule prodigieuse, un éclat de rire sans fin. Voici donc enfin les saturnales, se dit Gédéon ; j'ai trouvé le temple de Vénus Aphrodite : allons voir les femmes nues, qui, d'après Juvénal, se montrent au public de Rome sur un autel de forme symbolique, et excessivement musée.

Comme il essayait de pénétrer jusqu'au fond du théâtre, un monsieur déguisé en homme s'approcha de lui, et le pria de lui montrer Chiquard. « Qu'est-ce que Chiquard ? demanda Gédéon étonné. — C'est le grand prêtre de la Folie, » lui répondit un domino littéraire qui cherchait un déjeûner d'intrigue, à la manière de Beaumarchais. « C'est cela, s'écria Gédéon ; je suis décidément à Rome : puisque le grand prêtre est là, allons le chercher, pour qu'il me couronne de verveine. J'ai besoin d'immoler quelque chose au dieu Pan. »

Il courut de groupe en groupe, demandant à tout le monde où était le Flamine Chiquard. L'un lui montra un paillasse, l'autre un postillon de Lonjumeau, l'autre deux débardeurs ; la majorité soutenait qu'il n'était pas déguisé en grand prêtre. Comme il se consolait en se récitant une ode de Pétrone, un *débardeur*, prétendant que ce bruit monotone l'*embêtait*, tomba sur Gédéon, et le fit choir en appliquant sur son turban un de ces énormes coups de poing qu'on appelle *renfoncements* dans ces jours de folie.

Furieux de ce qui venait de lui arriver, Gédéon voulut quitter le bal ; mais une femme l'arrêta en lui disant : « Je te connais, paye-moi un verre de punch. » Gédéon en paya quatre. Après que le garçon fut soldé, celle qui le connaissait fut boire du grog à une autre table. Comme il voulait prendre son bras en lui rappelant l'interpellation qu'elle lui avait adressée, elle répondit : « Connais pas ! »

Pour retrouver les saturnales, Gédéon n'avait plus d'espoir qu'en Valentino. Quand il pénétra dans le local Saint-Honoré, toute la salle était occupée à rosser des Anglais ; la querelle avait commencé par suite d'une discussion entamée entre deux commis voyageurs déguisés en Almaviva, et deux grands Britanniques pas déguisés du tout. Les commis voyageurs prétendaient que c'était un Français qui avait inventé la vapeur ; les Anglais prétendaient le contraire : de là soufflets, le Français invente, et coups de poing, l'Anglais perfectionne ; une mêlée générale s'en était suivie, et les Anglais étaient broyés par une machine à vapeur de la force de quatre cents postillons de Lonjumeau.

Il y avait là bataille , mais non des saturnales. Au Café anglais Gédéon se crut un moment arrivé au but tant désiré. Le rez-de-chaussée de l'établissement était rempli de gens
qui déjeûnaient avec des côtelettes et un carafon, comme s'il eût été dix heures du matin ;
mais le premier étage était encombré d'hommes et de femmes mangeant le homard de
l'amour, et buvant le champagne du sentiment. Toutes les salles ne formaient qu'un vaste
cabinet particulier : « Bénis soient les dieux, s'écria Gédéon en entrant, voici les saturnales.
Embrassons les femmes. »

Comme notre héros se disposait à réaliser son exclamation, un jeune homme le retint
en lui disant : « Monsieur, cette dame m'appartient. — Elle appartient à tout le monde ;
la promiscuité régnait aux Lupercales ; je suis Romain. — Vous êtes un polisson. » Et Gédéon
reçut en même temps une violente bourrade ; on le prit pour un Anglais, et on l'assomma.
Voilà ce qu'on appelle en France, pays de l'urbanité, une farce de carnaval.

Après deux mois d'incapacité de travail , Gédéon reconnut que les journaux l'avaient
trompé , qu'il n'y avait des bacchantes , des orgies , des saturnales , que dans les classiques
de M. Panckoucke. Il a acheté toute la collection, et il a fait graver sur la porte de sa maison
à Arles : « Carnaval , tu n'es qu'un nom ! »

                                        FRÉDÉRIC KESSLER.

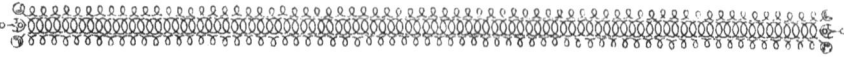

LE CLUB DE PETITE VILLE.

ORSQUE les gens du monde sont attroupés, ils se croient en société. — Ce mot d'un des écrivains satiriques du siècle dernier peut assurément s'appliquer encore aujourd'hui à certaines réunions formées par l'habitude et soutenues par le désœuvrement.

Une ville du département du Calvados se rendit autrefois célèbre par l'originalité de ses assemblées quotidiennes. L'industrie n'y avait pas encore introduit ses gigantesques inventions; l'esprit de spéculation n'était pas venu l'envahir; le petit commerce lui-même, soumis à des idées de stagnation, s'y trouvait depuis longtemps renfermé dans d'étroites limites, et cela parce que les paisibles habitants de ce fortuné pays avaient pris la sage résolution de jouir en paix des douceurs de *la société*.

Chaque soir, les habitants distingués de cette petite ville se réunissaient entre eux dans une de leurs maisons, pour y resserrer les liens d'une douce conformité de goûts. A une heure indiquée, ils arrivaient ensemble ou séparément, et lorsque tous les élus étaient réunis, la maîtresse de la maison disait : — Nous voici au grand complet; notre soirée sera charmante. — Vous croyez peut-être que ce petit cercle se livrait alors sans crainte à cet esprit de médisance si nécessaire aux causeries de petite ville? ou bien qu'une question importante, scientifique ou littéraire, était longuement agitée par ses initiés? qu'une proposition d'un intérêt général était présentée? Point du tout. Une fois rassemblés, les heureux commensaux de ce petit salon s'arrangeaient commodément sur leurs siéges, échangeaient sur le temps quelques mots stéréotypés dans leurs cervelles, et s'endormaient ensuite d'un commun accord. A dix heures, par un instinct d'habitude bien naturel, un des membres de la réunion se réveillait et disait à haute voix, après avoir regardé sa montre : — Ma foi, il est dix heures ! Comme le temps a passé vite aujourd'hui ! Nous ferons bien, je crois, d'aller nous coucher ! Et chacun se retirait en répétant : — A demain !

Il existe à Paris quelques lieux de réunion dont plusieurs habitués tiennent à conserver les bonnes traditions des assemblées de ce pays : ce sont les *cercles* où, pour la somme de cent cinquante ou deux cents francs par an, certains abonnés achètent le droit d'aller faire, après un dîner trop nourrissant, une sieste abondante et salutaire. Les cercles de Paris, importation anglaise, sont un nouveau sacrifice fait aux habitudes d'égoïsme et de bien-être. Dans ces salons, chacun est chez soi; on évite ces formalités, cette étiquette, ces petites exigences, et surtout cette surveillance de soi-même, consacrées dans une réunion particulière. Là, toute personne jalouse de son indépendance peut conserver de franches allures, qu'ailleurs, sans doute, elle serait forcée de modifier. Là, pas de maître de maison venant vous tirer, malgré vous, de vos intentions indolentes, pas de maîtresse prête à vous accabler d'attentions et de prévenances dont vous ne vous souciez pas, intéressée qu'elle

16

est à vous aiguillonner pour obtenir, après mille sourires gracieux, un de ces compliments banaux qu'elle ne désire vivement que parce que vous n'êtes pas en voie de le lui adresser; pas d'étrangers imprévus venant vous enlacer dans une conversation pleine d'intérêt, que votre esprit récalcitrant trouve toujours insipide : c'est le laisser-aller du café, moins l'importunité du voisinage; chaque membre n'y fait absolument que ce qui lui plaît, de vastes salles étant consacrées à tous les caprices et à tous les goûts. Un billard somptueux vous invite à un exercice salutaire; une table de whist ou de bouillotte vous procure une paisible agitation; des masses de brochures et de journaux offrent à votre intelligence un aliment toujours nouveau; et si toutes ces distractions ne peuvent pas vous satisfaire, entrez dans la salle des méditations, salon silencieux où les membres ordinaires sont chaque soir plongés dans un sommeil léthargique.

Le luxe, le confortable et le bon goût qui ont présidé à la formation de ces établissements parisiens sont encore inconnus dans quelques cercles de petite ville. Une vaste salle mal éclairée et sans cesse obscurcie par un éternel nuage de fumée réunit dans son sein toutes les jouissances promises au nouvel abonné. Quelques journaux de Paris, le journal du département, protection accordée aux productions du pays, la collection du *Magasin pittoresque*, et deux volumes dépareillés de la *Maison rustique,* composent la bibliothèque ordinaire du club. L'absence de toute *Revue* et de toute feuille littéraire témoigne du peu de goût des habitués pour les lectures de ce genre. *Le Charivari* et le *Corsaire* n'ont jamais pu franchir la porte de ce lieu de plaisance, les gros bonnets de l'endroit prétendant que ce sont des journaux *sotisiers,* bons tout au plus à amuser les *petites gens* de Paris.

Si le hasard ou vos affaires vous conduisent à M..., que l'amour-propre des habitants se plaît à compter au nombre des villes du département, soyez persuadé que la première personne que vous rencontrerez trouvera l'occasion de vous dire avec orgueil : — Nous avons aussi notre cercle ! En effet, cet établissement de date récente est une des curiosités du pays. Les sommités de la science, de l'administration et du commerce s'y réunissent chaque soir, et chaque soir elles s'y livrent au charme de la conversation et aux douceurs de leurs occupations habituelles. Les plaisirs du cercle de M... sont cependant peu variés; et si vous êtes admis dans cet asile hospitalier, vous serez au moins surpris d'être abordé par cette phrase de l'un des commissaires jaloux de vous faire connaître le prix de la faveur qui vous est accordée : — Ici, monsieur, les gens comme il faut ne vont point au café. — Quatre murs ornés du *règlement* et de la *règle du jeu de billard* forment l'unique et principal salon de ce club. Accoudés autour de plusieurs tables, les abonnés partagent leurs loisirs entre la pipe, la bière, le vin blanc et le cent de piquet; les premiers arrivés exercent leur adresse dans une suite de carambolages. Là se réduisent les priviléges et les jouissances des membres du cercle, jouissances dont vous pourrez prendre votre part, grâce à la protection toute bienveillante de votre introducteur. Les mêmes distractions se renouvellent chaque soir, la même agitation remplit toutes les heures du repos. Assurément, à côté de cette somptueuse fondation, le plus mince estaminet de Paris pourrait prendre le titre de palais : mais que voulez-vous? Au café, vous pourriez vous compromettre; et vous devez être fier de vous trouver dans une réunion de *gens comme il faut !* Montrez-vous digne de cette distinction, et soyez fort pour supporter les vives émotions que doit procurer une société aussi choisie.

La conversation du cercle de M... présente la même animation. Ici, vous pourrez vous éclairer sur l'opportunité de la coupe des bois, sur la bonté des vins de l'année, sur les espérances de la prochaine récolte. Là, guidé par deux politiques profonds, vous apprendrez la manière de reconstituer le monde à vos heures perdues, entre quatre bouteilles de

Beaujolais. Grâce à votre qualité de Parisien, vous serez libre d'étaler vos connaissances et votre esprit en répondant à un déluge de questions dans le genre de celles-ci :

— Monsieur vient de Paris?

— Paris doit être bien embelli depuis vingt ans?

— On dit qu'on vous construit de nouveaux ponts sur la Seine?

— Connaissez-vous le fils Déru qui est dans les vins? On prétend qu'il fait de fameuses affaires? Après ça Paris est si grand; on n'est pas obligé de connaître tout le monde.

— Votre Palais-Royal est toujours aussi brillant?

— Vous avez peut-être rencontré le frère de notre nouveau contrôleur? Il travaille chez le *procureur.*

— Il y a des Parisiens qui osent affirmer que nous sommes étrangers à toute civilisation ! Ils nous prennent vraiment pour des *Antipodes.* Cependant, monsieur, nous serons bientôt éclairés au gaz dans notre ville. Êtes-vous partout éclairés au gaz à Paris?

— Éclairé ou non, les voleurs ne se gênent guère. Chaque jour des arrestations nouvelles ! Quel coupe-gorge ! Ces drôles-là veulent donc *périr* la population ?

— Nous n'avons certainement pas le luxe de Paris, mais notre cercle est agréable. Nous sommes entre nous, et c'est beaucoup. Et puis, nous recevons toutes vos *Gazettes.*

— Ma foi, vos *papiers publics* sont bien ennuyeux depuis quelque temps. Il paraît que vos *marchands de mauvaises paroles* ne sont pas en verve?

— Si vous voulez venir demain soir, ajoute un des membres du cercle, vous causerez avec un de nos abonnés, garçon charmant qui a longtemps habité Paris, et qui chante la romance à merveille. Auprès de lui votre Duprez n'est que de *la Saint-Jean.* Ces dames nous l'ont gardé ce soir : c'est dommage. Dans mon dernier voyage à Lyon, j'ai entendu Nourrit... avant qu'il soit mort. Eh bien ! Nourrit ne chante pas comme ça.

Évitez avec soin ce chanteur de romances, il gâterait les heureux souvenirs que vous allez emporter. Cette merveille promise à tous les visiteurs est le seul inconvénient du cercle de M...

LE MARTYR DE LA LIBERTÉ.

ᴇʀᴛᴀɪɴᴇᴍᴇɴᴛ s'il y eut jamais un martyr de la liberté, c'est celui-là. Il a passé les deux tiers de sa vie en prison; il a été bâtonné par une foule d'esclaves qu'il a délivrés, et ses biens ont enrichi trois ou quatre de ces hommes qui quêtent pour les peuples malheureux.

Dans ce temps-là, le croissant menaçait la croix grecque; les juifs, les protestants, les athées et les déistes se prirent d'un grand amour pour cette croix. Il partit pour la Grèce.

Il y avait une bourgade de ce pays, dont la population, pleine de bon vouloir, mais sans chef et sans ressources, gémissait particulièrement sous la dure loi des persécuteurs; il fut délégué pour s'aller mettre à la tête de cette bourgade et lui communiquer les bienfaits de la tactique européenne.

Il fut reçu à bras ouverts. On s'attroupa autour de son brillant uniforme : l'un lui arracha ses épaulettes; l'autre son hausse-col; un troisième sa montre. On le dépouilla de la tête aux pieds. Ces gens-là ne parlaient pas le français : il crut que c'était un malentendu, il essaya de s'expliquer. On l'étourdit de quelques coups de crosse de fusil, et on le laissa tout nu sur le chemin.

Un homme grave et d'un âge mûr, qui passait, eut l'air de le plaindre. Philogène (c'est le nom du martyr) lui fit entendre ses infortunes. L'homme grave blâma sévèrement ses compatriotes. Philogène s'abandonna à son indignation, et versa ses chagrins dans son sein; mais l'homme grave devenait de plus en plus compatissant, et finit par lui tenir des propos dont la délicatesse s'effarouchait. Philogène prit sa course par monts et par vaux jusqu'au port, et revint en France.

Quels chrétiens! s'écriait-il; certes ce ne sont pas tout à fait des chrétiens comme nous, ainsi qu'on le disait. Entre Grec et Turc il ne faut pas mettre le doigt.

A quelque temps de là, une révolte éclata en Pologne. Philogène pensa que ce pouvait être d'honnêtes gens qui, les premiers, étaient descendus sur la place pour escarmoucher à tort et à travers au milieu de leurs villes. Ces honnêtes gens furent battus, la plupart pendus; les autres, chassés de leur pays, refluèrent vers le midi de l'Europe.

Philogène fut des premiers à fêter ces débris vénérables : il offrit sa maison à l'un de ces héros malheureux, qui s'appelait Petrouski. — *Bone Dious !* s'écria-t-il en levant les yeux au ciel; et pleurant de tendresse, il embrassa sur la bouche, selon la coutume de son pays, Philogène et toute sa maison, y compris sa femme et sa fille, qui comptait à peine quinze ans.

Il continua ainsi de les saluer chaque matin, quoi qu'on pût lui dire, répliquant qu'il savait trop les devoirs que lui imposait la reconnaissance. Tout allait donc pour le mieux, si ce n'est que Philogène s'aperçut, au surcroît d'effusion de l'étranger à la fin des repas, qu'il aimait extraordinairement l'eau-de-vie. En effet, il s'enflammait alors à vue d'œil, il roulait des yeux furibonds, et cassait son verre à la moindre contradiction, en s'écriant amoureusement : *Bone Dious !* de façon à faire trembler les convives.

Un soir, à souper, comme il entamait une septième bouteille, Philogène l'avertit qu'il pourrait s'incommoder, et la lui retira. Petrouski le regarda, comme stupéfait d'un tel outrage à l'hospitalité, puis il le supplia d'une voix tendre et mourante. Philogène tint ferme. *Bone Dious !* dit Petrouski, en lui fendant le crâne d'une autre bouteille; et se jetant sur lui, il l'eût étranglé, pour peu qu'on l'eût laissé faire. Les gens du Nord sont plus vifs qu'ils ne le paraissent.

Quand on fut revenu de ce trouble, le Polonais avait quitté la maison. On retrouva sa chambre vide, comme il l'avait prise; il n'avait emporté que les draps du lit et quelque pièce d'argenterie.

Comme il entrait en convalescence, Philogène rencontra, dans un jardin public, un bel homme brun, les traits mâles, l'œil vif et beau, dans un équipage fort ruiné. Cet homme l'intéressa.

« Monsieur, lui dit celui-ci, je suis Espagnol : mes compatriotes sont des sortes de brutes qui croupissent encore dans la plus profonde ignorance; ils ne savent, depuis tantôt treize cents ans, que plier le dos sous le joug des rois et des moines. J'avais ouvert un des premiers les yeux à la lumière, et pour leur avoir voulu prouver, les armes à la main, combien ils étaient malheureux, ils m'ont chassé de mon pays, dans l'état que vous voyez.

— Quoi, un Espagnol constitutionnel ! vous n'êtes donc plus catholique ?

— Pas si bête, dit le Castillan; j'ai lu Voltaire complet.

— Brave homme ! reprit Philogène, venez chez moi; je ne permettrai pas qu'un étranger si éclairé souffre plus longtemps pour une si bonne cause. »

L'Espagnol répliqua que ses diverses connaissances lui permettraient de reconnaître ce service. Tout compte fait, il se trouva que ce qu'il savait encore le mieux, c'était de râcler quelques vieux airs andalous sur la guitare : il proposa de les enseigner à la fille de la maison; Philogène accepta avec gratitude, s'applaudissant de voir cette fois ses bienfaits si bien placés.

Mais comme il passait, un jour en rêvant, derrière un berceau du jardin, il vit par hasard le professeur qui donnait à cette heure sa leçon de guimbarde à la jeune fille. Sa façon de démontrer ne plut pas à Philogène : il se fâcha.

« Vous n'êtes donc pas philosophe, lui dit le Castillan.

— Pas si bête, » dit Philogène; et, ramassant un rateau, il reconduisit très-vite le musicien à la porte.

Un heureux incident le vint distraire de ses chagrins : un banquier belge, compromis dans deux ou trois conspirations européennes, et traqué par la police de sa nation, le fit demander pour le prier de contribuer à une souscription considérable au profit des enfants errants de la liberté. Le banquier ajouta qu'il n'avait plus que ce moyen de servir ses opinions; qu'il y avait consacré toute sa fortune, mais qu'il était obligé d'appeler à son aide le peu d'âmes libérales qu'il pouvait y avoir de par le monde. Le banquier tira là-dessus un magnifique portefeuille appuyé de toutes sortes de garanties et de signatures. Philogène signa à son tour, et pour une somme un peu plus forte peut-être qu'il ne lui convenait.

17

Le banquier devait revenir ; il ne revint plus. Philogène écrivit à B. , centre des affaires de ce grand capitaliste.

On lui répondit, longtemps après, qu'on ne savait ce qu'il voulait dire, mais qu'on avait connu autrefois un homme du nom qu'il citait, lequel avait été condamné pour une banqueroute, et, depuis ce temps, courait le monde en vivant d'escroqueries.

A ce coup, Philogène sentit se refroidir son enthousiasme pour les infortunes politiques ; il se promit d'être plus circonspect à l'avenir en matière si délicate. A quelque temps de là, il reçoit une lettre d'un correspondant de commerce qu'il avait dans le Piémont ; il lui annonçait, dans cette lettre, qu'elle lui serait remise par un jeune homme de bonne famille qu'il lui recommandait bien vivement, et qui s'était vu forcé de s'expatrier pour une malheureuse espièglerie de jeunesse, pour laquelle il avait été condamné à être pendu...

Philogène pâlit et s'arrêta, se demandant quelles étaient donc ces espiègleries de jeunesse qui faisaient pendre les gens dans ce pays-là.

La lettre continuait en disant que ce jeune homme avait été entraîné, par la générosité de son caractère, dans une de ces conjurations si fréquentes alors en Italie ; que le complot avait été découvert, et que le gouvernement, ayant vu clairement que ces messieurs se proposaient de l'égorger une nuit, avait trouvé assez naturel de les pendre.

« Ce n'est que cela ! dit Philogène. Bon jeune homme ! noble jeune homme ! c'est une victime ; moi qui croyais... »

Il se rassura tout à fait ; car il pensait encore qu'il est beaucoup plus grave d'assommer un homme au coin d'un bois, que de faire entretuer deux ou trois mille personnes, plus ou moins, dans une ville ou dans un royaume enflammes.

Le jeune homme ne s'était point présenté, comme le portait la lettre ; il admira tant de timidité et de délicatesse, et le fit chercher partout. Le jeune homme vint le lendemain. Philogène lui dit qu'il n'était rien qu'il ne fît pour son service sur la simple recommandation de son correspondant, et, le voyant assez mal en ordre, et peut-être embarrassé dans une ville étrangère, il le pressa de la mettre à l'épreuve. L'Italien refusa avec dignité. Philogène reconnut l'excellence de principes et le rang distingué dont lui parlait le correspondant. Une étroite liaison s'établit entre eux.

Un jour, le Piémontais arriva fort rouge et fort affairé. Il avait, disait-il, besoin d'un tel service, qu'il n'osait s'expliquer.

« Ah parbleu ! s'écria Philogène, il faut que vous soyez bien pressé pour m'accorder ce plaisir de vous obliger que j'attends depuis si longtemps. »

Il fallait à l'Italien une somme énorme : Philogène n'eut pas le loisir de s'en émouvoir, tant il était ravi. Il n'avait pas cet argent lui-même, mais il alla l'emprunter, et le livra à l'Italien.

L'Italien ne revint plus. On envoya chez lui ; il était parti. On écrivit au correspondant. La lettre, la conspiration, la famille étaient fausses : il n'y avait de vrai que la condamnation à la potence , et les espiègleries de jeunesse qui consistaient en quelques vols à main armée, et peut-être aussi quelques discussions sur le grand chemin, qui avaient entraîné mort d'homme.

Philogène était hors d'état de payer la somme qu'il avait empruntée, car ses affaires étaient tombées dans un grand délabrement : on le mit en prison. Il en sortit quand on fut las de l'y nourrir.

A peine délivré, il apprit qu'on formait, pour une guerre lointaine, une légion composée de tous ces honnêtes gens de diverses nations que la politique avait chassés du pays natal. On lui proposa d'y entrer : il refusa.

« Mais, lui disait un jour quelqu'un à qui il contait ses déconvenues, il ne faut pas juger des pays par de si misérables échantillons ; il se peut qu'il y ait chez ces peuples mêmes, dont vous êtes porté à mal penser, de très braves et très-dignes citoyens.

— Hélas! je le veux croire, dit Philogène ; mais ceux-là vivent fort tranquillement, sans doute : je ne suis jamais allé chez eux, et ils ne viennent jamais chez moi.»

E. OURLIAC.

UN FOYER DE THÉATRE.

'EST à la lueur de mille bougies, parfaitement éclairées au gaz, qu'il faut voir ce que Paris a de plus saisissant, un foyer. Je ne parle point de celui d'un verre lenticulaire, bien qu'il soit question d'un foyer de lumières.

Toujours placé au dernier degré de l'échelle thermométrique, le foyer de théâtre contient des bûches d'une *entière froidéur ;* le feu y est un paradoxe comme l'eau sucrée. Néanmoins c'est de là que part l'étincelle électrique qui doit embraser Paris et la province. L'enthousiasme et la chaleur s'y développent par le frottement : le ban et l'arrière-ban de la critique, convoqués pour une pièce de choix, trouvent celle-ci assez froide, s'y rafraîchissent peu, et en revanche y gèlent beaucoup.

Pour le commun des martyrs, la pièce est sur la scène ; dans les coulisses, pour les papillons de cinquante-cinq ans et au-dessus, qui ont un bout d'aile à brûler au foyer des acteurs, l'encens d'un bon mot semi-séculaire, à faire fumer sur le trépied toujours incandescent de la curiosité sceptique des habitués de coulisses. Pour les initiés, au contraire, le spectacle est au foyer.

Comédie bourgeoise, en frac et en gants glacés, le foyer de théâtre réunit l'élite de la fashion journalisante. L'aristocratie de l'esprit y tient ses assemblées hebdomadaires ; c'est le conclave de l'esthétique dramatique ; une salle des maréchaux pour les titulaires de la grande armée de la presse. Voyez, c'est une femme à la mode qui entre avec son gérant responsable, un rédacteur en chef déjà gros d'un premier-Paris, un amateur, surnommé avec raison le fléau des lettres, qui vous parle chevaux et chasse, ce qui vous enrage, à cause de votre profession, et ensuite à cause de la sienne. Vous coudoyez des hommes immenses sans vous en apercevoir ; il se fait autour de vous un *papillotage* tranchant et moqueur, qui résonne comme le premier bruit de l'atelier cyclopéen de la presse périodique.

J'arrive, et je demande à chacun : de quoi est-il question ? Est-ce un Viennet que l'on dissèque ? Est-ce une candidature à l'Académie, dont on dépouille le scrutin ? Est-ce une gloire que l'on coule en bronze à grand renfort de feuilletons ?

On va, on vient, on se groupe ; un homme, un seul, ce bon gros Jules, que vous savez, tient la plume de Damoclès suspendue sur un drame ou une comédie : la pièce n'est encore qu'au troisième acte, elle est jugée en dernier ressort. Autour du prince de la critique se pressent les suzerains du moyen format, chacun selon l'élévation de sa colonne; scène mouvante et animée, quasi muette, qui organise un succès ou une chute. Dans ce pêle-mêle, il ne faut croire qu'à ce qu'on ne voit pas. Les apparences sont si trompeuses!

La province court les rues pour voir, quoi? Ce qu'on rencontre partout, des boutiquiers, et des gens riches; mais ce qu'on ne voit nulle part qu'à une première représentation, c'est J. Janin et V. Hugo, Alph. Karr, Léon Gozlan, de Balzac, G. Sand, Alex. Dumas et M. de Lamennais; mais jamais un provincial ne s'avisera de l'aller chercher au théâtre.

Je ne parle point, et pour cause, de la petite artillerie de la presse, de toute l'école buissonnière du petit format, qui compte ses chevrons par milliers, qui se construit pièce à pièce une individualité puissante et redoutée, de tous les grands noms trop inconnus pour être illustres, trop spirituels pour être encore beaucoup connus.

C'est une soirée qui diffère de toutes les autres: on flâne et on agit; on babille et on pense en même temps; on est distrait, et on fait mouvoir des ressorts puissants; on formule une réputation avec un axiome, on écrase avec un mot, on ressuscite quelqu'un par une sentence. L'homme est à la fois tout yeux et tout oreilles. Il consulte Schelegel et le voisin sur ses principes et son prochain. C'est la foire aux consciences, le prétoire de Melpomène, les assises du goût français. L'ange du jugement se promène un crayon à la main.

Et puis c'est le feuilleton qui touche déjà à sa première période d'*incubation*. Les paragraphes s'échelonnent, se superposent. Une nouvelle pièce, entée sur la pièce nouvelle, s'implante avec effort dans la pulpe cérébrale de la critique. Un verre de champagne, et j'accouche!

Seriez-vous le métromane en personne, n'approchez point de ce lieu maudit. On y danse sur un volcan. La vérité y prend des allures railleuses et distraites; Prométhée s'y trouve en proie à mille vautours; les serpents de l'analyse y sifflent de terribles paroles. Le *mane tecel fares* est écrit sur les murs d'un foyer de théâtre.

Ces yeux qui passent et s'en vont, qui montent et descendent, qui fluent et refluent, paraissent et s'éclipsent, croyant n'avoir vu qu'une pièce; ces oisifs qui demandent leur voiture comme au bal de l'Opéra, *odi profanum*, ils ne sont ni littérateurs, ni poëtes, ni critiques, ni dramaturges; ils n'ont rien compris au foyer de théâtre, au désespoir d'un auteur, au triomphe d'un grand homme. Ce n'est rien, c'est un public qui s'en va!

S'il est à Paris un salon où se soit succédé tout ce que la France a eu d'hommes d'esprit, d'intelligence et de cœur, où, après Corneille, soient venus Molière et Racine, après eux, Le Sage, après Le Sage, Marivaux et Beaumarchais, après Beaumarchais, Fabre d'Églantine, qui lie les générations anciennes à la génération nouvelle, qui renferme les fastes de l'esprit français, les bustes de Corneille et de Molière, de Voltaire et de Racine, ce salon, qu'on me le montre, et j'ôte mon chapeau en y entrant, à moins que ce salon ne soit justement un foyer de théâtre où l'on se promène bourgeoisement, le chapeau sur la tête, en rêvant à la pièce de la veille, et au feuilleton du lendemain.

L. ROUX.

LES VILLAS PARISIENNES.

ES petits marchands adorent la campagne : il leur faut de l'air, de l'espace, de la verdure. Enterrés pendant la semaine dans la poussière de leurs ballots et de leurs comptoirs, ils aiment à l'échanger chaque dimanche contre un air plus actif et plus frais ; et, nonchalamment couchés sous les ombrages de leurs villas, ils se plaisent à redire avec le poëte :

La pratique nous a fait ces loisirs.

Parcourons ces délicieuses villas somptueusement construites à l'usage du petit commerce parisien par tous les *palladio* de la banlieue. Choisissons d'abord une maison de campagne telle qu'on la conçoit ordinairement : Tibur de grande route, hâlé, rôti, situé au milieu des betteraves et du céleri, le Panthéon et le Val-de-Grâce au bout de la lorgnette. Là, le véritable ami des champs se caserne pendant un jour avec sa famille et ses habitudes. Pourquoi? je vous le demande. Pour jouir de la poussière des routes de Chartres, de Melun ou de Lonjumeau, que lui envoient du soir au matin les courants d'air des malles-postes et les zéphyrs Laffitte et Caillard.

Préférez-vous la maison de campagne à l'italienne et à pigeonnier, dont le plus bel

18

ornement est une plaque à incendie, villa située entre cour et jardin renouvelé chaque semaine au quai aux fleurs? ou bien la maison de campagne gorge de pigeon, roux-tendre, ou lilas foncé, semée, faute de mieux, de pavillons, de chalets et de paysages en carton-pâte? Tous ces édifices campagnards, à un ou deux étages, panachent les rives de la Seine, et varient agréablement les beaux sites de la banlieue. Souvent, après avoir demandé vainement au ciel le développement de l'arbre qu'il a planté, et qu'il n'a pas encore vu naître, le locataire d'une de ces villas, entraîné par sa passion pour la verdure, se procure un ombrage factice qu'il doit à ses pinceaux. La façade de sa maison devient alors une décoration de théâtre ornée de mille fleurs étonnées de briller dans une semblable atmosphère. L'art a vaincu la nature! Les moellons ont disparu sous des bosquets d'arbustes si féconds et si variés, qu'il est facile de reconnaître qu'une semblable végétation ne peut devoir son existence qu'au talent d'un badigeonneur. Le jardin est tout aussi favorisé. Une savante perspective exécutée sur tous les murs est destinée à donner au potager les proportions d'un parc gigantesque, et remplace au besoin les fleurs et les plates-bandes oubliées. Mais, par malheur, ce luxe de plantations ne se développe qu'au moment où, débarrassé du poids des affaires, le locataire est devenu acquéreur de cette douce retraite, qu'il transforme chaque année, à l'aide de ses pinceaux, en parc royal, en jardin anglais ou en prairie. Là, placé dans le voisinage d'un filet d'eau, ses heures s'écoulent sans ennui, et son existence est largement remplie par les agréments du jardinage et le plus violent des plaisirs : ce noble développement de l'intelligence!

Mais revenons à ces *retraites périodiques* élevées à la demande des employés favorisés, d'une famille, et des citadins villageois; entrons dans l'intérieur d'une de ces maisons, et jouissons du confortable de la salle à manger et de la cuisine de campagne. Le mobilier seul n'est-il pas toute la mosaïque des petites misères, des inconvénients, des nudités, des déboires de convention dont s'entoure la vie des champs? Pourquoi ces meubles si durs; puis à dîner ce coq gaulois plus dur encore? d'où vient cet oubli, cette négligence de toutes les hospitalités et de tous les estomacs?

—Que voulez-vous? *Nous sommes à la campagne!* axiome indigeste et mystificateur qui se combine avec cette autre formule, cette autre devise non moins traîtresse de toutes les salles à manger champêtres: *A la guerre comme à la guerre!* Ainsi se trouvent autorisés les essais de coloquintes, les expériences d'artichauts, le vinaigre du crû, et le lapin de basse-cour! une salle à manger où l'on jeûne, un salon sans rideaux, sans glaces, où l'on grille dans le but de se préserver du soleil, salon dont la cheminée se rehausse de deux canards sauvages empaillés et du portrait en plâtre de l'amphitryon, le cou passé dans un cor de chasse, la tête surmontée d'un bois de cerf.

Laisserons-nous échapper cette tête de bourgeois champêtre, décolleté du matin au soir, jusqu'à la pomme d'Adam, la chemise rabattue sur l'épaule, *colin* voltigeur de la cinquième légion? Voyez comme son costume est bien entendu! veste et pantalon nankin, chapeau de paille à ruban vert, chapeau gigantesque, immense, capable d'abriter une famille entière. Et sa femme! bonne duègne qui fait aussi du Florian à sa manière, dix-huit pieds de circonférence que vous voyez descendre le matin de son pigeonnier à coucher, en camisole blanche et la robe retroussée dans les poches, pour donner à manger à ses canards et dénicher un œuf de poule depuis longtemps espéré. Bons Parisiens, vous croiriez-vous à la campagne, si vous n'étiez pas complétement travestis en jardiniers, en laitières, en bûcherons, ou en marchands de navets? Celui-ci se fait un galbe villageois avec un bonnet de laine; un autre se chausse de sabots bourrés de paille, et ne quitte pas la serpette, la blouse, la ceinture de joncs et le panier du vendangeur, bien que dans son domaine il ne se soit jamais rencontré la moindre trace de raisins.

Attention ! Voici les amis de la maison qui arrivent en foule par les voitures du pays ou le char-à-bancs particulier.

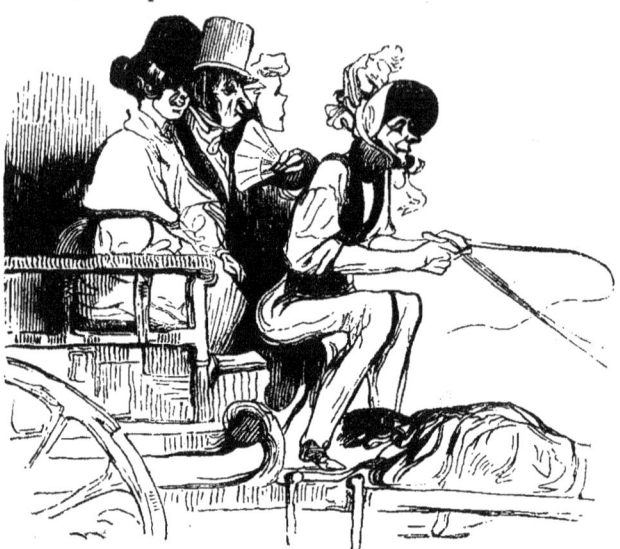

Une famille entière se présente à la grille sans être attendue : le père et la mère, leurs deux filles, puis deux artilleurs en bas âge, total six personnes, en compagnie de deux superbes cantaloups. — Le cantaloup a une grande influence sur la *villégiature* parisienne ; il semble y naître sans culture, tant la consommation en est grande. — Ou bien, c'est une bande de commis de la maison Froidmanteau, farceurs à prix fixe, arrivant tous nantis de flageolets, de mirlitons ou d'harmonicas, tous affublés des mêmes vestes ébouriffantes, étoffes girafe ou Jocko, taillées dans le même reste de coupons facétieux. La campagne justifie, légalise tout par acclamation ; on peut y être impunément assommant, béotien, stupide ; tous les calembourgs, tous les coups de poing, sont admis dans ces jours de folie ! Là, quiconque ne sait pas walser walse comme un enragé, quiconque chante faux entonne du Rossini ou du Meyerbeer ! Là seulement, vous avez l'agrément de vous improviser de ces petits bals sur le sable, où l'embonpoint des mamans accapare les quadrilles, où les jambes des papas se lancent dans les *jetés-battus,* où les enfants de trois ans sautillent dans les galops et les cotillons, au grand attendrissement des tantes et des bisaïeules, et toutes ces pantomimes si variées aux sons harmonieux d'un orchestre péniblement recruté.

N'oubliez pas le chanteur qui se fait apporter sa guitare entre la poire et le fromage, et qui termine dignement tout festin champêtre par *Fleuve du Tage.*

— Et le naturaliste, l'homme qui vous présente à table, dans une assiette, un lézard, un colimaçon, ou une punaise des bois dont il vient de faire la découverte ; — et le cuisinier amateur, qui s'arme courageusement, aux environs du dessert, du bonnet de coton, de la poêle à frire et du *Cuisinier royal,* pour confectionner les omelettes soufflées, les blancs-mangers et les gâteaux de petit four ; — et le citadin qui brave aux champs les rigueurs de l'hiver pour embellir sa retraite de l'épaulette de lieutenant citoyen, honneur obtenu aux dernières élections de Bagnolet.

Il peut vous arriver de vouloir aller humer un peu de fraîcheur à telle ou telle campagne de votre connaissance, et de la trouver entièrement envahie par la gelée de groseilles et la marmelade de prunes. — Ce ne sont que terrines, bassinets, pots en faïence, écumoires et tamis. A partir du vestibule, votre ami se présente à vous avec des confitures jusqu'aux coudes. Il sort du laboratoire, il est le confiturier en chef ! Sa femme est également panachée ; les enfants ont des moustaches et des *jeunes Frances* en marmelade.

Intéressant tableau ! bien fait pour être intercalé au Musée prochain, avec le cachet du bonheur sur toutes les figures ; un fond de pruniers et de groseillers dans le lointain, et l'indication suivante au livret :

— Famille parisienne venant de faire ses confitures.

Si toutes ces physionomies campagnardes ne se rencontraient pas dans les champs de haricots, une serpette à la main ; dans les marécages, un fusil sous l'aisselle ; sur le bord de l'étang, une ligne au poignet ; dans la maison, au sallon, au billard, au jardin, au piano, partout, n'avez vous pas la comédie bourgeoise, ce grand arsenal, cette vaste pépinière de tant de ridicules éparpillés sur les marguerites du jardin ?

Une session champêtre serait-elle complète si elle n'avait pas sa soirée dramatique, composée de vaudevilles et de proverbes ? C'est là ou jamais que la rue Saint-Denis triomphe. Voyez ce marchand de bonnets de coton prix fixe, être comique et facétieux à peu près comme sa marchandise, s'affubler d'un rôle d'Arnal ou de Vernet. Voyez ce même homme qui se regarde déjà comme horticulteur, pêcheur, chasseur, naturaliste, confiseur et bonnetier de première force, se croire maintenant comédien parfait. Pourquoi pas ? La banlieue n'est-elle pas peuplée de comiques ? Et sa femme qui chevrote le couplet avec un larynx de 76 ; et sa fille qui déclame pendant l'entr'acte une tirade avec des intentions à la Rachel, aux applaudissements forcenés de son fiancé.

Mais le théâtre ; voyez le théâtre ! Alcôve garnie de

calicot bleu, avec attributs, chiffres et devises, en papier doré qui vous fait sauter l'allusion aux yeux : car c'est aujourd'hui la fête du patron. Un de ses commis, poëte incompris, a même rimé ses vertus et ses qualités sur l'air de *la Famille de l'Apothicaire.* Après le spectacle, il y a fanfare, gala, puis fusées volantes et artichauts. — Heureux si les artificiers n'incendient pas le théâtre, la maison ou quelque chalet du voisinage!

Salut, trois fois salut, au Parisien horticulteur! Ce type infatigable et fécond, qui ne se lasse jamais de parcourir le cresson des environs, la *Flore parisienne* sous le bras, qui plante des melons et des ananas, et récolte du vulnéraire suisse, qui revient chez lui, après avoir pêché à la ligne, fait comme un véritable Triton, avec de la vase jusqu'à la ceinture, son hameçon pris dans ses cheveux. — Mais riez tant qu'il vous plaira Regardez donc dans le fond de son panier : Qu'y voyez-vous? Une matelote, une superbe matelote, sur ma foi! — achetée, il est vrai, à la baraque du pêcheur voisin ; éternelle et innocente supercherie que les convives sont enchantés de prendre au pied de la ligne.

Et cette autre figure aussi grotesque, cet autre individu vert et jaune, le chasseur aux grives, aux bécasses, aux perdreaux, aux sarcelles, aux lièvres, aux chevreuils, aux sangliers, l'effroi des gardes champêtres!

L'homme qui se résigne à laisser emprisonner ses gros mollets dans des guêtres de peau, et son ventre Lepeintre jeune dans une culotte de chamois, qui n'a jamais abattu le moindre gibier, de mémoire de corneille, et réclame le soir, pour sortir de son étui de chasse, l'assistance de sa cuisinière, de son jardinier, de sa fille aînée, et de sa femme, qui commande la manœuvre, et lui éponge le front en l'appelant mon *gros Nemrod.*

Que de physionomies et de profils campagnards, caricatures physiques et morales, risquent de nous échapper! La vieille fille qui se coiffe en cheveux cendrés, sous prétexte du grand air et de ses migraines ; — la jeune femme qui profite de la belle saison pour broder des pantoufles à ses sentiments de l'hiver ; — la femme d'huissier à grandes roulades, qui ne quitte pas le piano, et vous écorche les oreilles et la même cavatine depuis le premier jusqu'au dernier rossignol; — et le joueur de billard, cet homme étriqué, fluet, osseux, que l'on entend caramboler tout seul dès l'aurore, et qui se gagne à lui-même une série interminable de parties; — et le joueur de bilboquet, cette autre machine oblongue qui se termine également par une boule ; — et le farceur attitré, qu'on invite à la campagne comme ventriloque parfait, être chéri, demandé, recherché, choisissant d'avance le dîner qu'il doit payer en monnaie facétieuse, la gaieté stéréotypée, la plaisanterie incarnée, le plus bel ornement d'un salon campagnard, le Fontallard, le paillasse, le bobêche, le Débureau de la banlieue, homme prodigieux qui, dans les plus grandes chaleurs, sait dissimuler sous une ample redingote deux travestissements qu'il doit improviser, et qui commence ses farces à cent pas de la maison hospitalière, en imitant le canard, le coq, le dindon, à la grande jubilation de l'amphitryon étonné de cet accroissement subit de volatiles, ou bien en poussant des cris plaintifs qui le font dénicher au sommet d'un arbre de la grande route. Flanqué d'un vaste répertoire de scènes improvisées, sa présence est toujours une bonne fortune; et ses hôtes, de plus en plus étonnés de ses ressources, lui ménagent une entrée théâtrale au salon, où il dépose, pour les plaisirs de la soirée, son sac de voyage, composé de gobelets, de muscades, de jeux de cartes, et de tous les ustensiles d'un escamoteur.

FRANCIS DE VALRINE.

LES BANQUETS D'ANCIENS ÉCOLIERS.

EPUIS que les banquets de francs-maçons et les dîners du Caveau ont passé de mode, les restaurateurs, réduits aux goguettes frugales de messieurs les gardes nationaux, ont imaginé d'exploiter les souvenirs d'enfance et la vanité lycéenne. Cela leur réussit beaucoup.

Par exemple, vous lisez dans un journal la réclame suivante :

«Les anciens élèves de la pension Cascamèche rappellent à tous leurs anciens condisciples qu'ils sont dans l'usage de se réunir tous les ans le jour de la fête du vénérable chef de cette institution.

«En conséquence on est prévenu que le repas aura lieu chez le fameux restaurateur *Tartempion*, ancien élève de la pension Cascamèche, et chargé de recueillir la souscription, de 10 francs par tête. Aucun étranger ne sera admis à ce banquet fraternel, qui réunira un grand nombre de nos célébrités politiques et littéraires.»

Au jour indiqué, la solitude du restaurant Tartempion se peuple d'ex-écoliers folâtres. Tartempion, la serviette sous le bras, en manches de chemise, vous embrasse avec effusion; vous reculez devant ce monsieur à gros ventre et à favoris rouges : — Tiens? tu ne reconnais pas le petit Tartempion? Tu sais bien; vous m'appeliez Rouget!

— Ah oui, Rouget, le petit Rouget!...

— Nous étions *copins!* Embrasse-moi donc encore; tu n'étais donc jamais venu ici?

— Mais non... monsieur...

— Eh bien! tu connais la porte à présent; *sapienti sat.* Les camarades sont là-haut.»

Vous déposez vos 10 francs dans les mains de votre ami, et vous vous trouvez bientôt entre les bras d'une foule de messieurs à favoris, à ventre et à toupets. Le vénérable Cascamèche vous embrasse avec bonté, et pleure sur votre gilet. Il vous rappelle les pains de sucre, les pots de fleurs et les couverts que vous lui apportiez jadis à pareil jour. Vous pensez, vous, aux haricots, à l'abondance et aux tartines de raisiné, dont il a comblé votre jeunesse. Eh bien! cela fait plaisir.

Tartempion arrive en habit noir : «Mes amis, nous sommes peu nombreux; le chef avait compté sur soixante couverts; mais avec un petit supplément de 5 livres, l'amitié comblera les vides.

— Au dessert on se verra doubles? dit un vaudevilliste.

— C'est juste; le vin est à part, reprend le restaurateur, et nous sommes des gaillards qui ne bronchons pas.»

La soupe est servie. Le silence règne. «Monsieur, faites donc finir Rivard! dit tout à coup un plaisant; il me boit tout mon bouillon avec un chalumeau!

— Monsieur Rivard, sortez de table, dit le maître, s'unissant avec bonhomie à ce joyeux ressouvenir.

— Monsieur! le petit Vinet!... s'écrie un autre; il vous liche toujours vos tartines de beurre!

— Vinet! Vinet! dit l'un des anciens maîtres d'études avec une voix tonnante; attends-moi un peu, je te vas relicher quelque chose...»

On applaudit: la joie devient générale; une franche cordialité ne cesse pas de régner, et l'on commence à se reconnaître, en se renseignant de proche en proche.

«Comment, ce grand-là, avec ses favoris, c'est Filochon?

— Oui, celui qui a eu le prix d'honneur; il est à présent marchand de bas dans la rue aux Ours.

— Et l'Étourneau, qui était si fort en thèmes?

— C'est ce gros blond; il est fabricant de crayons et de plumes métalliques, et sera bientôt pair de France, comme son cousin.

— Il me semble que je reconnais celui-là... Et ce petit-là qui est décoré?

— C'est un de nos vaudevillistes les plus distingués! Il est connu sous le pseudonyme de Saint-Albin, mais c'est Pluvinet. Plus loin les deux frères Cognard, les Siamois du Vaude-ville, Laurencin, Chapuis de Montlaville, Patureau, Arnal, l'abbé Chatel, etc., etc.»

Vous êtes enchanté de trouver tant de célébrités dans vos anciens condisciples, et vous ne regrettez plus votre cotisation. Tout à coup l'un des convives se lève le verre à la main:

«Au vénérable Cascamèche! notre respectable maître de pension! le souvenir de ses soins paternels ne s'effacera jamais de nos cœurs.»

Le maître pleure dans son verre, et répond par des mots entrecoupés.

Le restaurateur Tartempion se lève à son tour et s'écrie:

«A l'éternelle union des Cascaméchistes! Les anciens élèves de cette institution sont devenus l'honneur de la France dans les diverses carrières qu'ils ont embrassées: puissent les nouveaux suivre leur glorieux exemple! Puisse ce beau jour se renouveler longtemps pour nous et pour eux!»

Le repas se termina au milieu de ces douces manifestations. Au dessert, les députés et gens en place se sont éclipsés, mais le restaurateur a fait monter sa femme et ses enfants. Les vaudevillistes commencent à entonner de gais refrains. Chacun a sa chanson en poche, composée pour la circonstance.

En général les vaudevillistes sont les boute-en-train de ces réunions. Cela leur sert surtout à constater publiquement qu'ils ont fait leurs études.

Dans un intervalle de ces refrains scolastiques, le restaurateur demande la parole:

«Mes amis, mes camarades! dit-il d'une voix émue, un de nos anciens condisciples, le jeune Barbanchu, qui donnait et donne toujours de si brillantes espérances, et qui a obtenu à l'université le prix d'honneur des anciens, se trouve aujourd'hui dans une position qui mérite tout notre intérêt. Lancé dans la société, il n'en pouvait être que l'ornement, et ce n'est pas assez pour notre siècle positif. Il est venu à moi, ce fort en thèmes, depuis longtemps plongé dans l'infortune, et mon cœur m'a dit que je ne pouvais abandonner un ancien condisciple, un élève brillant de la pension Cascamèche! (Applaudissements.) Il va paraître devant vous; il est allé quitter l'humble costume d'aide de cuisine; il se débarbouille, il va venir embrasser ses camarades. (Acclamation.) Vous m'avez compris, mes amis! Une faible collecte, offrande spontanée d'une amitié secourable, l'aidera peut-être à sortir d'une position inférieure, pour laquelle je sais trop qu'il n'est pas fait, et lui permettra d'utiliser ailleurs son incontestable talent pour la poésie latine!»

On fait circuler une assiette, qui se couvre de monnaie, et bientôt l'heureux Barbanchu vient se mêler à la joie et à la cordialité générale, et prendre part aux restes du dessert.

Quand les chants et les lectures ont cessé, l'on se retire en faisant semblant de marcher de travers, et votre camarade le restaurateur vous embrasse, en espérant que vous êtes devenu désormais l'un des habitués de sa maison.

Le lendemain tous les journaux contiennent le récit de ce joyeux banquet, les vers et chansons en l'honneur de l'instituteur, et l'adresse de Tartempion, qui entreprend toujours noces, festins et repas de corps.

ALOYSIUS.

LE PROPRIÉTAIRE CAMPAGNARD.

E propriétaire campagnard ou rural, si mieux aimez, est, sans contredit, l'un des types les plus absolus qu'offrent aux regards de l'observateur les nombreuses variétés sociales dont l'étude, si attachante et si utile, subit de nos jours l'empire de la mode. — Il est bien entendu que je ne veux parler ici, ni des gens qui vivent sur leurs terres par goût ou par besoin de position, soit qu'un château ou qu'une maison les abrite, ni des seigneurs campagnards adonnés à la chasse, à la pêche et aux festins, ni des citadins qui, possédant des immeubles aux champs, y viennent temporairement, sous le nom de *forains,* recueillir leurs fruits ou respirer le grand air. — Le niveau d'une éducation libérale a fait plus ou moins fléchir ces diverses individualités, et les a assimilées à d'autres types, dont la galerie des *Français* a réfléchi ou réflétera l'image. — La classe dont je veux esquisser la physionomie et les mœurs, et que je vais résumer dans un individu, est celle des hommes qui, nés sur le sol champêtre, le cultivant de leurs mains, ou le faisant cultiver sous leurs yeux, n'ont jamais compris la vie qu'au milieu de leurs héritages, et ne quittent leurs travaux et leur foyer que pour se rendre aux foires et aux marchés des villes voisines, au chef-lieu de département pour le jury ou pour un procès pendant au conseil de préfecture, aux chefs-lieux de canton et d'arrondissement, pour y exercer les droits politiques que la Charte leur confère.

L'âge où l'expression morale et physique du propriétaire campagnard est complète, où son caractère est fixé, sera de cinquante à soixante ans : c'est à cet âge qu'il faut le saisir, le faire passer devant soi, pour crayonner ses traits. J'ai observé ce type dans une foule de provinces de la France et de l'étranger; partout je l'ai trouvé identique et similaire. Cependant les contrées où il m'a paru réunir au plus haut point toutes les conditions de son existence sont la portion méridionale de l'ancien duché de Bourgogne, comprise dans les arrondissements de Beaune, Autun, Châlons-sur-Saône, Louhans et Mâcon, dans la Bresse, le Beaujolais et le Lyonnais, pays riches par le sol et par l'agriculture, où le ciel brillant et serein n'offre ni les chaleurs brûlantes de la Provence, ni l'humidité glacée des Flandres belge et française, où le climat semble si favorable à la double fertilité de l'intel-

ligence humaine et de la terre , où la vivacité des mœurs et de l'esprit se concilie à un reste
de l'austérité, de la vigilance et de l'énergie des hommes du Nord.

Le propriétaire campagnard est infiniment moins simple dans ses habitudes domestiques
et sociales qu'il n'a l'air de l'être. S'il vient à la ville, sa blouse de toile bleue , ornée de
broderies blanches ou rouges , sur les épaules , à l'extrémité des manches , sur les coutures,
et au cou , laisse apercevoir le collet de son habit-veste de drap bleu de roi , à boutons de
métal , et il ne se fait jamais prier, ni pour offrir une prise de tabac de sa boîte d'argent,
ni pour donner l'heure à qui la demande avec sa montre d'or guilloché , à arabesques
d'or vert et de platine , à longue chaîne chargée de deux clefs , d'un cachet, d'une petite
clef de fer, et d'un coquillage. D'ordinaire , il porte de longs cheveux , de petits favoris
qui cheminent de dehors en dedans, un chapeau rond , de feutre , à grands poils , à ailes
démesurément larges. S'il est de pied, deux chiens, dont l'un noir, avec collier hérissé de
pointes de fer, le précèdent , et sa main droite s'appuie sur un bâton noueux, ayant une
petite lance au lieu de douille , et une enveloppe de cuir noir assujettie par un clou de
cuivre au lieu de pommeau ; souvent sa main est engagée dans le cordon de cuir qui pend
à sa canne. Son teint est coloré, sa barbe épaisse, brune, son menton azuré lorsqu'il sort
de l'officine du barbier ; un mélange de bonhomie et de finesse, un sourire bienveillant et
malin , caractérisent sa figure. — L'on ne se donne pas aisément le visage, l'allure, le
langage, du propriétaire campagnard , et , sans qu'on y prenne garde, ce rôle est peut-
être le plus difficile à jouer pour qui en connaîtrait la théorie sans en avoir la pratique.

Il porte la tête haute, regarde droit devant lui , salue assez volontiers, mais avec
quelque fierté, les personnes qu'il rencontre , et tutoie sans façon les paysans qui se trouvent sur son passage. Il a généralement un embonpoint qui donne de l'importance à sa
personne, du crédit à sa bourse , de l'autorité à ses paroles, un motif à la lenteur de sa
marche , et fait naître autour de lui les égards et le respect. Il souffle beaucoup, surtout
quand il parle de lui ou de ses biens, et le volume d'haleine qu'il retient ou qu'il chasse de sa
bouche tuméfiée , de ses joues violacées , sert de mesure pour juger du nombre et de la qualité
de ses héritages. Son gilet est long , croisé , à deux rangs de boutons métalliques , fait le
plus souvent d'une étoffe de velours ou de laine , avec dessins coloriés ou raies longitudinales , comme des sillons. Dans la poche droite de ce gilet est une bourse de cuir, et dans
la poche gauche une espèce de portefeuille relié en parchemin. Son pantalon, de velours noir
(car depuis quelques années le propriétaire campagnard a adopté le pantalon comme plus
commode que la culotte), n'est fixé que par une boucle , et n'a jamais été retenu par des
bretelles ; des deux longues poches latérales qui percent ce pantalon , on voit poindre
l'extrémité d'un couteau à tire-bouchon et à scie, et d'un pied droit. Son habit est court,
de drap gros bleu , à larges basques. Ses bas sont d'un bleu tendre, à côtes longitudinales ,
et ses souliers, de cuir imprimé , hérissés de clous à tête de diamant sous la semelle. Sa chemise de toile, souvent assez fine , mais d'un blanc roux , est fermée sur sa poitrine par une
agrafe ou cercle d'or traversé par une épingle également d'or, qui perce le linge horizontalement; à l'extrémité des manches , elle est fixée par deux doubles boutons d'or et de
pierreries , que le *dandysme* a adoptés. Son mouchoir de poche , marqué en toutes lettres
de ses nom et prénoms , brodés en fil blanc , est rouge à raies violettes. Si le temps est
froid, le propriétaire campagnard a , par-dessus sa blouse , un petit manteau de drap bleu ,
à courte pèlerine , à agrafe d'argent en forme de trèfle. Des gants de poil de lapin couvrent
ses mains , et un chausson de laine vient s'interposer entre ses bas et ses souliers. — Que
si ce personnage se rend à une vente d'immeubles, s'il revient de l'étude de son notaire , où
il a acheté quelques biens ; s'il va à la foire ou au marché, s'il se rend au chef-lieu d'arrondissement pour une élection de député , au chef-lieu de canton pour une élection de con-

seiller de département ou de conseiller d'arrondissement, à la mairie de sa commune pour celle de conseillers municipaux, sa démarche, sa toilette, sa figure, ont divers degrés de solennité, toujours en rapport direct avec le rôle plus ou moins important qu'il va jouer ou qu'il vient de jouer. — J'ai remarqué que le propriétaire campagnard ne revêt la redingote bleue à boutons de soie, ne sort sans sa blouse sur le bras ou sur le corps, et n'extrait de son armoire les gants de peau jaune, que dans quelques circonstances données, la fête patronale de sa commune, une noce, un baptême, une réunion de notables, l'élection d'un député et d'un membre du conseil général.—Du reste, notre héros, à moins que l'esprit de parti ne l'en ait exclus, depuis que le système électoral régit l'administration communale, est, de rigueur, membre du conseil municipal; le plus souvent, il est maire ou adjoint; j'en connais même un certain nombre qui font partie du conseil d'arrondissement.

L'ameublement du propriétaire campagnard est simple, mais commode; sa maison est vaste, mais bâtie sans goût; le badigeon qui la recouvre est généralement blanc ou rose. Il a dans son enclos formé de haies, dans son *meix* ou cortil (de l'italien *cortile*), derrière son habitation, un verger qui lui donne ses fruits, un réservoir d'eau qui lui fournit son poisson, une chenevière, de l'hortolage et des treilles, une vigne et un carré de prairie naturelle ou artificielle, selon la localité, une mare, et une ruche de mouches à miel. Sa basse-cour, qu'accusent d'immenses édifices, nommés *meules* en certaines contrées, est peuplée de volailles, et tapissée de couches épaisses de fumier; les moutons, les bêtes à cornes, les porcs, ont leurs abris respectifs dans cette basse-cour, ainsi que ses chevaux, ses chars et ses charrues.

Il habite volontiers sa cuisine, vaste, située au rez-de-chaussée, pavée de larges dalles, dans laquelle on remarque une crédence servant à étaler la vaisselle, une longue table pour les domestiques, et une autre table ovale pour les maîtres de la maison. Le fauteuil du propriétaire campagnard est au coin droit du foyer, que flanquent deux chenets énormes, couronnés de vases de fer à jour, propres à recevoir des tasses et des pots. Une horloge qui avance toujours d'une demi-heure, un lit à quatre colonnes et à rideaux de drap vert bordés de soie jaune, ayant sa literie prodigieusement élevée et chargée de deux oreillers, où le maître et la maîtresse ont l'habitude de coucher; un autre lit à colonnes aussi, mais petit, entouré de tapisseries à serpillière formant rideaux, servant à la domestique principale, et caché dans un enfoncement, forment les portions les plus significatives de l'ameublement. Je ne vous parle point de cette tasse et de ce gobelet d'argent posés sur le *vaisselier,* de ce crucifix, de ce bénitier et de cette madone, pendus vers le chevet du lit principal, de ce sabot placé vers l'âtre pour recevoir les allumettes, de ce meuble carré qui renferme le sel, de cet égrugeoir de buis, orné de raies quadrangulaires à sa surface, de ce pain recouvert de la nappe sur la table des domestiques, qu'éclaire une lampe suspendue au plancher, parmi les saucissons et les quartiers de lard, de ce porte-montre de soie jaune caché derrière les rideaux du lit, de ce chien si bien identifié avec le haut et large foyer, qu'il faut le considérer comme un meuble; de cette armoire, enfin, à la clef de laquelle pendent des sacs et des écheveaux de fil, et qui, ouverte, laisse voir un amas prodigieux de rouleaux de toile écrue et de linge. — Le luxe du propriétaire rural consiste surtout dans ce genre.

Indépendamment de sa cuisine, qui est la pièce importante dans la maison, le propriétaire campagnard a sa chambre d'honneur, sa chambre de réception, où M. le sous-préfet, M. le lieutenant de gendarmerie, M. le juge de paix du canton, ont daigné quelquefois accepter un verre de vin, un lit, ou un déjeuner. Cette chambre est tapissée de papiers à ramages, ornée de deux lits à rideaux de cotonnade rouge, avec petite bibliothèque où abondent les almanachs et les annuaires du département. Un buffet, bien frotté et bien luisant, laisse apercevoir des plats et des assiettes de faïence à personnages bleus, des carafes de verre contourné en spirales. La cheminée est décorée d'un petit trumeau dont le cadre doré est protégé par une robe de gaze contre la poussière et les mouches ; toute la tablette, de pierre grise, polie au grès, est chargée de tasses à café avec leurs soucoupes, rangées symétriquement, et surmontées de fruits ; au centre de cette surface, à la place que devrait occuper la pendule, on voit réunis, sous un globe de verre, une souris de cristal, de petits moutons de porcelaine, et une manière de grotte faite de coquillages. Aux deux flancs du trumeau, pendent, d'un côté, une pelote en forme de poire, un chapelet et une croix d'or ; de l'autre, un portefeuille à lettres, offrant, dans chacune de ses divisions, le nom d'un jour de la semaine ; puis, deux porte-montres de soie jaune, avec le chiffre des époux brodé au centre ; enfin, au-dessus de la glace se trouve un cadre renfermant, sous verre, une collection d'assignats. Le manteau de cette cheminée est à pilastres cannelés, de plâtre, et son ornement supérieur se compose d'une frise où l'on remarque le chiffre des propriétaires, mari et femme, finement enroulés. La pendule de marbre blanc rehaussé de cuivre doré est posée au sommet d'un secrétaire, dont le ventail ouvert est chargé de papiers, de cahiers cartonnés, de semences et de graines, de numéros du journal du département, et de celui *des villes et des campagnes.* Deux rideaux, pareils à ceux du lit, garnissent la fenêtre, extérieurement fermée par des jalousies vertes. Sur les murs, on aperçoit la *colonne Vendôme,* d'une part, de l'autre, l'*arc de triomphe de l'Étoile,* et une suite de gravures enluminées, à cadres noirs ; ajoutons à cela un Christ d'ivoire posé sur fond de velours, un portrait de Napoléon, dédié à la grande armée, et les fleuves historiques de M. Arnaud Robert. Une cage énorme, contenant une douzaine d'oiseaux, est suspendue au plancher. Et, dans un coin, l'on voit deux fusils, dont l'un de munition, une épée, et une carnassière. Au-dessus de la porte d'un placard est le portrait du maître et de sa maîtresse de la maison, grossièrement peints au pastel. Ne quittons pas cette chambre sans dire qu'elle sent habituellement le renfermé. — En voilà assez, je crois, sur la figure, le costume, et l'ameublement du propriétaire campagnard. Arrivons en toute hâte à l'esquisse de l'homme moral.

Le propriétaire rural a reçu, chez le curé d'un village voisin, quelquefois en deux ou trois années de séjour dans un collége communal, cette demi-éducation, ou mieux ce demi-savoir qui prédispose à l'étude, à la lecture surtout, qui donne quelques notions générales, mais ne mène pas à la culture réelle de l'esprit. Sa mémoire est prodigieuse, et son aptitude prononcée ; il a beaucoup lu, et il lui reste, épars dans la tête, une foule de faits qu'il ne sait ni lier dans sa pensée, ni raconter dans sa conversation, et qui se trouvent sans application à sa vie réelle. Sa manière de parler est généralement allégorique et proverbiale ; son langage n'est plus le patois local, et n'est pas encore la langue, mais il y a dans le tour de sa phrase, dans son accent, dans ses gestes, quelque chose de pressant, d'incisif, qui imprime beaucoup d'originalité à sa causerie. Ce qu'il sait le mieux, sans contredit, c'est le calcul, l'agriculture pratique, l'art de vendre ou d'acheter, le classement des fonds, la statistique des communes de l'arrondissement, du département, quelquefois même de la France. Il n'y a pas un cultivateur, un *forain,* un propriétaire dans la commune dont il ne connaisse les héritages, dont il ne nomme les joignants et aboutissants, de long, de large, de couchant, etc. Je connais une foule de propriétaires ruraux qui vous diront au juste la population, les ressources agricoles, financières, industrielles, les mouvements de naissances et de décès, de tous les chefs-lieux de canton, qui vous apprendront le nombre des places fortes, des divisions militaires, le quantum des forces navales et de terre du royaume, beaucoup mieux que des savants qui, préoccupés de plusieurs études à la fois, ne peuvent pas concentrer leur attention et leur mémoire sur un seul objet. La partie de la législation qui s'applique à la propriété, les arrêtés des préfets sur la pêche et sur la chasse, les lois électorales, départementales, municipales, sur les chemins de petite et de grande vicinalité, la synonymie des mesures anciennes et nouvelles, l'arpentage, la valeur respective des fonds, il sait tout cela à merveille. — Ainsi, un peu d'histoire, de statistique, de connaissance pratique des terrains, de géométrie, la législation qui régit le propriétaire, le fermier, l'électeur, forment le code des études de notre personnage, et en cette dernière matière il excelle, car elle est sa chose proprement dite. — Mais de toute autre science, il n'en veut point.

Son caractère est comme son vêtement, son langage; il tient du paysan et du citadin: comme ce dernier, il sait voiler un refus d'une politesse; comme le premier, il est têtu et vindicatif, querelleur et processif. Naturellement fier, défiant, despote, il mesure son estime à la valeur et à l'importance des immeubles de ceux à qui il la donne. La plus belle voiture, les plus sveltes chevaux, les plus fins habits, ne lui inspirent aucune considération; il ne tient les gens pour considérables qu'autant qu'ils sont grands propriétaires, et que leurs fonds sont au soleil. Le propriétaire campagnard a ses antipathies: il professe un souverain mépris pour le boutiquier et le petit bourgeois des villes, pour les possesseurs de simples *villas* ou maisons de plaisance que nuls domaines n'environnent. Il n'a que peu de respect, et encore moins de confiance pour le commerce et les diverses positions industrielles. — Vous ne lui feriez pas prendre une demi-action de 250 francs dans le plus beau chemin de fer ou dans le pont le plus utile.

Le propriétaire campagnard a une table simple, mais abondante et saine; il mange son potage au pain en se levant, dîne à midi, et soupe à l'entrée de la nuit. — Son cœur, cependant, est accessible à la pitié; il est aumônieux et serviable. S'il vous offre de partager son repas, soyez sûr que c'est la cordialité la plus franche qui vous convie. Il n'a ni la candeur de nos aïeux, ni leur touchante ingénuité, ni leur foi religieuse vive, ardente, ni les mœurs corrompues et impertinentes des jeunes paysans du siècle où nous vivons. Sa religion consiste dans une conviction profonde, mais sans influence sur ses actions et dans les pratiques extérieures dont il continue le bon exemple. L'intérêt personnel est si exalté dans cet homme, qu'il ne rend pas toujours sa morale pure de toute atteinte à la probité. Ses opinions politiques ont peu d'intensité; assez généralement libéral en gros, et aristocrate en détail, il a gardé intacte la foi politique de 1789, c'est-à-dire qu'il n'accepte du principe révolutionnaire que ce qui lui a donné ses droits, son indépendance, sa fortune; mais il ne va guère au delà. — Inutile de dire qu'au seul nom de Napoléon, il s'émeut, s'épanouit d'admiration et d'enthousiasme, comme s'il eût servi sous les glorieux drapeaux de l'empire.

Le nerf du principe social, aux yeux du propriétaire campagnard, c'est la propriété: la société pour lui n'existe que dans les notables; toutes ses amitiés, toutes ses relations, aboutissent au sol. Ses amis, ceux qu'il fête, qu'il invite, ce sont ceux auxquels il vend ses produits, dont il achète les coupes, etc.; il est fort bien avec les notaires, les greffiers de justice de paix, et leur prodigue ses caresses et ses égards. Quand il vient, lui, s'asseoir à votre table, gardez-vous de prendre son espèce d'ingénuité, moitié citadine, moitié rustique, et toujours affectée, pour de la bonhomie, sa modestie pour de la simplicité. Il se tiendra bien, comme le plus humble manant du village, à un pied de distance de son assiette, il se servira bien gauchement, et à contre-sens, de sa fourchette et de son couteau; mais il aura encore plus d'usage qu'il ne paraîtra en avoir, et croyez qu'il s'étudie et se compose pour en manquer. Autant de fois qu'il dira à son amphitryon citadin:

« Vous autres, messieurs, vous en savez plus que nous...

— Si j'avais votre fortune, j'achèterais bien volontiers...

— Que voulez-vous? un pauvre paysan comme moi...» Traduisez:

« Vous autres petits bourgeois, qui, gens de plume et de bureau, croyez en savoir plus que nous...

— Vous êtes un malheureux, qui n'achèteriez pas pour dix mille francs de biens-fonds...

— Un riche propriétaire comme moi... »

Regardez seulement ce sourire sardonique et malin qui erre sur ses lèvres, et écoutez-le parler de ceux qui ne possèdent pas comme lui des champs, des prés, des bois, des vignes, des chevaux et des domestiques. — Quoi qu'il dise ou qu'il fasse, le sentiment de la propriété lui monte à la tête comme la moutarde ; il ne pardonne pas à qui a moins de fortune que lui ; il trouve le petit propriétaire maigre, sec, étriqué, ridicule même ; il lui prodigue une dédaigneuse pitié. — Sous la blouse bleue de cet homme, je vous le dis, il y a presque toujours bien plus d'égoïsme et de vanité que sous le frac brodé du haut fonctionnaire public ou sous l'habit noir du citadin.

Si vous étudiez le propriétaire campagnard, vous remarquerez en lui une prodigieuse finesse d'observation, un sens droit, une grande précision d'idées, une défiance pyramidale. Généralement il résiste mal au plaisir d'anticiper sur ses voisins de champs, et il vous fera un procès pour un sillon, un fossé, un abus de vaine pâture. S'il conclut une affaire, toutes ses mesures seront prises, et je puis vous certifier qu'il ne sera jamais dupe. Pour vendre, pour acheter, il a une adresse incroyable, que l'éducation la mieux soignée ne donnerait pas. Préoccupé constamment de cette idée fixe, que l'homme n'a été jeté par la Providence sur cette planète que pour en posséder une parcelle, il est toujours disposé à trouver quelque défaut essentiel aux personnes qui, à plus de fortune territoriale que lui, unissent tous les avantages d'une noble position dans le monde ; mais aussi toujours attentif à faire fléchir sous son poids toutes les têtes qui, d'en bas, voudraient monter jusqu'à la sienne. Juré, fabricien, électeur, magistrat municipal, fidèle assistant dans son banc à la messe paroissiale, vous le trouverez toujours plein de son importance et de son autorité. Si le propriétaire campagnard entre dans une auberge ou dans un café, il tutoie maître, maîtresse, serviteurs, se met à son aise hors de toute mesure, commande avec un ton de supériorité, et semble regarder en pitié tout ce qui est voyageur et porte un habit fin. Sa physionomie ne trompe jamais ; son espèce d'aristocratie est la mieux reconnue et la plus solidement établie de toutes les aristocraties d'ici-bas. A Paris même, où l'on a la folie de juger les gens par l'habit qu'ils portent, il est vite reconnu, et il n'est pas un des lieux publics les plus chers au *dandysme*, sur les boulevards, où il ne soit reçu avec certains égards, malgré ses formes extérieures, quand une affaire particulière ou de commune l'amène, une fois par hasard, dans la capitale. Le citadin ne résiste pas à la vue du propriétaire campagnard ; il lui pardonne ses exigences, sa voix haute et impérieuse, ses familiarités dédaigneuses. Le propriétaire campagnard jouit d'un crédit sans bornes ; et il a, dans ce genre, une supériorité marquée sur toutes les positions sociales : il sait que son type seul équivaut à un domaine, et il abuse quelquefois de son empire pour faire d'immenses bénéfices. Je l'ai déjà dit, ce type, on ne l'imite pas, et la figure du propriétaire campagnard trompe rarement. Je me souviens d'avoir entendu, sous la restauration, aux assises de Châlons-sur-Saône, un beau monsieur venant déposer comme témoin. Aux demandes de M. le président, il répondit catégoriquement. Mais quand ce magistrat vint à l'interroger sur sa profession :

— LABOUREUR, fit-il avec la plus vaniteuse affectation de modestie.

Cet homme ne trompa personne : on se garda bien de le prendre pour ce qu'il se donnait, et on ne vit en lui qu'un bourgeois courant après la popularité, dans un temps où la lyre de Béranger avait mis à la mode le soldat-laboureur.

Quand le propriétaire campagnard convie à son repas les visiteurs, ses amis, ses parents, sa table regorge de plats. Il fête avec bonheur le saint patronal, certains anniversaires ; son véritable repas de famille est celui de l'hiver, à l'époque où il tue son cochon. Une coupe d'argent, presque toujours héréditaire, marque sa place à la table, et c'est lui seul qui prépare et apporte les différents vins qui se succéderont.

Je crois avoir réuni ici un assez grand nombre de traits caractéristiques, et établi assez complétement la théorie du propriétaire campagnard, pour que le lecteur puisse se former une juste idée du type que j'ai choisi. J'aurais négligé pourtant un devoir de biographe consciencieux si je n'ajoutais pas que cet homme est généralement laborieux, actif, excellent père et excellent époux. — Que maintenant, si l'on me demande ce que je pense de cette position, je répondrai qu'à mon sens c'est la plus noble, la plus indépendante et la plus heureuse de la société, la plus enviée de ceux qui la connaissent bien, et que le besoin d'industrialisme n'a pas jetés dans le tumulte des grandes cités. Le propriétaire rural n'a pas le luxe et la soif de représentation qui ruinent; ses besoins moraux et matériels sont en rapport avec ses goûts, son existence, ses moyens, et il peut largement satisfaire aux uns et aux autres, dans la sphère qu'il embrasse et comprend. Il n'a à côté de lui, ni rivalités qui le gênent, ni haines qui le tracassent, ni vanités qui le blessent; parce que, d'ordinaire, il n'y a qu'un grand propriétaire campagnard par commune rurale. Le château même ne lui fait pas ombrage, parce qu'aux yeux du château, il est toujours le premier des cultivateurs, parce que le château a besoin de lui, ne peut se passer de lui. Il est obéi, respecté, craint, aimé même; il commande sans que son autorité soit discutée, et la sobriété de ses habitudes domestiques lui donne volontiers une belle et calme longévité.

Le chevalier JOSEPH BARD, de la Côte-d'Or.

LE CORRESPONDANT DES JOURNAUX.

ᴇʀᴛᴀɪɴꜱ journaux de Paris manquaient de correspondants au fond de l'Inde, entre Cachemire et Delhi. Quand on ne sait ce qu'on fait soi-même, c'est bien le moins qu'on sache ce qui se passe au bout du monde.

Un négociant du Havre partait pour Chandernagor; on le pria de nous tenir au courant des *Faits-Paris* de l'empire des brahmes. On lui promit la table, le logement, la peste, d'honnêtes émoluments, et cinquante coups de gaule de lotus sur la plante des pieds, payables à vue par les naturels du pays.

Le négociant fit d'assez mauvaises affaires. Il apportait une cargaison de romans nou-veaux, qu'on trouva déjà vieux dans l'Inde; on lui donna en échange un assortiment de peaux de lézards qui n'avaient plus cours en Europe : il se reposa sur son emploi de correspon-dant, remonta le Gange, et se mit à observer les mœurs.

Le peuple adorait un oignon brûlé. Les femmes se jetaient dans le bûcher de leurs maris après leur mort; les maris les rouaient de coups de leur vivant. Les vierges dansaient devant les étrangers l'*Incarnation de Vishnou,* mise en gavotte, pour vingt-quatre sols de notre monnaie. Les psylles déjeunaient, à l'ordinaire, de quelque serpent à la tartare. Les prêtres les plus profonds s'amusaient à compter les voyelles et les consonnes des livres de l'ancienne loi. Les mères qui connaissaient leurs devoirs jetaient à l'eau leurs premier-nés. Des jongleurs passaient vingt ans de leur vie la tête dans un chaudron, et les gymno-sophistes s'arrachaient les poils du menton pour se faire rire, ou s'enfonçaient des os de poisson dans le gras des jambes, ou s'asseyaient en équilibre sur un bâton pointu.

Ces choses parurent assez curieuses au négociant. On lui offrit de s'asseoir sur une chaise rembourrée d'épingles : il refusa, mais il prit la plume pour informer ses commet-tants de ce détail.

Il se proposait une esquisse dans le goût de Rétif, de Mercier, des *Français,* etc. Un scrupule l'arrêta : il s'aperçut qu'il allait inventer d'un coup les voyages de Le Vaillant, Mungo-Park, Gama, Bougainville, Cook, Tavernier, Regnard, Ross, etc., etc.; il était impossible que ces messieurs n'eussent pas été frappés comme lui de ces coutumes locales, et ne les eussent pas exactement rapportées. Le négociant n'avait que trop raison en ceci.

Il laissa de côté les mœurs déjà connues, et résolut de s'en tenir aux guerres, aux révo-lutions, aux grands mouvements d'empire.

Il attendait donc les événements; mais en ce pays il n'y a pas d'événements, ou du moins ils sont rares. Les Indiens ne sont pas gens à occuper trente-deux millions d'hommes de la mort d'un baladin.

Or, les Indiens buvaient et mangeaient comme de coutume; les hommes riches se fai-saient éventer avec des plumes de paon; les pauvres éventaient les riches; le négociant ne vit pas là de quoi fouetter un chat, encore moins sujet d'ennuyer des lecteurs. Il demeura deux ans sans écrire. Ses commettants demeurèrent deux ans sans le payer. Il mangea force épluchures de bananes, et raisonnablement de trognons de choux-palmiste. Il manquait de tout, sauf de scorpions et de moustiques que ce doux climat entretient avec une libéralité effrayante.

S'il est vrai qu'un peuple est d'autant plus heureux que son histoire est moins longue, les fils de Brahma furent assurément, durant ces deux ans, le plus heureux peuple qui ait noyé ses enfants et brûlé ses femmes.

Mais il n'y a point de bonheur stable ici-bas; on ne peut même manger toujours des couleuvres et noyer des marmots impunément.

Des *banians* de Visapour tuèrent l'éléphant d'un rajah, sous prétexte qu'ils chassaient au tigre. Le rajah fit empaler vingt marchands de Golconde, s'excusant sur ce qu'il ne connaissait pas bien les auteurs de l'insulte. Une caravane qui passait par-là, sans savoir de quoi il était question, extermina le rajah et jusqu'à ses petits-neveux, qui tétaient encore.

Chacun prend les armes. Tout le monde se bat contre tout le monde, faute de renseignements; à la suite de quoi un comptoir anglais fut pillé, et douze commis accrochés sur leur porte en guise d'enseignes.

Les autorités anglaises firent avancer un corps d'Écossais, dont le cotillon court scandalisa les brahmes, qui vont tout nus.

Le négociant n'échappa au carnage que parce qu'il demeurait dans le creux d'un arbre. Il loua Dieu de l'avoir sauvé par miracle, mais il est vrai qu'il allait mourir de faim.

Tout à coup une idée lui tomba d'en haut. Il pouvait mander cette crise politique en Europe. Il l'écrivit avec une plume de perroquet sur une feuille de pavot sauvage.

Il racontait comme quoi la face du pays était bouleversée à propos d'un éléphant, comme quoi les habitants se coupaient la gorge sans savoir bien au juste pourquoi, comment l'Angleterre avait fait des démonstrations qui intimidaient les peuplades, et comment, avec l'aide des diplomates et des malentendus, cette commotion pouvait se faire sentir en Europe.

Il ajouta, en manière d'aperçu moral, que les vainqueurs se brûlaient des étoupes sous le nez en signe de réjouissance.

Le journal avait changé de propriétaire depuis six mois quand arriva ce rouleau écrit en aussi mauvais français que le poëme sanscrit qu'on explique au collège de France. Le correspondant était aussi parfaitement oublié que Robinson dans son île. On ne savait non plus son nom que s'il eût composé trois quarterons de vaudevilles. On prit son article pour une imitation des *Mille et une nuits,* élucubrée par un cerveau malade. On le jeta où vont les feuilles de rose et les feuilles publiques. Le négociant se proposait de venir dire leur fait à ses commettants, mais il lui fallait quinze cents livres pour la traversée, et s'ils les lui eussent envoyées par hasard, il n'avait plus rien à leur dire.

La nécessité est, plus légitimement que l'oisiveté, la mère de tous les vices. Cet homme, qui n'eût pas voulu tromper un abonné du *Times,* inventa le *puff,* perfectionné depuis en France, à l'aide de cette machine de huit ou dix mille pauvres diables qu'on appelle *la presse.*

C'est lui qui nous a raconté récemment les incroyables progrès que la civilisation fait dans l'Inde. A la vérité, l'oignon brûlé compte encore quelques fanatiques; les jongleurs s'enfoncent par-ci, par-là une baïonnette dans les mollets; les fils les plus tendres cassent la tête à leur père quand il commence par son grand âge à mériter trop d'égards. Il est vrai aussi qu'on noie de loin en loin quelque nouveau-né. On ne saurait s'occuper de tout à la fois; mais il s'est opéré des changements meilleurs.

22

Les Indiens ignoraient le grand art de la guerre. Ils éprouvaient le besoin de s'exterminer plus à fond. C'est à peine s'ils jetaient six mille hommes sur le carreau dans une affaire d'avant-garde. La plupart des flèches se perdaient en l'air. Chaque soldat tuait à peine son homme. C'était grand'pitié. Cette misère a touché l'Europe. On a donc expédié à ces malheureux une pacotille de quinze sous-officiers : c'est la boîte de Pandore en petite tenue. Il y a là-dedans assez de feux de peloton pour nettoyer tout le continent. Avant qu'il soit peu, le plus humble paria abattra ses cinq hommes par minute, sans se gêner.

Les bonzes ont jeté le turban par-dessus les moulins pour se coiffer du schako. Les bayadères ne dansent que le pas redoublé. Les psylles ne jouent plus que du serpent de paroisse, instrument guerrier, comme chacun sait. Les jongleurs ont appris la charge en douze temps. Toute une bourgade vire de front au signe d'un caporal. On n'entend que deux mots de français dans tout le pays, les deux mots qu'il faut pour foudroyer cent braves : *Joue, feu !* C'est ainsi qu'en use toute civilisation un peu avancée. On n'envoie plus des missionnaires, mais des sergents instructeurs ; plus de maîtres d'école, des maîtres d'armes.

Voyez les Turcs. Les Turcs se battaient pauvrement, à la débandade, sans discipline, sans art. On bataillait deux jours pour tuer vingt mille hommes ; cela faisait peine à voir. Aujourd'hui d'un simple boulet ils enlèvent une file entière ; la mine et la contre-mine leur sont familières ; ils fusillent un escadron comme un seul homme. Ils se policent.

Les premiers bienfaits que les Européens communiquèrent aux naturels du nouveau monde furent le fusil à deux coups pour tuer leur prochain, et l'eau-de-vie pour se détruire eux-mêmes.

Les Indiens s'entr'égorgent aussi bien que nous à l'heure qu'il est ; ils sont appelés à faire d'excellents soldats, qui sont, comme on sait, les gens du monde les plus polis. Les milices de Lahore ont récemment fusillé mille prisonniers, sans qu'un seul coup de feu traînât. Ce pays ira loin s'il ne se dépeuple.

On parle présentement de lui communiquer les fusées à la congrève et le mortier-monstre. Et que sera-ce quand on y joindra le gaz, les chemins de fer, nos journaux, nos pamphlets, nos médecins, nos bals masqués, quelques socialistes civilisateurs, et une trentaine de maîtres d'école universitaires !

E. O.

LES HÔTELS DU QUARTIER LATIN.

E tous les hôtels de Paris, ceux du quartier latin ont assurément le caractère le plus excentrique ; ils n'ont rien de commun avec ceux des autres quartiers, et leur physionomie est toute spéciale.

Il est admis en principe que partout où l'étudiant dresse sa tente, il doit trouver sécurité, bien-être, aisance et abandon : le confortable n'est pas de rigueur.

Le premier soin de l'étudiant de première année est de bien choisir son hôtel, en consultant les affinités de temps, de lieux et de propriétaire. Un étudiant de seconde année a d'ordinaire jeté son dévolu sur un hôtel bien *débraillé*, bien *régence*, c'est-à-dire ouvert à toute heure de la nuit à un homme seul, ou suivi d'un masque. Il est des hôtels où le *domino* n'est reçu qu'à la pointe du jour, et à la condition expresse de ne point *passer la nuit*, comme si le soleil devait être le complice obligé de toutes les *franches repues* qui ont lieu dans cet honnête séjour.

La nomenclature des hôtels du quartier latin est aussi variée que celle des 86 départements ; plusieurs hôtels se permettent même de choisir un blason à l'étranger ; exemple : l'*hôtel Nassau*.

On ne saurait avoir qu'une faible idée de la Providence qui veille sur l'étudiant si l'on n'a pas observé avec quel soin tout est disposé dans son quartier, et surtout dans son hôtel, pour lui rendre la vie douce, facile et heureuse, ou même pour l'empêcher de faire acte de présence au cours : le moyen, il y a des hôtels qui ont un estaminet.

D'autres pourraient donner l'idée d'un phalanstère, tel que le comporte la société actuelle ; ceux-là jouissent, outre leurs six étages, d'un cabinet de lecture, d'une pension bourgeoise au rez-de-chaussée, café et jardin sur la cour, d'une salle d'armes, d'un tir à la cible, d'un épicier, d'un bureau de tabac, d'une salle de conférence ou de répétition, de quelques grisettes, et d'une Sorbonne à la portée du trait. On peut y être tout à la fois étudiant en droit, en médecine, artiste polyglotte, ferrailleur, gastronome, homme politique, et mauvais sujet.

Pénétrons maintenant dans ce dédale étiqueté, numéroté, émaillé d'étudiants qui ne le sont qu'à demi, ou même qui ne le sont pas du tout, où tant de jeunes existences vivent dans un délicieux pêle-mêle, depuis le doyen des étudiants dont l'éternelle jeunesse fleurit encore à cinquante-cinq ans, et qui s'est établi à demeure sur un terrain de transition, jusqu'au *pigeonneau échappé* depuis peu du colombier paternel.

Ce qui caractérise l'étudiant ce n'est pas la grisette au *tartan tramé soie et coton*, les 1200 fr. d'appointements imposés par le rigorisme de la famille, l'usage consacré par la tradition d'en consommer le double en orgies, dont un créancier se souvient longtemps; l'étudiant, c'est l'hôtel garni lui-même, comme les Tuileries sont la royauté, le Palais-Bourbon la députation. Le royaume de l'étudiant expire aux limites de l'hôtel garni. Mais quel art d'être chez soi il y déploie, comme il s'empare complétement de ce domaine ! L'étudiant s'est fait une douce habitude de n'avoir la propriété de rien, mais la possession de toute chose; c'est en quoi il a grand soin de se distinguer des maris.

L'étudiant *marron* vit dans ses meubles, n'a presque pas de dettes, jouit de quelques avances, et est mis au ban de l'hôtel garni.

Du reste, rien n'est plus varié que la physionomie des hôtels garnis du quartier latin : Dis-moi qui tu habites, je te dirai quel étudiant tu es.

Il y a l'hôtel *bon genre*, où les parquets sont cirés, où l'on brûle de la bougie, où les femmes portent chapeau, où l'étudiant, généralement en droit, est censé posséder un domestique. Les valets y sont obséquieux, et reçoivent des pour-boire en argent. Le maître d'hôtel est celui dont la physionomie a créé un emploi au théâtre Français. Il y a des mœurs dans cet hôtel, mais il faut y mettre le prix.

L'hôtel *Thébaïde*. C'est un hôtel situé quelque part à la hauteur de Saint-Jacques-du-haut-Pas, de la rue Neuve-Saint-Étienne-du-Mont, ou au troisième ciel. On y rentre à neuf heures du soir; on y est *séminarisé* toute la journée par compensation. C'est là que règnent les petits soins, les attentions délicates, les dîners servis à point et à heure fixe, les points de couture aux chemises, aux habits, les bottes religieusement cirées; l'étudiant y est repris et reprisé avec une constante abnégation ; on lui enseigne à ménager sa bourse et son paletot; un contrôle pieux s'étend sur sa conduite et sur son *trousseau*. Le paisible habitant de cet hôtel rangé se fait remarquer par une teinte de religiosité chrétienne et patriarcale, se nourrit d'échaudés et de M. de Sainte-Beuve, assiste aux sermons de l'abbé Ravignan; le prix Montyon vient le trouver dans son presbytère drolatique. Cet étudiant ne choisit point le chemin le plus court, encore moins le chemin de traverse; il s'endort en rêvant le chemin du ciel. Il est vrai qu'à cette hauteur, sur le pinacle de la montagne Sainte-Geneviève, on en est presqu'à moitié chemin.

L'hôtel *champêtre*. Il est habité par les naturalistes des deux écoles : on s'y applique à faire fleurir les études et la végétation, le code civil et la clématite. Il y a un jardin peuplé de marronniers, de chèvrefeuille et de vigne sauvage; des arbustes exotiques, peints à la fresque, forment dans le lointain des paysages et des murailles, *des horizons à souhait pour le plaisir des yeux*. L'hôtel champêtre a été inventé pour adoucir les mœurs sauvages que l'étudiant contracte dans les estaminets de Paris.

L'hôtel *bon genre* est situé dans la rue de Seine, et juxtaposé au faubourg Saint-Germain, dont il fait partie; les deux autres avoisinent des établissements religieux. Portons maintenant le scalpel de l'anatomiste dans les fibres intermédiaires de notre sujet.

Il y a l'hôtel à crédit. L'étudiant y vit sur sa réputation : Bonne renommée vaut mieux que bons appointements. Dûment cautionné par de belles propriétés au soleil, mettant au nombre de ses espérances un diplôme, un contrat, la mort d'un oncle, l'étudiant donne des banquets gratis dans son Eldorado; on lui paye sa blanchisseuse, ses ports de lettres,

les cigares de la Havane ; il y reçoit ses fournisseurs et ses lettres de change sans bourse délier. Cet étudiant n'a pas de bourse, mais il a un hôtel, et presque un intendant ; il aime à crédit, et traite, comme tous les chevaliers de Dancourt, les marquis de Molière, de Le Sage, au compte de son propriétaire. L'étudiant à crédit s'éloigne rarement de son hôtel ; s'il voyage, ce ne peut être qu'aux rives prochaines : ses promenades sont limitées par ses besoins.

L'hôtel dont le *propriétaire s'entend avec la police* pour prévenir toute espèce de désordre, d'infraction aux règlements qui régissent les hôtels garnis. L'hôtel se personnifie en lui. C'est un homme qui professe une sorte de fétichisme pour l'ordre établi ; tout confit en son maire et en son adjoint ; il vous demande vos papiers avec une promptitude méticuleuse, connaît bientôt les livres que vous lisez, vos pensées secrètes, les cafés auxquels vous êtes affilié. Du reste, l'hôtel est bien tenu, parfaitement verni, les paillassons bien policés ; l'ordre public y est le garant de l'ordre privé. On s'y couche à minuit *privatim*, ce qui entre encore dans la consigne de la maison.

L'hôtel dont le *propriétaire s'entend avec la police* pour tout tolérer. La visite domiciliaire y est garantie. Cet hôtel est né de la révolution de juillet, du relâchement des mœurs, des théories libérales disséminées un peu partout ; la liberté y prend volontiers les allures de la licence : on n'y rentre pas passé six heures du matin. Le saint Antoine qui a choisi cet hôtel à son insu, et qui le conserve par délicatesse, y est exposé à toutes les tentations qui peuplèrent la Thébaïde sous le crayon de Callot. On y rencontre des bayadères dans les couloirs, on entend des chants de sirène à travers les cloisons, Circé y donne des soirées arrosées de punch à toute heure indue, le démon des illusions païennes circule dans les corridors, Télémaque y poursuit son Eucharis à chaque degré ; on y est Horace ou Juvénal, au choix. Le portier de cet hôtel est un passe-partout, le propriétaire une souche d'honnête homme, qui ne sait, qui n'entend rien, qui veut qu'on trouble le repos de son hôtel, pourvu qu'on ne trouble point celui du gouvernement.

Enfin, il y a l'hôtel *sans caractère*, celui où vivotent les masses, où le repos est protégé par le travail, l'indépendance par la régularité même des habitudes : c'est l'hôtel normal, taillé sur le patron de l'immense majorité des étudiants, institué physiologiquement d'après une étude approfondie de ses besoins matériels et moraux ; on y soupçonne à peine l'existence d'un règlement, tant la vie elle-même y est bien réglée. Cette population, calme et laborieuse, y peut vivre d'une existence toute intellectuelle. Le service s'y fait régulièrement, l'entente du détail uniforme, sans monotonie, est le cachet spécial de la maison ; l'étudiant se soumet sans murmure à un régime d'une régularité monastique. On ne s'étonne point de ne lui voir faire qu'une faible dépense. Il n'a pas besoin de se cacher de sa ménagère et de son portier pour pratiquer avec dignité et convenance ce qui exclut toute idée de noblesse et de distinction, c'est-à-dire une foule de privations volontaires ou forcées. On le sert sans spéculer sur ses minces revenus ; on ne le traite pas en prince, mais, en revanche, on lui conserve en tout et partout les égards dus à un simple particulier. Là, il est complétement étudiant, et ne saurait l'être ailleurs au même degré.

L'hôtel garni est le spécimen d'une vie qu'on pourrait appeler *suffisante*. Le prix de sa chambre donne la mesure des facultés pécuniaires de l'étudiant : ce prix varie, dans le même hôtel, depuis quarante jusqu'à six francs. Six francs ! pour loger tant de jeunes désirs, tant de vagues espérances, de poétiques enivrements !

Il est vrai que l'étudiant à six francs ne loue guère que le dehors de sa mansarde. Là, sur un fauteuil qui a dû être de mode au temps de madame de Pompadour, ou plutôt accoudé sur sa fenêtre, il écoute mourir les derniers bruits de la ville dans une rêverie qui n'est pas sans bonheur.

23

Du reste, le mobilier est le *même* partout, quant au fond ; la forme seule varie, depuis l'acajou jusqu'au simple bois de merisier (le palissandre, le citronnier, sont généralement inconnus dans le quartier latin). Il se compose de deux chaises, d'une simple table, d'étagères portant le nom de bibliothèque, et d'un lit bien chétif et bien dur pour l'étudiant à six francs par mois, sans feu.

On a beau être pauvre, on n'en est pas moins étudiant et jeune. N'est-ce rien que d'être servi pour un prix modique avec une régularité que le riche n'obtient presque jamais de sa livrée, que de n'avoir point à commander, à se faire obéir et détester ; enfin, d'être quelquefois son propre serviteur pour être mieux obéi ? On ne loue nulle part, comme dans le quartier latin, une chambre où la dépense est prévue, où l'hôte est attendu d'avance, servi selon les besoins qu'il a, et même selon ceux qu'il n'a pas, entouré d'égards autant pour sa personne que pour sa qualité. Allez dans un hôtel garni du quartier latin, vous y serez reconnu si vous n'êtes pas étudiant.

Le grenier de Béranger, qui n'était qu'une mansarde, n'a pas dû être situé topographiquement autre part que dans un hôtel garni du quartier latin ; mais on en cherche en vain les traces derrière soi quand on a déménagé depuis longtemps pour avoir un hôtel à soi, que l'on croit beaucoup plus solide que le premier. Et avant Béranger, le poëte latin n'a-t-il pas dit :

> Linqua tellus et domus,
> Et placens uxor.

Voilà ! le trépas est un terme qu'on paye à la nature, et la vie, un hôtel garni d'où la mort nous donne congé !

L. R o u x.

LES MÉTIERS LITTÉRAIRES.

LE JOURNAL INDUSTRIEL.

'INTÉRIEUR d'un journal industriel est très-curieux à observer. Vous vous croiriez volontiers dans un magasin, si vous n'aviez pas lu sur la porte : *l'Universalisme, journal des intérêts industriels*, et si, en franchissant l'escalier, vous n'aviez pas été conduit par ces indications semi-littéraires : bureau et caisse, rédaction, cabinet du directeur. Les petites affaires se font dans les bureaux de rédaction; les grandes opérations se traitent dans le cabinet du directeur. Soumis à ses anciennes habitudes, le chef de cet établissement est toujours le premier à son poste. C'est ainsi que chaque jour il augmente le cercle de ses connaissances, et fortifie son érudition par l'étude assidue de ses auteurs favoris : *l'Alma-nach des vingt-cinq mille adresses*, *l'Indicateur du commerce*, *le Guide des maga-sins*, etc.

A dix heures, les rédacteurs sont réunis; le directeur prend des allures de président; il y a grand conseil.

« Messieurs, dit-il, notre feuille prend chaque jour une nouvelle extension. Les abonnements ne donnent pas d'une manière absolue; mais vous savez que nous n'avons rien à espérer de ce côté. C'est donc toujours vers l'industrie que nous devons porter nos regards ; les fabriques, les magasins, les inventions et progrès, les créations de spécialités, sont de notre domaine. Marchons toujours dans la même voie ; encourageons nos clients et donnons à ceux qui peuvent le devenir quelques avertissements salutaires. Je viens de décou-vrir deux chemisiers retardataires qui se prétendent créateurs de cette importante spécialité. Dénonçons au public cette infâme usurpation, à moins qu'ils ne viennent aujourd'hui même nous demander notre protection.

« Deux pommades semblent nous inviter ; réduisons ces pommades à leur juste valeur, à moins qu'elles ne viennent à nous de leur propre mouvement. Nous aurons aujourd'hui trois ou quatre expériences à faire sur les *calorifères à la vapeur*, sur les *cordons acous-stiques* et sur *deux onguents corporistiques merveilleux pour les engelures*. Depuis quelque temps nous négligeons un peu trop les comestibles, chauffons un peu ces inté-ressants produits; je donne un dîner dans huit jours, et nous sommes à sec. — A propos, le tailleur Furstmann se met à notre disposition; c'est une très-belle affaire! Toute la ré-daction peut se faire habiller. Je prélèverai cela de mois en mois sur les appointements. — Le bottier Struksler se montre de plus en plus intraitable, il ne veut qu'une vingtaine de lignes, et je n'ai pu obtenir que deux paires d'*imperméables* et cinq bouteilles de vernis naturellement inférieur à celui de Plyk, l'un de nos premiers abonnés. — Je veux me passer la fantaisie d'un meuble Louis XV pour mon salon. Il y aura donc trois articles à faire contre la manie du *gothique*; puis nous ferons des ouvertures au tapissier du roi de Maroc, créateur de la spécialité *dix-huitième siècle*. — Je reçois une lettre de l'inventeur d'une voiture à vingt-deux roues, sans chevaux ni vapeur; il me propose un cabriolet tout neuf pour une suite d'articles et de dessins. Si nous trouvons à placer d'avance ce cabrio-let, nous ferons l'affaire : cette nouvelle invention ayant du succès, les anciens véhicules perdraient toute valeur. — Enfin, messieurs, vos facultés littéraires vont trouver un large développement : il s'agit d'un travail de librairie, de la *Bibliothèque scandinave* ; deux cent trente-cinq volumes parus ou à paraître. — Notre confrère, le directeur du *Sansonnet commercial*, homme de génie, vient d'inventer le feuilleton quotidien à douze francs les neuf colonnes! Pour lui prouver que nous sommes en progrès, nous introduirons dans notre feuille la littérature productive. On payera pour se faire imprimer; notre journal est assez répandu, et le monde est assez avide de renommée, pour que nous trouvions des gens disposés à acheter l'honneur de notre collaboration. Du reste, cette amélioration nous vaudra nos entrées et des loges à tous les théâtres.

— Caissier! que reste-t-il au bureau? Avez-vous vendu le sac de moutarde?

— Oui, monsieur, moitié prix.

— C'est dommage; je l'aurais placé plus avantageusement chez une dame de nos amies qui donne dans ce remède universel. — Les bougies sont-elles écoulées?

— J'en ai encore vingt livres.

— Vous me les garderez; ma femme en a besoin. — Auriez-vous encore quelques bou-teilles de sirops assortis?

— Entièrement coulées.

— Comment coulées?

— Je veux dire que je les ai adroitement coulées au prix fort.

— Très-bien! nous verrons les comptes ensemble. Avez-vous reçu les deux lits ortho-pédiques?

— Pas encore.

— Vous les enverrez chez M. D., à sa maison de santé. Il est entendu qu'il me les pren-dra tous à cinquante francs; excellente affaire ! »

C'est ainsi que chaque jour le directeur industriel s'engraisse d'une production nouvelle, qu'il conserve ou qu'il place selon les besoins de sa famille et de ses amis. Les visiteurs se succèdent et se pressent; l'antichambre et les bureaux en sont encombrés, et tous vien-nent apporter quelque léger échantillon de leur esprit inventif. Selon les affaires, le direc-teur se montre affable ou brutal, affectueux ou arrogant, bienveillant ou majestueux; selon les gens, il est digne ou familier, important ou facétieux.

Un visage inconnu se présente, visage effaré s'il en fût, physionomie semi-agricole et semi-culinaire : c'est le créateur de la *carotte monstre* destinée à réduire le *chou colossal* en véritable *chou de Bruxelles*.

« Je viens, messieurs, vous prier de me faire rédiger un petit travail sur la carotte que j'ai obtenue après vingt années de soins et de soucis.

— Nous connaissons cela ! Vous voulez en tirer une au public ; fort bien ! Nous allons relever votre production d'une sauce piquante, mordante, épicée, en style de potager, qui fera enlever votre graine. Passez dans les bureaux, où vous demanderez le rédacteur chargé de la partie culinaire ; vous serez bien servi. »

Viennent ensuite les cordons acoustiques.

« Monsieur, dit l'inventeur, vous voyez notre devise : *commodité, célérité, économie.* Vous allez vous-même en faire l'expérience. Je vais placer le bout d'un de ces cordons dans votre antichambre, et vous communiquerez vos ordres à votre garçon de bureau.

— Le garçon de bureau est absent ; il vient de sortir. »

L'inventeur des cordons vole à sa recherche, et, après une demi-heure de course, il le trouve enfin attablé chez le huitième marchand de vins à gauche. Peu flatté d'être surpris dans l'exercice de son péché favori, le garçon de bureau ne veut pas se déranger, et, pendant tout ce temps, le directeur s'égosille à crier incessamment :

« Brenet, entendez-vous l'écho ? »

Enfin le garçon de bureau Brenet consent à placer dans son oreille l'un des bouts du cordon acoustique, et aussitôt il est frappé par ces mots répétés pour la centième fois : Brenet, entendez-vous l'écho ?

Brenet répond d'une voix avinée :

« Vous me demandez si j'ai payé mon écot ?

— Ah ! c'est bien heureux ! Vous m'entendez enfin.

— Je n'ai pas besoin de payer mon écot, on m'a régalé.

— Que parlez-vous de régaler ?

— Oui, régalé ! et du chenu à quinze !

— Que voulez-vous dire ? Je ne vous comprends pas ; venez ici.

— Certainement, je reste ici. »

Et l'inventeur s'empresse d'interrompre cette conversation facile en ajoutant :

« Vous voyez que c'est une merveilleuse conception qui doit remplacer sans bruit toutes les sonnettes : *commodité, célérité, économie.*

— Nous arrangerons votre affaire, reprend le directeur, et si nos lecteurs ne sont pas sourds à nos réclames, nous placerons toutes vos sonnettes. Entendez-vous avec le caissier, mais de vive voix ; l'usage de votre invention ne lui est pas encore familier. »

Le porteur d'un clyso-pompe perfectionné vient de franchir l'escalier. Il s'adresse au garçon de bureau.

« Je viens offrir ce petit instrument à M. le directeur.

— Passez au cabinet.

— Mais je ne m'en suis pas encore servi, et je ne me trouve pas encore dans cette nécessité.

— Alors voyez les rédacteurs.

— Je voudrais cependant parler au directeur lui-même.

— Faites donc ce que je vous dis ; entrez dans son cabinet.

— Ah ! fort bien. » Il y avait un léger quiproquo.

« Monsieur le directeur, je viens vous présenter une petite note accompagnée de ma

24

nouvelle invention dont je vous fais hommage. Il y a perfectionnement véritable ; c'est facile, anodin, portatif ; cela fonctionne tout seul. Le besoin s'en faisait généralement sentir.

— Que voulez-vous que je fasse de votre machine ? Ma maison en est encombrée, et de toutes les formes ! Adressez-vous à mon troisième rédacteur ; ce troisième modèle lui sourira. Vous lui en expliquerez le mécanisme, et si vous tenez à la faire fonctionner devant lui, il se mettra à votre disposition : c'est un garçon intelligent, habituellement chargé de ces sortes d'opérations. »

Lorsqu'un fournisseur important se présente, le directeur industriel abandonne volontiers, pour causer avec lui, la lecture du *Manuel du distillateur*, et se prive des profondes méditations que ce sujet lui inspire.

« Ah ! ah ! c'est vous, mon cher ami, dit-il à un de ses visiteurs. Avez-vous été content de notre travail ? Plusieurs de nos clients sont jaloux de la supériorité que nous reconnaissons à vos produits.

— Vous pouvez encore nous être utile. Il s'agit aujourd'hui de nos vins de Champagne économiques. Nous les destinons aux *colonies*.

— Vous désirez qu'on vous les fasse mousser ?

— Une fois en mer ils moussent naturellement, mais il nous faut des commandes. Notre champagne a les propriétés des bordeaux : les voyages le rendent parfait.

— Nous le ferons donc voyager ; quatre ou cinq annonces suffiront. Vous savez que presque tous nos abonnés sont aux colonies. Six mille à la *Martinique*, deux mille à la *Guadeloupe*, mille aux *Canaries*, six cents à l'île de la *Tortue*, et cela sans compter nos lecteurs parisiens. Dans ce moment un de nos habiles rédacteurs explore la *Nouvelle Guinée !* Vous voyez que nous devons avoir une grande influence sur les expéditions maritimes.

— J'en ferai remettre une douzaine de bouteilles chez vous, pour vos grands jours.

— Pour mes grands jours du champagne économique !

— Où donc avez-vous la tête aujourd'hui ? Ne savez-vous que nos *échantillons* sont toujours parfaits ? »

O temps heureux du journal industriel, qu'êtes-vous devenu ? Époque fortunée où le directeur n'avait pas un désir qui ne fût réalisé, tant la fureur de la publicité était grande ! Ce règne brillant est à son déclin ; et *l'Universalisme* lui-même commence à disparaître du monde des abonnés ; sa voie est à peine entendue. Que vont devenir tous ces rédacteurs qui persistent encore à s'intituler hommes de lettres ? Comment le chef de cet établissement pourra-t-il se décider à acheter de ses propres deniers les produits qui, sans culture, naissaient au bout de sa plume ? Le journal industriel n'est plus que l'ombre de lui-même. Voyez ce pauvre directeur dont les ajustements se faisaient autrefois remarquer par le luxe de leur coupe savante : il consent à s'affubler d'étoffes de rebut qu'il abandonnait jadis à son portier ! Habit serin, pantalon serin, gilet serin, redingote vert-pomme ornée d'une doublure écossaise, chapeau de soie au rabais ! Qui donc oserait reconnaître sous ce ridicule travestissement celui qui était fatigué des fournisseurs les plus élevés ; celui qui accordait ses conseils et sa protection aux coupeurs les plus habiles ? Naguère encore, deux entrepreneurs de mariage se sont déclarés, au profit des journaux industriels, une guerre matrimoniale et acharnée ; mais, par malheur, cette polémique ne pouvait pas longtemps se soutenir entre partisans de l'union universelle.

La manie littéraire commence à s'emparer de toutes les classes et de tous les métiers. Le petit marchand comprend le *puff;* le tailleur rédige lui-même sa réclame; le coiffeur, sur-tout, se plaît à admirer sa prose dans les annonces des grands journaux. N'avez-vous pas vu dernièrement cette affiche philanthropique destinée à faire couper les rasoirs?

PHYSIONOMIES DU JOUR DE L'AN.

ES misanthropes de la presse, La Bruyères à trois sous la ligne, mora-listes chagrins, se plaisent, depuis quelques années, à poursuivre de leurs sarcasmes ce qu'ils appellent *les ridicules du jour de l'an.* On dirait que tous ces esprits mal faits se sont donné le mot pour faire disparaître ce jour néfaste du calendrier. A les entendre, leurs relations variées et les convenances du monde les mettent dans la nécessité de se ruiner par de folles dépenses, de vivre de privations pour faire honneur à des exigences consacrées, d'em-prunter même, s'ils veulent se donner des allures de Noureddin; et ce mécontentement, ces folles dépenses, ces emprunts, ces privations, cette ruine complète, se réduisent à vingt francs qu'ils partagent somptueusement entre le portier, le facteur, les porteurs de journaux, et les garçons de leurs cafés!

Assurément le style métaphorique est une belle chose; mais n'est-ce pas en abuser, que de vouloir se donner à si bas prix des airs de dissi-pateurs? Et puis, n'avez-vous pas le plaisir d'étaler votre générosité économique, et ne tirez-vous pas de votre argent un intérêt mons-trueux? En effet, les bénéfices produits par ces quelques écus sont incalculables. Un mois avant ce placement, il règne autour de vous une exactitude, une obligeance, une propreté qui dégénèrent en fureur. Vos habits sont brossés, vos journaux et vos lettres vous sont exacte-ment remis, votre chambre est frottée, et vos bottes elles-mêmes prennent progressivement le brillant du vernis. Grâce à l'approche du jour de l'an, vous êtes accablé de soins, d'attentions et de prévenances; vos désirs sont prévus, vos intentions sont devinées. Ne redoutez plus la visite de ces gens importuns que l'aurore venait surprendre à votre porte, vous devenez invisibles pour eux. Si vous sortez, vous ne voyez que des visages riants. La femme du concierge vous salue et vous pré-sente, sous le vain prétexte d'un sourire, toute l'absence de ses dents. Que l'intérêt de votre journal l'empêche de s'apercevoir d'abord de votre présence, elle se lève aussitôt, et vous dit de sa voix la plus douce : «Ah! mille pardons. Je croyais que monsieur n'était pas encore éveillé, et je m'amusais à chercher le malheureux événement de la maison en face.» Pauvre petite femme! Vous êtes heureux et attendri; et vous suppliez cette âme sensible de ne pas se déranger.

Le grand jour est arrivé, satirique farouche! et vos rêves sont doucement interrompus par la réalité de votre serviteur, revêtu de ses habits de fête. Son costume n'est plus le simple nécessaire ; il est d'un luxe inconsidéré, et vous êtes fier de posséder des gens aussi

soigneux de leur personne. Eh bien ! cet homme rehaussé de hardes toutes neuves s'abaisse devant votre bonnet de nuit ! Il a quitté pour vous sa couche nuptiale, et, pour vous apporter ses vœux, il s'est affublé de magnifiques ajustements. Cependant il est humble et soumis, il vous écoute avec sollicitude, il reçoit avec reconnaissance et respect vos ordres et vos dix francs, surprise annuelle dont il veut bien paraître étonné. Croyez-vous vous payer trop cher cette phrase de bonne maison, phrase imprévue, recueillie pour la circonstance : «Quand fera-t-il jour chez monsieur ?» N'en avez-vous pas pour votre argent ? Retarder le lever du soleil selon vos caprices ! n'êtes-vous pas ébloui de votre puissance ? Et si vous consentez à recevoir, votre facteur vous fait hommage d'un almanach illustré, et de souhaits de bonheur et d'existence si complète et si prolongée, qu'il pourrait au besoin se dispenser de vous les renouveler l'année suivante. Viennent ensuite vos porteurs et vos journaux entourés de rubans de couleurs variées. — Invention toute nouvelle. — Et votre tambour, souvenir intime du temps de l'empire, débris vivant de cent combats glorieux, escorté de son dévouement œnophile et d'une épître pleine de sentiment et de trophées. Plaignez-vous donc encore, et faites le prodigue ! A l'aide de quelques méchantes pièces de monnaie, vous vous êtes élevé de toute l'infériorité que ces braves gens ont acceptée devant vous ! Courez les rues, en votre qualité d'observateur : tous les visages ne sont-ils pas joyeux ? Paris n'a-t-il pas une physionomie nouvelle, un mouvement, une vie, une activité inaccoutumés ? Tout le monde est sur le point de s'embrasser, vos voisins vous disent bonjour sans vous connaître, vos amis les plus froids vous tendent la main avec effusion ; et le gamin se prive à votre égard de ses poses favorites. Entrez au café, tous les garçons ont fait peau neuve, tant il sont gracieux et sémillants. La *Revue,* introuvable pendant des semaines, vous est offerte à votre entrée, le beurre est frais, le café est bon, les petits pains sont du jour, et votre modeste déjeûner est embelli, comme par enchantement, d'une corbeille d'oranges ou de dragées. La dame du comptoir vous adresse un de ces sourires que vous pouvez traduire à votre guise, si vous avez la moindre fatuité ; et vous assistez sans jalousie à l'apparition de l'habitué séculaire qui vient lui offrir des bonbons cachés sous des fleurs.

Et vous appelez cela *jour néfaste, usages stupides ?* Parce qu'en montant dans un omnibus, le conducteur attentionné vous a présenté une tirelire que dix centimes pouvaient satisfaire ? Dix centimes ! Vous qui tout à l'heure nous parliez de vos folles dépenses et de vos obligations onéreuses. A qui donc en voulez-vous ? A votre coiffeur, chez lequel vous êtes conduit par le désir bien naturel de profiter de tous vos agréments ? Pardonnez aux garçons, heureux de vous souhaiter la bonne année au moyen d'une pancarte ornée de fleurs, de rubans et d'arabesques en cheveux, ouvrages de leurs mains ! Toute leur habileté est à votre service ce jour-là : leurs rasoirs coupent, les savons sont onctueux, les pommades ont une vertu capillaire, le fer est chauffé à point, les artistes sont actifs, et votre tête est cultivée selon vos goûts.

Pourquoi donc conserver cette mauvaise humeur de circonstance? « Vous détestez, dites-vous, cette population endimanchée, ces gens colportant de maison en maison des compliments qu'ils ne pensent pas, ces familles affairées, chargées d'enfants, de polichinelles, de tambours et d'armes inoffensives, ces petits prodiges farcis de fables de La Fontaine à l'usage des grands parents émerveillés, ce monsieur flanqué, dès l'aurore, de deux collégiens en uniforme, dans le seul but d'enlever à la course une *bourse* pour l'un de ses fils; ce visiteur facétieux faisant naître l'hilarité par la seule exhibition de ses cadeaux grotesques, homme surprenant pour lequel ont été façonnés les Mayeux en chocolat, les boîtes à surprises, le chou colossal en carton, et les vases ordinairement cachés, cet ami passionné des arts, inondant Paris de ses propres productions, véritables peintures de familles!» Si cette cohue vous déplaît, restez chez vous, et vous éviterez ainsi tous les ennuis de cette journée. Envoyez simplement vos cartes, qui, transposées selon la coutume, agrandiront le cercle de vos connaissances. Le lendemain, vous recevrez la même politesse de plusieurs personnes dont vous lirez les noms pour la première fois : *M. B..., pair de France ; M. Ratinar, droguiste ; le comte Skisslinkoff, attaché d'ambassade ; M. Tartempion, membre de l'Institut historique ; Grelucheau, caporal de voltigeurs du 3ᵉ bataillon de la 11ᵉ légion de la garde nationale de la ville de Paris, électeur, etc., etc.*

Il est un bénéfice du jour de l'an dont vous pouvez encore profiter avec succès à l'égard de vos créanciers. Un fournisseur vient vous demander de l'argent, et vous lui répondez avec aplomb : « Mon cher, complétement ruiné par ce jour infernal, des dépenses obligatoires... des sommes folles!... Il faudrait avoir des millions pour s'en tirer... Je me vois dans la nécessité de vous faire attendre fort longtemps! »

F. G.

LES VISITEURS DU SALON.

I.

ʀᴏʏᴇᴢ-ᴠᴏᴜs, par hasard, que la foule qui encombre chaque année les salles du Musée est une preuve du progrès de l'art et de l'influence qu'il doit avoir sur les masses? Si telle est votre opinion, vous tombez dans une étrange erreur, et si vous élaguez de la cohorte des visiteurs habituels quelques hommes distingués qu'une étude théorique rend propres à découvrir les qualités et les défauts d'un ouvrage, vous ne rencontrez dans cette foule de parasites qu'ignorance, indifférence et désœuvrement.

Plaçons en première ligne les visiteurs insouciants qui viennent au Salon parce qu'il est ouvert, n'ayant d'autre but qu'une petite promenade, une légère distraction à se procurer, et d'autre désir que celui de consommer deux heures de leur journée.

Ces gens-là ont cependant leurs toiles de prédilection. Ils aiment les grandes pages militaires, les scènes familières, les compositions morales, les sujets dramatiques et palpitants. *La Création du monde; un Ours blanc dévorant un homme; des Sauvages préparant le feu destiné au pauvre voyageur représenté dans le lointain.* Ainsi, vous apercevez des bonnes d'enfants, douées d'un instinct culinaire heureusement développé, s'épanouissant à la vue d'un intérieur de cuisine, devant la propreté irréprochable d'une casserole dans tout son éclat; de jeunes soldats en extase devant des batailles, et regrettant le temps de *l'autre*; des groupes nombreux visiblement émus par les petites scènes de M. Roehn le fils, et les moralités de M. Destouches.

Dans ces groupes, il est des hommes consciencieux qui ne font grâce à aucun numéro, qui veulent se rendre compte de tous les sujets. Mais, par malheur, souvent mal servis par leurs yeux ou leur mémoire, ils lisent gravement de fausses indications, et jettent dans l'erreur les personnes qui les entourent. Quelquefois aussi, pour donner au public une haute idée de la précocité de leurs enfants, ils les emploient à déchiffrer les articles du livret, avec cette facilité d'élocution qui n'appartient qu'à la jeunesse.

Les exclusifs, qui font partie de la classe des désœuvrés, n'adoptent ordinairement qu'une spécialité. Celui-ci est amateur passionné d'intérieurs. Depuis quinze ans il ne vient à l'exposition que pour jouir des effets de lumière : rien ne l'émeut dans un autre genre. Il passe avec indifférence et mépris devant les compositions les plus remarquables : il lui faut des intérieurs ! A voir son empressement, vous croyez qu'une pensée d'émulation le porte à étudier le faire de l'artiste, à deviner ses secrets ? Point du tout. Son but unique est de s'arrêter pendant quelques minutes devant l'ouvrage désiré, de *faire lorgnette* avec sa main, et de dire : —Dieu de Dieu ! que c'est vrai! C'est le jour, c'est le soleil, c'est la lumière !— Puis il conseille aux personnes qui l'entourent d'user du même procédé. Après quoi il se retire plus gonflé d'aise que Christophe Colomb venant de découvrir l'Amérique.

Viennent ensuite les amateurs passionnés de fleurs, qui vous disent d'un ton mielleux : — Quels beaux dahlias! quelles tulipes! voyez ces camélias ! on dirait qu'on peut les cueillir. — Et les amateurs de fruits, — Quels beaux raisins! je n'en ai jamais vu d'aussi gros! oh! les belles pêches! Vous ne regardez pas cette poire! et la tache! elle est véreuse; rien n'est oublié! C'est vraiment dommage! sans cela on voudrait la manger. N'oubliez pas l'ami des champs, qui ne regarde que les paysages, l'homme pastoral, pour lequel il suffit qu'un tableau représente un mouton ou un taureau; les gens qui ont la *malheureuse faiblesse* des animaux, créatures heureuses, dont les yeux se dilatent à la vue d'un caniche, et qui s'écrient : — Ne dirait-on pas que c'est Azor ? Pauvre petite bête! comme il vous regarde! Que les riches sont heureux de pouvoir faire faire le portrait de leurs chiens! Cette exquise sensibilité se' manifeste aussi chez les personnes qui adorent les enfants. Ces pauvres petits, livrés par leurs parents au supplice de l'exécution du portrait, excitent chez elles de touchantes exclamations. — Comme il est joli!... Voyez comme il dort bien!... On aurait envie de l'embrasser! S'il était éveillé, il nous ferait une petite moue charmante. Si j'avais les moyens de faire faire le portrait de mon dernier, je choisirais ce peintre-là. Comme il s'est donné de la peine! Rien n'a été négligé : le *polichinelle*, les soldats de plomb, la tartine de confiture, le petit sabre, le volant, la balle, les raquettes, le cheval de bois; tout cela a l'air vivant!

Cette admiration nous amène aux amateurs de détails, qui restent longtemps en présence d'une brillante composition, pour y découvrir les objets les moins importants, les accessoires inutiles, et en discuter l'exactitude. Ils s'arrêtent, par exemple, devant l'*Ouverture des états généraux* de Couder, et disent à leurs voisins : — Les banquettes sont trèsbien! elles sont, ma foi, toutes neuves.... Les galons imitent parfaitement l'or fin...... Il y en aurait pour beaucoup d'argent, si on les fondait.... Ce paysan a une canne à pomme d'or comme on les fait aujourd'hui. Ne trouvez-vous pas cela ridicule? un paysan avec une canne à pomme d'or, et portant de gros souliers, encore! Du reste, ces souliers sont trèsbien faits; n'est-ce pas votre avis ?

N'oublions pas les amateurs d'objets de luxe, enchantés de pouvoir donner des preuves de leur bon goût, en discutant avec conscience sur la beauté des cadres; et les hommes indépendants qui, pour avoir une opinion originale, recherchent une composition justement admirée, choisissent la partie la plus faible, le personnage le plus obscur, et s'écrient avec fierté : — Voilà qui est vraiment bien! et pourtant c'est tout à fait inaperçu ! — Et les marins, possesseurs d'un quart de chaloupe sur la Seine, venant étaler au Salon leurs expériences maritimes, et lançant à tout propos les mots techniques de leur répertoire : — Voici un bâtiment qui doit filer *dix nœuds à l'heure*, toutes voiles déployées. — Ces matelots *larguent* avec une grande habileté. — Quel *tangage! quel roulis!* — Montons à *l'abordage!* Vrai Dieu! c'est un beau métier que celui de marin! A nous, Gudin, Tanneur, Lepoitevin, Isabey, nous sommes seuls capables de les apprécier; les marines nous appartiennent.

Nous rencontrons maintenant la catégorie des *connaisseurs* et des *hommes instruits* Il vous sera facile de les reconnaître à leurs poses académiques, à leurs tournures majestueuses, à leur organe sonore, à leurs jugements décisifs. Ces *hommes d'élite* ont la prétention, bien naturelle, de deviner l'auteur d'un tableau à la première vue. Ils entrent avec assurance dans la première salle, et disent à haute et intelligible voix: — Ah! voici un Roqueplan! Je suis sûr que c'est un Roqueplan! Je parie que c'est un Roqueplan! — Et après avoir regardé la signature de l'artiste : — Ma foi, ce n'est pas un Roqueplan! c'est fort étonnant; tout-à-fait sa manière!... Pour le coup, voici un Granet! Je jure bien que c'est un Granet! Regardez-moi ce Granet !... Comment! ce n'est pas un Granet?... C'est surprenant; tout à fait sa manière. — D'autres connaisseurs appellent à l'aide de leur jugement tous les peintres anciens qu'ils citent avec un charmant à propos. Par exemple, ils invoquent vingt fois Téniers devant une bataille, Rembrandt au sujet d'un paysage, Raphaël devant un intérieur; et le nom de Rubens vient à l'appui d'un tableau représentant un lapin étouffé par un chou monstrueux, ou des petits poissons rouges s'ébattant follement dans un bocal. Ne parlons pas de ces visiteurs pleins d'indulgence, qui s'écrient depuis le premier numéro jusqu'au dernier : — Joli! fort joli! très-joli! Ni de ces jugeurs pessimistes, qui répètent depuis le premier jusqu'au dernier tableau : — Mauvais! très-mauvais! fort mauvais! Leur admiration et leur mépris ne nous paraissent pas assez motivés.

Le feuilletoniste en fait d'art fait partie nécessaire de la catégorie des connaisseurs. Rubens sans couleur, Raphaël sans dessin, *rapin* depuis dix ans, il vient enfin de sortir des ateliers; et, faute de mieux, sa mission consiste aujourd'hui à doter le monde de ses théories artistiques. A l'ouverture du salon, il se sent renaître : sa chevelure est plus jaillissante, sa barbe plus ébouriffée; la pose de son chapeau plus menaçante et plus cavalière, et son habit, coupé au point de vue des grands maîtres, est d'une couleur plus saisissante et plus tranchée.

Le Musée appartient au rapin feuilletoniste; c'est son domaine, sa conquête, son théâtre, son pain de chaque jour : il vous coudoie, vous pousse, vous écrase et vous foudroie sous un tonnerre d'exclamations furibondes puisées à la source de Diderot.

Toujours flanqué de cinq ou six amis, grands peintres incompris, il ne dit jamais : — Ceci est un beau tableau; ce serait trop *perruque* et trop bourgeois; mais bien : — Voici une belle *toile ;* regardez cette *page* sublime!

Si le tableau est à sa portée, il l'englobe du regard, il s'avance, se recule, se penche, s'élève, s'abaisse, exécute avec sa tête un mouvement de rotation continu ; puis, il lance rapidement le pouce autour de trois cercles qui désignent la partie admirée, ou bien, il pose ses mains en visière sur ses yeux, pour découvrir des beautés cachées qu'il devine seul. Si le tableau est un peu élevé, il fait usage de toutes les contorsions d'un possédé, de tous les mouvements d'un danseur équilibriste : alors, seulement, il croit avoir le droit de prononcer un de ces graves jugements que dévorent ses amis.

— Voyez, messieurs, comme ceci est bien *touché!*

— L'air circule là-dedans.

— Comme le soleil s'y joue avec amour!

— Quelle conception savante! Quelle entente des masses! Quel *chique, quel galbe, quel caractère!*

— *Quel appétissant ragoût de faire et de pâte !* C'est *croustillant, papillotant , embrasé, infernal !*

— C'est *léché, beurré , doré , gratiné, égratigné à l'aide d'un magique pinceau!*

Savez-vous ce qui fait naître ce grand enthousiasme? C'est la vue d'un tableau dont le seul mérite consiste à n'être regardé par personne. Il faut le dire, le rapin jugeur a ses peintres et ses tableaux de choix. Tantôt il se prend de belle passion pour les figures rugueuses, anguleuses, rachitiques, cadavéreuses, phosphorescentes, et protége de son amour d'artiste ces filles frêles, tristes, débiles, diaphanes et maladives, qui viennent s'étioler et s'éteindre au grand jour du salon. Tantôt il s'abandonne avec ardeur aux femmes larges, grasses, épaisses, rubicondes, exubérantes de santé, et cependant menacées d'une extinction prochaine.

Souvent il a pour toi une divine sympathie, ô beauté sublime du laid! Que quelqu'un s'avise de répéter devant lui que le *Trajan* de Delacroix ressemble au *triomphe du bœuf gras,* et que ce travail est un *sublime gâchis :* il l'écrasera des épithètes furibondes de ganache et de *fossile!* Malheur à vous, peintres timides, si vous n'êtes pas de l'école dont il se dit le maître et le grand juge, vous serez accablé de son dédain.

— Quel faiseur de paravents que ce Winterhalter! il avait des dispositions; mais il a été sourd à mes conseils.

— Et ce Delaroche! j'avais essayé de le diriger; et, à peine livré à lui-même, il s'est aussitôt écarté de la route que je lui avais indiquée.

— Et ce Scheffer qui s'avise aussi de flatter la foule stupide, et qui se met à finir ses tableaux. Va! je t'abandonne, et je te livre aux remords éternels de tes malheureux succès!

Mais qu'il est souple et caressant pour l'artiste qui s'est soumis à ses avis dans l'exécution d'un portrait *chocolat,* ou d'un paysage *orange!* Voyez, comme il se place amoureusement devant l'objet de son admiration! il lui sourit, le caresse, l'abandonne un instant pour y revenir avec plus de bonheur. Si c'est un paysage orné d'un pain à cacheter simulant le soleil, il pose sa main sur ses yeux comme un homme ébloui. Puis, il s'écrie:

— Quels effets de lumière! quels tons vigoureux! Comme l'ombre s'harmonie délicieusement avec le *fondu* de l'horizon! Ceci est dans une *gamme* parfaite. Quel *clavier coloriste!* Cet être doit avoir le soleil à sa disposition; il peint avec ses rayons!

— Comme on reconnait *la main* de notre merveilleux Cornélius Rinsure! Ah! Rinsure, Rinsure! tes ouvrages ne sont pas *la nature!* mais ils sont plus que *la nature!* c'est une nature créée par toi!

— Voici, messieurs, une production de notre grand et sublime Petrus Rokambol! Je ne demande à voir qu'une seule de tes *touches,* et je te devine, ô Rokambol! Tu as enfin découvert l'art de peindre, ô trop magicien Rokambol!

— Grand coloriste, *tu es* le roi *de la pâte.*   F. G.

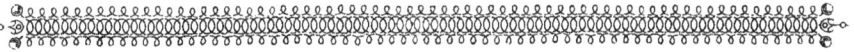

LE CONDUCTEUR D'OMNIBUS.

 ᴇsᴛ une triste destinée que celle du conducteur d'omnibus.

D'un bout de l'année à l'autre, on le voit, rivé à son marche-pied comme le forçat l'est à sa chaîne, poursuivre son éternel pèlerinage à travers les mêmes rues, les mêmes quais, les mêmes boulevards.

La pluie, le vent, le froid, la grêle, rien n'arrête dans sa course ce juif errant d'un nouveau genre. Pour lui, jamais de répit! Marche! Marche! tel est le cri qui bourdonne sans relâche aux oreilles de ce malheureux qu'on a plaisamment qualifié d'image vivante du *repos* dans le *mouvement*.

Etrange paradoxe! car il n'est pas sous le ciel d'existence plus occupée, plus laborieuse et qui soit semée de plus de tribulations que la sienne.

— A la bonne heure, me direz-vous, mais il est sans doute largement rétribué. — Du tout, il n'en est rien; son traitement est des plus modiques. Travaillant tout le jour, et même une partie de la nuit, il reçoit à peine le salaire du moindre manœuvre. Aussi serez-vous bien surpris d'apprendre que, pour parvenir à exercer ce métier pénible et ingrat, on trouve autant de difficultés à vaincre, autant de rivaux à écarter, que s'il s'agissait d'une place d'employé dans un ministère ou d'auditeur au conseil d'État.

Celui que des revers de fortune, l'inaptitude pour une profession différente, ou toute autre raison, obligent à chercher du service comme conducteur dans cette administration, qui avait jadis pris pour devise : *l'industrie féconde l'industrie*, doit d'abord se faire recevoir surnuméraire. Cette faveur insigne ne lui sera accordée que s'il est vigoureusement épaulé par les gens les plus recommandables, et après, toutefois, qu'il aura satisfait à toutes les conditions de l'ordonnance de police concernant les conducteurs de voitures dites du *transport en commun.*

Une fois admis, le néophyte est invité à verser un cautionnement de 200 fr., dont on juge superflu de lui payer les intérêts, et qui lui sera d'ailleurs restitué aussitôt qu'il exprimera le vœu de se démettre de ses fonctions.

Il lui faut ensuite songer à son équipement. S'il n'a pas les fonds nécessaires à cet usage, l'administration se charge de le faire habiller, en se réservant de retenir plus tard tant par semaine sur ses appointements, jusqu'à ce qu'il se soit libéré envers elle.

Maintenant que la plaque de métal brille sur la poitrine de notre homme, qu'il a revêtu son habillement de drap bleu, composé, comme vous savez, d'une casquette polonaise, d'une veste avec quelques broderies d'argent au collet, et d'un pantalon garni de basane, — costume qu'il porte invariablement dans la canicule et par la gelée la plus âpre, — il peut commencer sa nouvelle carrière. A cet effet, il se rend tous les matins à l'un des *dépôts* qui lui est assigné, afin de remplacer, an besoin, celui des conducteurs *en pied* (titulaires), qui ne répond pas à l'appel. De même que ce dernier, il touche pour chaque jour de travail 3 fr. 25 c., desquels il faut retrancher 15 cent., consacrés par lui au *bros-*

sage de sa voiture. Ajoutez à cela les *amendes*, les *suspensions* ou *mises à pied*, et vous conviendrez avec moi qu'à moins d'avoir quelque inscription au grand-livre, on ne saurait guère se permettre un pareil état.

Pendant tout le temps de son noviciat, dont la durée est de six, huit mois, un an et quelquefois plus, le surnuméraire voyage indistinctement dans toutes les directions; il n'a pas de *ligne* attitrée. Passe-t-il *en pied?* il procède d'une autre manière, et se voit contraint de rester fidèle à la même *ligne*, qui est toujours une des plus longues et des plus fatigantes; celles plus courtes, et où il y a moins de tracas, revenant de droit aux employés les plus anciens.

A présent, nous allons, si vous le voulez bien, suivre le conducteur dans une de ses courses. Pour cela, transportons-nous en imagination dans le premier omnibus venu; prenons, par exemple, celui qui, partant de l'Odéon, va nous conduire jusqu'à la barrière Blanche, en traversant Paris dans presque toute sa largeur.

Le chef de station a reçu le matin sa *minute*, c'est-à-dire l'heure de départ de chacune des voitures desservant la ligne à laquelle il est attaché; *attaché* est le mot, car il ne peut, sous aucun prétexte, s'éloigner un seul instant de son bureau. Il faut qu'il soit toujours là pour porter sur son registre le nombre des voyageurs *payants* et celui des *correspondants* amenés à chaque course, pour écouter les réclamations des personnes qui auraient quelque plainte à former contre un conducteur, et surtout pour veiller à ce que les départs se fassent de la manière voulue.

A un coup de sifflet parti du bureau, le cocher, alerte au commandement, s'élance sur son siége et fouette ses chevaux, après s'être préalablement attaché au bras gauche le *cordon* qui lui transmettra les ordres du conducteur, lorsqu'il faudra suspendre la marche ou la continuer.

Le conducteur est muni de sa feuille de route, dont la perte lui vaudrait une amende de 2 fr., et sur laquelle est inscrite l'heure précise où il a quitté la station, afin que le chef de la station opposée puisse vérifier si le parcours a été franchi dans le temps donné.

S'il ne veut pas encourir la peine d'une amende de 50 cent., le conducteur doit, en montant sur le marche-pied, accrocher, à côté du *cadran,* un petit écriteau indiquant combien il a déjà fait de courses dans sa journée.

Dans la semaine, le nombre des courses varie, suivant la longueur des *lignes,* de seize à vingt; les dimanches et les jours de fête, on augmente parfois ce nombre, sans ajouter pour cela de nouvelles voitures, mais en accélérant la marche, ou, pour me servir du terme technique, en *chassant* davantage.

D'après ceci, il est clair, pour quiconque connaît un peu son Paris, que le conducteur fait chaque jour une promenade d'au moins vingt-cinq lieues; au bout d'une année il a donc parcouru, en tournant sans cesse dans le même cercle, l'énorme d'istance d'environ dix mille lieues. On trouverait difficilement, je crois, quelqu'un dont on pût en dire autant.

Attention, je vous prie! voici venir pour le conducteur l'acte le plus délicat de sa charge. Il s'agit de faire fonctionner cette mécanique ingénieuse appelée *cadran;* symbole éclatant d'égalité sur lequel le riche et le pauvre sont cotés au même taux, et que beaucoup de fort honnêtes gens prennent encore pour une horloge. Malheur, malheur à lui s'il omettait de *sonner* un voyageur! rien au monde ne saurait l'excuser. A la première faute de ce genre, il est frappé d'une amende de 5 francs; à la seconde, l'amende est doublée, et, à la troisième, il est irrévocablement renvoyé.

— Eh! mais, quel est ce monsieur, à la redingote hermétiquement boutonnée, au chapeau de cuir verni, qui vient tout à coup de s'abattre sur le marche-pied, avec la rapidité du vautour fondant sur sa proie?

— C'est un inspecteur ambulant, une *mouche*, comme on les appelle, qui a pour mission de s'assurer si le nombre des voyageurs correspond au chiffre indiqué sur le *cadran*. Après avoir acquis la certitude que le conducteur n'est pas en fraude, il se fait exhiber la feuille de route, y appose son *visa* au moyen d'un timbre, — le tout sans proférer une syllabe, — et disparaît comme il est venu.

Tous les voyageurs ont été scrupuleusement *sonnés;* le conducteur se trouve ainsi responsable du prix de chaque place.

. . . .

Déjà nous apercevons les arbres du boulevard extérieur : nous ne sommes plus qu'à une portée de pistolet de la barrière. Ici seulement le conducteur peut, sans s'exposer à être puni, quitter le marche-pied, et s'asseoir sur la banquette.

Enfin nous arrivons à la *station*. — Il va porter sa feuille de route au chef du bureau, remonte son *cadran*, et se tient prêt à partir au premier signal. — Est-il parvenu a sa dernière course? Ne croyez pas qu'il soit au bout de ses peines. Il lui reste encore à se rendre au *dépôt*, afin de verser sa recette entre les mains du comptable.

Cette recette varie, suivant la *bonté* des *lignes*, depuis 35 jusqu'à 100 francs; elle dépasse rarement ce dernier chiffre.

Passons maintenant au chapitre des gratifications réservées au conducteur.

Si, pendant une année entière, il n'a pas mérité la moindre réprimande, la plus petite amende, s'il n'a pas été une seule fois mis *à pied,* s'il a toujours été poli avec ses chefs, et qu'aucune plainte du public ne se soit élevée contre lui, il reçoit alors une gratification de 20, 30 ou 40 francs, qui lui sont retenus pour ses frais d'habillement.

Voilà les seules récompenses auxquelles il puisse prétendre, car il n'est pas pour lui d'avancement possible, pas de pension à espérer pour sa vieillesse! Ce qui peut lui arriver de plus heureux, après de longues années de service, c'est d'obtenir une place de *chef de station:* c'est là son bâton de maréchal. Et notez bien qu'une fois promu à cette charge, ses appointements restent les mêmes qu'auparavant; seulement, n'ayant plus de fonds en maniement, il est débarassé de toute responsabilité.

Eh bien ! qu'en dites-vous ?

Est-il un sort pire que celui-là, et ne devons-nous pas quelque pitié au pauvre conducteur d'omnibus?

CHARLES FRIÈS.

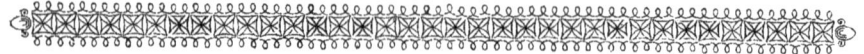

LES PETITS MÉTIERS LITTÉRAIRES.

LE RÉDACTEUR INDUSTRIEL.

ᴀɴꜱ ces derniers temps, l'industrie est venue au secours de la littérature ; une large voie, voie nouvelle s'il en fut, a été ouverte aux jeunes écrivains fatigués de vivre de gloire et d'espérances.

Il s'est rencontré des gens dotés par la nature d'une dose d'intelligence assez vaste pour devenir parfaits, verduriers ou droguistes supérieurs qui, fatigués de leurs succès et de leur argent, encore parfumés d'une forte odeur de suif, imprégnés de mélasse, les mains jaunies par le safran, ont transformé leurs comptoirs en bureaux de journal.

Du commerce de la chandelle à la création d'un journal il n'y a qu'un pas : c'est toujours rester dans les lumières. Et puis, n'étaient-ils pas entourés de productions toujours nouvelles ? Les *feuilles* de la veille n'allaient-elles pas chez eux chercher, sous forme de cornet, le sel qu'elles n'avaient pas encore servi à leurs abonnés ?

Ces nouveaux directeurs, exaltés par la réalisation de leurs idées, se composent aussitôt une tournure dictatoriale, un langage napoléonien ; et si vous les y poussez, ils disputent le pas à toutes les dynasties de la presse. Quelquefois ils se reprennent, entraînés par l'habitude, à appeler leurs rédacteurs *garans !* Il ne leur manque, en effet, que la casquette et le tablier.

Las de frapper inutilement aux portes d'un journal encombré, ou d'une revue inhospitalière, les poëtes incompris et les feuilletonistes de naissance viennent se ranger sous cette nouvelle bannière plus industrielle que littéraire. Là ils amortissent leurs brûlantes inspirations en coulant à fond ces grandes questions commerciales : *Des rapports qui peuvent exister entre le Kaïffa d'Orient et le Racahout des Arabes ; Influence de la pommade du chameau sur les mœurs ; Quel est le créateur de la spécialité des chemises ? Reprise des hostilités entre Huret et Fichet, rois de la mécanique ; De la coupe d'Humann et de Sentis ; Oraison funèbre de la betterave, etc., etc.*

Heureux enfin de se trouver dans cette voie productive, dans ce sentier ombragé de productions en pleine maturité, dans ce pays obscur autrefois, et désormais éclairé par le flambeau de la réclame et des allumettes chimiques inexplosibles, le rédacteur de journal industriel, tranquille sur son avenir, ne regrette plus ses succès en perspective, son nom qu'il voyait déjà imprimé chaque jour à la suite d'un feuilleton incessamment dévoré par les lecteurs ! Son seul désir est aujourd'hui de marcher sur les traces des illustres gâte-sauces de ce temps, de pouvoir analyser un jour la cuisine de Borel et de Véry, et de faire jaillir de son cerveau en ébullition un travail sur les *cuisines comparées.*

Gloire donc à la création des journaux industriels! Voilà une carrière, autrefois inconnue, ouverte aux jeunes talents! Métier complexe, semi-littéraire, qui exige l'habileté de l'écrivain et les qualités du commis-marchand, profession dont le commerce est jaloux et dont les membres peuvent faire partie de la *république des lettres.*

Pour être feuilletoniste industriel parfait, il faut avoir un certain vernis littéraire, connaître ses auteurs : Noël, Condillac, La Harpe, Carême, Viard, Fouret; citer Berchoux à propos, être à la fois bachelier ès-lettres et licencié en cuisine; enfoncer A. Dumas au *saut de l'omelette,* étudier la place de Paris, suivre le cours des denrées, collaborer à *l'Écho des halles et marchés,* lire assiduement la cote des farines, etc., etc. Muni de cette érudition indispensable, le feuilletoniste marche la tête haute, se lance dans la rédaction de la petite réclame et se trouve assez fort pour orner de sa prose les fioles d'huile incomparable, les étiquettes de cire à moustache, les puff culinaires et les prospectus de poudre pour les dents.

Quelques rédacteurs moins ambitieux se renferment dans une spécialité. L'un s'empare de la coiffure; tous ses travaux découlent de ce sujet; l'autre adopte les comestibles; celui-ci est à l'affût des inventions nouvelles et des projets de société dont il rédige les prospectus; cet autre trouve son existence dans la librairie; ce dernier se contente d'une place lucrative dans un bureau d'annonces.

Et qu'on ne croie pas que nous nous amusons à créer des personnages fantastiques! Les rédacteurs industriels encombrent les rues de Paris. Si, dans un journal, ils sont fatigués d'une existence trop sédentaire, ils se transforment en *commis du dehors,* ils courent la pratique. Munis d'échantillons de style à tout prix, ils réveillent, ils excitent, ils raniment, ils improvisent, ils offrent du crédit, ils donnent de la marchandise à bon marché, ils font des remises inusitées, ils obtiennent des commandes.

Deux types bien distincts se partagent les profits de cette profession : l'attaché à un journal et le rédacteur libre. L'attaché en est à ses premières armes, il a sa réputation à faire; le rédacteur libre possède une réputation consolidée par de nombreux succès. Le premier s'essouffle à la recherche des pratiques; le rédacteur libre attend paisiblement ses clients. L'un se croit dans la voie de la richesse; l'autre, servi par les circonstances si favorables il y a quelques années, a une fortune faite; il ne demande simplement qu'à l'augmenter.

Un rédacteur consolidé vous dira : « Depuis que toutes les industries ont senti le besoin de la publicité, des brouillons sont venus gâter le métier, en donnant leur marchandise à tout prix. En vérité, ces gens sans esprit, sans érudition, sans intelligence, sont tentés de se croire littérateurs et économistes parce qu'ils ont eu quelques écus à enterrer dans un journal. Imaginez-vous que, dans ces méchantes boutiques, les intéressés, entraînés sans doute par l'habitude de leur ancien état, reçoivent des payements en nature. Aussi, voyez ces nouveaux bazars, s'affublant du nom de bureaux! Tout s'y trouve réuni, épicerie, mécanique, tapisserie, pâtisserie, boulangerie, pommades, comestibles, bougie de l'Étoile qui veut éclipser le *soleil;* c'est un véritable capharnaum commercial, une exposition de l'industrie permanente. — On dit que lorsque la direction est satisfaite de ses collaborateurs, elle leur donne quelque gratification d'une défaite difficile : un homard cuit à point depuis un mois, ou quelque pâté de Strasbourg ennuyé d'attendre les chalands. Chez moi, rien de pareil; je ne connais que l'argent; et encore je ne fais des affaires qu'avec les maisons solides. — Dernièrement, j'ai enlevé à une feuille littéraire où on le faisait mourir de faim un jeune homme de la plus belle espérance, et qui aujourd'hui trouve le moyen de se faire ses deux cents francs par mois. Son style est peut-être trop brillant, mais je le corrigerai de ce défaut; du reste, à cheval sur le chemin de fer, enfoncé dans la houille, plein de goût pour le sucre colonial et traitant la betterave avec distinction. Il a été plusieurs fois

consulté par un *délégué*, et nous avons retrouvé nos idées repro-
duites dans tous les grands journaux. — Malgré la concurrence,
ce garçon fera son chemin. Autrefois nous n'avions que la librairie,
la pharmacie, quelques mines et les sociétés en commandite trop
rares alors! La librairie nous a été enlevée par les *grands noms;*
mais les *compagnies* sont venues à notre secours. Je faisais payer
un prospectus jusqu'à cinq mille francs, et c'était un travail consciencieux, étudié, compris, apprécié à sa juste valeur! Ah! le beau
temps! Aujourd'hui le petit commerce s'en mêle; peu satisfait de
la modeste réclame, il exige l'article raisonné. Qu'il le paye! et on
lui en donnera pour son argent. »

A l'époque de la *fureur industrielle*, le cabinet du rédacteur
en renom était encombré de solliciteurs: un prospectus rédigé avec
habileté et lancé avec adresse lui attirait chaque matin de nouveaux créateurs embarrassés de la propagation de leurs idées. Il
s'engageait alors, entre l'inventeur de quelque spécialité et l'industrieux littérateur, un dialogue des plus curieux.

« Monsieur, vous êtes l'un des fondateurs de la grande compagnie de *** ?

— Non-seulement j'en suis le fondateur, mais elle doit à moi seul son existence; je l'ai
soutenue de mon talent et de mon crédit.

— De votre crédit?

— Certainement. Ne l'ai-je pas lancée, exaltée, ranimée par la voix des prospectus et des
journaux?

— Vous avez aussi aspiré à la fondation des voitures de ***.

— C'est grâce à moi qu'elles ont eu deux années d'existence. Cette affaire m'a donné bien
du mal! Heureusement toutes les actions ont été placées en quinze jours. Un de mes
beaux succès!

— N'avez-vous pas donné vos soins à la pâte pectorale?

— Sans nul doute.

— Aux omnibus-restaurants?

— Ce travail est d'un de mes élèves.

— A la compagnie du chemin de *** ?

— J'ai créé pour elle un journal spécial.

— Je vois, monsieur, que vous savez présenter les affaires sous un jour convenable. Je
vous prie de vouloir bien vous charger de la rédaction de nos premiers prospectus et de
nos circulaires. Si nous avons besoin de quelques articles après la mise-en-train, nous
passerons un nouveau traité. » Et sans orgueil, malgré tous ces titres qu'il pourrait livrer
à l'admiration publique, le rédacteur industriel se contente de faire imprimer sur ses cartes:

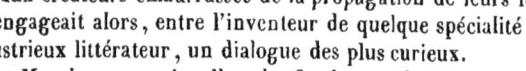

Edgar P., homme de Lettres,

Chevalier de l'ordre de ***,

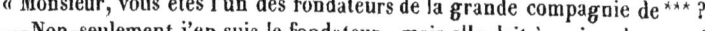

Membre de plusieurs Sociétés savantes.

Dans cette famille industrieuse, nous rencontrons aussi le rédacteur marron, pauvre
diable sans tenue, butinant de loin en loin quelques maigres affaires. Celui-ci profite de

sa collaboration à quelque petit journal célèbre par son incognito pour transformer ses esquisses de mœurs en *puff de créanciers,* vulgairement appelés articles de *fond.* Au courant de tous les produits de ses rivaux, si son coiffeur est attaqué dans sa frisure la plus étudiée, il se rend dans les salons de l'artiste capillaire et lui dit :

« Mon cher, ce matin, en lisant le bulletin des modes du *Petit-Poucet,* journal des arts, j'ai vu avec horreur que vous étiez éreinté, abîmé, bafoué, écrasé! On prétend que votre pommade de rhinocéros est une véritable pommade de cornichons. Vous avez des ennemis politiques! Je crois que votre infâme voisin le perruquier veut vous faire la queue. Que dites-vous du mot? Croisons le fer avec lui! Encore un autre. Si vous le voulez, nous lui donnerons de mon plus beau style une *graisse* qui enfoncera son cosmétique de hannetons. Je fais mettre l'article dans le *Loup-Garou littéraire* ou dans *la Revue fashionable des apothicaires unis,* et votre nom devient européen : il était déjà universel!

« J'écris : Des attaques sourdes et intéressées ont été dirigées contre la pommade de rhinocéros du célèbre coiffeur D. — Ici une longue tartine sur votre nouvelle invention : *votre tourbillon pittoresque.* Nous n'avons qu'un mot à dire : le rhinocéros en pommade est visible tous les jours dans ses nombreux salons.—Cette annonce vous attire tout Paris. »

FRANCIS G.

LE BOULEVARD DES ITALIENS.

HAQUE boulevard de Paris a sa physionomie qui lui est propre, avec ses habitudes, ses mœurs et ses hôtes particuliers. Le boulevard Montmartre touche au boulevard des Italiens, et cependant un abîme les sépare. — Cet abîme de quinze pieds de large, qui est la rue Richelieu, sert de frontière à deux populations tout à fait différentes. — C'est le Rubicon de deux empires limitrophes. — Il n'y a que Paris qui puisse offrir aux regards de l'investigateur ces changements à vue de populations.

Nous ne nous occuperons pour aujourd'hui que du boulevard des Italiens.

Ce boulevard, que l'on appelle aussi le boulevard de Gand, commence à la rue Richelieu et vient expirer au cap des Capucines; c'est peut-être le plus petit, le plus resserré des boulevards de Paris, et cependant c'est le plus peuplé, le plus bruyant et le plus élégant. — C'est là que se promènent dans la journée, aussitôt qu'un rayon de soleil vient dorer les dalles de bitume, les *lions* et les *lionnes* les plus huppés, et les désœuvrés à la mode. C'est le boulevard de Gand qui voit le premier essai d'un habit excentrique et d'une robe audacieuse; il a la primeur des mises les plus nouvelles et des toilettes les plus *osées;* on n'y vient pas pour voir, mais pour se montrer: c'est un Longchamp en permanence.

Si vous voulez voir ce boulevard dans toute sa splendeur, placez-vous, pendant l'été, à dix heures du soir, sur un de ses balcons, et vous aurez à vos pieds tout le Paris de la fashion, de la flanerie et du monde élégant. Aux jours anniversaires et aux fêtes extraordinaires la ville fait planter des ifs aux Champs-Élysées et allume des lampions et des verres de couleurs pour la satisfaction des promeneurs; eh bien! toutes ces illuminations officielles, tous ces lampions municipaux, pâlissent devant l'illumination de chaque soir que vous apercevez depuis le commencement du boulevard de la Madeleine et qui va mourir à l'extrémité du boulevard Beaumarchais, à quelques pas de la Bastille. — Une double rangée de gaz forme une immense colonnade de feu que l'œil ne peut suivre jusqu'au bout. — Les divans, les cafés, les restaurants, les boutiques éclairées jettent aussi sur l'asphalte des flots de clartés blanches et fauves. — C'est un rêve des Mille et une Nuits réalisé; on y voit clair comme en plein jour. — Regardez à vos pieds toute cette foule qui se presse et s'agite en tous sens: ce sont les promeneurs habituels du boulevard. — Il y a quelques années, on se promenait partout, au Palais-Royal, aux Tuileries, aux Champs-Élysées; aujourd'hui le Palais-Royal est abandonné en grande partie aux acteurs de province qui viennent à Paris chercher des engagements, les Tuileries sont moins fréquentées que les années précédentes, et les équipages seuls traversent les Champs-Élysées pour se rendre au bois de Boulogne... La seule promenade, c'est le boulevard Italien; on se coudoie, on se presse, on se pousse sur le bitume du café de Paris... il semblerait que toute la ville se soit donné rendez-vous entre la rue du Mont-Blanc et la rue Grange-Batelière.

Il ne faudrait pas croire cependant que le boulevard des Italiens ne soit fréquenté que par la fine fleur de l'aristocratie parisienne; le bourgeois y passe quelquefois, mais il ne s'y arrête pas; l'*industriel,* qui affectionne particulièrement la haute société, la société qui a des tabatières en or et des bijoux de grande valeur, se promène assez volontiers sur le bitume aristocratique; puis on a aussi le malheur d'y rencontrer des artistes nomades protégés par la police, lesquels se livrent à l'exercice de leurs fonctions sur la basse, la contre-basse, la clarinette, le violon, la vielle, la harpe, la guitare et le trombone. — C'est un charivari peu agréable! *Le postillon de Lonjumeau* se hurle à côté d'une chansonnette de M. Beauplan; *la Normandie* de M. Bérat fait concurrence à la romance de *Guido*, et par-dessus tous ces concerts discordants planent, comme une infernale dérision, les sons glapissants des orgues de Barbarie!... O Parisiens! pourquoi ne faites-vous pas comme ces spirituels habitants d'une ville du département du Nord qui avaient demandé et obtenu l'expulsion des trouvères et des nocturnes troubadours?.....

Les *lions* et les *beaux* qui font élection de promenade sur le trottoir du boulevard de Gand prennent leurs repas au café de Paris ou au café Anglais, ces deux établissements dont la réputation est européenne, on ne sait trop pourquoi. — On se fait généralement une idée assez fausse de ces êtres en bottes éternellement vernies, en pantalons collants et en gants jaunes, qui donnent le ton, qui font et défont les modes, qui parlent sans cesse de chiens, de femmes et de chevaux. — Le bourgeois les regarde avec envie, et croit que tous ces beaux désœuvrés du boulevard sont pour le moins millionnaires. — Erreur. — Pour mener cette vie étincelante et dorée sur tranche, le lion n'a pas besoin de beaucoup d'argent. — La vie du lion est toute fictive. — Pour lui, il ne s'agit pas de vivre mais de faire semblant; le point capital n'est pas d'être riche, mais de le paraître. — Voilà tout le secret. — Avec trois ou quatre cents francs par mois, on peut être très-facilement fashionable, dandy ou lion à volonté. — Un lion ignore les dépenses nécessaires, il ne connaît que le superflu. Il ne déjeunera pas si l'argent fait défaut, mais il se procurera à tout prix des gants paille; il ne dépensera que quatre francs pour son dîner, mais vous l'apercevrez le soir sur le boulevard, regardant effrontément les femmes avec son lorgnon et se donnant des airs légèrement avinés. — Il économisera sur son logement et sa nourriture pour pouvoir se montrer au bois de Boulogne deux fois par semaine, sur un cheval de louage qu'il décore du titre un peu ambitieux de *pur sang*. Quand le lion arrive au café de Paris, il entre avec fracas, parle au garçon avec autorité, dit tout haut qu'il ne prend pas de vin parce que son médecin lui a ordonné de boire de l'*eau ferrée* pour refaire son estomac, mange un aileron de dinde aux navets, sous prétexte de gastrite aiguë. — Après son dîner il se place invariablement sur le perron aristocratique, et là il s'occupe à mâcher un cure-dent pour qu'il soit bien avéré pour les gens qui passent qu'il a dîné au café de Paris.

Nous connaissons des lions, et des plus huppés, dont chacun ne dépense pas plus de six mille francs par an. Ils sont dix qui ont formé une espèce de sainte alliance de luxe fictif, une association de richesse apparente, et ils ont réglé les choses de telle sorte que, pour ceux qui ne connaissent pas le secret mécanisme de cette vie brodée sur toutes les coutures, ils paraissent facilement très-riches. — Par exemple, ils louent au mois une calèche et deux chevaux avec deux domestiques. — Chacun des lions ne peut disposer de la calèche que tel jour de la semaine. — Ils se la passent les uns aux autres. — Mais chacun d'eux a une livrée particulière qu'ils font successivement endosser aux deux éternels domestiques, lesquels changent ainsi d'habits tous les matins, aujourd'hui verts, demain bleus, après-demain rouges, et ainsi de suite... Chacun a *son jour de calèche,* et même, une fois par semaine, le train d'un homme qui a cent mille livres de rente.

Le lion est donc l'habitué principal du boulevard de Gand; mais, à dix pas du café de Paris, il y a aussi le spéculateur-agioteur qui vient régulièrement de dix heures à midi devant le perron de Tortoni, cette succursale de la Bourse; là on ne parle plus de chevaux pur sang, de jockeys, etc...; la conversation a une allure plus positive; on s'entretient du trois pour cent, des *bons* espagnols, du cours des huiles et de toute sorte d'opérations commerciales. Quelquefois on retrouve encore le lion dans le groupe de Tortoni; alors il cumule, il mène de front les importantes fonctions de dandy et de boursicotier. — Mais cela se

rencontre rarement. — Aux jours difficiles, aux crises ministérielles, par exemple, Tortoni offre l'aspect le plus animé. — Tous les habitués sont à l'affût des nouvelles. — Ils vont et viennent sur le boulevard, s'interrogeant les uns les autres : — Savez-vous si le cabinet est formé? M*** a-t-il été reçu chez le roi? N*** entre-t-il dans le nouveau ministère? Que disait-on à la chambre des députés? etc., etc... Puis, s'il vient à passer un journaliste ou un personnage politique, il se voit aussitôt entouré par dix personnes qu'il ne connaît pas et qui lui font mille questions sur la situation. — Ces jours-là, le boulevard Italien est transformé en place publique; c'est l'*Agora* d'Athènes. — Chacun s'arrête pour se demander *ce qu'il y a de nouveau.* — Parisiens! qu'y a-t-il de plus nouveau que le printemps qui arrive, le soleil qui reluit, et les

fleurs qui jettent aux vents leurs parfums ?

Il est une heure de mystère, comme dit poétiquement M. de Lamartine, où le boulevard Italien n'est pas exclusivement livré aux lions et aux beaux de toute espèce. — C'est cette heure crépusculaire qui suit le coucher du soleil ; alors, parmi ces groupes d'habits noirs, on voit passer comme des apparitions des robes de satin qui chatoyent à l'éclat du gaz hydrogène et laissent voir de blanches épaules et des tailles voluptueusement prises. — Le mari se hasarde rarement à traverser avec sa femme le boulevard à cette heure. — Le père de famille fait un très-long détour pour ne pas donner à sa fille le spectacle de ces agaceries féminines, de ces œillades provocatrices, de ces mille et mille trébuchets perfides tendus à la vertu et à la fragilité humaines... Ces reines nocturnes s'emparent ainsi du boulevard jusqu'au dernier coup de minuit, moment fatal où elles disparaissent toutes pour se rendre dans leurs logis respectifs, brutalement reconduites par leurs *protecteurs*. — Voilà le boulevard des Italiens, boulevard de bruit, de luxe, de misère et de dépravation ; c'est le plus élégant de Paris, c'est aussi le plus misérable, car c'est là que se rendent toutes les existences problématiques de la capitale.

EDMOND TEXIER.

LA FEMME SANS GOUT.

IEN au monde ne m'attriste comme un mauvais dîner prétentieusement disposé, une réunion de femmes mal mises dans un salon décoré sans goût, un orchestre criard, des danseurs portant lunettes, un appartement sombre et bas, un maître de maison importun, joyeux et questionneur. Tous ces trésors se trouvent chez le président C., qui se croit à Paris parce qu'il habite la rue du Pas de la Mule.

Il me fallut bien accepter une invitation à dîner chez le bon président, ancien ami de ma famille. Au dessert, il me fit goûter de ses meilleurs vins avec un empressement orgueilleux digne de M. Jourdain ; mais sa maison est, je crois, maudite, car le vin sentait le bouchon, le cuisinier provençal avait mis de l'ail partout, les convives étaient bavards et ennuyeux, les domestiques gauchement attentionnés. Je tombai dans le marasme au second service : ce ne fut cependant pas par la faute du bon président qu'un domestique embarrassa ses deux pieds l'un dans l'autre, et se jeta la face contre terre avec un plat de crème préparé par la maîtresse du logis, qui se désola de cet accident pendant tout le temps du repas.

Le soir, on vit arriver quelques dames, habitantes de quartiers inconnus, qui voulurent danser au piano. L'une d'elles secouait terriblement sa robe, et courait dans le salon, les bras tendus et la tête en arrière, portant au vent un nez jovial et épicurien; une autre, timide et honteuse, piétinait à contre-mesure avec hésitation; une grande femme maniérée penchait sa tête sur ses épaules; une petite fille faisait de grands pas; une vieille complétait un quadrille: j'avais le cauchemar! Un jeune homme portant lunettes s'écria:

«Quelle ravissante personne!»

Il regardait une dame dont la robe faisait de grands plis dans le dos, dont la tournure commune et négligée éloignait toute idée de coquetterie, et dont la chaussure, d'une largeur démesurée, faisait craindre l'abandon du pied dans un trop brusque mouvement. Ma surprise était grande, et mon étonnement redoubla lorsque je vis tous les regards se fixer avec admiration sur cette reine de la fête. Les paroles du jeune homme à lunettes passèrent de bouche en bouche. Je crus avoir les yeux fascinés, et j'examinai cette dame avec la plus scrupuleuse attention. Elle avait d'assez beaux yeux, des cheveux noirs arrangés sans habileté, une expression de pruderie modeste qui n'était pas sans agréments; du reste, aucune grâce dans la taille, les os des joues trop saillants, les coudes trop en arrière, les mains trop fortes; enfin, quelque chose de triste, de malheureux et de travailleur répandu sur toute sa personne.

Dans cette singulière réunion, se trouvait un jeune élégant qui vint à moi et me dit à l'oreille, avec une certaine fatuité:

«Ne trouvez-vous pas qu'il serait piquant de troubler, dans le court espace d'une soirée, quelques-unes de ces existences bourgeoises?

— Je crois, lui dis-je, que vous aurez bon marché de la dame au nez épicurien.

— J'aimerais mieux m'occuper de cette dame dont les manières et les ajustements sont marqués au coin du mauvais goût, de cette dame dont l'apparition a jeté l'ivresse dans tous les cœurs de ce cercle brillant.

— Elle vous donnerait autant de mal qu'une jolie femme. Quant à moi, je suis trop ennuyé pour faire un essai. Je regarde ma soirée comme perdue, et je vais aller me mettre au lit.

— Secouez cette tristesse; buvez quelques verres de punch, et cherchons à nous distraire; jetons le trouble dans ces paisibles ménages.»

Je voulus suivre ce conseil; mais le punch se trouva fade, et je tombai dans le découragement. Notre élégant, qui s'était donné, avec quelques verres de sirop, une assurance convenable, fit une cour fort empressée à la femme sans goût; de sorte que l'homme portant lunettes, qui adressait à cette beauté ses hommages depuis plusieurs mois, se vit dépassé, en quelques minutes, dans les bonnes grâces de sa charmante.

«Mon cher philosophe, me dit-il avec tristesse, expliquez-moi pourquoi les femmes sont des êtres changeants et infixables?

— Je vous expliquerai, mon ami, pourquoi vous avez été supplanté ce soir : vous n'êtes pas assez entreprenant, votre tailleur est détestable, et vous portez des lunettes. Pourquoi diable porter des lunettes ?

— J'ai la vue basse.

— Eh ! mon ami, on a la vue basse ; mais on ne met pas de besicles. »

Heureusement pour l'amoureux myope, son rival, ennuyé de la fastidieuse conversation de la femme sans goût, quitta la maison du bon président, sans doute pour n'y revenir jamais, et l'homme portant lunettes put s'écrier à la fin de cette soirée lugubre :

«Quelle délicieuse réunion ! »

Il est à croire que, d'ici à quelques années, cet heureux Lovelace obtiendra, dans les affections de sa belle, une préférence marquée sur les autres danseurs des quartiers étrangers.

Depuis cette soirée, il m'est bien arrivé quatre fois, pendant cet hiver, de me trouver à des bals déserts, à des réunions de femmes laides puissamment admirées par de ridicules danseurs. — Qui me dira pourquoi j'ai rencontré, dans ces quatre maisons, la femme sans goût qui fait l'ornement des bals du bon président ? Qui me dira pourquoi sa figure honnête et prude, ses robes mal faites, ses poses sans grâce, se retrouvent dans toutes les fêtes manquées ou mal ordonnées ? Est-ce la femme sans goût qui porte malheur, ou bien est-il dans sa destinée de n'assister qu'à des réunions attristantes ? Expliquez-moi pourquoi je l'ai vue, dans un bal d'enfants, figurer avec sa grande taille au milieu d'un quadrille de petites filles, et accepter, avec une joie orgueilleuse, les invitations de quelques jeunes gens qui se pressaient sottement autour d'elle, au grand désappointement de ses petites rivales de dix ans. Dites-moi pourquoi je l'ai rencontrée au fond du Marais, dans ces maisons que les exigences de famille vous font déterrer dans les dernières limites du quartier latin, au Gros-Caillou, au beau Grenelle en plein hiver. Pourquoi, si on la voit par hasard au théâtre, la salle est-elle déserte, les acteurs sont-ils froids, les spectateurs endormis ? Pourquoi est-elle placée dans une mauvaise loge, et n'a-t-elle jamais que des billets peu considérés des ouvreuses ? Dites-moi pourquoi il se trouve, dans quelque endroit qu'elle paraisse, un homme tout exprès pour l'admirer, qui s'écrie à son approche :

«Voilà une bien jolie dame ! »

C'est surtout son mari qui m'inspire une profonde et sincère pitié, un véritable intérêt.

Le pauvre homme aime et garde précieusement cette sage moitié ; il la loge de son mieux ; il cherche à lui plaire ; il lui prodigue de doux surnoms dictés par une tendre amitié ; il s'inquiète de sa santé ; il la surveille et la protège ; il est jaloux, ô ciel ! Peut-être un jour il en recevra, en échange de ses méritoires affections, de cuisants chagrins : il y a là de quoi fendre le cœur !

Décidément, la première fois que je rencontrerai l'homme aux lunettes, cherchant à séduire la femme sans goût, je le prendrai à part, je lui montrerai du doigt ce bon et respectable mari, qui étalera sans doute un long cordon de montre habilement filé par son épouse encore fidèle.

«Il serait bien affreux, dirai-je, de troubler inutilement un ménage paisible, de briser une union aussi heureusement assortie. Il faudrait trouver dans le mal une bien affreuse jouissance pour avoir seulement la pensée d'égarer une créature qui marche dans la plus profonde ornière qui soit sur les grandes routes de la civilisation, une créature que Dieu a placée dans un coin pour y accomplir une insignifiante mission, et mourir ensuite oubliée à jamais ! Abandonnez, je vous en supplie, cet horrible projet qui me désespère. N'écoutez pas le langage de la passion. Non, non, vous ne la compterez pas au nombre de vos victimes ! Homme vraiment sensible, vous vous montrerez moins implacable que don Juan ! Et que deviendriez-vous, grands dieux ! si, dévoré par les poisons de la jalousie, subitement transformé en Othello farouche, le mari de votre adorée poignardait une nuit cette nouvelle Desdémona dans son castel de la rue Copeau ! »

Mais si le jeune homme portant lunettes est sincèrement amoureux de la femme sans goût, s'il me répète mille fois qu'il la trouve belle comme le jour, s'il me jure qu'il perdrait plutôt la vie que de renoncer au bonheur de la voir; surtout si je vois que, pour lui plaire, il vient de faire l'acquisition d'une paire de gants verts, alors il me fera à son tour une si profonde pitié que je ne pourrai résister à tant d'émotions, et que, pour ne pas fondre en larmes, il me faudra prendre la fuite en m'écriant :

« Que la volonté de Dieu s'accomplisse ! »

La destinée probable de la femme sans goût est aisée à deviner : après avoir fait, pendant nombre d'hivers, l'ornement de tous les bals économiques de la capitale, elle se confinera dans son triste intérieur, au milieu d'un cercle borné dont la place de choix sera toujours réservée à l'homme en lunettes. Il est à espérer que la timidité de cet amoureux, la vertu et la froideur de la dame sauveront l'honneur du mari d'un déplorable affront ! L'empire de l'habitude est tout-puissant chez les esprits prosaïques. Elle reparaîtra dans *le monde* quand sa fille aînée sera en âge d'être mariée. Alors on verra, dans un de ces bals impossibles à découvrir, un homme grisonnant s'approcher d'une vieille dame qui semblera avoir tiré d'une armoire tout ce qu'elle possédait de vieilles nippes, et saluer cette dame avec une politesse plus cérémonieuse que si c'était une impératrice déguisée en marchande à la toilette. Ce ravissant tableau vous représentera l'homme aux lunettes, heureux de rencontrer la femme sans goût.

Cependant il est utile de reconnaître que la femme sans goût est une des nécessités de ce temps. C'est elle qui protége de sa présence les théâtres abandonnés ; c'est elle qui achète tous les objets vieillis depuis dix ans ; c'est elle qui soutient de son crédit et de son admiration la mauvaise musique, la romance du coin du feu, la peinture économique et parfaitement vernissée, les lithographies amoureuses et coloriées, la littérature de cuisinière, le portrait de famille parsemé de carlins, les conversations brillantes de lieux communs. N'est-ce pas elle qui sauve la vie aux fabricants d'étoffes de mauvais goût, et qui s'affuble magnifiquement d'un chapeau fané, vainement étalé pendant des siècles ? Comme complément naturel, son adorateur fait une ample consommation de vêtements mal taillés, de gants verts, de socques articulés, de parapluies écarlate, de chaînes de sûreté et de breloques.

Si jamais la femme sans goût s'avise de vouloir donner un bal, je puis vous en faire d'avance la relation probable à la manière de la conversation monosyllabique du moine de Rabelais avec Pantagruel. Si vous me demandez :

— Comment sera l'escalier ?

Je vous répondrai :

— Noir.

Si vous me demandez :

— Quel parfum répandu dans l'appartement ?

— Je vous répondrai :

— Choux.

— Comment sera le salon ?

— Bas.
— Et le papier ?
— Gras.
— Comment seront les murs ?
— Nus.
— L'éclairage, quel ?
— Suif.
— De quoi seront les rafraîchissements ?
— Eau.
— Et les pâtisseries ?
— Pain.
— Quelle sera la collation ?
— Veau.
— Et les fruits ?
— Noix.
— Les cavaliers ?
— Sots.
— Les visages des danseuses ?
— Laids.
— Leurs épaules ?
— Os.
— Et leurs pieds ?
— Plats.
— La partie dominante ?
— Nez.
— Combien de joueurs ?
— Un.
— Comment sera l'orchestre ?
— Lent.
— Et les valets ?
— Sourds.
— Quel sera donc le maître du logis ?
— Gueux.
— Quel sera son état ?
— Clerc.
— Comment sera sa fille ?
— Louche.
— Que deviendront les assistants ?
— Tristes.
— Et les visages ?
— Mornes.
— Quelle envie aurez-vous ?
— Fuir.
— Quel sera le départ ?
— Prompt.
Priez Dieu qu'il vous préserve d'une aussi affreuse soirée !

L. P. O.

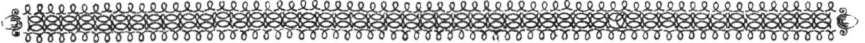

LES VISITEURS DU SALON.

II.

L existe des hommes instruits qui vont au Salon, conduits par le désir d'y donner des preuves évidentes de leurs connaissances historiques. Le nom des peintres leur est étranger, ils se soucient fort peu de l'exécution d'un ouvrage; pour être de leur goût, il suffit qu'un tableau soit inspiré par l'histoire. Pleins de mépris pour le livret, ils se placent carrément devant une bataille, et, d'un ton consacré par le Prudhomme d'Henri Monnier, ils lancent aux oreilles de leurs voisins : — Diable! voici un admirable sujet! Ceci doit nous représenter la bataille de Fleurus, la bataille de Friedland ou la bataille de la Moskowa! Il n'est pas nécessaire d'être très-fort sur les guerres de l'empire pour deviner cela tout de suite!

A un voisin : — Nous sommes nécessairement devant une bataille de l'empire?

Le voisin : — Non, monsieur, c'est le combat de Champ-Aubert!

— Je le disais bien, combat de l'empire! combat de Champ-Aubert! c'est un très-beau fait d'armes, ma foi! Le maréchal Blücher fut entièrement défait dans cette mémorable journée... battu, rebattu et complétement battu!... On fit quatre mille prisonniers à l'ennemi, le reste fut tué ou dispersé plus ou moins. L'armée française s'y couvrit de gloire! Vous ignoriez donc cela? Si vous avez négligé ce fait historique, je suis heureux de vous l'apprendre!

Reprenant : — Ah! ah! nous voici sans doute devant la sanglante bataille d'Iéna!

Un voisin : — Bataille d'Austerlitz!

— Iéna, Austerlitz; qu'importe! c'est toujours la même gloire! Un de nos plus beaux faits d'armes! Vous ne sauriez croire, monsieur, les drapeaux enlevés à l'ennemi dans cette mémorable journée! Le nombre des prisonniers est incalculable! Les Français furent vainqueurs comme toujours. Si vous ne saviez pas cela, monsieur, je suis heureux et fier de vous l'apprendre!

Continuant : — Nous assistons, je pense, à la sanglante bataille de Malplaquet?

Un spectateur avec fatuité : — Champ de bataille de Fontenoy!

— Ah! ah! bataille de Fontenoy, vous avez raison; je n'aime pas cette époque; cependant c'est un bien beau fait d'armes! Tout cela est d'une exactitude vraiment historique. Voilà bien Louis XV qui commandait en personne dans cette mémorable journée! Deux régiments, anglais et français, se firent mille politesses avant le combat. Si vous ne saviez pas cela, monsieur, je suis enchanté de pouvoir vous l'apprendre!

Quelquefois, s'abaissant à l'examen des ouvrages d'un ordre inférieur, le même visiteur est heureux de vous faire encore profiter de ses études historiques; et, à propos du plus mince tableau de genre, il nous apprend qu'Henri IV est mort assassiné par Ravaillac, rue de la Ferronnerie; que Napoléon abdiqua à Fontainebleau et s'embarqua plus tard sur *le Belléro-phon ;* et enfin, que le général Damrémont a été tué au siége de Constantine. Le Musée est pour lui une chaire d'histoire dont il s'est créé le professeur honoraire.

Il y a quelques années, le Salon était encombré de toiles consacrées aux exploits de la garde nationale. Les portraits eux-mêmes avaient subi cette influence guerrière. Le petit marchand, l'épicier le moins belliqueux, croyaient devoir léguer à leur postérité un échan-tillon de leur courage civique. Aussi toutes les têtes françaises étaient-elles exaltées en pré-sence de ces braves figures bourgeoises rehaussées du schako, des épaulettes de laine et des buffleteries devenues irréprochables sous la main de l'artiste. En cas de danger, on aurait pu extraire de l'exposition un bataillon complet avec ses musiciens, ses tambours, ses offi-ciers de tout grade, ses grenadiers, ses chasseurs et voltigeurs! Souvent il arrivait, grâce à l'intelligence du garçon de salle, qu'une compagnie se trouvait réunie sur une même ligne, et cela dans un ordre si parfait, dans une tenue tellement rigoureuse, dans une attitude si menaçante, qu'on était tenté de se demander si l'ennemi était aux portes du Louvre.

L'innocent *livret ,* ce petit guide sans prétention , empruntait alors des formules mili-taires et se parait de l'emphase d'un *ordre du jour.* Vous y lisiez :

—Portrait de M. D. en costume d'officier de la garde nationale.

—Portrait de M. G. se rendant à une revue.

—Portrait de M. S. après une revue.

—Le jeune Félicien Pastourel jouant avec le bonnet à poil de son père. Ce dernier se plaît à entretenir ces instincts guerriers.

— M. Lentille au port d'armes.

— Le jeune Verdure essayant l'habit de M. son père, caporal de voltigeurs, 8e légion.

— Portrait d'enfant en tenue d'artilleur de la garde nationale.

— M. Cochenille, grenadier de la compagnie S., la première qui ait adopté le sac et le sabre-poignard.

— M. F., officier de la garde nationale à cheval, montant *Shéridan,* son coursier favori.

— M. Lépinard faisant l'exercice dans son jardin, au milieu de sa famille.

— La 4e compagnie du 2e bataillon (chasseurs) venant de faire une promenade militaire et se livrant aux douceurs du repos. Sur le premier plan, de bons campagnards apportent des fruits; des vivandières improvisées offrent des cigares et du vin; M. V., sergent, veut embrasser une jeune et jolie paysanne.

(Ce tableau appartient à M. B., capitaine de la compagnie. L'auteur de cet ouvrage fait partie du premier groupe : il remet ses lunettes vertes.)

— Distribution de drapeaux. Tous les personnages sont des portraits.

— Grande revue du 1er mai. — Portraits.

Ces derniers tableaux faisaient naître des rivalités sans nombre, des discussions interminables, des haines mortelles. Du sein des groupes qui se formaient devant ces toiles, vous entendiez des spectateurs s'écrier :

— C'est une indignité : le lieutenant Castor n'était pas à cette revue !

— Croyez-vous que je sois ressemblant?

— Vous avez eu tort de couper vos moustaches; cela vous change beaucoup. Et puis, le costume bourgeois vous donne une tout autre physionomie.

— Et ce T., qui s'est fait planter en faction pour laisser croire qu'il fait son service!

— Ah ça, le capitaine n'était pas encore décoré à l'époque de la distribution des drapeaux. Il s'est pourtant fait mettre sa croix... Pas gêné du tout !... Et vous appelez cela tableau historique?

— Dites donc, dites donc! n'aperçois-je pas ce gros joufflu de P.? Pourquoi se trouve-t-il en si bonne compagnie?

— C'est le propriétaire du peintre. Vous m'entendez?

— Fort bien! toujours des injustices! Ce ridicule barbouilleur, après m'avoir fait poser pendant des journées entières, s'est avisé de me masquer de telle sorte qu'on ne me voit plus que l'oreille et l'épaulette. Je défie qui que ce soit de me reconnaître. Et l'on destine cette toile à Versailles! c'est vouloir mystifier la postérité la plus reculée. —

Cette exaltation guerrière s'est enfin apaisée. Aujourd'hui vous comptez à peine, parmi les portraits, des gardes nationaux : sublime protestation! Le parfait soldat, le grognard citoyen, le *patrouilleur* le plus accompli, se contentent du frac bourgeois et de la redingote à la propriétaire. Du reste, le costume excepté, ce sont les mêmes tournures, les mêmes poses, les mêmes regards menaçants. Cette innocente catégorie est le point de mire des visiteurs facétieux, gens vraiment nuisibles, qui ne viennent au Musée que pour tourner en ridicule les choses les plus respectables. Rien n'est à l'abri des méchantes observations de ces désœuvrés. Ils inventent des faits dont l'histoire n'est point complice, ils confondent à dessein tous les siècles, ils intervertissent toutes les dates, et propagent ainsi le doute et l'erreur. Le portrait est ordinairement le but privilégié de leurs sarcasmes. Sans respect pour nos illustrations, pleins d'indifférence pour des noms qui font la gloire de la France, ils les dépouillent impudemment de l'auréole qui les entoure, et leur font subir une complète transformation. Quelquefois, au contraire, s'emparant d'un de ces hommes à profession tranquille, d'un de ces bons pères de famille, dont le portrait se trouve modestement placé dans un coin obscur des galeries, ils le décorent d'un nom devenu populaire. Qu'une excellente épouse, guidée par l'intention toute louable de faire une surprise à son mari, la veille de sa fête, se soit décidée à confier sa fille au talent d'un artiste, et que, pour la gloire de ce dernier, cette production arrive au Musée, soyez sûrs qu'un de ces mauvais plaisants s'écriera, après avoir regardé ce modèle d'innocence et de vertu :—Ah! Déjazet ; comme elle est ressemblante! Voyez donc Déjazet! C'est d'une vérité incroyable! Ne vous étonnez donc plus de voir chaque jour des groupes nombreux et permanents devant un fort triste tableau représentant un ecclésiastique assistant un condamné ; l'un de ces êtres mal intentionnés vient de lancer aux oreilles de cette foule : — Grand Dieu! le portrait de Lacenaire! Comment admet-on de semblables horreurs ?

Par respect pour les saintes affections de la famille, les portes du Louvre devraient être murées pour toutes ces exhibitions domestiques. Des gens qui devraient passer leur vie à cacher leurs figures croient devoir à leurs concitoyens l'exposition de leur laideur. Celui-ci lance des regards obliques et furibonds aux personnes qui s'arrêtent devant lui ; cet autre prend une pose dramatique des plus fatigantes ; il croit sans doute que le public lui en saura gré. Un monsieur nous apprend qu'il possède une verrue sous le nez ; son voisin, à peine guéri d'une ophthalmie, nous fait savoir qu'il porte encore un abat-jour ; un homme riche, sans nul doute, vient étaler au grand jour tout ce qu'il possède de hardes neuves ; une jeune dame, venant au secours de la nature, se fait représenter avec des épaules qui descendent jusques aux talons ; et tous les gens à l'air inspiré que ces toiles nous reproduisent nous font croire que la France est une pépinière d'hommes de génie tout à fait incompris.

Cette exhibition de portraits amène quelquefois au Salon une jeune femme venant essayer la précoce intelligence de son fils. — Où est papa? Dites donc où est papa? Voulez-vous bien dire tout de suite où est petit papa? Provoqués par ces questions, d'effroyables cris viennent enfin révéler l'affection de cette faible créature pour l'auteur de ses jours ; et la mère, persuadée que la *ressemblance* de son mari n'est pas parfaite, se décide à retrancher quelques écus sur la somme promise à l'auteur de ce chef-d'œuvre. Alors l'artiste se révolte, il invoque la foi des traités, il connaît le prix de son travail !... et le juge de paix se voit dans la nécessité de compléter ce ravissant tableau de famille.

Maintenant passons rapidement en revue les visiteurs que des sympathies particulières conduisent au Salon une ou deux fois seulement. Ce sont :

Les amis, parents et connaissances des exposants. Ils arrivent au Louvre avec une admiration anticipée ;

Tous les originaux des portraits exposés ;

Leurs amis, parents, domestiques et portiers, venant juger des *ressemblances ;*

Un jeune enthousiaste voulant se convaincre qu'il s'est fait une idée exacte d'un homme de génie dont le portrait est au Salon ;

Les auteurs qui ont inspiré le sujet d'un tableau de genre ;

Les amateurs de théâtre qui veulent s'assurer si tel acteur exposé *est aussi bien à la ville qu'à la scène ;*

Les propriétaires de tableaux, Mécènes dont le nom est soigneusement consigné au livret;

Les personnes qui n'ont jamais vu la famille royale ;

Les modèles dont les belles formes sont venues au secours des artistes ;

Les amants qu'un rendez-vous doit réunir devant un sujet égrillard ;

Tous les rapins de l'Académie des beaux-arts ;

Enfin les concierges et employés de cette même Académie.

Si, par hasard, on vient nous dire que nous n'avons pas parlé des habitués des jours privilégiés, nous répondrons que, le samedi, les salles du Musée pourraient se passer de tableaux,

et que la visite du Salon, ce jour-là, n'est qu'un prétexte de promenade élégante. Toutefois nous devons ajouter que nous avons entendu un de ces hommes d'élite répondre à une
dame lui demandant : — De toutes ces croûtes, quelle est celle que vous préférez ? —
Adam et Ève, parce que je connais l'anecdote, et que je n'ai pas besoin de me fatiguer
à consulter le livret.

F. G.

PARIS NOCTURNE.

ARIS a des phénomènes de relation qui établissent des analogies entre son existence et celle d'un corps anatomique naturellement organisé ; nous dirions encore que, jouissant d'un système sidéral bien supérieur à celui du firmament, Paris, sublime composé d'astres et de planètes, opère une révolution diurne et nocturne, si sa physionomie devait résulter de similitudes microscopiques ; mais Paris est plus à même de fournir des comparaisons que d'en emprunter aux autres.

Nous allons, sans être un Homère, procéder à la façon de *l'Odyssée*, et contempler Polyphème pendant son sommeil.

Monstrueux physétère couché entre la barrière de Charenton et celle des Bons-Hommes, le monstre, privé de son flambeau, *cui lumen ademptum*, a beau être plongé dans le sommeil, ses artères n'ont point cessé de battre. L'heure de son premier sommeil est celle d'une torpeur, d'un engourdissement trop justifié par un excès de lassitude, et qui serpente du centre aux extrémités ; les pieds et les bras surtout sont plongés dans un repos léthargique, *quasi mortis imago* ; mais le cerveau travaille, et l'imagination enfante encore des romans, soit dit sans allusion aux femmes de lettres, qui improvisent des nocturnes pendant que Paris dort du sommeil du juste et de l'homme fatigué.

A l'heure où nous écrivons, à minuit moins un quart de l'an 1840, rien n'est encore plus imposant que Paris. N'allez pas, toutefois, le confondre avec le Paris d'autrefois, le Paris de Notre-Dame et de V. Hugo, des truands et de La Esméralda ; ou bien avec celui d'hier, le Paris de Rétif de la Bretonne et du lieutenant de police, semé de débauchés de bon ton et de mœurs pires, de maisons de jeu, de voleurs, d'exempts de police, de filles de joie, de piliers de taverne, d'entremetteurs et d'escrocs ; mais un Paris bourgeois, rangé, tiré au cordeau ; un Paris honnête et silencieux, troublé tout au plus par quelques patrouilles de la garde civique qui se cherchent, s'observent, s'épient, et ne font même pas autre chose dans ses Catacombes.

Gaz hydrogène, prête-moi ton flambeau ! dirait un auteur classique ; mais le gaz hydrogène se *ferme* un des premiers. Les autres opercules, qui distribuent la lumière à la voie publique, immense bénéficiaire qui n'a que ce qu'on lui donne, ne tardent pas à s'entourer aussi de verrous et d'obscurité.

Les fiacres vont plus vite, les piétons plus lentement.

Le mouvement se retire des extrémités ; le cœur seul de la *capitale* reçoit une prolongation d'existence jusqu'à minuit. Les grands seigneurs vivent plus longtemps que les prolétaires, et les couches concentriques du globe, à peine refroidies, sont revêtues d'une écorce solide et complétement cristallisée : ainsi de Paris. La nuit ne commence pas aux *mêmes heures* sur les divers points de sa circonférence : les cafés bourgeois ferment bourgeoisement entre dix et onze heures; le café Anglais et Paul Niquet ferment bien plus tard, quand ils ferment. Sur ce point, les goûts, les habitudes, les exigences sont identiques; les extrêmes se ressemblent sans se toucher.

Trois points, trois quartiers principaux, au rebours du roi d'Yvetot, se couchent très-tard pour se lever plus matin : le Palais-Royal, les boulevards, la Halle. Ceux-là vivent double, si c'est vivre que de ne pas dormir.

Ramené à des habitudes bourgeoises, mis en retenue, exproprié pour cause de moralité publique, le Palais-Royal ressemble à ces anciens moines dont le spiritualisme de commande siégeait tout entier à l'intestin *rectum*. Le Palais-Royal mange, digère, et se guérit petit à petit du suicide à force d'indigestions : il est devenu essentiellement nocturne. Il tient à la Halle par des canaux sécréteurs qu'un physiologiste devine, mais qui échappent à la loupe de l'observateur.

Nous touchons au solstice d'hiver, Paris s'est arrangé pour une de ces nuits d'intérieur, qui accusent l'admirable résultat d'une civilisation, l'incroyable énergie des institutions civiles, l'extrême rigueur des règlements de police et le sens de ce mot : *ordre public*. Tandis que le philosophe pessimiste grouille au carrefour, à la honte des Périclès constitutionnels, des fiacres, des demi-fortunes, des équipages financiers stationnent dans les rues aristocratiques des grands quartiers. Là, les ténèbres dont Paris s'enveloppe sont toutes extérieures, et des sillons de lumière tracés çà et là sont l'enseigne nocturne des plaisirs et des fêtes de l'hiver.

Il y a, nous n'en doutons point, un Paris étincelant de parures et de bougies, passé à l'eau de Portugal, enivré de danses et de musique, saturé de jouissances; un Paris intérieur qui s'épanouit au calorifère de la richesse, et dont l'Éden fleurit au mois de décembre : c'est celui des salons du grand monde, dont il existe des millions de contrefaçons. On croit, mais à tort, que tout ce que l'imagination des poëtes rêve de plus fortuné est puisé dans les régions de l'idéal. Il existe un paradis dont le leur n'est qu'un pâle reflet : c'est celui des salons dans une longue et froide nuit du paradis nocturne.

Ce qu'il a fallu de mouvement pour assurer à la *capitale* un repos ou des plaisirs de deux ou trois heures, qui pourrait l'écrire, le calculer, en dresser l'inventaire? Mais aussi quel est celui qui en a souci?

En ce moment toute agitation cesse au dehors, toute vitalité se concentre au dedans. D'une à trois heures du matin le *caput mortuum* est à peu près tout ce qui reste de Paris. Sa physionomie n'offre plus que des couleurs négatives, Paris nage dans une sorte de clair-obscur, même parfois très-obscur.

Paris est alors calme, imposant, poétique; il éveille des terreurs magiques; il règne sur l'imagination par le charme infini de la solitude, de l'isolement. C'est comme si l'on était pauvre en plein midi, ou seul vivant dans les ruines de Paris nocturne; l'isolement est le même; mais le désert de Paris à deux heures du matin est bien plus mélancolique. Ce tableau a besoin d'un rayon de lune. On aime alors à se figurer Paris dans deux mille ans avec le vent du désert caressant les attiques de ses monuments, s'engouffrant dans ses palais solitaires, soulevant une vieille poussière et de vieux souvenirs. L'imagination bâtit dans le vide de superbes édifices détruits, des ruines majestueuses, et s'inspire des grandes images du passé. On existe un moment dans le dédale d'un Paris antique; aucun bruit ne vient donner un démenti à ces affirmations de la solitude. Il nous a semblé qu'il y avait plus de grandeur dans ce calme, plus de gravité dans ce silence, plus de poésie dans ce spectacle que dans tout le tumulte, l'activité, le tintamarre et les évolutions bruyantes d'une ville peuplée d'un million d'hommes.

C'est l'heure où l'on assassine très-peu, parce qu'il n'y a que bien peu de monde à assassiner dans les rues de Paris, et qu'il y a au contraire beaucoup de patrouilles pour surveiller de simples malfaiteurs. Les voleurs n'ouvrent plus passé minuit ; leur industrie est du domaine de l'histoire ancienne. Les derniers voleurs remontent au moins à M. de Sartine, cet homme prodigieux qui fit tant *parler* des voleurs à une époque où Paris avait l'honneur d'en posséder quelques-uns. Paris avait autrefois un drame nocturne, macadamisé d'anecdotes à faire pâlir la *Gazette des tribunaux* elle-même. Nous avons changé tout cela. Robert Macaire, le héros du siècle, est un homme diurne s'il en fut jamais.

Il existe, en revanche, des travailleurs nocturnes : les uns, à titre de parias, les autres, dont on a tracé l'esquisse dans *les Français* sous le nom de *dévoués,* forment les deux classes innomées de travailleurs nocturnes.

Les compositeurs de journaux, les garçons boulangers, forment deux autres classes qu'il faut inscrire au nom de l'utile dans notre galerie.

La nuit, en longeant les trottoirs, on entend quelquefois, par des soupiraux étranges, des cris plaintifs, des gémissements étouffés, un râle profond et saccadé comme le souffle d'un taureau qui succombe : le *geindre,* ce travailleur nocturne, Ixion de la pâte ferme et du pain quotidien, est la cause innocente de tout ce bruit.

Homme homérique et biblique tout à la fois, placé sans contredit sur le premier degré de l'échelle utilitaire, le garçon boulanger est l'être le plus méconnu de Paris. C'est encore l'homme le moins vêtu de France et de Navarre, l'*Écossais* réduit à sa plus simple expression. Au lieu d'être placé, selon son mérite, au sommet de la pyramide sociale, le garçon boulanger vit et meurt ignoré dans les entrailles du Paris nocturne. Son dernier soupir se confond avec le *hein !* éternel que lui arrache incessamment sa vocation. Si le pain, comme le dit Saint-Just, est le roi du peuple, le garçon boulanger doit être son premier ministre.

Une analyse détaillée de notre sujet révélerait peut-être cette vérité physiologique que toutes les fonctions nécessaires, indispensables à la vie de Paris s'exécutent la nuit. Les pertes de ce grand corps se réparent pendant la courte interruption de ses phénomènes visiblement actifs.

A trois heures du matin les approvisionneurs donnent le bruyant signal de l'invasion : de lourdes voitures convergent des principales barrières vers un point central ; les Halles sont envahies. Le marché de toutes les productions de nécessité première qui a lieu la nuit demanderait à lui seul une narration plus détaillée que les analyses de Tacite. Dire par quelle filière de transactions le même produit, en se fractionnant, est l'objet de cinq ou six ventes successives, entre trois et cinq heures du matin, avant d'arriver aux mains de la fruitière ; peindre le tumulte silencieux de ce pittoresque marché des Innocents serait entrer dans une histoire potagère de Paris nocturne. Consommer et payer, telle est la grande philosophie du Parisien : son épicurisme ne va guère au delà. L'argent, cette énigme sans mot, ayant été inventé pour simplifier toutes espèces d'idées et de transactions, a un cours immense, et exclusivement alimentaire sur le carré des Halles. Le secret des approvisionnements, du taux des denrées, ne sera jamais bien connu. On ne saurait inventer une langue pour si peu de chose, et la pratique en cette matière laissera toujours de bien loin derrière elle la théorie, à plus forte raison la description. Le Parisien ne devine l'approche du jour qu'à l'horrible cauchemar dont il est saisi, et qui le réveille en sursaut, quand les voitures du maraîcher grincent et ébranlent le pavé, de trois à cinq heures du matin. Heureux qui peut dormir d'un profond somme à ces heures infernales ; plus heureux celui dont l'habitude a émoussé les sensations. Il est des personnes qui choisissent de préférence les quartiers bruyants, pour n'être point assourdies. Ce serait une étude d'acoustique à décider, lequel vaut mieux d'un quartier tranquille ou du faubourg Saint-Denis pour jouir d'un repos absolu. Les faubourgs Saint-Denis, Saint-Martin, la rue d'Enfer, sont les confluents principaux des voitures maraîchères qui se rendent aux Halles avant le jour. Le tapage se complique ensuite de cris, d'interjections horripilantes ; toutes les industries roulières de la banlieue semblent s'être donné rendez-vous dans les rues désertes de Paris. Le tintamarre ne fait que croître et onduler dans tous les sens jusqu'au point du jour. Alors il est quelquefois possible de s'endormir, même au sein de Paris, si l'on sort surtout de l'orchestre Musard ou d'un bal par souscription.

Si quelque chose doit ressortir d'une esquisse à la plume d'un croquis nocturne de Paris, c'est le caractère vraiment spécial des mœurs bourgeoises, le phlegme des habitudes constitutionnelles. Le jour a pu ne point jaillir du choc électrique des révolutions : la nuit en est sortie ; une nuit calme, imposante, uniforme jusqu'à la monotonie. L'idée du merveilleux, du fantastique, de l'incroyable, s'alliant volontiers à ce seul mot, on peut affirmer que la nuit a perdu tout son prestige. Les anciennes nuits ont pu être des nuits de roman ; il en est mille et une qui sont des contes, à ce qu'on dit, et des contes à dormir de bout. Donc puisque Paris nocturne n'a plus rien de débraillé, de pittoresque, de saisissant, de tragique, de patibulaire, rendons grâce à l'ordre public ; et tandis que Paris s'éveille, qu'avons-nous de mieux à faire que de suivre le conseil du chansonnier ?

> Ah, quelle cohue !
> Ma tête est perdue,
> Moulue ou fendue :
> Où donc me cacher ?
> Jamais mon oreille
> N'eut frayeur pareille ;
> Tout Paris s'éveille,
> Allons nous coucher.

L. ROUX.

LE BLASÉ.

E désillusionnement est à l'ordre du jour de la génération nouvelle. Dans un siècle où toute foi est morte (style de circonstance), où la poésie s'en est allée avec les dieux sur je ne sais quelle terre inaccessible aux faiseurs d'utopies, aux femmes politiques et aux inventeurs de sociétés par actions, comment voulez-vous qu'un rhétoricien qui se respecte puisse afficher la moindre déférence pour les choses saintes et les illusions sentimentales qui charmaient hier sa jeunesse ? On vit si vite aujourd'hui qu'il faut se hâter, pour vivre convenablement, de se débarrasser de tout ce bagage incommode de

poésie et de sentiments honnêtes, bons, tout au plus, pour occuper les loisirs d'un ado-
lescent. Or, il est utile, avant d'aller plus loin dans notre sujet, de nous entendre sur
les mots. Vous avez cru jusqu'à présent, peut-être, que la vie humaine était comme les
saisons de l'année, divisée en certaines périodes réglées et constantes, et que l'adoles-
cence formait cette période ascendante entre l'enfance et l'âge viril où l'homme
n'est plus un enfant et n'est pas encore un homme. Erreur profonde! Dites-moi ce
qu'est devenu le printemps en France depuis plusieurs années? Eh bien! il en est
de même aujourd'hui pour la vie de l'homme; le printemps, c'est-à-dire l'âge où l'imagination fleurit, où l'âme s'épanouit à tous les nobles sentiments, où la séve circule
abondante et forte dans l'organisation humaine, la jeunesse, enfin, disparaît d'entre les
divisions régulières de la vie. Le cercle s'est rétréci, la vieillesse va tout envahir; le commencement et la fin n'ont plus de transition. On est enfant jusqu'à douze ans, on est
vieux à vingt-deux! Le désenchantement commence, d'ordinaire, à l'âge où l'homme
commence à comprendre et à sentir.

Communément, l'homme blasé a de dix-huit à vingt-cinq ans. Passé ce temps, il dé-
périt, et dégénère en cette chose prosaïque et banale qu'on appelle un homme raisonnable; il tourne au père de famille, tranche du citoyen honorable, envoie ses enfants au
collége, et paye ses contributions. A dix-huit ans, l'homme blasé a tout vu, tout expérimenté... au collége. Il sait son monde par cœur; il a appris la société moderne dans
Tacite; il appelle les rois *tyranni*, et prétend que toutes les femmes sont des *lupæ*. Les
plus hautes spéculations philosophiques lui sont familières; mais il avoue n'avoir jamais
admiré que médiocrement le fameux chapitre de Sénèque sur le *mépris des richesses*.
Horace était son auteur de prédilection; l'ode à Glycère a fait ses délices *quand il avait
encore des illusions*. Mais aujourd'hui... il a trop aimé, trop senti, pour être capable
d'aimer et de sentir encore; son cœur s'est desséché au souffle des passoins, et son esprit
est tombé, de désenchantement en désenchantement, jusqu'aux dernières profondeurs du
scepticisme : le doute le dévore. Lui aussi il a cru à l'amitié, à l'amour, à la vertu...
Chimères! illusions! déceptions! Le monde est une immense forêt Noire, et tous les hommes
sont des égoïstes, des lâches, des voleurs et des assassins... Consultez à ce sujet le répertoire
de la Porte-Saint-Martin, de la Gaîté, de l'Ambigu! Les femmes! oh! les femmes!..

Écoutez plutôt. A quinze ans, Cornélius (c'est le nom de mon
héros) croyait encore au bonheur; c'est pourquoi il adressa à
un ange de sa connaissance, ange dont les regards promettaient
le ciel, un hommage poétique, où la *frénésie de l'amour dé-
bordait en laves brûlantes, où s'exhalait la volupté de deux
âmes qui meurent en s'étreignant dans des embrassements
convulsifs*. L'ange fut pris d'un rire inextinguible en lisant
cette déclaration étrange, fit des papillotes avec l'épître by-
ronnienne, et, l'année suivante, épousa son cousin le clerc de
notaire. Profanation! L'infortuné Cornélius roula, pendant plusieurs jours, de sinistres pensées, saisit avec rage sa meilleure
lame... de canif, tailla tout un paquet de plumes, et écrivit
immédiatement, de son encre la plus noire, une satire sanglante
contre les femmes. L'année suivante, il fascina de son regard
de vautour une colombe de quarante-cinq ans qui avait eu des
malheurs, et qui lui parlait tout bas des amères tristesses de la
solitude et des mystérieuses sympathies des âmes. Il fut heu-

reux deux mois... Aux vacances prochaines, il trouva que le cœur de l'intéressante victime pensait, à cet égard, autrement que l'Université. Cette fois, Cornélius écrivit deux satires, quinze épigrammes, et un nombre infini de stances intitulées : *Tristesse, désenchantement , désespoir, etc.*

L'homme blasé se reconnaît, quant au physique, à certains signes qui pourraient échapper à un observateur vulgaire. A la vérité, il paraît jouir d'une santé que n'ont pu altérer les épreuves d'une jeunesse orageuse ; il a le teint d'une fraîcheur irréprochable, fait ses quatre repas, digère communément comme une autruche et dort comme un loir ; mais ce sont là des signes trompeurs, et, croyez-le bien, il n'en est pas moins un homme blasé, incapable désormais de jouir des biens de la vie, si toutefois la vie a des biens. Et qu'est-ce que la vie? Un fruit sans saveur !

> Plus j'ai pressé ce fruit, plus je l'ai trouvé vide,
> Et je l'ai rejeté comme une écorce aride
>   Que nos lèvres pressent en vain !
> . . . .
> Mon cœur, lassé de tout, même de l'espérance,
> Ne demande plus rien à ce vaste univers.

Aussi, voyez comme ses lèvres vermeilles sourient amèrement ! comme son front blanc et poli aspire à la rêverie ! comme sa démarche est lente ! quel air artistement découragé et savamment ennuyé de vivre ! Au spectacle, il affecte de regarder la salle et les spectateurs, quand tous les yeux sont sur la scène. Je vous défie de le surprendre en flagrant délit du plus faible accès de gaieté. Son rôle, à lui, c'est d'être impassible. C'est à peine s'il laisse tomber sur les gracieuses têtes de femmes qui l'entourent un regard distrait. Son esprit doit être bien loin, car il paraît entièrement étranger à ce qui se passe à ses côtés. Pourtant, en l'examinant attentivement, vous remarquerez comme une arrière-pensée dans son maintien, une préoccupation mal dissimulée de l'effet qu'il produit et du résultat de ses profondes combinaisons mimiques. C'est un acteur qui a pris pour scène le devant d'une loge ou une stalle de balcon. Sa douleur n'est pas de celles qui se nourrissent de silence et d'obscurité : il faut à son désespoir, comme aux fureurs d'Oreste, comme à la vengeance d'Othello, l'éclat de la rampe et les regards de la foule. Il lui faut peut-être moins, ou peut-être plus que tout cela : il faut qu'à tout prix il fixe l'attention de cette jolie femme qu'il admire et qu'il ne regarde pas ; il faut qu'il soit remarqué par elle. Or (voyez la profondeur !), pour arriver à se faire distinguer, il doit jouer l'indifférence ! Et, vraiment, le moyen n'est pas aussi mauvais qu'il le paraît, puisque les femmes s'y laissent prendre si souvent.

Or, maintenant, voulez-vous savoir ce qu'est, au fond, ce grand professeur de désenchantement? Un excellent jeune homme, en vérité, aimant et honorant ses père et mère, animé des meilleurs sentiments, obligeant envers ses amis, simple, doux, facile à vivre, rangé, exact à l'heure des repas, se couchant et se levant comme un honnête fils de famille doit le faire... Un ange au logis, un réprouvé au dehors, un pauvre agneau courant la campagne, affublé de la peau d'un tigre ! Costume de fantaisie ! affaire de mode ! Demain, si, par impossible, le vent de la mode soufflait à la vertu, vous le verriez, avec les mêmes prétentions bouffonnes, se draper dans ce nouvel habit, mieux fait pour lui sans doute, mieux assorti à son innocente figure, et à sa nature encore tendre et délicate. Mais que voulez-vous? Les romanciers et les dramaturges en ont ordonné autrement. Il faut bien être de son époque. Et puisque toute la littérature, tous les hommes qui pensent et dirigent les autres, ont proclamé que le siècle était profondément ennuyé, dégoûté, désillusionné, usé, desséché, blême et agonisant, il faut bien que la jeunesse, essentiellement amie du progrès, se tienne à la hauteur des idées du siècle.

Auguste de Lacroix.

LA SEMAINE SAINTE A PARIS.

Aris est le pays de la tolérance. On y peut, avec impunité, non-seulement partager les religions reçues, mais encore en imaginer de nouvelles. Rhabillez à votre guise de vieilles idées, rendez obscur ce qui est clair, ressuscitez le manichéisme, le gnosticisme, le stoïcisme, déclarezvous révélateur ; il est possible qu'on ne vous comprenne pas, il est présumable qu'on se moquera de vous, mais vous ne jouirez pas des périlleux avantages de la persécution : personne, sauf les carriers de Montmartre ou les mariniers de Bercy, n'a songé à troubler les saint-simoniens dans leurs rêveries panthéistes. On a laissé plusieurs abbés se sacrer évêques et s'introniser primats ; on permet aux fouriéristes de chercher à faire prévaloir ces grandes vérités, à savoir, que l'un des attributs de Dieu est l'*impulsion géométrique en passionnel et en matériel*, que *la série distribue les harmonies*, et que *les attractions sont proportionnelles aux destinées*. En somme, on souffre à Paris la prédication de toutes les doctrines ; les sectes naissantes y trouvent tous les agréments possibles, le martyre excepté ; et le révélateur qui monte sa garde, qui paye régulièrement son terme, qui ne se mêle point de politique, est sûr de n'être nullement inquiété dans l'exercice de ses fonctions.

Cette longanimité semble indiquer une indifférence profonde en matière de foi ; et cependant les grandes solennités du catholicisme apportent encore des modifications sensibles dans la physionomie de la capitale. La Semaine sainte, Noël, la Fête-Dieu, la Pentecôte, sont comme la pierre de touche des croyances parisiennes ; elles en mesurent le degré comme l'aréomètre celui de l'alcool. La Semaine sainte, surtout, qui résume l'ensemble des faits religieux, qui commence par le Triomphe et passe de la Mort à la Résurrection, la Semaine sainte réveille toutes les ferveurs amorties, met en émoi la légion entière des fidèles, permet d'en savoir le compte, d'en dresser une statistique, et de résoudre à peu près exactement cette importante question : «Quel est l'état religieux de la ville de Paris ?»

La cérémonie des Rameaux donne à Paris un air de gaieté inaccoutumé. D'ordinaire le ciel est beau, l'atmosphère tiède, la nature joyeuse ; les fidèles n'ont plus à craindre de s'enrhumer sous les voûtes glaciales des églises, et célèbrent à la fois l'entrée du Sauveur à Jérusalem et le réveil du printemps. Les femmes, et surtout les femmes du peuple, ces travailleuses actives et semi-viriles, voient encore dans une branche de buis un talisman protecteur, et s'empressent de faire bénir des rameaux qu'elles suspendront à leur chevet. Les porches des églises sont jonchés de feuillage ; la spéculation exploite la piété, et des marchandes improvisées, cachées au milieu des touffes de leur ondoyante denrée, rôdent sur les places comme autant de bosquets ambulants. Les charretiers, les porteurs d'eau, les conducteurs de bains à domicile, les cochers de fiacre, surmontent d'un rameau la tête de leurs chevaux étiques ; le gamin pare sa casquette d'un rameau. Tout cet étalage de verdure n'est pas un simple divertissement, car il y a encore une vénération traditionnelle pour les rameaux bénits, et même pour ceux qui ne le sont pas. Cette solennité fait du buis un arbre sacré, l'assimile aux palmes qu'on jetait sous les pas du Seigneur. L'idée qu'on y attache est superstitieuse peut-être, mais elle est riante et inoffensive : les uns la partagent sans s'en rendre compte, les autres s'en rendent compte sans la partager.

A cette joyeuse fête succède la semaine du deuil, semaine qu'on honorait jadis par un jeûne rigoureux. Les législateurs chrétiens l'avaient instituée dans le triple but de rendre hommage au Christ, d'établir une règle hygiénique, et d'habituer l'homme à faire acte de renonciation et de volonté : mais le jeûne absolu est aujourd'hui presque tombé en désuétude, malgré l'exemple qu'en donnent le clergé et les maisons conventuelles ; l'abstinence de chair suffit à la tiédeur des temps, encore n'est-elle presque universelle que le Vendredi saint. Ce jour-là les bouchers ferment à midi, les marchands de volaille gémissent dans la solitude, la halle à la viande est déserte ; en revanche, la poissonnerie regorge, et les légumes secs sont en hausse. Le bourgeois qui dit : « Il faut une religion pour le peuple, » et croit devoir s'en priver pour son usage particulier, se sent pris d'une vénération secrète, et bannit la viande de son repas du Vendredi saint. Entrez le Vendredi saint dans une église, vous y verrez une foule nombreuse, attentive, écoutant les exhortations d'un prédicateur éloquent ou banal. Les femmes sont en majorité, car il appartient au sexe le plus aimant d'être le plus religieux ; mais les hommes ne sont pas rares, ouvriers ou gens du grand monde, suivant les quartiers, prolétaires en veste, commissionnaires, manœuvres, portefaix, amenés là par une piété sincère, ou riches gentilshommes, qui ne séparent point le trône de l'autel et font du culte une affaire de parti. Dans un coin de chaque église, un christ d'ivoire est posé sur un coussin de velours, et une longue procession de fidèles se succèdent sans cesse devant cette image, et l'adorent avec une ferveur propre à déconcerter les iconoclastes.

Le soir les théâtres sont fermés. Quelques spectacles d'ordre inférieur s'aventurent à rester ouverts ; mais ils n'ont pas à se féliciter de l'empressement du public. Toutes les pompes scéniques sont réservées à honorer l'anniversaire de la Mort libératrice. On dispose dans tous les temples des cénotaphes destinés à rappeler aux chrétiens ce sublime et lugubre événement ; mais, pour leur inspirer une douleur et une componction efficaces, il faudrait peut-être des draperies moins mesquines, des tentures moins inconvenantes, des chandeliers moins lourds, des anges en plâtre moins disgracieux.

Examinons, sous le point de vue artistique, quelques-uns de ces monuments funéraires.

A Notre-Dame, le tombeau, placé au fond de l'abside, est entouré de tapisseries des Gobelins. Vous croyez sans doute que les sujets qu'elles représentent sont empruntés à la Bible ou au Nouveau Testament ? Détrompez-vous, ces sujets sont :

Une chasse au cerf ;

Une halte de bohémiens dans des ruines ;

L'entrée d'Alexandre à Babylone ;

Éphestion pris pour Alexandre par la mère de Darius ;

Des soldats passant un gué ;

Des soldats au bivouac : deux d'entre eux courtisent une vivandière, *lasciva puella*, qui les repousse faiblement.

Saint-Séverin offre une décoration analogue ; seulement des cygnes, des canards et des autruches, remplacent l'histoire d'Alexandre et les soldats au bivouac.

Les tapisseries de Saint-Étienne-du-Mont nous montrent la déesse Pallas et des tro-phées d'armes :

> On ne s'attendait guère
> A voir Pallas en cette affaire.

Le sépulcre est dressé sous une voûte sombre et surbaissée qui fait le tour de l'abside. Des lampes suspendues de distance en distance répandent dans cette galerie un demi-jour mystérieux ; mais quand on aperçoit, entre des rideaux rouges, une croix peinte à fresque sur le mur par quelque ouvrier badigeonneur, on oublie l'importance du but, pour ne songer qu'au ridicule de l'exécution.

Le catafalque de Saint-Sulpice était autrefois dans un caveau pratiqué sous le chœur. Il est maintenant placé dans l'abside ; ce changement n'était point à désirer.

Notre-Dame-de-Lorette est élégante en sa douleur, éplorée avec recherche, gémis-sante avec coquetterie. La fenêtre d'une de ses chapelles est masquée aux trois quarts par un escalier, à l'extrémité duquel une croix noire se détache sur un drap d'or. Les degrés sont recouverts de serge et garnis d'une profusion de lauriers-roses, de bruyères, de camélias, de plantes exotiques ; c'est moins un tombeau qu'une succursale du marché aux fleurs.

Saint-Roch est depuis longtemps célèbre par son sépulcre de marbre, son calvaire de plâtre colorié, et sa gloire de bois doré.

C'est peut-être le catafalque construit à Saint-Nicolas-du-Chardonnet qui est, non pas le moins prétentieux, mais le plus imposant. Il occupe en entier le bras droit de la croix. La partie supérieure de cet édifice, de velours rouge, forme un entablement d'un beau style, d'où partent de longues et massives draperies. Les vases sacrés gisent épars sur l'autel, les cierges sont éteints, et une lampe cachée, dont on ne voit que la lumière, blanchit de pâles reflets l'or étincelant des calices.

L'impropriété ou l'insuffisance de ces décorations est facile à démontrer, et pourtant l'Église n'a-t-elle pas besoin plus que jamais de redoubler de magnificence, d'impres-sionner les masses, de toucher le cœur par les yeux. Durant le siècle dernier, la religion a été attaquée de toutes parts, par les philosophes et par les romanciers, et cette œuvre de démolition, poursuivie avec acharnement, n'a pas été sans résultats. Il importe donc, quand la foi décroît, d'appeler à son secours les beaux-arts, d'en prodiguer les séductions et les prestiges, de rendre au culte sa sublimité déchue, et de mettre les décorations exté-rieures à la hauteur des enseignements.

C'est ce qu'on a essayé de faire le Vendredi saint ; mais l'indication n'a pas été rem-plie. La fête de Pâques est célébrée avec une majesté plus vraie. Le clergé de chaque église est au grand complet, et vêtu de somptueux costumes. Les cloches bourdonnent, l'orgue emplit les voûtes d'un bruit harmonieux, les instruments retentissent dans le chœur, les hymnes montent éclatantes et prolongées ; il semble que les temples s'ani-ment, et prennent une voix multiple pour chanter les louanges de Dieu.

Aucune circonstance ne réunit dans les églises une affluence plus considérable ; mais, dans la foule qui ondoie sous les arceaux, il est aisé de discerner plusieurs classes distinctes et bien tranchées :

Catholiques fervents, dévots et dévotes de la vieille roche, assidus à tous les offices de l'année ;

Catholiques tièdes, qui flottent entre la religion et l'incrédulité, et ne vont à la messe qu'aux grandes fêtes ;

Curieux attirés par l'éclat des cérémonies ;

Dilettanti, amateurs de musique vocale et instrumentale.

La première classe, troupeau d'élite, que l'Église contemple avec joie, s'agenouille et se frappe la poitrine, se fatigue à faire le signe de la croix, s'enroue à chanter des litanies, et s'incline jusqu'à terre au moment de l'élévation.

La seconde classe est peut-être la plus nombreuse. La nécessité de vivre, l'obligation d'une activité incessante, interdisent presque au Parisien la sanctification du dimanche. Selon lui, qui travaille prie, et il consacre au travail le jour même du repos, quand un irrésistible besoin de locomotion ne l'entraîne pas hors des barrières. Mais le jour de Pâques il se rappelle qu'il a été élevé dans la religion catholique, et juge à propos de se rendre à la messe. Il y assiste avec le recueillement convenable, admire comme une nouveauté des rites qu'il avait oubliés, et croit racheter, par un instant de zèle, une année de négligence.

La troisième classe est composée d'individus qui n'ont d'autre passion que la curiosité, d'autre occupation que de chercher à satisfaire cette passion insatiable. On les trouve partout où il y a spectacle, de quelque nature qu'il soit : à la porte des mairies, pour voir descendre de fiacre les nouveau-nés et les nouvelles mariées ; au guichet des Tuileries, pour saluer la voiture de Louis-Philippe ; sur les quais, pour suivre des yeux les trains et les bateaux à vapeur ; aux cours d'assises, pour assister aux débats d'un procès célèbre ; à la messe, enfin, les jours de grandes fêtes.

Les gens de la quatrième classe sont des fanatiques de musique, ravis de pouvoir entendre gratis un concert spirituel. Ils vont de préférence à Notre-Dame, où ils sont persuadés que doit chanter tout l'Opéra ; ils montent sur les chaises, tendent le cou, dressent les oreilles, et écoutent avec une admiration préventive.

La voix grêle et criarde d'un enfant de chœur a prononcé ces mots :

> Agnus redemit oves ;
> Christus innocens Patri
> Reconciliavit peccatores.

« C'est Duprez !! a dit un amateur de musique ; j'ai reconnu son *ut*. Quel beau timbre ! quelle puissance de sons ! Ah ! bravo ! bravo ! »

— Vous croyez que c'est Duprez ? demande un second amateur.

— J'en suis sûr ; je viens même de l'apercevoir.

— J'aurais pensé que c'était Alexis Dupont. »

Un chantre entonne avec un mugissement formidable :

> Scimus Christum surrexisse.

« Pour le coup, s'écrie le premier amateur, c'est bien Levasseur en personne ! Il me semble encore l'entendre dans Robert : *Nonnes qui reposez,* la, la, la, la, la a à ; cet homme a toujours quelque chose de satanique dans la voix ! »

Ce ne sont pas les seules conversations dont le brouhaha trouble l'office divin. Ici, deux amis s'abordent et se donnent la main : « Tiens, te voilà ! par quel hasard ?... » Là, des curieux essaient de chercher un gué au milieu des chaises, et provoquent des murmures, par leurs tentatives inopportunes : « Finissez donc ! — Quand vous pousserez, ça ne vous avancera pas à grand'chose. — Puisqu'on vous dit que vous ne pouvez pas passer. » Ailleurs, on s'interroge : « Savez-vous quel est l'officiant ? — N'est-ce pas un député qui est là-bas dans la galerie ? » Puis viennent les réflexions : « On étouffe. — Il y a de jolies femmes. — Peu de toilettes. — Ma foi, je ne suis pas fâché d'être venu. »

La grande majorité des assistants ne prend point part à ces scandaleuses interruptions : elle est toute préoccupée du mystère qui s'accomplit à l'autel ; elle n'a de regards que pour les prêtres, d'attention que pour les paroles sacrées. Elle a perdu depuis longtemps cet enthousiasme qui fit les croisades. Ses croyances ressemblent aux charbons ardents ensevelis sous les cendres d'un grand brasier, dont ils sont les débris. La foi qu'elle professe est douce, tranquille, raisonnée, éclectique, entière sur certains points, chancelante sur les autres ; mais c'est encore de la foi.

Non, il ne faut pas croire que tout sentiment religieux soit éteint chez le Parisien, qu'il ait renié le dieu de ses pères, qu'il soit prêt à applaudir le premier Hébert qui lui préconisera la déesse Raison. Il y a encore, nous le pensons, dans la population parisienne un fonds de piété véritable, qui se manifeste moins par l'observance des pratiques du culte que par l'application éclairée des maximes évangéliques. Quelle famille, aujourd'hui même encore, ne considère pas la première communion comme un acte important ? Quels époux croiraient leur union légitime s'ils se contentaient d'entendre un officier municipal nasiller quelques lambeaux du code civil ? Qui refuse de se découvrir respectueusement pour saluer un mort ? Qui ne regarde pas avec quelque vénération ces statuettes de plâtre encore debout dans leurs niches, aux angles de certaines rues ? Il en est, à Paris, de la religion comme de la misère : on ne les voit toutes deux que lorsqu'on veut les chercher. Comme le culte ne descend jamais dans la rue, où il choquerait les dissidents et gênerait la circulation ; comme les prêtres paraissent rarement en public avec leur costume spécial, et vont en fiacre porter le viatique, ou prier sur une tombe, c'est à peine si l'on peut constater l'existence d'une religion privée de toute manifestation extérieure.

Durant la restauration, il y eut une protestation continue contre l'intervention du clergé dans les affaires politiques. Tout individu porteur de l'habit ecclésiastique était impitoyablement qualifié de jésuite ; et les jeunes gens ne hantaient les églises que pour semer des pois fulminants sous les pas des missionnaires. Cette animosité, assouvie par le pillage de l'archevêché, a fait place à des sentiments plus doux et plus affranchis de terrestres considérations. Une réaction religieuse s'est opérée par degrés ; des hommes éclairés l'ont partagée, ont pesé le catholicisme à sa juste valeur, en ont, pour ainsi dire, extrait le suc, mais sans rejeter avec dédain le fruit qu'ils avaient pressé. On a fait le procès du XVIIIe siècle, et il a été convaincu de calomnie et de mensonge historique. L'opinion publique, plus active que la police, a mis à l'index *le Bon sens du curé Meslier, le Système de la nature*, du baron d'Holbach, et les libidineuses diatribes du chevalier de Parny, tandis qu'elle accueillait avec faveur les publications religieuses. D'honnêtes gens, qui se faisaient scrupule d'être dévots quand la dévotion ouvrait le chemin des honneurs, se sont réconciliés avec le clergé ; et il n'y a plus que les vieux libéraux qui croient au fanatisme des prêtres, aussi fermement qu'à l'anthropophagie des démocrates. Le vieux libéral se dit en prenant son café :

« Mon journal me signale avec raison les empiétements de plus en plus envahissants du parti prêtre. Plusieurs curés de campagne ont chanté le *Domine salvum* avec les intonations les plus malveillantes. On a envoyé un évêque à Alger... c'est odieux. Ah! la congrégation travaille sourdement : c'est, comme l'a définie M. Dupin, une épée dont la poignée est à Rome, et la pointe partout. Les prêtres...

> Les prêtres ne sont pas ce qu'un vain peuple pense ;
> Notre crédulité fait toute leur science. »

Puis il relit le Voltaire-Touquet, s'endort, et voit en songe un jésuite qui le menace de sa bénédiction.

ÉMILE DE LA BÉDOLLIERRE.

LA RUE OU L'ON NE MEURT PAS.

 L y a, dans la langue de Paris, une langue à part, des mots d'une profondeur inouïe, d'une énergie incroyable, frappés à l'effigie d'un vice ou d'une infirmité physique de ce grand corps, produits *morbides* d'une civilisation gangrenée, phénomènes immoraux d'une décomposition qui marche du centre aux extrémités : telle est cette expression usitée dans un certain quartier de Paris pour désigner une rue sans nom, et qui s'appelle *la rue où l'on ne meurt pas.*

On se figure d'abord une rue placée sous une latitude telle qu'aucun air méphitique, aucun miasme dangereux, aucun gaz délétère, n'y puissent pénétrer ; une rue à l'abri des pompes funèbres et de leurs estafiers, une douane contre le trépas, une assurance générale contre le décès, avec primes et dividendes ; une rue éternelle, garantie viable à perpétuité, jouissant d'immunités mortuaires presque fabuleuses ; une rue de l'âge d'or, domaine inviolable de la jeunesse, de la santé, de l'immortalité ; une rue à être habitée par des princes, des rois, des grands hommes, des pairs de France, des grandes coquettes, ou des académiciens.

Il n'en est rien cependant.

Ce mot est, au contraire, une formule sinistre, une cruelle bouffonnerie, une imprécation bizarre, un anathème fulminé dans les termes d'une ironie sceptique, qui n'a de pendant dans aucune langue. Ce mot est à la fois cynique et impie, railleur et sévère, grave et facétieux. Il contient la révélation de misères que la civilisation abrite sous son manteau troué ; il est emprunté à l'argot du faubourg ; c'est un blasphème lancé à la face de la richesse égoïste ; c'est le titre d'un drame lugubre ; c'est l'abréviation d'une phrase étrange, que le paria lui-même ne prononce pas sans frémir ; c'est un écriteau clandestin qu'aucune municipalité n'enregistra jamais sur ses contrôles ; c'est un titre que l'on comprend, et qu'on rougit d'avoir entendu.

La rue où l'on ne meurt pas est située dans le faubourg Saint-Marceau. En longeant le littoral de la rue Saint-Victor, après avoir décrit de nombreux méandres dans des rues sombres et infectes, étroites et tortueuses, vous arrivez, préparé à subir toutes sortes d'initiations, dans un Paris triste et visqueux comme une salle d'anatomie : tous les sens sont affectés à la fois de sensations désagréables ; une espèce de frisson vous parcourt l'épiderme de la tête aux pieds ; l'œil est affligé de la mauvaise disposition des maisons et de l'encombrement de pauvreté que suppose un assemblage de masures destiné à représenter un des carrefours de la civilisation. C'est désolant comme la page la plus lugubre de Jean-Paul Richter. On prend son courage à deux mains, et l'on entre dans la rue où l'on ne meurt pas.

Les habitants de la rue où l'on ne meurt pas sont petits, hâlés, rabougris, malingres et souffreteux. Ils n'ont qu'un souffle d'existence ; ils vivent à peine, mais en revanche ils ne meurent jamais.

La rue où l'on ne meurt pas est à elle seule tout un poëme, toute une Odyssée de choses immondes et innomées. Villon, le premier poëte français, habitait la rue où l'on ne meurt pas. Rabelais lui consacre tout un chapitre.

Dans la rue où l'on ne meurt pas, les allées sont sans portes, les portes sans serrure ni verrous, les fenêtres sont sans croisée, les maisons sans toit et presque sans propriétaire. Les vents s'y engouffrent la nuit, la pluie y tombe en plein jour, les voleurs n'y pénètrent jamais que dans des vues honnêtes, celles de se reposer de leurs travaux du jour ou de la nuit.

Jamais, au grand jamais, on n'a vu quelqu'un s'y arrêter un instant pour y mourir. Passer de la vie au trépas, dans cette rue privilégiée, serait violer la religion du pays, une tradition qui date de plusieurs siècles, un contrat gardé par des centaines de générations qui ne sont pas mortes dans la rue où l'on ne meurt pas.

Fidèle à ses habitudes nomades, la peuplade qui habite dans la rue où l'on ne meurt pas va trottant menu dans tous les quartiers de Paris, conservant partout ses allures, son culte, sa physionomie pittoresque, une barbe inculte, des haillons pour vêtements ; elle vit à fleur de sol comme les cryptogames à fleur d'eau, et se nourrit, à l'instar du cloporte, des détritus de l'alimentation parisienne ; deux, trois, quatre fois par jour, elle emmagasine sa récolte, compte combien il faut d'immondices pour faire une pièce de trente sous, et poursuit sa course vagabonde à travers Paris.

Le Juif errant n'est pas plus pauvre que cette peuplade tout entière des bohémiens de Paris ; elle est immortelle comme lui. On ne connaît pas son cimetière ; on lui connaît seulement la faculté de se perpétuer d'âge en âge, sans égard aux lois qui régissent la matière. Le quartier est prolifique à l'égal d'un autre : c'est à dérouter toute statistique de Paris moderne.

La rue où l'on ne meurt pas est ainsi nommée parce que, dès qu'un de ses habitants sent approcher le terme de son existence nocturne, il ne fait qu'un saut de son palais dans un hôpital. Recommandant son âme à Dieu, son corps au médecin de l'Hôtel de ce nom, il expire, plein de reconnaissance envers M. Monthyon. C'est ainsi que la rue où l'on ne meurt pas n'est affligée de la présence d'aucun corbillard. Résumé assez complet des infirmités humaines, la rue où l'on ne meurt pas échappe à la plus cruelle de toutes. C'est une des curiosités du Paris moderne. En lui consacrant un article spécial, nous avons outre-passé peut-être les limites du possible et du permis ; et cependant il est vrai de dire que nous n'avons embrassé qu'une des faces de notre sujet. Les habitants de la rue où l'on ne meurt pas ne mourant pas tous à l'hôpital, que deviennent donc ceux qui vivent ailleurs ? Question difficile à résoudre, et dont le premier inconvénient est peut-être de ne pouvoir être posée.

L. ROUX.

34

L'ÉCOLE PRIMAIRE.

SCÈNES DE MŒURS.

(Les jeunes élèves entrent en classe.)

PLUSIEURS VOIX. — Ohé, les autres, ohé! Filipot, ohé!

FILIPOT, *passant la tête à la porte.*—Qu'est-ce qui veut voir défiler la parade? Viens-tu voir la parade, Vinet?

VINET. — Et l'maître?

FILIPOT. — On y dit *zut...* y a personne chez nous... Viens-tu?

VINET. — Ah ben, non! tant pire.

FILIPOT. — Ah! que t'es *couenne...* J'y vas, moi.

VINET. — C'est bon, ça va être dit au maître.

FILIPOT. — Oh! y dis pas, c'est bête.

VINET. — Eh ben, donne-moi quéque chose.

FILIPOT. — Tiens, v'là mon couteau.

VINET, *fuyant.* — Je le dirai tout d'même... Attrape!

FILIPOT. — Oh!... (*il crie*) méchant galopin!... (*Il disparatt.*)

VINET. — C'est moi qu'a un beau couteau.

ANATOLE. — C'est moi qu'a un hanneton.

VINET. — Fait-il son fier avec son hanneton... C'est ça que c'est beau un hanneton!

ANATOLE. — Tu dis ça parce que t'en as pas... Et ton couteau, donc! V'là-t-il pas, parce qu'il a un couteau...

VINET. — Veux-tu changer?

ANATOLE. — J't'en fiiiiiiiiiche... Et toi, veux-tu changer?

Vinet. — Ah, quin! j'en ai plein chez nous dez'hannetons.

Anatole. — Et ton couteau donc, tu peux bien le garder.

Vinet. — Eh bien, changeons.

Anatole. — Ça y est.

Vinet. — Ohé, Zidore! vlà Tonnellier qu'a un chapeau de paille. Oh c'chapeau! oh c'te tête!

Zidore, *bourrant Tonnellier.* — Oh c'hapeau! oh c'coloquet! ohé, Bocquet, vois-y donc son chapeau!

Bocquet, *repoussant Tonnellier.* — Oh c' capet! oh c'ett pif! nous allons t'y nous amuser.

Tonnellier, *grognant.* — Lais-se-moi-donc-tran-quille, toi.

Zidore, *revenant à la charge.* — Oh c'nez qui vous fait! Ohé, Mayeux!

Tonnellier. — M'sieu!

Bocquet. — Ah! t'es capon, toi... Mayeux! Mayeux!

Tonnellier. — M'sieu! m'sieu!

Zidore *lui effondre son chapeau d'un coup de poing.* — V'là pour ton m'sieu.

Tonnellier. — Hi hi hi! Qu'est-ce qu'on va dire chez nous? hi hi hi!

Zidore. — Ah ben non, tais-toi, ça ne sera rien... Ne le dis pas, hein?

Tonnellier. — Je veux le dire, moi. Hi hi hi! mon chapeau qui n'a plus de fond!

Zidore. — Nous somm' amis, tu sais, ne pleure pas... Tiens, je t'vas donner quéque chose pour la peine... V'là un crayon rouge.

Tonnellier. — J'en veux pas de ton crayon, j'veux un chapeau. Hi hi hi!

Zidore. — Tiens, v'là encore un bouton... Tu vois, c'est gentil, c'est en vrai or.

Tonnellier, *calmé.* — Nous serons amis, pas vrai?

Vinet. — Qu'est-ce que t'as dans ton panier?

Tonnellier. — J'ai du raisiné.

Vinet. — Donne-moi z'en un peu.

Tonnellier. — Est-il gueulard donc, celui-là! V'là pour Zidore; toi, t'auras rien, t'es trop gueulard; v'là ce qu' c'est de demander.

Vinet. — V'là ce que t'auras, toi (*il lui donne un soufflet bruyant*).

Tonnellier. — Hi hi hi! M'sieu!

Vinet *et les autres étouffent ses cris.* — Ohé, le *capon!* Tu pleures, tu rages, tu manges ton fromage (*ils entourent Tonnellier en lui faisant les cornes*).

Zidore, *monté sur une table.* — Préchi précha, la chemise entre mes bras, le bonnet sur mes cheveux...

Une voix. — M'eg'à vous, v'là m'sieu qui vient.

Zidore *tombe du haut de la table en bas.* — Holà!

Les autres. — Bien fait.

Zidore. — Ça m'est égal, je ne m'ai pas fait de mal (*il pleure*).

LE MAITRE. — Gare là-bas, si j'y vas! (*Il paraît à la porte; sensation marquée.*)

TONNELLIER. — Hi hi hi, m'sieu!

LE MAITRE. —Attends, attends, chenapan... Je vas vous en faire du train, moi! (*Il rentre.*)

TONNELLIER. — M'sieu, hi hi, Vinet m'a bat...

LE MAITRE. — C'est donc toi, savoyard! (*Il lui détache une claque à tour de bras.*) Et à genoux tout le temps de la classe!

TONNELLIER. — C'est pas moi qui... hi hi hi? hu hu!

LE MAITRE. — A genoux!... obstiné! Silence par là, où j'en vais faire autant... Ah! tu as une mauvaise tête! et moi aussi... Nous allons faire la prière... (*Tumulte, bruit de bancs et de vaisselle dans les paniers.*) J'avais déjà dit qu'on devait déposer la mangeaille derrière la porte... Dorénavant je la confisque... pour Azor... A genoux! (*Il fait le signe de la croix.*) In nomine patris... (*Avec un regard furieux à droite et à gauche.*) Je t'vas aller cingler toi là-bas... *In nomine patris...*

TONNELLIER, *d'une voix étouffée.*— Hi hi hi!

LE MAITRE. — Qu'est-ce que j'entends? Silence! *In nomine patris...* (*Il lève la main pour un nouveau signe et la rabat violemment sur la nuque de l'élève le plus proche.*) Mais fais donc le signe de la croix, animal!... de la main droite... *In nomine patris...*

L'ÉLÈVE, *à demi voix.* — Chameau!

LE MAITRE. — Qu'est-ce que tu as dit?

L'ÉLÈVE, *levant les coudes.* — Pas moi, je ne dis rien.

VINET. — M'sieu, il vous appelle *chameau.*

LE MAITRE, *avec impétuosité.* — On ne te demande rien, toi..., enfant de rien du tout, ver de terre (*il le secoue par les oreilles*).

VINET. — Holà! holà, c' n'est pas moi qui l'ai dit, c'est lui qui vous appelle chameau, cha-a-a-a-meau, cha-a-a-meau, oh! oh!

LE MAITRE. — Ah, les vermines!... Vous voulez donc m'épuiser, vous voulez donc m'assassiner? (*Il paraît hors d'haleine.*) *In nomine patris et...* D'ousque tu viens à cette heure, toi?

GALLOCHAT, *entrant.* — M'sieu, maman a dit comme ça que je vous dise qu'elle avait dit que... que... elle n'avait pas fait cuire à déjeuner... et qu'il était trop tard.

LE MAITRE. — Retournes-y et tout de suite. Il est neuf heures.

GALLOCHAT. — Mais m'sieu... (*Le maître s'élance après lui; il s'enfuit en criant.*) Holà, holà!

LE MAITRE. — *In nomine patris et filii et spiritus...* (*Gallochat rentre à quatre pattes; le maître s'élance de nouveau. Gallochat disparaît. Le maître reprend.*) *In nomine patris et filii, et spiritus sancti...*

LES ÉLÈVES, *sur tous les tons du miaulement.*— Amen!

ZIDORE, *après les autres. Note aiguë, exagérée.* — Amen!

LE MAITRE, *avec colère et les dents serrées.* — *Veni, sancte spiritus...* Ici, Bocquet, ici, scélérat, que je te casse un bras ou deux... Je te ferai suivre, moi!

BOCQUET. — Si, m'sieu, je suis... *Sancte spiritus, sancte...*

LE MAITRE, *avec un mouvement passionné.* — Je vais t'en donner sur les reins des *sancte spiritus...* Apporte-moi ce que tu caches dans ta culotte.

BOCQUET. — M'sieu, c'est mon déjeuner.

LE MAITRE. — Veux-tu?... (*Bocquet lui met dans la main un cornet de mélasse.*) Vilain dégoûtant, tu ne l'auras pas ton déjeuner, sauvage!... La brute, la brute elle-même vaut mieux que vous, car au moins la brute... Mercenaires!... *Veni, sancte spiritus-bs-bs-bs-bs,* incende.

LES ÉLÈVES. — *bs-bs-bs-bs-bs* -AMEN !

(La classe commence.)

LE MAITRE. — Les leçons.

TONNELLIER. — Ne pousse donc pas, toi... M'sieu !

ANATOLE. — Tiens, capon, va dire à m'sieu.

TONNELLIER. — M'sieu !

ANATOLE. — Oh c'tte échinade après la classe, tu verras, va ! Capon, capon, filou !

LE MAITRE. — Natole, l'Évangile ?

TONNELLIER. — Bien fait.

ANATOLE. — Grand voleur, tu verras. (*Haut.*) *En ce temps-là...là.. à... en ce temps-là..à... en ce temps-là à à... Jésus hu hu hu...*

LE MAITRE. — Sait pas ; quinze fois l'Évangile à copier.

ANATOLE. — Si m'sieu, si m'sieu... *En ce temps-là à à...*

TONNELLIER, *bas.* — Bien fait, bien fait.

ANATOLE.— *En ce temps-là à à...* (*bas*). Filou, filou... (*haut*). *En ce temps-là à à...*

LE MAITRE. — Copiez trente fois.

ANATOLE. — Mais, m'sieu...

LE MAITRE. — Quarante fois.

ANATOLE. — Une injustice, nà !

LE MAITRE. — Cinquante fois.

ANATOLE. — Ferai pas, nà !

LE MAITRE. — Tu raisonnes (*il se lève*).

ANATOLE. — Si m'sieu, si m'sieu (*plus bas*); injustice, nà ! filou, nà !

LE MAITRE. — Zidore, l'Évangile ?

ZIDORE *se lève avec empressement et parlant fort vite.* — *En ce temps-là, en ce temps-là, en ce temps-là...* M'sieu, papa a été malade, j'ai pas pu apprendre tout.

LE MAITRE. — Une attestation de vos parents.

ZIDORE. — M'sieu, papa était malade.

LE MAITRE. — Quinze fois à copier. ·

ZIDORE *éclate en sanglots.* — M'sieu, m'sieu, papa est malade... c'est pas moi... c'est papa qui est malade.

LE MAITRE. — Je n'entre pas là-dedans... Bocquet, l'Évangile ?

BOCQUET. — M'sieu, ça n'est pas dedans le mien.

LE MAITRE. — Quatrième dimanche après la Passion.

BOCQUET. — C'est Filipot qu'en a fait des cocottes.

LE MAITRE, *avec une irritation concentrée.* — Vous les copierez quinze fois, ces cocottes.

BOCQUET. — Mais, m'sieu...

LE MAITRE. — Silence, et obéissez... Vinet, ta leçon ? (*Vinet cherche sa casquette, ramasse une plume, et demeure longtemps sous son banc*). Vinet, je t'attends.

VINET, *sous le banc.* — M'sieu, je ne trouve pas le coton de mon encrier.

LE MAITRE. — Tu n'as que faire de coton dans cette circonstance, il me semble. Récitez.

VINET, *très-haut.* — *En ce temps-là à à...*

LE MAITRE. — Plus bas, nous avons le temps.

VINET, *plus haut.* — *En ce temps-là.. à... Jésus...*

Le maître. — J'ai dit plus bas... Parlé-je allemand ?

Un grillon. — Cri-cri-cri.

Le maître. — Qu'est-ce qui souffle par là ? Je vas le souffler, moi.

Vinet. — M'sieu, c'est chose qui m'empêche de réciter, avec son cri-cri... Il me l'met dans le dos... *Félisque*, nà !

Le maître. — Qu'on m'apporte cet animal.

Félix. — M'sieu, c'est pas moi, c'est lui.

Le maître. — Apportez-moi cet animal, vous dis-je.

Félix, *en pleurs*. — M'sieu...

Le maître, *impatienté*. — Faut-il que j'aille le chercher ? (*Félix se cache sous son banc. Vinet vient déposer le grillon sur la table du maître*.) Pauvre bête... Bourreaux, sans cœurs... Qui est-ce qui lui a introduit ce papier dans le corps ?.. Barbares... (*à Félix*) Serais-tu content si l'on t'en faisait autant ?.. Si vous profitiez, savoyards, de ce que je vous montre... si vous écoutiez, cancres (*en appuyant*): Jamais faire aux autres ce que nous ne voudrions pas qu'on nous fît... ça dit tout, ça... au lieu qu'ils ne savent qu'imaginer, ces *renégats*... il faut que je le dise, pour tourmenter, là, pour tourmenter à plaisir... Souffre, souffre si tu veux... Mercenaires que vous êtes... Un maître qui consacre sa vie à leur donner des soins, une bête innocente qui ne leur a jamais fait de mal... Tout leur est bon... ça leur est égal... Mais si petit que soit un animal, il souffre comme vous. Ce papier, qui vous semble peu de chose, c'est comme une bûche pour vous... Parce que ça ne se plaint pas, n'est-ce pas ?.. vauriens... ça n'en souffre pas moins... ça se plaint, ça crie, ça pleure, ça hurle comme vous... C'est vous qui n'entendez pas, bourreaux... Pauvre bête... ils lui ont coupé la tête... les chenapans... Rendez-lui la liberté... tout de suite... (*On jette l'insecte par la fenêtre.*)

Tonnellier. — M'sieu, Zidore m'appelle *voyou*.

Le maître. — Silence !... Vous avez vu par l'évangile de ce jour combien il est difficile...

Tonnellier. — M'sieu, Zidore me donne des taloches.

Le maître. — Silence !.. Vous venez de voir par l'évangile de ce jour...

Tonnellier, *à Zidore*. — Ah ben ! finis, toi, je n'joue plus... M'sieu !

Le maître. — ... Combien il est difficile...

Tonnellier, *allant à lui*. — M'sieu, Zidore ne finit pas de me donner des grandes pichenettes sur le nez.

Le maître *lui allonge un soufflet*. — (*En appuyant sur ces mots*) De par-don-ner-les-of-fen-ses... Tiens, vermine, et à genoux !

Tonnellier. — Hi hi hi !

Le maître. — Vous avez vu par l'évangile de ce jour combien... Mais ils ne savent rien, les cancres..., et je m'épuise (*il tousse*) hum ! hum ! hum ! (*violent accès*). Vous voulez donc m'avoir les poumons, misérables... Ils veulent m'assassiner... Ah ! mon Dieu ! (*Il essuie quelques larmes*). Vous apprendrez l'évangile suivant... Nous devons avoir fini à la Fête-Dieu... Un par jour, comme ça... Passons à la dictée (*il prend un livre*). *Le vieux Nestor répond... en ces termes aux envoyés...* Je te vas frotter les épaules, toi, là-bas, va-nu-pieds.

Un élève, *écrivant*. — *Frot-ter-les-é-pau-les.*

Le maître. — Tu écris ça, toi, ignare !... Tu me confonds avec Fénelon (*souriant*). Ça n'est pas mauvais... pauvre Fénelon ! (*Il dicte.*) *Dans le climat de l'heureuse Bétique...* Je ne sais plus où j'en suis... *Le vieux Nestor...*

Anatole. — M'sieu, voulez-vous me tailler ma plume ?

Le maitre, *avec intention.*— Monsieur, je ne suis pas un tailleur. (*Rires bruyants. Le maître, avec un sourire de satisfaction à demi réprimé, reste quelques secondes sans parler.*) Heu, heu, heu! (*Il reprend.*) *Dans le climat de l'heureuse…* Non, ce n'est point cela… *le vieux Nestor répond…,* virgule, *aux envoyés,* virgule, *du roi d'Ithaque,* deux points: *Amis!* point d'admiration… (*Vinet donne sans motif un violent soufflet à Tonnellier, penché sur son papier. Stupéfaction.*)

Vinet. — M'sieu, Tonnellier!… y me donne des calottes.

Le maitre. — Ici, Tonnellier.

Tonnellier, *oppressé.* — M'sieu, c'est lui.

Le maitre. — Ici, brigand… faut que tu sois bien féroce, toi… (*Il l'emporte par une oreille.*)

Tonnellier. — Holà! holà!… hooolà! (*Furieux*) Grande bête, nà!

Le maitre. — Je t'anéantis, misérable… Tu es donc un fléau… Tu es donc né pour le tourment des humains… On aurait dû t'étouffer en naissant… Si j'étais ton père… mais les parents… c'est si indulgent… Je ne sais plus où j'en suis… *Dans le climat de l'heureuse Bétique…* Savoyards!… (*Madame Gallochat entre avec son fils.*)

Mme Gallochat. — Mande bien pardon, mosieu Desvergettes, sans vous déranger.

Le maitre. — Comment, madame? Je suis enchanté de l'occasion qui me procure…

Mme Gallochat. — L' petit est revenu chez nous qui dit: Le mosieu m'a grondé; attends, que j' dis, j' vas voir, ça n' sera rien; il n'osait pas revenir comme ça tout seul.

Le maitre.—Oh! madame, quel enfantillage!… Vous avez eu tort, Gallochat; pourquoi n'osiez-vous pas, mon petit ami?

Mme Gallochat. — Tu vois, pétit, mosieu est bon… Vous savez, quet fois i sont pas fâchés d'aller comme ça courir… Oh! mais, que j' dis, j' vas t'y ramener, j' vas y parler au mosieu…

Le maitre.—Madame, je suis enchanté de l'occasion…

Mme Gallochat. — Y a pas de quoi, mosieu Desvergettes… Allons, pétit, ôte ta casquette; v'là ton panier, va avec tes petits camarades, et profite… C'est-il sage, c'est-il savant tous ces petits messieurs?

Le maitre. — Mais, Dieu merci, je n'ai point à me plaindre, ça va, ça va.

Mme Gallochat.—Oh, dame! c'est pas tout des roses; seigneur Dieu, qu'on doit avoir quet fois du mal dans vot' état…

Le maitre. — Mais, comme ça… Il faut des soins.

Mme Gallochat.—Allons, à revoir, mosieu Desvergettes; excusez bien.

Le maitre. — Comment, madame, c'est moi qui… (*Elle sort. A Gallochat, d'un ton dur.*) Veux-tu m'ouvrir ton livre tout de suite, garnement! (*Gallochat fait un mouvement pour rejoindre sa mère.*) Veux-tu rester là, drôle! (*Il le repousse sur son banc d'un coup de poing.*) Hum, hum, hum! ouf… *Dans le climat de l'heureuse Bétique…* Bon, bon, continuez là-bas, c'est fort bien.

Bocquet, *frappant Zidore.* — A toi le dernier.

Zidore, *frappant Bocquet.* — C'est toi qui l'as.

Bocquet. — C'est toi, et *zut,* et *zut!*

Zidore. — Et *zut*, et *zut !*

Le maitre. — Attendez, je vais me mettre de la partie. (*Bocquet et Zidore passent sous le banc, et se frappent alternativement en fuyant. Le maître les poursuit.*) Ici !

Zidore, *à Bocquet.* — C'est toi qui l'as le dernier.

Bocquet. — *Zut,* c'est toi. (*Le maître les saisit au collet. Ils continuent de se frapper l'un l'autre.*)

Le maitre. — Ah ! déchaînés ! (*Il les secoue par les cheveux.*)

Zidore. — C'est toi qui l'as.

Bocquet. — C'est toi, *zut !*

Le maitre, *hors de lui.* — A genoux, et au pain sec tous les deux ! (*Ils se mettent à genoux.*) Les savoyards ! (*Il reprend son livre.*) *Dans le climat de...* (*Zidore, rampant sur les pieds et les mains, frappe Bocquet et lui dit:* C'est toi ! *Bocquet, de même:* C'est toi ! *Ils se rapprochent et se frappent de nouveau, le maître s'élance.*) Ce ne sont pas des enfants, ce sont des bêtes féroces... Viens ici, toi (*il les sépare*); et vous me le payerez bien tous les deux.

Bocquet *bas, et tirant la langue.* — Ohé ! Zidore, pst, pst, c'est toi qui l'as.

Zidore. — M'sieu !... j' vas y dire ce que tu sais bien (*Bocquet lui fait les cornes*). M' sieu ! vous ne savez pas ce que Bocquet a dit ?... Il a dit comme ça que sa grande sœur s'en va sur le carré avec le voisin qui joue de la flûte..., et même qu'elle y a donné quatre sous pour qu'il ne le dise pas.

Bocquet. — M'sieu, l'écoutez pas, c'est pas vrai... Eh ben, moi, j'vas y dire ce que t'as dit aussi.

Le maitre. — Silence, vipères !... Vous portez le trouble et le déshonneur jusque dans vos familles.

Bocquet. — M'sieu, c'est pour vous ce qu'il a dit... Il a dit comme ça que madame va dans le jardin avec le professeur de dessin...

Le maitre. — Silence, vous dis-je...

Bocquet. — J'vas vous le dire à l'oreille... Il a dit comme ça que madame... (*Le reste plus bas. Le maître laisse tomber sa tête dans ses mains. Silence. Il se relève.*)

Le maitre, *à Bocquet.* — Mon Dieu ! quelle épreuve ! Je n'y survivrai pas. (*Explosion.*) Sortez d'ici, allez retrouver les parents coupables qui vous ont donné le jour. (*Il pousse Bocquet jusqu'à la porte. Sensation. Il revient à sa table. Les élèves sont dans la stupeur. Quelques-unes sourient et font des grimaces.*) Messieurs, après ce qui vient de se passer, je me vois forcé d'interrompre la classe ; vous pouvez vous retirer.

Voix nombreuses. — Merci, m'sieu... bien bon, m'sieu.

Mme Desvergettes, *entrant avec Bocquet.* — Pourquoi donc que tu chasses c'petit, Desvergettes? il se désole, c'pauvre enfant.

Le maitre. — Il vous appartient bien de prendre sa cause en main !

Mme Desvergettes. — Tiens, qu'est-ce qu'il y a donc? qu'est-ce que t'as donc, mimi?... Il a donc été bien méchant, Bocquet ?

Le maitre. — Sors d'ici, malheureuse... Tu me le fais dire devant ces enfants.

Mme Desvergettes. — Ah ça, dis donc, toi, tu m'ennuies pas mal.

Le maitre. — Vous n'avez pas de honte devant ces innocents ; faut-il que je m'explique ?

Mme DESVERGETTES.—Explique-toi, qu'est-ce que ça me fait? c'est que tu vas voir, toi, à la fin !

LE MAITRE. — Viens donc, malheureuse, viens par ici. (*Il l'entraîne dans la pièce voisine. Bocquet s'esquive; on entend des cris, une dispute, des sanglots étouffés. Pendant ce temps-là relâche et tapage sans frein dans l'école. On danse sur les tables, on escalade les bancs, on décroche les cadres.*)

VINET, *sur un banc.*—Promenons-nous dans le bois, tandis que le loup y est pas... Loup, y es-tu? (*On entend pleurer madame Desvergettes.*)

ZIDORE. — Ça y est-il de s'en aller ?... le maître l'a dit.

CHOEUR DE DANSES ET DE CHANTS. — *Trou la la, le postillon de Longjumeau, trou la la la la, le postillon de Long* (*très-haut*) *jumeau!*

LE MAITRE, *rentrant, échevelé.*—J'en étais sûr... Ils profitent des affreuses circonstances...

(Madame Bocquet entre avec son fils.)

Mme BOCQUET.—Bien le bonjour, monsieur Desvergettes; il me paraît que ces petits jeunes gens ne sont pas gentils.

LE MAITRE.—Ah, dame! on a de la peine, il faut des soins.

Mme BOCQUET.—Je vous ramène l'petit, qu'est ben fâché...

LE MAITRE. — Madame Bocquet, vous savez ce qu'il m'en coûte ; mais votre fils s'est conduit...

Mme BOCQUET.—Je n'sais pas ce qu'il a fait, mais l'pauv' petit, il en est ben fâché; il en avait encore les yeux tout rouges, quoi!

LE MAITRE. — Madame Bocquet, il m'est impossible... Ma tranquillité, le repos de ma maison en dépendent.

Mme BOCQUET. — Eh ben, c'est bon ; si vous le prenez comme ça, j'le retirerai, v'là tout. C'est dix francs d'économisé. Mais, mon Dieu, qu'est-ce qui vous a donc fait?

LE MAITRE. — Ce qu'il a fait? (*Il lui parle longtemps à l'oreille. Madame Desvergettes s'approche.*)

Mme BOCQUET. — Ah, ah... dame ! Après ça, vous savez ce que c'est que les enfants. Il aura dit ça sans penser. Faut pas y en vouloir. Je crois bien que vous avez trop de raison tous les *deusse* pour faire attention à une chose que dit un enfant.

Mme DESVERGETTES, *les yeux rouges.* — Mon Dieu si, v'là pourtant comme monsieur est.

Mme BOCQUET. — Les enfants, ça jacasse, et v'là tout. Au surplus, je puis vous répondre que Bocquet ne le dira plus, il me l'a promis, il en connaît la conséquence... Allons, petit, c'est arrangé; demande pardon à M. et Mme Desvergettes, et dis-y que tu ne le diras plus. (*Bocquet roule sa casquette entre ses doigts.*) Pauv' petit ! vous voyez, pas plus de méchanceté qu'un mouton; allons, petit, M. Desvergettes te pardonne... N'est-ce pas, M. Desvergettes ?

36

Mme Desvergettes, *jetant ses bras au cou de son mari.*— Allons, mimi, pardonne!

Le maitre. — Puisque vous le voulez... Va t'asseoir, mon petit ami.

Mme Bocquet. — Ah! v'là qu'est bien! il sera sage, j'en réponds... Vous ne diriez pas, monsieur, madame, ça me fait toujours d' l'effet les raccommodages... Nous somm' enfants comme *eusse*... Bien obligé, M. Desvergettes.

Le maitre. — De rien, madame Bocquet.

Mme Bocquet. — A revoir, monsieur, madame. (*Elle sort.*)

Le maitre. — Mes enfants, je suis indisposé, je vous donne congé.

Les enfants. — Merci, monsieur, merci. (*Sortie empressée et bruyante de l'école.*)

Ed. O.

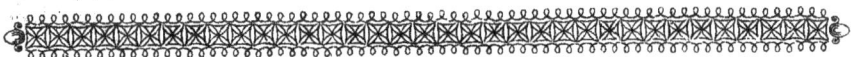

L'AMI .D'UN HOMME CÉLÈBRE.

ssurément il est doux et honorable d'être admis dans l'intimité d'un de ces hommes distingués par leur mérite, dont le public s'entretient de loin; mais cette faveur a bien aussi ses fâcheuses compensations : c'est une douceur particulière qui trouble singulièrement les rapports généraux.

Le moindre mal de l'ami d'un homme illustre est de s'effacer d'abord complétement derrière l'intéressante figure de son patron. Il perd sa valeur propre et son entité; on ne le compte plus pour rien, il n'est plus que le cicerone d'un monument, le cornac d'une bête rare, le livret d'un musée. La plus simple politesse l'oublie; plus de conversation et d'égards personnels; on ne le salue point, on ne lui demande plus l'état de sa santé, on le feuillette comme une biographie. Il rencontre quelqu'un au détour d'une rue :

« Eh bien, mon cher, comment va Y.?

— Assez bien.

— Que fait-il?

— Je ne sais.

— Vous ne le voyez donc plus?

— Si fait.

— Il ne travaille pas?

— Faites excuse.

— A quoi donc?

— Il ne le dit point.

— Même à ses amis?

— Apparemment.

— Je l'ai rencontré ce matin.

— Ah ! ah !

— Toujours gros et gras.

— Il est vrai.

— Comment diable ne maigrit-il pas ?

— Je me le demande.

— Il serait beaucoup mieux.

— Je le crois.

— Il a bien de l'esprit.

— Certes.

— Je le crois bizarre.

— Il se pourrait.

— Au revoir, mon cher.

— Vous êtes bien bon. »

Le même homme se présente dans un salon, il se fait un grand silence, on lui prête attention, mais ce n'est pas lui que cela regarde.

« Parbleu ! voilà monsieur qui vous répondra là-dessus.

— Qu'est-ce ?

— Nous parlions d'Y.

— Quoi, monsieur connaît Y. !

— J'ai cet honneur.

— Est-il vrai qu'il va se marier ?

— On en parle.

— C'est bien digne de lui.

— Comment l'entendez-vous ?

— C'est qu'on le dit fort original.

— On le dit, c'est vrai.

— Est-il positif qu'il aime tant les chevaux ?

— Oui, monsieur.

— Et qu'il est toujours entouré de chiens ?

— Oui, madame.

— Comment s'habille-t-il chez lui ?

— Comme tout le monde.

— Vraiment !

— Oui, monsieur.

— A quelle heure soupe-t-il ?

— Le soir.

— Et puis il se couche ?

— Quelquefois.

— Quel caprice ! il écrit la nuit ?

— Peut-être.

— On m'a conté qu'il ne mangeait que des raves ?

— On s'est trompé.

— Que son cabinet était tendu de cachemire ?

— Il n'en est rien.

— Qu'il se costumait en hongrois ?

— Balivernes.

— Qu'il avait des cheveux d'une demi-aune ?

— Cela n'est point vrai.

— Qu'il dormait dans un hamac?

— Je ne l'ai point vu.

— Qu'il était sur le point de perdre la vue?

— J'espère que non.

— Qu'il était menacé d'aliénation?

— Point que je sache.

— Qu'il se faisait servir par des nègres?

— Rien n'est plus faux.

— Qu'il avait une canne de cent mille écus?

— On exagère.

— Qu'il était beau comme Antinoüs?

— On le flatte.

— Fort comme un crocheteur?

— On le dénigre.

— Qu'il mettait parfois des habits d'un autre sexe?

— Quel enfantillage!

— Qu'il fumait de l'opium?

— Je ne le crois pas.

— Qu'il néglige sa mise à dessein?

— Ce ne sont que calomnies.

— Qu'il tenait à grand honneur d'exceller au bilboquet?

— Allons donc! Y. a trop d'esprit pour laisser courir ces puérilités.

— C'est égal, ces hommes de talent sont d'étranges animaux. »

De l'ami, pas un mot. Les gens qui l'interrogent ce soir ne se souviendront plus demain de sa voix ni de sa figure. C'est un concierge qu'on questionne en passant. Mais c'est peu de chose que ces fadaises indifférentes: viennent ensuite les haines, haines politiques, haines littéraires, haines jalouses et inexplicables de la foule pour tout homme qui sort de ses rangs, dont l'ami seul soutient les assauts. Tel qui ramperait peut-être devant l'homme célèbre ne se fait point scrupule d'en dire cent injures devant son ami. Celui-ci se croit obligé de le défendre. Le voilà, bon gré mal gré, bataillant et disputant à tout propos avec des sots et des insolents; et où cela ne peut-il pas le conduire? Un homme à cheveux gris s'écrie dans son coin :

« Il faut avouer que cet Y. est un drôle bien impertinent.

— Pourquoi cela?

— Vous n'avez pas lu sa dernière sottise?

— Ah, monsieur!

— Franchement c'est digne de Bicêtre.

— Je ne vois pas cela.

— Un homme sans idées et sans mœurs!

— Ah, monsieur!

— Un faquin qui ne sait point sa langue.

— Doucement!

— Un maniaque qui rêve des choses monstrueuses.

— De grâce!...

— Un misérable qui se vendrait pour vingt-quatre sous.

— Je ne saurais souffrir ces propos.

— Ah! monsieur est l'ami de cet homme!

— Je m'en fais gloire.

— Je ne vous en fais pas compliment. »

L'homme célèbre est encore un prétexte commode à toutes sortes de méchants propos dont on espère déchirer personnellement l'ami lui-même ; l'injure qu'on n'oserait lui jeter en face, on la lui décoche sûrement sous cette fausse adresse ; il est vulnérable sur tous les points du talent, de la renommée et du caractère public de l'homme illustre. Il cause d'aventure avec un de ces méchants de bas étage qui sont toujours à la piste d'une parole désobligeante, et qui sont pourtant trop lâches pour la risquer à découvert.

« *Votre ami* Y. vient de faire un bien mauvais livre.

— Cela m'étonne.

— Vous ne l'avez pas lu ?

— Pas encore.

— Cela est pitoyable.

— Vraiment ?

— C'est-à-dire qu'on se demande comment lui, Y., a pu faire une chose pareille.

— Voilà qui est fâcheux.

— Au reste, il baisse tous les jours.

— Je n'aurais pas cru.

— J'entendais dire hier à un homme de mérite *qui s'y connaît* que décidément il n'avait aucun talent.

— Ah, bah !

— C'est une réputation faite à coups de journaux.

— C'est trop dire.

— Expliquez-moi donc, *vous qui êtes son ami,* comment il peut faire des bêtises de cette force.

— Je ne sais si cela est vrai.

— En vérité, *vous qui êtes son ami,* vous devriez lui faire vos représentations.

— Je ne me le permettrais dans aucun cas.

— C'est qu'enfin cela ne se conçoit pas, etc. etc... »

L'homme célèbre essuie d'aventure un revers, une chute au théâtre, un livre qui n'est pas goûté, un tableau qu'on critique, ou même une perte d'argent qui a donné lieu à quelque bonne calomnie. Le même interlocuteur attend l'ami, la face rayonnante.

« Eh bien ?

— Plaît-il ?

— Que dites-vous de cela ?

— De quoi ?

— Votre ami ?

— Ensuite.

— Cette pièce tombée, sifflée à outrance ?

— C'est un malheur.

— Il n'est point mort de honte ?

— Il se porte assez bien.

— C'est de l'effronterie !

— Pourquoi ?

— Il paraît que c'est une horrible débauche en cinq actes.

— Oh !

— Qu'il n'y a ni cœur, ni esprit, ni talent, ni vergogne ?

— Je ne trouve pas.

— Qu'il y prêche le meurtre et le vol?

— Ce n'était point son intention.

— Ses vers sont du patois.

— Je les trouve fort bons.

— Enfin c'est une monstruosité.

— Je ne pense pas.

— C'est l'avis de tout le monde.

— Ce n'est pas le mien.

— Cela se conçoit, vous êtes *son ami*.

— Ce n'est point ma raison.

— L'indignation a été générale.

— On en reviendra.

— *Votre pauvre ami* n'avait pas besoin de cela.

— C'est vrai.

— On le dit déjà si déconsidéré.

— C'est faux.

— Il y a des choses prouvées, et je ne comprends pas, pour ma part, que vous continuiez à le voir.

— C'est que ces choses ne sont pas prouvées.

— Quant à moi, je suis fâché de vous le dire; mais je ne voudrais pas qu'on me rencontrât avec lui.

— Vous savez, les mauvaises opinions; il en dit peut-être autant de vous.»

Il va sans dire que ce diffamateur furibond se vanterait toute sa vie à ses petits enfants d'avoir offert une prise de tabac à l'homme célèbre dont il parle.

E. OURLIAC.

LE NOUVEAU PARIS.

LES quartiers neufs, qui s'élèvent à la voix des architectes comme des palais magiques sous la baguette d'un enchanteur, donnent aux rues que protége sainte Marie de Lorette une physionomie étrange et pleine d'originalité. Ces rues sont si pressées de vivre, que beaucoup ne se donnent pas le temps de grandir avec mesure; elles font comme une troupe d'enfants éparpillés dans un jardin : elles empiètent les unes sur les autres, et se volent quelques toises de terrain à la sourdine, aux dépens de la régularité. Quoique toutes jeunes encore, et à peine nées d'hier, plusieurs tortillent et rampent en serpentant comme leurs vieilles grand'mères d'outre-Seine.

Les unes, blanches comme des catéchumènes, étalent tout un côté de maisons qui ouvrent toutes grandes leurs fenêtres au ciel, fort étonnées de ne point voir de vis-à-vis ; d'autres échelonnent les leurs comme des sentinelles : dentelées de pierres en saillie, leurs files, en balcons dorés, attendent que des voisines viennent nouer leur existence à la leur par les liens du ciment et du moellon. Ce n'est plus la ville, et ce n'est pas encore la campagne : derrière ce charmant *square* où une fraîche fontaine pleure entre quatre hôtels qui ressemblent à des villas italiennes, les rues prennent un aspect solitaire et muet.

Les voitures y sont rares ; les chiens, dépaysés, rôdent en flairant la terre ; de grands chantiers ornent leurs solitudes peuplées d'escadrons de pierres brutes, de bastions de soliveaux, de citadelles de bûches, de pyramides de briques. Le rideau frissonnant des arbres voile de profonds jardins où l'herbe épaisse et verte pousse comme aux champs.

Çà et là les trottoirs disparaissent subitement, et le bitume municipal fait place au gazon idylléen ; le ruisseau civilisé et entretenu aux dépens de la caisse publique s'efface devant l'ornière primitive, qui circule de travers et est à la discrétion des charrettes. Des prairies se prolongent de droite et de gauche sur une étendue de vingt ou trente mètres, fermées de cloisons vermoulues. Parfois l'œil du pérégrinateur égaré dans ces contrées hyperboréennes y découvre un âne dormant à l'ombre d'un hêtre, après avoir tondu plusieurs fois la largeur de sa langue de luzerne parisienne.

Un *Tityre* du deuxième arrondissement fume dans un fossé, en regardant passer les *Mélibée* qui rentrent par la barrière Blanche en fraudant l'octroi.

A l'horizon, les moulins de Montmartre, ces éternels moulins qui vivaient déjà du temps de Clovis, et qui vivront encore quand Paris ne sera plus, tournent au sommet de la colline avec une solennelle gravité.

Le palais Botherell, avec ses cuisines qui feraient vivre le royaume de Monaco, se prélasse au milieu de ses arbres et de ses pelouses, comme un jeune pacha après dîner ; il se chauffe au soleil et laisse reposer ses fourneaux, ses cheminées, ses chaudières, jusqu'au jour où il plaira à la spéculation, cette fée du XIXᵉ siècle, de les démolir ou de les rallumer. Partout, dans les rues adjacentes, s'élèvent des maisons qui affectent toutes les formes architecturales : c'est tantôt une villa renaissance où la pierre, curieusement fouillée, ondule en arabesques, se ploie en festons capricieux, se courbe sous le ciseau intelligent qui la pétrit et la fait s'épanouir en fleurs, grimacer en figurines, s'arrondir en colonnettes frêles et dentelées ; plus loin, l'ogive entr'ouvre son arc élancé vers la porte étroite ; le trèfle couronne les croisées, des gargouilles rampent à l'angle des toits, les rayons joyeux du soleil s'éparpillent en jets de flamme sur les vitraux coloriés ; et, dans de petites niches, de bienheureux saints de pierre semblent prier en attendant le ciel. Un jardin où le lilas fleurit sépare la maison gothique du péristyle grec ; un œil-de-bœuf régence regarde curieusement entre deux colonnes corinthiennes.

C'est un congrès de pierres qui représentent tous les ordres et tous les systèmes.

La Nouvelle-Athènes est certainement l'endroit du monde où il se consomme le plus de moellons et de briques ; elle sape ses environs pour y trouver du plâtre et de la chaux : Montmartre y passera tout entier. Les rues de ce quartier-là parcourent toute l'échelle de la croissance ; les unes, en petit nombre, ont atteint l'âge mûr ; plusieurs sont à peine adultes ; beaucoup sont encore en enfance : il en est deux qui sont au berceau : elles ont, il est vrai, reçu le baptême municipal, mais elles n'existent pas. L'une est la rue *Boursault*, qui se compose d'une maison et d'une enseigne ; le reste de la rue est occupé par de vieux arbres abattus, des landes incultes et des marécages où fleurissent en paix d'aimables colonies de reinettes ; l'autre rue a le doux nom de *Léonie*. Le voyage à la recherche du passage du nord-ouest est un jeu d'enfant auprès du voyage à la recherche de la rue *Léonie*; cependant ceux qui ont fait une étude approfondie de ces régions-là placent communément la rue Léonie entre la rue Chaptal, qui n'est pas finie, et la rue Boursault, qui n'est pas commencée : elle est représentée, sur le plan de Paris, par un champ de légumes. ·

A sept heures du soir, on dirait une ville morte : le silence s'abat entre la barrière Blanche et la place Saint-Georges; le roulement des omnibus trouble seul le silence, et cependant jamais population ne fut ni aussi active ni aussi bruyante que celle qui demeure dans les pays transloretaniens.

Elle se couche tard et se réveille bien plus tard encore; elle voit se lever la lune, mais jamais le soleil; elle chante, jase, écrit, peint, et cherche le plus qu'elle peut à embellir le court espace de la vie.

Maintenant que nous avons esquissé la physiologie du quartier, il nous reste à tracer celle de ses habitants. Après les rues, la population; l'homme après la pierre.

Il peut se faire un jour qu'il y ait disette de moellons à Paris; la brique pourra faire défaut, mais le locataire jamais. Quelle que soit l'activité des maçons qui taillent, équarrissent, fondent et bâtissent, comme si leurs truelles avaient les priviléges de la lyre d'Amphion, ils ne peuvent arriver à satisfaire l'ardeur inquiète des émigrants qui remontent la rue Laffitte, et secouent, sous le péristyle de Notre-Dame-de-Lorette, la poussière du boulevard.

Tandis que les maisons grimpent au ciel de toute la hauteur de leurs six étages, dans l'espace de temps que met un vaudeville à naître, depuis le premier calembourg jusqu'au dernier couplet; lorsque les échafaudages se dressent encore contre la façade, déjà, depuis le rez-de-chaussée jusqu'aux mansardes, l'impatiente population s'installe de force sous les toits humides et conquis.

Des escadrons babillards de jolies femmes, modistes, figurantes, coryphées, actrices, prennent possession de la maison enlevée d'assaut; quelques célibataires s'emparent au hasard des appartements abandonnés au milieu du pillage; bientôt d'étage en étage flottent des rideaux multicolores, qui laissent entrevoir les têtes souriantes de Rosines aux blanches mains, qui ne veulent pas la mort des Chérubins barbus de la civilisation parisienne.

A midi, les jalousies glissent sur leurs cordons soyeux; les persiennes creusent leurs prudentes rainures; les stores tombent sur les balcons, et toutes ces charmantes pécheresses apparaissent entre les fleurs de leurs jardins suspendus.

Alors mille conversations hiéroglyphiques, mille confidences où le télégraphe est admirablement plagié par le geste, le regard, la pose, le sourire, s'échangent d'étage en étage, de balcon à balcon, de rue à rue, et des trottoirs aux entresols. Le vent emporte les mystères de la nuit, et les éparpille çà et là; ils volent de fenêtres en fenêtres, et, de chute en chute, tous finissent par tomber dans la loge du portier, où ils éclatent. Je ne sais pas de plus grand indiscret que le vent.

Beaucoup de maisons de la Nouvelle-Athènes, hautes comme des auberges, larges comme des hôtels, servent de caravansérails aux tribus nomades qui vivent à la surface de Paris, et lui donnent sa pâture quotidienne de plaisirs, de nouvelles et d'excentricités.

Si les nymphes de Calypso abondent au nord de la Vierge de Lorette, les artistes non plus n'y manquent pas. Tandis que du rez-de-chaussée un billet doux prend la fuite sur les brodequins d'une femme de chambre, un feuilleton vient au monde à l'entresol; la naissance d'un chapitre est célébrée au troisième par la fumée d'une pipe turque, qui tournoie vers le ciel en spirales bleues comme les parfums du sacrifice. Une poésie intime s'envole des mansardes, et, si vous prêtez bien l'oreille, peut-être entendrez-vous bruire les notes perlées d'une barcarolle inédite, chantée au premier par une blonde élève du Conservatoire.

Ne vous arrêtez pas à considérer l'équipage splendide qui stationne à la porte : c'est le coupé d'un prince russe qui protége les arts, et témoigne le plus vif intérêt à la *prima donna* anonyme qui, tout en chantant sur la clef d'*ut,* a trouvé celle de son cœur.

A l'ombre d'un pot de giroflée, des pasteurs Corydons, en robe de chambre, jouent sur le cornet à piston des contredanses de Musard; les Galatées en peignoirs fuient sur leur balcon, et, bien qu'elles n'aient pas lu Virgile, elles n'oublient jamais de retourner la tête en se cachant à demi sous les molles ondulations de leurs rideaux de soie.

Qui le pourrait croire ! C'est au quartier de Notre-Dame-de-Lorette que fleurit l'églogue, qu'on croyait morte depuis M. de Florian. Daphnis et Chloé, Myrtil et Philis, vivent encore entre le cap en démolition de la rue des Martyrs et le promontoire de la rue Fontaine-Saint-Georges; ils errent depuis les trois vierges de pierre de l'église jusqu'aux frais ombrages de Tivoli. Celles-ci sont *rats* à l'Académie royale de musique ; ceux-là sont peintres ou vaudevillistes; mais au lieu de pommes et de lait caillé, ils mangent volontiers des salmis de bécasse arrosés de vin de Bordeaux.

Au crépuscule, quand les dernières flammes de Phébus s'éteignent aux angles rouges des toits, vient l'heure de l'émigration : les papillons des rues circonvoisines quittent leurs divans parfumés; ils secouent leurs écharpes brillantes et veloutées comme des ailes, et prennent leur vol vers la ligne des boulevards, cet équateur de la civilisation, où le soleil de la mode fait éclore tant de resplendissantes merveilles.

Un dernier coup de pinceau tombe sur la toile barbouillée, un coup de crayon sur le dessin esquissé; le feuilleton meurt à sa dernière colonne; le vaudeville rentre dans le tiroir à l'état d'embryon; l'ode ploie ses strophes; le billet doux se cachète sous l'enveloppe satinée, et la population s'épanouit au soleil. Où va-t-elle? partout où il y a quelque plaisir à espérer, du bruit et de la foule.

Puis elle remonte par couples solitaires aux heures mystérieuses qui sonnent après minuit. Alors la plus charitable hospitalité s'exerce de toutes parts : la rue de Bréda ouvre ses portes à la rue de Navarin, la rue Larochefoucauld prête un asile temporaire à la rue Pigale, et tout devient silence et ténèbres.

A. ACHARD.

LE DÉCROTTEUR.

E décrotteur français habite indifféremment toutes les parties du territoire national. C'est un être nomade et qui n'a de préférence marquée pour aucun lieu, pas même pour la masure où il est né. On le trouve dans toutes les villes de nos quatre-vingt-six départements, et jusque sur les bateaux à vapeur qui sillonnent nos rivières. Il est entré à Alger à la suite des héros de juillet, six mois après la conquête, sans coup férir. Au besoin, il irait s'établir dans la Nouvelle-Zélande, mais il faudrait se dispenser de le tatouer, et le laisser vivre à sa guise, rêver, flaner, se chauffer au soleil, et se baigner sans caleçon dans la mer. Il est chrétien, à peu près comme la majorité des Français; si on l'a baptisé, ce n'est pas sa faute; donnez-lui un écu, il se fera Turc, même juif! Pour lui, rien n'est vrai ici-bas, excepté les pièces de deux sous avec lesquelles on a du pain, du vin, des oignons, des œufs rouges, du cervelas, un gîte pour la nuit, des habits de rencontre, du cirage, des brosses, une boîte, un cadenas pour fermer la boîte, et une casquette de peau de chat. Tout le reste n'est que mensonge, vanité, abomination. Les chevaux, les calèches, les fiacres, les omnibus, les coucous eux-mêmes et les trottoirs de bitume sont des créations sataniques imaginées pour faire mourir de faim le décrotteur et ses petits. C'est là son opinion politique; il n'en aura jamais d'autre.

On distingue trois variétés de décrotteurs, à savoir: le décrotteur de petite ville, le décrotteur de grande ville et le décrotteur parisien. Des nuances bien marquées séparent les trois espèces, et, malgré l'identité du nom qu'elles portent, il est impossible de les confondre.

Le décrotteur de petite ville est un homme assez bon enfant. Il a été attaché d'abord à une troupe de saltimbanques ou à un marchand de thé de Suisse, en qualité de *grosse caisse* ou de *chapeau chinois*. Il vint dans la petite ville qu'il habite aujourd'hui à l'époque de la fête patronale de cette petite ville. Sa bonne figure, naïve et réjouie, plut sur-le-champ aux flaneurs de l'endroit. Ils avaient justement besoin d'une *grosse caisse* ou d'un *chapeau chinois* pour compléter leur orchestre; ils lui firent des propositions, il accepta. Notre homme dit adieu à ses camarades, à son existence cosmopolite, aux émotions des voyages et des auberges, et, pendant trois jours et trois nuits, il mena la plus joyeuse vie du monde au milieu de ses nouveaux concitoyens. Le quatrième jour, à sept heures du matin, et son maître le charlatan étant parti, il se trouva seul, abandonné à lui-même, sans connaissances, sans ressources, sans un rouge liard dans sa poche, au milieu d'une petite ville de trois mille âmes, où il ne voyait pas même une misérable pierre sur laquelle il eût le droit de s'asseoir pour se reposer. Tout autre que lui serait tombé infailliblement dans un fort grand désespoir; notre homme ne s'inquiéta seulement pas, et sa face resta épanouie comme elle était la veille. N'avait-il pas été, en quelque

sorte, l'âme de cette fête dont les bruits et les galops bourdonnaient encore et tourbil-
lonnaient dans son oreille et devant ses yeux? Les jeunes gens de l'endroit ne lui avaient-
ils pas souri, presque tous, lorsqu'il faisait sortir pour eux, des flancs de sa *grosse
caisse*, ce tonnerre d'harmonie qui les emportait? Eh bien, c'est à eux qu'il aura recours;
il les a aidés à être heureux, c'est à eux de veiller sur lui : ils lui doivent du travail
désormais, et du pain, et un gîte; il restera parmi eux, il les servira, il sera leur valet;
et, dans un an, à pareil jour, il les fera encore danser; et pour tout cela, en vérité, ils
lui doivent bien un peu de travail et un peu de pain. La carrière aventureuse qu'il a parcourue lui fait d'ailleurs vivement sentir le besoin de s'arrêter; c'est décidé : il n'ira pas
plus loin.

Cette résolution prise, notre homme se rend bravement au café fréquenté par la jeunesse du pays. Il s'adresse, avec un admirable tact, aux plus joyeux commensaux, aux
meilleurs vivants de l'établissement; il les avait remarqués entre tous, au milieu de la
fête. Après quelques détours préliminaires, il aborde franchement son sujet, raconte sa
vie tout entière, et termine en disant qu'il serait fier, qu'il serait heureux de vivre sous
le beau ciel où ses pas se sont arrêtés il y a quatre jours, comme par enchantement. On
lui offre un verre de bière; il accepte et boit à la santé de tout le monde. On lui offre
du vin, il accepte; on lui offre de l'eau-de-vie, il accepte encore; on lui offre du punch,
il se grise, il est sauvé! Cet homme a la mémoire toute remplie d'anecdotes charmantes,
de jeux de mots piquants, de calembourgs à peu près neufs; il amuse, il fait rire; on l'entoure, on le plaisante, on lui serre la main, on le nomme à l'unanimité décrotteur de
l'endroit! Les ustensiles nécessaires à son nouvel état lui sont achetés avec le produit d'une
quête; on lui glisse dans la poche une ou deux poignées de gros sous, et, dès le lendemain, on le voit à son poste, dans l'exercice de ses fonctions.

Trois mois se sont écoulés à peine, et déjà il a su se rendre vraiment utile. Toutes les
commissions dont on l'a chargé, il les a faites avec exactitude et fidèlement. Son cirage
d'ailleurs brille d'un éclat magnifique. Peu à peu il pénètre dans l'intérieur des maisons;
il fait la chambre des célibataires, qui l'habillent avec leur défroque; il mange les restes
de leurs tables, ce qui lui épargne de vivre à ses frais; il se fait enfin aimer de tout le
monde, même des chiens, même des enfants. Un beau jour, il éprouve le besoin de s'attacher par des liens plus solides à son pays d'adoption, il n'en veut plus quitter la surface
que pour aller se reposer cinq pieds au-dessous, à l'heure de la mort; il a quelques économies, il veut se marier, il se marie. Sa femme se moque de lui, le bat, lui fait des
enfants, et finit par déserter la cabane conjugale, en emportant les hardes et l'argent du
pauvre décrotteur. Le lendemain, en cirant vos bottes, auprès de la fontaine publique
ou devant le café, c'est lui qui vous raconte sa mésaventure. *Elle est partie avec un
marchand de chansons,* vous dit-il; *pourvu qu'elle ne revienne pas!... Voyez-vous,
monsieur, cette femme ne me convenait point du tout!... Une seule chose me fait
de la peine, c'est qu'elle soit née dans votre pays, monsieur!... Je n'aurais jamais
cru cela d'une femme de votre pays !...*

Dans les grandes villes, à Lyon, par exemple, le décrotteur est un assez franc vaurien.
Ce n'est plus un enfant, et ce n'est pas encore un homme. Il a quitté la maison paternelle parce qu'il ne trouvait rien pour vivre dans cette pauvre màison, pas de pain et pas
de liberté. Pendant les premiers jours de son affranchissement, il a vécu de liberté et
d'air, et de quelques sous mendiés aux passants; et puis il s'est fait le valet des valets
d'écurie; il a couché dans le foin, il a mené boire les chevaux, il a lavé les pieds des
chevaux, et pour tout cela on lui a donné aussi quelques sous. Il a acheté alors une boîte
garnie de ses ustensiles, et il s'est fait décrotteur. Malheureusement il avait négligé de

remplir une formalité essentielle; il n'avait pas demandé la permission de décrotter les passants, il n'avait pas de médaille, et tous les coups de brosse qu'il donnait étaient presque des délits. D'abord il fut réprimandé, puis arrêté, mis en prison. Au sortir de prison, il se pourvut d'une médaille. En valut-il mieux? Je ne le pense pas.

Lorsque vient pour lui l'époque du recrutement militaire, et s'il a su éviter toute condamnation infamante, il est enchanté, quel que soit le sort qui l'attende, il l'acceptera avec bonheur. Il partira pour son compte ou il se vendra; dans les deux cas il aura du pain assuré, des vêtements, et un lit pour la nuit. C'est plus qu'il n'a jamais eu.

Le décrotteur qui a passé la trentaine sans avoir abandonné son métier est plus honnête; il s'est fait à la longue des habitudes d'économie et d'ordre; il participe davantage du citoyen patenté. Celui-ci, que l'on trouve en petit nombre dans quelques grandes villes, n'existe bien qu'à Paris. Nous le verrons tout à l'heure sur le Pont-Neuf.

On croit assez généralement que le décrotteur de Paris est Auvergnat ou Savoyard. C'est une erreur. Il est bien vrai que Paris ne fournit qu'une petite part dans cette population de décrotteurs accroupis au pied de ses murs, mais les autres sont Français, presque tous, et viennent en aussi grand nombre des provinces du midi que du département du Cantal. Quelques-uns sont aussi Savoyards: ils se sont faits décrotteurs à la mort de leur marmotte ou au moment où leurs épaules trop larges n'ont plus permis qu'ils grimpassent dans nos cheminées. Ils se promenaient sur les toits, ils sont assis sur les trottoirs.

Si abjecte qu'elle soit, la profession de décrotteur n'est pas d'un abord facile; il y a, ici comme ailleurs, une hiérarchie à parcourir, et n'arrive pas qui veut au premier rang. Il ne suffit même pas pour être décrotteur d'avoir les ustensiles et le talent nécessaires à cette profession, il faut encore une permission de l'autorité. Cette permission coûte deux francs. Elle ne confère d'ailleurs au titulaire aucun autre droit que celui de rouler sa boîte au hasard et d'aller où bon lui semble au-devant des pratiques, mais il ne peut s'établir à poste fixe nulle part. C'est là un privilège qu'il lui faudra acheter encore plus tard, quand il sera riche, quand il aura des protections; car il lui faut aussi des protections à ce pauvre petit industriel, et sans cela il resterait en route. Jusque-là, il décrotte, c'est vrai, mais il n'est pas décrotteur; il est aspirant, voilà tout.

L'aspirant aime la vie qu'il mène. Il y a de l'indépendance et de la liberté dans cette vie flottante, l'indépendance du gamin, la liberté du chien errant. Il n'est tenu ni à l'esclavage ni au décorum de l'homme du coin de rue; il va devant lui et comme il lui plaît, emportant tout dans sa sellette: ses pénates, sa fortune, son avenir. Il traite de gré à gré avec la pratique, et cire au rabais. C'est lui qui vous crie dans la rue: *Pour un sou, m'sieu !... vos bottes, pour un sou !...* Il arrive à huit heures du matin dans les environs du Louvre ou de tout autre monument dont la beauté ou la destination attire les étrangers; de là il va s'installer à la porte d'une église, ou devant la chambre des députés, ou sur la place de la Bourse; mais il ne reste jamais longtemps au même endroit. Le soir, il est à la porte d'un bal ou d'un théâtre, ou d'un hôtel dont le maître reçoit. Alors sa sellette, posée à terre comme toujours, est éclairée par deux bouts de chandelle qu'il y a fixés lui-même avec du suif; il cire aux lumières, il se fait payer trois sous.

En roulant ainsi pendant quelque temps, souvent plusieurs années, l'aspirant acquiert de la raison, de l'expérience, et surtout la connaisance de son métier. Sa main s'est affermie, son coup de brosse est plus sûr. Il s'est aussi habitué à toutes les mauvaises chances, et quand, par maladresse ou par distraction, il lui arrive encore de jeter une couche de cirage sur un bas blanc ou sur un pantalon de couleur claire, quel que soit l'anathème qu'on lui lance pour ce fait, il ne s'en émeut pas et reste parfaitement calme. L'aspirant a perfectionné son cirage, et, lorsqu'il aura des abonnés, lorsqu'il sera établi, car il rêve à cet avenir malgré l'indépendance du présent, c'est sur ce perfectionnement qu'il compte pour s'enrichir. D'ordinaire, ce perfectionnement n'est rien du tout. En attendant, il vit à l'aventure, couche volontiers où il se trouve, et se nourrit de tout ce qu'il y a de plus mauvais à la portée de sa main et de sa bourse.

Les places de décrotteurs, c'est-à-dire d'hommes attachés exclusivement à un lieu quelconque, sont difficiles à obtenir. On en crée peu de nouvelles, et celles qui sont créées ne vaquant que par la mort, il en résulte qu'il s'en trouve rarement à donner. Il y a d'ailleurs à l'affut de ces pauvres places une foule innombrable d'aspirants et de solliciteurs. Un beau jour cependant, l'aspirant apprend qu'un décrotteur vient d'être transporté à l'Hôtel-Dieu ou à Clamart; la place qu'il a laissée est libre ou le sera demain; et voilà notre homme qui se met à intriguer avec autant de zèle et d'habileté que s'il s'agissait pour lui d'une préfecture. Un député ne prend pas plus de peine pour assurer sa réélection. Les protecteurs ordinaires de l'aspirant sont des sergents de ville, quelques inspecteurs d'égoûts ou surveillants de balayeurs; dans les grandes occasions, c'est aux femmes qu'il a recours. Il y en a, mais ce sont les Alcibiades du genre, qui sont parvenus à gagner les bonnes grâces de la servante de M. le commissaire de police. Ceux-ci jouent à coup sûr. Enfin, après trois jours d'actives démarches, et grâce à ces illustres patronages, le coin de rue abandonné est accordé à l'heureux solliciteur. La borne veuve a retrouvé un époux.

Dès ce moment, une transformation inimaginable s'opère dans toute la personne du décrotteur, car il est décrotteur à présent! Cette liberté qu'on lui a donnée de se croiser les bras, si bon lui semble, du matin au soir, sur quelques pavés de sa patrie, si mince qu'elle soit, cette liberté a réveillé dans son cœur un grave sentiment de dignité. Assis sur sa sellette ou sur son crochet renversé, il s'estime autant que le négociant le plus hautain du quartier. C'est que ses fonctions, en devenant fixes, ont acquis une importance réelle et sérieuse. Il ne sera plus décrotteur seulement, mais encore commissionnaire, homme de confiance. Comme le notaire, il connaîtra l'histoire des familles, et possédera des secrets plus intéressants que ceux dont l'étude devient le tombeau. Les domestiques, surtout les femmes de chambre, seront au mieux avec lui. Les billets qui devront se remettre en mains sûres passeront par les siennes; et, pour peu que son intelligence et son adresse égalent sa bonne volonté, l'avenir est pour lui plein de chances heureuses. La discrétion se paye si cher aujourd'hui! Eh bien! qu'il sache être discret, ce pauvre décrotteur, et la besogne ne lui manquera pas, et sa fortune ira vite. L'homme du coin de rue est un bureau de poste clandestin, un confessionnal universel, une sorte de cabinet noir où l'honneur des maris parisiens fait rire, à moins qu'il ne fasse pitié.

Le décrotteur s'est dépouillé de toutes les habitudes de l'aspirant; plus de ce débraillé qui tient du chiffonnier, plus d'air égrillard ni de flanerie au soleil, plus de gestes graveleux, plus de cris provocateurs. La casquette en tête, la veste ronde, le pantalon de velours, la guêtre à boutons de cuivre, l'air grave et humble tout ensemble, la pose de l'immobilité, voilà ce qu'il est aujourd'hui. Il ne loge plus au hasard, mais dans une mansarde qu'il meuble peu à peu; il ne vit plus au hasard, mais chez le marchand de vin le plus voisin. Il est en route, mais il n'est pas encore arrivé. Désormais, néanmoins, il n'aura plus à courir au-devant des pratiques; les pantalons et les bottes viendront à leur tour solliciter ses brosses, son cirage, son savoir-faire. Impassible comme un talapoin, il attendra, il n'ira jamais chercher. Il pourra même, un jour de boutade, répondre à un pied trop pressé : « Attendez, monsieur ! » Et il faudra que le pied attende.

C'est lui maintenant qui a la pratique de tous les garçons du quartier, jeunes et vieux. Vingt, trente, quarante paires de bottes ou de souliers sont rajeunies chaque jour par ses soins. Il est à la chaussure ce que madame Ma est aux cheveux : grâce à lui, les bottes les plus malades paraissent jeunes et bien portantes; il rajeunit également les habits, les manteaux et les gibernes de la garde nationale.

Dans cette phase de son existence, le décrotteur est éminemment pacifique et obligeant. Il fait crédit à la grisette, et avance quelquefois à la jeune figurante ou à la choriste du troisième rang une ou deux courses de cabriolet. Il fréquente le marchand de marrons, et lit le journal avec lui. On le trouve parfois faisant un cent de piquet avec un camarade sur le plateau de la borne. Ce dieu de la brosse a des passions comme tous les dieux; on dit que la déesse du fer à repasser le reçoit avec plaisir, surtout quand il se présente en compagnie de quelques bouteilles de cidre ou de vin blanc, ce qui lui arrive, en hiver, à peu près tous les soirs.

Tant va la cruche à l'eau qu'à la fin... le décrotteur se marie. Le voilà en famille. Avec la famille est venue l'ambition, avec l'ambition la perte du sommeil. Notre homme ne dort presque plus, mais il ne manque pas une nuit de rêver qu'il est décrotteur sur le Pont-Neuf, ou en boutique dans un passage, mais surtout sur le Pont-Neuf. Ces places, en effet, sont très-recherchées parmi les décrotteurs; pour ces bonnes gens, il n'y a rien au delà. Or ces places se vendent comme celles de notaire et d'agent de change. Il y a quelque temps que la première sellette à gauche, en sortant de la rue Dauphine, a été vendue, fonds et agrès, à celui qui l'occupe maintenant, moyennant une rente viagère de cinquante centimes par jour, ce qui représente un capital de cinq mille francs.

Malgré leur élévation réelle, les pères conscrits de la brosse, les décrotteurs du Pont-Neuf, n'affichent pas plus de prétentions que leurs confrères de la ville; ils ne sont ni plus fiers, ni plus vains. Dans les circonstances extraordinaires ils se font remplacer par leurs femmes ou par leurs enfants, qui font ainsi leurs premières armes sur le terrain même où leur père s'est illustré. Celui-ci, d'ailleurs, n'abandonne son poste que le moins possible; quand il s'en éloigne, c'est encore pour travailler. On sait que le décrotteur du Pont-Neuf *tond les chiens, coupe les chats et vat en ville.*

Son double titre de père et d'époux répond de sa moralité. C'est un homme rangé, poli, décent. Il habite les petites rues de la Cité. Lorsqu'il rentre dans son gîte, à la tombée de la nuit, il ne manque jamais d'emporter un sachet de pommes de terre frites. Après souper, il joue au loto avec sa famille. Quelquefois il reçoit des amis, des voisins, des connaissances; ces jours-là on fait du thé, comme madame Gibou, ou des crêpes. Enfin Paméla ou Euphrasie, la fille de la maison, chante une romance. Paméla est culottière ou cardeuse de matelas. Pauvre fille !

Voici maintenant l'aristocratie de la race; mais ceci est tellement moderne, tellement audacieux, qu'il faudrait créer un mot peut-être pour désigner ces maréchaux de la profession :

C'est, dans nos passages les plus fréquentés, dans nos galeries les plus belles, des salons au rez-de-chaussée, tapissés d'une ceinture de siéges en velours, disposés autour du salon en forme de gradins. Un comptoir élégant, une espèce de trône, des glaces à cadres d'or, des gravures de haut prix, sont placés avec ordre dans cet endroit, même avec goût. On se croirait dans l'antichambre d'un grand seigneur, on est tout simplement dans une boutique de décrotteurs; et au milieu de tout ce luxe, ces hommes que vous voyez à vos pieds sont des décrotteurs; cette femme qui est au comptoir, élégamment vêtue, c'est la femme d'un décrotteur; cette jeune fille, c'est la fille d'un décrotteur; elle touche le piano et épousera un notaire. Quant aux fils du décrotteur, ils sont pensionnaires internes dans un collége royal. Il en fera des magistrats, des députés, des ministres. Voilà.

Le décrotteur en boutique, impassible et orgueilleux comme un parvenu qu'il est, marche à la fortune d'un pas assuré. Il est déjà électeur, il sera éligible un jour; il sera élu peut-être. Cette idée, il ne l'avoue pas hautement, il a peur qu'on ne se moque de lui; mais il n'est pas rare de lui entendre citer quelques proverbes à la façon de Sancho Pança : «On ne sait pas ce qui peut arriver; qui vivra verra; marchez et vous arriverez; frappez et l'on vous ouvrira; comme on fait son lit on se couche; on est œuf aujourd'hui, on est aigle demain; etc., etc., etc.» Il termine ordinairement ces citations en vous répétant que M. Hunt, membre de la chambre des communes d'Angleterre, était DÉCROT- TEUR !

Il appuie alors beaucoup sur le mot, ce qu'il ne fait jamais autre part.

L.-A. Berthaud.

LES TOURISTES EN ITALIE.

I.

N a inventé les paratonnerres, et la bonne humanité a fait grand fracas de cette découverte, comme si la moitié du genre humain périssait ordinaire- ment par le feu du ciel. Mais il est des coups de foudre qu'on ne peut parer, et que l'artiste voyageur sent tomber sur sa tête, à chaque pas, au plus beau moment de ses émotions. Quel dommage que Franklin n'ait pas médité sur cet autre phénomène d'attraction magnétique! Dès qu'une pensée, une rêverie, une fantaisie d'imagination, courent dans l'air, vous êtes sûr qu'une parole de plomb tombe d'une bouche mal faite pour tout tuer.

Cette judicieuse observation peut s'appliquer, à juste titre, à la grande majorité des tou- ristes, gens désœuvrés qui viennent secouer en Italie l'ennui qu'ils portent avec eux; créatures malheureuses, fatiguées d'un trop long bien-être, colportant en tous lieux leur paresseuse insouciance, et demandant à tout pays des sensations et des jouissances qu'ils ne peuvent éprouver. L'Italie est le point de mire de ces êtres ennuyés; et ne croyez pas qu'un sentiment de prédilection les y conduit, qu'un attrait particulier leur fait choisir cette contrée : leur seul but est de changer de place, et de jeter un peu de variété dans leurs habitudes de chaque jour. Sous le poids d'une monotone existence, la perspective d'un mouvement prolongé les fait sortir de leur apathie habituelle, et souvent ils se lancent dans ce pèlerinage comme des malades qui consentent, après mille hésitations, à prendre le remède violent qui doit les guérir.

Quelquefois, entraînés par esprit d'imitation, ces heureux de la terre se sentent tout à coup piqués de la mouche du *tourisme,* contagion inévitable du monde élégant. Alors ce voyage n'est plus une nécessité hygiénique, mais une affaire d'amour-propre, une impulsion de rivalité, une corvée dont ils veulent se débarrasser à tout prix. Que demandent-ils, en effet? Les seules jouissances du retour, la satisfaction d'un fait accompli, le droit de pouvoir dire : «Et nous aussi, nous avons fait notre voyage d'Italie!» Que voulez-vous? la mode le veut, la mode l'exige. Et cette influence est si pernicieuse que, dans un salon, une dame, dont l'instinct musical se révèle par une larme furtive répandue sur une chansonnette de Panseron, un monsieur, dont l'admiration artistique commence à M. Dubuffe pour aller mourir sur les toiles de M. Grenier, vous poursuivent en chœur de cette phrase de circonstance : «Nous partons pour la terre classique des beaux-arts! Nous allons admirer les chefs-d'œuvre de Raphaël et nous plonger dans des flots d'harmonie!»

C'est ainsi que l'Italie est aujourd'hui encombrée de promeneurs qui se plaisent à traîner leur oisiveté de ville en ville, de palais en palais, de monuments en monuments, conduits par ce noble désir de voir et de connaître qui les guidait naguère à Versailles, à Saint-Germain et à Fontainebleau. Dans ces excursions étrangères, ils vont apporter les mêmes goûts, la même instruction, les mêmes sentiments. Les chefs-d'œuvre de l'art, les beautés de la nature vont passer sous leurs yeux; ils les regarderont sans les voir, ils vont les juger sans les comprendre. Que leur demandez-vous de plus? Ils ont du temps et de l'argent qui les fatiguent; il leur est bien permis de les dépenser à leur guise, et, à ce prix, d'augmenter leurs souvenirs de quelques noms poétiques et sonores qu'ils écorcheront à leur retour.

Franchissons les Alpes, traversons la mer, montons sur *le Pharamond* ou *le Sully,* et mettons-nous à la suite de ces explorateurs en flagrant délit d'admiration préventive, qu'ils soutiennent à l'aide de Mariana Starke et du président Dupaty. Voyez! ils s'animent déjà de tous les points d'exclamation qu'ils rencontrent dans le *guide* de leur choix. Leur enthousiasme s'exerce; ils se préparent à une suite de surprises et d'adorations. Celui-ci s'initie aux beautés de la langue à l'aide de la *Grammaire de Veneroni;* cet autre, suspendu aux *Modèles de conversation,* orne sa mémoire de ces articles de prévoyance : *pour payer les porteurs, pour demander à dîner, pour se procurer un logement.* Les noms harmonieux de Venise, de Naples, de Florence, se mêlent à ces études; une famille tourmentée par le mal de mer appelle de tous ses vœux les rives italiennes, et l'approche de Gênes vient lui rendre le courage qu'elle avait un instant perdu. Les amis des arts se réchauffent en invoquant Titien, Véronèse, Michel-Ange, Raphaël. Les indifférents laissent tomber autour d'eux quelques phrases glaciales sur l'état actuel du commerce génois; et le voyageur classique s'écrie, en déployant son Virgile :

« Voici la reine de la Ligurie !

— Genova ! Genova ! Genova !» répond un touriste exalté par cette conquête grammaticale, qu'il vient de ravir à son dictionnaire de poche.

« Monsieur est bien heureux de savoir l'italien, ajoute un voyageur en huiles; on n'est jamais embarrassé. Cependant ce n'est pas une chose indispensable, et si vous allez loger chez Michel, vous rencontrerez des dames françaises qui parlent fort bien le français. On dîne fort bien chez Michel... prix modéré; et puis le macaroni y est excellent. J'aime beaucoup les pâtes avec du parmesan, et c'est pour cela que je ne crains pas de venir à Gênes, bien que la *place* soit fort mauvaise. »

Conservez donc vos illusions sous le coup de cette apostrophe prosaïque! Enveloppé dans les rêves brillants de votre imagination, vous vous croyiez déjà à Rome, au Vatican, à Tivoli, sur la route de Naples; *vous vous balanciez mollement sur les flots d'azur*, et la voix du désenchantement vient crier à vos oreilles : *Michel, macaroni, fromage parmesan!* Ici commence le décroissement de vos illusions; vos inspirations poétiques se trouvent anéanties par cette exclamation culinaire; vous promeniez vos rêveries sous les ombrages de *Tusculum*, la réalité vous place à la porte d'une salle à manger. Dans cette voie, il vous sera difficile de vous arrêter. Vous allez rencontrer des voyageurs dont le sentiment s'épuise en appréciations gastronomiques : pour ces hommes de goût, l'Italie n'a pas de monuments. Gênes peut renverser ses palais, Florence fermer ses galeries, Rome voiler ses chefs-d'œuvre, ils ne s'en plaindront pas; leur seule affaire est de découvrir une hôtellerie passable et une table bien servie. Tous leurs soins, toute leur sollicitude tendent vers ce but : ils s'inquiètent, ils consultent, ils interrogent, ils instruisent; et si vous êtes de leurs amis, ils étalent devant vous les richesses de leurs albums. Voyez!

Rome, 5 avril 1840.— On dîne assez bien chez Lepri.

Rome, 15 avril. — Il nous a été impossible de trouver du poisson frais.

Naples, 1er *mai*.—Le vin est exécrable ici!

Milan, juin.—Encore du macaroni et des ravioli, et des ravioli et du macaroni. Toujours du parmesan. Le parmesan nous poursuit.

— Si vous allez de Rome à Florence, ne prenez pas la route de Viterbe. Les auberges sont déplorables; vous n'y trouvez rien à manger. Triste journée!

Florence. — Le pays devient moins sauvage. Nous avons fait pendant notre séjour ici plusieurs repas excellents, etc., etc. »

La mission de ces touristes est d'acquérir des connaissances approfondies sur cette matière, d'orner leurs souvenirs d'études spéciales sur les tables d'hôte comparées, afin, sans doute, d'obtenir à leur retour d'Italie le titre de bachelier ès cuisine.

Quelquefois ces jugements et ces appréciations, au lieu d'aller s'enfouir dans des archives de famille, prennent rang dans ces *livres d'auberge* destinés à recevoir les improvisations locales : les voyageurs inspirés profitent volontiers de ces pages ouvertes à leur génie; ils sont fiers de laisser quelques fragments inédits dans le pays qui vit naître les chantres de *la Jérusalem* et de *la Divine comédie*. Ne sont-ils pas sous le même ciel, au sein de la même nature? Ne soyez donc plus surpris de leur fécondité! Dans ces recueils cosmopolites, les plus étranges pensées se mêlent et se confondent. Des noms, étonnés de se trouver ensemble, se heurtent et se pressent. Qu'une signature illustre apparaisse sur l'un de ces feuillets, et mille noms inconnus la feront disparaître sous leur obscurité. « Où est Byron? Montrez-nous Chateaubriand! nous voulons nous placer sur la même ligne! » Et, après de longues recherches, vous parvenez à déchiffrer ces précieux autographes sous un amas de griffonnages, mis en lumière par des satellites importuns venant graviter autour de ces planètes. Et encore si ces bonnes gens se bornaient à donner cette seule preuve d'existence, on n'y ferait pas attention; mais ils torturent leur esprit, ils compriment leur cerveau pour en faire sortir une idée, un semblant d'idée, une phrase, un seul mot! L'usage le veut; la postérité le réclame.

Ouvrons ces vastes répertoires, monuments littéraires qui s'enrichissent chaque jour de collaborateurs nouveaux; laissons de côté tous les vers de Virgile, d'Horace, de Tibulle, d'Ovide, devenus inintelligibles sous la main qui les a transcrits faute de mieux, et saisissons au vol quelques-unes des impressions personnelles que les touristes ont soin d'y consigner.

«La vue des belles scènes de la nature émeut profondément.»   *Eugène Tantinet.*

«Rien n'est beau comme un soleil couchant dans la baie de Naples : cela vous fait rêver.»   *Edgar Falempin.*

«Sur les bords de la mer on peut s'abandonner sans crainte aux charmes enivrants de la mélancolie.»   *Jehan Rinssure.*

«Les voyages sont indispensables à la jeunesse.»
                   V. D., précepteur des enfants de lord W.

«L'Italie est le plus beau pays qu'on puisse voir!»   *Un touriste enthousiaste.*

«Rome n'a pas sa pareille dans l'univers entier.»   *Un touriste consciencieux.*

«*Sur le Vésuve.* — Quand on pense qu'un de ces jours ce gouffre affreux pourra engloutir les villes et villages qui l'entourent, c'est effrayant rien que d'y penser!»
                                             S. Duru.

«*Sur le Vésuve.* — Je suis sur le Vésuve; le volcan fume, qu'importe! Voir Naples, et puis mourir!»   *Un touriste courageux.*

«*Sur le Vésuve.* — Depuis deux ans j'attends une éruption, et j'attendrai encore : je ne suis venu en Italie que pour cela.»   *Sir R.*

«Si la vie n'était qu'un voyage,
Je resterais bien malheureux;
Car, Adèle, votre image
Me poursuivra jusques aux cieux.   *Petrus Tintain.*

«Je suis devenu poëte dans ces sublimes contrées.»   *Petrus Tintain.*

«Pompéia! Herculanum! grandes cités, que reste-t-il de votre ancienne splendeur? Des ruines! C'est ainsi que le temps implacable détruit tout dans sa course rapide!
                                   Télémaque P.

«La *grotte du Chien* est la chose la plus étonnante de l'Italie.»
                   M. Durand, ancien négociant retiré,
                   *M*ᵐᵉ *Durand, Victor Durand, Céles-*
                   tine Durand, Jeannette, domestique de
                   M. Durand.

«Depuis huit jours, je cours à la recherche du *roi des mers*, dont on parle dans *la Muette de Portici*. Que veut dire *le roi des mers?* Tout le monde fait semblant de ne pas me comprendre. Serait-ce par hasard une allusion politique? Cette préoccupation me tourmente. J'en obtiendrai la solution avant mon départ.»   *P. N.*, Naples.

« Je viens de voir Venise et ses gondoles, Milan et sa cathédrale, Florence et le campanile, Turin et la Superga, Pise et le Campo-Santo, Rome, la ville des Césars, et le Vatican, Naples et le Vésuve, ô Victorine ! et je préfère à tout cela ton petit logement de la rue Taitbout, où mon cousin nous faisait passer de si délicieuses soirées en jouant du flageolet. »   *Athanase R.*

« Le plus beau monument de l'Italie est le pont de Carignan. On voit sous ses pieds des maisons de six étages. Cela seul vaut le voyage ! »   *M. Verdoré et ses enfants.*

« L'Italie serait un pays assez agréable si elle n'était pas gouvernée par les prêtres. On n'y rencontre que des jésuites. Horrible corporation ! »

Cette pensée d'un abonné de l'ancien *Constitutionnel* a été effacée par l'archiviste conservateur.

« La plus étonnante curiosité de l'Italie est la *Tour penchée* de Pise bien supérieure à celle de Bologne. Quand on pense que personne ne sait comment est arrivée cette catastrophe ! »   *Bernard T.*

Nous formerions des volumes, si nous tenions à reproduire toutes les inspirations du même genre, précieusement conservées par les bibliothécaires des Alpes, du Vésuve et des Apennins. Les touristes se sentent enflammés à la source de la poésie antique. Que feraient-ils de leur enthousiasme s'ils ne trouvaient à l'épancher quelque part ? Aussi le *livre de police* lui-même, ce registre inoffensif, placé dans les hôtels par ordre de l'autorité, n'échappe-t-il pas à ces pensées intimes, à ces sublimes révélations ! Elles se glissent entre ses cases, elles se font jour au milieu de ses indications officielles :

LISTE DES VOYAGEURS.

M. ***............ (*Profession.*) Venant de............. Allant à............. Pour............

M. V. (*amant des muses*), venant de Paris, la capitale des artistes, allant au tombeau de Virgile, pour y déposer une couronne de lauriers.

M. William M. (*gentleman*), venant de Calcutta, allant en Islande, pour son agrément.

M. Gaudin (*voyageur du commerce*), venant de faire un mauvais dîner, allant se coucher dans un méchant lit sans rideaux, pour dormir, si les moustiques veulent bien le lui permettre.

II.

L y a quelques années, une épidémie inconnue, apportée en Italie par
lord Byron, vint choisir ses victimes parmi les touristes. Le séjour à
Venise de l'auteur de *Child-Harold* fit fondre sur cette malheureuse
cité une nuée d'imitateurs, plagiaires ridicules qui, pendant quelques
mois, parodiaient ses allures et exagéraient les extravagances que les
journaux du temps lui prêtaient : celui-ci se faisait annoncer à l'aide
d'une imposante ménagerie, dont le logement avait été somptueusement préparé; cet
autre arrivait accompagné de tous les hôtes de ses écuries; le poëte, disait-on, trouvait
un charme infini dans la société de trois ours; ses chevaux avaient excité l'admiration
des habitants de Venise!

Un instant la police autrichienne s'inquiéta de l'accroissement de ces fantasques personnages, qui laissaient planer autour d'eux ces bruits vagues, ces demi-révélations, qui,
sans rien préciser, éveillent toutefois un vif sentiment de curiosité; leur existence mystérieuse, le soin qu'ils mettaient à ne pas se montrer en plein jour, leurs démarches nocturnes, les gens qu'ils recevaient le soir, tout cela devait faire supposer quelques secrètes machinations, quelques dangereux projets, qu'elle était intéressée à déjouer.
Grâce à une active surveillance, elle reconnut bientôt qu'elle n'avait rien à redouter de
ces êtres inoffensifs; ces bruits, ces révélations, ces embûches, ce mystère, firent place
à la plus prosaïque des réalités. Depuis, elle les désigne ainsi dans ses notes :

« Voyageurs peu dangereux, attaqués de la maladie byronienne. »

Ce demi-succès refroidit l'ardeur de ces touristes, reproducteurs de Byron. Ils commencent à disparaître, au grand regret des gondoliers et des propriétaires vénitiens;
mais ils sont remplacés par les disciples d'Obermann, voyageurs mélancoliques, misan-
thropes farouches, qui viennent promener en Italie leur jeunesse désenchantée, leur
indifférence de toutes choses. Que demandent-ils à ce pays? le bonheur? Ils savent bien
que le bonheur ne se rencontre pas sur cette terre! Rien ne peut les distraire de la tristesse dont ils se sont drapés : c'est leur manteau de voyage. Les chefs-d'œuvre de l'art,
les beautés de la nature, les populations aux caractères si variés ne sauraient attirer
leur attention : ils ignorent tout, mais leur intelligence précoce leur a tout fait deviner,
et ils craignent d'augmenter leurs déceptions au contact impur des misères humaines;
aussi recherchent-ils les chemins solitaires, les gorges dévastées, les pics inaccessibles.
Là, ils prennent des airs inspirés, des poses dramatiques, et versent l'amertume de leur
âme sur tous les objets de la création, tout en parcourant quelques pages de leur auteur
favori, comme ce voyageur enthousiaste qui se plaçait à l'ombre du Colysée pour lire
la Pucelle de Belleville.

Leur cœur, lassé de tout, même de l'espérance, ne demande plus rien à ce vaste univers. Mais bientôt leur enveloppe charnelle les force à descendre des demeures éthérées;
le moment où ils doivent dire un éternel adieu à la terre n'est pas encore venu! ils se
traînent nonchalamment vers leur hôtellerie, et prennent tristement une large part du
dîner qu'on vient de leur servir. Tout à coup ils se sentent renaître; le sourire inespéré
d'une servante d'auberge leur a fait ressentir une de ces vives émotions qu'ils ne devaient
jamais éprouver!

Voyez cet homme dont le front s'incline vers la terre; ses allures sont nonchalantes,
sa démarche est indécise, il semble réfléchir profondément : vous croyez peut-être qu'il
s'occupe à classer ses souvenirs, qu'il se rend compte de ses sensations, qu'il médite sur

la chute des empires? Détrompez-vous; cet homme est un touriste par ordonnance de médecin. Fatigué d'apporter des remèdes à des maux imaginaires, son docteur lui a dit: « Ma foi, mon cher, je pense que vous ferez sagement d'aller en Italie; l'air de ce pays vous rendra les forces que vous avez perdues;» et dans cet espoir, le malade s'est décidé à entreprendre ce salutaire pèlerinage. Lorsqu'il arrive dans une ville, il se garde bien de s'informer des curiosités à voir, des monuments à visiter; il demande tout d'abord l'adresse du meilleur médecin de l'endroit: c'est le seul cicerone qu'il désire. Sous l'influence de ses habitudes, la vie de ce touriste est une suite non interrompue de consultations: les beautés d'une résidence suivent le thermomètre de sa santé. Si vous lui demandez: « Viendrez-vous visiter la galerie du grand-duc? Irez-vous au palais Pitti?» il vous répond: « Je n'irai pas encore aujourd'hui; je ne suis pas bien à mon aise, je craindrais de me donner un mal de tête... Le calme m'est ordonné, et la vue des tableaux fatigue horriblement. » Toutes les journées de ce touriste s'écoulent ainsi au milieu du calme, et pourtant il rapportera d'Italie un travail précieux, qui réclame tous ses instants, qui l'absorbe tout entier. En voici un fragment:

1er *mai*. J'ai bien dormi cette nuit. — 2 *mai*. Je viens de voir mon médecin, qui m'a conseillé une petite promenade. Je suis allé aux *cascines*, et à mon retour j'ai parfaitement déjeuné. — 3 *mai*. J'avais la tête lourde ce matin en m'éveillant: le grand air m'a fait du bien; je pense que la journée sera encore bonne. — 4 *mai*. Le bain que j'ai pris m'a calmé; je n'ai pas éprouvé d'agitation depuis. — 5 *mai*. Je crois avoir un peu de fièvre; je ferai diète aujourd'hui. — 6 *mai*. Mes digestions sont excellentes. — 7 *mai*. Je reprends des forces. — 8 *mai*. Décidément je n'irai pas à Rome: les voyageurs y prennent des fièvres qu'il est fort difficile de guérir; et puis, trouverai-je un bon médecin dans cette ville? Je suis enchanté de celui qui me traite; il m'a rendu la vie.

Toutes les pages de ce monument sanitaire présentent le même intérêt et la même variété.

Parlerons-nous de cette cohorte naïve, enrôlée par l'espoir et la crédulité; de ces touristes qui partent escortés de tous leurs moyens de séduction, et qui vont échouer niaisement contre une réalité qu'ils ne soupçonnaient pas? Sur la foi de leurs prédécesseurs, ils arrivent en Italie avec cette ferme conviction qu'il suffit de se montrer pour porter le trouble dans le cœur de toutes les femmes. La tête farcie de récits amoureux, ces Don Juan se plaisent à parer du nom de conquêtes ces possessions faciles de places démantelées, ouvertes à tout venant, et que la Providence, toujours secourable, semble avoir échelonnées sur le chemin du voyageur, comme des étapes hospitalières. Qui n'a pas rencontré sur sa route cette créature providentielle, véritable manne du désert, à laquelle une inépuisable charité valut sans doute le nom de *Notre-Dame des Étrangers?* Elle ne pouvait manquer à l'Italie, la terre des madones, la terre où la Divinité n'a qu'un symbole, celui de l'éternel amour. Rome, Naples et Florence ont aussi leurs *Notre-Dame des Étrangers*, dont la mission est de fournir au touriste consciencieux le galant épisode nécessaire au complément d'un voyage, l'indispensable bonne fortune sans laquelle on ne se permettrait pas de rentrer à Paris. Et pourtant l'insuccès de ces touristes est une triste vérité; mais ces dandys désappointés prennent le parti de propager un mensonge, qui persiste impudemment à les ériger en triomphateurs!

Et les voyageurs aventureux, encore persuadés que les routes d'Italie sont peuplées de brigands et qu'on ne peut effectuer un voyage sans être victime de deux ou trois arrestations, les laisserons-nous arpenter tous les chemins sans les mettre en présence de quelque bande formidable? Fra Diavolo, Gasperoni, qu'êtes-vous devenus? venez en aide à ces touristes, nourris de toutes les histoires dont vous êtes les héros; ils vous appellent et vous réclament : ils n'exigent de vous qu'une petite embuscade sans trop de dangers, dont ils vous paieront les frais à l'amiable, pourvu que le prix soit modéré. Mais, par malheur, une prosaïque sécurité est acquise à ce pays : les voyageurs qui mettent au nombre de leurs émotions les périls de la grande route s'en retournent enrichis de la bourse destinée à la prière d'une carabine. « Voyez donc, nous dit Méry, à quoi en sont réduits maintenant ces pauvres Anglais, qui, dans leur budget du voyage d'Italie, se votent d'avance le chapitre des arrestations, qui fortifient une chaise de poste comme une demi-lune, et braquent des pierriers de brick sur les créneaux des lanternes. L'autre nuit, lord S***, voulant se donner le spectacle d'un drame nocturne, a jeté deux de ses piqueurs en avant sur la route : il les avait déguisés en bandits, d'après les dessins officiels. En pleine campagne romaine, le noble Anglais a été arrêté par ses piqueurs, qui ne savaient juste de la langue italienne que les cinq mots sacramentels de l'arrestation. Vingt coups de feu à poudre ont été échangés; malheureusement, une balle qui s'était glissée, par distraction dramatique, dans un pistolet du lord, a traversé la cuisse d'un piqueur; l'autre, s'effrayant du sérieux inattendu de l'affaire, s'est jeté à la nage dans un marais pontin desséché par le dernier pape : il s'y serait noyé sans l'intervention d'une patrouille pontificale, qui lui a sauvé la vie pour le fusiller. Le généreux lord a couru au-devant des dragons pour leur expliquer la plaisanterie en anglais. Le brigadier romain était un Français de notre ex-garde, qui était furieux contre les Anglais et qui en cherchait un à manger depuis le camp de Boulogne : après vingt ans de service pontifical, il avait oublié le français et n'avait pas appris l'italien. Ne concevant pas qu'un voyageur osât prendre chaudement la défense des bandits qui l'arrêtaient, et entrevoyant là-dessous quelque chose qui ressemblait à de la complicité, il a fait garrotter le noble lord, qui lui criait toute la grammaire de Veneroni avec un accent d'acier britannique. Le piqueur blessé, le piqueur sauvé des eaux, et leur noble maître, ont été enfermés dans une grange, sous la garde de deux sentinelles. Le lendemain, l'affaire s'est arrangée en présence des autorités; le piqueur a subi l'amputation. »

Lord S*** est une des dernières victimes des brigands. Les Anglaises ne s'évanouissent plus sur la voie Appia. Gasperoni est enfermé dans la citadelle de Civita-Vecchia, et ses successeurs ont quitté l'Italie pour aller prendre possession de la scène de l'Opéra-Comique ou de la Gaîté : c'est là seulement qu'on les retrouve encore dans toute leur pureté traditionnelle, sous les brillants habits de M. Chollet et sous les sombres poses de M. Francisque. Ne vous fiez donc plus à ces touristes exaltés qui vous disent en vous montrant leurs trophées de voyage : « Voici un costume complet de brigand napolitain ! » Les tailleurs de Rome se chargent à tous prix de ces ajustements de fantaisie.

Les touristes qui mettent en réserve une bourse destinée aux rencontres de grandes routes ne songent jamais aux innombrables contributions que l'industrie italienne lève chaque jour sur leur inexpérience. Et cependant leur budget de voyage deviendra monstrueux, s'ils ne savent pas éviter les embûches tendues sur leur passage, embûches mille fois plus dangereuses que les attaques de grand chemin. La curiosité des touristes procure au peuple italien plus d'or que les chefs de bande les plus habiles n'en ont enlevé aux riches Anglais. Demandez aux collectionneurs, aux amateurs de peinture, aux faiseurs de fouilles, ce qu'ils ont payé leurs mystifications ! Comment quitter Rome les mains vides ! Tous les pèlerins ne s'en tiennent pas au costume complet de brigand napolitain ; ils veulent enrichir leur cabinet d'une plus précieuse rareté. Tous les goûts sont prévus ; toutes les passions trouvent un aliment. Les amateurs de tableaux déterrent dans toutes les boutiques des Raphaël, des Titien, des Véronèse, qui n'ont pas trouvé d'acquéreurs à l'hôtel Bullion. Des conducteurs de calessini, antiquaires de naissance, vous demandent, dans une de vos promenades, si vous ne désirez pas assister à une petite fouille, et des gens apostés pour ces sortes d'opérations vous déterrent, après un quart d'heure de travail, un bras, une jambe, un torse de dieu, fabriqués la veille et enfouis le matin en votre honneur. Il existe à Rome des fabriques d'antiquités, comme il existait à Paris, sous l'empire, des fabriques de vases étrusques. Un soir vous allez promener vos rêveries aux environs de Rome, et vous rencontrez un pâtre lettré qui vous propose de vous conduire au tombeau d'Horace! Heureux de cette bonne fortune vous vous laissez guider, et votre cicerone vous indique gravement une place vide, et vous demande ensuite le prix de son indication. Sur la foi des voyageurs mystifiés, vous vous décidez à aller visiter *les tombeaux des Scipions,* l'immortel laurier de Virgile; et les indicateurs officiels chantent en chœur à vos oreilles: *Ecco sepulcro di Scipione! ecco sepulcro di Virgilio!* Même absence de tombeaux! Les numismates trouvent à compléter facilement leurs collections. Les *Antonin,* les *Titus,* les *Othon* se renouvellent comme par enchantement: dans la ville chrétienne, *on bat encore monnaie à l'effigie des Césars;* et les amateurs se pressent chez les fabricants pour admirer la respectable vétusté et la belle conservation de ces vieilles médailles!

Arrêtons-nous! nous allions rencontrer les touristes désenchantés, êtres ennuyés et ennuyeux, qui aiment à placer sous vos yeux le revers des plus belles choses: le contact de ces voyageurs vous enlèverait vos dernières illusions. Évitez avec soin ces visiteurs qui s'écrient devant les loges de Raphaël: «Je croyais que c'était mieux que ça!» devant Saint-Pierre: «Tiens, on m'avait dit que c'était si grand; ce n'est pas le Pérou!» à propos de la colonne Trajane: «Ma foi, je préfère la colonne Vendôme, c'est plus national!»

Évitons aussi ces enthousiastes qui croient devoir pousser de furibondes exclamations à propos du moindre grain de sable romain; l'admiration taciturne des Anglais est préférable à l'agitation de ces furieux.   FRANCIS GUICHARDET.

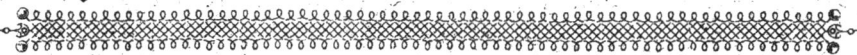

UNE ÉDUCATION UNIVERSITAIRE.

..... Currente rota, cur urceus exit?

 'EST toute une constitution d'État que cette hiérarchie uni-
versitaire, qui commence au ministre de l'instruction pu-
blique rayonnant sous l'hermine, et finit au maître d'étude
grelottant sous son habit râpé. C'est de plus un labyrinthe
inextricable que cette multitude d'ordonnances, de contre-
ordonnances, de mesures, de contre-mesures, d'avis, d'arrêtés,
de systèmes, etc., qui entourent dans leurs replis cet avor-
ton déformé qu'on appelle *éducation* : lisières qui s'efforcent
d'arrêter son inquiétude du progrès ; qui sont là, non point
pour l'empêcher de trébucher, mais pour l'entraver ; lisières
impuissantes que l'embryon fait homme brisera ainsi que
Gulliver les fils des Lilliputiens.

ÉDUCATION. Quel mot pour Sparte ! quel mot pour les siècles antiques ! c'est-à-dire
« un moule où vous fondez l'avenir d'un peuple en façonnant la génération nouvelle ; une
base de monument, une première pierre d'édifice. » Aussi quelle place Lycurgue et Solon
lui ouvraient dans leur code ! Quelle sollicitude pour ce piédestal où ils allaient asseoir la
nation ! Hélas ! comme les siècles, dans leur course, nous l'ont maladroitement déformée !
Faire son éducation, chez nous c'est être, pendant plusieurs années, fusillé à bout portant
de grec et de latin, bourré quand même de grec et de latin, comme les animaux qu'on
empâte, et se composer une teinte de demi-science à l'aide de quelques lambeaux arra-
chés çà et là d'histoire, de géométrie, de physique, etc., etc. Le grec et le latin, voilà le
fond de l'étoffe, le reste n'est que broderies, fioritures, accessoires, superfluités. Le grec
et le latin se dilatent et se délayent en huit ou dix années, fantômes monotones qui bourdonnent incessamment leur syntaxe à l'oreille de l'enfant et du jeune homme. Creusant
de plus en plus l'ornière qu'on nomme *routine*, l'éducation court toujours sur ces mêmes
routes en dépit des clameurs de réforme. Ce sont des langues cosmopolites, disent leurs
partisans, que parlent l'université d'Oxford, celles de Bonn et de Gœttingue, tout aussi
bien que la Sorbonne de Paris. Très-bien ! mais en fait de cosmopolitisme, comme Sganarelle, je préfère le français à ces idiomes défigurés par les prononciations nationales et
les différences de tradition. Du reste, par quelque secrète pudeur d'obéissance à l'opinion
publique, la routine a laissé ses deux bases puissantes céder quelques pieds de terrain à
des sciences d'une nécessité incontestable ; mais ce n'est pas à dire que les langues étrangères, ces langues bien vivantes et bien indispensables, que vous entendrez en faisant

quelques pas pour franchir le Rhin ou traverser la Manche, aient un droit de cité établi. Non, on les intercale honteusement entre deux classes de latin, pendant une heure dérobée à grand'peine, comme à regret, une seule fois par semaine et libéralement répartie entre quarante élèves. Ce qui n'empêche pas M. le recteur de se confondre, à la distribution générale des prix, en félicitations sur le progrès, de développer ses considérations lumineuses sur les bienfaits de l'enseignement actuel, ses utopies mensongères, qui sont autant de piéges et de chausse-trapes où vient se prendre la bonhomie du père de famille, heureux de trouver pour son fils une direction éclairée et paternelle.

Prenons-en un : M. Bouvillon, par exemple, marchand de soieries, honnête homme, de mœurs simples, d'esprit borné, d'instruction médiocre tant que les sujets sont en dehors des soieries, des mûriers, des vers à soie, des canuts et des fabriques, et placé dans cette position mixte qui n'est pas la pauvreté, mais qui n'est pas non plus l'aisance. Sortant d'une séance en Sorbonne, encore émerveillé par la solennité de la cérémonie, les splendides fourrures des toges, les palmes universitaires; les oreilles encore bourdonnantes du discours latin qu'il n'a pas compris, mais où il s'est attendri de confiance, il se réjouit en son âme de ces révolutions bénies qui ont placé toutes les têtes de niveau, n'ont laissé qu'une seule aristocratie, celle du talent, et ont permis à tous, nobles ou artisans, de s'asseoir au banquet de la science. «Grâce à Dieu, s'écrie-t-il, je puis voir mon enfant conquérir une carrière honorable et distinguée par le travail et l'intelligence!»

Rentré chez lui, il calcule ses modestes revenus, restreint la somme de ses dépenses, qui suffisait déjà à peine au nécessaire, en détourne une partie qu'il se promet de remplacer par une économie stricte, un travail de tous les instants; et l'enfant va dépenser en paresse et en inapplication le sacrifice de son père. Pauvre homme! pris à l'hameçon des phrases prometteuses des prospectus dorés, vous aviez compté, grâce à vos mille francs, sur une surveillance active, des soins assidus, des encouragements paternels. Pauvre homme!

Votre fils, ce coq et cet espoir, est sondé, dès son arrivée, sur ses connaissances acquises, sur son savoir-faire; on lance quelques sarcasmes sur l'éducation privée qui tend à énerver l'enfant par des complaisances funestes et des tendresses puériles; on attriste le malheureux en lui mettant rudement le carcan de la discipline qui doit redresser son caractère vicieux; on le sèvre de toute bienveillance et de toutes démonstrations affectueuses; il reste isolé, le cœur gros, au milieu de camarades taquins et agressifs, de figures dures et maussades, sous la férule du maître insipide et brutal.

Le jeune Edmond Bouvillon est d'une nature molle et apathique, facile à s'abattre, prompte à se décourager. A la première composition, le professeur le proclame le trente-huitième (notez qu'ils sont quarante). Dès lors il est jugé. C'est pour le professeur même chose que le banc de bois sur lequel il est assis; pas un mot d'interrogation, si ce n'est pour lui demander sévèrement une leçon mal sue; pas une parole adressée, si ce n'est pour le rappeler rudement au silence par un formidable pensum ou un renvoi de quelques jours. C'est un fait notoire et triste que cette négligence dédaigneuse de chaque

professeur pour les trois quarts de ses élèves. Au lieu d'activer les natures endormies,
d'aider les intelligences tardives, de combattre la paresse, ils se contentent d'accabler le
réfractaire de retenues ou de punitions. Si l'enfant est incapable, aligner à la suite le
même vers latin, écrit avec le secours de plusieurs plumes, n'est pas propre à lui développer l'esprit; s'il est paresseux, ce n'est pas le surcroît d'un travail fastidieux et inutile
qui attisera son activité; au contraire. Néanmoins, après cette manœuvre judicieuse, le
professeur se croit en droit de déclarer hautement que l'élève est un cancre incorrigible;
il l'abandonne à lui-même ou cherche à s'en débarrasser par des voies arbitraires.

Cela est dû à l'influence du concours général : c'est cette considération qui fait choyer
les piocheurs et ceux qui sont à la tête de la classe, grâce à des dispositions naturelles.
Futurs lauréats dans la lutte des colléges, l'ombre de leurs couronnes doit se projeter sur
la tête du professeur. Il se rengorgera suivant le nombre des élèves couronnés, car c'est
là ce qui doit établir la supériorité de son système, la persévérance de ses soins, la valeur
de ses leçons et la sollicitude avec laquelle il les donne.

Il est vrai, monsieur le professeur, vous avez développé une grande sollicitude, mais
seulement pour quelques-uns que vous avez nourris de tout ce que vous enleviez aux
autres. Ces élus, vous les avez relevés à chaque faux pas, vous avec rectifié leurs idées,
purgé leur esprit, illuminé leur intelligence; mais vous avez laissé leurs compagnons
s'embourber dans leur ignorance et croupir dans leur paresse; vous leur avez dérobé vos
soins, que votre devoir vous ordonne de répartir sur tous; vous les avez volés et vous
avez trompé leurs familles.

Ce ne sont pas là les seuls bienfaits du concours général. Tel est fort en thème (ce qui, soit
dit en passant, signifie imbécille au collége et
dans les vaudevilles), tel est fort en version : aussitôt le professeur l'engraisse, soit pour le prix
de thème, soit pour le prix de version. Le patient
est seriné sur la même gamme pendant toute l'année, on lui démontre par les syllogismes les plus
étourdissants qu'il est de son intérêt de sacrifier
toutes les autres facultés à la seule qu'il ait grande
et forte, ce qui me semble aussi rationnel que
les paroles de Toinette déguisée en médecin, disant à Argant:

«Voilà un bras que je me ferais couper tout à
l'heure, si j'étais que de vous. Ne voyez-vous pas
qu'il tire à soi toute la nourriture, et qu'il empêche ce côté-là de profiter?»

Heureux celui qui, peu soucieux des palmes d'une année, se récrie comme Argant, et
répond naïvement:

« Oui, mais j'ai besoin de mon bras! »

Edmond Bouvillon fait régulièrement ses pensums que les professeurs, nous devons le
dire, exigent avec une insistance bien méritoire; quant à ses devoirs, il ne les fait plus,
certain que le professeur ne les demandera pas; on lui donne ce qu'on appelle *une feuille
de chou*, c'est-à-dire une feuille de papier remplie d'écriture n'ayant nullement trait
au sujet donné, même une feuille de papier blanc, certain que le professeur ne la lira
pas. Si la sévérité de ce dernier est extrême, Bouvillon trouve un piocheur accessible à la
corruption, qui élabore ses thèmes et ses versions, moyennant force confitures et provi-

sions de bouche. Nous supposons qu'il n'y a point de mutinerie, en terme technique, de *boucan* (sorte de murmure sourd et monotone par lequel les écoliers témoignent de leur mécontentement quand le professeur a commis d'*atroces* injustices, doublé le devoir ou renvoyé un innocent, et qui aboutit à faire tripler la besogne, congédier dix élèves et peser sur la classe un pensum général), sinon nous serions forcés de clore la carrière scolaire de messire Bouvillon, car il serait infailliblement jeté à la porte, non pas de la classe, mais du collége, en dépit de l'*alibi* et de circonstances atténuantes, telles que son innocence et la culpabilité de l'élite de la classe. Il y a certains élèves dans les colléges qui jouent ainsi le rôle de boucs émissaires ; cela s'appelle *faire un exemple*. Dans les pensions, les directeurs en sont ménagers, car leurs revenus en souffriraient, et se bornent à la menace ; j'en sais un qui ne choisit ses *exemples* que parmi les philosophes après le dernier trimestre échu. Nous pourrions dire quelques mots de cette puissance de renvoi donnée au proviseur par laquelle il arrête brutalement l'avenir d'un jeune homme pour quelque peccadille innocente, mais cela nous entraînerait trop loin.

Le père du jeune Bouvillon a tenté à plusieurs reprises de faire sortir son fils les dimanches et jours de fête, mais chaque fois ce désir bien naturel a échoué devant le passif effrayant des retenues de son fils et l'inflexibilité du proviseur, qui n'aime pas qu'on lui force la main, dit-il, et qui abhorre les jérémiades des parents. Madame Bouvillon pleure, se désole et fait la remontrance à sa progéniture, en maugréant contre la férocité de l'administration; son cœur de mère lui fait inventer toutes sortes de prétextes, de subterfuges et de faux-fuyants pour fléchir la dureté du proviseur : le baptême d'un cousin d'Edmond

Bouvillon, le mariage de sa cousine, la fête de son père, voire même le trépassement d'un oncle, etc., rien n'y fait; M. le proviseur, qui n'a pas de sensiblerie pour les démonstrations de famille, refuse impitoyablement sa signature à l'*exeat*. M. Bouvillon, excité par son épouse éplorée, vient faire ses réclamations le jour d'audience. M. le proviseur le reçoit enseveli dans un fauteuil à la Voltaire, assis devant son bureau, l'écoute à peine, ne le regarde pas, et, dans l'impassibilité de sa morgue officielle, feuillète un livre, tandis que le père lui explique comme quoi il est fort cruel à une famille de ne pas jouir de son enfant pendant des mois entiers. « Que votre fils se mette en règle ; cela ne me regarde pas, daigne laisser tomber de ses lèvres le grand homme. — Je me verrai forcé de retirer mon fils... — Faites ce qu'il vous plaira, » répond M. le proviseur, à qui c'est, en effet, fort indifférent, et il congédie le père de famille d'un ton bref, en le renvoyant à ses secrétaires. L'impolitesse de ces autocrates de collége est passée en proverbe comme leur pédantisme, et ces rudes manières ne s'apprivoisent même pas pour les vieillards et les dames. Il est vrai que le plus mince employé de l'Université, envoyé par le ministre, les trouvera aussi obséquieux et serviles qu'ils sont, envers les parents, arrogants et dédaigneux.

Enfin M. Bouvillon s'avise d'une mesure pleine de sagesse : son fils est accablé de punitions, son fils est le dernier de la classe; il lui donnera son professeur pour répétiteur. Le prix des leçons de celui-ci, porté à un taux exorbitant, est en dehors de son budget; mais c'est un nouveau sacrifice que sa sollicitude paternelle n'hésitera pas à faire. Ces répétitions, puisque nous parlons d'abus, nous rappellent de quelles concussions inédites elles sont le texte en province : ces messieurs de l'Université savent y grossir leurs appointements par les manœuvres les plus déloyales. Juges sans appel dans les examens du baccalauréat ès lettres, ils exigent tacitement, comme condition de réception, que les candidats prennent d'eux des leçons taxées à un prix qui est énorme, même en le comparant aux prétentions des professeurs de Paris. C'est une spéculation odieuse sur laquelle on ne saurait trop arrêter les yeux des autorités universitaires. La ruse de M. Bouvillon réussit assez bien : l'intensité des retenues diminue, l'orage des punitions s'apaise, les places deviennent meilleures, les notes hebdomadaires se radoucissent. La conduite, dite autrefois *très-dissipée*, devient *légère*, puis *assez bonne*, et enfin *bonne*, degré où le thermomètre demeure jusqu'à la fin de l'année.

Les vacances arrivent : madame Bouvillon ne se tient pas de joie; son fils, qu'il lui était donné de posséder à peine quelques heures, va lui appartenir pendant plusieurs mois, où elle pourra apprécier ce que les études et l'éducation ont fait pour le développement de ses qualités. Pauvre femme! on vous amène un ours mal léché, un caillou brut dont nul lapidaire n'a fait sauter avec le ciseau la croûte rocailleuse qui cache peut-être un diamant. L'enfant est malpropre, malhabile, mal accoutumé à toutes les convenances les plus vulgaires; sournois, menteur et grossier, il croit toujours avoir à exercer ces vertus théologales comme à l'encontre de son maître d'étude : c'est toujours la même indocilité, la même résistance passive, la même obstination préméditée. Au milieu de ses camarades, il a pris une rudesse agressive, une brutalité qui désespèrent madame Bouvillon. Personne ne s'est chargé de lui apprendre ces minuties de la vie polie que l'usage a rendues sacrées : il parle avec un ton tranchant, il émet avec audace des idées saugrenues ramassées au collége; il interrompt bruyamment les amis respectables de son père, sans plus de souci que s'ils étaient ses condisciples. Il se croit toujours au réfectoire, où c'est à qui dévorera le plus vite la maigre pitance; il laisse voir à table une malpropreté qui eût soulevé le cœur de M. de Montausier, inventeur des grandes fourchettes et des grandes cuillers pour servir; il oublie à chaque instant les naïfs préceptes de tradition que la propreté a maintenues :

Regarde à la table et escoute,
Et ne te tiens pas sur ton coulte.
Ne faiz pas ton morcel conduire
A ton coutel qui te peut nuire.

Ne mouche hault ton nez à table,
Car c'est ung faict peu aggréable.
Oultre la table ne crache point;
Je te diz que c'est ung lait point.

Le morcel mis hors de ta bouche,
A ton vaissel plus ne le touche,
Ton morcel ne touche à salière,
Car ce n'est pas belle manière.

Boy sobrement à toute feste,
A ce que n'affole ta teste;
Et ne rempliz pas sy ta panse
Qu'en toy n'ait belle contenance.

Tiens devant toy le tablier net;
En un vaissel ton relief met.
Si tu faiz souppes en ton verre,
Boy le vin ou le gette à terre.

Ne touche ton nez à main nue,
Dont ta viande est tenue.
Ne offre à nul, si tu es saige,
Le demourant de ton potaige, etc.

Madame Bouvillon se récrie tout haut sur l'éducation des colléges, qui ne donne pas les notions les plus simples des rapports du monde. M. Bouvillon qui, malgré son peu de lumières, voit clairement l'ignorance de son fils, se demande tout bas où sont passés les mille francs fruits de sa sueur et de ses économies.

Notez bien que nous ne parlons pas de la moralité; nous aurions ici bien des voiles à soulever, des exemples de précocité tristes à rapporter, d'étranges choses à dire. Ce que remarquait Montaigne sous Henri II est encore vrai de nos jours : « Les escholiers mettent à l'essay leurs cognoissances charnelles devant que d'avoyr leu le chapistre d'Aristo- telès sur la continence. »

Quel serait donc le frein de ces imaginations désireuses, ardentes de jeunesse et d'effervescence, dont les sens s'allument à la lecture d'œuvres subversives, de pièces de théâtre, de principes dangereux, de romans obscènes ? La religion, qu'on avait mise sur le seuil des colléges comme dans un asile sûr où la pureté et la foi des jeunes âmes l'ac- cueilleraient avec une pieuse adoration sans arrière-pensée de scepticisme, la religion s'est retirée tristement, perdant le terrain pied à pied contre l'esprit fort de MM. les fonctionnaires de l'Université. Des prières illusoires sont mâchonnées, chaque matin et chaque soir, au milieu des criailleries et du bruit. La messe, ce devoir d'une seule journée de la semaine, est supportée avec impatience ; on bâille dans son livre, on regarde à tra- vers les vitraux de l'église, afin de voir si le temps sera beau pour la sortie : les petits rient du bedeau, des chantres, des voisins ; les rhétoriciens lorgnent les voisines avec des airs cavaliers. La communion est le seul épisode religieux de la vie de l'écolier ; on lui met entre les doigts un catéchisme qu'il apprend avec tout autant de componction que le rudiment et la syntaxe ; le maître d'étude dit quelques mots aux néophytes de l'impor- tance de l'acte qu'ils vont accomplir, en tenant l'index dans les pages d'un roman de Pigault-Lebrun. L'aumônier est à peine considéré ; on répond à peine à son salut humble et timide ; on le subit par respect humain *pour les préjugés*.

Le jeune Bouvillon a appris de ses camarades l'indifférence en matière religieuse, par- tant pour les devoirs que la religion impose ; et, s'il s'y soumet, c'est par crainte qu'on ne l'en réprimande ou pour conquérir un congé. Ses mauvais instincts se sont rapidement développés ; des habitudes funestes et dépravées sont venues s'y joindre : l'oisiveté de ses jeunes années a étendu sa lèpre sur ses bons sentiments d'activité et de travail. C'est cet homme vicié, paresseux, ignorant, débauché, que l'éducation a produit ; c'est à parfaire cet ilote de l'enseignement, ce fils qui vous dédaigne et vous méprise, monsieur Bouvillon, que sont passés vos mille francs ; c'est à déformer votre enfant, madame Bouvillon, que les plus maladroits orthopédistes se sont exercés pendant tant d'années, tout en l'éloignant de vous, et en ne lui permettant pas ainsi de se corriger à l'exemple de vos actions, de vos vertus humbles et intérieures, à l'aide de vos conseils et au contact de votre urbanité.

O pères de famille ! on peut vous dire avec un écrivain célèbre (M. de La Mennais) :

« Vous êtes incapables de discerner quelle éducation il est convenable de donner à vos enfants, et, par tendresse pour ces enfants, vous les jetez dans des cloaques d'impiété et de mauvaises mœurs, à moins que vous n'aimiez mieux qu'ils demeurent privés de toute es- pèce d'instruction. »

Hubert de Romilly.

LA CONFESSION D'UN DANSEUR.

I.

«Paris, le . . . . .

ONSIEUR et madame Corsé prient M. Eusèbe Guergolay de leur faire l'honneur de venir passer la soirée chez eux le 14 mars 1835. On dansera.»

II.

Cette lettre, mon cher Stéphen, était depuis huit jours sur ma cheminée, et chaque fois que mes regards s'y attachaient, je sentais mes nerfs se crisper et tressaillir jusque dans les moindres fibrilles; mon sang bouillait, j'avais des éblouissements. Des tissus et des éventails plus légers que des ailes d'abeille, des rubans, des guipures à remplir des corbeilles, passaient et repassaient dans ma pensée; enfin femmes, walseuses, musiciens, pistons, fiacres et danseurs que rien n'arrête, venaient rire et bruire à mon chevet.

J'étais poëte, comme tu le sais, j'avais eu vingt-trois ans aux derniers melons, et je joignais à la fraîcheur du champignon la candeur et la timidité d'Obermann.

III.

Ce bal m'inquiétait : il y avait fort longtemps que je n'avais vu danser, et surtout dansé moi-même. Je ne sais si tu admettras cette sensation; mais chaque fois qu'on a laissé reposer pendant un certain temps un exercice du corps quelconque, il semble

qu'on doive s'y trouver tout à fait impropre en s'y remettant : ainsi le nageur est défiant, le bâtonniste est timide, le cavalier frissonne parfois sur sa selle, le funambule
lui-même pâlit sous le balancier. Tu sais qu'au collége de Reims, où j'ai fait mes classes,
on ne connaissait absolument que le pas de bourrée. J'avais eu un prix de danse ou de
pas de bourrée, si tu aimes mieux. «Irai-je, n'irai-je pas au bal?» me disais-je. Cette
pensée bourdonnait dans mon crâne avec la solennité d'un balancier. C'était un simple
jeu d'esprit, car je savais bien que j'irais, mais on aime quelquefois à faire dos à dos
avec ses vœux intimes. «J'irai, m'écriai-je tout à coup, j'irai,» et je me mis à faire ma
barbe : je m'interrompais de temps en temps pour faire des pas de bourrée.

Je m'aperçus que je *bourréfiais* encore passablement. Quand j'eus fini, je m'aperçus
aussi que j'avais trois estafilades au menton : ce n'était pas trop pour un prix de danse. Je
remerciai Terpsichore et continuai ma toilette.

IV.

On a beau dire, Stéphen, un bal cache toujours quelque grande pensée. Mes vœux
étaient alors bien modestes. Quand la poésie que j'idolâtrais me laissait quelque répit, je
me rabattais sur la réalité; je faisais de la prose pratique et ne demandais au ciel que
deux choses : une sous-préfecture et son cœur. Quant à la dot, j'étais fixé, soixante-trois
mille francs, ni plus ni moins. A soixante-deux mille neuf cent quatre-vingt-dix-neuf
francs et quelques centimes je n'épousais pas. J'avais fait pour trois mille francs de
spéculations chez mon bottier, mon tailleur, ma blanchisseuse, etc..., et je tenais à ce
que la dot de ma femme n'entrât pour rien dans ces sortes de liquidations.

Neuf heures sonnèrent enfin à Saint-Severin. Alors je compris qu'il était temps de
partir; je fis un dernier pas de bourrée et me posai devant ma glace en Spartacus. J'étais
frisé, crêpé à la tubéreuse; j'embaumais.

«O Hermione! m'écriai-je, Hermione Lelièvre! c'est pourtant à toi que je dédie ces
boucles d'Arabie! A vous, à vous ma tête qui fleuronne et mes cheveux en couronne,
comme chante M. Monpou :

A vous ma lyre et mes richesses !...»

En disant cela, je frappai sur, mon gousset : j'y trouvai dix-neuf sous enveloppés dans un assignat de cinquante louis ; je fis mon compte, je trouvai pour total dix-neuf sous. Je descendis à tâtons : il pleuvait à torrents ; mais je me dis que de la rue de la Huchette à la rue Guénégaud il n'y a qu'une éclaboussure. Je m'élançai donc sur le pavé en m'écriant :

Guzman ne connaît pas d'averses !

V.

«O vieillards décrépits, têtes chauves et nues ! ô toupets, mollets ! Vestris, dites-nous comment un danseur-fantassin bondit et cabriole lorsqu'il est contraint de faire un trajet quelconque sur un pavé inondé par l'incertitude du temps ! que de soubresauts, de pas de Zéphire et d'impressions de bas de soie lui coûte la moindre enjambée ! A chaque pas il rencontre la cataracte du Niagara, ou la chute du Rhin, ou l'embouchure du Nil, ou le Danube, ou le Niémen, ou l'Ohio. Allons, jeune homme, oriente-toi, évite les gouttières, élude les mares, franchis les torrents.» Pendant que j'improvisais ce feuilleton, un fiacre passa : je lui tendis les bras de l'espérance, il me répondit en m'éclaboussant des pieds à la tête ; je m'essuyai froidement en m'écriant comme Macbeth : «*Oh horror ! horror ! horror !*» N'importe, je tenais toujours à mes soixante-trois mille francs de dot, tout éclaboussé que j'étais : «Je suis plus près de Vienne, m'écriais-je, qu'ils ne le sont de Paris.» J'étais dans la rue Guénégaud.

VI.

La porte cochère de maître Corsé, avoué au tribunal de première instance, avait un aspect vraiment magique. Un lampion mijotait devant la loge du portier. On avait fait filer jusqu'à l'asphyxie le quinquet de l'escalier pour faire ressortir les toilettes des dames. Du bas de ce même escalier on entendait ronfler l'orchestre ; alors je sentis mon émotion redoubler, j'essayai sur l'escalier un nouveau pas de bourrée. Mais, au moment où je tendais le jarret, j'entendis frôler derrière moi une écharpe légère, des socques articulés et une ceinture d'Asie. Je me retournai : c'était une famille de la rue de l'Oursine. Je n'ai que le temps de me précipiter dans l'ombre du palier, en tâchant de devenir, autant que possible, couleur de muraille.

Oh! l'entrée d'un bal! l'entrée d'un bal! souvenir que rien n'efface, suffocation, pamoison, éblouissement que rien n'égale! J'étais sur le paillasson, la porte s'ouvre, et je me trouve au milieu d'un océan d'épaules de femmes : c'était la salle à manger.

VII.

Oui, Stéphen, on dansait dans la salle à manger, on dansait dans le salon, dans la chambre à coucher, dans l'étude; où ne dansait-on pas? J'étais collé en espalier contre la porte d'entrée. Situation funeste pour un homme impressionnable tel que moi! Alors je me mis involontairement à jeter un regard téméraire sur ma toilette, et je la comparai avec toutes celles qui m'environnaient. Je m'aperçus avec douleur que j'étais au-dessous de la critique. Mon habit desséché, râpé, n'était pas même une queue de morue, c'était tout au plus une queue de merluche. De plus, le fiacre avait imprimé sur mon gilet blanc la décoration de la rue de la Huchette. Tous les regards étaient fixés sur moi... Je vis une dame que je supposai, d'après ses bras nus, être âgée de quarante-sept ans, donner un coup de coude à son danseur pour lui dire : «C'est le troisième clerc d'ici.» Évidemment cette phrase s'adressait à moi. Je baissai la tête et devins cramoisi comme les avant-bras de la dame.

Heureusement la contredanse finit; pendant que l'orchestre s'épongeait je pus respirer un peu plus librement. J'étais cependant toujours fort mal à mon aise. J'étais magnétisé par la chaleur et suffoqué par les manches à gigot. J'essayai de circuler : je ne connaissais guère que les clercs de l'étude; mais ils étaient tous lancés dans les invitations, ils couraient, pirouettaient, allaient et venaient d'un air affairé, sans même faire attention à moi. Quant au patron, c'était le Fiesque du tribunal de première instance. Il allait de l'étude à l'orchestre et du salon à la cuisine, donnant des ordres, distribuant des poignées de main à droite et à gauche; il était si magnifique, si étoffé, qu'il me parut engraissé depuis le matin.

J'ouvris plusieurs fois la bouche pour lui dire : «Bonsoir, maître Corsé,» mais il ne fit pas même attention à moi; il passa en m'époussetant la figure avec une des basques de son habit.

VIII.

La patronne n'était guère moins renversante que lui. Figure-toi, mon ami, la tour de Nesle décolletée jusqu'à la ceinture. Quant à elle, je résolus d'en avoir le cœur net :

après deux ou trois ricochets de sa part, je me plaçai si bien devant elle qu'il lui fut impossible d'éviter un salut à la victime, que je lui fis avec une expression d'amertume prononcée. Elle répondit par un «Bonsoir, monsieur Eusèbe.» Mais le vrai sens de la phrase était : «Bonsoir, criquet, paltoquet ; bonsoir, troisième clerc !»

Je souris, j'avais l'enfer dans la poitrine et le dédain dans les narines, comme l'Apollon des Tuileries. Je me mis à chercher des yeux mademoiselle Hermione Lelièvre.

Tu la connais, Stéphen, car je t'ai dépeint assez souvent sa chevelure couleur de tilleul, ses épaules osseuses, ses petits yeux gris de souris, son col d'une longueur démesurée, qui lui donnait de vagues affinités avec les magnétiques ondulations des anguilles de Melun. Il fallait joindre à toutes ces perfections un pied magnifique, quelque chose de primitif dans les gestes et le maintien, un vrai roman avec une âme selon mon chiffre, et avec une dot selon mon cœur. Je l'appelais Hermione ou la fille du commissaire-priseur.

IX.

Sa mère était un vrai sapeur-pompier.

«La jeunesse d'aujourd'hui est si mal élevée, disait-elle, que c'est aux femmes à se faire rendre justice elles-mêmes.» Aussi, pour traverser la cohue des bals et mettre son système en pratique, cette phalanstérienne créature avait-elle l'habitude de distribuer à droite et à gauche des coups de coude, voire même des coups de poing aux gens qui se trouvaient sur son passage : c'était la gendarmerie des quadrilles.

J'avais déjà passé plus de dix fois devant la banquette où se trouvaient madame Lelièvre et sa fille. Je marronnais une invitation, je barbotais dans mes phrases, je sentais les épithètes se porter vers mon cerveau avec frénésie, et mon col de chemise s'humecter par degrés. Enfin je me dis comme Julien Sorel de *Rouge et Noir :* « Si dans cinq minutes je n'ai pas invité Hermione à danser, je me réduis en capilotade. » Je l'appelais Hermione par un reste de licence poétique, je pensais au sonnet où je lui disais :

> Tulipe ou réséda, que l'on nomme Hermione,
> Ton être est pour mon être une incarnation,
> Ton haleine me cause une inflammation
> De poitrine, ta voix est l'archet de Crémone.
> . . . .

X.

Au bout d'un quart d'heure j'étais planté devant mesdames Lelièvre mère et fille :
« Mademoiselle veut-elle avoir l'avantage de... de... de... ? »
Je n'achevai pas : « Pour la septième, » interrompit la basse-taille maternelle.
Je m'enfuis aussi vite que mes escarpins me le permirent, et je me perdis dans la fête en m'écriant :
« Un vis-à-vis, un vis-à-vis ! mon royaume pour un vis-à-vis ! »
Je m'adressai à tout le monde, depuis le premier clerc jusqu'au saute-ruisseau. Tous les vis-à-vis étaient engagés pour neuf contredanses. Pitié ! pitié ! Enfin un monsieur me prend à part : « Jeune homme, me dit-il en me frappant sur l'épaule, j'ai pitié de vous, touchez là, mes jetés-battus sont à votre service. »
Je lui aurais décerné en ce moment le prix Monthyon. C'était M. Grattelard, huissier de l'étude.—Oh ! merci, père Grattelard ; va, tu vivras dans mes vers comme Racine a vécu dans les vers d'Horace, comme Aristophane dans ceux de M. Lassailly. Si je fais des vaudevilles, je ferai de toi un second Jovial ; si je fais des feuilletons, je te ferai des réclames, des canards, des *puffs.* J'enverrai des cachemires à ton épouse, des coupons à ta cuisinière pour la Gaîté, des billets pour l'exposition de porcelaines à tes clients. Je ne te refuserai rien, dès que je serai quelque chose ; tu verras si j'ai la mémoire du vis-à-vis !

XI.

Cependant tant d'émotions successives avaient considérablement excité ma soif ; déjà même quelques gosiers murmuraient autour de moi ; on attendait avec impatience les intermèdes rafraîchissants.—Enfin, madame Corsé paraît radieuse, les manches rebroussées ; derrière elle marchait Merlin, tenant à une hauteur prodigieuse un plateau, qui passa sur la tête des danseurs avec la rapidité d'un aérostat. Merlin eut à peine franchi la première haie des danseurs, qu'il se fit autour de lui une émeute de bras tendus, de regards altérés, de bouches féroces : le plateau fut pris d'assaut comme une redoute. Je crus voir néanmoins quelques privilégiés (les grenadiers du bal), qui portaient à leurs lèvres des verres contenant quelque chose qui ressemblait à un breuvage quelconque.
Plusieurs verres ont dû être avalés.
J'étouffais et je me sentais dans l'impossibilité physique d'adresser à mademoiselle

Hermione la moindre galanterie dans l'état de sécheresse où je me trouvais; mon palais ressemblait au Jourdain avant le passage de Pharaon. J'aurais donné de bon cœur dix-neuf sous et un assignat de cinquante louis pour obtenir un verre d'eau, un seul verre d'eau clarifiée, qui me permît de recouvrer un peu d'organe. Au milieu de mes vœux, j'aperçois le patron qui faisait un signe à l'orchestre. Aussitôt les violons repartent, on se presse, on se précipite, les quadrilles se forment, ou plutôt montent les uns sur les autres. Alors Merlin revient avec son plateau saccagé : tous les verres étaient vides, à l'exception d'un seul. Miracle! Je crus voir Moïse sauvé des gueules du Nil.

XII.

Je vivrais autant que le père Priam ou que Vestris père, que je me souviendrais toute ma vie de ce bienheureux verre, qui me fit l'effet d'être tombé du ciel, comme la manne de la Genèse. C'était un verre effilé, cannelé, limpide, rempli d'une liqueur trouble et rougeâtre, qui ressemblait à l'eau où les peintres d'aquarelles trempent leurs pinceaux; c'était du sirop de vinaigre, composé, à n'en pas douter, par la patronne. Je remerciai intérieurement Merlin, fidèle serviteur, le Caleb de l'étude; je me figurai qu'il avait compris mon desséchement et m'avait tenu ce trésor en réserve.

Mais au moment où je m'apprêtais à humer le sirop de vinaigre de l'Évangile, je sens une main lourde et brûlante, comme celle de Balthazar, se poser sur mon épaule. Je me retourne : c'était le patron. Ses prunelles flamboyaient; mes genoux fléchirent: «Monsieur, me dit-il d'une voix de stentor mitigée, n'avais-je pas dit que les clercs ne se rafraîchiraient qu'au buffet?»

En même temps il m'indiquait la cuisine.

D'écarlate que j'étais je devins pistache. Sans le plateau de Merlin, le verre cannelé s'évanouissait dans mes mains. Je voulus m'excuser, mais les paroles ne me vinrent pas; je ne trouvai sur ma langue que du sirop de vinaigre.

Le patron, *après m'avoir donné cette leçon,* me tourna le dos et retourna dans le salon de la bouillotte.

XIII.

«Va, m'écriai-je dès qu'il fut parti, Vandale, anthropophage, Han d'Islande, je voudrais avoir le pouvoir de Latone pour te changer en grenouille, et te faire avaler ton sirop de vinaigre, ton monstre, ton vitriol, ton épicier, que dis-je?... ton procureur de sirop de vinaigre... Va, je ne serai pas toujours troisième clerc d'avoué, je m'élancerai, comme M. Anicet-Bourgeois et tant d'autres, de la cléricature dans les belles-lettres. Alors je me vengerai, je t'afficherai, je ferai de toi un âne, un vampire ou un goule, comme Dante, Michel-Ange et Milton ont fait pour leurs détracteurs... En attendant, je te donne ma malédiction, à toi et à ta plus ou moins chaste moitié!...»

Comme j'achevais ma tirade, le signal de la septième contredanse se fit entendre. Alors j'oubliai tout à coup ma soif, ma colère et mon sirop, et je m'écriai :

« Enfin je te tiens, fameuse septième contredanse, qui dois décider du sort de toute ma vie! à moi, à moi l'univers!.. O fortune! ô Vénus! ô tout ce que j'aime et tout ce que je rêve!!!!!» et une foule d'autres points d'exclamation.

Je m'élançai vers Hermione ; mais j'étais si troublé que je faillis arracher madame sa mère à sa banquette. J'esquivai la réfutation qu'elle me destinait et j'allai me placer.

Mon vis-à-vis, M. Grattelard, étant déjà à son poste, je faillis m'évanouir lorsque j'eus examiné l'être qui lui servait de danseuse. Imagine-toi un vrai phénomène de foire, une petite fille de huit à dix ans, jaune, maigre, safran, un de ces enfants du malheur que l'on confie aux fils, neveux ou filleuls de l'amphitryon, qui sautillait sans la moindre idée de la mesure, chassant et déchassant *ad libitum*. Tel était mon vis-à-vis : c'était la fille de l'huissier.

XIV.

Malgré cet incident, le *pantalon* se passa bien ; et bien que j'eusse dans le dos le manche d'une contre-basse, je pus engager avec Hermione le dialogue suivant :

«Mademoiselle, il fait bien chaud dans le salon!...

— Bien chaud.

— Il fait plus frais dans la salle à manger.

— Plus frais.

— Vous êtes ici avec votre maman?

— Maman.

— Mademoiselle est sans doute musicienne? à en juger par... par...

— Par quoi, monsieur ?

— Ah! fort bien ! J'aurais cru cependant... je me serais imaginé que... Lequel préfé-rez-vous, mademoiselle, du flageolet ou du piston?...

— Oui, monsieur.

— Ah!.. eh bien ! en vérité, je m'en serais douté... parce que, en vérité... vous devez comprendre que...»

La conversation en était là lorsqu'il fallut balancer. « Elle est charmante, m'écriai-je. Pauvre petite! Et dire qu'elle sera sans doute sacrifiée comme tant d'autres à... à...» Le mot ne me vint pas.

XV.

Mais c'était à l'*été* que je m'attendais ; l'*été* est, comme tu le sais, le triomphe et le tremplin du danseur. Je partais le dernier, car je me trouvais en travers. Je récapitulais dans ma conscience tout ce qui s'était passé en moi depuis ma première entrée, et je partis du pied gauche.

O Stéphen ! devines-tu ce qui m'arriva, le devines-tu?... As-tu bien présent à l'esprit le dossier considérable, énorme, infini des mystifications, catastrophes et mésaventures dont la main du Créateur a peuplé la nature? « Ton pantalon a craqué? — Non vraiment. — Tu as écrasé l'orteil de ta danseuse? — Plût au ciel! — Tu as cassé le godet d'un quinquet ou fait prendre du punch à ta cravate? — Pas davantage. — Quoi donc?... quoi donc?... »

En traversant, mon ami, je ne sais comment mes jambes s'entrelacent, mes mollets s'embrouillent, mes tibia s'entre-choquent... Ah! j'aurais dû me défier du pas de bourrée!... Enfin, Stéphen, je tombe, mais je tombe comme on ne tombe pas; j'interromps le quadrille, je pirouette sur moi-même, je mords la poussière ; j'entends des cris, des éclats de rire, puis le patron qui prend sa voix de Sonneur de Saint-Paul pour s'écrier : « Maladroit! butor!... » Mais bientôt je n'entends plus rien, un crêpe noir s'étend sur mes prunelles. Je crois sentir qu'on m'emporte et qu'on me bassine les tempes avec du sirop de vinaigre : je fais tableau. Alors j'ouvre les yeux, je me retrouve dans la cuisine, et vois autour de moi plusieurs physionomies rébarbatives qu'il m'est impossible de reconnaître... Confus, pétrifié, je prends mes jambes à mon cou et je m'échappe avec la vivacité d'un pensionnaire du docteur Blanche.

XVI.

Le lendemain je me réveillai avec l'aurore; j'avais la fièvre. Alors je renonçai solennellement à la cléricature; je dis adieu, au nom du Styx, à l'étude de maître Corsé, à sa femme et même à mademoiselle Hermione Lelièvre, et je me mis à faire ma première pièce, qui fut, comme tu sais, refusée sur *scenario*.

J'aurais encore plusieurs autres circonstances de ma vie passée à te raconter, et qui certainement te divertiraient dans ta sous-préfecture du département du Var; mais le *papier manque,* comme disent tous les fils de famille qui tirent pour une carotte de..... sur les banquiers que leur a donnés la nature, et puis, comme dit Virgile :

Et jam summa procul villarum culmina fumant.

Ce que mon estomac traduit ainsi :

Déjà je vois fumer dans le lointain les fourneaux du père Katkomb.

Adieu donc; pour jamais ton, etc.

E..... G.....

P. S. Ah! j'oubliais... mais non... bah! pourquoi pas? Je te dirai donc que maintenant je me fais payer mes lettres six sous la ligne : c'est donc cinq cents francs que tu me dois. Tu es prié d'affranchir. *Farewell.*

GABRIEL COURNAND.

LA JOURNÉE D'UN MÉDECIN.

ɴ médecin de Paris qui a une clientèle, un service dans un hôpital, un titre à la Faculté et des chevaux à l'écurie, quelquefois même un éditeur, ce médecin-là étant surtout au monde pour les besoins de ceux qui souffrent, se lève à cinq heures du matin pour rédiger, *à tête reposée*, ses observations sur les maladies de la veille, en grossir ses œuvres complètes ou les envoyer au journal du lendemain. L'heure de son hôpital (sept heures) l'arrache à ce travail de cabinet. Il s'y rend à pied ou en demi-fortune. Il met, dans tous les cas, une précision mathématique à arriver à l'heure. Cette ponctualité lui donne le droit d'être très-sévère envers les élèves retardataires; il en use quelquefois, mais il n'en abuse jamais. A l'hôpital il est chef de service; ses malades, sa clinique, ses opérations l'absorbent tout entier jusqu'à dix heures.

Dupuytren s'était fait une loi de ne céder à aucune instance venue du dehors, en ce moment-là, de n'être distrait pour aucun motif de ce service des pauvres, exemple admirable et qui prouve beaucoup en faveur du caractère de ce grand chirurgien.

Il y a à l'Hôtel-Dieu, d'après un usage antique et solennel, une flûte qui doit servir au médecin de repas du matin. Les nouveaux médecins s'abstiennent d'y toucher avec un religieux respect ; Dupuytren prenait toujours cette flûte, par égard pour la tradition et peut-être aussi pour son estomac.

Il est onze heures quelquefois, et le médecin n'a pas quitté le tablier, ne s'est pas appartenu un seul instant.

Il rentre chez lui avec un appétit féroce. Quelques malades l'attendent dans une antichambre. Il se dit très-occupé et il ne tarde pas à l'être en effet ; il y aurait conscience de l'arracher à ses préoccupations. En ce moment, donnât-il des consultations, il n'aurait, je pense, le courage de mettre personne à la diète. Mais après avoir fait la part de ses appétits, le médecin reçoit sa clientèle à domicile. Ce sont les malades du quartier, qui ont trouvé le moyen ingénieux d'économiser une visite, et qui viennent surprendre à moitié prix une guérison qu'ils payeraient bien cher dans leurs foyers.

Le médecin monte aussitôt après en voiture, consulte sa liste de visites, et se fait descendre chez ceux qu'il nomme à juste titre ses malades.

Il y en a de tous les étages, de tous les quartiers, de toutes les professions, de tous les cultes, de tous les rangs et de tous les idiomes. Ici la maladie dérive d'une passion ; là la passion prend le caractère d'une maladie ; ici l'indigence se cache sous le luxe ; là c'est la richesse qui est enfouie sous des haillons. Une des propriétés du médecin, c'est de voir l'homme à nu et à toutes les heures de la journée. Selon l'épidémie qui court, le médecin prodigue la saignée ou les purgatifs, les stimulants ou les antiphlogistiques ; il n'a quelquefois qu'une *seule corde à son arc :* elle lui réussit à tous coups, à ce qu'il dit, du moins. Il faut rendre cette justice au médecin, qu'il demande peu de chose aux gens de lettres, et on l'accuse de méconnaître le génie ! Le médecin le connaît *intus et in cute,* et le traite par des douches. C'est assez bien formulé pour un médecin !

Quel homme, au reste, est aussi impatiemment attendu que le médecin ? Entouré, pressé, flatté, interrogé comme un oracle, on croit qu'il ne rencontre que des visages tristes ; mais au contraire il n'en peut rencontrer que d'épanouis, ouvertement ou en secret. Est-on convalescent ou mort, il y a toujours quelqu'un qui se réjouit.

Rien n'afflige dans le médecin que son absence ; l'impossibilité de l'avoir montre de quel prix il peut être pour un malade.

Sa journée étant tout son revenu, il la fractionne en autant de coupons qu'il a de malades. Un des principes de sa pratique, c'est de parler peu et d'écouter encore moins ; les médecins qui parlent peu inspirent généralement plus de confiance.

Le médecin, outre le personnel flottant de ses malades, a le cadre réglé de ses occupations, et dans ce tissu si dense, si serré, qui compose un de ses jours, comme pour les simples mortels, d'une durée moyenne de vingt-quatre heures, il faut qu'il loge les appels en consultation, les visites d'*extra* à la campagne, les voyages en poste qui arrachent à grands frais un médecin à son centre de vitalité, à son quartier général. Si l'on réfléchit qu'il est, en outre, membre de plusieurs sociétés savantes, de plusieurs conseils de salubrité, de plusieurs comités ou autres choses de bienfaisance, on a peine à se rassurer en pensant qu'il a l'Académie royale de médecine pour se reposer.

Il rentre chez lui à deux heures pour sa consultation. C'est une de ces heures religieuses qui fixent invariablement le médecin à la même table, en face du même buste d'Hippocrate. Il y a là recomposition pour lui de ce kaléidoscope d'infirmités, qui les lui représente en faisceau à l'hôpital, disséminées ensuite sur la surface des douze arrondissements, puis groupées de nouveau dans son antichambre, infirmerie plus élégante que la première, mais qui n'en est qu'une variété. Dupuytren, le même homme que nous avons vu professer avec une si noble abnégation le sacerdoce de l'art, procédait aussi avec une dignité hippocratique à cette consultation. Un secrétaire placé dans un salon à côté de son cabinet était chargé d'en recevoir le prix, invariablement fixé à cinq francs. La consultation est le tribunal de la pénitence de la médecine : tout le monde n'en peut pas sortir avec l'absolution ; beaucoup reviennent la chercher.

Chaque malade a pris quelques minutes du temps si précieux de l'homme de l'art. Il interroge la pendule avec anxiété, et se voit parfois forcé de suspendre ses consultations, comme il a suspendu ses visites. Nous parlons des exceptions, c'est-à-dire des célébrités médicales. Le temps passe beaucoup moins vite pour les médecins qui ne sont pas célèbres, ou pour les autres célébrités qui ne sont pas médecins.

Pour le médecin, c'est l'heure d'une nouvelle toilette ; ses clientes du grand monde l'attendent pour avoir de lui le bulletin de leur santé. La toilette d'un médecin doit être doctorale : habit noir, chemise à jabot d'une extrême finesse, ampleur de vêtement ; encore jeune, il peut avoir la taille serrée, des gants jaunes et des bottes vernies ; mais ce dandysme facultatif fait sourire les vieilles réputations.

Le médecin a équipage pour cette seconde visite. Il est moitié homme du monde et moitié médecin. Il ne manque jamais de donner à corps perdu dans une invitation à dîner, qu'il refuse d'un habitué au Rocher de Cancale, pour avoir le droit d'en esquiver une autre *à la fortune du pot* d'un académicien de ses amis, et cela parce qu'il tient à faire un bon dîner. Un médecin dîne chez soi et presque jamais autre part.

Le dîner d'un médecin est quelque chose d'hygiénique et de confortable à la fois, basé sur les lois de la tempérance et sur les raffinements de la sensualité. Brillat-Savarin était très-médecin ; aussi tous les médecins tiennent un peu de Brillat-Savarin. Le dîner semble attaché à la profession : c'est une des spécialités internes qu'il cultive avec le plus d'art. Il n'admet à sa table qu'une société plus choisie que nombreuse de gens qui savent manger. Au surplus, sous le couvert de son invitation, on peut avaler sans crainte et même s'indigérer sans scrupule. Les mets, calculés sur le tempérament des convives, sont un brevet de santé pour une huitaine au moins. Un médecin garantit ses convives sains et saufs jusqu'à la visite de digestion. On doit pardonner à ce repas d'être *secundum artem,* puisqu'il doit porter la compensation des longues fatigues entreprises au nom de l'art.

Au salon on parle encore médecine ou *littérature médicale,* saupoudrée de quelques nouvelles politiques, de promotions à la Faculté, d'épidémies à la mode ; c'est l'heure où le médecin se résume, compte ce qu'il a ajouté à son blason, se représente le tableau de l'actualité et s'applaudit ordinairement d'être né médecin.

Le médecin fait assez volontiers une apparition à l'Opéra, surtout s'il est médecin du

46

théâtre ; mais il faut qu'une pièce soit bien en vogue pour l'attirer à un autre spectacle : d'où il est logique de conclure que les drames qui ont été vus par les médecins ne sont jamais les plus malades. D'ailleurs, tout est drame pour le médecin. A lui la science des affections et des passions, comme au notaire celle des intérêts. Le médecin a trop vu mourir pour s'intéresser beaucoup à un faux semblant de mort ou d'empoisonnement. S'il pouvait complétement se faire illusion sur ses illusions, il s'enfuirait peut-être au troisième acte d'un drame, de crainte qu'on ne vînt le chercher au cinquième pour porter secours à quelqu'un.

La médecine, voilà le grand élément de l'existence du médecin ; parlez-lui médecine, même au théâtre, vous êtes toujours sûr de l'intéresser. Une nature *artiste* voit dans le médecin un homme à interpréter ; le médecin voit dans le poëte un *cas de physiologie* à étudier.

Le médecin est à sa vocation toute la journée : qu'on le prenne à telle heure qu'on voudra, il se meut toujours au nom d'un principe, le principe *vital ;* il y échappe, mais avec peine, la nuit, pour surprendre quelques heures de sommeil. Il fait verrouiller sa porte, veiller son portier, son domestique ; il est partout pour les solliciteurs, excepté dans son lit.

Quels sont les plaisirs du médecin ? quelles sont ses affections, ses passions, ses manies ? En a-t-il ? a-t-il le temps d'en avoir ? Qui le croirait ! lui qui n'a jamais une minute, qui est toujours en retard de plusieurs secondes sur l'éternité, lui qui dévore le temps, il a celui d'être antiquaire, horticulteur, bibliomane, artiste, collectionneur ; quant à naturaliste, *microscopiste,* anatomiste, cela rentre dans l'état. Vous trouverez quelquefois le plus grand médecin de Paris occupé à des riens, et tout plein de son sujet. Combien la pauvre humanité ne doit-elle pas souffrir dans ces moments-là !

Le dimanche c'est encore pis ! Le médecin a une maison de campagne où il se rend comme un simple bourgeois. Sa calèche, spacieuse comme un char des pompes funèbres, s'ouvre pour lui et sa nombreuse famille ; et sans que l'on sache ni pourquoi ni comment, le dimanche, la journée du médecin est un peu celle de tout le monde. Mais prenez le médecin sur semaine, alors qu'il est le plus médecin : de l'hôpital à la Faculté, de la Faculté dans son cabinet, de là chez ses clients, ne sachant auquel entendre, toujours en lutte avec le principe délétère de notre nature, asservi, en outre, à nos caprices, à nos fantaisies, à nos imaginations, subissant la plus impérieuse des servitudes, celle d'être souvent utile, toujours indispensable ; vous le trouverez sans cesse agissant, portant la santé, la consolation partout, ne se fixant nulle part ; et la journée du médecin, si pleine d'œuvres recommandables, est un des problèmes de la science et de la société.

L. ROUX.

LES MUSICIENS AMBULANTS.

'ART nous entoure de toutes parts et nous pénètre par tous les sens ; nous vivons dans une atmosphère épurée ; il y a de l'harmonie dans chaque molécule d'air que nous respirons. Les musiciens ambulants encombrent nos rues. Et en effet, depuis que la musique, descendue jusqu'à la soupente du portier, est remontée jusqu'à la mansarde, il ne faut pas s'étonner s'il pleut des musiciens sur le pavé.

Aux troubadours et aux trouvères des siècles de la chevalerie ont succédé, de nos jours, les musiciens ambulants ; exacte et triste expression d'un siècle sans consistance et sans couleur, où tout est rapetissé parce que tout est commun.

Vous ne pouvez faire un pas dans la rue sans rencontrer un jeune enfant des montagnes, une vielle suspendue à son cou, chantant des airs du pays et dansant devant vous à la manière des ours : même grâce, même légèreté, quelquefois mêmes cris sauvages ; mais en revanche, combien sa voix est douce et son œil suppliant quand il vous demande un petit sou ! comme vous vous sentez ému à la vue du petit malheureux qui n'a pas de mère pour veiller avec son ange gardien sur son enfance. L'orphelin grandit ; l'ambition lui est venue avec la conscience de sa misère et la crainte de l'avenir. Sans  savoir une note de musique, il s'improvise musicien. Avec l'aide de Dieu et des hommes, il arrivera peut-être à une certaine habileté, qui s'escomptera sur la place publique ou dans les carrefours, en une certaine quantité de gros sous. A force de privations et de persévérance il achète une vielle organisée : sa carrière est désormais tracée.

La vielle organisée est le point de démarcation entre le musicien de contrebande et le véritable musicien ambulant ; ici commence le domaine de l'art. Il y a tout un monde de sensations, d'idées, de sentiments, de perceptions, de mœurs et de prétentions à parcourir pour arriver du premier degré au second. Le simple joueur de vielle est ordinairement une manière de petit sauvage, qui n'a pas plus le sentiment de la musique que celui de la danse : c'est une machine attachée à une autre, dans le but d'en arracher des sons plus ou moins discordants. Il ressemble au joueur de vielle organisée comme l'instrument du premier ressemble à l'instrument du second : la forme extérieure est la même ; l'âme seule fait la différence.

Quelquefois la vocation musicale se révèle chez certaines natures d'élite avec une puissance qui étonne. Quel dilettante privilégié n'a senti tomber ses préventions aristocratiques en écoutant par hasard un de ces *maestri* des carrefours, dont un habitué des Bouffes ne pouvait soupçonner l'existence ? Deux célébrités du genre se disputent à Paris l'admiration et la menue monnaie des amateurs : l'un est un jeune père de famille que les souffrances morales et physiques ont marqué au front du sceau des véritables artistes ; l'autre, jeune aussi, rappelle d'une manière frappante ce type de bohémien perdu depuis longtemps : c'est une nature à part, une de ces figures incultes mais belles, dont le cynisme contraste avec les sons touchants et mélancoliques qui s'exhalent d'entre ses doigts. Celui-là aussi a toujours à ses côtés une compagne qui partage les tribulations de son existence aventureuse : elle joue habituellement de la harpe ; c'est toujours à peu près le même instrument, mais c'est rarement la même femme.

L'orgue appartient essentiellement à l'Italien. Vous le pouvez facilement reconnaître à son air à la fois passionné et abattu : il y a du lazzarone dans sa désinvolture. Il ressemblerait assez à une momie, quand il s'arrête, sans le mouvement machinal, lent et régulier de son bras, et le regard inquisiteur qu'il fait errer autour de lui. Observez-le : on croirait qu'il dort en marchant. Son orgue est placé sur son dos ; on dirait que l'homme et l'instrument ne sont qu'un, et que, semblable au colimaçon, c'est sa maison qu'il traîne. Il ne demande jamais rien, il joue : si vous ne le payez pas, il s'en va ; si vous lui donnez, il reste, et il est consciencieux, je vous assure ; pour beaucoup il donne beaucoup : le travail est proportionné au salaire, aussi bien que le salut dont il accompagne son remerciement.

Ailleurs ce sont des chanteurs, une harpe, un violon ; partout des lambeaux d'harmonie, comme des miettes échappées à la table d'un roi. Oh ! grands maîtres, votre génie serait de glace, si vous pensiez que tel air sorti de votre imagination de feu, de votre âme poétique, sera fané en quelque sorte par le souffle de la misère, comme une belle fleur arrachée du sol et dont les parcelles sont jetées au vent ! Il n'est pas donné à tous de comprendre cette voix de la mélodie, qui fait mouvoir en nous des ressorts si mystérieux qu'ils ébranlent tout notre être. En même temps qu'elle les élève et les régénère, la musique développe chez quelques-unes de ces organisations privilégiées, cachées sous la triste livrée du musicien ambulant, une énergie de sentiments que le vulgaire ne soupçonne pas. Que de drames se sont passés tout bas le soir, en famille, quand la jeune fille n'a pas rapporté de pain pour elle ou son vieux père, après avoir chanté tout un jour ! Oui, elle a chanté ayant la mort dans l'âme ; elle a souri quand son cœur pleurait ; elle ignore que l'indigence elle-même, pour intéresser, doit être belle. Hélas ! ses traits fatigués n'inspirent que l'indifférence ; ses yeux éteints ne sollicitent plus en sa faveur : les hommes passent sans un regard de pitié, sans la plus faible marque de bienveillance, et la pauvre enfant meurt un matin en exhalant son âme dans un dernier chant.

Le souvenir de l'enfance de la jeune tragédienne que tout Paris admire est un trait qui doit naturellement trouver sa place dans ce tableau. L'avenir de l'humble fille alors n'était point écrit sur son front : ses souffrances n'ont pas trouvé l'écho que devait plus tard éveiller son talent !

Malheureusement, ici comme ailleurs le fort est à côté du faible, le bon près du mauvais. Dans les cafés, sur les places publiques, des femmes chantent, une guitare à la main ou une harpe devant elles : c'est la cigale dont parle La Fontaine.

Paris, cet asile ouvert à toutes les infortunes politiques, est aussi le refuge, le rendez-vous général des musiciens errants et des chanteurs incompris de tous les pays. Ici c'est l'Alsacien entouré de sa nombreuse progéniture, famille nomade de ténors, soprani et basses-tailles improvisés, pataugeant et coassant à l'envi au milieu des ruisseaux bourbeux de nos rues, comme une troupe de canards voyageurs abattus sur un marais; là, c'est l'Allemand réuni en société anonyme pour l'exploitation de la clarinette et du trombone; plus loin, c'est l'Italien lui-même, le musicien par excellence, tour à tour instrumentiste et chanteur, Lablache ou Paganini, Paris a aussi dans ce genre une illustration qui lui est propre. Qui n'a connu, au moins de réputation, Marquis, Marquis l'ancien, le premier, le vrai Marquis? — car, depuis quelque temps, les Marquis ont prodigieusement multiplié sur le pavé de Paris. La concurrence est partout, la concurrence a tué Marquis... Marquis n'existe plus! Paris est veuf de son Marquis. Son héritage, sa défroque grotesque, son resplendissant habit canari, ses bas chinés, sa culotte vert-pomme et son jabot traditionnel appartiennent aujourd'hui à d'ignobles bohémiens; ils ont eu de lui tout ce qu'il y avait en lui de mortel. Mais sa réjouissante figure, son sourire malin, et toute sa personne, si spirituellement prétentieuse, qui nous les rendra? Il y a aussi loin de tous vos faux Marquis au grand homme dont ils portent le nom, que de Bobèche et Galimafré à leurs tristes et stupides successeurs.

Paris est en proie à une invasion de musiciens ambulants telle que, si l'on n'y prend garde, le bruit des instruments dans les rues dominera bientôt celui des voitures, et les étrangers, si peu convaincus déjà de la dignité de nos mœurs, pourront, à bon droit, nous prendre pour un peuple de saltimbanques.

La nuit elle-même ne fait pas disparaître ces tyrans de nouvelle espèce. Par une de ces belles soirées dont le ciel se montre si peu prodigue envers le Parisien, vous sortez de chez vous, l'esprit libre d'affaires, le cœur ouvert à toutes les émotions douces, et vous vous mêlez à la foule élégante et parfumée qui encombre à cette heure le boulevard des Italiens. Vous pensez, vous rêvez et vous observez en même temps. L'air est si frais! il y a tant de bonheur autour de vous, et parfois aussi de si plaisantes originalités! Mais voilà que tout à coup le génie, ou plutôt le démon de la musique, cette effrayante apparition qui vous a si souvent fait clore votre fenêtre pendant la journée, surgit à vos côtés sous la forme d'une petite fille armée de la fatale guitare, ou d'un petit garçon faisant crier sans pitié *le roi des instruments*. Comment fuir dans cette foule compacte qui vous presse de toutes parts? vous courez risque de vous promener ainsi fort longtemps au son de cette musique sauvage... Une seule chance de salut vous reste. « Un petit sou, s'il vous plaît. » Vous vous hâtez de payer, et vous passez. — Un peu plus loin même supplice et même rançon. — Vous n'en pouvez plus; les oreilles vous tintent, et vos nerfs agacés se crispent. Vous vous réfugiez sur une chaise. Vain espoir! Une femme, une pauvre Allemande, un enfant sur les bras, un autre sur le dos, un troisième debout à ses côtés, commence d'une voix glapissante un de ces airs tristes et plaintifs que l'on croirait un chant de mort... Le moyen de résister à cette double atteinte portée en même temps à la sensibilité de votre cœur et à la délicatesse de votre organe?

Paris, qui ne veut plus de mendiants, est peu habile à les cacher ou à les saisir. Et qu'est-ce donc autre chose, je vous prie, que ces aveugles à la clarinette criarde, ces éternels chanteurs de complaintes, et ces petits joueurs de vielle, malheureux enfants des deux sexes qui préludent ainsi à une vie d'opprobre et de misère? Puisqu'il faut qu'il y ait des pauvres, faites au moins que la charité puisse s'exercer librement, et ne permettez pas à l'importunité et au vice naissant d'arracher l'obole réservée aux vrais enfants de Dieu!

M A R I A D'A N S P A C H.

LA MISÈRE.

AUVRE mère ! Elle était avant comme beaucoup d'autres femmes, ni plus ni moins malheureuse. Un jour seulement elle s'effraya de la destinée qui l'attendait. La misère s'était assise, pour n'en plus bouger, sur le seuil de sa porte, au cinquième étage. La misère a-t-elle une expression ? Si elle devient l'indigence même, on s'habitue sur-le-champ à la confondre avec le néant. Madame Angel est mère de quatre enfants ; son mari mourut l'an dernier, pris dans l'engrenage d'une machine à vapeur, victime de l'industrie, dans l'atelier où il travaillait pour vivre au jour le jour. L'atelier ne fut pas fermé ; on dit, entre voisins, qu'un ouvrier était mort et qu'il laissait une femme et des enfants ; l'émotion s'arrêta là. La veuve recueillit l'héritage du travailleur : beaucoup de larmes, sans pain, elle lutte contre la misère ; elle est beaucoup plus morte que son mari.

De ses enfants l'aîné est apprenti compositeur. Un an s'est à peine écoulé depuis la mort du mari, et la misère, lèpre envahissante, a frappé Auguste, l'aîné de la famille ; il gagnait un franc par semaine, et sa mère le nourrissait à peine. C'était justice ; il était le plus grand et supportait mieux la faim que ses frères. Malade d'épuisement, il est entré à l'Hôtel-Dieu. Heureusement la mère n'aura plus que trois enfants à soigner ; elle est ouvrière et gagne vingt sous par jour. L'ouvrage venant à manquer, que va-t-elle devenir ? Elle cherche un ménage à faire, du pain à porter, et mille autres choses dont on ne peut avoir l'idée que sur le moment même, quand on meurt de faim dans la poitrine de trois ou quatre enfants. Une mère a pour ressource de frapper à toutes les portes ; un père en a une de plus, c'est de les enfoncer. Il peut se faire voleur. Oui, mais de toutes ces portes, quelle est celle qui s'ouvre, même pour une mère ? quel est le lieu de Paris, le bureau, l'établissement où un malheur réel, incontestable, et comme légalisé par son excès même, puisse se dire : « Je serai secouru. » Et si l'infortune de madame Angel a quelque chose de typique, de général, si c'est celle de beaucoup d'autres, c'est une raison pour y réfléchir moins, et on se console *sur la quantité*.

On est en plein hiver ; le bois n'étant pas un objet de nécessité première, on s'en passe sous la mansarde : du menu charbon pour cuire les aliments que le voisinage des halles fournit à ceux qui n'ont pas le moyen d'avoir du pain, voilà tout le combustible de la maison. Des pommes de terre délayées dans du lait pour les plus jeunes, tel est l'ordinaire de la maison. Il n'y a pas de lit, mais en revanche une paillasse dissimulée sous une couverture qui se double d'une grande quantité de haillons : tel est le coucher de la maison. Cette existence n'a rien d'absolument mortel, et c'est celle qui fait dire au premier venu qu'on ne meurt pas de besoin : cela est vrai, on meurt de maladie seulement, mais le besoin est une maladie. Aussi Auguste, l'aîné, mourra-t-il peut-être à l'hôpital, parfaitement soigné par le médecin du roi.

Il est, néanmoins, des heures où, si madame Angel n'écoutait que son désespoir, elle aurait d'elle-même une pensée qui n'arrive qu'à ceux qui réfléchissent. Le suicide est souvent un luxe dans une existence ; c'est toujours un crime dans celle d'une mère. Se tuer, d'ailleurs, et comment ? avec le charbon ? Madame Angel n'en achète jamais assez pour s'asphyxier complétement, sa journée n'y suffirait pas ; et il n'est pas, d'ailleurs, un seul chiffon sur les épaules de sa fille aînée qui soutînt un crime à hauteur de pendu.

Madame Angel n'est d'aucun bureau de bienfaisance ; elle n'a pas le temps de s'informer comment viennent les secours, mais seulement comment vient le travail. Quand elle aurait pu demander des secours, elle n'était pas encore assez malheureuse pour y songer ; maintenant elle l'est trop pour que cela puisse lui suffire. Ayant éloigné une fois pour toutes une pensée criminelle, le suicide, ira-t-elle se jeter dans les bras de l'aumône, ce tombeau de la fierté humaine ? Elle rassemble toutes ses forces en un seul faisceau ; elle met sa robe la moins déguenillée ; elle se souvient qu'elle est ouvrière et qu'elle peut vivre ainsi du fruit de son travail ; elle visite tous les marchands, marchands de jouets d'enfants destinés à de riches bambins qui, brisant et lacérant tous ces riens qui les amusent un instant, auront d'avance arraché à la mort une mère et sa famille. Les magasins sont encombrés, la vente est douteuse ; néanmoins on assure à la mère du salaire pour une journée.

Hier, la pauvre mère était encore quelque chose, une ouvrière ; ce n'est plus aujourd'hui qu'une femme malheureuse. Bientôt toute la famille n'aura plus qu'une ressource, mourir de faim.

Combien durera cette vie de combats et d'épuisement ? Demain ses enfants vivront-ils encore ? aura-t-elle encore la force, le pouvoir, la volonté de travailler pour eux ? sera-t-elle encore à même de souffrir comme elle a souffert ? Madame Angel ignore tout cela : elle vit aujourd'hui, parce qu'elle a vécu hier, parce qu'il lui est impossible de s'arrêter tout à coup, parce que son sort est de faire ce qu'elle faisait tout à l'heure, parce que le malheur qui s'est emparé d'elle, la Providence qui la conduit au tombeau, connaissent seuls ce qu'il lui reste à vivre.

Le froid devient plus aigu, on se presse la nuit sur le même grabat ; les vêtements se déchirent, on passe la nuit pour les raccommoder ; enfin un matin le pain, les pommes de terre, l'ouvrage, tout manque à la fois, et la pauvre mère manque la dernière à ses enfants ; elle s'évanouit !... les enfants pleurent, et les voisins sont bien forcés de venir au secours de la famille. On indique de l'ouvrage à madame Angel ; elle y vole. Les enfants vivront encore une semaine...

Mais dans le réduit occupé par cette pauvre famille, rue Guérin-Boisseau, dans la plus pauvre maison de la rue la plus pauvre de Paris, là pitié n'a que des éclairs ; chaque voisin en a un qui l'est encore plus : la misère ; c'est l'hôte le plus constant de la maison, tous les locataires la connaissent. Là on prête un instant la main à celui qui tombe, mais malheur à lui s'il n'est pas assez fort pour marcher encore ! si c'est une mère de famille, malheur à elle ! Une redoutable sentence est écrite sur le front de chaque habitant de ce fortuné séjour, et chacun en éloigne le plus qu'il peut l'exécution. D'ailleurs, plusieurs misères réunies n'ont jamais fait une fortune.

On sut dans la maison, dans la rue, dans le quartier ; on sut dans un grand journal, et on le sut partout en vain, qu'une femme, mère de plusieurs enfants, mourait de misère dans un coin obscur de Paris. Ce fut en vain aussi que le sentiment maternel ne fit jamais défaut à cette femme. Le courage s'arrête quelquefois parce qu'il est homme ou femme; le malheur ne se repose jamais : il n'était pas écrit que le malheur devait laisser échapper sa proie.

Madame Angel, aussi forte que le malheur, fut vaincue par sa persistance ; un jour on la trouva morte dans sa mansarde : le froid avait atteint 29 degrés. Ses enfants vivaient encore, et furent recueillis par le bureau de bienfaisance et l'administration des hospices. Auguste, en sortant de l'hôpital, ne retrouva plus sa mère ; mais il sait qu'il a sur la terre des frères et des sœurs. Auguste est ouvrier compositeur. Puisse-t-il ne point faire défaut à la tâche qu'il a reçue de la destinée, en se souvenant que la sienne n'a été autre que par une faveur spéciale de cette Providence qui le fit entrer... à l'hôpital.

Voilà cette vie de Paris si brillante et si parée. Écrivains, artistes, qui avez de l'or au bout de la plume ou du pinceau, montrez-nous-en la médaille ; pour vous, au contraire, heureux du siècle, souffrez parfois qu'on vous en montre le revers.

ANDRÉAS.

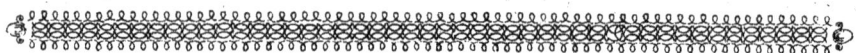

LES APPARTEMENTS A LOUER.

 ARIS est la ville des déménagements et des appartements à louer. Quatre fois par an, c'est un déplacement de la population, un va-et-vient perpétuel de *tapissières,* des voitures d'administration, un remue-ménage général. Les fortunes s'élèvent et s'écroulent si vite, et les déplacements se font avec tant de facilité ! L'employé mis à la réforme, l'industriel, le spéculateur, changent de logement selon les variations de l'aveugle déesse ; ils descendent ou montent d'un étage, selon que leur position financière hausse ou baisse ; mais le mouvement se fait toujours en sens inverse. Les filles d'Opéra et toute la grande famille des femmes qui spéculent sur l'amour ont mille et une raisons qui les poussent à faire voyager incessamment leurs pénates. L'artiste qui a deux jours de fortune se hâte de prendre un appartement confortable. L'étoile d'or vient-elle à pâlir, l'artiste va planter sa tente sur les hauteurs inaccessibles de quelque masure ignorée. En province, l'usage plus fréquent des baux met bon ordre à cette manie d'émigration périodique : la Saint-Jean et Noël sont les seuls *termes* adoptés entre les locataires et les propriétaires départementaux.

Depuis le 1er janvier jusqu'au 31 décembre, dans chaque rue et presque à chaque porte, vous trouvez un ou plusieurs écriteaux suspendus, de couleur jaune ou blanche (la couleur jaune est exclusivement réservée à l'indication des appartements meublés). De tous côtés vous voyez briller, comme les ardentes prunelles d'une courtisane, les grandes lettres noires des écriteaux provocateurs. Vous êtes sous le charme ; la séduction vous arrive à chaque pas, sous toutes les formes, par toutes les portes... *Grand et bel*

appartement..... Appartement fraîchement décoré..... Petit appartement..... Quand même vous n'auriez pas un désir bien prononcé de quitter le logement que vous occupez actuellement, si vous m'en croyez et si vous n'avez pas une triple enveloppe autour du cerveau, vous entrerez sans hésiter ; il ne vous en coûtera qu'un escalier plus ou moins haut à monter, et en redescendant, quelques paroles d'excuses au bienveillant portier, à qui vous serez redevable, en outre, de plus d'une précieuse découverte.

Et d'abord, s'il s'agit pour vous d'un *bel appartement*, le regard inquisiteur du portier vous parcourt de la tête aux pieds, et si ce rapide inventaire de votre personne donne pour résultat approximatif une situation financière en rapport avec les prétentions que vous manifestez, alors le cerbère parisien s'humanise, soulève lentement sa casquette plus ou moins vénérable, et répond à toutes vos questions avec une complaisance et un air de respect qui prévient en sa faveur. Vous demandez le prix de l'appartement : — « Quatre mille francs, monsieur. »

Vous suivez l'aimable portier, dont l'occiput a été définitivement et entièrement dégagé de l'indispensable casquette. Il est devenu, comme par enchantement, communicatif à l'excès, et prodigue de promesses comme un éligible ou comme un prospectus. Vous remarquez que l'escalier est mal tenu : « Il va être remis en couleur. — Un peu sombre. — Il est éclairé jusqu'à minuit. — Étroit. — Il peut être élargi. — Les murs sont malpropres. — Ils vont être repeints à l'huile. » Pour peu que vous insistiez, il vous dira qu'on va démolir la maison pour en construire une autre sur votre plan et selon vos goûts. L'appartement que vous allez visiter est au second ou au troisième étage, et avant que vous soyez arrivé à la porte vous savez, 1° le nom et la demeure du propriétaire ; 2° le nom, la profession, la fortune, le train de maison, le caractère du locataire auquel vous allez succéder.

Il est dix heures du matin. Le portier sonne (bizarre contradiction de mots) à la porte du locataire que vous venez surprendre à une heure aussi indue. Un autre se serait révolté, et aurait refusé tout nettement votre visite importune, car il en avait le droit. Selon les us et coutumes qui règlent la matière, le locataire n'est tenu d'ouvrir sa porte à l'indiscrète sollicitation des amateurs qu'à partir de midi. Mais je suppose que vous avez affaire à un locataire complaisant. Le domestique qui est venu vous ouvrir livre successivement à votre curiosité chaque pièce de l'appartement, tandis que le locataire importuné fuit de chambre en chambre, avec toute sa famille, devant cette invasion de barbares, comme le vieux Priam devant les soldats d'Achille. Vous voilà dans la salle à manger, dont la table, où le couvert est encore mis, vient d'être désertée subitement. Vous pouvez d'un coup d'œil compter les plats, en connaître la qualité, et juger ainsi de l'ordinaire et du nombre des convives obligés du maître de la maison. Vous passez dans le salon ; tout y est dans un désordre qui n'a rien d'artiste : les meubles ont quitté leurs places respectives, et s'entassent confondus au milieu du parquet dans un pêle-mêle inextricable. C'est un labyrinthe de siéges de toutes les formes : il y a une pile de tabourets sur un guéridon, une châtelaine est étendue renversée sur un canapé, des chaises montent les unes sur les autres les pieds en l'air, à la façon d'Auriol ; plus loin, à l'écart, un immense fauteuil se couvre d'une famille de siéges de toutes formes et de toutes dimensions, les uns assis sur ses bras, comme de petits enfants, d'autres sur ses genoux, d'autres huchés derrière son dos, tableau touchant ! — Vous vous arrachez à cette scène de famille, et vous tournez à droite... Arrêtez ! vous voilà à l'entrée du sanctuaire... Il est écrit que les étrangers n'entrent pas ici... Libre à vous, cependant, d'embrasser d'un regard furtif l'ensemble de cette chambre, qui n'a pas achevé sa toilette, pourvu que vous consentiez à ne pas voir ce que l'on n'a pas eu le temps de cacher, et le lit à demi découvert qui n'a pas encore reçu son enveloppe de soie... Vous pénétrez dans une autre pièce de la même destination que celle-ci, mais moins élégamment ornée, et puis... vous revenez sur vos pas, toujours chassant devant vous quelque brebis retardataire du troupeau paisible que vous avez effarouché, un enfant qui tombe en se sauvant, une bonne, un petit chien qui dispute le terrain, chambre à chambre, avec un louable acharnement... Vous passez dans la cuisine, dont la souveraine légitime vous a fait un accueil assez semblable à celui du fidèle roquet, plus, deux ou trois taches à votre habit. Enfin vous avez tout vu, l'officieux concierge ne vous a pas fait grâce du recoin le plus obscur. En vous retirant, vous rencontrez par hasard le maître du logis, que vous saluez bien bas, et qui passe sans vous répondre.

Maintenant, si vous n'êtes pas né au pays des Esquimaux, ou que vous ne soyez pas débarqué hier de Brives-la-Gaillarde, vous devez connaître l'intérieur que vous venez de visiter, comme un bon marin connaît à première vue le navire où il a posé le pied. Vous en savez la géographie générale, le personnel, les ressources, les provisions, le gouvernement... Que si vous désirez pénétrer plus avant... parlez, votre cicerone ne demande pas mieux que de vous répondre. Voulez-vous savoir si monsieur et madame sont des *gens comme il faut,* s'ils vivent en bonne ou mauvaise intelligence, si leurs affaires prospèrent, si monsieur est fier ou *bon enfant,* rangé ou libertin, avare ou prodigue; si madame est jeune ou vieille, jolie ou laide, sage ou coquette; si les enfants sont bien élevés et les domestiques bien payés, si l'on *reçoit,* quel monde on fréquente, si monsieur s'absente fréquemment, si madame reçoit des visites particulières, si... demandez toujours, ne craignez rien, le portier mettra moins de temps à raconter que je n'en mets à écrire... Le portier a été institué pour garder la porte, mais non pour garder les secrets qu'il surprend. Demandez!... quand il vous en coûterait bien une pièce de cinq francs!

Vous vous retrouvez dans la rue. Un autre écriteau se balance au-dessus de la porte en face : *Joli appartement de garçon !* Cette annonce a je ne sais quoi de séduisant. Cela fait rêver et sourire en même temps; il y a dans ces trois mots tout ce qui fait l'existence douce et bonne, les deux plus grands biens de la vie : l'amour et la liberté ! Il y a de joyeux amis qui viennent fumer vos cigares et boire votre punch; il y a de gais déjeuners, de décentes orgies, et parfois aussi, des femmes voilées qui montent légèrement l'escalier et frappent discrètement à la porte... Oh! entrez! entrez! (c'est à l'amateur que je parle) entrez visiter votre futur logis...; mais auparavant, répondez-moi : Savez-vous ce que c'est qu'un *appartement de garçon* ? C'est quelque chose de bizarre, d'incomplet, de bas, d'obscur, d'étroit, d'incommode et de fort cher ! Savez-vous encore quelles charges sont attachées à ce nom? C'est, d'abord, un ménage à faire pour le portier, qui vous demandera préalablement si vous êtes pourvu, pour cet objet, d'une personne de confiance. En ce cas, il faudrait y renoncer; car c'est là pour vous une condition tacite mais inévitable d'admission, la pierre d'achoppement entre le célibataire et le portier. Le ménage du garçon appartient, de temps immémorial, au portier, par droit d'inquisition et de persécution ; l'impôt mensuel qu'il prélève sur l'insouciance et la générosité naturelles à cette classe estimable de locataires forme la plus forte et la plus claire partie de son budget. On sait que le cinquième est d'un meilleur rapport pour la loge que tous les autres étages réunis; aussi n'espérez pas faire entendre raison au portier à cet égard. Si vous avez l'air de ne pas le comprendre et de passer outre à sa réclamation, soyez sûr qu'il va doubler pour vous le prix du logement, et si, par impossible et contre son attente, souscrivant en homme aveuglé par la passion à toutes les conditions qu'il lui plaira de vous imposer, vous persistez à venir vous installer malgré lui dans l'appartement malencontreux, attendez-vous à recevoir vos lettres le lendemain de leur arrivée, vos journaux deux heures après leur remise , vos créanciers à toute heure , vos amis le plus rarement possible , et votre maîtresse... dans le moment où vous l'attendez le moins ; attendez-vous à crier toujours trois fois : *Le cordon, s'il vous plaît !* quand vous voudrez sortir, et à frapper à la porte le soir, quand vous voudrez rentrer, un nombre de coups d'autant plus grand qu'il fera plus froid, ou que la pluie tombera plus serrée ; attendez-vous à voir votre palier tout particulièrement sale et constamment boueux, à ne recevoir chez vous que des inconnus et des importuns , à perdre peu à peu toutes vos relations dans le monde... attendez-vous à tout , hormis au bonheur que vous vous étiez promis... Après cela, je ne vous retiens plus, entrez si vous l'osez... ou plutôt, exécutez-vous de bonne grâce, en congédiant votre gouvernante au bénéfice de votre portier. Moyennant cette légère concession, vous pouvez être assuré d'être rançonné, volé , espionné , écorché vif tout le long de l'année , depuis huit heures du matin jusqu'à minuit inclusivement...

Enfin vous avez consenti à tout ; vous visitez votre futur domaine... Vous remarquez d'abord qu'il est situé un peu haut. Mais la vue y est si belle, l'air si pur, et puis, quand on est jeune, quelques centaines de marches de plus à monter, cela fait du bien. — Les pièces sont petites. — Mais, c'est plus commode... on a tout sous la main. — Vous remarquez encore que les papiers sont sales, que les peintures sont effacées, que le parquet et le plafond, crevassés et lézardés, ont l'air de se faire la grimace... Rien n'embarrasse le portier ; il a une réponse prête à chaque objection. D'un coup d'œil il a vu le parti qu'il pouvait tirer de vous, pour son maître comme pour lui-même. En général, quand sa propre part est faite, le portier ne demande pas mieux que de songer aux intérêts de son maître. Or, en général les propriétaires, comme on sait, sont généralement ennemis des réparations qui leur coûtent , et les portiers, interprètes naturels des réclamations des locataires, sont souvent mal venus. L'habileté du portier, dans cette circonstance, est d'une simplicité remarquable : elle consiste à promettre toujours... Il prend alors un air de bonhomie, et vous dit d'un ton confidentiel : « Il y a bien quelques petites choses à faire, sans doute, et ce n'est qu'une bagatelle ; mais *notre monsieur* est un peu *regardant*... Si vous vouliez seulement partager les frais, je me chargerais bien d'obtenir... » Pour peu que le logement soit à votre goût, la proposition vous agrée... vous acceptez... Les réparations sont faites... vous voilà installé dans le nid si longtemps convoité par vous, si propre maintenant, si bien décoré... vous êtes heureux, ravi... Le tapissier, le plâtrier, le peintre , apportent leurs notes ; vous payez sans objection, et vous serrez précieusement les mémoires acquittés que vous présenterez au propriétaire en règlement de compte... Le terme venu, le propriétaire vous répondra qu'il n'a entendu parler d'aucun arrangement de ce genre avec vous... Le portier avait tout pris sous sa casquette... Vous criez à l'infamie, au guet-apens, et puis vous vous calmez, comme doit le faire tout homme sage et tout locataire qui se respecte. — Trois mois plus tard, on parle d'augmentation... Vous criez plus haut, mais vous restez... Enfin, trois mois plus tard, vous recevez un congé en bonne forme, sous prétexte qu'un parent du propriétaire est venu lui demander un logement, ou qu'un grand appartement veut s'agrandir aux dépens du vôtre, et que l'on n'a rien à refuser aux grands locataires... Cette fois vous ne criez plus , vous êtes foudroyé ; vous payez votre terme avec une dignité parfaite, et comme la loi exige absolument que tout citoyen loge quelque part, vous allez retenir un autre logement, mais vous ne faites plus de réparations.

Dans l'arsenal des ruses du portier, ceci n'est que de la glu pour prendre les petits oiseaux. Il y a bien d'autres tours, vraiment, à l'encontre de la gent locataire, aux dépens de laquelle il vit grassement , embusqué dans sa loge, comme un renard qui aurait fait élection de domicile à l'entrée d'un poulailler. Pour ne parler que des plus fréquents et des plus sûrs, avez-vous jamais réfléchi que le *denier à Dieu* était pour le portier une source de profits trimestriels, et qui, dans certaines maisons, lui complètent un revenu assez rond et presque sûr? Il prélève la dîme sur tout ce qui entre dans sa loge. La *bûche du portier* (pour le dire en passant) n'est qu'une image légère, imparfaite des droits qu'il s'arroge en secret. Il lui serait aussi impossible d'expliquer ainsi la chaleur suffocante de son foyer pendant l'hiver, que l'abondance de sa table pendant toute l'année, par la maigreur extrême de ses gages. Il y a, d'ailleurs, dans la pratique de son métier une finesse toute spéciale. Une vieille coquette n'est pas plus habile à dissimuler ses rides, que le portier à déguiser les défauts d'un logement difficile à louer. La vue donne-t-elle sur une cour laide ou malpropre? s'agit-il de dérober l'aspect de quelque objet désagréable? un clou, adroitement caché, rendra impossible pour le moment l'ouverture de la fenêtre. C'est un avocat qui plaide les plus mauvaises causes, et qui les gagne souvent.

Si vous n'êtes pas un habitant de Paris, et que vous soyez en goût d'un logement, je vous dois un avis. Voyez-vous cette maison dont la porte est flanquée d'écriteaux? Toutes les fenêtres ont des abat-jour, et tous ces abat-jour sont constamment baissés... Une chaîne les retient irrésistiblement fixés à un anneau enfoncé dans l'encoignure de la fenêtre... C'est une prison, dites-vous? Non, c'est moins que cela... Je suis sûr, cependant, qu'on vous y donnerait pour rien, ou à peu près, un logement fort confortable; car on y est d'autant plus avide de gens honnêtes, qu'ils y sont plus rares. Dieu vous préserve d'habiter jamais cette maison. Votre logement serait délaissé aussitôt par toutes vos connaissances, et vous verriez vos plus chers amis se détourner sur votre chemin... Passons.

Les *appartements meublés*, ceux, du moins, destinés aux célibataires, deviennent plus nombreux de jour en jour. Les personnes qui les donnent à location se divisent en deux catégories. Les personnes malaisées, qui retranchent sur leur logement pour ajouter à leur revenu, et celles qui spéculent sur l'imprévoyance habituelle des célibataires et l'inexpérience des étrangers. Celles-ci sont ordinairement des femmes galantes sur le retour, qui suppléent ainsi à l'insuffisance d'une maigre pension ou d'une inscription de rente sur l'État, seul débris de leur ancienne opulence. Quelquefois, cependant, la maîtresse du logis est encore jeune et jolie. Dans ce cas, l'appartement est remarquablement plus cher. Il est formé, généralement, de deux pièces détachées de l'appartement principal, et meublées avec une élégance mesquine. Le meuble du salon est dépareillé. Il se compose d'un canapé rouge ou bleu, dont les bordures sont ternies, et dont le fond commence à blanchir, de deux fauteuils de couleur différente, deux chaises en crin, et d'un guéridon avec un dessus de marbre gris. Les murs sont toujours décorés de quatre dessins de Dubuffe. La chambre à coucher est petite; souvent il n'y a pas de cheminée. Le lit est entouré de rideaux de mousseline, surmonté d'un édredon. La ruelle est nécessairement ornée d'une glace. Une causeuse est placée au coin de la cheminée. Les pendules sont rares dans ces sortes de logements; mais, en revanche, on y prodigue les canapés, les causeuses, et les fauteuils à la Voltaire. Si la maîtresse est jeune, la chambre à coucher possède une armoire à glace au lieu d'une commode. Inutile de dire que cet appartement communique avec le grand par une porte qui n'est jamais condamnée! porte fatale! toile d'araignée toujours tendue à la jeunesse et à la bonne foi! Combien d'innocents provinciaux, de riches étrangers, ont payé de leur liberté et de leur bourse un instant d'imprévoyante ardeur! Dès lors vous ne vous appartenez plus, vous n'avez plus rien qui soit à vous, pas même votre personne. Vous êtes devenu, corps et biens, la propriété de votre propriétaire. A toute heure du jour et de la nuit vous êtes chargé de ce précieux dépôt; vous avez le droit de la conduire à la promenade, au bois, au concert,

au bal, au théâtre, partout où il y a du plaisir pour elle; pour vous, de l'argent à dé-
bourser. Moyennant tout cela, et beaucoup d'autres choses encore, vous serez logé, comme
vous savez, à raison de cent francs par mois.

Il est rare qu'une *table d'hôte* ne soit pas annexée, comme supplément d'industrie,
à l'appartement meublé, et il est plus rare encore que le locataire privilégié ne soit pas
le pensionnaire de l'hôtesse. Dès ce moment, il passe à l'état de protecteur. Quand il en
est là, c'en est fait de lui: il roule, avec sa fortune et sa moralité, sur une pente rapide où
il ne peut être sauvé que par une de ces déterminations violentes que le désespoir inspire
quelquefois aux âmes faibles, ou par un coup inattendu du sort qui le rappelle brusquement dans sa ville natale.

Les *appartements à louer* sont une mine féconde pour l'observateur. L'amour peut
aussi en tirer un parti immense, et, sans être vaudevilliste le moins du monde, on découvre du premier coup d'œil toutes les combinaisons, les situations neuves, les surprises,
les intrigues, qu'il y a au fond d'un pareil sujet.   A. DE LACROIX.

UN PATRIOTE PROVENÇAL.

 E Provençal pur sang, produit net de la terre,
Qui vit dans son village et dans son pré carré,
Qui dit : Monsieur le maire et monsieur le curé,
Monsieur le médecin et monsieur le notaire;

Jure, et bat son cheval, sa femme et ses enfants,
A ses mots de terroir et sa langue indigène;
Il parle le français comme on le parle à Gêne,
Et vous dit *dix écus* pour dire *trente francs.*

Mais cet homme est un homme, et sitôt qu'il a l'âge,
Il tient sa place à table et chante son couplet;
Il dérobe à vingt ans la fille qui lui plaît,
Et la ramène après devant tout le village.

Quand il ne sait pas lire, on lui lit le journal,
Et quand il n'entend pas le nom de Lafayette,
Il fait claquer sa langue en remuant la tête,
Et dit : Paris, Paris, les affaires vont mal!

Et s'il voyait passer un allié, Dieu garde!
Un officier anglais qui vient de Waterlo,
Un Cosaque stupide à la face camarde,
Il ne ferait qu'un bond pour le jeter à l'eau;

Car ses bras sur sa bêche, au delà de la plaine,
Il n'a vu que deux fois passer Napoléon,
Quand l'empereur n'eut plus que le port de Toulon,
Et deux mers, l'île d'Elbe et l'île Sainte-Hélène.

Et si vous lui disiez qu'au chemin d'Avignon
Cinquante Marseillais, avec des carabines
Et des sabres rouillés pendus à leur poitrine,
Vont—on ne sait pas où, pour—on ne sait quel nom;

Avec sa haine russe, avec sa haine anglaise,
Il prendrait son fusil, de la poudre et du plomb...
Pour aller? — pour aller venger Napoléon...
Et, comme un Marseillais, chanter *la Marseillaise.*

ADOLPHE DUMAS.

LA RUE DES LOMBARDS.

ı l'on disait à l'autre bout du monde qu'il y a une rue où tous les produits du globe se rencontrent, s'échelonnent, se superposent; une rue dont les trois continents et les mers qui les embrassent, les entrailles de la terre et sa surface, tous les ordres de la nature et quelques autres encore ont fait les frais, où ils ont déposé des échantillons, cette rue paraîtrait fabuleuse, idéale, impossible, comme le vaisseau aimanté, le sphinx, l'onyx, la licorne et le physétère : cette rue existe, cette rue personne ne la connaît, et tout le monde s'en est servi sous la forme d'un bonbon ou d'une infusion théiforme; tout le monde y est entré, et personne n'en est sorti sans avoir été tenté par quelque produit du *Chat noir* ou du *Berger* plus ou moins *fidèle*. Parlez, que vous faut-il, une mine d'or ou d'asphalte? la voici; des coraux? en voilà; de la réglisse? vous êtes servi; des aérolithes? on va vous en procurer; du chocolat? c'est le pays; une momie? elle repose dans un bocal; la pierre philosophale? vous l'aurez. Nicolas Flamel s'était établi dans le voisinage de la rue des Lombards; mais sa recette consistait à prêter à la petite semaine à tous les épiciers-droguistes de son quartier, moyennant quoi maître Nicolas était censé faire de l'or, et faisait du bien à sa paroisse. Il fit bâtir le portail de Saint-Jacques-la-Boucherie avec un or usuraire; néanmoins il y fut enterré avec les honneurs dus à une âme charitable et chrétienne.

La rue des Lombards doit, ainsi que chacun sait, son nom aux marchands lombards qui posèrent là leurs pénates, à la suite de plusieurs émigrations qu'il serait trop long de raconter ici. Ils s'établirent sous des emblèmes pieux, à l'*Image de Notre-Dame*, à *Saint Christophe,* à l'*Image de Dieu,* quoiqu'au fond... de leurs boutiques, ils n'eussent pas plus de conscience que des mécréants. Depuis cette époque, la rue des Lombards est restée ce qu'elle était, c'est-à-dire la plus commerçante, la plus tumultueuse et la plus encombrée de Paris. Elle marque au bout de la rue Saint-Denis et dans le voisinage des halles un point central où convergent tous les intérêts, toutes les marchandises et tous les soins matériels de la grande cité. Vous trouverez dans la rue des Lombards les mêmes enseignes, les mêmes produits et les mêmes infatigables travailleurs qui s'y sont succédé depuis plusieurs siècles. C'est une rue traditionnelle par excellence, et les dynasties qui sont en possession de ce fief industriel et commercial s'y sont conservées sans altération jusqu'à nos jours. C'est que, de toutes les royautés, la plus solide est celle du comptoir.

On connaît le caractère envahisseur sinon progressif de ce nouveau pouvoir. L'esprit de réforme se fait remarquer dans la rue des Lombards par un plus grand luxe dans les étalages, une coquetterie plus marquée dans les devantures, par un appel plus marqué à cette partie de la population qui veut de l'élégance même dans les produits *en gros.* Les confiseurs de la rue des Lombards ont des glaces, même pour panneaux; les épiciers-droguistes ont décrassé leurs boutiques, et cette couleur douteuse des anciennes boiseries de la rue des Lombards devient de plus en plus problématique sous une couche d'épais vernis. Jusqu'à présent les droguistes en avaient vendu, mais ne s'en étaient jamais servi pour leur propre compte.

Malgré ce déploiement de richesse et de somptuosité, la même affluence et la même probité continuent de régner dans la rue des Lombards. De quelque côté que l'on s'y retourne (ce qui est absolument impossible à cause des voitures), on trouve le littoral de la rue des Lombards bordé de ballots, précieux échantillons de tous les ports de France. Le Hâvre, Marseille, Toulon, Calais, l'Orient et l'Occident ont fourni leur *cote* dans cette exposition qui varie d'une heure à l'autre. A côté du plus fort magasin de la rue des Lombards on en trouve un autre plus fort, dont le chef observe son voisin, l'épie, le harcèle, décidé à renchérir sur un produit, à profiter d'une de ses fautes, à saisir l'instant d'une baisse pour mettre la main sur une *partie* de marchandises qu'il convoite, dont il a le placement. A toute heure le marchand de la rue des Lombards fait des affaires, souvent sans bouger de place. De là une petite bourse qui s'établit à chaque étalage, à chaque porte de magasin; nous disons petite : la rue des Lombards est une bourse perpétuelle dont celle de Paris n'est qu'un supplément; cette petite bourse, c'est la grande pour les marchandises au moins. Aussi est-ce dans la rue des Lombards que l'on trouve ce marchand narquois, à l'affût des produits de toutes les raffineries, de tous les comptoirs de Paris, flairant un marché d'or fondé sur une différence de quelques centimes, comptant par cent et par mille pour arriver à un bénéfice net de quelques louis, et dont les écus croissent et se multiplient principalement en dehors de ses affaires.

Un autre *chef* entièrement concentré dans la vente ne *fait la place* que par accident et s'interdit la bourse pour plus de sûreté; sa spécialité le retient dans son magasin, où il se centuple. A la place de l'agioteur on trouve en lui l'homme utile, le Briarée du commerce, le télégraphe de l'expédition. La plume à l'oreille, les sourcils volcanisés par une atmosphère de poudre impalpable, les mains dissoutes par divers acides, le visage zébré de toutes les nuances minérales, portant sur soi des échantillons atomiques de sa maison, tel est cet homme preste, leste, oubliant tout pour ne rien laisser échapper, s'économisant dix commis pour donner aux autres l'exemple de toutes les vertus commerciales, grimpant vingt, trente, cinquante fois dans le jour de la cave au grenier, de son bureau à sa caisse, de ses marchandises à son laboratoire, de son office à son étuve, de son cabinet secret de produits chimiques à sa fabrique de chocolat, à ses clients, partout et à tout le monde. On combinerait le fer, le bronze, le laiton, l'acier, l'or et le platine, en leur donnant une âme de damné, de héros, d'épicier, de séraphin, que l'on n'aurait pas encore l'alliage dont cet homme est formé.

Il dîne en famille avec ses commis. M. Bénéfix est épicier-droguiste, et, à ce titre, M. Bénéfix essuie à bout portant les quolibets de tous les vaudevillistes qui vivent largement de la monnaie de Molière, sans s'apercevoir que la personnification du droguiste a reçu des modifications importantes. M. Bénéfix vend et laisse dire autour de lui ; l'accablât-on de quolibets à son insu, il a trop de bon sens et de sérieux dans l'esprit pour s'en affecter ; mais le monde continue à être trompé sur le sens et la portée de M. Bénéfix. D'abord, outre qu'il a une belle boutique en pleine rue des Lombards, dans le quartier le plus populeux de Paris ; outre que ce magasin ne comprend pas moins qu'une maison de cinq étages, remplie et *remplie* depuis la cave jusqu'au grenier, que tout y est étiqueté, numéroté, fermé hermétiquement, et orné de beaux clichés luisants et vernis, et que ces milliards de corps les plus hétérogènes forment un tout fort propre, merveilleusement organisé, paré et épousseté tous les matins, et que la fortune de M. Bénéfix est une des mieux assises du commerce parisien, il est lui-même un savant de premier ordre, et, ce qui est bien plus qu'un savant, un homme pratique versé dans la manufacture des produits chimiques, et s'entendant à leur donner un cours, une vente, à leur imprimer une circulation active dans le commerce. M. Bénéfix, épicier-droguiste, s'est assis sur les bancs de la Sorbonne, du Collége de France, du Muséum d'histoire naturelle avec les Thénard, les Gay-Lussac, les Arago ; il est resté leur confrère et peut-être même leur ami, leur conseiller bien souvent dans les questions scientifiques les plus épineuses. M. Bénéfix a un laboratoire à lui, son laboratoire secret dans la rue des Lombards, à côté de sa chambre à coucher. Néanmoins M. Bénéfix n'a d'autre titre, d'autre relief, d'autre qualification que celle d'épicier-droguiste.

Sa maison est à la fois un atelier et une boutique, une fabrique et un magasin, où se remuent de cinquante à soixante commis attachés chacun à une spécialité. Les uns servent les chalands en détail, d'autres en gros, d'autres font l'expédition dans Paris ; celle des départements regarde une nouvelle série d'employés ; il en est de même pour les envois à l'étranger, et M. Bénéfix est à lui tout seul plus intelligent, plus actif, plus occupé que tous ses commis. Tel est l'hôte de la rue des Lombards ; tel est celui que le siècle méconnaît sous le nom d'épicier-droguiste.

Sa maison de campagne est une usine près de Paris ; elle tient à un genre d'exploitation dont il est l'inventeur et le créateur, et qui peut rendre des millions. Il s'y rend le dimanche pour se reposer à faire mouvoir tout ce que la semaine a vu périr de ressorts mécaniques dans cette machine compliquée. Son corps seul ne s'use jamais dans ces travaux immenses et éternels. Le commerçant de la rue des Lombards a beaucoup fait pour la science ; il fait quelque chose pour ses élèves. Le soir il les réunit dans un laboratoire ; il leur a donné un professeur de chimie ; en outre il leur apprend tout lui-même, et surtout ce qu'il connaît seul. Il est progressif au dehors et au dedans ; il ne fait un mystère de rien, et cependant telle est l'étendue de ses connaissances, qu'elles restent un problème pour tout le monde. Cet homme, qui n'a peut-être son pendant nulle part, n'obtint qu'une seule médaille d'or à l'exposition des produits de l'industrie, et il n'est, je le répète, classé que sous ce titre dans la liste des produits de la création : épicier-droguiste !

M. de Balzac parle quelque part d'un droguiste qui entretient une actrice : cela est fort vraisemblable, surtout dans un roman ; mais, en général, un droguiste entretient sa caisse dans l'état le plus florissant. Quant aux actrices, il est permis de croire qu'elles s'entretiennent toutes seules : le siècle est si positif.

Mais, comme il est écrit que les extrêmes doivent se toucher, que toutes les professions ont leurs *marrons*, le droguiste *marron* s'installe à côté de son confrère, et se crée un genre d'industrie qui demande à être analysé en détail.

Le voisinage de la Halle est le rendez-vous de tous les Frontins qui ont pris le manteau d'Hippocrate pour le manteau de Robert Macaire. Là il est permis d'opérer en grand *in anima vili* ; les entrepreneurs de cures secrètes ont tous leur échoppe dans les avenues de ce vaste carrefour de Paris, où la matière étant sans cesse en fermentation, on peut tailler, rogner, *blanchir* un patient sans que la police s'en aperçoive. Le droguiste *marron* appartient à cette famille intéressante de guérisseurs à tous prix, dont la patente favorise l'exploitation. Il s'achète un nom de pharmacien, le colle sous son enseigne, ou bien il fait recevoir son voyageur, un de ses garçons au plus juste prix ; ensuite il dote son arrière-boutique d'un cabinet de consultation ; s'il parvient à avoir pour acolytes deux médecins *reçus*, son entreprise est au grand complet.

Là afflue toute la petite clientèle de Paris et de la banlieue que la Halle réunit dans ses évolutions diurnes. On reçoit gratuitement une ordonnance dans le cabinet noir, et, en second lieu, on trouve à moitié prix les remèdes sans sortir de la maison ; on fait un tour de casserole sans s'en apercevoir. Quel homme que ce droguiste ! on s'en repasse le nom avec reconnaissance, on se le confie comme une recette, une panacée : il est à la fois pharmacien, médecin, commerçant. En réalité c'est un crétin que quelques écus ont mis à même de professer, enseignes déployées, toutes les sciences et tous les arts. Il est douteux qu'il sache lire, et ce triste échantillon d'une individualité qui se révèle par d'autres analogies dans toutes les professions n'a pas même l'avantage de former souche d'*honnêtes gens*. Il se ruine dans son métier et déshonore gratuitement la rue des Lombards d'une enseigne qui disparaît pour faire place à une autre de la même valeur.

A un autre bout de l'échelle, et sur le premier plan de la rue des Lombards, se place le pileur ; c'est un automate, qu'en y regardant de bien près on prendrait pour un homme. Pilant toujours la même chose dans le même mortier, recouvert de la même peau, il jouit d'un mouvement régulier comme celui d'un chronomètre. Son coup de pilon marque les secondes. Il est toujours placé sur la porte à titre d'enseigne ; c'est le battant d'une cloche destinée à appeler les chalands. Il meurt empoisonné par le *sublimé corrosif*, ou plutôt, se sentant atteint mortellement par les émanations volatiles d'un corps délétère, il se met sur-le-champ à piler un contre-poison.

Le pileur marque la transition de l'homme aux produits bruts de la droguerie, dont il est le premier spécimen. Sa tête est en outre incessamment menacée comme celle d'Eschyle d'une tortue numide suspendue au plancher, entre une botte de chiendent et une pyramide d'éponges. Toutes les formes de vaisseaux usités pour renfermer quoi que ce soit sont ensuite rangées méthodiquement à la suite du pileur. La rue des Lombards commence par un tonneau de moutarde, ensuite, *desinit in piscem*, se termine en queue de morue par un baril de sardines. Elle est semée çà et là de quelques points d'optique renfermés dans des bocaux qui offrent un ciel bleu, rose, safrané, selon le caprice de l'artiste, et des millions de lieues de perspective éthérée. Ces lueurs prismatiques signalent la rue des Lombards comme un fanal éclairé à l'alcool.

La rue des Lombards n'est ni longue, ni large, ni fastueuse : elle est ramassée dans sa petite taille ; mais toute la place y est occupée par une industrie active, mais ses maga-

sins sont vastes, et une série de boutiques n'est entrecoupée que par d'autres qui se ratta-
chent au même ordre de fonctions physiologiques, et elle est avoisinée par des rues qui
obéissent à la même impulsion et reçoivent le relief de sa renommée. Les droguistes et
les confiseurs sont les principaux tenanciers de la rue des Lombards. Le voisinage des
halles lui fournit en outre, suivant la saison, de quoi remplir ses alambics.

Une matinée de printemps, ce sont les fleurs de tous les environs de Paris, celles de la
liste civile même, qui rentrent dans le laboratoire des contribuables; les roses de Provins,
les fleurs d'orangers de Versailles, de Neuilly, qui sont soumises à la distillation pour se
transformer en eaux de bouquet, qui prennent tous les noms chez les parfumeurs de
Paris, un peu orfévres de leur état. Ces fleurs supposent des fourneaux, des distillateurs,
en un mot, tout le matériel d'une exploitation immense.

En été ce sont les fruits qui vont se candir, cristalliser, se transformer en gelées trans-
parentes dans la rue des Lombards. Une servante de curé, une ménagère de province
reculerait d'épouvante en voyant ses cerises, ses fraises, ses groseilles qu'elle épluche
une à une, traitées comme les réprouvés le seront un jour, c'est-à-dire en bloc, et versées
dans une cuve immense destinée à approvisionner tout Paris à 16 sous la livre. Autour
d'une longue table carrée règnent une cinquantaine d'ouvrières dont les travaux varient
avec les produits de l'art du confiseur : aujourd'hui plieuses, elles emploient des rames de
papier glacé; demain elles effeuillent des roses pour toute la saison, ou construisent des
pyramides de chocolat pour les douze arrondissements, la province et l'étranger. Il n'y
a pas d'ouvrières plus ambidextres, qui aient plus le *goût* de leur profession que les confi-
seuses. La rue des Lombards emploie, à ce qu'on dit, jusqu'à des poëtes. Le poëte de la
rue des Lombards se montre fréquemment sur les hauteurs du Parnasse armé d'une paire
de ciseaux; il émonde dans les petits recueils des Pétrarques contemporains tout ce qui
s'est effeuillé à l'année de petits vers tombés je ne sais d'où, pour en revêtir les bonbons
fantastiques de la rue des Lombards. S'il est vrai qu'Anacréon vivait de pralines, il n'est
pas moins vrai que les petites odes anacréontiques s'adaptent fort bien aux bonbons à
liqueur. Le jour de l'an est un vieux séducteur qui marche escorté de toutes les douceurs
qui sont tombées de la plume des Bernis et des M. de Boufflers, sans compter les couplets
au sucre d'orge dont le poëte de la rue des Lombards varie ses assaisonnements. Il y a
dans ses œuvres complètes des rimes extrêmement pauvres, qui accompagnent de pauvres
bonbons pliés dans du papier à sucre. Ces papillotes choquent le bon sens, l'oreille et le
goût à la fois. Le poëte de la rue des Lombards est à moitié confiseur.

Outre sa spécialité annuelle et quotidienne, qui comprend les baptêmes, les fiançailles,
les fêtes patronales et toutes les cérémonies où le bonbon joue un rôle; outre l'approvi-
sionnement clandestin des magasins les plus brillants et les plus achalandés de Paris, la
rue des Lombards a, pour ce qui concerne ses pralines et ses étrennes, un jour, une semaine à elle, où elle est inabordable, où elle vend à elle seule autant peut-être que les
douze arrondissements. Le jour de l'an paraît inventé exprès pour elle.

On croirait, d'après ce qui précède, que la rue des Lombards ne se repose jamais : c'est
une des plus bourgeoises qui existent, passé neuf heures du soir. Elle cède alors à l'opium de
ses propres pavots; elle obéit à la loi inévitable de tous les corps organiques qui tendent au
repos après avoir développé un certain nombre de phénomènes vitaux; elle connaît l'usage
du bonnet de coton, qu'on retrouve avec d'autant plus de plaisir, qu'il succède à une
casquette sur la tête d'un travailleur. La rue des Lombards est vulgaire et même triviale;
mais elle est le centre d'un commerce actif, et l'origine de fortunes considérables. Elle est
éligible et s'assied sur les marches du palais Bourbon, entre dans le conseil général de
la Seine, et siége en première ligne au tribunal de commerce. Ceux qui s'en égayent

oublient certainement que le sel de leur calembourg date d'avant la révolution. La rue des Lombards, le fief principal de la rue Saint-Denis, une des premières puissances de l'époque; elle comprend dans sa division topographique la rue Aubry-le-Boucher, la rue des Arcis et la rue de la Verrerie, qui ne sont guère connues sur *la place* de l'Europe que sous ce nom patronymique; car s'il n'est pas une île, pas un continent qui n'ait ses échantillons, qui ne soit connu dans la rue des Lombards, elle se répand à son tour d'un pôle à l'autre, et peut passer pour une des plus connues de l'univers.

ANDRÉAS.

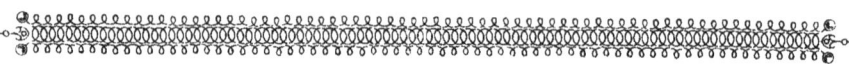

LA CACOLETIÈRE.

N cheval de naissance inconnue, hors d'âge, passé de l'écurie d'un petit-maître basque au palonnier d'une diligence, et de la diligence au cacolet, les jambes faibles, les genoux couronnés; une jeune femme court vêtue, la jambe bien faite, le pied grand, large comme il en faut pour parcourir les sables et les montagnes, le teint hâlé, le sommet de la tête couvert d'un large chapeau de paille; un bât (pour le cheval) faiblement sanglé, vacillant sur le dos de la monture, penchant à droite et à gauche sous la moindre pression ; deux paniers peu profonds, construits en bois, en forme de cage à poulets, garnis chacun d'un coussin de paille et recouverts d'une toile à carreaux rouges et blancs qui cache le peu d'élégance des formes, le peu de solidité de la construction ; ajoutez à cela un fouet pour stimuler l'ardeur souvent éteinte de la bête, une branche de feuillage pour éloigner d'elle les moucherons ; indiquez pour fond du tableau les campagnes sablonneuses qui entourent Bayonne, ou quelque route étroite dans la montagne, voilà la cacoletière, son cacolet et la contrée qu'ils parcourent l'un avec l'autre. Pour chargement nous prendrons soit un bon négociant bayonnais allant avec *son épouse* visiter quelque métairie des environs, soit deux jolies grisettes du pays basque qu'attire à Biarritz un joyeux rendez-vous, soit encore un étranger, un Parisien, car tout étranger est Parisien à Bayonne : celui-là va explorer le versant occidental des Pyrénées, et découvrir Cambo, Itxassou et l'un des *pas* de ce Roland qui a passé partout.

Les deux grisettes sont de poids égal : leur embarquement sera facile. Toutes deux s'élancent à la fois sur les siéges qui les attendent : les voilà parties, peu mollement assises, se laissant aller au balancement du cacolet, s'inquiétant peu du vent qui soulève leur robe déjà courte et met à découvert des jambes parfaitement modelées ; les voilà parties et les joyeux éclats que vous entendez ne cesseront pas un instant. La grisette bayonnaise est, des femmes de ce monde, la plus rieuse, la plus bruyante et pas tout à fait la plus spirituelle.

Le bon négociant et son épouse se hissent, non sans peine, sur la monture qu'ils ont

choisie ; la pauvre bête plie sous le poids, le cacolet penche d'une manière inégale, la sangle tourne, madame est presque à terre, monsieur est grotesquement perché à deux mètres du sol ; mais l'industrie cacoletière sait suppléer à ce qui manque à monsieur, sans rien ôter à madame, et non pas, comme ferait Sancho, en *émondant* à celle-ci quelques livres de chair. Le siége de monsieur est lesté du parapluie, du cabas, des provisions du ménage ; un pavé même répartira également la charge, et si, quelque accident survenant, si, le cheval succombant, la tête de monsieur et le pavé se rencontrent, il y aura des rires et des grincements de dents.

Voilà deux convois partis par deux routes différentes : l'un marche lourdement ; la monture bronche à chaque obstacle. L'autre va bon train ; la gaieté du chargement anime le porteur mieux que ne ferait l'aiguillon, et près de chaque cheval marche ou court la cacoletière, tantôt à la tête, tantôt à la queue, fouettant d'une main, chassant les mouches de l'autre, à peine préservée des rayons du soleil par le chapeau de paille juché sur sa tête, ruisselant de sueur, et disparaissant parfois au milieu des nuages de poussière que soulèvent les pieds de sa bête et les siens. Ainsi elle accompagnera ses voyageurs, quel que soit le but de la course, quelle que soit la distance à parcourir ; et si elle n'est requise pour le retour, elle rentrera lestement à la ville, assise seule entre ses deux paniers, et toute prête à recommencer.

La cacoletière et son plaisant véhicule sont au nombre des types originaux de ce petit coin de la France qui réunit le Béarn, le Labour et le pays Basque. Très-commun dans les provinces du nord de l'Espagne, le Guipuscoa et la Navarre, le cacolet (*artolas*) est arrivé de ce côté-ci des Pyrénées, où il a régné en maître. Il était l'intermédiaire indispensable de toutes les correspondances : postes, diligences, il remplaçait tout ; il n'était pas une mauvaise traverse, impraticable aux voitures, voire même à ces ignobles charrettes bouvières dont l'essieu tourne en grinçant, et dont l'approche fait frissonner à mille mètres de distance, il n'était pas un sentier qu'un cacolet ne parcourût. Le cacolet était dans le pays basque le premier résultat mécanique de l'attraction, et la cacoletière l'agent des relations de ce monde. La malheureuse ! elle colportait avec elle ce poison qui doit la tuer, elle semait sur son passage cette civilisation qui a germé sur ses traces, qui, devenue plus forte qu'elle, l'étouffe en ce moment, et arrachera bientôt son dernier soupir !

Aussi cette haute vogue du cacolet, qui en faisait l'arbitre de toutes les destinées, a disparu à mesure que la lumière s'est fait jour dans ce coin de la France, à mesure que l'industrie des hommes a créé des routes, nivelé les montagnes, et dompté la mobilité des sables. La civilisation est venue à grands pas ; la cacoletière a marché en sens inverse.

Il y a dix ans, vingt ans, trente ans, alors que la cacoletière était la divinité du pays basque, le fétiche qu'on y adorait comme on adore aujourd'hui le facteur de la poste aux lettres ; il y a quelques lustres, enfin, il y avait à l'extrémité de Bayonne, dans cette enceinte formée par les fortifications de la porte d'Espagne, un long espace réservé aux cacolets. Les chevaux attendaient une charge, serrés piteusement côte à côte, et la tête vers le mur ; près de chacun les cacoletières, dans ce costume original des jeunes filles de la montagne, guettaient et attiraient le voyageur ; pas un homme ne se mêlait dans leurs rangs :—un homme conducteur de cacolet eût été une anomalie aussi grande qu'une femme sur le siége d'un fiacre ou d'un omnibus.—Quand venait le déclin du jour, la cacoletière remuait le coussin de paille de ses paniers, les recouvrait d'une toile à carreaux bien propre, ranimait *Brillant*, son cheval, de la voix et du geste.—Tous les chevaux de cacolet se nomment *Brillant*, de même que les cacoletières, *Gracieuse*. Si, dans le mérite égal des deux noms, il y a quelque chose qui ressemble à de l'à-propos, ce quelque chose est plutôt, je dois le dire, à l'avantage de la conductrice que de la bête.—Alors accourait toute cette joyeuse population dont elle était le guide indispensable, et qui, portée par ses cacolets, courait respirer la brise de mer sur les dunes de Biarritz, ou l'air vivifiant de la montagne à Cambo; alors elle était en tiers dans toutes les fêtes, dans toutes les parties, dans tous les plaisirs; elle était le confident inévitable de tout ce qui était jeune, de tout ce qui avait un cœur; et, grand Dieu! de combien de rendez-vous amoureux Gracieuse s'est rendue la complice! combien de douces intrigues elle a vues se nouer aux bals où courent en foule les grisettes bayonnaises, et se dénouer vers les rochers et les sables de la *Chambre d'amour!*

Aujourd'hui que la cacoletière, presque inaperçue, se débat encore dans l'enceinte de la porte d'Espagne, au milieu d'une multitude de voitures, de carrioles, de chars à bancs, d'*omnibus* même, ô progrès! aujourd'hui qu'elle n'est pas tout à fait réduite à l'état de problème, ne voudrez-vous pas essayer une fois de son cacolet, et, pendant que je vous accompagnerai pas à pas, vous traîner avec elle à la suite de ce flot de tristes équipages qui inondent les routes voisines, étonnées de tant de tumulte? Biarritz est au bout de la course, Biarritz, le paradis terrestre, les Champs Élysées de la vie bayonnaise; c'est jour de fête et jour d'été, la ville est déserte; et, voyez, la cacoletière est jolie; dans son gracieux patois elle invite au voyage et son cheval et vous: *Moussu! boulets ana enta Biarriz? per bin sos, n'es pas ca!* Monsieur, voulez-vous aller à Biarritz? pour vingt sous, ce n'est pas cher! *Anem, partim Brillant, per ana proumenat aou coustat de le ma.* Allons, partons, Brillant, pour aller promener du côté de la mer. Laissez-vous séduire: cinq kilomètres à parcourir en une heure, ce sera chose faite; hâtez-vous, dans dix ans, que dis-je? dans deux ans, peut-être, la cacoletière ne sera plus! Hissez-vous à sa gauche, partagez avec elle la charge de Brillant, tenez-vous ferme, et ne craignez rien. Soyez sage, surtout; que les beaux yeux, l'air agaçant, la parole hardie de votre conductrice, qu'un instant de solitude au milieu de la campagne d'Anglet, ne vous tentent pas, ne vous séduisent pas: la cacoletière n'entend jamais la plaisanterie au grand jour; et si, quittant subitement son siége pour échapper à vos atteintes, elle vous abandonnait seul et sans balancier sur la moitié du bât que vous occupez, vous mordriez à l'instant la poussière, à votre honte et à sa grande hilarité.

Laissons aller la foule, rien ne nous presse; quittons un instant la route qu'elle suit, et prenons cet étroit sentier qui aboutit à un autre point de la plage, entre Biarritz et l'embouchure de l'Adour: là est une crique célèbre dans l'histoire amoureuse du pays. Il y a longtemps, bien longtemps, dans une grotte au pied de la falaise s'étaient réunis une jeune fille, la plus jolie des cacoletières, un jeune garçon, le plus hardi des pêcheurs de la côte. Tous deux étaient arrivés à l'heure de la basse mer, et tous deux s'étaient endormis et rêvaient le bonheur. Le temps fuyait, l'horizon était sombre, les barques rentraient au rivage, la mer grondait et montait. Les pauvres enfants dormaient toujours. Enfin un flot roule à leurs pieds, et les couvre d'écume. Ils s'éveillent: hélas! que devenir? Le retour sur la falaise était impossible; les vagues déferlaient à six pieds au-dessus du sentier qu'ils avaient suivi... Nul n'entendit leurs cris de désespoir; la mer monta, monta toujours, gronda toute la nuit, et le lendemain il y avait un rameur de moins à la pêche du thon dans le golfe, un cacolet de moins à la porte d'Espagne!

Malgré ce triste souvenir, la *Chambre d'amour* est encore un lieu d'amoureux rendez-vous: la grotte est depuis longtemps comblée par les sables; mais deux auberges se sont élevées près de la tombe de Gracieuse la cacoletière, et il n'est pas dans toute la ville une jeune fille qui ne les connaisse, un cheval du nom de Brillant qui n'y soit venu. Hélas! est-ce un triste pressentiment? est-ce un instant de seconde vue? là-bas, près de la grotte célèbre, sur les sables qu'abandonne le reflux, il me semble voir une place réservée à la dernière des Gracieuse, au dernier des Brillant, au dernier des cacolets..... Dieu ne le veuille pas !..... L'heure de la cacoletière serait-elle sitôt venue ?

Et maintenant, *anem*, *moussu*, il se fait tard ; la foule se presse à Biarritz. Il semble que de là-bas les flots nous apportent quelque bruit d'orchestre et de danse : courez, avant la nuit, étudier, et prendre votre part de plaisir ; Gracieuse et Brillant vous attendent, adieu ! Reprenez votre siége aérien, causez avec votre conductrice de ce que vous venez de voir ; et, si vous n'êtes pas trop attristé de notre pèlerinage à la *Chambre d'amour,* si votre imagination est excitée par quelque amoureux souvenir, si , protégé par l'ombre du soir, vous voulez courir les chances d'une chute sur les sables , allez, et que Dieu vous conduise !

G. DE LAVIGNE.

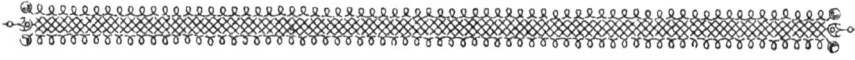

LES LIONS DE CONTREBANDE.

 N venant enrichir le vocabulaire des néologismes français, le mot *lion,* importation anglaise, a perdu, après avoir traversé le détroit, sa signification primitive. En Angleterre on est convenu d'appeler *lion* toute personne assez heureuse pour attirer l'attention du moment. Les succès en tous genres peuvent faire obtenir ce titre glorieux : l'armée, la littérature, les sciences, la *fashion,* le théâtre, possèdent leurs lions. Quelquefois leur règne est de courte durée : un même jour les voit naître et mourir ; abandonnés par la puissance de la mode, ils vont se perdre au milieu des existences vulgaires et augmenter le nombre des rois dépossédés.

Pendant plusieurs années, un homme a su se maintenir au premier rang de ces illustrations britanniques. La science, le talent, le génie, ne furent pour rien dans son élévation : une éducation négligée, un esprit fort contestable, une fortune médiocre, ne pouvant lui donner dans le monde le rang qu'il semblait ambitionner, il se replia sur ses avantages personnels. Grâce à la noblesse de ses manières, il parvint à faire oublier la vulgarité de son nom. Ce premier pas franchi, son élégance, sa tournure, son habileté équestre, et surtout l'intelligence de son tailleur, lui ouvrirent les portes de quelques cercles distingués. Mais Brummel n'était pas homme à se contenter de si peu ! Son ambition le poussait à conquérir une des hautes positions de cette société de gentilshommes et de désœuvrés opulents qui brillait alors de tout son éclat. Bientôt, la fortune l'aidant, il devint l'homme indispensable : on le prôna, on lui demanda des conseils, on se soumit à ses arrêts, on le prit pour modèle. Des lois furent dictées par lui ; ceux qui, la veille, se croyaient encore ses rivaux, s'estimèrent heureux de conserver son patronage. Des princes recherchèrent son amitié, et la faveur dont il fut entouré ne pouvant plus s'accroître, la jeunesse dorée des trois royaumes le proclama ROI DE LA MODE !

Dès lors la coupe d'un habit, la forme d'un gilet, le nœud d'une cravate, eurent

52

besoin d'obtenir sa sanction royale pour être adoptés par le monde fashionnable. Les tailleurs en vogue, les bottiers en renom, les carrossiers, les parfumeurs, les bijoutiers sollicitèrent l'honneur de sa clientèle et le droit de relever leurs enseignes de son nom. Privés de sa présence, les courses de chevaux, les luttes de boxeurs, les combats de coqs étaient sans attraits. On ne disait plus : « Le roi honorera le théâtre de sa présence, » mais bien : « M. Brummel doit assister à cette représentation ! » Et la foule s'empressait de venir admirer ce grand personnage entouré de son état-major de courtisans.

Rien n'a manqué à la gloire de ce roi de *la fashion* ! Plus heureux qu'Alexandre, il a eu ses poëtes et ses historiens ; et son règne, déjà si brillant, paraissait devoir se prolonger encore, si des ingrats qu'il s'était plu à protéger, des hommes qu'il avait accablés de ses bienfaits, n'eussent pas brisé sa couronne, et fait disparaître cette nouvelle dynastie. Effrayés de l'accroissement progressif de son budget, ses banquiers et ses fournisseurs lui refusèrent un beau jour l'impôt qu'ils lui avaient eux-mêmes voté. Ainsi, privé de sa liste civile, le roi de la mode abandonna son trône et ses sujets ; et nouvel exilé sur la terre étrangère, il vint planter sa tente dans le département du Calvados, où il est mort presque ignoré, sans courtisans, sans cortége, sans sépulture royale, sans oraison funèbre !

La fortune de Brummel a fait surgir en France une nuée d'imitateurs dont la renommée n'a pu franchir les limites du bois de Boulogne. Sous la restauration, une jeunesse désœuvrée se jeta à corps perdu dans cette vie de luxe, d'élégance, de dissipation, de chevaux, d'usuriers et de dettes qu'on était convenu d'appeler l'existence des *dandys,* successeurs naturels des *incroyables,* des *muscadins,* des *roués,* des *beaux,* etc. Les dandys se sont dispersés, après avoir laissé de nombreuses victimes dans la courte carrière qu'ils ont parcourue : les uns sont morts à la peine, ruinés à peu près, les autres se sont brûlé la cervelle, dernier tour joué à leurs fournisseurs ; il en est qui se débarrassent encore de leurs créanciers en leur donnant une quittance légale à l'aide de cinq années de détention : les brillants costumes de nos régiments de cavalerie en cachent quelques-uns, et les hommes d'esprit de la cohorte ont tourné leurs idées vers un but plus utile et plus sérieux.

Aujourd'hui les *lions* se sont emparés du domaine des dandys. Où sont les lions ? que faut-il faire pour devenir lion ? quels sont les charges et les bénéfices de cet emploi ? Voilà ce qu'il est impossible de préciser. Il est des positions incompatibles avec ce rôle. L'associé d'un banquier, le demi-agent de change, le jeune industriel, ne peuvent le jouer qu'à leurs moments perdus, à la clôture de la bourse ; et puis ils s'en soucient fort peu. Où donc sont les lions ? Les trouverons-nous au milieu de cette jeunesse brillante, paresseuse, turbulente, bien gantée, ardente au plaisir, vivant au jour le jour, passionnée pour le luxe, se lançant dans le tourbillon des bals, fêtes et spectacles, dans les parties de jeu et de débauche, sans savoir comment elle pourra en sortir, et dans quel état elle en sortira ; passant en un jour de la dépense la plus folle à l'économie la mieux comprise ; pleine de vie et de santé, indifférente aux privations et aux changements de fortune, dînant aujourd'hui chez Véry, demain au Rocher, et après-demain chez la mère Morel ou chez Katcombe, providence des gens ruinés ? Pauvres lions satisfaits d'un jour d'opulence qu'ils expient dans la solitude de leurs greniers, couchés sur un grabat, et attendant pour dîner la visite providentielle d'un ami ! Suffit-il alors de posséder un habit bien fait, un chapeau neuf et des gants jaunes ? Mais tout le monde a le droit de posséder un habit bien fait, des gants jaunes et un chapeau neuf ! Cependant, vous entendez dire à chaque minute :

« J'étais hier en compagnie de deux magnifiques lions !

— Nous avions à notre soirée deux lions pur sang.

— J'aime beaucoup la société des lions.

— Nous avons fait la connaissance d'un charmant lion.

— Nous pouvons nous promettre deux lions dans la partie que nous devons faire!»
Étrange abus des mots que l'on ne comprend pas!

Qu'un jeune homme dont l'opulence se résume dans la location d'une mansarde de
la rue du Mont-Blanc, la possession d'un costume irréprochable, et l'absence reconnue de

tout moyen d'existence, sorte du café de Paris en compagnie d'un cigare et d'un cure-
dent superflu, il se rencontrera sur son passage un provincial ébahi, créé tout exprès pour
s'écrier:

«Ah! ah! voici un des heureux du siècle! Fameux *lion!*»

Que dans un bal extra-bourgeois un danseur se présente muni d'un habit bien coupé

et de gants à peu près justes, toutes les dames du lieu et tous les petits clercs en lunettes
répéteront en chœur:

«C'est un de nos grands lions!»

Il n'existe donc plus que des lions de contrebande. Les hommes d'élégance et de goût seraient honteux de se voir affublés d'un titre ridicule, accordé si mal à propos.

Pour bien des gens, certains quartiers ont encore le privilége de donner à leurs habitants un premier vernis de *dandysme*. Le paisible habitant des solitudes du Marais ou des pays perdus d'outre-Seine, vous dira :

« Comment, monsieur un tel habite la rue de la Paix ! Mais il a donc une fortune colossale ? »

Le moraliste qui du haut de son grenier étudie le monde à l'aide d'une longue vue s'écriera à son tour, s'il voit sortir quelqu'un du café de Paris :

« Décidément, ce garçon-là ne peut être que millionnaire ! »

Tel est le but que se proposent les lions de contrebande ; ils veulent, avant tout, faire naître cette admiration de rencontre, cet ébahissement de bourgeois étonné, cette stupéfaction de l'observateur incessamment nourri des orgies fantastiques de *la Peau de chagrin*. Ils savent se soumettre à une vie mesquine, peu dispendieuse, décolorée ; mais ils tiennent à passer pour d'effroyables viveurs, pour des dissipateurs incorrigibles.

Le lion de contrebande est pauvre, mais il a horreur de la pauvreté ; il ne peut vivre qu'au milieu d'une atmosphère de luxe, de dépense, de faste et de plaisir. Tous ses efforts tendent à réaliser ce problème ; et, grâce à son savoir-faire, il y parvient. Vous le voyez à la suite des viveurs parisiens, en compagnie des sommités industrielles et financières, donnant le bras à un homme célèbre par la bonne tenue de ses équipages, et vous vous demandez :

« Comment donc fait-il pour vivre avec ces gens-là ? »

Rien de plus simple : il se faufile dans ce monde sans y être ni invité ni désiré. La place qu'il y prend est si peu enviée qu'on ne songe pas même à la lui contester. Humble et soumis d'abord, il sait se réduire à des proportions tellement exiguës que l'indulgence vient à son aide, et que la force de l'habitude finit par le faire accepter. Personne n'ignore sa position dans la sphère qu'il a adoptée, et nul ne songe à lui en faire un reproche ; du reste, il sait en tirer de larges bénéfices. Ne l'avez-vous pas vu vingt fois s'étalant seul dans une loge d'avant-scène, les jours de représentation peu suivie ? ne l'avez-vous pas rencontré, lui troisième, dans un équipage brillant ? n'avait-il pas un cheval aux dernières courses ? et ces loges, ces équipages et ces chevaux, vous savez bien qu'ils ne sont pas à lui. Dans ces jours fortunés, à ces heures désirées, le lion de contrebande triomphe ; le monde ne peut le contenir : il domine la foule, il éblouit, il écrase les passants de sa supériorité. Comme il oublie alors et ses privations intimes et ses déboires domestiques ! Ne mène-t-il pas de temps à autre un train de millionnaire, grâce aux amis qu'il a su conserver ?

Ne craignez pas que le lion de contrebande dîne ailleurs que dans les salons du restaurateur le plus à la mode ; son repas, il est vrai, serait problématique si un voisinage protecteur ne venait pas à son secours. Il s'assied en silence à une table dont le seul nécessaire se compose invariablement d'une carafe d'eau frappée, le seul luxe qu'il se permette ; mais sa sobriété reconnue ne résiste jamais à l'offre d'une aile de perdreau, d'une cuisse de faisan, d'un morceau de chevreuil, de quelques truffes et de plusieurs verres de vin devenus nécessaires, que la table voisine lui fait passer. A la fin du repas, sans bourse délier, il se trouve aussi rassasié que celui qui vient de solder une addition de quarante francs. Depuis des mois et des années il mène cette existence, et personne ne s'en étonne ; habitués à le voir, ses amphitryons ordinaires comptent sur lui, et lui réservent les miettes de leur table. Comment, en effet, pourraient-ils se passer de lui ? Le lion de contrebande est devenu un accessoire indispensable, un complément de dîner bien servi ; il sait se

prêter de bonne grâce à tout ce qu'on exige de lui ; il tient la place du bouffon, du pa-
rasite, de l'ancien client. Il ne s'effraye d'aucune plaisanterie ; il reçoit en riant tous les
traits qui lui sont décochés ; il en est heureux, il en est fier : n'est-il pas avec ses amis,
ne dîne-t-il pas au milieu de ses coviveurs ?

Quelquefois le lion de contrebande se transforme en *utilité :* son rôle prend alors un
vaste développement ; il y déploie tout son luxe, toutes ses ressources, toute son expé-

rience. Il choisit son plus bel habit, ses gants les plus frais, ses bottes les mieux vernies ;
il se prépare à la négociation épineuse dont il s'est chargé ; il se pénètre de ses nouvelles
attributions ; il veut rendre à ses amis les petits services
que Lebel rendait au roi Louis XV.

Ne soyez donc plus surpris de le voir sortir chaque jour des
salons de nos grands restaurateurs, un cigare à la bouche et
simulant une ivresse de bon goût. Il a dîné, parfaitement dîné,
et vous n'êtes plus en droit de mettre en doute son intempé-
rance. Dans ces moments, il se montre bon prince, et consent
à vous protéger d'un salut, si vous êtes le moins du monde de
ses connaissances ; il pousse même la courtoisie jusqu'à vous
adresser la parole :

« Nous venons de faire un bon dîner ! Cinquante francs
par tête ; mais vraiment bien traités. — Nous allons monter en
voiture pour nous rendre au Cirque. — Allez-vous au Cirque ?
c'est fort amusant lorsqu'on aime les chevaux. Vraiment, *Capitaine* est une merveilleuse bête.

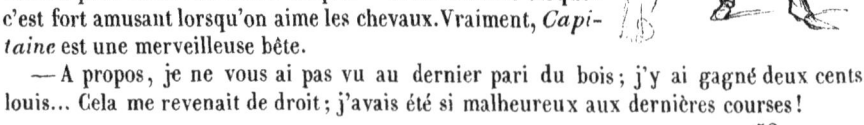

— A propos, je ne vous ai pas vu au dernier pari du bois ; j'y ai gagné deux cents
louis... Cela me revenait de droit ; j'avais été si malheureux aux dernières courses !

53

— Une chose incroyable ! Dernièrement, notre ami D*** a perdu cinquante mille francs au club ; il n'a pas encore payé cette dette ! On ne doit jamais faire attendre en pareille circonstance.

— Connaîtriez-vous un bon valet de chambre ? je renvoie le mien... je ne le crois pas très-fidèle ; et comme je pars pour les Pyrénées, il me faut un homme sûr. Vous comprenez ? Les dépenses de la route, les relais, les postillons, les frais de séjour... je ne veux avoir à me mêler de rien. Je lui dis : Voilà vingt mille francs, et marche avec cela jusqu'à ce que nous ayons besoin d'avoir recours à mes lettres de crédit.

— Ah ! donnez-moi donc dix francs... je me suis dégarni, et j'ai une commission à faire faire... un bouquet... vous devinez ?

— Venez donc me demander à déjeuner avant mon départ ; nous ferons ensuite une petite promenade à cheval. »

Gardez-vous bien de prendre au sérieux cette invitation ; le lion de contrebande n'est jamais chez lui, et son portier connaît seul la magnificence de son *trou :* c'est ainsi qu'il désigne lui-même son intérieur.

Le lion de contrebande n'a pas toujours été dans cette infime position. A son entrée dans le monde, il a eu, grâce à son entourage, quelques jours de grandeur, de luxe et de crédit. C'est lui qui le premier posa noblement un bout de cigare sur une table de bouillotte, en disant :

« Ceci vaut trois mille francs ! » et cette valeur d'un nouveau genre fut acceptée. C'est lui qui plus tard, dans un moment d'embarras, adressa cette lettre à un riche industriel qui l'avait admis plusieurs fois à sa table :

« Mon cher monsieur, soyez assez bon pour me prêter mille francs. Vous êtes si heureux dans toutes vos entreprises, et votre bonheur est si bien établi, que je suis homme à vous les rendre un jour. »

Ces jours de fortune sont passés, et le *lion de contrebande,* encore satisfait des derniers rayons qu'il répand sur la foule, se contente aujourd'hui des moyens d'existence que la Providence lui envoie. Tranquille sur son avenir, si ses amis l'abandonnent dans sa vieillesse, il sait que ses brillantes relations lui permettront de remplir avec succès la charge de courtier d'usure. Heureux lion !

F. G.

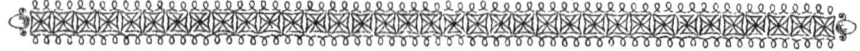

LA BARRIÈRE DE LA VILLETTE.

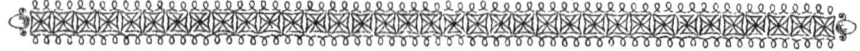l'extrémité des faubourgs Saint-Denis et Saint-Martin, entre la butte Montmartre et la butte Saint-Chaumont, plus rapprochées de celle-ci que de celle-là, sont placées deux barrières réunies par un demi-cintre, et séparées par une caserne, colysée municipal qui domine comme un colosse la *grande* et la *petite Villette.*

La Villette est un carrefour oublié sur les confins des douze arrondissements; mais un dimanche ou un lundi elle est un entrepôt de formes humaines de toutes les dimensions, un bazar, un élysée, une foire, un *atrium,* un cénacle, un rendez-vous, une place où convergent de tous côtés tous ceux qu'un usage antique et solennel fait hommes de loisirs; c'est un champ ouvert de tous côtés à toutes sortes de causeries, de conversations, de divertissements populaires, de festins, d'orgies, et au repos surtout, qui est assez souvent l'orgie du pauvre.

Dans le demi-cintre règne une galerie de boutiques en plein vent ou plutôt parfaitement abritées du soleil. C'est là qu'est le marché, le bazar, le Temple, le Palais-Royal de l'ouvrier. On y peut vendre et acheter sans craindre l'excommunication, La Villette n'ayant jamais été la maison de Dieu. Généralement le marchand a de la conscience hors barrière; tout y est d'ailleurs meilleur marché qu'à Paris, les habits surtout; les articles y sont donnés, et c'est justement ce qui en fait le prix.

Un prolétaire dont l'effectif s'est usé dans les rudes travaux du bâtiment ou du pavage s'y remonte et s'y recomplète en un clin d'œil. Son costume se compose d'énormes souliers à têtes de clous plus énormes, d'un pantalon de toile bleue (sans sous-pieds), d'une belle chemise en calicot à 2 fr. 50 c., d'un bourgeron et d'une casquette : total 10 fr. environ. Moyennant cette somme un *Parisien* peut être le héros d'un bal *non costumé,* faire des passions sans frais, et non-seulement ne pas souffrir d'égal, mais ne reconnaître aucun supérieur au grand salon.

C'est autour des galeries semi-circulaires que se concentre tout le mouvement de La Villette; c'est là qu'ont lieu, outre les achats et les ventes, certains préliminaires qui, étant ceux du contrat, remplacent souvent pour le prolétaire le contrat lui-même; c'est là que circule la vie, la gaieté française avec un rayon de soleil. Tout autour des galeries circulent des marchands de tisane, des chiens errants, des crieuses de pain d'épice, des marchandes des quatre saisons, des tourlourous, très-peu de bonnes d'enfant, et pas un sergent de ville.

Du reste, que de variétés de races, d'accents, de physionomies, d'idiomes; Picards, Normands, Gascons, Artésiens, méridionaux, Forésiens, Bourguignons, Lyonnais, Langue-

dociens, passagers de toutes les nations, Parisiens pour le quart d'heure et Français de
la banlieue : en fait de Français surtout on y compte beaucoup d'Allemands.

Lorsque le prolétaire, rasé de frais, a procédé au renouvellement de son costume, avec
ce luxe et cette fashionabilité qu'on lui connaît, le voilà flânant, le pied leste et le nez
au vent, cherchant partout des émotions et des impressions de voyage, disposé à s'ac-
commoder d'un concert aux orgues de Barbarie ou d'une danse espagnole exécutée par
des Savoyards de Paris; il a besoin de spectacles étourdissants ; sa curiosité ne connaît
pas de bornes, et reste néanmoins renfermée dans La Villette ; mais La Villette c'est le
monde et quelque chose de plus : c'est Paris.

Un farceur se rencontre, ce farceur est un type à lui tout seul; il a dans l'esprit et
dans le geste plus de verve humoristique que Rabelais, le doyen Swift et le singe de la fable
réunis; il sait tous les tours, il est affublé de tous les oripeaux, il parle toutes les langues, il a épuisé le formulaire de tous les ana grossis par la tradition, qui ont cours
depuis un demi-siècle; c'est, en un mot comme en mille, le farceur de barrière, un homme
prodigieux d'esprit, de verve et de variété; c'est l'ironie populaire, le sarcasme popu-
lacier, la raillerie faite homme, un composé de Diogène et du gamin de Paris; c'est en
outre quelque chose d'indéfini et d'indéfinissable, le farceur de barrière dépensant plus
d'esprit pour avoir un sou que d'autres pour gagner un million.

De tous les êtres étonnants qui sont sur le globe il est le seul qui étonne : il est pres-
tidigitateur, saltimbanque et danseur de corde; il avale des dagues de Tolède, des sabres-
poignards, des couleuvres surtout, et il en fait avaler; il est *craqueur,* mangeur de
filasse, *lithotriteur;* il est en outre rapsode et chanteur ambulant; il file la romance et
roucoule quelques lambeaux d'opéra; il a Napoléon sur sa quatrième corde et Piron
dans son gousset de montre, à la place de la montre qu'il n'a pas. Il vit dans une sainte
horreur de tous les pouvoirs représentés par un *exempt,* les plus modernes disent un
sergent de ville. Cet homme unique est à lui seul le spectacle gratuit ou du moins
facultatif du *voyoux* en habit de dimanche. La foule se groupe autour du farceur et en
cent autres endroits, pour former cette masse compacte que les publicistes appellent le
peuple, et les parvenus la populace.

La journée est belle, le ciel est d'un bleu d'outremer, le soleil luit. Rassemblée d'abord
autour de son fétiche, le farceur, qu'elle accable de mépris et de petits sous, la foule se
répand bientôt sur le plateau : on se presse, on se reconnaît, les parties se forment ; les
guinguettes sont envahies ; l'aristocratie usurpe les estaminets. C'est l'heure du plus grand
concours de nations, de familles, d'individus. L'homme s'émancipe : il est à la barrière.
L'ouvrier marié, c'est-à-dire celui qui, n'étant que prolétaire, s'est fait esclave, traîne à
sa suite une femme généralement suivie de trois ou quatre enfants. Les pièces éparses
de leur costume, qui n'ont pu résister aux accidents du voyage, ont été recueillies par le
père sur la route de Paris à la barrière. Il a dans sa main le soulier du petit, sous son
bras la veste du cadet; il porte, en général, tout ou partie de sa famille sur les épaules.

Le jour baissant les boutiques ne sont plus fréquentées. Le farceur perd ses meilleurs
mots : *ventre affamé n'a pas d'oreilles.* Le plateau de La Villette qui précède les maisons est déserté pour les maisons mêmes. Des diligences passent inaperçues, chacun n'aper-
cevant que son appétit et l'enseigne de son restaurant. A voir l'ensemble des cuisines,
les apprêts gigantesques des festins, la masse imposante des préparations culinaires, l'activité des fourneaux, la bonne mine des chefs et des rôts surtout, on dirait d'une kermesse
de Rubens, d'un repas pantagruélique, des noces de Gamache. Tout cela cependant se
vend et s'achète, se *marchande* par fragments et finit par ressembler à une réjouissance
municipale, à une part de joie publique. Bienheureuses utopies rêvées par Fourier, vous

n'existez que dans les romans! La barrière est le pays du vin frelaté, du veau rôti et de la salade de laitue, consommés par d'honnêtes gens qui ont l'avantage de *connaître leur bonheur* et de ne pas rêver un festin plus somptueux. De longues tables sont disposées sous l'auvent d'une immense rôtisserie : là vient s'asseoir toute une famille de prolétaires, pour qui vivre c'est manger, et manger c'est avoir un avant-goût du paradis. Un pot en faïence de la capacité d'un litre contient un vin qui passe pour rouge et qui nage entre le bleu et le noir. Les mets étant bon marché et le vin moins cher que les mets, un ouvrier se persuade qu'en mangeant beaucoup et en buvant encore plus il parviendra à faire d'énormes économies; s'il a une famille surtout, il est sûr de s'enrichir en un seul repas de toute la dépense qu'il aurait pu faire ailleurs. La barrière est une arithmétique qui embrasse les quatre règles, l'addition, la multiplication, la soustraction, et surtout la règle de trois.

La Villette a son Cadran bleu, son grand salon, ses cafés, ses ombrages, deux ou trois acacias auxquels l'imagination aime à prêter un peu d'ombre en échange du feuillage qu'ils n'ont pas. La verdure est là pour rappeler à l'homme champêtre qu'il a été originairement créé pour dîner sous des bosquets. Peu de restaurants consentent à se priver d'un acacia en mémoire du paradis terrestre : ceux qui n'ont rien de champêtre et de bocager sont presque obligés d'avoir du vin potable pour attirer des chalands.

Après ces repas dissolus, on danse au son des violons et des ophicléides. Chaque grand salon, et il n'est pas rare qu'il y en ait plusieurs à une seule barrière, est muni d'un orchestre. Il ne saurait être parfaitement prouvé que l'on danse dans ces lieux favoris de la Terpsichore populaire : on peut affirmer de loin qu'on y fait beaucoup de bruit. Quoi qu'il en soit, un peuple repu est toujours un peuple heureux; mais un peuple dansant doit toucher au troisième ciel. Quels éclats de voix! quel retentissement de valse et de contredanse! L'orchestre couvre les danseurs, les danseurs font taire les instruments. Au dedans c'est un bal peut-être, au dehors c'est un sabbat!

Chaque barrière de Paris a sa physionomie, ses allures, son caractère, son cachet, son genre d'attrait : pour la Courtille, c'est la débauche ; pour la Râpée, la gastronomie; pour la barrière du Maine, c'est la danse; pour d'autres, c'est le jeu de boule, le tir au pigeon, plaisir innocent s'il en fut, ou bien enfin ce cirque au petit pied, connu sous le nom de barrière du Combat. La joie de La Villette est au contraire une joie calme, modérée, rassise, un plaisir de famille pour ceux surtout qui n'en ont pas.

L. ROUX.

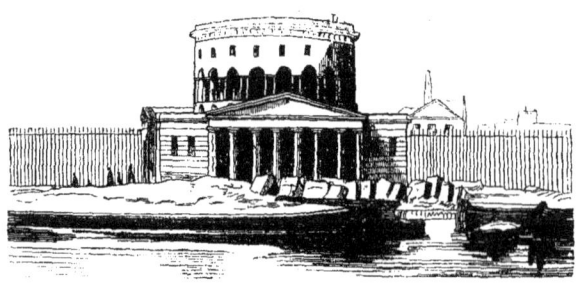

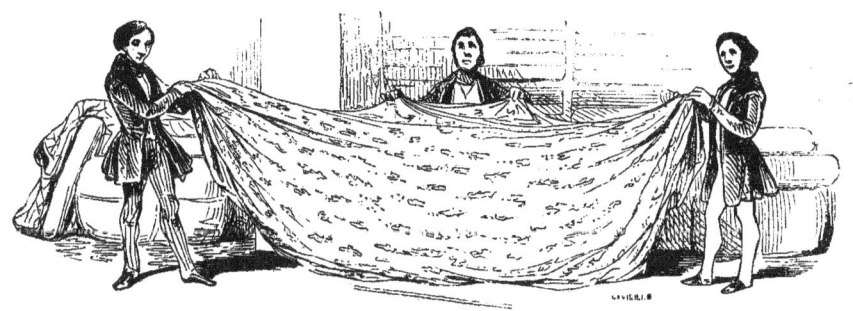

LE MARCHAND DE NOUVEAUTÉS.

Prix fixe!...

(Les vitres de tous les magasins.)

ous pourriez croire, ami lecteur, que l'institution du marchand de nouveautés date, comme plusieurs des nouvelles institutions qui nous régissent, des anciens temps : il n'en est rien, elle est récente, elle est d'hier. L'empire, qui a vu mourir tant d'hommes et naître tant de choses, doit la revendiquer parmi ses découvertes. Le marchand de nouveautés s'est formé des débris du bonnetier antique, du vénérable mercier, du drapier des halles, du linger, et de quelques fragments du marchand de soieries. Le tout s'est animé de l'esprit du siècle, c'est-à-dire de ce qu'il y a de moins spirituel au monde, mais de plus instructif aussi et parfois même de plus intelligent : le goût des affaires et l'amour du gain.

Deux mots ont inauguré l'établissement du marchand de nouveautés dans l'industrie et dans la société françaises ; deux mots bien courts pourtant et bien simples :

PRIX FIXE!

Mais quel phare lumineux s'élevait tout à coup aux yeux des acheteurs, et promettait d'éclairer au loin ce noir abîme des vieilles boutiques où les nuances des fils, des laines et des étoffes se perdaient dans une même nuit, comme leurs prix se confondaient dans le défaut de mémoire ou de conscience du marchand !

Quel hameçon ! ! !

Plus de faveur donc ! les âges, les sexes, les fortunes, tout désormais devenait égal devant l'étiquette.

PRIX FIXE.

Ces simples mots écrits en lettres rouges sur un fond noir portaient dans leurs flancs une révolution, mais une révolution comme les modernes et les impotents les aiment, une révolution pacifique. Elle devait, elle aussi, et c'est trop juste, avoir ses déceptions et ses mensonges; le marchand de nouveautés, en même temps qu'il embrassait à lui seul les spécialités innombrables comprises entre la cotonnade et le cachemire, entre le calicot et la robe de velours, réduisait ou plutôt nivelait, par le mode de vente à prix fixe, ses bénéfices *à trente pour cent environ*. Le public n'avait-il pas raison d'applaudir?

Voulez-vous maintenant un peu de tout : le marchand de nouveautés *en tient;* inventez, si cela vous plaît, de nouveaux articles, il *en tiendra*. Car, si l'intelligence et le génie ont des bornes, le marchand de nouveautés n'en a pas : c'est dans son privilége et dans son bail.

Jadis le marchand de nouveautés s'établissait avec ses propres capitaux, étayé du consentement et de l'appui de sa famille. Alors, l'industrie mal émancipée procédait encore de père en fils ; les actionnaires ne vous dispensaient pas d'avoir des alliés ou des parents ; heureusement l'industrie a subi les mêmes phases que le genre humain : de l'état sauvage elle a passé à l'état de famille, de celui-ci à l'état de société (sans calembourg). Aujourd'hui le *négociant* ne prend conseil et ne relève que de son audace, de ses forces et de son crédit; toutefois un bon héritage, un mariage d'argent, un banquier bienveillant... Un peu d'aide fait toujours grand bien.

Le marchand *de nouveautés*, en prenant ce titre, s'engageait implicitement à rompre avec de nombreuses traditions! Adieu la boutique aux solives norcies, adieu la rusticité du comptoir, le vert-pomme de la devanture aux carreaux de huit pouces de hauteur; adieu la naïveté de l'enseigne ; la naïveté n'est plus restée à la porte, elle n'est pas entrée non plus dans le magasin. «Où est-elle ? — Hélas! presque toujours chez le pauvre chaland. » — L'industrie et le luxe ont dit au marchand de nouveautés : « Tu l'as voulu, eh bien! maintenant, marche, marche, tu iras jusqu'au gaz, jusqu'aux glaces, jusqu'aux lambris dorés, tu vendras des étoffes à 12 sous l'aune sur des comptoirs d'acajou, et des tablettes fixées par des clous à tête d'or supporteront le drap des pauvres. Marche, marche, la crédulité des consommateurs est grande encore, et tes profits ne diminueront pas de sitôt ; marche, marche, tu as passé de la boutique au magasin ; vois donc, il te reste quelque chose à faire ; le simple coiffeur t'a devancé; regarde, il en est déjà au *salon*.»

Le luxe des enseignes a précédé celui du magasin lui-même; les enseignes du marchand de nouveautés ont formé autrefois comme une autre exposition des beaux-arts. Le succès de *Marie Stuart* a précédé en l'égalant d'avance celui de *Jane Grey;* la *Fille mal gardée* a eu le bonheur d'une œuvre de Greuze ; et *les Deux magots* ont distrait les flâneurs bien avant les *Gendarmes* de M. Biard. C'était alors, on peut le dire, le temps des magasins illustrés, comme c'est aujourd'hui celui des éditions. Heureux temps ! où l'on faisait sa réputation et sa fortune à peindre pour les boutiques !

Presque toujours le magasin de nouveautés est organisé et distribué suivant certaines règles invariables. Chaque division de l'établissement s'appelle *rayon*.

Les desservants des rayons de la soierie s'appellent les *soyeux ;* les montreurs de châles se nomment *châliers ;* les préposés à l'indienne sont les *indiens.* — Les frais de certaines maisons de nouveautés s'élèvent à plus de 60,000 francs par an !

Combien il faut que Dieu bénisse le travail des marchands de nouveautés! Leurs fonds de boutique sont en hausse aujourd'hui. Le bail, la clientèle s'achètent par centaines de mille francs. Malgré cette énorme tentation, le marchand de nouveautés ne se retire du commerce que le jour précis où sa femme le veut absolument, parce que son fils l'exige. — Le fils exerce d'ordinaire la profession de dandy, à moins que les foulards et la révolution de juillet ne lui aient donné l'ambition de remplir une mission diplomatique dans les Indes. Pourquoi pas? Il est assez juste d'observer que le fils du patron dépense, en folle vie, tous les suppléments de bénéfices que font gagner les vingt ou trente commis de l'établissement paternel. Vous êtes parfaitement libre d'appeler cela une compensation, si vous l'osez.

Le marchand de nouveautés se fait honneur de compter parmi les gardes nationaux les plus propres, les plus exacts. On le distingue à la parfaite blancheur de son pantalon et de ses guêtres en été; l'hiver, au lustre de son drap et à l'ampleur de sa capote. Dans le commerce il passe pour avoir été décoré comme soldat; dans les rangs on dit qu'il a obtenu la croix à titre de grand industriel.

On a vu le marchand de nouveautés aspirer à la députation et y parvenir ; le marchand était alors un ardent promoteur de lois politiques; il s'entendait très-bien à ajourner les lois d'intérêt et de commerce à l'année suivante.

Comme juré, il est inexorable pour le vol, plus facile en matière de viol et d'assassinat, et grand pourvoyeur de circonstances atténuantes. De 1831 à 1835 il a condamné plusieurs journaux. Il a seulement montré quelque indulgence pour le *Charivari*. Quand on lui en demande la raison, il répond que c'est par reconnaissance. Il a tant gagné d'argent autrefois avec la lithographie appliquée aux mouchoirs de poche que, partout où il rencontre de la lithographie, il s'attendrit encore.

Excellent homme !   P. Bernard.

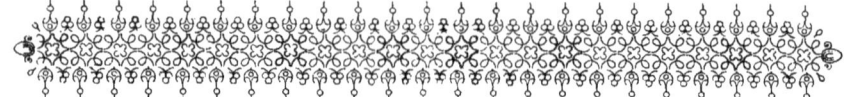

LE VIGNERON.

Noë, vir agricola,... plantavit vineam:
(*La Genèse.*)

Quand des corbeilles de l'automne
S'épanche à flots un doux nectar,
Près de la cuve qui bouillonne
On voit s'égayer le vieillard.
(BÉRANGER.)

LLONS, en route! loin, loin. De l'air pur, de vrais champs, de vraies vignes, des sabots, et de la terre par-dessus les sabots! En Champagne! en Bourgogne! dans tous les pays où le soleil fait mûrir la grappe, où le pressoir fait ruisseler le vin! Ce n'est plus cette fois la verdure étiolée, les fleurs blanchies de plâtre, les parodies champêtres dont la banlieue borde Paris : c'est de la belle et bonne campagne, en pleine province, à soixante, quatre-vingts lieues de la capitale, avec des mœurs et des habitudes toutes différentes, et au milieu de bonnes gens, paysans simples, ouverts et pleins de franchise, et qui la plupart n'ont, de leur vivant, quitté leur village que pour aller au marché de la ville voisine.

Laissez un peu de côté les douceurs de votre vie molle, nous avons là-bas une vie active à mener; oubliez les gants glacés, les parfums pour les cheveux : nous n'avons à presser que des mains calleuses, et ce sont de gras bonnets de laine qui nous salueront; revêtez, pour mieux faire, le pantalon de toile, la blouse au tissu rugueux, et surtout dites adieu à vos longs sommeils du matin, car nous allons suivre nos vignerons, et nos vignerons se lèvent l'hiver avant le brouillard, l'été avant la rosée. Nous n'allons pas seulement faire une promenade près d'eux, les examiner un jour en passant; mais nous allons nous y installer, y prendre nos coudées franches, aiguiser comme eux la pioche et la serpette; nous allons tailler la vigne et vendanger.

Jetons, si cela vous est agréable, un coup d'œil sur l'habitation tout agreste de ces braves gens : un rez-de-chaussée, et au-dessus du rez-de-chaussée un grenier; au pied de la porte quelques larges pierres inégalement tassées, et qui servent de dalles et d'escaliers; au-dessus de la cabane, un toit, quelquefois en tuiles, mais que le temps a mordu et déchiré à belles dents; au devant, une cour, que remplissent souvent un fumier et sa mare mal odorante; un puits, avec sa margelle usée et son poteau à bascule; tout près, un four; à côté, le pressoir; quelques pas plus loin, l'étable où rentrent à la nuit des vaches et des porcs. Maintenant faites serpenter de vigoureux pieds de vigne jusqu'au haut de ces murs lézardés et grisâtres; laissez se montrer, par l'unique fenêtre de la façade borgne, le bout de quelques hardes séchant au soleil ; jetez à tous les coins bêche, pioche, brouette, instruments et ustensiles d'utilité ; faites barboter deux ou trois canards et autant d'enfants dans un baquet d'eau trouble, et vous aurez à peu près le premier plan de votre tableau. Ensuite, pour compléter le point de vue, regardez plus loin, par delà ces cailloux superposés sans ciment, et que nos paysans appellent un mur ; voyez le val se dérouler comme une longue robe semée de vignes, laissant comme des plis mille ondulations, mille courbures dans son terrain, et gagnant même le pied des montagnes qui l'encaissent. Le soleil dore un côté de cet immense bassin vignoble, les montagnes ombragent l'autre côté, et une ligne de lumière, se jouant sur les dentelures lointaines, vient terminer richement notre horizon. — Que dites-vous du paysage ? Si vous êtes artiste, vite un croquis sur votre album, et demi-tour ; faites claquer sous votre pouce ce loquet de bois qui hoche à son clou, et poussez la porte. Après avoir vu l'extérieur je veux vous montrer le dedans ; il faut faire connaissance avec les lieux où nous allons séjourner. Et d'abord ne vous étonnez pas s'il n'y a personne et si nous entrons si facilement ; dans ces petits villages un vol est rare comme une bonne action à Paris, et les habitants de cette maison sont allés travailler aux vignes sans fermer leur porte... ils n'en sont pas encore aux serrures incrochetables. Marchez vivement et ne craignez point d'accidents au parquet, il est fait de terre dure ; les murs, dont la fumée a caché la couche blanche de chaux, sont à peu près nus sauf quelques images ; au milieu de la chambre se dressent un énorme billot de chêne et deux bancs où l'on s'attable, mange et boit la piquette en famille ; aux coins, deux lits *à la duchesse* dont les quatre colonnes soutiennent des ciels et des rideaux de serge verte ; en face de vous l'immense cheminée dont le manteau vous abrite et sous lequel se groupent aisément huit ou dix personnes ; si vous montez au grenier, vous y verrez deux ou trois loques, humbles lambeaux se balançant sur des perches, tout ce que la gêne laborieuse peut avoir d'inutile. Puis, en descendant, rien, presque plus rien ; à peine de ces petites choses qui laissent deviner quelques contentements, quelques satisfactions intérieures... Où souvent l'indispensable manque, trouvez donc du superflu ! Cependant ces braves gens s'en contentent ; il y a tant de bonne humeur et si peu d'ambition parmi eux ! et ils savent si bien extraire de ce train de vie, tout dur et pénible qu'il est, les instants de plaisir et d'agrément qu'il peut leur procurer !

A quelque époque de l'année que vous le preniez, depuis le Verseau jusqu'au Capricorne, depuis les engelures jusqu'aux coups de soleil, le vigneron est toujours occupé ; les soins continuels qu'exigent ses travaux lui feraient d'ailleurs une nature laborieuse, et les mille caprices des saisons, les températures chaudes ou glaciales semblent ne pas arriver jusqu'à lui... sa vigne est son trésor ; il ne songe qu'à sa vigne. On le voit l'hiver, par la bise la plus aiguë, réparer, dans la cour ou à la porte du pressoir, les tonneaux qui doivent contenir son vin ; et cela pendant des journées entières ! — Instrument pauvre, et sachant qu'il le sera toujours, il n'en tourne pas moins dans le cercle vicieux de ses occupations. Il dépense sa part de force et d'énergie à faire prospérer des biens qui ne sont pas à lui, et dont il ne lui revient, en récompense, qu'une portion de ce qu'ils produisent.

Dès février, le voilà dans sa vigne, taillant, élaguant, émondant, faisant tomber à terre d'un revers de serpette toutes ces petites branches parasites qui prendraient de la séve sans donner de raisin. — Sur la fin de mars, sa bêche rafraîchit la terre autour de chaque racine : c'est alors que, se promenant de cep en cep, il épie avec avidité la naissance des premiers bourgeons ; son œil s'anime, tout son visage sourit, il passe un doigt complaisant sur le fœtus vert, et en un instant il l'a métamorphosé : il ne voit plus le bourgeon, il voit la grappe qui se dessine, la peau qui se tend, le grain qui s'enfle, le raisin qui mûrit, le cep qui se dépouille, la cuve qui s'emplit, et les tonneaux, l'écume à la bonde, entassés et alignés dans son pressoir. Pour se faire une idée du plaisir qu'il ressent à chaque nouvelle découverte, il faudrait se figurer un homme attendant un brin de fortune, et qui verrait ses écus pousser sur des arbres. Et quand il revient le soir, la bêche et la pioche sur l'épaule, le bout des oreilles rouge et soufflant dans ses doigts, il est rayonnant, et avant de toucher le seuil il appelle sa femme; il ne secoue même pas ses souliers auxquels la terre gelée a cimenté ses guêtres, et on peut l'entendre s'écrier, en entrant et jetant sur le pavé le fond d'un verre de piquette qu'il vient de boire : « Marie-Jeanne, dans le *Pré-Mourot* ça *fremille;* c'est plus clair-semé dans le *Grand-Clos ;* mais la *Voie-aux-Moines* va fièrement donner ; si *éavri* ne nous gèle pas *j'aurons* du *raïin* à faire becqueter tous les *mouniaux* du pays. » Le bourgeonnement du raisin, ce phénomène attendu par le vigneron comme le Messie par la gent judaïque, donne lieu à une autre opération : un cep ne durant que quelques années, il faut qu'on le régénère; et c'est cette nouvelle génération que le vigneron, au premier indice des grappes, prélève en branches jeunes et vivaces qu'il couche et fait germer en terre, et qu'on appelle *provins.* — En mai.. (puisque j'y suis, je vous débite mon almanach d'un bout à l'autre; cet homme et son travail s'identifient tellement ensemble! Séparez donc le chasseur de ses meutes et de son gibier !...), en mai la bêche soulève et retourne de nouveau la terre nourricière des ceps; un peu plus tard on en relève ceux qu'on y a couchés, les ceps futurs encore en enfance, puis, pour les soutenir, on les accouple aux échalas, ces burlesques bâtons qui ont eu l'impudence de baptiser de leur nom tous ceux de nous qui tombèrent dans un moule un peu trop droit. — De derniers petits travaux, visites, coups d'œil paternels, légers soins que vous pouvez comparer au pli d'un lange qu'une mère défait après avoir d'abord posé soigneusement son enfant dans le berceau, remplissent le temps qui doit s'écouler jusqu'à ce que le grain, gonflé par de douces et pénétrantes ondées, et doré ou bruni par le soleil, fasse préparer les paniers des vendangeurs.

Cet emploi des deux tiers de l'année, que je viens de vous esquisser le plus rapidement possible, ne vous semble peut-être pas aussi pénible que vous vous l'étiez figuré d'abord ? c'est que je ne vous ai pas dit de combien d'anxiétés, d'inquiétudes et de frayeurs tout ce temps est rempli ; c'est que je ne vous ai pas fait voir le vigneron, le matin, le pied sur la porte, tremblant devant une nappe de givre ou de gelée blanche; le jour, suivant d'un œil inquiet et suppliant les nuages que le vent amasse; c'est que je ne vous l'ai pas montré, la nuit, se levant quelquefois réveillé par un orage, debout, l'oreille collée à la fenêtre de sa cabane, et s'écriant : « Mon Dieu ! mon Dieu ! la grêle va tout ravager !... » — Pauvres gens, qui ont un si mince trésor et qui ne peuvent le serrer avec eux ! qui sont obligés d'attendre de la clémence des saisons qu'elles veuillent bien ne pas leur emporter l'existence, le pain de leur année ! Quel courage il leur faut ! et quelle confiance en leur sort !... Il est des métiers qui font croire à la Providence.

Tout va ainsi jusqu'au moment où les vacances, cet âge d'or des écoliers, viennent donner la volée à tous les travailleurs désireux de quelques semaines de repos. Alors, un beau jour, on voit le vigneron préparer sa voiture et ses bœufs, partir à vide, et gagner pas à pas et pesamment la ville la plus proche; il va chercher les bagages du maître. Le maître (ne vous effrayez pas de ce titre qui sent tant soit peu la domination), le maître n'est autre chose que le propriétaire dont le vigneron cultive les vignes, bon diable dont l'humeur n'a pas la moindre teinte de despotisme, et qui vient, lui aussi en famille, s'installer dans le village et y passer deux ou trois mois. Je dis en famille, parce qu'il n'y arrive jamais qu'accompagné d'une foule de fils, de neveux et de nièces, excellentes petites créatures, pas gourmandes au fond, mais qui se promettent à l'envi de digérer les fraises, le lait et les fromages de la ferme, et surtout, surtout de faire la vendange.

Oh! la vendange! cette solennité des enfants, cette fête pour laquelle ils laissent toutes les fêtes! Oh! la vendange! courir dans les vignes, broyer la grappe, se tacher de vin! adieu les rudiments, adieu le collége! adieu, adieu les vers champêtres! ils font des dactyles avec une cabriole, et des spondées en tombant sur leur derrière. Oh! la vendange, la vendange! — Mais calmons un peu la turbulence de nos lutins; voici le maître qui entre dans la ferme: «Bonjour! père Thomas.—Ben le bonjour! not' mossieu.» Et les bonnets de laine de voler rapidement des têtes dans les mains. «Comment cela va-t-il? — Mais, comme la vigne, pas trop mal. — Aurons-nous une bonne récolte cette année? — Grâce à Dieu, j'avons eu le temps à l'avenant. — Le vin?... — Ne sera pas piqué des vers, et j'aurons ben soif si je le buvons tout. — Et quel jour commençons-nous? — Après demain.» La vendange enfin va s'ouvrir, la joyeuse, la bienheureuse vendange!

Cette grande époque, cette grande fête arrivée, le vigneron, la famille du vigneron, le maître et les amis du vigneron se préparent avec une activité joyeuse à ce travail, travail le plus important, le grand œuvre de l'année. C'est le moment où ces braves gens ont le plus de fatigues, et c'est le moment où ils sont le plus gais. Les voilà qui partent par bandes, suivons-les, nous les verrons à l'ouvrage. Regardez! chacun se distribue sa besogne: les uns, sans quitter les ceps, couperont le raisin et le jetteront dans les paniers; les autres se tiendront à l'entrée de la vigne, chargés de hottes, que des porteurs spéciaux rempliront en y vidant les paniers des premiers; d'autres, montés sur les voitures, transporteront les tonneaux que les hottes auront remplis, et les cuves du pressoir se rempliront bientôt à leur tour en engloutissant ce que les tonneaux leur auront apporté!

F. M

Alors ces hommes nus, leurs sabots terreux aux pieds, entreront dans ces vastes cuves, et, au risque d'être asphyxiés par la vapeur enivrante, fouleront jusqu'à ce que la bouche du réservoir bouillonne, et leur rende en vin ce qu'ils y ont jeté en grappes. — Aux premiers jets, les yeux épient, les tasses s'emplissent, les lèvres sirotent : « Le vin sera bon, il est vineux, fort en couleur ; ce sera du 1824, etc... » Et ces bons rois de la vendange, accoudés, assis sur des tonneaux (si la Bourgogne avait son Téniers !), s'étendent en dissertations, et prònent à l'envi les richesses que la cuve leur vomit. Ils en ont bien le droit peut-être, quand ces flots qui se précipitent sont du Nuits, du Pomard, du Chambertin, du Champagne, du Clos-Vougeot, et tant d'autres ! Et puis, n'est-ce pas de leurs fortunes qu'ils parlent ? Le père y voit la dot de sa fille, et quand il aime bien sa Jeannie ou sa Catherine... dam ! il est content le vieux père, et il sourit, et il disserte.

Les vignerons sont ordinairement seuls autour des cuves, tant que ce n'est que le vin rouge qui coule ; mais à la *coulée* du vin blanc il se fait au pied du vaste récipient un cercle nombreux et avide. Propriétaires, voisins, enfants, neveux, nièces, tous ces groupes bienheureux que les vacances ont fouettés de la ville dans les villages, sont là, une tasse, un verre, une soucoupe à la main, et faisant le geste des Hébreux devant le rocher de Moïse... Ils goûtent le *vin doux*. Il est doux, c'est vrai ; mais pour être doux il n'en est pas moins traître, et gare à l'imprudent qui, séduit par sa *douceur*, se laisse entraîner à le goûter plusieurs fois !...

Quand le gâteau est cuit, on le partage; partageons donc la récolte que voici terminée : « Père Thomas, combien de pièces ?— Eh ! not' mossieu, j'avons ben la cinquantaine. » Et de cette cinquantaine, vingt-cinq descendent dans la cave du maître ; le pressoir du vigneron garde les vingt-cinq autres. Cette répartition se fait si rigoureusement, qu'elle enveloppe dans ses conditions jusqu'aux tonneaux où doit se dégonfler le ventre des cuves. Fais tenir ton bien, moi le mien ; chacun achète ses fûts pour loger son liquide. C'est juste.

Retournons aux champs, où nous allons voir le vigneron couper, arracher, cueillir, amonceler en petits tas les quelques autres récoltes, complément du revenu que lui fait dame nature. Pendant que, plié en deux et le sarcloir à la main, il creuse et sillonne la terre pour ne lui laisser rien de ce qu'elle lui a produit, jetez dans la hotte ces légumes qui sont là épars, haricots, raves, pommes de terre; la pomme de terre surtout, cette séve du paysan, son pain quotidien. Aidez-le à la dégarnir de cette verdure importune, et quand vous aurez fait faire au tombereau les deux ou trois voyages nécessaires au transport de tout cela dans sa cour, vous irez prévenir la femme du propriétaire; car le propriétaire, le plus souvent représenté par sa femme dans tous ces détails minutieux, doit encore venir partager, mais cette fois par portions inégales. Une petite brouette en porte un tiers chez le maître; les deux autres tiers restent chez le vigneron, qui les blottit, pour son usage de tous les jours, à côté de quelques gerbes que lui ont données pendant la moisson un ou deux arpents de blé. C'est une part assez bien faite pour ce dernier; mais la valeur en est si minime! et il y a sous son toit tant de bouches qui ont faim!

Mais, me demanderez-vous, est-ce qu'on peut continuellement surveiller le vigneron dans tous ces partages? et ne peut-il pas, lui, avoir quelques distractions en sa faveur? —Non; je vous ai dit qu'il était franc, et il est franc. Il n'y a pas, il est vrai, de si bon fruit qui ne puisse avoir une tache, et la ruse est une petite tache dont tout le monde a sa part, si légère et cachée qu'elle soit. Donc le vigneron a sa dose de ruse, et voici sur quoi elle s'exerce : de loin en loin dans les vignes se dressent quelques arbres à fruits, jetant plus ou moins de centimètres d'ombre à leurs pieds. Pour la récolte qu'ils donnent il n'y a pas de partage; la politesse, ou pour mieux dire, la galanterie du vigneron en fait seule les frais. Il suffit qu'il en donne quelques-uns des plus présentables au maître, et le reste lui appartient. Eh bien! voyez-vous la petite machination qui se prépare? Il est trois heures du matin. A l'époque de ces fruits le maître n'est pas encore à la campagne. Le vigneron part, escorté de deux de ses fils. Tous trois marchent bravement, pliant sous une hotte ou un panier; les fruits s'y montrent jusqu'au bord. Arrivés à la ville, Jean et Colas se dirigent droit au marché; le père Thomas se détourne et va sonner la cloche de *not' mossieu.* La femme le fait entrer, lui fait boire un coup : «Vous avez choisi, père Thomas? — Not' dame, c'est tout ce que j'ons pu trouver de mieux.» Une petite pièce de monnaie blanche le remercie; il ferme la main, puis la porte, et retourne aider ses deux *garçons* à finir leur marché. Quels fruits pensez-vous qu'il ait portés à son mossieu? Vous avez deviné, et vous lui avez déjà pardonné. Cela ne vaut pas encore les sociétés en commandite.

Il y a bien encore par-ci par-là quelques légers mensonges. Qu'un négociant lui demande de la première cuvée; s'il y en a, et tant qu'il y en a, il lui en donne. Mais si un second, un troisième, un quatrième arrivent, et que la première cuvée n'ait pas attendu le second, le troisième ou le quatrième acheteurs, le vigneron aborde sans trop se troubler les pièces d'une naissance postérieure, et... conclut le marché. Ne le blâmez pas; c'est la plus grosse *tromperie* qu'il peut faire, et il la fait à son corps défendant. Le vigneron ne serait jamais marchand de vins à Paris; il ne scellerait pas sous un cachet vert de l'eau de Seine et de la litharge de plomb. — Et d'ailleurs nous pouvons lui laisser ces légères supercheries pour l'indemniser de certains impôts que la coutume prélève sur lui. Pour n'en citer que deux, nous dirons que le curé, au moment de la vendange, fait faire une quête, et que tous ceux qui font du vin lui en donnent. Le second préleveur de dîmes est le maître d'école. Plus humble que le pasteur, il prend lui-même sur son dos une hotte de bois propre à contenir le vin, et fait sa tournée dans tous les pressoirs. Les bons vignerons l'accueillent, et laissent tomber dans l'énorme tirelire leur aumône liquide.— Aumône adroite souvent; il peut tenir à un litre ou deux de vin que le fils d'un vigneron sache lire.

Ce degré d'instruction, le père ne l'a pas toujours atteint. Mais, s'il ne sait pas parfaitement lire dans les livres imprimés, il est en revanche un autre livre dans le déchiffrement duquel il est expert : c'est le ciel. Il ne connaît pas le baromètre, mais son flair infaillible lui tient lieu de tube et de mercure; sa mémoire est un almanach vivant. Vous le voyez qui interroge le vent, les nuages : « Il fera beau. Il pleuvra. Mes pauvres raisins ! ce vent nord ne les réchauffera guère ,... etc. » Et tous ces pronostics sont vrais.

Mais voilà nos ceps dégarnis. Quelques soirées d'automne, pendant lesquelles on tille le chanvre à la porte de la ferme, et l'hiver fera sentir ses premières haleines. Il ne fera pas bon à la campagne; dépêchons. Dans cette rude saison, le vigneron, toujours soigneux, toujours prévoyant, s'occupe de toutes les réparations nécessaires à l'entretien de sa vigne. Il renouvelle la terre aux endroits où la terre a été ingrate; il la force à être généreuse en la nourrissant d'engrais et de fumier; il arrache et remplace les ceps inutiles qui n'ont pas donné de fruit; en un mot il prépare son terrain, et c'est plaisir de voir comme il s'y prend pour que chaque année lui arrive féconde et profitable. Il a constamment une partie de terre occupée par les ceps en plein rapport, une autre par les jeunes pieds ou provins, et une troisième par la vieille vigne, de sorte que tous les ans il plante et il arrache. Il a ainsi trois générations de vigne contemporaines. C'est là être sage et précautionneux.

La génération jeune qu'il met en terre chasse donc annuellement une génération décrépite et sèche, laquelle génération, loin d'être inutile une fois arrachée, va au contraire adoucir et égayer pour lui les heures grises et froides de l'hiver. Voyez-le amonceler, fagoter, lier et emporter. Suivons-le. Il va nous mener sous l'immense cheminée de la ferme; et c'est là aussi que je voulais vous conduire, parce que c'est là que je veux vous faire assister à une des gaies et bruyantes veillées de la fin de novembre, à une de ces *veillées* classiques chez le vigneron. Du reste, je ne vous avais pas encore dit comment il se chauffe. Ce poétique sarment, que les romanciers font pétiller dans tous les âtres, et qu'il vient, lui le vigneron, de jeter par faisceau dans le sien, puis-je consciencieusement n'en rien dire, quand le voilà qui s'allume et brûle? vous m'en voudriez.

Le même personnel que nous avons vu autour des cuves de vin doux se trouve réuni le soir dans la ferme. On fait un grand cercle devant la cheminée; on s'asseoit comme on peut, sur des chaises, sur la paille, à terre; une petite lampe de cuivre vacille en haut comme une étoile terne, et le foyer, le foyer rempli de sarment, jette ses larges reflets sur tous ces visages et leurs grandes ombres sur les murs. — On fait des paniers en osier, on égrène certaines récoltes, on monde des noix, on frotte au tranchant d'une pelle les grappes de maïs, dont les grains tombent en sautillant dans un van comme la grêle sur un toit d'ardoise. En même temps les grand'mères filent, les jeunes filles tricotent, les enfants rient, les amoureux se donnent des tapes; puis les neuf heures sonnent, les rouets s'arrêtent, les rires et le sarment s'éteignent, les *veilleurs* étrangers se retirent, les autres se couchent... Quelques-uns rêvent des *histoires* qu'un oisif a contées pendant la veillée.

Jetée dans un moule aussi uniforme, la vie du vigneron doit avoir peu de phases saillantes. Elle n'est pas comme son vin, qui fermente, écume et fait sauter sa bonde. Calme et tranquille, un pied dans sa vigne, l'autre dans son pressoir, il atteint la fin de sa carrière. Une fois sorti de ses travaux, quand il a taillé ses plants et *entonné* son bourgogne, il ne reste plus guère de lui que le villageois ordinaire, l'homme aux mœurs simples, à la franchise un peu rude, au langage abrupte et imagé, aux affections cordiales, et (rarement) aux haines violentes : le paysan, en un mot. Le dimanche on le verra, comme les autres habitants de son *endroit,* aller le matin à la messe, l'après-dîner au cabaret, jouer aux quilles, danser à la musette ; puis, la nuit venue, rentrer à la ferme et se coucher. C'est aussi simple que cela, et comme il ne s'amuse que le dimanche, ces trois lignes résument à peu près tous les plaisirs qu'il peut se donner. Souhaitons-lui donc qu'il s'en donne tant qu'il pourra, car nous allons le laisser : l'hiver a aiguisé l'air, blanchi la terre de givre. Plus de feuilles vertes, de raisins, de vin nouveau pour cette année. La campagne est triste ; sortons de la ferme, et sans jeter un coup d'œil en arrière sur le paysage qui fait grelotter, regagnons, regagnons Paris ; nous n'en sortirons que l'année prochaine, alors que nous ne serons pas forcés de dire tristement comme aujourd'hui : *Adieu paniers, vendanges sont faites !*

F. Fertiault.

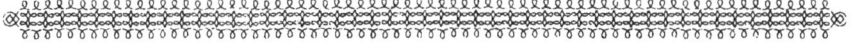

LES CANOTIERS.

ᴇs honnêtes citadins que la lecture des romans maritimes a vivement impressionnés infestent, pendant la belle saison, le cours paisible de la Seine ou de la Marne, avec l'intime croyance qu'ils se donnent ainsi une idée exacte des joies et des terreurs de l'Océan.

Je connais un estimable employé, homme d'esprit d'ailleurs, chez lequel la passion de naviguer a pris tous les caractères d'une véritable monomanie.

Chaque dimanche il se fait réveiller à trois heures du matin ; il s'habille à la hâte, part de chez lui et gagne le pont d'Asnières. Là il loue un bateau pour la journée ; et après s'être dépouillé de sa redingote, de son gilet, de sa cravate, après avoir retroussé ses manches, afin d'être plus libre dans ses mouvements, nouveau Robinson, il s'aventure sur les flots où l'attendent des désagréments sans nombre.

Peu familiarisé avec le maniement des avirons, c'est en vain qu'il prétend se diriger vers un point! suivre une ligne droite est pour lui chose impossible; et, malgré ses efforts surhumains, il ne réussit qu'à imiter la marche inégale d'un mortel pris de boisson, et n'avance qu'imperceptiblement, procédant par courbes et par zigzag, trop heureux quand il ne tourne pas sur lui-même comme un tonton, ou encore, comme une sauterelle qu'on aurait privée d'une de ses pattes.

D'autres fois, il ira se fourrer parmi des trains de bois, des tas d'herbes, et restera des heures entières dans l'immobilité la plus complète. Dernièrement, s'étant engravé sur des bas-fonds, il fut obligé de se mettre à l'eau et de soulever son bateau à la force du poignet, opération dans laquelle il fut troublé par un passant goguenard qui chantait à tue-tête :

> Maman, les p'tits bateaux
> Qui vont sur l'eau
> Ont-ils des jambes ?
> . . . .

Souvent harassé, brisé, moulu par suite de l'action désordonnée de ses muscles, il est emporté à la dérive à la distance de plusieurs kilomètres, incapable d'opposer aucune résistance au courant. Jusqu'à présent la Providence, touchée de son malheureux sort, lui a toujours envoyé des sauveurs qui l'ont charitablement remorqué; pourtant il est à craindre qu'un jour, abandonné à ses propres ressources, mon pauvre ami ne gagne ainsi, sans le vouloir, Rouen, puis le Hàvre, et ne finisse par aller servir de pâture aux poissons de la Manche. Nouvel et triste exemple qui démontrera jusqu'où peuvent entraîner les passions..... et le courant.

Mais en voilà assez sur ce sujet; il est temps que je vous entretienne de canotiers d'un ordre plus élevé, de ceux qui rougiraient d'avoir recours, pour leurs pérégrinations fluviatiles, aux lourds et prosaïques bateaux plats, et qui aiment à voltiger sur les eaux, mollement bercés dans de jolies embarcations, et parés eux-mêmes d'un pimpant costume de marin, sous lequel ils ont peut-être exécuté, pendant le carnaval, les poses réprouvées d'un voluptueux cancan.

Une douzaine d'individus, jeunes pour la plupart, se rassemblent et forment une société avec règlements et statuts. Chaque membre de cette société concourra, pour une somme égale, à l'achat d'un canot muni de ses voiles, de ses agrès et de tout le tremblement, et qu'on fait venir du Hàvre, de Dieppe ou de tout autre port de mer.

Aussitôt le canot arrivé à Paris, on se réunit solennellement, et on le décore d'un nom pompeux, hyperbolique, symbolique, énigmatique, comme *le Milan*, *le Dard*, *le Victorieux*, *le Triton*, *l'Éclair*. Il faut ensuite trouver une devise ronflante et digne du nom sous lequel elle sera placée. Après avoir bien cherché, examiné, discuté, on se décide d'habitude pour *ventis ocior* qui ne sonne pas mal, ou pour une de ses variantes.

L'importante cérémonie du baptême est terminée : on va donc pouvoir jouir de ce cher canot et s'y prélasser tout à son aise. On fixe un jour, et l'on se rend au lieu où il est amarré, avec quelques comestibles et *du vin en masse*. Alors foin des habits de ville! on n'en veut plus, on s'empresse de les quitter. Avec quelle allégresse on s'affuble du pantalon de grosse toile, de la casaque de laine rouge, du chapeau de cuir bouilli, de la ceinture écarlate! puis on se barbouille de goudron les mains et le visage, afin de se donner

une petite couleur locale ; on pousse au large en jetant sur la terre un regard de mépris, et vogue la galère !

C'est ici surtout que les canotiers sont curieux à observer. Un moment a suffi pour
transformer des commis, des clercs de notaire ou d'huissier, des étudiants, des rentiers,
voire même des hommes de lettres, en flambards, en scélérats, en corsaires, en loups de
mer pur sang, qui fument, qui prisent, qui chiquent, qui jurent à outrance, et dont la
conversation ne saurait être comprise par le commun des martyrs. Ils ne parlent plus
que *de prendre des ris, de mettre en panne, de carguer les voiles, de virer de bord,
de louvoyer, de ralinguer, de héler, de lofer, de ferler, de déferler*, etc., en ayant
soin d'entremêler le tout de copieuses libations.

Peu à peu les imaginations s'échauffent, les têtes se montent ; et le caractère du Français *né malin* reprenant le dessus, on se lance à corps perdu dans le domaine de la farce
et du coq-à-l'âne. C'est à qui fera le calembourg le plus monstrueux ; on s'évertue, on
se bat les flancs, on devient bête à manger du foin.

Ce n'est pas tout, et quelque chose manquerait à la fête, si l'on ne tournait pas en
ridicule, d'une manière plus ou moins spirituelle, les piétons, c'est-à-dire les crétins,
les huîtres, les épiciers, qu'on aperçoit cheminant tranquillement sur la rive.

Malheur au bourgeois décoré d'un melon, et suivi de sa famille y compris son chien,
qui vient chercher sur la berge un endroit commode pour se livrer aux délices d'un repas
champêtre ! Il ne tardera pas à être salué d'un : *« Oh ! c'te tête ! bonjour, mossieu ! »*
exorde accoutumé de la nuée de quolibets que les canotiers se plaisent à faire pleuvoir
sur lui.

Le porteur du pantalon *garance*, l'innocent et patriotique tourlourou lui-même n'est
pas plus épargné que les autres ! A son aspect, mille cris s'élèvent dans les airs : *Vive
la ligne ! Vive l'empereur ! Vivent Lafayette et son cheval blanc ! Ah ! qu'on
est fier d'être Français, quand on regarde la colonne ! Soldats, du haut de ces
pyramides quarante siècles vous contemplent*, etc., etc.

Quant au pêcheur à la ligne, il est la bête noire, le souffre-douleur des canotiers qui
affectent à son égard une cruauté sans bornes. Du plus loin qu'ils le découvrent suivant
avec émotion les oscillations de sa plume, à l'instant ils cinglent droit vers lui, se mettent
à hurler comme des sauvages, et font si bien que le pauvre diable, voyant son *coup*
troublé, perd tout espoir d'y prendre le moindre poisson, et se décide à aller tenter la
fortune ailleurs, ce qu'il exécute, non sans vouer à l'exécration des siècles les *marins
d'eau douce* qui le réduisent à cette extrémité.

Il est rare que les canotiers n'aient pas avec eux quelque joueur de cornet à piston, musicien manqué qui afflige de ses canards les échos d'alentour. L'air qu'il écorche ne peut pas être autre que celui dont les paroles commencent ainsi :

> Adieu, mon beau navire,
> Aux trois mâts pavoisés.
> Je te quitte et puis dire :
> Mes beaux jours (*bis*) sont passés.
>
> . . . .

Il n'en est point qui soit mieux approprié à la circonstance. Lorsqu'il l'a fini il le recommence, et puis encore, et toujours, et toujours. Certes, ceux qui aiment cet air-là ne sauraient manquer d'être transportés de joie.

Or, il advient fréquemment que maître Borée, se mettant tout à coup à souffler outre mesure, vous retourne comme une coquille de noix le canot de nos canotiers, et les envoie achever leur promenade au sein des ondes. Mais ne craignez rien ; ils connaissent à fond l'art de la natation : *la coupe, la marinière, la planche* leur sont également familières ; ce sont tous des *grenouillards* finis. Aussi lit-on le lendemain dans les grands journaux :

« Une douzaine de jeunes gens se livraient hier au divertissement d'une course sur l'eau, lorsque le vent a fait chavirer leur canot et les a tous submergés. Un ou deux seulement sont parvenus à s'échapper : quant aux autres, ils ont été repêchés dans un état d'asphyxie complète. »

Telle est la fin inévitable de tout canotier.

Comme vous voyez, c'est payer un peu cher le plaisir de naviguer le long des bords poudreux de la Seine ou de la Marne.

Charles Friès.

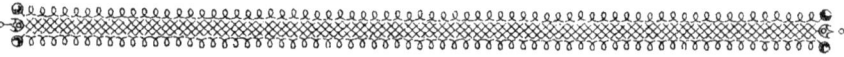

LE PÉNITENT.

ENDANT les xiie et xiiie siècles une sorte de vertige s'était emparé de toutes les classes de la société ; depuis les princes souverains qui donnaient l'exemple, jusqu'aux plus humbles bourgeois, chacun se déclarait vassal de l'Église. Ce n'était point assez que les richesses de l'Europe fussent allées s'engloutir dans l'empire grec ; on consacrait aux églises, aux couvents, aux communautés religieuses tout ce qu'on avait sauvé du naufrage. Alors s'élevèrent, presque dans chaque ville, de merveilleuses cathédrales ; les monastères couvrirent le pays... Chaque jour vit naître quelque nouvel ordre religieux. Cette époque est surtout remarquable par les contrastes les plus frappants, par les retours les plus subits : c'est ainsi qu'après une vie de dévastations, de sacriléges et de pillage, des hommes d'armes prenaient le froc et mouraient en odeur de sainteté.

Les fidèles, dans l'exaltation de leur foi, enviaient le sort de ces heureux prédestinés[a]; ils déploraient de n'être point engagés comme eux dans les liens de l'Église, qui vint à leur secours en instituant les confréries de pénitents. Bientôt tous les laïques purent y être admis moyennant certaines épreuves. — Il y eut des pénitents à Rome en 1264. — En France, la plus ancienne de ces confréries est celle des pénitents gris d'Avignon, qui fut instituée en 1268. D'autres confréries de pénitents gris, blancs, noirs ou bleus s'établirent successivement dans d'autres villes de France, notamment à Nîmes, Toulouse, Lyon et Paris.

Six cents ans se sont écoulés depuis l'institution des pénitents; cependant les statuts des confréries qui ont survécu, leurs usages, leurs costumes sont restés les mêmes; mais ces corporations sont peu nombreuses et n'existent plus que dans quelques villes du Midi et en Lorraine, où l'on trouve encore des pénitents gris.

Dans la plupart de ces villes, à la tombée de la nuit, le soir du jeudi saint, un enfant de chœur parcourt les rues en agitant une sonnette pour annoncer la procession.—Toutes les fenêtres s'éclairent et montrent aux spectateurs les visages étonnés des enfants et les dévotes attitudes des femmes : bientôt apparaissent quelques sinistres flambeaux ; une foule de sœurs, appartenant à diverses congrégations, suivent sur deux rangs en récitant les litanies ; puis viennent les pénitents revêtus d'un long sac de toile que surmonte un capuchon qui leur couvre le visage et qui est percé seulement à l'endroit des yeux ; ils ont à la ceinture un gros chapelet de têtes de morts, et marchent pieds nus. Quelques-uns soutiennent au bout de longues perches des lanternes figurant aussi des têtes de mort d'où sort une lueur lugubre qui projette sur chaque pénitent des teintes incertaines et le fait ressembler à un fantôme… ; ils psalmodient d'une voix lamentable le *Stabat mater* et le *Crux ave.* — Les dignitaires de l'ordre, comme aux temps où l'on représentait des mystères, portent les attributs de la passion : la couronne d'épines, les clous, l'éponge, le coq qui chanta trois fois, l'échelle qui servit à hisser sur la croix le Sauveur des hommes. Pour que la représentation soit plus complète, derrière la confrérie marche un pénitent courbé sous une énorme croix ; deux autres le flagellent ; un quatrième, remplissant le rôle de saint Simon, l'aide à supporter son fardeau. Une foule avide et pressée entoure cette partie de la procession, et c'est à qui se précipitera sur la croix, car d'ordinaire *elle guérit les fiévreux,* et son attouchement *préserve de tous maux et de tous maléfices.*

C'est bien là une procession du moyen âge ; mais ces processions avaient alors un tout autre caractère qu'aujourd'hui. Dans les guerres de religion, des bandes armées prenaient le sac de pénitent pour commettre impunément leurs spoliations ; au temps de la Ligue on voyait les chemins couverts d'hommes et de femmes revêtus d'aubes traînantes ; souvent ces *processions blanches* se faisaient la nuit, surtout à Paris où les ligueurs se réunissaient ainsi plus facilement.

Combien de désordres ont dû se commettre à la faveur de ce saint déguisement ; disons pourtant que les pénitents ont eu dans l'histoire leur page d'honneur. Pendant le pontificat d'Innocent IV, qui résidait à Avignon, ils combattirent vaillamment, sous le nom de *gonfalons,* l'oppression des seigneurs romains, et rendirent à la capitale du monde chrétien son antique liberté.

De nos jours, le peuple des petites villes considère une confrérie de pénitents comme un vestige de puérile superstition, et la médisance ne les épargne pas. Généralement on est porté à croire que plus d'une figure de joyeux compagnon cherche à se rendre respectable à l'aide du capuchon funèbre. Dans plusieurs localités, on dit : «C'est un pénitent,» comme on dirait : «C'est un ivrogne» ; cette opinion, assez répandue, jette chaque jour plus de discrédit sur les pieuses congrégations.

Le chant des pénitents est d'ordinaire un sujet de divertissement pour les écoliers. Rien de plus bizarre, en effet, rien de plus discordant que cette musique nasillarde ; quelques-uns des profanes collégiens joignent leur voix chevrotante à celle des congréganistes, et font leur partie dans le saint concert. Le reste de la bande se livre à des éclats immodérés de gaieté et des démonstrations qui eussent été jugées diaboliques il y a trois cents ans.

Le respect humain, ce grand auxiliaire du ridicule, décime peu à peu les confréries. Naguère les magistrats, les nobles, les riches bourgeois, les hommes de finance, s'y faisaient inscrire dévotement, et se tenaient pour honorés d'être recteurs, vice-recteurs, censeurs et trésoriers des pénitents. A une époque plus rapprochée, sous la restauration, des hommes de la première condition sociale en province ont été congréganistes.

Après 1830, quelques préfets avaient pris des arrêtés qui défendaient aux pénitents de paraître dans la rue le capuchon baissé. Depuis qu'il leur fallait marcher à visage décou- vert, ils ne se montraient plus aux processions. C'était le beau moment du civisme et de l'enthousiasme national; dans les corps de garde on se moquait des pénitents et ils abju- raient. Hommes de peu de zèle et de peu de foi! Heureusement pour la congrégation, les préfets rapportèrent leurs arrêtés, et les pénitents, en reprenant leur masque, se re- trouvèrent à l'abri des sarcasmes et des plaisanteries.

Les cérémonies et les pratiques des congréganistes sont, on le voit, purement tradi- tionnelles; les pénitents eux-mêmes n'y attachent plus une intention bien précise. Toute- fois ils ont conservé, dans certaines localités, quelques-unes des sévères et religieuses prérogatives de leurs devanciers. Naguère, à Florence et à Venise, les pénitents noirs assistaient les suppliciés et chantaient le *Libera* pendant l'exécution. Cet usage s'est per- pétué dans le midi de la France; ce sont les pénitents qui conduisent les condamnés à l'échafaud et qui récitent sur eux les prières des agonisants. Dans plusieurs diocèses ils accompagnent les prêtres à tous les enterrements et portent le cercueil.

Dans la belle saison, aux fêtes de la Trinité et de Notre-Dame d'Août, les pénitents font des processions en pèlerinage; ils partent de plusieurs petites villes pour se rendre à un but commun, qui est quelque chapelle isolée, quelque ancien ermitage. — Rien de plus pittoresque, au lever du soleil, que les longues files de villageois qui descendent de toutes les collines, précédés de bannières et suivis des pénitents et du clergé; mais ces pèlerinages sont plutôt des occasions de plaisir que de pieux rendez-vous : on boit, on mange, puis on danse après vêpres. Ainsi, partout surgit cette vérité, que de nos jours la religion n'a presque plus rien des dehors austères des anciens temps.

Les devoirs imposés aux membres d'une confrérie tiennent fort peu de place dans leur existence : les pénitents appartiennent presque exclusivement à ces classes intermédiaires, placées au-dessous de la bourgeoisie et un peu au-dessus des classes ouvrières. Ce sont celles qui formaient autrefois les jurandes, les corporations et les corps de métier; mais les liens de confraternité qui existent entre eux se réduisent à des prières faites en commun.

Dans sa famille, le pénitent est quelque peu ce qu'il paraît être sous le sac; il y a en lui quelque chose de mystique et de monacal : il marche les yeux baissés; il est maître de son sourire, et affecte devant les personnes d'une condition plus élevée une humilité qui n'est pas sans orgueil.

Lorsqu'un pénitent meurt on le revêt de sa longue robe; on lui met entre les mains son chapelet emblématique, et on l'expose à la dévotion du public... — C'est à sa mort surtout que semblent revivre les vieilles superstitions, car, si l'on ne canonise pas le trépassé, du moins il n'est point rare qu'on en fasse un revenant, et les enfants curieux qui se sont glissés dans la maison mortuaire pour voir le corps sont longtemps effrayés dans leurs rêves par la figure du pénitent.

EUGÈNE AVOND.

PARIS POUR LES MARINS.

Nous sommes trois cents lieues des côtes de France, à bord d'un navire de guerre; les officiers réunis à table attendent le dessert; des conversations animées s'interrompent, se croisent, se heurtent en tous sens; le diapason des voix passe des notes les plus graves aux sons les plus aigus de la gamme :

« ..... Il n'en est pas de même chez les Anglais! J'aime bien d'ailleurs qu'on me jette à tout propos l'ordonnance à la figure; nous savons, mon cher, quel cas il faut faire de ces belles proclamations des commandants...

— Juanita était jolie, agaçante, bonne enfant; je hache l'espagnol assez passablement, l'occasion était belle, je laissai partir le canot, et...

— Je vous disais donc qu'elle courait à deux portées de canon au vent à nous, chargée de toile, le plat-bord dans l'eau, comme si elle eût eu le diable à ses trousses. Charmante goëlette ma foi! bien découplée, fine marcheuse...

— Vous en parlez à votre aise, par exemple! si j'étais commandant, moi...

— Quinze jours d'arrêts pour une pareille aventure! Je m'abonne à un mois pourvu qu'il m'en arrive autant.

— On donnait le *Pré aux Clercs*, la salle était pleine comme un œuf, les matelots encombraient le paradis, nous remplissions le parterre et les premières; je n'ai jamais vu branle-bas plus distingué!

— Où çà, dites-vous? demande une voix criarde, dont le timbre domine toutes les autres.

— A la Havane, vous dis-je, revenant du Mexique sur *l'Oreste*, il y a un an.

— Il y a un an, je doublais le cap Horn à bord de *la Vestale*.

— Moi, j'étais en station à Smyrne, et vous?

— A Cadix.

— Bonne ville, ma foi! mais qui ne vaut pas celle où je me trouvais.

— Laquelle donc?

— Paris, parbleu! »

Au seul mot de Paris, la discussion sur l'ordonnance et les commandants, l'histoire de la sensible Juanita, celle de la goëlette, et de la représentation du *Pré aux Clercs*, restent inachevées. Si la confusion continue, si plusieurs orateurs pérorent à la fois, si l'on ne cesse pas de jouer aux propos interrompus, du moins un seul sujet succède à tous les autres, l'on ne parle plus que de Paris, l'Eldorado des jeunes officiers.

Ce que le Parisien accorde de charmes fantastiques aux régions lointaines, ce qu'il reconnaît d'excentrique, de neuf, de piquant, de féerique à des pays qu'il n'a vus que sur la carte, nos interlocuteurs le décernent à Paris; les plus heureux l'y ont trouvé. Les plus heureux, car il n'est pas donné à tous de se compléter par un congé; de venir fouler l'asphalte des boulevards après leurs promenades à la savane du Fort-Royal, dans les bazars du Levant ou sur les alamédas espagnoles; de comparer le soleil des tropiques à l'éclairage au gaz, et les dieux marins de la place de la Concorde aux cétacés de l'Océan. Il n'est permis, hélas! d'être prodigue qu'après avoir été économe; le voyage de Paris est un problème insoluble pour un grand nombre. Cependant, un grand nombre aussi débarque annuellement cour Notre-Dame-des-Victoires, et s'élance corps et biens dans le tourbillon des plaisirs. Les nouveaux débarqués emploient les quinze premiers jours à étudier leur Paris; ils veulent alors tout voir, tout apprendre, tout savoir, devenir pilotes à leur tour; vous les rencontrerez partout. Qu'un camarade arrive un mois après, il ne pourra trouver de meilleur cicérone.

Rien n'est trop cher pour eux, il faut *vivre*, et vite, et beaucoup : bals, fêtes, concerts, spectacles, parties fines; ils ne se refusent rien. Ils ont une foule d'amis de toutes les coteries; hier, on les a vus à la Chaumière avec des étudiants; avant hier, trônant parmi les habitués de l'estaminet Hollandais; ce matin, dans un atelier d'artistes, égayant les modèles féminins par des facéties d'outre-mer; ce soir, dans une loge de feuilletonistes à une première représentation; demain, sous l'égide protectrice de lions, leurs intimes, ils flaneront dans les coulisses de l'Opéra.

Dans tous ces cercles d'allures et de mœurs si différentes, l'officier en congé n'a qu'un seul et même nom, on l'appelle *marin*, et il en est fier. Mieux que personne, d'ailleurs, il s'entend à créer des liaisons faciles, des amitiés d'une semaine, des connaissances d'un jour; c'est une vieille habitude, une conséquence rigoureuse de sa vie nomade; il s'en sert merveilleusement. Comme sa vie est pleine et variée! quelle fantasmagorie perpétuelle se développe devant lui, que d'occasions précieuses il rencontre ainsi à chaque pas! Comment voulez-vous, après cela, qu'il n'adore pas Paris? et qu'en mer, dans des pays sans ressources, il ne se prenne pas à s'enthousiasmer de tout ce qu'il a savouré en si peu de temps?

Que nous importent vos deux voyages autour du monde, votre relâche en Chine, votre station dans le Levant? c'est vulgaire! c'est rebattu! toujours la même chose : des côtes et de la mer, des habitants vêtus en dépit du sens commun, et parlant un jargon inintelligible; des êtres sans usages, ridicules, absurdes; parlez-moi de Paris! Voulez-vous des costumes, deux représentations à l'Opéra et trois bals masqués? vous en aurez passé en revue dix fois plus qu'en vingt ans de navigation; des monuments? dans trois quarts d'heure vous en rencontrerez de tous les genres, anciens et modernes; de la végétation, des animaux rares et curieux? allez au jardin des plantes et au muséum, vous les contemplerez à votre aise : les palmiers sont sous verre et les crocodiles empaillés; de la société, des plaisirs? Paris est le centre. Et que venez-vous me parler de Canton, de Constantinople et de Lima?

L'infortuné navigateur qui n'a fait que deux fois le tour du monde est forcé de convenir qu'il n'a rien vu; il partira pour Paris au retour de la campagne, c'est décidé, il en jure ses grands dieux.

Tel est le Paris des jeunes officiers, vaste, complet, se terminant à Versailles d'un côté, à Montmorency de l'autre; mais pour ceux qui ont vécu jadis et qui calculent à présent, pour ces braves gens que l'ambition aiguillonne, Paris ne s'étend que du boulevard des Capucines au ministère de la rue Royale. Ils passent un an, quelquefois deux, à *louvoyer bord sur bord* dans cet espace circonscrit; ils naviguent à la recherche d'un grade ou d'un commandement. Décrire ce qu'est le Paris de ces derniers, ce serait tracer le plan des corridors et des bureaux du ministère, le portrait d'un chef du personnel, celui d'un ministre peut-être; *brassons à culer!* cela ne nous appartient pas.

Pour les capitaines du commerce, pour les marins spéculateurs, Paris est ailleurs encore : la bourse, la rue de Richelieu, les compagnies d'assurances, voilà Paris. C'est une *place* où l'on a des intérêts à débattre; il faut y venir de temps en temps, par devoir, par nécessité, pour un procès, pour un projet d'expédition. Par occasion, l'on ira voir mademoiselle Rachel; on se permettra une représentation de *Fernand Cortez* ou de *la Juive*, comme *nec plus ultra* des plaisirs.

Les affaires sont les affaires, je ne suis pas ici pour m'amuser; j'ai mon rapport à rédiger, des consultations à demander sur le contentieux, d'importantes visites à rendre et à recevoir; à d'autres les passe-temps frivoles, mes moments sont précieux.

Ce Paris-là est d'un positif, d'un prosaïque effrayant; passons. Mais voici venir le plus beau de tous, le plus riche, le plus coloré, le plus brillant des Paris; bâti comme Venise au milieu des mers : c'est celui des matelots.

Les palais de M. Galland ne sont que de la boue; la fameuse ville d'Is qu'une bourgade de masures; les poétiques utopies du phalanstère que de mesquines conceptions auprès de cette Sion céleste du gaillard d'avant; écoutez le matelot beau parleur! «Les *Louvres* sont *tout d'or,* et la ville a la coupe d'un vaisseau, à preuve ses armes et les boutons de sa garde municipale. Les rues sont si larges qu'une escadre y pourrait naviguer de front sur la *pendiculaire* du vent, si tant seulement il y avait de l'eau pour elle; un scélérat de grand village où Toulon et Marseille valseraient ensemble sur la grande place, qui est éclairée la nuit mieux que le jour par des cinquante mille millions de fanaux de combat pareils à la lune; où il y a des chevaux et des voitures qui font un *chamberdement* pire que *bari-barou;* de la musique à volonté, et des femmes premier brin, voilées en goëlettes, tout satin et falbalas. On n'envoie que le rebut à nous autres, et pourtant, tu sais, la grosse Parisienne de l'*Ancre d'argent,* c'était tout de même un bel échantillon, je ne pouvais pas faire le tour de sa taille avec les deux bras. Les hommes! autre chose, pas matelots du tout; quand ça vient à bord, ils se croient encore à Paris, ils demandent leur appartement! — «Le voilà ton appartement, deux crocs pour pendre le hamac; de-«main, au roulement, debout! et en route!» Le vin! tout ce qu'il y a de plus roide, du *suivé!* seulement c'est trop cher pour des anciens à vingt-quatre comme toi et moi. Si je croche une fois des parts de prise un peu tapées, je mets le cap sur Paris, bitte et bosse!

mais autrement qu'est-ce que j'y ferais ? rien du tout ; n'y a pas d'ouvrage pour des matelots.

« Tout ça , vois-tu , m'a été conté par père Tremblay, *la mort des Anglais ;* les Parisiens te pousseront des blagues, ne les crois pas ; je t'ai dit le fin du fin , suffit. »

Pourtant, chose rare! si le vrai matelot vient à Paris, quel est le sort de ses magiques créations ? celui de l'île de Saint-Brandau qui disparaît lorsqu'on y aborde. Le régent s'est transformé en grain de sable, la géante imaginaire n'est plus qu'une naine ; la réalité perd tout son prix comparée aux magnifiques naïvetés de notre marin ; s'il avait lu La Fontaine , il s'écrierait :

De loin c'est quelque chose, et de près ce n'est rien !

G. DE LA LANDELLE.

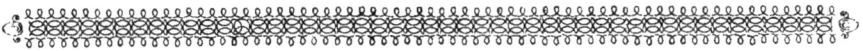

LE FAUBOURG SAINT-GERMAIN.

> Rien ne demeure , tout change, tout s'use , tout s'éteint.
>
> (MASSILLON.)
>
> *Scripta manent.*

ARIS est capricieux ; après avoir tour à tour habité la Cité, le quartier Saint-Paul, le Marais, les environs du Palais-Royal, il s'étend aujourd'hui sur la rive droite de la Seine, vers l'extrémité nord de la ville ; il rencontre des collines , il les franchit ; des ravins , il les comble ; des terrains secs et arides , il cherche à les féconder ; et puis d'ailleurs tout est poussière. Une ville blanche , frêle et coquette, s'étale aujourd'hui sur la montagne Saint-Georges ; Batignolles a dix-huit mille âmes de population ; on ressuscitera, au milieu des Champs-Élysées , la ville de François Ier, qui est morte comme tant d'hommes sont morts, pour être nés trop tôt. La Cité est abandonnée aux avocats et aux zéphyrines ; la rue Vivienne , aux marchands et aux *milords ;* la rue Montmartre et le boulevard Poissonnière , aux professeurs de piano, aux actrices et aux cabriolets compteurs. Mais le Paris nomade, le Paris immobilier, pour ainsi dire, qui vit de sa plume, de son pinceau, de ses rentes , de ses spéculations à la bourse et de ses nouvelles d'Espagne et d'Orient, ce Paris-là , il a planté ses tentes autour de Notre-Dame de Lorette et sur les hauteurs de Chaillot ; bientôt il s'ouvrira une rue des Tuileries à Saint-Cloud , et cette rue s'appellera encore la rue Rambuteau : on compte déjà plus de vingt rues Rambuteau dans la ville.

Nous voulons tracer une esquisse des quartiers de Paris, et nous avons cru que c'était peut-être œuvre méritoire de commencer par le plus vénérable de tous ; à tout seigneur tout honneur. Venez au faubourg Saint-Germain. On aurait peut-être tort de soupçonner ici une préférence politique ; nous ne faisons que de la peinture de mœurs, de la chronique de moellons ; assez d'autres, tous les matins, se chargent de substituer partout la politique à l'histoire véritable, et les prétendus principes à l'humaine réalité.

Le faubourg Saint-Germain, géographiquement considéré, occupe sur la rive gauche de la Seine un espace compris entre les lignes qui seraient tirées de quatre monuments principaux : l'hôtel des Invalides, l'Observatoire, la Monnaie et le Palais-Bourbon. C'est un pays riche, dont les habitants possèdent, les uns, ceux du nord, du côté des rues Saint-Dominique, de Bourbon, etc., jusqu'à cent mille livres de rentes ; les autres, ceux de l'est, vers la frontière du pays latin, neuf et douze cents francs de pension ; les mœurs y sont assez peu semblables à elles-mêmes d'une rue à une autre. On y rencontre des pairs de Louis XVIII, qui ont voté contre le droit d'aînesse et le double vote, et des pairs du nouveau régime, qui ont donné leur boule aux lois de septembre ; des marquis et des étudiants. La religion dominante est la catholique, non pas cependant qu'elle y soit universelle : le saint-simonisme, le fouriérisme, l'*ève-adamisme*, et toutes les doctrines en *misme* ont singulièrement entamé l'unité de croyance du faubourg Saint-Germain.

Que le débordement de novateurs ne vous épouvante que médiocrement, je vous en prie... Il y a un assez bon nombre de *conservateurs* là, tout près, au Luxembourg.

L'hiver est la saison la plus favorable aux voyages scientifiques ou de pur agrément dans le faubourg Saint-Germain : études et noblesse, tout y fleurit pendant ce temps-là. Quoi ! encore la noblesse ? serait-ce donc à votre sens autre chose qu'un ridicule ? est-ce que le blason ne ment pas insolemment depuis que la Charte dit vrai ? Je ne sais, mais je vois trop de gens qui affectent encore de faire partie de la noblesse dans notre siècle éminemment positif, pour que le nom, même sans la chose, n'ait pas gardé quelque puissance, quelque réalité secrète ; je laisse le soin de la découvrir à ceux qui veulent en user. Quant à moi, je constate un fait qui m'a souvent ému : c'est que le *noble* faubourg, le faubourg Saint-Germain proprement dit, se distingue de tous les quartiers de Paris par une physionomie particulière..., physionomie grande, sévère, un peu triste, comme tout ce qui est digne ; c'est qu'il a une tenue à lui, une allure à lui. Hélas ! hélas ! pourquoi vivons-nous à une époque où rien n'est longtemps vrai de rien ? La solidité, l'ampleur et la solennité, pour ainsi dire, des magnifiques hôtels d'autrefois leur portent malheur. On en veut au plomb, au fer, que les ancêtres qui croyaient à l'avenir, parce qu'ils avaient foi en eux-mêmes, ont prodigués dans leurs constructions. Mon Dieu ! avons-nous donc encore une fois la guerre avec l'Europe, qu'on recherche avec tant d'avidité le plomb et le fer ? Non, monsieur ; on démolit, on creuse, on fouille, on vend, on laisse les autres se battre, et voilà tout. Nous l'avons vu tomber récemment ce superbe *hôtel d'Havré*, ce Versailles du faubourg Saint-Germain ; la *nation* avait respecté cet édifice ; l'empire y avait logé un de ses ministres ; la restauration l'avait rendu tout meublé à ses premiers propriétaires... Et maintenant, êtes-vous brocanteur, ferrailleur, laveur de cendres : entrez ; ne lisez-vous pas là-haut, sur la potence :

Ici on vend des matériaux ?

Près de là, de belles, de hautes colonnes s'élevaient naguère ; c'étaient comme les riches préfaces de nobles souvenirs ; nous voulons signaler les façades des *hôtels de*

Charrost, de Maillé. Ici, vis-à-vis d'une petite église, supérieure en renom aristocratique, malgré son humble apparence, à cette Notre-Dame de Lorette si dorée, vous
trouverez l'hôtel *de Luynes.* Napoléon, du milieu de sa puissance, tourna souvent les
yeux de ce côté-là, d'où soufflait sur les Tuileries une légère bise d'opposition légiti-
miste. Il s'en vengea par l'exil... Ah! contre une femme!!! Attendez... il s'y reprit et se
vengea mieux... par la faveur. Le même hôtel servit de dernier refuge aux jeux de hasard joués honnêtement et en bonne compagnie.

La rue du Bac forme la voie principale de cet ancien quartier de la cour; cela devait
être; est-ce qu'elle ne mène pas par le pont Royal au pavillon Marsan et au pavillon de
Flore? Comme elle est bruyante cette rue, sans jamais rester encombrée! C'est que les
équipages vont vite, bien qu'il soit *comme il faut* d'arriver tard; mais la toilette élégante et naturelle est si longue à faire! La simplicité dans la mise est comme la concision
dans le style, elle veut du temps. Enfin on est toujours en retard pour arriver la dernière.

Le commerce de la rue du Bac a un air de bon ton et de réserve qui plaît; indépendamment de leur argent, il retient quelque chose des façons de ses nobles patrons. Les
boutiques de la rue du Bac pourraient déployer un plus grand luxe pour l'ébahissement
des provinciaux; mais peu leur importe! elles ont leur clientèle. Sans doute elles connaissent les infidélités que la mode fait faire au voisinage et à la tradition; mais le marchand imite le mari de telle et telle grande dame, il ferme les yeux sur des faiblesses
inévitables; il souffre ce qu'il ne peut empêcher. D'ailleurs le Palais-Royal et la Chaussée-
d'Antin le vengent bien en lui rendant quelques-unes des visites que ses nobles clientes
ont faites elles-mêmes à *Delille* et à *Baudrand.* Si mainte duchesse a choisi ses étoffes
rue de Choiseul, plus d'une femme de banquier a fait ses emplettes au *Petit-Saint-Tho-
mas,* la maison aux cent cinq commis!

Tandis que nous parcourons la rue du Bac, ne donnerons-nous pas un coup d'œil à ce
gigantesque hôtel Gallifet, gouffre immense où il faut vous figurer deux millions entassés, car il représente deux millions de capital; et aujourd'hui qu'on demande au zéro
même ce qu'il produit d'intérêt, savez-vous ce que ce capital de deux millions rapporte
au propriétaire actuel? Zéro, ou à peu près: c'est à grand'peine, en effet, qu'il parvien-
drait à trouver pour mille écus de locations, tant chacun s'effraye d'habiter cette ville
déserte, dans la ville.

Je comparerais volontiers cette immense enceinte à une sorte de ventre de la baleine,
destiné à engloutir un jour pour les restituer peu de temps après, les hôtes, Jonas politiques que le hasard des événements pourra conduire dans ces parages. — C'est ainsi
que l'envoyé extraordinaire d'Angleterre, le duc de Northumberland, vint s'y loger et
y donner des fêtes magnifiques, à l'occasion du baptême de S. A. R. le *duc de Bordeaux;*
c'est ainsi qu'un ambassadeur d'Orient y réunit un moment l'élite de la société parisienne: quand une fête avait eu lieu à l'hôtel Gallifet, le grand monde pouvait dire, sans
trop d'invraisemblance, et selon une locution un peu ambitieuse: *Tout Paris y était.*
Maintenant le désert attend un nouveau baptême, un nouveau sacre. Le hasard amènera
peut-être une révolution tout exprès pour le peupler. Les révolutions lui coûtent si peu
de chose, à lui!

La région du faubourg Saint-Germain qui touche au quartier latin, qui passe même
pour en faire partie, est d'une physionomie tout à fait tranchée. On pourrait l'appeler le
faubourg Saint-Germain du quartier latin. Là aussi vous trouvez des étudiants; mais
ce ne sont pas les étudiants de la rue du Paon et de la montagne Sainte-Geneviève. Je ne
les garantis pas plus studieux que leurs camarades, pour plus sages, pour moins *Fran-*

çais, puisque ce terme est consacré pour peindre tout ce qu'il y a de plus agréablement mauvais sujet ; mais ils ont en général des manières plus distinguées, une toilette plus élégante. Vous ne trouverez pas là les cheveux gras et longs, la casquette allemande, le col rabattu, la pipe et la grisette affichées en pleine rue. L'estaminet est rare et peu fréquenté ; mais en revanche, on trouve des hôtels confortables, des cafés élégants, qui ne le cèdent en rien à leurs confrères de la rue du Bac et du quai Voltaire. L'étudiant du faubourg Saint-Germain se risque à la Chaumière, mais ne va jamais au Prado d'été. Il passe assez souvent les ponts, et ne se contente pas du théâtre Mont-Parnasse, du Panthéon et de Bobino. Il demande à grands cris la réouverture de l'Odéon ; il parcourt la *Revue des Deux-Mondes*, s'abonne aux Français et lit *le National ;* il est républicain de la variété américaine. Il fera plus tard un délicieux juge suppléant ou un ravissant procureur du roi !

Que conclure de tout cela ? C'est que le faubourg Saint-Germain est éminemment aristocratique ! Il l'est par ses souvenirs et par ses mœurs, il l'est dans le présent et dans l'avenir ; jeunes et vieux, grands et petits, marchands et marquis, peuple et noblesse, tout y prend une allure qui n'est pas l'allure commune, tout y offre ce je ne sais quoi, ce rien qui nuance et distingue d'une façon si tranchée.

Les portiers même des maisons les plus simples conservent quelque chose de digne, de réservé, d'antifamilier qui sent son vieux serviteur d'autrefois. Que voulez-vous ? c'est l'air du pays. Pouvait-on mieux placer la chambre des pairs qu'au milieu du faubourg Saint-Germain !

Nul quartier ne peut plus que celui-là se prévaloir de ses monuments remarquables : l'hôtel des Invalides, l'Odéon, le palais du Luxembourg, Saint-Sulpice, le Palais-Bourbon. Et le faubourg Saint-Germain n'est-il pas monument lui-même ? Ne doit-il pas rester comme médaille et débris d'un ancien monde ? Nous le recommandons à tous nos archéologues, fonctionnaires publics ou amateurs, décorés ou non de la Légion d'honneur.

Et maintenant, que le lecteur nous pardonne de l'avoir promené dans l'un de ces prétendus déserts dont il est encore spirituel de dire parmi certaines gens : « Qu'on ne s'y aventure pas sans avoir fait au préalable son testament. » Les déserts sont aujourd'hui très-fréquentés ; et d'ailleurs la foule n'indique pas nécessairement où sont les hommes.

P. BERNARD et L. COUAILHAC.

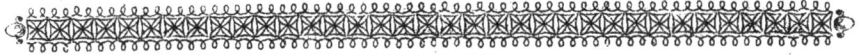

LE COUREUR D'HÉRITAGES.

 L arrive un moment dans la vie où l'homme, soit nécessité, soit ambition, soit ennui, se résout à faire choix d'une profession. C'est alors qu'il consulte sa vocation et peut devenir un génie, ou bien qu'il se soumet aux exigences des circonstances et des personnes qui le dominent; d'où il résulte que le monde se trouve affligé d'une innombrable quantité d'avocats bavards plutôt qu'éloquents, de médecins empiriques, de juges ineptes, d'architectes maladroits, en un mot, d'ignorants autorisés par les brevets de l'École ou par les patentes du ministère des finances.

C'est à ce moment solennel que nous prenons Boulardot; tout est au mieux pour lui du côté de l'indépendance; il n'a ni père, ni mère, ni tuteur pour lui imposer une volonté en contradiction avec la sienne; mais il n'en est pas de même du côté de la fortune; ce qui l'oblige à prendre une détermination d'autant plus difficile que, dans sa position, paresse et jouissance, ses deux goûts prépondérants, sont choses assez difficiles à concilier.

Voici à peu près la route suivie par l'esprit de Boulardot dans les nombreux raisonnements que lui suggère cette grave préocupation :

 « La vie est une comédie, on l'a dit il y a longtemps; j'ajoute que les places y sont, comme dans toutes les salles de spectacle, à des taux différents, et que les meilleures sont celles qui coûtent le plus cher. Or, ce qui me manque, ce que je suis embarrassé de trouver, c'est de quoi payer ma place et surtout de quoi la payer bonne. La nature, qui, au dire des physiciens, a horreur du vide, n'a pas jugé à propos de se pénétrer d'un si louable sentiment à l'endroit de mes poches. Pourquoi ne m'a-t-elle pas, la marâtre qu'elle est, avantagé d'un père millionnaire? Je n'en aurais pas plus aimé le digne homme, et mes larmes, à sa mort, n'en auraient pas été plus amères; non certes! mais du moins cette circonstance atténuante m'eût épargné une affreuse perplexité. C'est si bon une succession qui vous arrive inopinément et vous fait riche tout à coup et sans peine!.... Eh! j'y pense.... Est-ce qu'il n'est pas possible d'hériter sans que ce soit absolument d'un père ou d'une mère?....»

Se jetant avec ardeur dans la voie que lui ouvrait cette dernière réflexion, Boulardot passa en revue tous les membres vivants de sa nombreuse famille : oncles et tantes, sœurs et frères, beaux-frères et belles-sœurs, et cette interminable échelle de parents dont notre langue a réuni les échelons sous la dénomination commune de cousins. Après s'être bien assuré que pas un des noms de sa chère parenté ne manquait à l'appel, il les sépara mentalement en deux lots : les riches et les pauvres; puis, se hâtant d'envelopper ceux-ci du voile de l'oubli, il soumit les premiers à un long et minutieux examen. Ce nouveau triage lui fit élaguer encore quelques membres, l'un pour sa jeunesse, l'autre pour sa malencontreuse progéniture, celui-ci pour sa folle prodigalité, celui-là pour une fâcheuse tendance à une longévité désespérante. Enfin, il lui resta le choix entre un oncle, une tante et un cousin. De ces trois personnages, le plus recommandable, au point de vue de Boulardot, se trouva être le cousin, sinon par l'âge, au moins par une certaine prédisposition maladive qui semblait lui promettre une délivrance assez prochaine du misérable fardeau de l'existence.

Veuf depuis deux ans d'une femme qui avait fait littéralement les délices de sa vie conjugale, chose rare en ce siècle, Denizart, ce qui est plus rare encore, était demeuré inconsolable. Si de bon vivant qu'il était, remarquable par l'entrain de sa joyeuse humeur autant que par l'honorable proéminence de son abdomen, on l'avait vu graduellement tomber dans l'état le plus affligeant de détérioration physique et morale, il fallait attribuer cette métamorphose au chagrin profondément ressenti que lui avait causé la perte de son excellente compagne. Le pauvre homme vivait ou plutôt se mourait tête à tête avec sa douleur dans la plus triste de ses propriétés, lorsqu'il vit un matin débarquer Boulardot, qui ne s'était pas même donné le temps de le préparer à sa visite par la missive obligée.

« Cousin, j'ai appris que vous étiez dans l'affliction; et comme c'est en pareille circonstance que se montrent les véritables amis, je me suis empressé d'accourir.

— Merci, cousin, merci; mais, en reconnaissance d'une attention si bienveillante, je n'ai guère à vous offrir que l'ennui, beaucoup d'ennui....

— Auquel j'opposerai un fonds inépuisable de gaieté. Que diable! cousin, c'est mon devoir, en ma qualité de bon parent, de secouer ce lourd manteau de mélancolie dont le poids affaisse vos épaules; je me charge, moi, du soin de vous distraire.

— A quoi bon? Regardez ces joues creuses, ces yeux éteints, ces jambes qui me soutiennent à peine; ne sont-ce pas là autant de symptômes incontestables d'une fin imminente? Et pour employer ainsi que vous le langage comparatif, quel est l'homme qui songe à faire broder l'habit dont il ne reste plus qu'un lambeau? »

Boulardot se convainquit d'un coup d'œil que ces paroles étaient marquées au coin de la plus exacte vérité, et plus que jamais il se félicita de sa résolution. Une fois installé chez son cousin, il mit en œuvre toutes les ressources de son esprit pour capter l'affection du moribond. Si le temps était beau, il l'engageait à se promener et lui offrait l'appui de son bras; s'il pleuvait, il appelait à son aide quelque intéressante lecture pour lui dissimuler l'ennui d'une longue journée de réclusion. Rien de plus varié, de plus désopilant que sa conversation, dont il puisait chaque matin les éléments dans cinq ou six petits journaux auxquels il avait pris soin de s'abonner; rien de plus provoquant que l'appétit dont il faisait preuve à chaque repas, en face de son convive qui le contemplait avec admiration et envie. Joignez à tout cela les petits soins les plus tendres, une complaisance, une douceur à toute épreuve, une absence complète de volonté personnelle, et je ne vous surprendrai pas en vous disant que le cousin Denizart, en moins de trois mois, s'était pris d'un attachement réel pour son affectueux parent.

Mais, à côté de ce résultat si laborieusement obtenu, il s'en manifestait un autre sur lequel n'avait pas compté notre spéculateur, ou mieux, sans lequel il avait compté. Le chagrin de Denizart, ce ver rongeur qu'alimentait le sombre travail d'une pensée constamment absorbée par le même sujet, céda peu à peu devant l'humeur facétieuse de

Boulardot, et se trouva tué un beau jour sous le feu roulant de sa joyeuseté. Avec la gaieté revint l'appétit, avec l'appétit la santé, et le médecin, qui s'attribuait modestement tout l'honneur de cette cure miraculeuse, annonça triomphalement à son malade qu'il venait de lui faire renouveler un bail de trente ans avec la vie.

A cette nouvelle stupéfiante, Boulardot se vit sur le point de céder à une violente tentation de serrer le cou de son cousin ; toutefois, je dois à la vérité de dire qu'il se contenta de lui serrer la main et de décamper au plus vite.

Son heureuse mémoire lui ayant rappelé qu'il avait encore un oncle et une tante, ce fut vers le premier qu'il se dirigea.

M. Dutilleul se vantait de posséder une santé inébranlable ; cependant, soixante-dix années révolues, un système sanguin vigoureusement accusé, certaines habitudes gastronomiques auxquelles il n'eût pas renoncé, même pour un retour complet à la jeunesse, le tenaient sans cesse sous l'imminence d'une apoplexie foudroyante. C'était une chance admirable. Aussi Boulardot, dans la crainte d'être surpris par une trop brusque conclusion, s'empressa-t-il de dresser ses meilleures batteries. Le succès ne se fit pas attendre ; M. Dutilleul, afin que son neveu n'eût pas à rester dans le doute à cet égard, se fit un plaisir de lui en donner une preuve irrécusable.

« Mon cher Boulardot, lui dit-il dans un moment d'abandon, tu es sans contredit le parent le plus dévoué que je connaisse ; mais je ne serai pas en reste avec toi, et je veux dès à présent te donner une idée des sentiments que tu m'as inspirés. »

Boulardot répondit à cette ouverture en se précipitant dans les bras de son oncle.

Ce premier moment d'effusion passé, Dutilleul reprit :

« J'ai fait hier mon testament..... »

Jamais expression n'avait sonné d'un manière aussi agréable à l'oreille de Boulardot ; son cœur bondissait de joie ; mais, en habile tacticien, il ne permit pas à son contentement de se manifester par des démonstrations extérieures ; fermant, au contraire, ses yeux à demi, et faisant descendre, en signe d'affliction, les coins d'une bouche qui n'eût pas mieux demandé que de s'épanouir, il se hâta de dire d'une voix émue :

« Votre testament, mon oncle ! y songez-vous ? J'espère, grâce au ciel, que cette précaution sera de longtemps inutile.

— On ne saurait trop tôt mettre de l'ordre dans ses affaires, mon bon ami..., surtout, ajouta-t-il d'un air profondément contrit, quand on a des fautes graves à réparer. Tu sauras donc que, pendant la guerre de 1823, j'ai laissé à Séville un enfant dont la malheureuse mère n'a d'autre ressource qu'une faible somme d'argent que je lui fais passer tous les ans ; eh bien ! cet enfant, en expiation de mes torts, je l'institue mon légataire universel ; et c'est toi, toi l'homme qui a su le mieux mériter ma confiance, que je charge du soin de réaliser ma fortune, afin de la lui faire parvenir. »

Vingt-quatre heures après cette réjouissante communication, Boulardot avait imaginé un prétexte pour prendre congé de son oncle, et gagnait la demeure de sa tante, mademoiselle Debussac : c'était sa dernière planche de salut.

Ce fut auprès de celle-ci la même souplesse de caractère qui avait si éminemment distingué Boulardot dans les deux expéditions précédentes ; ce fut aussi, comme récompense immédiate, le même accueil et la même gratitude. Seulement, outre l'affection de mademoiselle Debussac, le pauvre neveu dut encore subjuguer le cœur de Thisbé, petite épagneule adorée de sa maîtresse, et qui, pour cela, ou peut-être à cause de cela, n'en était pas plus aimable. Boulardot se levait avec le jour pour faire goûter à Thisbé les douceurs de la promenade ; le soir, il n'eût point osé se coucher avant de s'être assuré par lui-même si des songes pénibles ne troubleraient point la quiétude du sommeil de Thisbé. Si le pavé était sec, il tenait Thisbé en laisse ; il la portait sous son bras quand il pleuvait. A table, il se livrait aux plus vives démonstrations de joie chaque fois que Thisbé daignait lui accorder la faveur de tremper ses babines dans son assiette. Bref, Thisbé trouva en lui, durant cinq longues années, l'ami le plus complaisant, le serviteur le plus empressé, l'esclave le plus soumis, à la grande satisfaction de mademoiselle Debussac qui, sûre du paradis pour elle-même, aurait voulu contraindre son confesseur à lui promettre, par grâce spéciale, le même bonheur pour son épagneule.

Enfin, l'âme de la vieille fille prit sa volée (j'aime à croire que ce ne fut pas vers le ciel), et Boulardot, l'esprit bercé par les plus douces espérances, se rendit, sur l'invitation du notaire, à l'ouverture du testament dont voici en deux mot la teneur :

Mademoiselle Debussac faisait don de tous ses biens à l'Église ; mais, par une clause restrictive, elle léguait à son affectionné neveu le soin d'adoucir les vieux jours de Thisbé, en reconnaissance de l'amitié vraie qu'elle avait constamment remarquée en lui pour cet intéressant animal.

Boulardot est aujourd'hui infirmier dans une maison de santé, où il nourrit encore l'espoir d'accrocher une part de succession. C'est, au dire de tous les malades du docteur G***, l'infirmier le plus zélé de la capitale.

MOLÉRI.

LE GARDE CHAMPÊTRE.

Vous l'avez rencontré le long des haies, sur le bord des taillis, au milieu des prairies et des champs ; vous l'avez reconnu à son pas régulier, à son extérieur moitié civil et moitié militaire, à son air d'importance et de simplicité, à son sabre, à sa plaque, et mieux encore à son tricorne surmonté d'une cocarde. Cet appareil presque menaçant, loin de vous alarmer, vous a fait sourire, et vous avez échangé un salut amical avec le défenseur de la propriété et de l'ordre public.

C'est qu'en effet le garde champêtre est chargé de la paix des campagnes. Une révolution l'a créé : du jour où la commune s'est affranchie, elle se l'est donné comme pour prendre possession de son indépendance. Il a remplacé ces satellites des seigneurs féodaux, véritables oiseaux de proie qui s'abattaient sur la plaine, et devant lesquels les paysans effrayés se cachaient avec leur famille.

Quoiqu'il soit placé au dernier degré de l'échelle des pouvoirs, aucun fonctionnaire électif ne devrait être plus fier que lui de son mandat : lui, du moins, il est choisi pour son mérite personnel. Les passions politiques peuvent bien se tromper quelquefois ; les intérêts matériels sont plus clairvoyants. C'est parce qu'il convient à la place, et non parce que la place lui convient, qu'on le nomme. La commune gagne plus que lui à sa nomination.

S'il se trouve dans le pays un vieux soldat, qui soit encore vert malgré ses campagnes, il réunira tous les suffrages. N'est-il pas endurci à la fatigue, éprouvé par la pluie et le froid, accoutumé aux marches, aux veilles et aux expéditions nocturnes ? Sa figure hâlée, ses yeux perçants, ses jambes sèches et nerveuses, ses habitudes militaires, sa réputation d'intégrité, le désignaient d'avance à cet emploi. Robuste et courageux, il imprimera aux voleurs un effroi salutaire ; alerte et rusé, il déjouera leurs projets ; il leur fera une guerre de surprises et d'embuscades; il continuera ainsi son ancien métier, le seul qu'il ait appris dans sa jeunesse; il maniera des armes qui lui sont familières, et, mieux qu'un autre, il rehaussera les marques extérieures de sa dignité par la majesté de sa personne.

Paré de sa cocarde, revêtu de sa plaque, et les pieds défendus par de longues guêtres de cuir, le garde champêtre parcourt incessamment le territoire confié à sa vigilance. Il faut qu'il se multiplie, qu'il soit partout en même temps, et que ses yeux embrassent à la fois les points les plus éloignés de l'horizon. C'est le génie des campagnes. Il les peuple, il les anime, il les remplit de son image. On croit le voir apparaître à chaque instant; on l'a toujours présent à la pensée.

Eh bien! le plus souvent ce gardien de la propriété ne possède pas même un coin de terre, un bout de vigne ou de pré. Mais s'il ne cultive pas, il s'intéresse à ce que cultivent les autres. Ces moissons, qui ne mûrissent pas pour lui, ces coteaux, où il n'aura point sa part, il se les approprie en quelque sorte; il se réjouit de leur richesse; il s'afflige des désastres dont ils sont frappés. On dirait qu'il y perd ou qu'il y gagne.

Il s'en va donc étudiant les progrès de la végétation. Il s'arrête de temps en temps pour rechercher les effets du dernier orage, ou de la gelée blanche du matin. Il sait le premier que telle prairie a été ravagée par une inondation, que tels blés ont été couchés par le vent, que tels pommiers sont en fleurs, que le raisin de tel vigne se colore, nouvelles tristes ou joyeuses qu'il porte sans cesse aux laboureurs. Assis sur une borne, tandis que ceux-ci continuent de manier la bêche ou la pioche : « Père Balivet, dit-il, vos pois viennent bien! Voisin Chauveau, j'ai vu vos pommes de terre : il faudrait de la pluie! » et il s'éloigne. Il continue sa ronde : il va visiter d'autres champs, et recueillir d'autres nouvelles.

C'est lui qui part avant le jour, alors que la rosée blanchit encore l'herbe des prairies; c'est lui qui vient au secours des haies que l'on défonce, des arbres que l'on abat; lui qui erre le long des étangs, des rivières et des petits ruisseaux, afin d'y surprendre les nasses, les lignes dormantes, et les autres machines inventées pour la destruction des poissons. Il vit au grand air, exposé tour à tour au froid, au soleil, à la pluie. Si d'aventure il se permet une nuit de repos, c'est à la dérobée : il se cache pour dormir. Parfois, au contraire, il affecte de se montrer le soir sur sa porte, la tête coiffée d'un bonnet pacifique, et les pieds à l'aise dans de lourds sabots. Il a essuyé une averse, ses jambes ne peuvent plus le soutenir, dans quel profond sommeil ne va-t-il pas tomber!... Point! c'est un piége qu'il tend aux malfaiteurs. Il les épie, il les suit de l'œil : bientôt il sera sur leurs traces, et au moment où ils s'applaudiront d'avoir trompé sa vigilance, terrible, il apparaîtra au milieu d'eux!

Ses marches à travers des terrains incultes ou labourés ne finissent pas avec le jour. Que le fermier rentre chez lui épuisé de fatigue, qu'il répare ses forces et se repose pour les travaux du lendemain... le garde champêtre veillera pendant la nuit. La nuit favorise le braconnage et la maraude; les fruits mûrs pendent aux arbres; les blés que la faucille a moissonnés sont étendus sur la terre, offrant aux voleurs une proie facile. Déjà l'obscurité descend sur les campagnes : voici l'instant où il se glisse hors de sa demeure, où il se met en embuscade, et fait sentinelle; sans lui, ces ombres épaisses, cette solitude, ce silence, seraient pleins de piéges et de dangers. Qu'on se représente les divers intérêts qu'il protége, les inquiétudes qu'il apaise, les desseins malfaisants qu'il déconcerte. N'y a-t-il pas quelque chose de poétique dans le rôle de cet homme, qui veille sur toute une population endormie, et qui passe de longues heures caché dans les ténèbres, prêt à combattre des ennemis dont il ne sait ni le nombre ni les dispositions!

Mais pour qu'il se prodigue ainsi, quelle récompense fait-on briller à ses yeux? Deux ou trois cents francs, quelquefois plus, souvent moins : voilà où se borne la munificence de la commune. Elle y ajoute, il est vrai, la perspective des menus profits.

Faire espérer, c'est promettre, a dit J.-J. Rousseau, et nous disons : donner si peu, c'est inviter à prendre.

Nous ne pouvons blâmer assez hautement cette politique étroite, qui, par la modicité du salaire, intéresse la vigilance du garde et légitime sa cupidité, cette mesquine économie qui ne profite à personne, cette fausse prudence qui dépoétise l'homme et l'institution. Mieux rétribué, et tranquille sur lui-même, le garde se serait voué tout entier à ses fonctions : image de la Providence, il eût surveillé également le champ du riche et celui du pauvre ; ce dernier surtout, où chaque épi est compté, où le moindre grain est si précieux ! Au lieu de cela qu'est-il arrivé? Les uns, pour obtenir sa bienveillance, lui abandonnent une large part dans les amendes ; d'autres, plus habiles encore, achètent ses soins par un tribut annuel, et se font du garde de la commune un garde particulier. Si les pauvres gens ne sont pas complétement négligés, gloire soit rendue au garde champêtre, car ses défauts tiennent à l'ordre des choses que nous signalons, et ses vertus sont à lui!

Ne vous rappelle-t-il pas ce personnage des *Mohicans* et de *la Prairie,* cet infatigable *Bas-de-Cuir,* ce subtil *OEil-de-Faucon?* Comme lui, le garde est l'amant des solitudes ; autant que lui, il a l'oreille fine, l'œil perçant, l'esprit plein de ressources ; les voleurs sont ses *Hurons* et ses *Mingos* : il les suit à la piste ; ils ne peuvent lui échapper. Un arbre a été coupé pendant la nuit, des gerbes ou des javelles ont disparu : en quel lieu les maraudeurs ont-ils caché leur proie? qui sont-ils eux-mêmes?... Patience! le garde le découvrira. Il distingue des traces, des empreintes de pieds que nul autre ne saurait reconnaître ; son intelligence supplée à ses sens : qu'il tienne une fois la piste, il ne la quittera plus. C'est là, dit-il enfin avec assurance ; et, en effet, il ne s'est point trompé : c'est bien là !

Il n'a pas seulement affaire aux braconniers, ces pirates de la chasse : le voilà aux prises avec les chasseurs. Le temps n'est plus où le gibier, se multipliant à l'infini, affamait le paysan. Celui-ci, auquel il était interdit de se défendre, est devenu l'agresseur : piéges, collets, réseaux, toutes les armes lui sont bonnes, et il en fait usage dans toutes les saisons. C'est pitié que de le voir enlever des couvées entières de perdrix ; il ne poursuit pas avec moins d'acharnement les autres espèces : chaque année elles deviennent plus rares, et si elles ne disparaissent pas tout à fait, c'est au garde champêtre que nous en sommes redevables. Que l'ardeur de son zèle ne vous étonne point ; surtout ne cherchez pas à l'expliquer par des motifs indignes de lui, tels que l'attrait des primes et des amendes. Ces raisons peuvent avoir leur force ; mais n'en existe-t-il pas d'autres ? Songez donc qu'il vit familièrement avec tout le gibier de la contrée : lièvres, perdrix, lapins le connaissent, et souffrent qu'il s'approche de leur gîte ou de leur nid ; ils lui tiennent lieu de société et de famille ; il sait leurs retraites, leurs alliances, toute leur parenté ; il pourrait dire de chacun d'eux :

C'est mon voisin, c'est mon compère !

62

Puis, croyez aux calomnies des chasseurs, qui l'accusent de faire du territoire de la commune son parc réservé.

Ils affirment encore que quelques pièces d'argent jetées à ce cerbère des campagnes lui ferment la bouche et les yeux. Eh ! lui porteraient-ils tant de haine s'il était plus accommodant ! prendraient-ils le parti désespéré de la résistance, s'ils pouvaient le corrompre ! refuseraient-ils de déclarer leur nom et leur demeure ! Le garde champêtre est alors bien embarrassé. C'est ici que ses habitudes militaires, son sang-froid, sa patience et ses longues

jambes, lui sont d'un utile secours. Il est obligé de suivre à travers champs le chasseur inconnu qui le promène derrière lui comme une ombre, jusqu'à ce que celui-ci, épuisé, rendu de fatigue, et semblable à un lièvre aux abois, consente enfin à rentrer au gîte, livrant à son persécuteur tous les éléments d'un bon procès-verbal.

Le garde champêtre se délasse de ces épreuves fatigantes en veillant à la morale publique. Nous devons même déclarer qu'aux environs de Paris il ne veille guère qu'à cela. Aussi Paris ne connait-il pas le véritable garde champêtre : jeunes filles et garçons, grisettes et étudiants, l'exècrent, l'abominent. Pourquoi ?... C'est un secret entre eux et lui. Il est bien vrai que dans toute la banlieue il montre une vigilance parfois importune, et que sa pudeur est extrêmement susceptible. On cite mainte histoire où les rieurs ont toujours été de son côté. C'est que Paris, quand il s'échappe de ses barrières, ne connaît plus de frein : il porte une main hardie aux fruits de tous les arbres, il foule aux pieds les moissons, il viole les saints asiles des bois ; et parce que, alléché par les bénéfices que lui vaut le flagrant délit, le garde champêtre prend goût à cette espèce de chasse, qu'il en fait son affaire principale, et s'y voue tout entier, Paris lui reproche d'être avide, intéressé, corrompu...

Qu'on interroge la province : elle dira que ce rigide gardien des mœurs est, ailleurs, plein d'indulgence. Lui qui n'a d'autre mission que de voir, il voit sans doute bien des choses dont ne parle pas son procès-verbal. Que de rendez-vous ne surprend-il pas ! que de charmants mystères dont il a la confidence ! Il ne se croit cependant pas tenu par sa charge de traîner les délinquants devant M. le maire ; et c'est ainsi que tous les habitants l'aiment et lui ont de la reconnaissance, les uns pour ce qu'il empêche, les autres pour ce qu'il n'empêche pas.

C'est le témoin obligé des mariages et des baptêmes ; se tient-il dans la commune une *foire* ou un *apport*, au-dessus des larges chapeaux des paysans s'élève le tricorne du garde champêtre. Le garde champêtre s'avance à travers la foule, recevant des marques d'amitié, des saluts, de cordiales poignées de main ; sa plaque ne le rend pas fier : d'ailleurs, ne convient-il pas à un fonctionnaire électif d'être populaire? Sa présence est un gage de sécurité et de bon ordre ; les danses n'en deviennent que plus animées. Si ce plaisir ne sied ni à son âge ni à sa dignité, en revanche il aime à être d'un joyeux écot : il s'assied avec délices, il allonge ses jambes fatiguées ; le juif errant s'est, pour un moment, arrêté !

On ne croirait pas à Paris (nous avons dit déjà que Paris ne connaissait pas le garde champêtre), on ne croirait pas qu'il joue un rôle important dans les élections. Lorsque nos députés vont, humbles candidats, solliciter les suffrages des électeurs, ils s'empressent de se mettre sous son patronage ; ils le prennent pour guide, ils lui doivent de précieux renseignements, et, précédés de l'autorité en sabre, plaque et cocarde, ils entrent avec plus de confiance chez leurs futurs mandataires. Sa présence est déjà une profession de foi ; ajoutons qu'elle est presque toujours un moyen de succès. Peut-on rien refuser à un candidat qui se montre sous des tels auspices? Comment douter de ses principes constitutionnels et de ses vues politiques?... Le garde champêtre en répond!

Il ne répond pas ainsi de tous les compétiteurs. Il a reçu d'avance, sur chacun d'eux, ses instructions particulières. M. le préfet lui a recommandé l'homme du gouvernement, et l'honnête garde se fait un plaisir et un devoir d'obliger le gouvernement.

Quoique la nature de ses fonctions le force d'exercer une surveillance plus active le dimanche, pendant l'heure de la messe, il ne laisse pas de figurer quelquefois avec les chantres au lutrin de la paroisse: sa voix chevrotante et cassée rend à Dieu un pieux hommage. Il a affronté, dans maintes occasions, la mort de trop près; il vit trop au soleil et au milieu des œuvres de la création, pour ne pas être pénétré de cette foi vive qui brille chez la plupart des vieux soldats. Lorsque la procession sort de l'église, et fait, bannières déployées, le tour du village, avant les enfants de chœur, avant les chantres et le sacristain, marche dans toute sa gloire le garde champêtre.

C'est ici que finit la partie civile de ses fonctions, et que son rôle militaire commence. S'il veille sur les propriétés, il défend aussi les personnes; il n'est pas seulement chargé d'écarter les voleurs, il doit encore prêter main-forte à la loi. Tel qu'il est, voyez en lui le délégué du pouvoir exécutif, l'homme qui à lui seul représente tout un poste de gendarmerie, et auquel on peut appliquer ce mot : tu es légion, *tu es legio!* Chose étrange! les villes et les chefs-lieux de canton, qui s'enorgueillissent de leurs gendarmes, ne sauraient se passer du garde champêtre. Qu'est-ce, en effet, à côté de lui qu'un gendarme? Ce dernier ne suit guère que les grandes routes, il ne s'écarte pas dans les sentiers et dans les chemins de traverse, il ne fouille pas le pays, personne ne le seconde et ne lui fournit les indications nécessaires : perché sur un cheval qui a depuis longtemps désappris à courir, les pieds emprisonnés dans des bottes gigantesques, il va indolemment; il va pour aller, pour se donner de l'exercice et pour égayer ses esprits; il ne remarque rien, il ne devine rien. Les voleurs se rient de son cheval, de son sabre et de lui; ils ne rient pas du garde champêtre : ils se rassurent en voyant l'un, ils sont sur le qui-vive en ne voyant pas l'autre!

Son mérite est de ceux qui brillent surtout aux jours de danger. Lorsque, d'aventure, la garde nationale est requise pour l'arrestation d'un malfaiteur, le tambour bat dans la rue principale du village : femmes et enfants écoutent avec effroi; cependant les hommes de bonne volonté se préparent et se hâtent... ils se hâtent lentement, et arrivent les uns après les autres au lieu du rendez-vous. Le garde champêtre les y attendait : c'est lui qui leur servira de guide; la troupe s'ébranle au milieu de l'obscurité qui double les dangers et la peur. A la fin on distingue celui que l'on cherchait : Suivez-moi! s'écrie le garde champêtre, et il se précipite en avant, il saisit son homme, il le contient et l'arrête; et se retournant pour féliciter ses fidèles satellites, il s'aperçoit qu'il est seul.

Ce fonctionnaire, qui a des yeux pour tous, du courage pour tous, l'Angleterre nous l'envie : elle s'imagine qu'il peut s'implanter dans ces riches vallées, dans ces fertiles campagnes qui sont le domaine d'une seule famille, et sur lesquelles végètent des milliers de prolétaires. L'Angleterre n'est point mûre pour une telle institution. Qu'elle partage le sol en portions plus égales; qu'elle intéresse au bon ordre et au respect de la propriété ceux qui en sont les ennemis naturels, et elle pourra se donner le garde champêtre!

Jusque-là il y changerait de caractère et d'aspect. Il ne serait plus l'effroi des voleurs : il deviendrait la terreur des pauvres gens. Il marcherait avec défiance au milieu des populations ennemies. Il substituerait à son sabre innocent le poignard et la carabine. Il veillerait, non pas au profit de tous, contre quelques-uns, mais au profit de quelques-uns contre tous. Déjà, depuis qu'il est question de l'établir en Angleterre, les pauvres s'inquiètent, l'alarme est dans les chaumières. Pour les paysans anglais ce serait un tyran ; pour les nôtres, c'est un protecteur et un ami.

Doit-on s'étonner maintenant des priviléges et des honneurs que le législateur s'est plu à accumuler sur sa tête ? Il est, après le curé de la paroisse, la seule autorité constituée dont les insignes parlent aux yeux. Le maire et l'adjoint ne peuvent, dans les grandes occasions, déployer à leur ceinture qu'une écharpe souvent peu respectée. Qu'est-ce, en comparaison de ce sabre, de ce baudrier, de cette plaque brillante, et surtout de cette cocarde ? Combien de fois n'arrive-t-il pas qu'un furieux, ivre de colère et de vin, manque gravement à la dignité de M. le maire, et soutienne ensuite qu'il n'a pas reconnu le magistrat ? Oserait-il bien invoquer une telle excuse avec le garde champêtre ? Non, non ! celui-ci est comme le soleil qui se prouve en se montrant : il participe des grandes vérités ; il produit l'évidence !

Une autre arme plus redoutable encore, et plus souvent employée, a été remise entre ses mains. C'est le *procès-verbal*. J'entends rire du style et de l'écriture de cette pièce importante, comme si le garde champêtre relevait de l'Académie ! Il ne relève que de la loi, qui l'aime et qui ferme complaisamment les yeux sur ses fautes d'orthographe et de rédaction. La loi lui a rendu le procès-verbal facile : il suffit qu'il déclare *avoir surpris le sieur N...* et qu'il n'oublie pas le protocole d'usage : *étant dans l'exercice de mes fonctions, et revêtu de ma plaque.* Voilà un procès-verbal en bonne forme. La loi le juge assez long ; l'accusé ne le trouve jamais trop court.

Sait-on bien que ce procès-verbal n'est rien moins qu'un acte authentique, contre lequel la preuve testimoniale n'est pas admise ? Le garde champêtre est cru en justice : ce qu'il dit a plus de poids que les raisons des plus savants avocats : aussi affronte-t-il sans crainte les épreuves de l'audience. Les juges considèrent avec intérêt cet autre ministre de la loi, et le procureur du roi lui-même lui parle comme à un confrère. L'honnête garde abuse rarement de l'indulgence de ses auditeurs, et, par précaution, il ne manque pas de s'en rapporter à son procès-verbal.

Ajoutons, pour terminer, que sa sévérité apparente cache souvent un grand fonds de sensibilité. Maintes gravures nous le représentent surprenant de pauvres petits enfants qui ramassent du bois. Elles ne nous le montrent pas quand, attendri par leurs larmes, il leur permet de s'échapper, en leur recommandant bien de ne plus se laisser prendre. Même, si l'on en croit la gravure, plus d'une jeune fille a su par expérience que sa grosse voix si rude pouvait s'adoucir, et son regard devenir tendre. Il est encore alerte et dispos à l'âge où les autres hommes sont courbés sous les infirmités. Il conserve jusqu'au bout une jeunesse de cœur, une gaieté d'esprit, une sérénité de pensées que n'altèrent ni les soucis du présent, ni les inquiétudes de l'avenir. D'ordinaire, les soins d'un ménage et d'une famille lui sont inconnus : il a vécu, et il mourra garçon.

Enfin le voilà vieux, et il cède à un autre les insignes de ses fonctions. Lorsque Sylla se démit de la dictature, «Que te reste-t-il ? lui demanda quelqu'un. — Mon nom,» répondit-il ; et toutefois il fut insulté sur la place publique. Que reste-t-il à l'ancien garde champêtre ? Un prestige plus grand que celui qui entourait le terrible proscripteur ; car on l'accueille, on lui fait fête, on se presse pour écouter ses longs récits. Il est l'oracle du village. La dignité de l'adjoint, l'érudition du maître d'école, s'inclinent devant son expérience consommée.

> Quiconque a beaucoup vu
> Doit avoir beaucoup retenu.

Et quelle vie fut plus remplie que la sienne! C'est merveille de l'entendre quand il se prend à raconter ses campagnes de soldat, et ses campagnes, plus curieuses encore, de garde champêtre. Il dit les embuscades qu'il a dressées, celles où il est tombé à son tour; semblable à ce Turenne qui disait du même air : *nous étions vainqueurs et nous fuyions !*

Il se repose donc de ses longues fatigues, mais il n'abandonne pas tout à fait les champs qu'il a parcourus pendant tant d'années, et auxquels il s'intéresse encore. De temps en temps il hasarde une petite excursion dans la plaine. Ses yeux affaiblis parcourent avec amour tout cet horizon qui leur est connu. Il fait ainsi aux prairies, aux arbres, aux moissons, un adieu qui sera peut-être le dernier. Par quelque belle soirée, il s'éteint doucement. Les paysans, habitués à le rencontrer en tous lieux, assurent qu'il revient se promener la nuit sur les collines et dans les vallées. La superstition des maraudeurs eux-mêmes s'en effraye, et le garde champêtre continue après sa mort les services qu'il rendait pendant sa vie.

François Coquille.

LE BERGER.

Sur le foyer bigarré de cette curieuse lanterne magique, où tous les types originaux viennent tour à tour projeter leur figure plus ou moins comique; dans cette série d'articles que la vogue a sanctionnés et où l'esprit français, ressuscité de ses cendres, fait jaillir de nouveau ces étincelles, ces fusées qui le caractérisent, oserai-je demander une place pour y jeter une esquisse sérieuse, où le lecteur, peu satisfait peut-être de déroger à ses habitudes exhilarantes, trouvera plus de poésie que de sel épigrammatique, plus de mélancolie que de gaieté fine et railleuse.

A l'époque où florissaient les idylles et les bucoliques, où l'on s'amusait à bâtir des bergeries, des étables avec des murs de marbre et des toitures de chaume, alors que la reine et ses dames d'honneur ne dédaignaient pas de quitter le vertugadin pour le simple jupon de bergère, et les courtisans, l'épée pour la houlette; de cet amalgame pastoral, de ces saturnales champêtres et innocentes, j'aime à le croire, était éclos un type de convention, un être hybride, moitié villageois, moitié mirliflor, que ce bon Florian personnifia si candidement sous les noms fameux d'*Estelle* et *Némorin*. Mais on s'en lassa bientôt, parce qu'on se lasse vite de tout ce qui est en dehors du naturel et du vrai; et de nos jours on n'admet plus guère les bergers avec culotte courte et houlette, les bergères avec longs corsages, bouquet de roses au côté et larges paniers autour des hanches, que sur les pendules rocailles et les écrans Pompadour.

Cependant le berger vrai existe : quiconque a vécu au village, quiconque s'est promené dans la campagne avec une âme pour sentir et des yeux pour observer, n'a pu l'y rencontrer sans être frappé de sa physionomie entièrement neuve et primitive; et cela s'explique : vivant continuellement isolé à travers les plaines, les collines et les ravins où il mange, où il dort, où il s'éveille, où il passe toutes les heures de son existence sans autre ami que ses deux chiens, toujours en face de la nature ou de lui-même; au milieu du cataclysme général d'idées progressives qui a débordé jusque dans les recoins les plus reculés de notre pauvre pays, il est demeuré imperméable à notre civilisation.

Ce qui transforme les hommes, c'est le contact ; ce qui détermine ces évolutions successives et incessantes qui renouvellent, non pas la face de la terre précisément, mais la tournure, mais les mœurs, le caractère, le type enfin de ses habitants, c'est une sorte de fermentation engendrée par l'agglomération des masses dans les villes, vastes fourmilières que l'on pourrait considérer comme une cornue où les esprits réagissent l'un à l'égard de l'autre, où le genre humain se décompose et recompose sans cesse en se reconstituant sous des formes toujours différentes. Mais ce *protéisme* ne saurait atteindre un être qui, comme le berger, vit et meurt dans un isolement absolu ; aussi le prendrait-on pour le patriarche des premiers âges qui s'est perpétué jusqu'à nos jours en traversant les siècles sans rien changer à ses goûts ni à ses coutumes. C'est ainsi qu'au milieu d'une cité nouvelle dominent souvent de ces vieux édifices qui restent là comme pour rappeler aux hommes d'aujourd'hui les choses d'autrefois.

Balzac a dit quelque part : les mœurs simples sont à peu près semblables dans tous les pays, car le vrai n'a qu'une forme. C'est une observation remplie de justesse ; j'ai vu des hommes garder des troupeaux sur les collines de Smyrne, dans les vallées de Trébisonde, et, là comme en France, j'ai reconnu le berger avec son instinct penseur et porté à la mélancolie. L'habitude de la réflexion imprime à son regard quelque chose de pénétrant qui contraste avec la physionomie hébétée de la plupart des gens condamnés aux rudes travaux de la campagne. Si dans le tumulte des cités l'intelligence gagne en superficie, dans la solitude elle gagne souvent en profondeur. C'est aux premiers pasteurs que l'on doit la reine des sciences, l'astronomie, dont l'idée seule vous jette glacé d'épouvante en face de l'infini ; ce sont eux qui, sur de simples roseaux liés ensemble, ont bégayé les premiers mots de la langue musicale ; enfin ce sont des bergers, de simples bergers, qui les premiers ont salué l'obscur berceau du christianisme, qui devait saper le vieux monde pour bâtir le nouveau sur ses décombres, la nouvelle Jérusalem sur l'ancienne.

Mais, trop pénétré de notre sujet, n'allons pas tomber dans une exagération que nous-même nous avons condamnée au début de cette esquisse. Le berger, déchu de sa splendeur première, n'a pas conservé beaucoup de cette attitude imposante que lui donnait la simplicité des premiers âges, ou pour être plus juste, peut-être que, stationnaire au milieu de l'immense progrès des arts et de l'envahissement du luxe des cités jusque dans les moindres hameaux, sa dégradation est plus relative encore qu'absolue ; c'est un rubis resté brut au milieu de verroteries taillées à mille facettes.

Les satellites naturelles du berger sont le porcher, le pâtre et le chevrier, qui tous trois ont une allure tout à fait différente de la sienne. Accoutumé à poursuivre à travers les ronces, les rochers, sa troupe vagabonde et indisciplinée, le chevrier a quelque chose d'irascible et de pétulant comme le troupeau qu'il mène, d'âpre et d'anguleux comme les ravins escarpés qu'il affectionne ; le pâtre est lourd et borné comme les taureaux et les génisses qu'il surveille, en les apostrophant sans cesse de ses glapissantes clameurs ; quant au porcher, le malheureux !... c'est le dernier échelon de l'abrutissement : entre lui et sa bande fangeuse on dirait qu'il s'établit une sorte d'échange, qui finit par le faire participer de cette nature abjecte et immonde. Après ces nuances arrive le berger, qui les éclipse toutes.

La docilité, la douceur, les allures paisibles du troupeau qu'il conduit, donnent à ses penchants, à son caractère, et jusqu'à sa démarche, une tournure pleine de calme, d'égalité et de bonhomie. Il semblerait qu'un instinct lui dise que de tout temps une auréole de poésie entoura les hommes dévoués à la garde des troupeaux, car, loin de rougir de sa profession, il paraît s'en enorgueillir. Quand vous passez près de lui et qu'il vous surprend à admirer, soit la blanche toison de ses brebis, soit les gambades de ses agneaux, soit la merveilleuse sagacité de ses chiens, une satisfaction soudaine vient illuminer sa figure expressive.

Sa vie est la vie nomade par excellence; le canton est son désert où il vague de l'est à l'ouest, du midi au septentrion, emportant avec lui son bercail et sa cabane roulante, sous laquelle il sommeille tranquillement sans autre sauve-garde que sa pauvreté. A le voir ainsi dresser sa tente tantôt au milieu d'une plaine fertile, tantôt au revers d'un ravin, tantôt au pied d'une fraîche colline tout embaumée de marjolaine et d'origan, tantôt sur le bord d'une rivière ombragée de saules rameux, je me suis pris à envier son sort. Ce doit être le suprême bonheur qu'une existence qui se rapproche ainsi des mœurs primitives; il semble qu'il vive encore à cet âge de douce égalité où la terre, n'appartenant à personne, était le domaine de tous; ne le prendrait-on pas pour le possesseur de tous les champs, de toutes les prairies où il campe? Et, en effet, n'en savoure-t-il pas mieux la jouissance que le propriétaire lui-même, qui n'y vient que pour ensemencer le sillon nouvellement ouvert, et recueillir en gerbes la moisson nouvellement fauchée?

Un berger dans un paysage, c'est une statue dans un jardin, une belle femme dans un salon : il en est la parure, le complément indispensable. Le soir surtout, quand le soleil a déjà dérobé la moitié de son disque rougeâtre derrière le rideau de l'horizon, il est beau de voir sa silhouette se dessiner sur la crête de la colline où il suit ses moutons à pas comptés, tandis qu'ils vont paissant l'herbe fine et courte du talus dans lequel l'empreinte de leurs pas finit par creuser un escalier de gazon.

D'autres fois, au clair de lune, sous les rameaux touffus de l'orme patriarcal, vous entendez sortir un air simple, mélancoliquement accentué, vous cherchez à deviner quel est l'instrument qui peut moduler des accords aussi suaves, aussi expressifs, tant vous vous trouvez ému de cette mélodie mystérieuse, exhalée au milieu du silence imposant de toute la nature, qu'embellit encore le reflet magique de l'illumination nocturne. Eh bien! ces accents ne sont autre chose que le produit du grossier sifflement des lèvres, perfectionné d'une façon toute particulière par les sensations d'un homme dont l'âme s'est poétisée dans la solitude.

Oracle du village, comme tout ce qui sort de la foule, il est en butte à son aversion secrète. Quelqu'un est-il malade, on se hâte de le consulter pour savoir quels sont les simples par la vertu souveraine desquels on pourra le rendre à la santé, en même temps que, bas à l'oreille, de bouche en bouche, on se répète avec mystère : «C'est sans doute lui qui lui a jeté un sort!...» Aussi les paysans ont-ils le plus grand soin de ne point s'aliéner le berger, de peur qu'il ne leur en advienne quelque maléfice.

Si le berger usurpe quelquefois les fonctions du bon vieux praticien de campagne, sa vraie clientèle c'est son troupeau; c'est à lui qu'il prodigue ses soins avec toute la vigilance d'un tendre père de famille. Il a un coup d'œil de lynx pour voir quel est parmi les membres qui le composent celui qui réclame sa sollicitude, il lui administre les remèdes d'une thérapeutique simple et éclairée avec un succès qui ne couronne pas toujours les efforts de son confrère en Hippocrate. Une brebis est-elle près de mettre bas, après avoir présidé à son hyménée, il préside à son enfantement, se fait matrone habile, la débarrasse avec dextérité de son précieux fardeau, et le soir vous le voyez revenir, rayonnant, avec un et quelquefois plusieurs agneaux, qu'il porte à chaque bras.

Dans ses pérégrinations cantonnales, il a deux sortes d'acolytes obligés, son bouc et ses deux chiens. Le bouc marche en avant; avec sa longue barbe, ses deux cornes arquées en arrière, ses formes anguleuses et son pied fourchu, il rappelle les Satyres de la fable.

Les poëtes et les naturalistes n'ont qu'une voix pour chanter les louanges du chien, ce fidèle ami de l'homme ; mais parmi les variétés de cette espèce, aucune n'est assurément plus digne de leur admiration que le chien du berger.

Dans son allure, tout révèle la prestesse et l'intelligence, la pensée étincelle dans ses yeux. Les membres du Jokey-Club ne portent pas plus de soin au maintien du pur sang dans leurs haras, que le berger dans son chenil. Aussi, c'est toujours la même race qui se perpétue, toujours le chien à longs poils, au museau effilé, à l'allure inquiète, à la démarche un peu sauvage et oblique ; craintif et soumis, son regard fouille sans cesse dans celui de son maître pour devancer ses injonctions ; à peine son nom est-il prononcé, que d'un coup d'œil il enveloppe le troupeau, et sans qu'on le lui dise il devine quelle est la brebis qu'il est chargé de ramener à l'ordre. Quand le troupeau est obligé de passer par un chemin dont chaque bord est couvert de blé en herbe, de luzerne fleurie, où la gent moutonnière voudrait bien tondre

La largeur de sa langue,

c'est une chose vraiment curieuse d'examiner le manége des deux chiens : sans relâche ils font la navette de chaque côté du troupeau ; ils vont, reviennent en courant, et cela avec une telle célérité, que pas une bouche ne saurait trouver l'instant de

Manger l'herbe d'autrui !

A les voir ainsi haletants et affairés, on dirait deux aides de camp qui galopent sur le front d'une armée prête à livrer bataille. Mais où ils sont surtout admirables, c'est quand le pirate carnivore rôde la nuit aux alentours du bercail : leur oreille se dresse, leur queue, ondoyante comme un panache, s'agite d'intervalle en intervalle ; ils élargissent leurs narines au vent pour humer l'odeur de l'ennemi ; inquiets, ils ne peuvent tenir en place ; ils tournent sans cesse en portant le regard de l'enceinte palissadée où repose leur cher troupeau aux halliers voisins qu'ils soupçonnent de receler l'agresseur. Ose-t-il affronter leur courage, ils courent bravement à sa rencontre : le combat s'engage ; à chaque coup de dent le loup a beau leur arracher des lambeaux de chair, la douleur ne saurait les faire reculer d'un pas ; la lutte devient de plus en plus acharnée, et le voleur, décontenancé par une résistance aussi opiniâtre, regagne souvent la forêt prochaine avant que le berger ait eu le temps de se réveiller pour leur prêter main-forte, en déchargeant sur la *bête cruelle* sa bonne carabine qui veille toujours à son chevet.

Ces attaques nocturnes ont lieu le plus souvent lorsque le troupeau, sans autre toit que la voûte étincelante du firmament, sans autres murailles que quelques claies arc-boutées dans le sol, parque sur les jachères qu'il fertilise. Mais quand la moisson ondule encore dans la plaine et sur le versant des coteaux, tous les soirs on lui fait prendre, pour regagner la bergerie, le chemin vert qui conduit au village. Et c'est vraiment un tableau attrayant que de voir le berger, placé à la tête, marcher processionnellement avec une allure qui lui est propre ; il se retourne d'intervalle en intervalle pour presser les traînards par un certain frémissement, une certaine vibration des lèvres dont je serais fort embarrassé de peindre avec la plume l'harmonie imitative.

Dans cette ébauche que j'ai faite du berger, ébauche que j'ai tracée d'après nature, j'ai tenté de montrer que l'homme primitif, l'homme isolé, environné de toutes parts du spectacle ravissant de la création, ne peut qu'en recevoir des impressions qui le bonifient ; c'est le contact qui nous perd. Mais il y a de ces natures ingrates parmi les pasteurs, comme dans le reste du genre humain, qui demeurent réfractaires à cette heureuse influence. Je crois aussi que l'homme réfléchit l'expression des objets matériels qui l'environnent. Dans ces contrées déshéritées où l'horizon ne déroule à l'œil aucun mouvement de terrain, pas le moindre monticule pour onduler la ligne uniforme qui sépare le ciel de la terre, le berger se montre souvent comme le reflet fidèle d'un paysage aussi vulgaire et prosaïque ;

mais quand au contraire le pays, pittoresquement accidenté, présente ici une vallée, là une plaine sillonnée de jolis sentiers bordés d'aubépine, plus loin de vertes collines bien boisées, bien étagées, partout de la grandeur, de la variété et de l'harmonie, son type se relève et s'anoblit ; il se drape naturellement et sans gaucherie dans son vieux manteau de drap bleu dont il laisse pendre à l'espagnole un vaste pan sur son épaule ; un long ruban noir terni par les injures du temps se déroule sur les larges rebords d'un chapeau marin bien verni, bien luisant, et, son bâton blanc à la main, il se promène avec une gravité champêtre au milieu de son troupeau, dont il est le roi.

Étienne de Neufville.

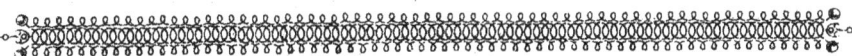

LE MARAIS.

L est convenu dans un certain monde que le Marais est un quartier perdu, désolé, ruiné ; une ville de province, un chef-lieu d'arrondissement, un trou, une solitude bas-bretonne. Beaucoup de jeunes poëtes, qui éprouvent le besoin d'adresser des vers à n'importe qui ou à n'importe quoi, commencent toujours ainsi une épître à leur portière :

Le Marais, ce désert...

Il est temps de faire justice d'un pareil préjugé.

Le Marais est un quartier tout aussi peuplé, tout aussi vivant que les autres; seulement il est peuplé autrement; il a sa physionomie à lui. Nous serions bien malheureux si nous retrouvions partout les gants-jaunes du boulevard de Gand ou les Anglais-Français de l'avenue des Champs-Élysées.

Faisons d'abord un peu de géographie.

Le Marais est borné au nord par le quartier du Temple, au midi par la place de la Bastille, à l'ouest par les boulevards, et à l'est par la rue Saint-Antoine. C'est un pays calme, prospère, tranquille, heureux, enfin un pays comme on n'en voit guère sur la carte de l'Europe.

Le Marais est coupé en losange; il touche par chacun de ses angles à quelque face de la civilisation parisienne : le travail, le repos, le plaisir.

Sur sa base la plus large, du côté des rues Saint-Antoine, Sainte-Avoye, du Temple, il est occupé, industrieux; toutes ses maisons sont remplies de ce peuple d'ouvriers qui fait la fortune de l'État sous la veste du prolétaire comme sous l'habit du fabricant. Beaucoup d'industries importantes, qui n'ont pas besoin d'être au centre même des affaires pour conserver leurs relations, se réfugient dans cette partie du Marais, où elles trouvent plus d'air, plus d'espace, et des loyers moins chers. Ainsi des fabricants de bronze, de jouets d'enfants, de cartonnage en gros, etc., y ont trouvé un asile. Toutes les maisons ont ici à peu près la même physionomie que celles des quartiers ou l'on travaille : au rez-de-chaussée un magasin et un comptoir, au premier des grands rideaux bleus, au second des rideaux d'un blanc douteux, au troisième absence de rideaux, au quatrième du linge pendu aux fenêtres, au cinquième des capucines et un serin en cage. Le portier est encore ce cordonnier en vieux qui ressemelle les locataires et va toutes les demi-heures boire en cachette son canon chez le marchand de vins du coin. Mais tout cela a une tenue plus convenable, un aspect meilleur que dans le faubourg Saint-Denis ou le quartier Saint-Marcel. Telle est l'influence du lieu.

La partie vive et mouvante du Marais est celle qui s'étend sur les boulevards en approchant des théâtres, c'est-à-dire, depuis la rue des Filles-du-Calvaire jusqu'au Château-d'Eau. Là est un reflet de la vie brillante et frivole des environs du grand Opéra et de l'église Notre-Dame de Lorette. Les nouvelles constructions qui se sont élevées dans ces passages favorisent encore l'illusion : ce sont de hautes maisons aux fenêtres multipliées, aux appartements mignons, aux balcons de fer ciselé, aux ornements de mauvais goût. On y rencontre beaucoup de figurantes de la Gaîté, beaucoup de danseuses du Cirque-Olympique, beaucoup d'ingénuités des Folies-Dramatiques, qui tâchent d'être aussi élégantes que les sylphides de la rue Lepelletier, mais qui ne peuvent avoir que des chaînes d'or en chrysocale, et des meubles de palissandre en acajou, parce que les marchands de bois du quartier Popincourt ne sont pas tout à fait aussi généreux que les diplomates allemands et turcs de la rue Saint-Honoré. Ici le concierge porte des gilets rouges, affecte des airs discrets, n'a aucune profession, et tend toujours la main derrière le dos pour recevoir les billets doux : c'est l'ancien valet de chambre de quelque dandy de second ordre; il cherche à imiter son confrère de la rue Laffitte, mais il est à cent lieues de lui pour les grâces, pour l'adresse, pour les roueries de bon sel. Il renouvelle sans cesse la fable de l'âne qui veut singer le petit chien.

Nous arivons maintenant à la région du Marais qui est véritablement le type de ce quartier, car les deux autres se sont un peu transformées au contact de qui les entoure; mais cette région-ci, placée au centre du quartier, s'est conservée comme l'amande dans le noyau : elle comprend tout ce qui s'étend depuis la Bastille jusqu'à la rue de Vendôme, en passant par la Place-Royale, la rue Saint-Louis, etc.

Ici la population se compose de rentiers, d'employés, d'artistes et d'hommes de lettres.

Les rentiers affectionnent la rue Saint-Louis, la rue de Vendôme, les petites rues comprises entre la rue Saint-Louis et le boulevard, d'un côté, et la rue Saint-Louis et les approches de la rue Sainte-Avoye, de l'autre.

Les employés occupent la rue Culture-Sainte-Catherine, la rue de Paradis, la rue Charlot, enfin tout l'entourage des deux grands établissements publics du quartier, le Mont-de-Piété et la Direction générale des archives.

Enfin les hommes de lettres et les artistes ont envahi le quartier historique, c'est-à-dire la Place-Royale et ses environs.

Examinez bien une maison de la rue Saint-Louis : quel aspect digne et paisible! Pas de boutiques, ou des boutiques propres et honorablement tenues! Au premier étage habite un président de la cour royale, qui porte un nom historique et qui mourra là où en naissant il a trouvé sa famille établie. Au second, la veuve d'un officier général; au troisième, un professeur de rhétorique du collége de Charlemagne; au quatrième, un gros marchand retiré des affaires, et qui, malgré sa fortune, a conservé des habitudes d'économie; au cinquième, un élève de l'Ecole des chartes, qui passe sa vie avec les livres, ne travaille dans aucune Revue, et n'ambitionne pas encore la croix d'honneur.

Heureux propriétaire !

Le dimanche et les jours de fêtes, la rue Saint-Louis offre un spectacle vraiment curieux : elle est pleine d'enfants de tout âge, de jolis enfants blonds, roses, bruns, tous sautillants, tous joyeux, qui, conduits par leurs bonnes, viennent de tous les quartiers de Paris rendre visite à leurs grands parents et passer la journée avec eux. Le Marais est le grand-papa de tout Paris : à six ans on songe à lui pendant toute la semaine, on y rêve toutes les nuits pendant le mois de décembre; on le voit chargé de polichinelles, de tambours, de fusils de bois, portant un gâteau dans une main et un cornet de bonbons dans l'autre! Quel bon grand-papa que ce Marais !

Enfin, si vous êtes naturaliste, prenez l'omnibus, faites une excursion dans le Marais, et là vous pourrez étudier, sur ces derniers et rares individus existant encore, cette race des carlins qui se perd tous les jours, qui est à peu près perdue, et qui pourtant a eu ses beaux jours. Vous verrez aussi chez mainte douairière plusieurs de ces intéressants animaux empaillés et mis sous verre : on en conserve pour la postérité.

Le Marais n'a point une seule de ces églises gothiques dans lesquelles le culte catholique a tant de grandeur et de véritable majesté. Ses deux basiliques de Saint-Denis-du-Saint-Sacrement et de Saint-François sont de pitoyables édifices religieux, bâtis dans un système contre lequel le bon goût et la décence ne sauraient trop protester. Figurez-vous un bâtiment long, percé de fenêtres de trois pieds en trois pieds, et orné d'une espèce de porte cochère devant laquelle se dressent quatre colonnes de l'effet le plus triste et le plus mesquin : on se croirait devant une mairie de petite ville ou devant une grange. Il faut à la dignité et aux pompes du culte catholique autre chose que de pareilles constructions : le genre gothique se marie à tous ses souvenirs, à toutes ses gloires, à toutes ses magnifiques cérémonies. Pour notre part, et c'est moins notre faute que celle de ses propres origines, nous ne le comprenons bien que sous les voûtes de Notre-Dame et de Saint-Eustache. Puisque nos architectes n'ont encore rien su trouver qui convînt à la solennité de notre religion, pourquoi n'en reviendrait-on pas aux belles et grandes idées du moyen âge? La récente et admirable restauration de Saint-Germain-l'Auxerrois a prouvé qu'un tel effort n'était point impossible à nos artistes. A tout prendre, nous aimons mieux une pieuse imitation des œuvres des douzième, treizième et quatorzième siècles,

Le Marais n'est pas le quartier de Paris le moins bien partagé du côté des souvenirs historiques.

Dans la rue des Blancs-Manteaux se trouve une petite église fort remarquable, succursale de la paroisse de Saint-Merry, sous le nom de *Notre-Dame-des-Blancs-Manteaux*. Elle faisait autrefois partie d'un monastère célèbre.

A l'extrémité nord du Marais se trouve le Temple.

La tour du Temple, célèbre dans notre histoire, fut bâtie en 1212, par frère Hubert, trésorier des templiers. C'était un édifice carré, aux murailles très-épaisses, dont les quatre angles étaient garnis de tourelles. Elle ne fut démolie qu'en 1811.

Après la suppression de l'ordre de Malte, en 1790, le Temple devint propriété nationale. En 1812, l'ancien palais du grand prieur de Malte fut embelli et restauré; on voulait y installer le ministère des cultes. La restauration y établit un couvent de femmes sous la direction de madame la princesse de Condé, ancienne abbesse de Remiremont. Ce couvent, qui est en même temps une maison d'éducation, existe toujours. L'emplacement de l'ancien enclos du Temple, dont les murs furent démolis en 1802, est occupé par un marché où se fait un commerce de vieilles hardes. C'est là où toute la population ouvrière de Paris vient s'habiller des pieds à la tête. Le Temple est la garde-robe des faubourgs.

En 1604, à l'époque où l'ancien emplacement de l'hôtel des Tournelles cessa de servir de marché aux chevaux, Henri IV y fit commencer les bâtiments de la place Royale. Elle fut achevée en 1612, à l'occasion d'une fête que donna Marie de Médicis. C'est un carré parfait, composé de trente-cinq pavillons uniformes, qui ont chacun soixante-douze toises de longueur. — La place Royale, avec sa vaste bâtisse, ses constructions si régulières et si élégantes, ses larges arcades, ses arbres touffus et ses bassins aux fontaines jaillissantes, aurait une réputation européenne si le hasard l'avait placée du côté du passage de l'Opéra ou du quartier de la Madeleine. Mais le boulevard Beaumarchais est si loin de *tout!* Dussions-nous passer pour des rabâcheurs et des faiseurs d'indignation à la suite, nous protesterons, comme nous avons déjà protesté ailleurs, contre le vandalisme qui a dépouillé la place Royale de sa belle grille ouvragée dans le genre renaissance, pour lui donner un entourage de corps de garde.

Le 27 septembre 1639, fut inaugurée au milieu de la place Royale une statue équestre de Louis XIII, dont le piédestal, de marbre blanc, était chargé d'inscriptions. Voici la plus remarquable :

«Pour la glorieuse et mémorable mémoire du très-grand, très-invincible Louis le «Juste, XIIIe du nom, roi de France et de Navarre, Armand, cardinal et duc de Richelieu, «son principal ministre dans tous ses illustres et généreux desseins, comblé d'honneurs «et de bienfaits par un si bon maître et un si généreux monarque, lui a fait élever «cette statue, pour une marque éternelle de son zèle, de sa fidélité, de sa recon-«naissance.»

Daniel Volterre, élève de Michel-Ange, fut chargé de l'exécution de cette statue. Le cheval, son ouvrage, était d'une grande beauté. Mais il mourut avant d'avoir commencé l'homme. Biard fils fut chargé de ce travail, qui ne lui fit pas honneur.—En août 1792, la statue de Louis XIII fut renversée et remplacée par un bassin. Enfin, en novembre 1829, une nouvelle statue équestre de Louis XIII, exécutée par MM. Dupaty et Cortot, a été placée au milieu du quinconce de la place Royale. Nous ne savons quel est celui de ces deux artistes qui a sculpté le cheval, mais il est resté bien loin de Daniel Volterre; quant à l'autre, il a presque fait regretter l'inhabile Biard.

L'imprimerie royale, dont l'établissement est dû au cardinal de Richelieu, fut d'abord installée dans la galerie du Louvre, au rez-de-chaussée et à l'entresol, puis transportée à l'hôtel de Toulouse, en face de la place des Victoires ; enfin un décret du 6 mars 1809 lui assigna un bâtiment de l'hôtel Soubise, situé rue Vieille-du-Temple. Elle y est encore aujourd'hui.

Le mont-de-piété fut fondé en 1777. Les constructions de l'hôtel actuel du Mont-de-Piété, situé rue des Blancs-Manteaux, n° 18, et rue de Paradis, n° 7, se commencèrent en 1781, et furent terminées en 1786. L'édifice est sombre et lourd, mais fort curieux à étudier pour ses dispositions intérieures.

Les archives du royaume, après avoir passé du bâtiment des Capucins de la rue Saint-Honoré au château des Tuileries, puis de là au palais Bourbon, furent enfin établies dans l'hôtel Soubise, rue du Chaume et des Vieilles-Audriettes. Cette institution, dont la pensée est due à l'Assemblée constituante, fut définitivement organisée par la Convention. L'hôtel Soubise est un beau morceau d'architecture ancienne. Le gouvernement y fait exécuter dans ce moment de très-grands et très-sérieux travaux, qui lui donneront une grande importance.

Parmi les établissements publics placés dans le Marais, il ne faut pas oublier la succursale de la maison royale de la Légion d'honneur, rue Barbette.

Le Marais, qui touche à tant de théâtres populaires, si fréquentés, si actifs : la Gaîté, le Cirque, les Folies-Dramatiques, les Funambules, ne renferme qu'un seul théâtre dans son sein, celui de la Porte-Saint-Antoine. Il est assez bien disposé, et peut contenir environ quinze cents personnes. Il a été fondé en 1834, par M. Anténor Joly. Ses destinées n'ont pas toujours été heureuses ; mais il faut plutôt s'en prendre à la mauvaise direction qui lui a souvent été donnée qu'à l'éloignement des habitants du quartier pour le spectacle.

Maintenant, si vous nous demandez quelles sont les habitudes des indigènes de cette contrée que nous venons de parcourir ensemble, nous vous dirons qu'ils se lèvent tard, lisent leur journal, vont se promener au jardin des plantes, dînent à cinq heures, passent la soirée à jouer au piquet, prennent un lait de poule, et se couchent de bonne heure. Eh ! mon Dieu, à cinquante ans nous en ferons tous autant, si toutefois nous durons jusqu'à cinquante ans. Aujourd'hui les vivants vont bon train.

L. COUAILHAC ET P. BERNARD.

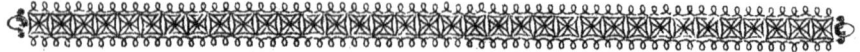

LES

RESTAURANTS DU QUARTIER LATIN.

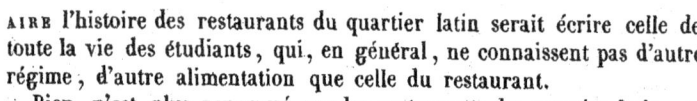

ᴀɪʀᴇ l'histoire des restaurants du quartier latin serait écrire celle de toute la vie des étudiants, qui, en général, ne connaissent pas d'autre régime, d'autre alimentation que celle du restaurant.

Rien n'est plus renommé que les restaurants du quartier latin, ce qui ne prouve pas qu'ils le soient par la bonne chère qu'on y fait. L'étudiant retranche volontiers quelque chose à ses dîners pour ajouter à ses plaisirs. Si, dans les restaurants du quartier latin, vivre peut sembler un paradoxe, en revanche, manger y est la plus substantielle des réalités. Un bon esprit et un bon estomac ne sauraient s'empêcher de reconnaître qu'on y vit mal, et qu'on y mange bien, c'est-à-dire beaucoup et à juste prix.

Il y a une salle que les architectes et les décorateurs semblent avoir inventée pour donner l'idée d'un restaurant du quartier latin. Cette salle, d'une tenue à la fois propre et modeste, est une de celles que l'on a vues partout, dont le papier verni ne varie jamais : le fond ici emporte la forme ; ailleurs, au contraire, la forme emporte le fond : c'est un carré long, ou un triangle, ou un ovale ; rien n'empêche cependant qu'elle ne se dessine en prisme ou en polygone semé de pyramides de pains de quatre livres. Cette première base du dîner de l'étudiant, le pain, découpé d'avance et mis à sa portée, simplifie singulièrement le service : il peut en user à discrétion, ce qui s'étend assez loin pour certains appétits. Aussi le pain tient-il la place des amphores, qui font si bien dans les auteurs classiques, des dames-jeannes qu'on rencontre avec tant de charme dans le roman de *Don Quichotte*, ou des fines outres dont tous les contes espagnols sont semés. Dans les restaurants du quartier latin on ne connaît d'autre vin que celui des noces de Cana avant la transformation. La tradition, en général, a pris force de loi en ce qui concerne l'absence de spiritueux dans ces aquatiques repas ; d'où il suit que dîner passablement dans la rue de la Harpe et autres lieux circonvoisins, il faut se contenter avec tout le monde d'un bon gros bœuf bien cuit, de bonnes grosses côtelettes bien entrelardées, de filets sans truffes, avec un dessert, et ne pas plus croire à l'existence du vin qu'on n'y croyait avant celle du patriarche Noé, qui en fut, dit-on, l'inventeur.

Un étranger, un nouveau venu, concilie avec peine l'absence de cet élément, qui peut paraître à d'autres de nécessité première dans un dîner, avec le volume, le comfort et l'élégance du service; et c'est là précisément ce qui explique l'étudiant qui aime à se retrancher le nécessaire pour avoir un peu de superflu, qui se plaît à unir l'abondance à la privation, et à ignorer tous les besoins supplémentaires de l'humanité. La vie a tant de surfaces pour l'étudiant, et son budget en a si peu, qu'il spiritualise une partie de ses jouissances sensuelles au profit de ses besoins moraux. Les restaurants qu'il préfère sont ceux qui formulent le mieux ses appétits, et où il est le moins permis d'en franchir la limite. Jetez un coup d'œil dans le gouffre où grouille une population toute différente, il en va sortir une analogie. L'ilote s'enivre sans manger, et il est esclave; les restaurants *sans vin* sont, au contraire, une spécialité créée pour l'étudiant et par l'étudiant. La vie de Paris, toute comparaison à part, a de ces enseignements.

Ces restaurants de *formatoin première* s'intitulent indifféremment *Viot* ou *Flicoteaux*; il suffit de les nommer pour qu'ils soient connus. Le privilége de restaurer les deux Écoles ne semble pas moins héréditaire que celui de certaines dynasties allemandes, où l'on est duc de père en fils, sans rien changer à la charte de l'État, quand il en a une. Les Viot ont fait dynastie, et marchent dans un parallélisme respectable avec les Flicoteaux, sur le terrain de l'alimentation pure et simple; leur blason est resté vierge, d'un siècle à l'autre, de toute espèces d'excès: les Viot n'ont jamais enivré un seul consommateur, et cet éloge appartient aussi aux Flicoteaux.

On reconnaît qu'on est entré dans un restaurant du quartier latin lorsque le garçon, sans préjudice d'une trentaine de consommateurs qu'il a sur les bras, vous sert avec une ponctualité mathématique, à une place mesurée à l'équerre; que les plats se succèdent sans interruption, et paraissent doués d'une destination providentielle pour la bouche qui les consomme; qu'un silence observé religieusement par des centaines de causeurs permet à chacun de s'entendre manger, sans le forcer à se croire seul; qu'avec un appétit de vingt francs par tête, on vit magnifiquement pour vingt sous; et qu'enfin, la dame de comptoir sourit dès le premier jour à votre bienvenue, à titre d'étudiant et d'ancienne connaissance. En outre, les dîners du quartier latin obéissent à la triple unité de temps, de lieu et de service, ce qui leur a valu cette réputation de classicisme, qu'aucun novateur n'a détrônée complétement.

Cela n'empêche cependant pas le quartier latin d'être connu pour des excentricités culinaires qui s'éloignent de ce type primitif de ses restaurants. Ce sont d'abord les spécialités provençales, flamandes, bretonnes, qui s'emparent pendant un certain temps des consommateurs, en flattant leurs goûts pour des mets de province. Nous n'en parlons que pour mémoire; il y a si peu d'étudiants qui soient assez de leur pays pour donner dans ces restaurants.

Les tables d'hôte à vingt-cinq sous établissent certainement des rivalités redoutables aux restaurants à la carte, et si ce n'était déjà trop pour un étudiant de s'enchaîner à un dîner, quelque bon, du reste, quelque économique qu'il puisse paraître, les restaurants n'auraient pas un chat, quoiqu'ils n'aient pas pour habitude de manquer de monde. La table d'hôte du quartier latin passe pour être aussi confortable que celle de tout autre quartier portée à deux francs cinquante centimes. Il est vrai que celui qui la tient perd énormément sur chaque abonné; mais il se rattrape sur la quantité. Ce paradoxe n'en sera plus un quand nous aurons ajouté que l'hôte a le droit de compter sur un grand nombre de manquants.

On a une table d'hôte pour se passer d'un restaurant. La table d'hôte se présente sous un air de famille qui plaît aux étudiants: l'hôte qui la préside est leur ami, disons plus, leur camarade. Il a été étudiant, ce qui suffit pour en faire un grand conteur de gaudrioles et d'anecdotes secrètes, servant de correctif à la qualité des mets. Tout en causant beaucoup et en mangeant moins, il ne laisse pas d'être plein de soins et d'attentions à l'égard de chacun des convives qu'il traite à prix fixe comme ses enfants.

La pension bourgeoise diffère encore de la table d'hôte. Elle comporte plus de tenue, plus de réserve, et de meilleurs mets. L'étudiant qui se condamne à avoir une pension bourgeoise est, en général, ami du confortable. Il aime à associer à la sévérité d'un régime économique un certain penchant à la gastronomie ; la ponctualité lui coûte moins à observer que la privation : il engraisse à vue d'œil, tant il a soin d'arriver à l'heure ; et qui dit pension bourgeoise exprime nécessairement l'idée d'un ménage bourgeois dînant à cinq heures. Le maître de maison est un officier retraité, qui ajoute aux délices de la vie de rentier l'agrément d'admettre à sa table des étudiants recommandés et encore plus recommandables. Là, il n'est pas sans exemple de voir fêter par un *extra* les principales solennités dont nos aïeux ont fini par faire un calendrier gastronomique, et, de toutes les fêtes de l'année, les seules qu'on s'abstient de chômer sont les Quatre-Temps, vigile et jeûne. On fait cependant maigre à cette table le vendredi saint, pour avoir le droit de célébrer le jour de Pâques.

Il y a un restaurant à puff, celui où l'étudiant dîne par hypothèque, lui et ses nombreux invités. Rien ne pousse aux invitations comme la certitude d'avoir toujours crédit, et de ne payer qu'à la mort d'un oncle. Ce restaurant n'a pas d'enseigne, ce qui en rend la fréquentation plus précieuse à un certain nombre d'initiés, qui n'ont besoin d'être connus que de la maîtresse du logis.

La veuve Musard a eu des malheurs, dont les premiers datent de l'empire, bien qu'elle les fasse remonter seulement à la restauration. Elle a éprouvé des déceptions qui l'ont amenée à tenir un restaurant, où l'affluence des étudiants les plus comme il faut la dédommage, en quelque sorte, de la cour de princes, de généraux, de diplomates, qu'elle a perdus. Elle donne à manger à l'élite du quartier latin, et l'on doit entendre par là cette portion de la jeunesse studieuse qui vit à demeure dans un pays de transition. La veuve Musard connaît à fond le secret des grandeurs contemporaines et l'ingratitude des hommes en général ; mais elle se tait sur leurs faiblesses. Elle s'est décidée assez tard à mettre à profit ses talents de cordon bleu : mais aujourd'hui la veuve Musard, revenue de bien des préjugés, consacre à tenir un restaurant en forme le reste de beaux jours que le monde ne lui a pas enlevés. Elle fait crédit aux étudiants, elle les traite mieux que des princes ; elle leur accorde, sur parole, des dîners illimités ; seulement, de longs malheurs lui ayant appris qu'il ne faut pas entièrement se fier aux hommes, et que beaucoup d'étudiants le sont dès qu'il s'agit de ne point payer une dette sacrée, une dette de bouche, elle a soin de remédier, par de bonnes petites lettres de change, au défaut de mémoire des habitués qui la quittent sans congé. Elle ne reçoit que ceux dont le patrimoine est authentique par de nombreux témoignages, à qui l'on puisse prêter beaucoup sans compromettre de plus en plus une position déjà trop éprouvée par l'adversité. Du reste, la veuve Musard est prônée pour servir le meilleur bordeaux, le meilleur punch du quartier, et le tout de la meilleure grâce du monde. Circé n'avait ni plus d'art ni plus de ménagements pour ses hôtes que la veuve Musard, et, de même que cette enchanteresse, elle fait asseoir ses convives à un banquet dont la contrainte par corps peut devenir la conséquence.

Le café-restaurant, dégénérescence progressive de deux établissements de nature diverse. Il a cela de particulier qu'on y déjeune, qu'on y dîne, et qu'on y soupe, sans l'entendre même à la manière de Sancho Pança, c'est-à-dire en même temps. On entre au café-restaurant en se rendant au cours, sans but arrêté d'y séjourner au delà de quelques minutes ; ces quelques minutes se trouvent absorbées par une causerie, qui amène insensiblement à tenter le sort à l'écarté. On se trouve, sans s'en douter, avoir joué le déjeuner, qu'il est de rigueur de consommer séance tenante. Un déjeuner au café-restaurant aurait mauvaise grâce de n'être point suivi de la demi-tasse, qui se joue au billard. Le billard est un exercice violent dont la prolongation pendant une heure ou deux fait une nécessité de se reposer en jouant au piquet. Il est rare que le vaincu du jeu de billard n'ait pas une revanche à prendre à un jeu de hasard. On dîne ; la foule envahit le café. On s'aperçoit qu'il fait nuit, par le gaz qu'on allume : il est réellement trop tard pour se rendre au cours ; on se repent seulement d'y avoir manqué ; on jure de se rattraper le lendemain, et cette journée, couronnée par la poule, a valu à l'étudiant cette réputation de flânerie dont le principe et les conséquences reposent entièrement sur le café-restaurant.

Si l'étudiant offre quelque intérêt quand il déjeune ou quand il dîne, il est mille fois plus curieux à observer quand il ne fait ni l'un ni l'autre. Pour une manière de dîner tant bien que mal au restaurant, l'étudiant en a mille de s'en abstenir.

On a de cela les plus graves motifs, et l'on est plusieurs. On s'assemble, et l'on met tout en commun. Ceux qui n'ont rien, et c'est le plus grand nombre, donnent des conseils. L'un commence par allumer le feu dans une vaste chambre, un autre met le couvert, l'autre taille dans un paquet de plumes d'oie des cure-dents pour tous les convives ; on tient conseil en attendant ; on analyse les ressources de la société. L'un fournit un marchand de vin, l'autre un épicier, l'autre un rôtisseur, un troisième fournit un limonadier. Il ne faut pas tant de choses pour un dîner. Aussi la société prise au dépourvu se livre-t-elle à une orgie. Moralité : l'excès dérive de la privation.

Aux deux points opposés de la vie d'outre-Seine se placent la Vallée et le marché Saint-Germain. Une tribu d'étudiants dépêche un commissaire à la Vallée. Ce n'est pas un étudiant en médecine qui se brouillerait avec Diogène, comme cet Athénien qui voulait être son disciple, pour un jambon à porter. L'étudiant, d'ailleurs, excelle à placer un jambon ou un dindonneau sous sa redingote, sans que cela se voie, et la Vallée est encore un restaurant. Quant au marché Saint-Germain, il a été créé en vue de l'étudiant, et celui-ci peut, sans sortir de son domaine, s'y approvisionner selon ses goûts. D'ailleurs, ce qui étonnerait dans un autre quartier, est accepté d'emblée dans celui-là. Et quelle puissance d'assimilation que celle de l'étudiant, quand il descend au simple rôle de femme de ménage. Cette vie triviale, qui plaisait tant aux anciens, que Théophraste esquisse en traits si fins, sied à merveille à l'étudiant. Son restaurant est partout où quelque chose s'offre à juste prix à son estomac ; son portier le voit rentrer, rien dans les mains, rien dans les poches, et l'étudiant, qui marche si droit et si fier, cache sa honte et ses provisions dans le fond de son chapeau.

Le rôtisseur. J'ai vu le rôtisseur du quartier latin, et j'ai compris le chapon du Mans, chanté par Béranger ; j'ai fait plus, j'ai savouré la pomme de terre frite réhabilitée par J. Janin, et rien en vérité ne m'a paru meilleur. La cuisine du rôtisseur n'est pas le moins confortable des restaurants d'outre-Seine : c'est la poissonnerie anglaise de ce quartier fabuleux. Elle comprend depuis le saumon jusqu'au simple rouget assaisonné d'un peu de persil ; et quel parfum de dinde rôtie elle exhale, et quelle variété de volailles, de poissons, de marée, elle offre aux chalands ! L'étudiant reconnaît encore dans cet homme si complet l'humble esclave de ses appétits : pour lui le rôtisseur dépèce une volaille digne de la table d'un procureur, et lui en remet complaisamment une aile dans le journal de la veille. Aussi l'étudiant a-t-il été surpris plus d'une fois à mi-chemin du restaurant, en face d'une rôtisserie immense, et n'a pas été au delà. Le rôtisseur fait les frais de tous les dejeûners d'amis, qui seuls peut-être méritent le nom de repas; et, chose étrange, cet homme qui pourrait arguer de son titre de marchand pour ne pas faire crédit, on l'a vu ouvrir un mémoire à des étudiants.

Une troisième et dernière variété de restaurant, c'est le restaurant de *cheminée*. En dépit des coutumes qui font du *pot au feu* le signe sacré de la famille, cet auguste représentant du foyer domestique n'est pas complétement banni du quartier latin. Il y siége entre un tire-bottes, un paquet d'allumettes chimiques et un journal de chimie médicale. L'étudiant n'est pas censé faire son ménage, mais il met le pot au feu; vivant, du reste, un peu comme les enfants, par imitation, on l'a vu protester formellement contre la cuisine de Viot, et se créer un petit intérieur assez complet pour ménage de garçon.

Une autre fois c'est une forme de ménagère qui glisse sur le pavé humide, le pied leste, à demi chaussée, ou même à demi vêtue, très-disposée, cependant, à rire au nez de celui qui la prendrait pour une duchesse ou pour une cuisinière : elle n'est ni l'une ni l'autre, et ressemble à celle-ci autant qu'à celle-là. Elle a une taille de guêpe, et elle est active et prévoyante comme la fourmi. Vous la rencontrerez au bal, en châle et en chapeau, et jamais cette femme ne sera plus elle-même qu'en mettant le pot-au-feu. Il est admis qu'elle peut descendre dans la rue sans se compromettre, pourvu qu'elle ait un cabas à la main. Augustine sait tous les secrets de la vie économique, le prix de tout ce qui se vend au marché; elle marchande, et la fruitière a des chatteries pour elle. Elle achète tout, et ne prodigue rien. On lui pardonnerait tout au monde, excepté de ne pas savoir faire la cuisine: aussi rien n'est comparable aux mets qu'elle assaisonne. C'est le type perdu de la grisette, et le type rêvé du restaurant. On dit de l'amour, c'est de l'égoïsme à deux, et on se trompe : c'est de l'économie. Il arrive qu'après avoir épuisé successivement ces diverses formes de restaurants, on sait parfaitement quelle est la bonne pour l'étudiant, alors qu'on a cessé de l'être.

L. ROUX.

LES BALS D'ÉTÉ.

ᴀʟɢʀᴇ l'autorité didactique de M. de Saint-Lambert, poëte officiel des saisons, la Terpsychore parisienne n'en reconnaît que deux dans le cours de l'année solaire : elle a destitué l'automne et le printemps ; seuls l'été et l'hiver jouissent d'une existence légale devant la baguette de ses chefs d'orchestre, qui sont ses grands ministres.

L'été chorégraphique commence le 1ᵉʳ mai ; il naît avec les fleurs ; la première contredanse est sœur des lilas de Romainville. Il meurt avec les feuilles jaunes ; comme le poëte de Malfilâtre, il attend la pâle automne pour expirer, et la dernière grappe qui tombe marque sa dernière valse.

Au mois de septembre la contredanse remonte en omnibus, le galop grimpe en lapin sur un coucou, la valse demande asile aux fiacres citadins, et le bal rentre à Paris. Le soleil a mis son paletot de brouillard ; le besoin d'un poêle se fait sentir parmi les jambes des danseurs.

Mais avant l'heure de la fuite, que de jours splendides ont lui pour le bal d'outre-barrière. Le ciel a été joyeux et souriant comme le regard bleu d'une grisette, l'horizon coquet et changeant comme les caprices d'une Eurydice du quartier Saint-Georges ! Les bals ont dansé toujours, et sans cesse, le jour et la nuit ; vous les croyez fatigués, peut-être ? Allons donc, ils débutent pour l'hiver !

Les bals font comme M. de Bassompierre, qui, pour s'apprêter à boire la botte historique des treize cantons, avait avalé deux bouteilles de vin du Rhin à son déjeuner : ils dansent trois mois sans désemparer, en été ; c'est afin d'être plus dispos quand viendront les neuf mois de l'hiver.

Si les bals étaient hiérarchisés comme la littérature inventée par le plus fécond de nos romanciers, nous dirions que la Chaumière est le maréchal de France chorégraphique des bals d'été.

Qui connaîtrait le boulevard du Mont-Parnasse, si la Chaumière ne lui donnait une physionomie entre tous les boulevards externes et internes de Paris ? Tant que Phœbus brille au ciel, on ne voit personne sur ce boulevard ; mais quand vient le soir, à l'heure où, sur l'horizon gris, la lune est large et pâle, comme dit le poëte, on voit passer quelques citoyens de la banlieue qui sont comme l'horizon ; puis viennent les bandes nombreuses et turbulentes des étudiants.

Quand ils touchent aux limites de la Chaumière, les étudiants se disent entre eux :
« Seigneur, arrêtons-nous ici, et prenons des grisettes avec des verres de bière. » Cette
opinion est toujours adoptée à l'unanimité.

Le Strauss de l'endroit a fait un signal à l'orchestre, le cornet à piston a retenti, et
la danse est inaugurée. La cachucha la plus parisienne règne et gouverne dans l'enceinte
qui lui est réservée. Les représentants de l'autorité municipale veillent, les bras croisés
sur leur habit bleu, à la façon des sphinx égyptiens, immobiles mais clairvoyants.
Quand une cachucha immodérée effleure les limites du règlement, les gardiens de la
morale s'approchent, et, calmes comme Neptune au sein de la tempête, ils disent aux
entrechats les plus furibonds : « Vous n'irez pas plus loin. » L'entrechat fait une pirouette,
et s'il ne va plus loin, il s'en console en allant plus haut.

Ce sont les tricornes de l'ordre public qui mettent un frein à la fureur de ces avant-
deux, qui répriment les désordres des chassés-croisés, qui moralisent le galop. Mais
gardez-vous de croire que les tricornes et les étudiants se haïssent entre eux ! Les étudiants savent que si le gendarme est ami de l'homme, ainsi que l'a démontré leur histo-
riographe E. Ourliac, le garde municipal n'est pas féroce. Ils se comprennent et ils
s'estiment : un contact quotidien leur a appris à se connaître, et si les uns savent que la
jeunesse est impétueuse, et que le pied chez elle va plus vite que la tête, les autres consentent à ce que l'autorité en galons orange soit prudente et raisonneuse. La botte forte
et l'escarpin ne sont-ils pas français tous deux ?

Entre chaque contredanse, dans les entr'actes où l'ophicléide chôme, les casquettes
de la Faculté et les bibis de la couture s'échappent bras dessus, bras dessous. Si vous les
pouvez suivre sous l'ombre transparente des allées, vous les verrez bientôt assis devant le

biscuit de Reims de la séduction et le bol de punch de l'amour. Le bol de punch et le biscuit représentent l'espérance ; l'échaudé et le verre de bière représentent le souvenir ; la carte du menu est l'histoire du sentiment. Celui-ci brille à son aurore, et l'autre aspire au crépuscule. Le liquide est un symbole ; il n'y a que l'orgeat et la limonade qui soient exclus de cette synthèse, attendu que la Chaumière a frappé d'ostracisme tous les réfrigérants.

Il est fort peu de magasins de modes qui n'envoie quelque député à la Chaumière ; le corps des lingères y est convenablement représenté par des collerettes du premier mérite. Les vieux étudiants, qui savent que la Chaumière est une île de Calypso où leurs jeunes collègues pourraient s'égarer, ainsi que Télémaque, remplissent volontiers à leur égard le rôle de Mentors. Bien mieux instruits des embûches de l'amour et des ruses de la passion, qu'ils ne le sont du droit romain et du code civil, ils apprennent aux lévites de la Faculté à se méfier des perfidies de la grisette, cette Danaé volage qu'on ne saurait dompter sans une pluie de macarons et de biscuits, de verres d'anisette et de pralines.

La Semaine des amours est un vaudeville qui, avant de faire partie du répertoire du théâtre des Variétés, a été joué mille fois à la Chaumière, et qui certes le sera encore bien souvent. Dans ce pays de cocagne, où la valse fait éclore des rendez-vous sous ses pas, les grisettes s'appellent toutes Élisa ou Eulalie, et les étudiants se nomment invariablement Alfred ou Arthur ; le nom de famille a été rayé par Cupidon ; le niveau de l'égalité a passé sur des générations d'aïeux ; les registres de l'état civil ont été supprimés au profit du calendrier grégorien. Un amant peut-il s'appeler M. Coquenard ? Eût-il été baptisé Timothée, à la Chaumière il se nommerait Oscar.

Lorsque, par hasard, un touriste de la rive droite, égaré vers le Mont-Parnasse, à la recherche de la vérité, fait rencontre d'une grisette, si d'aventure il lui offre une glace pour se rafraîchir, la grisette éblouie cherchera dans sa mémoire quelques lambeaux de mélodrame pour répondre au galant étranger. Bientôt vous la verrez rajuster les plis d'une collerette quelque peu chiffonnée par dix valses, friser l'*accroche-cœur* qu'un galop trop passionné a fait dévier sur la joue, et se poser de trois quarts en agitant l'éventail vert de la modestie, comme une nouvelle Héloïse tendre et sentimentale en face de Saint-Preux en bottes vernies.

Une heure après le touriste apprendra de la bouche d'un de ses amis qu'un prince russe, extrêmement déguisé, se promène dans la Chaumière, et il ne tardera pas à reconnaître que ce prince russe, c'est lui-même.

Si la glace entraîne la principauté, le sorbet vaut un marquisat. On mesure la noblesse au prix de la consommation : on est grand d'Espagne pour un franc cinquante centimes. En pareil cas, la *semaine des amours* dure vingt-quatre heures ; l'hospitalité française ne veut pas que l'illustre étranger puisse dire : « J'ai failli attendre. »

Si de la Chaumière on passe au Ranelagh, la scène change : du boulevard du Mont-Parnasse au bois de Boulogne, il y a toute la différence qui sépare la rive gauche de la rive droite. Là c'était la république des grisettes ; ici c'est le royaume des modernes Aspasies de la nouvelle Athènes : aussi les Périclès en gants jaunes abondent-ils le jeudi soir, entre neuf heures et minuit, dans la salle élégante et fraîche du Ranelagh.

Mais ici la danse n'est plus le but, c'est tout au plus le prétexte. La contredanse est large et espacée ; les lions que les chaleurs caniculaires n'ont pas fait émigrer aux eaux d'Ems ou de Plombières peuvent à l'aise y essayer les pas nouveaux qui feront les délices du grand Opéra au mois de janvier. Les Vestris de l'aristocratie constitutionnelle du café de Paris s'y révèlent à la clarté douteuse des verres de couleur, guidés par l'intelligente approbation des *rats* de la rue Lepelletier. Le long parallélogramme de la salle où siégent

Runer et son orchestre est abandonnée aux visiteurs de passage, aux toilettes timides et innocentes des bourgeoises réfugiées à Auteuil ou à Passy, aux habits exotiques; les adeptes gardent pour eux seuls la rotonde, dont la pénombre mystérieuse protége l'intimité. Là ils dansent et causent en famille. Aucune des Lédas parisiennes dont les Jupiters parlementaires sont occupés à faucher les foins, à sarcler les vignes, à battre le blé, ne manque aux séances hebdomadaires du jeudi. Quant au dimanche, le jour du Seigneur étant aussi le jour de l'épicier, elles l'abandonnent aux caravanes qui pérégrinent en foule hors barrières, et portent ce jour-là le riflard, le pantalon de nankin et la robe de percale au travers de la banlieue.

On chercherait vainement au Ranelagh une nymphe de boutique, une bayadère de comptoir, comme on en voit tant à la Chaumière. Les panthères de la Chaussée-d'Antin seules y foulent le parquet d'un pied dédaigneux. A la façon dont elles frappent le sol du bout de leur brodequin, elles semblent dire : «Ceci est à moi.» Le Ranelagh est aristocrate comme un parvenu; il n'admet que l'écharpe de soie et le chapeau à marabouts; mais en revanche il fait un abus immodéré de la réclame: c'est le docteur Giraudeau de Saint-Gervais des bals d'été.

Si la consommation est le baromètre de l'état social à la Chaumière, c'est au véhicule que les danseuses du Ranelagh mesurent leurs œillades et leurs sourires. On est clerc d'huissier ou marchand de calicot quand on arrive en omnibus; la citadine et le cabriolet de place représentent les vaudevillistes et les coulissiers de la Bourse; on est au moins fils d'un pair de France quand on descend d'une voiture de remise; le groom et le tilbury dénoncent l'agent de change; mais le landau, la calèche, le cocher à livrée et le chasseur vert, indiquent suffisamment un banquier de la rue Laffitte ou un prince régnant de l'Allemagne.

Il arrive quelquefois que des étudiants se donnent, à peu de frais, le plaisir d'être fils de pairs de France, ou comtes du faubourg Saint-Germain, pendant trois heures.

Le Ranelagh est en été l'antichambre de Tortoni et du Café anglais. On ne saurait mieux faire, quand on a beaucoup dansé et beaucoup causé, que de longtemps se reposer; et où peut-on mieux se reposer qu'assis devant un biscuit glacé ou près de délicates friandises? Si les Aspasies du Ranelagh n'ont jamais faim, elles éprouvent toujours le besoin de se rafraîchir, fût-ce même avec une salade de Périgord. D'ailleurs la criminelle conversation est sœur du petit souper.

L'Ile-d'Amour jouit d'une haute réputation dans le monde des faubourgs. C'est la capitale de Belleville, atroce commune où l'on n'arrive qu'après avoir gravi une côte roide et mal pavée. Cette côte est le Calvaire des danseurs. Les grisettes du faubourg Saint-Martin, qui n'ignorent pas que le paradis demeure très-haut, grimpent fort lestement jusqu'à l'Ile-d'Amour, qui est son représentant à Belleville. Cet établissement, essentiellement philanthropique, joint l'utile à l'agréable : le réfectoire est proche du jardin, et l'inamovible salon de cent couverts, où l'on tient cinquante en se serrant un peu, touche à la salle de bal. L'orchestre et la cuisine fonctionnent sans relâche, et loin de se nuire l'un à l'autre, ils se prêtent un mutuel appui; si l'un rend leurs forces aux jambes épuisées, l'autre aiguise l'appétit, et tour à tour ils sont la cause et l'effet. Quand la contredanse a assez mangé, elle se lève de table où la valse court la remplacer, et du potage au chassé-huit, il n'y a qu'un coup de dent et un coup de pied.

Toutes les noces se donnent rendez-vous à l'Ile-d'Amour; l'Hymen se souvient qu'il est frère de Cupidon; il allume son flambeau au feu de la cuisine. Mais si les heureux époux que vient d'unir l'officier municipal s'empresse de célébrer leur bonheur, sur un air de Musard, à l'Ile-d'Amour, beaucoup de fiançailles prennent naissance entre le pas de zéphire et la pirouette. A la Chaumière, on s'aime ; au Ranelagh, ou se fait la cour ; à l'Ile-d'Amour, on se marie : Belleville est une commune matrimoniale.

L'Ile-d'Amour est inabordable le dimanche soir. Le faubourg Saint-Denis, le faubourg Saint-Martin, le faubourg Saint-Antoine, et plusieurs autres faubourgs y dansent de compagnie avec les Parisiens de Belleville : c'est un tohu-bohu étourdissant. Si le bon Dieu apparaissait sur un nuage gris, avec une robe bleu de ciel, tel qu'on le voit dans les tableaux italiens, on ne l'écouterait pas : le seul roi de l'établissement est le cornet à piston ; son premier ministre est le tourne-broche.

L'Ermitage est en grande estime auprès des dames qui se promènent le soir entre la rue Laffitte et la rue Grange-Batelière. L'état social des danseurs n'est pas clairement indiqué ; ils pourraient faire ceci s'ils ne faisaient autre chose ; au demeurant ils ne font rien, mais en revanche ils boivent beaucoup de petits verres. Pour peu qu'on reste un quart d'heure dans l'établissement, on s'aperçoit bientôt que Terpsychore est une femme libre ; elle ne s'amuse guère à régler ses pas ; elle danse à l'aventure, et si la robe trop agitée remonte jusqu'à la jarretière, elle déclare effrontément que c'est la faute de ses jambes et non la sienne. Les cuisinières qui dirigent le pot-au-feu aux environs de la barrière Blanche y viennent en foule le dimanche. Toutes sortes de cochers et de palefreniers les accompagnent, et l'Ermitage, qui est un châlet suisse tout à fait semblable à un jardin français, tremble sur ses fondements.

Le bal du Sauvage est une succursale de l'Ile-d'Amour : on y fait aussi noces et festins, mais sur une échelle plus modeste. Les repasseuses l'ont pris sous la protection de leurs tabliers ; les gantières et les brodeuses ne le dédaignent pas non plus. Les clercs d'huissiers, les commis marchands, les courtauds de boutique, y dépensent gaiement leurs douze heures de liberté.

Après ces bals, il s'en trouve encore une foule d'autres ; mais chacun ne peut avoir une physionomie particulière : ils se ressemblent tous à peu près. D'ailleurs, à Paris, il y a des bals partout : bal de Mabille aux Champs-Élysées, bals à toutes les barrières, bals le long des boulevarts externes, bals par ici, et bals par là. L'été est une longue contredanse en robe blanche. En outre, chaque commune a le sien. Mais, nous devons l'avouer, les fêtes votives sont en pleine décadence, sauf quelques-unes qui luttent bravement à coups d'archet contre le destin. Les bals tombent comme les empires ; l'avenir suscitera un Montesquieu de l'entrechat pour nous en déduire les causes.

Parmi ceux qui soutiennent péniblement le fardeau de leur gloire passée, il faut compter le bal de Saint-Cloud. La fête dure huit jours. Les grandes dames ne dédaignent pas quelquefois de danser sur l'herbe tout à côté des Philis de Meudon.

Les Batignolles aussi n'ont pas assez de quatre ou cinq salles immenses pour contenir la foule des amateurs pendant la fête du mois d'août.

La fête des *Loges* peuple la forêt de Saint-Germain comme le jardin des Tuileries pendant une semaine ; les vieux chênes et les tilleuls parfumés ombragent une foule de Dianes, qui, sous prétexte de chasser les papillons, s'égarent à la suite de beaux Endymions frisés ; le pavillon d'Henri IV est assiégé par des légions de Français affamés, qui, à défaut de la poule au pot, demandent à grands cris des biftecks aux pommes.

Le bal de Sceaux est mort ; mais ne le plaignons pas : il a baptisé un conte qui lui a donné l'immortalité.

On danse à Issy, on danse à Clichy, on danse à Enghien, on danse à Pantin, on danse à Montmartre, on danse à Passy, on danse à Vincennes ; où ne danse-t-on pas ? Et, chose étrange ! il n'y a jamais disette d'Amphions ; les Paganinis à trois francs le cachet foisonnent toujours.

Chaque jour, à minuit, les dix-sept barrières de Paris sont envahies par de longues files de danseurs et de danseuses qui regagnent leurs foyers en chantant Polymnie après Terpsychore. Ceux-là vont en omnibus; ceux-ci vont à pied; beaucoup ne vont pas du tout : l'amour leur a fait commettre trop de libations pour éteindre l'ardeur de sa flamme et du galop.

Tout ce monde-là va à la garde de Dieu; il se confie à la Providence du soin de le ramener chez lui : le plus souvent il y arrive; quelquefois il couche au violon. A mesure que les citoyens joyeux et chancelants passent la grille municipale, les gardes d'octroi facétieux et goguenards se disent entre eux : « Voilà des farceurs qui nous fraudent en dedans. »

A<small>MÉDÉE</small> A<small>CHARD</small>.

LES PASSAGERS.

I.

ᴇ passager, homme fait colis, est pour les marins une marchandise de valeur essentiellement variable, qui tient le milieu entre un ballot de soieries et un boucaut de sucre, et qui mérite, en général, l'étiquette : Fʀᴀɢɪʟᴇ. C'est un lest volant difficile à arrimer, beaucoup plus incommode qu'une cargaison de nègres, un peu moins peut-être qu'un chargement de mulets ; car, s'il a le droit de venir promener ses ennuis sur le pont, comme il le veut et quand il le veut, s'il gêne et encombre à toute heure, il n'est pas nécessaire, par contre, de visiter ses sangles, de lui porter la botte, de le panser, ni de l'étriller. Qu'il ait le mal de mer, qu'il dépérisse par suite des fatigues du voyage, qu'il fasse une chute dangereuse, ses souffrances n'ont rien de commun avec les intérêts de l'expédition : il se traite lui-même tant bien que mal, et ses avaries sont toutes à sa charge.

Nous ne parlerons pas du passager qui se rend de Marseille à Oran, ou d'Alger à Toulon, à bord d'un vapeur : à peine a-t-il eu le temps de prendre un avant-goût des douceurs de la mer, qu'il met pied à terre sur la rive opposée ; autant vaudrait choisir pour modèles le touriste qui traverse le Léman, ou le Parisien endimanché qui s'embarque audacieusement au pont Royal pour débarquer à Saint-Cloud. Celui qui doit poser devant nous sillonne l'Atlantique au moins, et ne s'arrête qu'à New-York ou aux Antilles. Souvent on le rencontre dans l'océan Pacifique et les mers de l'Inde ; il fait voile pour Callao, Bourbon, Pondichéry ; il est complet alors : il a trois ou quatre mois de navigation en perspective; il jouira, à coup sûr, du calme et de la tempête, du vent-arrière et du vent de bout; il aura tout le temps de porter un jugement sur ses compagnons et sur les marins : le portrait qu'il en fera ne sera point flatté.

Mais d'abord, ainsi qu'il y a deux parties dans le navire, l'arrière et l'avant, l'une pour les hauts et puissants seigneurs, le capitaine et les officiers, l'autre pour le menu peuple des gens de l'équipage; de même, il y a deux espèces de passagers, ceux de la *chambre,* qui profitent en apparence de tous les priviléges aristocratiques, et ceux du *pont,* traités en parias, même par les simples matelots.

A la première catégorie appartiennent certains curieux qui brûlent de voir le nouveau monde, les forêts vierges, les sauvages, les jeunes civilisations, etc., etc. Bonnes âmes ! ils partent dans l'espoir de découvrir des merveilles, qui se réduisent à des crampes d'estomac et des bâillements incommensurables. A leur arrivée, rien ne répond à leur attente : ils reviennent au plus vite, et se dédommagent de leurs déceptions par les plus étonnantes relations de voyage. Cette classe de passagers disparaît malheureusement de jour en jour; les bords lointains sont démonétisés et rebattus; mais, longtemps encore on peut compter sur les neveux d'oncles d'Amérique, qui volent à la conquête d'un problématique héritage, et sont heureux de regagner tristement la vieille Europe, après avoir dissipé leur petit avoir en courses pénibles à travers les mornes et les plantations de caféiers. Toutefois, le plus grand nombre des passagers de l'arrière se compose de familles créoles, d'employés du gouvernement, et de voyageurs pour affaires. Ces derniers, surtout, abondent sur les bâtiments du commerce : ils font entrer dans leur marché la close d'emporter avec eux une mesquine pacotille, base de leur fortune à venir; ils s'intitulent négociants, et ne parlent que de leurs vastes spéculations. Leur conscience est si large, qu'on en voit toujours réussir quelques-uns; les autres meurent de misère, ou par euphémisme, de la fièvre jaune, à moins qu'ils ne se fassent enterrer tout vifs dans les geôles d'outre-mer. Dans les colonies, on désigne ces chevaliers d'industrie sous les noms peu flatteurs de *petits blancs* ou de *banians* (expression empruntée à la caste commerçante des Hindous).

Les passagers du pont, confondus pêle-mêle avec l'équipage, sont tous des malheureux qui abandonnent l'Europe, et se mettent à la poursuite de la richesse sur la foi des *on dit* populaires. Les uns, ouvriers inhabiles, espèrent tirer plus facilement parti de leurs bras en pays étrangers; d'autres, cultivateurs venus des bords du Rhin, s'expatrient avec leurs familles, pour aller défricher des terres souvent chimériques; d'autres, enfin, aventuriers du plus bas étage, malgré leur pauvreté absolue, se bercent de folles espérances, et rêvent de millions dans la toile grossière de leurs hamacs.

Si ce n'est sur les grands paquebots transatlantiques, véritables paradis du voyageur maritime, le passager n'est qu'un accessoire, un casuel. On l'exploite; il reçoit une nourriture aussi maigrement départie que grassement rétribuée, et s'il s'en plaint, il doit s'attendre aux faux-fuyants traditionnels.

«Que voulez-vous, mon cher ami, lui répond bonnement le capitaine, j'en suis tout aussi contrarié qu'un autre; mais nos volailles sont mortes les premiers jours, pendant que vous étiez *à la cape, comptant vos chemises,* comme on dit; les pauvres bêtes ont eu le mal de mer : qu'y faire? Prenez-en votre parti gaiement; nous avons du lard et du bœuf salé à discrétion, et les vivres frais ne nous paraîtront que meilleurs en arrivant. A la guerre comme à la guerre ! voilà mon refrain.

— Il est gracieux, votre refrain ! Encore si l'on pouvait dormir à votre bord : j'ai une gouttière qui coule dans ma couchette toutes les fois qu'il pleut ou qu'on lave le pont; faites-moi donc arranger cela, je vous prie.

—Dans les pays chauds, les coutures bâillent toujours un peu : mettez votre manteau ciré sur vous pendant la nuit ; d'ailleurs , je vais essayer de vous éviter ce petit désagrément. »

Le capitaine, en effet, donne l'ordre à son charpentier-calfat de faire en sorte que le réclamant ne soit plus arrosé pendant son sommeil.

L'unique résultat de cette opération est un déluge pour la nuit suivante. Le lendemain, même plainte :

« J'ai fait de mon mieux et n'ai pas réussi, reprend l'impassible marin ; patientez, mon cher, en arrivant là-bas, je ferai calfater tout mon pont.

— C'est consolant ! Quand je serai débarqué, je me soucie bien que vos coutures crachent ou ne crachent pas. »

Le passager, mal couché, mal nourri, sans occupations, sans distractions, porte son désœuvrement comme un ver rongeur, de sa cabane sur le pont, et du pont dans la grand'chambre ; il maudit le navire, le capitaine qui lui avait promis du comfortable, les officiers qui le raillent sur ses infortunes, en le félicitant de n'avoir pas de quart à faire, et d'être à bord comme un coq en pâte. Il jure contre le calme, qui recule le terme du voyage ; il déteste le vent variable, qui force à manœuvrer, et oblige à se défier de toutes les cordes comme d'autant de piéges ; il exècre la fraîche brise, qui rend la promenade impossible. Le passager n'acquiert le pied marin qu'après dix accidents qui lui valent autant de nouvelles plaisanteries. — A table , il oublie sans cesse qu'il est à bord , il ne tient pas son assiette à la main, elle glisse et lui échappe ; il ne sait pas garder l'équilibre sur sa chaise, il tombe et roule avec elle ; s'il se lève par un mouvement brusque, il se heurte violemment le crâne contre les *baux*. — Pendant les premières semaines , sa vie matérielle n'est que plaies , bosses et contusions. Il né trouve aucune compassion chez qui que ce soit , et ses confrères d'infortune sont les plus impitoyables du moment où ils commencent à s'amariner. Alors naissent les dissensions intestines. L'autorité du capitaine intervient : nouvelle contrariété ! on n'a pas même la liberté de se quereller à son aise. Arrive le jour du passage de la ligne ou du tropique : notre malheureux voyageur doit se résigner à être rançonné, et bafoué plus que jamais ; il est livré comme un jouet aux grossiers loustics du gaillard d'avant ; tous, jusqu'au dernier mousse, veulent se vanter de lui avoir servi quelque plat du métier : il est blanchi, noirci, poudré, graissé, goudronné, aspergé à l'envi. Et puis le moyen de dissimuler un ridicule à une troupe d'oisifs qui n'ont rien de mieux à faire que de s'observer les uns les autres. Il y a toujours quelques bonnes langues qui devinent ou inventent vos antécédents, pour les révéler à qui veut les entendre, le tout assaisonné d'anecdotes et de quolibets incisifs. Parmi ces coureurs d'aventures qui forment une si grande partie de la caravane, il s'en trouve nécessairement plusieurs qui ont déjà traversé la mer nombre de fois , et prennent avec vous le ton tranchant de commis voyageurs et d'habitués. Ceux-là possèdent une admirable aptitude à faire ressortir vos petites manies, et s'empressent de les divulguer à tous les hôtes du bord. Les mauvais plaisants ont beau jeu ; malheur à vous , si vous n'avez la repartie vive et mordante, car vous devenez plastron jusqu'à la fin du voyage , et vous aurez surtout à redouter la verve malicieuse des passagères.

La présence de ces dernières à bord donne fréquemment lieu à des épisodes qui rompent la monotonie du voyage. Les âmes sensibles, du reste , ne sont pas très-rares sur l'Océan : la modiste , l'actrice, la chanteuse, exportent volontiers leurs talents et leurs charmes jusque par delà les tropiques ; et l'on conçoit que les cœurs dilatés par trente et quelques degrés Réaumur doivent être d'une expansion proportionnée à l'intensité de la chaleur.

A cinq cents lieues de terre, une jolie femme qui monte et descend familièrement les échelles, qu'on voit à chaque instant, qui a sans cesse besoin d'appui et de protecteur, est une tentation à laquelle les mieux *doublés et chevillés* ne peuvent résister longtemps. Les marins ont l'avantage du terrain, mais les passagers ont pour eux le port d'arrivage. Les Olympias et les Amandas hésitent entre le présent et l'avenir. Il est doux, sans doute, d'être sous l'égide dominatrice d'un des officiers pendant la traversée ; mais qu'il serait agréable aussi d'avoir un *cavalier servant* dès le débarquement à Rio-Janeiro ou à Calcutta ! Le bâtiment repart, mais le passager reste. Toutefois, si le capitaine est jeune et se met sur les rangs, il l'emportera dans cette joute. Lors, cancans de germer, pousser, grandir, fleurir, et s'épanouir de toutes parts. Quel bonheur pour les rivales et les vieilles d'avoir découvert le nœud d'une intrigue et de crier au scandale ! Un bâtiment, avec sa population nomade de voyageurs, d'employés, de banians et de marins, est une ville de province comprimée à la machine hydraulique. L'on a vu certains petits romans maritimes se dénouer, comme au vaudeville, par l'union assortie d'un aventurier et d'une aventurière ; parfois, comme des mélodrames, par un cartel sanglant ; mais plus souvent tout s'arrange à l'amiable, et se termine à l'hôtel de France, rendez-vous célèbre des commis voyageurs gastronomes. Compatissons néanmoins au sort des infortunés qui charroient avec eux leurs familles aux parages lointains : le passager, par lui-même, est déjà fort à plaindre ; mais il devient le plus misérable des mortels quand il doit veiller sans relâche sur des êtres plus faibles et plus fragiles que lui-même. Il ne lui reste, hélas ! que la triste consolation de s'écrier :

> *O fortunatos nimiùm sua si bona nôrint*
> *Agricolas !...*

ou bien :

« O que troys et quatre foys heureux sont ceulx qui plantent choulx ! »

Sur le gaillard d'avant, les mêmes situations se reproduisent, mais les plaisanteries sont plus énergiques et les rivalités plus franches : les coups de pied et coups de poing se substituent naturellement aux pointes et aux calembourgs. En butte à l'humeur brutale des matelots, le passager du pont subit à bord les tortures d'un purgatoire, et achète par de rudes épreuves le droit d'aller végéter à l'autre extrémité du monde.

II.

Jusqu'à présent nous n'avons vu les passagers qu'à bord des bâtiments marchands, où l'on compte sur eux comme sur un complément nécessaire de cargaison. Leur présence y est calculée. Le capitaine sait qu'ils seront nombreux, et qu'ils doivent s'attendre, pour leur argent, à quelques-unes des commodités de la vie. Il n'en est pas ainsi sur les navires de guerre, où ils n'apparaissent ordinairement qu'en minorité, exceptionnellement, toujours par ordre ou par faveur, jamais à leurs frais. Embarqués en vertu des dispositions de l'autorité maritime, ils ont une assimilation à bord, et s'y trouvent soumis au régime militaire. Ainsi, mis à la suite des simples matelots, ils sont traités comme eux ; imposés aux élèves, ils habitent leur poste étroit ; dévolus aux officiers, ils semblent partager tous leurs priviléges, et vivent dans le carré. Les grands personnages, ou les plus protégés, sont *passagers du commandant,* ont droit à sa table, et jouissent d'un logement particulier, qu'on leur improvise dans quelque partie du bâtiment.

Les passagers des vaisseaux de l'État sont le plus souvent des militaires qui campent là, chacun suivant son grade, se plaignant sans cesse de leur position, et n'aspirant qu'à débarquer. Les marins, de leur côté, sont peu jaloux de pareils hôtes, et considèrent le transport des troupes comme une corvée affreuse.

L'équipage, déjà trop resserré pour avoir les coudées franches, n'accueille pas de bon cœur ce surcroît de population étrangère aux us et coutumes du bord. *Des soldats! des fainéants! des tourlourous!* race maladroite et gênante, qui a le mal de mer, et donne un supplément d'ouvrage par sa malpropreté, qui se roule sur les ponts, et fait obstacle à la libre circulation, qui est bruyante par nature, et attire souvent des punitions générales. Pour une traversée de quelques jours, le matelot se console encore en flibustant les quarts de vin du *piou-piou;* mais dans les longs voyages, lorsqu'il s'agit, par exemple, de renouveler les garnisons des Antilles, le *troupier s'amarine,* et devient bientôt capable de réclamer énergiquement ses droits.

Beau-Soleil s'avance avec dignité vers *père la Chique,* et l'aborde sous le petit gaillard d'avant; les soldats et les matelots font cercle autour d'eux:

«Il paraîtrait, marin, dit le militaire en retroussant sa moustache, il paraîtrait que, trouvant votre ration d'eau-de-vie insuffisante, vous vous êtes permis de faire *obliquer* la mienne à votre profit. Je ne souffrirai pas plus longtemps ces licences impolies; on ne me *mécanise* pas comme un conscrit, entendez-vous!

—Qu'est-ce qu'y nous chante, ce *pousse-caillou* ici! Ton boujaron de *croc,* c'est vrai, il est entré sans louvoyer dans mon pertuis aux légumes; pour l'instant, il est arrimé dans ma soute aux vivres; mets tes lunettes, et vas-y-voir!»

(Gros rires parmi les matelots, sourds murmures chez les soldats.) Les deux camps s'observent et se menacent du regard; mais les marins sont sur leur élément, ils auraient une supériorité trop marquée en cas de rixe; *Beau-Soleil,* d'ailleurs, est esclave de la consigne, et ne se bat jamais à coups de poing.

«Assez causé! *goudron,* vous me rendrez raison de ces insolences à Fort-Royal; en attendant, je vais porter plainte à l'officier.»

La Chique hausse les épaules avec mépris.

«Des *cabillots* comme çà, çà parle de raison! D'un revers de main, je gage d'en *amurer* douze, et le treizième avec!»

Cinq minutes après le gabier achève ses réflexions aux fers. Mais aucun des troupiers ne dormira de la nuit; on les arrose, ou on les transfile pendant leur sommeil; leurs hamacs sont brusquement décrochés par les pieds; et le lendemain, à dîner, tous les bidons militaires sont mis à sec, comme la mer Rouge, par les Moïses en paletot.

L'autorité du bord se voit forcée d'intervenir sérieusement; l'équipage et les passagers sont rassemblés: le second fait un discours menaçant d'abord, mais dont la péroraison pathétique rappelle la caricature de Chauvin.

«Plus de dissensions! plus de querelles! s'écrie-t-il; souvenez-vous bien que vous êtes tous *Français* et serviteurs de la *France!* montrez-vous dignes de ce titre glorieux par votre accord et votre union, et...

Garde à vous, équipage!

Par le flanc droit et par le flanc gauche

(*Face à l'avant*)

Droite! Gauche!

Rompez vos rangs!— Marche!»

Les tambours battent la breloque, et la paix est rétablie jusqu'à la première occasion.

Sur l'arrière, il n'est pas aussi facile d'entretenir la bonne intelligence. Les officiers passagers sont exigeants, ceux du bord mal disposés à faire des concessions; une froideur étudiée règne dans leurs relations réciproques. Souvent on échange des paroles mordantes, et parfois des coups d'épée à la fin du voyage. L'hospitalité des officiers de marine, si agréable dans les relâches, est toute autre en pleine mer : fatigués d'avoir des témoins de leur vie privée, ils ne supportent pas qu'on se croie à bord des droits égaux aux siens, qu'on s'immisce dans leur coterie, et qu'on rompe le cercle de leurs habitudes.

Nous devons signaler, cependant, une espèce de passagers avec lesquels il leur est donné de sympathiser. Ces privilégiés sont les artistes, qu'ils se plaisent à recevoir cordialement, et qu'ils admettent volontiers dans leur intimité. Le porte-voix et le hausse-col ont une admirable affinité pour les brosses et la palette.

Pour les voyages autour du monde, l'on embarquait toujours autrefois quelque méchant preneur de croquis, emphatiquement désigné à bord sous le nom d'*artiste*. L'épithète fit fortune parmi les marins, et depuis ils l'appliquent indifféremment aux dessinateurs, aux peintres, aux littérateurs, aux naturalistes, aux savants, à tous les hommes spéciaux enfin, devenus auxiliaires obligés d'une expédition de quelque importance. Une campagne de découvertes ou d'explorations, une campagne belliqueuse même, ne s'entreprennent plus aujourd'hui sans artistes. Ceux-ci constituent donc une classe de passagers assez nombreuse pour mériter une mention particulière; et d'ailleurs ils ne ressemblent en rien au vulgaire des voyageurs par mer. Le vaisseau n'est pas uniquement pour eux une diligence qui doit les porter à destination, une table d'hôte qui doit les nourrir : ils s'intéressent à lui, et bien qu'étrangers à son administration et à ses manœuvres, ils prennent une certaine part à l'action générale. Ils ne se bornent pas à faire une seule traversée, et lorsqu'ils débarquent, qui à Cadix, qui à Rio-Janeiro, ils sont considérés comme des membres de l'état-major détachés à terre, et sur lesquels on compte pour le prochain appareillage.

En rade de France, si les officiers d'un bâtiment prêt à mettre sous voiles apprennent que des artistes doivent faire la campagne, un hourra de joie retentit dans le carré : «La mission ne peut être qu'intéressante, l'on ira dans des parages curieux et peu connus; évidemment on sortira de la routine habituelle de la navigation.» Aussi l'on décrète à l'unanimité de fêter les nouveaux venus dès qu'ils paraîtront.

Tandis que les passagers ordinaires fatiguent par leur air ennuyé et leur mauvaise humeur, les artistes, charmés de l'accueil qu'ils reçoivent, s'identifient avec le navire, et sont favorables, sans même s'en douter, au maintien de la bonne harmonie. L'attention de leurs commensaux se porte nécessairement vers le sujet qui les amène. Les discussions d'usage, presque toujours arides, et souvent acerbes, font place à d'intéressantes dissertations; les officiers s'enflamment pour des connaissances nouvelles, se déclarent disciples de l'ami commun, et se proposent de coopérer à ses travaux. La satiété, du reste, n'a pas le temps de détruire ces bons effets, car l'artiste ne vit réellement à bord qu'en pleine mer, et abandonne le bâtiment dès qu'on jette l'ancre. Il n'a ni chefs, ni subalternes, et pourtant il jouit du droit de cité maritime. Les officiers sont ses camarades, le commandant a des égards pour lui, les élèves n'ont aucune raison de lui en vouloir, et les matelots en font grand cas, sans savoir au juste pourquoi. Cependant, si vous les poussez de questions : «Y a-t-apparence, vous dira quelque vieux de la cale, que c'est un malin, un soigné, vu qu'on nous l'a z'envoyé de Paris, par rapport qu'il en sait long sur son article, pire qu'un docteur. Et malgré ça, il n'est pas fier cet homme : il vous blague comme un autre quand il vient devant allumer sa pipe, et il semble un vrai matelot, pas plus gêné que moi z'à bord. »

Au retour à Brest ou à Toulon, les membres de l'état-major se réunissent pour traiter une dernière fois leur compagnon de voyage. Ils lui promettent tous solennellement d'aller le voir à Paris, et n'ont garde d'y manquer s'ils peuvent obtenir un congé. Plus tard, ils parlent complaisamment de leur expédition artistique, la rappellent à tout propos, et se vantent d'avoir fait campagne et d'être intimement liés avec ***, *un de nos plus célèbres contemporains.*

G. DE LA LANDELLE.

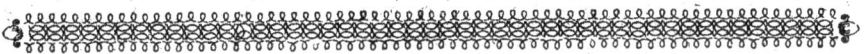

L'ÉTUDIANT EN VACANCES.

L arrive une époque dans la vie de l'étudiant où les bancs de la Faculté, de la Sorbonne, du collége de France, commencent à lui paraître extrê- mement durs ; où les cours des professeurs, quels qu'ils soient, n'ont plus aucun sens pour lui ; où le café lui-même et les autres passe-temps du pays d'outre-Seine ont perdu à ses yeux toute espèce d'attraits : c'est d'ordinaire lorsque l'étudiant a assez de science et n'a plus assez d'ar- gent, c'est-à-dire un ou deux mois avant la fin de l'année scolaire. Toujours en avance de quelques mois sur son budget, l'épuisement de ses ressources supplémentaires lui donne le signal de la retraite ; en général, les vacances s'ouvrent pour l'étudiant quand le crédit se ferme.

A la manière dont il fait sa malle pour entrer en diligence, on peut juger des disposi- tions qu'il apporte en province : il met en relief, sur le premier plan, tous les bons livres qu'il compte repasser dans les moments de loisir créés par les vacances ; au fond, tous les mauvais habits qui doivent déposer de son penchant à l'économie pendant son séjour à Paris ; il a soin de ne rien introduire de suspect dans l'intérieur de sa valise, ni romans nouveaux, ni pantoufles, ni éventails, ni fichus, ni bonnets de dentelles ; il n'y a rien dans sa malle que des vêtements d'homme, encore cet homme est-il un étu- diant usant tout à fond : un cœur nœuf et des habits mûrs, voilà ce qu'il rapporte en province, avec sa feuille d'inscription à moitié remplie.

Les vacances sont nécessaires à l'étudiant comme le code civil, comme la liberté illi- mitée de Paris. Les vacances ne sont cependant pas la liberté ; n'importe ! il les accepte comme une halte au milieu de la course échevelée qu'il accomplit à travers les ambages et les difficultés du droit romain, comme une diversion utile à des études anatomiques trop prolongées. L'étudiant sait s'astreindre à tout ce que la Providence ou sa famille exige de lui ; il n'est pas prouvé qu'il désire les vacances, mais il a soin de s'y con- former.

Une fois ce principe admis et passé même en application , le cœur de l'étudiant s'ouvre comme un autre aux douces émotions , aux joies de la campagne et de la famille ; le voilà prêt à tirer un voile sur la vie de Paris et à vivre de celle de province , sauf à n'exister qu'à demi ; faisant de nouveau connaissance avec ceux de ses proches qu'il a mis en oubli, et qu'il retrouve à son arrivée , disposés à ne lui épargner ni les embrassades , ni les compliments , ni les invitations , ni les demandes , ni les réponses , qui signalent son introduction à la vie de province.

L'arrivée de l'étudiant donne généralement le signal de tous les banquets , de toutes les parties de chasse , de pêche ou de boston qui doivent embellir son séjour et composer cette somme de jouissances modestes qu'on nomme *les vacances.* Toujours sûr d'être heureux , il ne lui manque guère que de connaître son bonheur, et de laisser ignorer celui dont il a joui ailleurs. Ce n'est pas qu'on ne fût bien aise d'en être informé , car, Dieu merci , la curiosité est une faiblesse chez les provinciaux comme chez les Parisiens ; mais il est des choses qui ne veulent être confiées qu'à ceux qui les connaissent. Un étudiant qui arrive en vacances a soin de ne satisfaire qu'imparfaitement la curiosité pour ne pas l'effrayer ; il se tait en général sur ses bonnes fortunes , sauf à s'en laisser attribuer qu'il n'a jamais eues : c'est un genre de fatuité qui lui réussit sans le compromettre ouvertement. S'il vante quelque chose , c'est la vie calme et aisée, le bonheur tranquille dont il est appelé à jouir pendant un trimestre. Il se hâte d'être heureux à la façon des provinciaux pour ne pas être soupçonné de regretter Paris ; dût-il succomber à l'excès de son bonheur, il s'acquitte à merveille de celui que les vacances lui imposent.

Dès le second jour de son arrivée il a déjà fait une visite au maire , à l'adjoint , au curé de la commune : c'est le moyen de vivre bien avec tout le monde ; d'ailleurs , sa famille exige qu'il rende des visites , et il va lui-même au devant des vœux de sa famille en allant au devant des autorités de l'endroit.

Les uns le trouvent charmant parce qu'il rapporte quelque chose des manières de Paris, les autres, parce qu'il a conservé une teinte de celles de la province ; tous se le disputent avec un formidable empressement. Un homme a beau arriver de Paris, il ne peut être en même temps à tout le monde, surtout s'il aime la solitude.

Il faut considérer les vacances comme un état transitoire et mixte qui établit l'étudiant sur un pied de demi-bien-être, de demi-confiance, de demi-liberté.

Il s'assied au banquet de famille, et il y dîne mieux qu'à Paris ; en revanche il n'éprouve aucune de ces agréables privations qui se compensent par des distractions artistiques en harmonie avec ses goûts et ses habitudes. Un dîner à plusieurs services, sans café ni eau-de-vie, sans cigare surtout, c'est celui de la famille ; en famille le cigare est prohibé. En partant de Paris l'étudiant y doit laisser ses affections, sauf à s'en créer de plus légitimes en province.

Ce cas prévu de longue main ne laisse pas de se présenter comme par hasard ; les nouvelles passions ont toujours quelque chose qui surprend ; toutefois, le bonheur improvisé qui l'attend en province demande quelques préparations.

Il est entré tout d'abord dans un système de capitulations de conscience qui l'ont amené à se séparer de tous ses défauts. De quelque part qu'il arrive, il se présente naturellement comme un homme primitif qui vient de revêtir la robe prétexte ; et de fait, peut-être est-il innocent à son insu. Ce n'est pas qu'en général on ne se défie beaucoup en province d'un Parisien, d'un étudiant surtout ; mais peut-être on s'en défie trop. Les provinciaux ont une imagination qui va toujours au delà de la réalité : on s'était attendu à trouver dans l'étudiant en vacances un perfide débauché, on finit par l'accepter comme quelqu'un d'assez accompli, et qui, à l'exagération près, a tous les goûts d'un homme positif ou d'un provincial. Après une sorte d'initiation qui consiste à s'étudier de part et d'autre sans parvenir à se connaître, on s'accepte comme on s'est toujours connu, et l'étudiant en vacances reste le fils de son père et le prétendu de sa cousine. A cette époque on en permet la vue aux demoiselles à marier, et il ne manque jamais de se la permettre à son tour et d'en profiter.

Alors seulement commence sans arrière-pensée cet échange de plaisirs, ces rapports sociaux qu'on peut appeler la vie de vacances. En province comme ailleurs il n'y a que le premier pas qui coûte, et il coûte même beaucoup moins qu'à Paris, parce que là, d'ordinaire, ce premier pas n'est jamais que le second.

L'étudiant, soupçonné d'abord d'un peu de sauvagerie, s'est peu à peu acclimaté à la province ; il a fait par système, par nécessité, le sacrifice d'une partie de ses goûts, de ses affections les plus chères, dont la principale se résume par un amour exagéré de l'indépendance ; on le trouve maintenant galant et empressé auprès des dames et même des demoiselles : ce sacrifice produit beaucoup et ne lui a presque rien coûté. Il assiste religieusement à toutes les cérémonies de famille, où il ne se fait pas remarquer par une originalité trop prononcée ; en revanche il est fort aimable, ce qui est toléré même en province.

Presque toujours l'étudiant arrive en vacances avec le projet de travailler beaucoup, et cette résolution s'explique par le peu de temps qu'il a consacré au travail pendant le temps des cours ; mais ses beaux projets finissent par se résumer par quelques bonnes parties de campagne, s'il habite une petite ville, ou de ville s'il habite la campagne. Ceux qui s'ennuient viennent le chercher ; ceux, au contraire, qui ont formé le projet de s'amuser ne sauraient le faire sans lui. Avouer aux uns et aux autres qu'on a beaucoup à étudier, ce serait se compromettre, et s'il est un temps où il ne soit pas permis à l'étudiant de l'être, ou de passer pour tel, c'est surtout celui des vacances ; d'ailleurs, il a assez pratiqué la province pour se convaincre qu'il ne faut pas avoir beaucoup étudié pour être savant ; il finit par se persuader qu'il ne faut rien faire à contre-temps, et que les vacances ont été créées pour se reposer, surtout si l'on a eu longtemps le malheur de ne rien faire, ce qui suppose toujours une double fatigue au bout de l'année.

L'étudiant plaît aux chasseurs de l'endroit parce qu'il est bon tireur et coureur intrépide ; il plaît aux politiques parce qu'il parle de tout avec sang-froid, éloquence et impartialité, parce qu'il affirme avoir touché la main à M. O. Barrot ; aux lettrés, pour avoir fréquenté le café Procope et causé avec M. de Sainte-Beuve ; aux douairières, pour avoir été salué, sur le chemin du bois de Boulogne, par S. A. R. mademoiselle Adélaïde ; il plaît à une jeune personne par une de ces lois bizarres de sa destinée que rien n'explique ; et, en vérité, qu'a-t-il de mieux à faire que d'être agréé par tout le monde ?

Il est des préventions dont on est revenu à son égard ; il en est d'autres dont il revient à l'égard de beaucoup de monde ; il finit par se convaincre de cette vérité, qui est comme la synthèse de ses études : « Il y a des honnêtes gens partout, même en province. » Au bout d'un mois, le succès de l'étudiant en vacances n'est pas encore épuisé ; alors, au contraire, commencent à se former entre lui et ses principaux hôtes ces amitiés solides qui impriment le dernier sceau à une destinée ; il est décidé que l'étudiant viendra s'établir dans le pays et qu'on lui en rendra le séjour agréable, et ses hôtes ont déjà commencé.

Les jours s'écoulent sans se ressembler entre plusieurs parties de chasse et autant de repas splendides ; il se trouve que l'étudiant ne s'est jamais tant réjoui que depuis qu'il mène une vie d'anachorète. L'art avec lequel les provinciaux s'approprient cette chose après laquelle tout le monde court, le plaisir, qu'on croit à Paris lorsqu'il est en province, *et vice versa*, est un des sujets de l'admiration secrète de l'étudiant. Ce vin de Champagne, que Paris vend si cher et qu'il falsifie tant, en province on le boit comme de l'eau ; à la seconde ou troisième bouteille il jure de ne jamais s'établir ailleurs.

Soit qu'il *s'encroûte* en province et qu'il tourne au juge de paix, soit qu'il fasse une étude comparée de l'homme dans les deux états de provincial et de Parisien, il est de fait qu'il se guérit d'une foule de préjugés dont notre orgueil national grève la province. L'étudiant en vacances récapitule avec maturité et sang-froid les avantages de la vie de petite ville, ou ce qui revient au même les désagréments de la vie de Paris ; il se rappelle la dureté des créanciers, la légèreté des femmes, la mauvaise foi des restaurateurs, et les exigences des maîtres d'hôtels garnis ; il finit par conclure ainsi : « J'habiterai la province où, pour n'être pas inquiété sur le prix de mon logement, j'aurai une maison à moi. » Il s'était posé les vacances comme un mois ou deux à passer ; il va maintenant jusqu'à trouver que les vacances sont bien courtes pour les passer en province ; il est vrai qu'il a savouré en peu de temps les loisirs de la vie champêtre : chasser, boire, manger, être amoureux, c'est pour cela qu'il désire faire de sa vie des vacances perpétuelles. Il se hâte de quitter son Eldorado avec l'intention secrète de ne le jamais perdre de vue.

L'étudiant qui va en vacances est par cela même à moitié sauvé ; il ne tarde guère à devenir l'élu de la province et à s'y installer en qualité de médecin, d'avocat, ou de substitut du procureur du roi, en attendant que le moment soit venu d'être quelqu'un ou quelque chose ; car la province est une pierre d'attente jetée dans la vie de l'étudiant. Vulgairement un bon mariage est le couronnement de l'œuvre. Quant à celui pour qui les vacances n'ont pas été faites, il ne manque jamais de faire fortune ou de se noyer dans cet océan sans limites qu'on nomme Paris.

L. Roux.

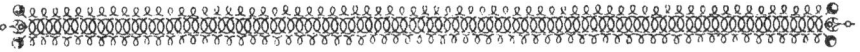

LES BALS D'HIVER.

 E bal n'aime pas l'automne, car l'automne est une saison mixte qui ne réveille de sympathie qu'au cœur des poëtes et des chasseurs; c'est le temps des dithyrambes et des perdreaux. Les gourmets aussi la tiennent en quelque estime à cause des cloyères d'huîtres que le mois de septembre laisse tomber des pans de sa robe tachée de vin. Les nuits ont déjà la froide humidité de nuits d'hiver, et les horizons conservent encore les teintes splendides de l'été. L'automne est l'Androgyne des saisons.

Les jeunes femmes qui s'exilent à la campagne, sous prétexte d'admirer les soleils couchants, et de rêver au bord des lacs bleus, sous l'ombre tremblante des saules, mais en réalité pour rétablir l'équilibre dans la balance du budget; les étudiants qui émigrent vers de lointaines sous-préfectures, l'esprit léger comme la bourse, en fredonnant:

Quand on n'a plus d'argent,   On retourne gaiement
Et qu'on ne sait que faire,   Chez son cher homme de père..

sur un air bien connu de toutes les Facultés; les touristes qui s'échappent de Paris pour fuir les nuées de provinciaux qui s'abattent comme des sauterelles sur l'asphalte des boulevards, et dont les promenades sont des retraites : tous ces gens-là attendent impatiemment que le soleil se soit barbouillé de brouillards, et que le ciel ait roulé sur son azur le manteau sombre des tempêtes, pour regagner au plus vite le chemin des barrières parisiennes.

Ceux qui ne reviennent pas sont des malades incompris qui, chaque année, en mémoire de M. de Millevoye, se font un devoir d'expirer, bon gré mal gré, par dévouement poétique, au mois d'octobre ou de novembre.

Le bal rentre avec ce monde-là. Les étudiants se hâtent de rallumer leur pipe universitaire avec les lettres d'amour de *l'ancienne;* les célibataires, qui, par leur âge, sont inscrits sur les contrôles de la garde nationale mobile, s'empressent de courir chez les créateurs de la mode, en attendant d'être appelés sur les bords du Rhin; les femmes demandent à Gavarni le dessin d'un nouveau travestissement, ou taillent en pleine soie le domino perfide et noir; et tous voudraient rayer de l'almanach les semaines qui les séparent encore du jour des Rois, ce jour qui est le premier de la session carnavalesque, ce jour qui n'est plus celui des rois, mais celui des danseurs.

Les débardeurs ont succédé aux mages.

Tous les orchestres disséminés dans la banlieue, du Ranelagh à Pantin, ont concentré leur artillerie de cuivre, trombones, ophicléides, cornets à pistons, dans l'enceinte de

Paris, *intrà muros;* les ménétriers s'installent aux angles des carrefours; les orgues de Barbarie pérégrinent à travers les rues; la foule des quatrièmes grands prix du Conservatoire erre le long des arrondissements, tapant du piano, raclant du violon, soufflant de la flûte, afin de mettre à la portée des bourses les moins favorisées par le destin les valses de Strauss et les contredanses de Musard. C'est un tohu-bohu musical qui saute aux jambes et fait pirouetter le public malgré lui. Le vertige s'empare des familles, la tête tourne aux maisons; Paris s'ébranle, et un bal gigantesque qui se fractionne en mille bals fait tourbillonner la capitale du monde civilisé et le peuple le plus spirituel de la terre, pendant quarante jours et quarante nuits. Le carnaval dure, en moyenne, autant qu'a duré le déluge; la ville est folle, le peuple est gris. C'est une pierrette au bras d'un balochard.

Le grand Opéra étant un théâtre royal, les bals du grand Opéra sont forcément des bals royaux : ce serait donc un crime de lèse-majesté que de ne pas commencer notre étude physiologique par les bals de l'Académie royale de musique. Rendons à César ce qui est à César, et à M. Léon Pillet ce qui lui est dû.

Jadis, avant M. Duponchel, les bals de l'Opéra étaient simplement masqués : aujourd'hui ils sont masqués et parés. Les femmes ne pouvaient y paraître qu'en dominos, et les hommes qu'en habits, tous plus ou moins noirs; maintenant, les fils et les filles d'Adam sont libres de s'y montrer sous n'importe quel costume; au besoin même, sans aucune espèce de vêtement, si ce n'est cependant la ceinture primitive et la croix d'honneur; tous les costumes sont égaux devant la rue Lepelletier.

Au temps où l'habit noir régnait sans partage, comme un prince absolu, la contredanse était bannie du grand Opéra, la valse ne pouvait en franchir les portes, et le galop expirait au seuil du lieu saint. Que les temps sont changés! ainsi qu'un hourra de Cosaques, les adeptes du cancan ont fait irruption dans le temple; d'un bond ils ont parcouru l'espace qui sépare la rue Vivienne de l'Académie royale, et, conduits par Musard, ils ont pris d'assaut l'orchestre d'Habeneck. Aujourd'hui l'enceinte immense du grand Opéra se divise en deux royaumes, la salle et le foyer. Là-bas on danse, ici on cause. Le domino et l'habit se sont réfugiés sous l'horloge. Mais la salle n'est pas toujours assez grande pour contenir la foule bruyante des conquérants; souvent un *pulck* de débardeurs s'échappe dans un entr'acte, grimpe l'escalier, traverse les couloirs, et se précipite tête baissée au milieu du foyer, qu'il fend comme une vague. Les corridors sont des territoires contestés où chacun passe ou stationne à l'aventure; frontières étroites et mal gardées, elles sont exposées aux attaques turbulentes des laitières et des camargos, aux pirateries des lions, qui campent volontiers sur ce terrain dangereux.

A minuit, le gaz étincelle dans le silence et la solitude; mais à deux heures, la foule monte et descend, passe et revient, ondule et tourbillonne; le bruit éclate, l'orchestre retentit, le galop s'ébranle, les escaliers versent incessamment des flots de curieux; les masses se pressent, se heurtent, s'entassent, le foyer s'emplit, les couloirs débordent, les loges se gonflent à faire craquer les cloisons, mille têtes se penchent autour du cintre, mille pieds frappent le parquet, la salle est un océan de têtes bariolées, et cependant la foule augmente à mesure que les heures passent, et la dernière lueur du gaz se mêle aux premières clartés de l'aube, tandis qu'une danse étrange, inouïe, colossale, entraîne encore une colonne tournoyante de fantômes bigarrés, pour qui le repos est impossible, et la fatigue une chimère.

Tout le monde va au grand Opéra, depuis le pair de France jusqu'au clerc d'huissier ;
M. de Rambuteau y coudoye Chicard, et l'habit bleu de M. Berryer le costume d'emprunt
d'un pensionnaire de Clichy. Les créanciers et les débiteurs s'y rencontrent et se serrent
la main ; la duchesse du faubourg Saint-Honoré frôle le bras de sa femme de chambre,
et l'ambassadrice demande à sa portière le nom du balochard qui lui prend si gaillardement la taille : c'est quelquefois son mari. Chacun se parle, personne ne se reconnaît :
on a trop d'esprit en France pour commettre de ces maladresses-là. Au bal masqué,
l'ignorance est de la sagesse.

Au foyer, la foule sombre et compacte circule sans bruit éclatant; on n'entend rien
qu'un murmure continu comme la voix de la mer sur le rivage, confus, vague, ina-
chevé ; c'est une immense causerie qui n'a ni fin ni commencement. En somme, toutes
les conversations se ressemblent : les habits pressent, les dominos hésitent; le but est
indiqué, mais les sentiers varient. Ceux-là demandent, ceux-ci accordent. S'ils ne
disent pas toujours oui, les masques ne disent jamais non. Les dominos sont de l'école
de Montaigne, sans s'en douter : *peut-être* est leur profession de foi.

La botte vernie est le passe-port de l'homme; on n'en loue point encore comme des habits. Donc, la botte est le phare lumineux qui guide les femmes dans cet océan d'inconnus : c'est pourquoi il leur arrive souvent de prendre des marchands d'allumettes chimiques pour des premiers ministres. Les hommes intelligents jugent les femmes aux mains; le velours le plus splendide, le satin le plus magnifique, n'ont aucune signification. Le seul masque du domino, c'est le gant.

Les bals du grand Opéra servent d'asile à toutes sortes de femmes incomprises, dont l'âme méconnue se cache sous le capuchon noir. Le masque est propre aux confidences ; les cœurs blessés s'épanchent volontiers dans le mystère de l'incognito; les ingénues de quarante ans aiment à voiler sous le loup de soie leurs pâles attraits, en même temps qu'elles dévoilent avec des complaisances infinies les beautés mystiques et les tendresses intimes de leur pensée. Ces chastes dialogues se terminent communément sous la table d'un cabinet particulier. Julie dort la tête appuyée sur la carcasse d'un homard en guise d'oreiller, et Saint-Preux, qui a oublié sa bourse, se réveille au violon.

O. P. L. MARILLON   GUILBAUT

Il y a des roués qui séduisent des rosières de la rue Saint-Denis, des raffinés qui fascinent des modistes de la rue Vivienne, des Faublas qui enlèvent d'assaut le cœur des chambrières, des Lauzuns qui ravissent à la pointe du calembour les bonnes grâces des figurantes du théâtre des Funambules, et toutes ces victimes de leurs galanteries, comtesses anonymes du bal, rencontrent le lendemain leurs vainqueurs expédiant des rôles dans l'étude d'un procureur ou bien aunant du calicot à l'enseigne du *Page inconstant*. C'est l'histoire de la grandeur et de la décadence de l'amour.

Ami, quel est celui des deux qui trompe l'autre ?

pourrait demander Figaro aux couples qui échangent des rendez-vous au pied de l'horloge. Ce serait parier à coup sûr que de répondre : Tous deux. Mais Figaro est dans la salle ; il danse, et se garde bien de rien demander, car il a trop d'esprit pour ne pas savoir que le meilleur usage qu'il puisse faire du sien est de le cacher. Au bal masqué, c'est la jambe qui gouverne. Quand le monde est sens dessus dessous, c'est bien le moins que le pied passe avant la tête.

De l'Académie royale de musique au théâtre de la Renaissance il n'y a qu'un boulevard et deux rues : un méchant cabriolet de place y transportait lestement les grands seigneurs du foyer de l'Opéra, et la même cohue qu'ils venaient de quitter, ils la retrouvaient bientôt. Bien que la salle Ventadour n'ait fait que se rouvrir pour se mieux refermer, le souvenir de ses bals ne périra pas dans la mémoire de la population parisienne. Le galop des tambours fait trembler encore les vitres du passage Choiseul. C'était un bruit, un tumulte, un tourbillon à donner le vertige ; c'était Musard greffé sur l'Opéra : la gaieté bruyante de l'un, le monde innombrable de l'autre. Les lions stationnaient entre la rampe et le foyer, et le cortége de Chicard traversait en hurlant son peuple de danseurs.

Comme l'antique dieu Janus, les bals de la Renaissance avaient aussi deux faces : la salle et le foyer ; ces deux faces s'embrassaient quelquefois. Le Janus du carnaval est mort, mais il se peut qu'il ressuscite.

Le bal Musard est une gloire éteinte, une réputation à son déclin, un royaume envahi, un vaisseau démâté, un ex-beau. Tous ses danseurs ne lui viennent plus que des messageries Laffitte et Caillard ; il recrute ses habitués dans les rotondes des diligences, aux débarcadères des chemins de fer. On l'aime à Pithiviers, on le vénère à Châteauroux, on l'estime à Limoges, on l'admire à Carpentras, mais on l'oublie à Paris. Il est fréquenté par les commis voyageurs et les étudiants de première année ; après avoir débuté à la Chaumière, les grisettes passent au bal Musard, mais ne s'y arrêtent même plus. La province seule lui conserve ses affections comme au Palais-Royal et à la colonne Vendôme : les bals ont leurs ruines comme les empires. Musard est le Balbeck du carnaval. Son illustre galop n'est plus guère bon qu'à mettre au musée des antiques. C'est un galop fruste.

Nous sommes loin du temps où, dès minuit, les abords de la rue Vivienne étaient assiégés par une foule ardente et désordonnée, que les gardes municipaux, patients et graves, avaient peine à contenir. Débardeurs venus à pied, postillons descendus de citadines, tous pêle-mêle, robert-macaires et pierrettes, balochards et bergères, hussards et alsaciennes, marquis et titis, bondissaient et criaient sur les trottoirs en frappant aux portes. Alors, quand les portes s'ouvraient, la masse bruyante s'élançait, et avant même que l'orchestre eût préludé, le galop tournoyait autour des colonnes, galop puissant, terrible, infatigable, qui ne s'arrêtait pas et finissait au matin par emporter à sa tête, triomphant et enivré, Musard lui-même, Musard, qui, suspendu aux bras des danseurs, battait encore la mesure l'archet à la main.

L'enthousiasme menait à l'émeute ; mais la révolte du peuple était l'apothéose du roi : l'Opéra et la Renaissance ont tué Musard, et se sont partagé ses dépouilles.

Le décès des bals de la rue Vivienne a aussi profité aux bals de la rue Saint-Honoré : languissants d'abord, ils ont maintenant la contredanse ferme et la valse dodue. Valentino règne et gouverne heureusement : le carnaval le compte au rang de ses premiers ministres.

La splendide enceinte du Casino s'ouvre quelquefois aux coiffeurs et aux femmes de chambre de la Chaussée-d'Antin : le peigne et la casserole y dansent de compagnie, les dominos protestent contre l'aristocratie du gant, les bottes y sont quelquefois cirées.

Les bals masqués meurent tous le mercredi des Cendres ; un instant ils ressuscitent le jeudi de la mi-carême, et leur réveil dure une nuit. Mais, pendant tout le carnaval, ils règnent sans partage sur la ville galvanisée. Paris ne dort plus; il fait ses affaires comme il peut, à l'aventure, et se laisse aller à la garde de Dieu. Le préfet de police se bouche les oreilles et se ferme les yeux; les gardes municipaux et les sergents de ville se disent les uns aux autres : « Frères, soyons miséricordieux. David dansait devant l'arche, laissons Paris danser devant l'autorité. » Qui ne va pas au bal masqué? Tout le monde s'y précipite. Les douze arrondissements passent leur temps à le perdre, et chacun d'eux y réussit merveilleusement.

Et cependant gardez-vous de croire que l'intrigue court les bals masqués, comme l'esprit les rues; elle n'a qu'y faire, vraiment. Les gens qui se connaissent se cherchent et se racontent leurs mutuels secrets : les dominos ont trop affaire avec leurs amis plus ou moins intimes pour agacer les inconnus. Il n'y a guère que de jeunes bacheliers ès lettres, de naïfs étudiants, des provinciaux inexpérimentés, qui croyent encore aux aventures, et viennent les chercher au foyer de l'Opéra ou dans la salle Valentino. Ceux-là se posent de trois quarts aux angles des portes, aux encoignures des fenêtres, contre l'appui d'une colonne, la main plongée dans la cavité du gilet, la jambe en arrêt, le regard tendre ou passionné, rêveur ou ironique, attaché aux lambris du plafond, ou jeté au niveau des capuces de soie; ceux-là attendent longtemps. Cependant il arrive quelquefois, car quelle règle n'a pas ses exceptions, qu'une Héloïse en quête d'Abeilard, une Manon Lescaut veuve de Des Grieux, les prennent par le bras à l'improviste, et leur font descendre le fleuve du Tendre, de soupirs en soupirs, et de confidences en confidences, jusqu'au café Anglais. Laissez passer ce bonheur-là. Abeilard ému apprend bientôt qu'Héloïse, persécutée par le malheur, vient d'accepter la main d'un vieux général de l'empire, ami de la famille. Mais, hélas !... Cet hélas décide du sort d'Abeilard. Il aime, il est aimé, et le lendemain, à midi, il se réveille dans une maison de la rue de Breda, au cinquième au-dessus de l'entre-sol. L'appartement est meublé de quatre pots de rouge végétal et de trois pantoufles dépareillées. La fiancée du vieux général tient l'emploi de *marcheuse* à l'Académie royale de musique.

Si, pendant l'été, on danse à toutes les barrières, pendant l'hiver on danse à tous les carrefours. Le chassé-huit grimpe aux mansardes, la saint-simonienne descend dans les caves. Il n'est personne qui, en fumant un cigare dans le passage de l'Opéra, n'ait entendu bruire sous ses pieds une musique infernale dont les éclats stridents font frémir les vitres, depuis le Gymnase enfantin jusqu'au magasin de Bernard Latte. Le bal d'Idalie a élu son domicile dans une cave; il est vaguement éclairé par quatre ou cinq quinquets fumeux. Les dames avalent lestement pour se rafraîchir un verre d'eau-de-vie, et vont prendre l'air sur le boulevard des Italiens, à l'angle de la rue Lepelletier; les cavaliers ont des mains larges et rouges, une profusion de chaînes, de breloques, d'épingles et de boutons en or plus ou moins contrôlé par la Monnaie. Dans les entr'actes, ils s'amusent à vendre aux passants, *moins cher qu'au bureau,* des stalles et des loges du grand Opéra. Pour peu que vous soyiez curieux de voir le bal d'Idalie, fermez étroitement votre redingote, serrez votre bourse, cachez votre foulard, et recommandez votre montre à Dieu.

C'est aussi dans une cave que se tient le bal des Aveugles, devers le Palais-Royal. Messieurs les sergents de ville connaissent personnellement par leurs noms tous les habitués de l'établissement : c'est dire assez que ces aveugles sont très-clairvoyants.

Le bal des Nègres, à la cité d'Antin, réunit trois fois par semaine toutes les livrées et tous les cordons-bleus de la rue du Mont-Blanc. Si les robes de soie y sont en grand nombre, c'est que, par mégarde, les femmes de chambre ont puisé leurs toilettes dans les armoires de leurs maîtresses ; et ce que les servantes font, pourquoi les laquais ne le feraient-ils pas ?

La rue Montesquieu a donné son nom à un bal placé sous la protection immédiate des coiffeurs du quartier. Tous les héros de la papillote, les princes du fer chaud, les célébrités du rasoir, y envoyent, au prix d'un franc par tête mâle, tous les vrais amis de la danse nationale : les amies entrent pour rien au bras des amis. Le jasmin et l'essence de bergamote parfument le local ; tous les commissaires, élèves de M. Plaisir, s'appellent M. Frédéric. On les reconnaît aux luxuriantes boucles de leur chevelure frisée. Les demoiselles de boutique du Palais-Royal embellissent le bal de leur présence ; beaucoup se laissent séduire au moins une fois par semaine : comment pourraient-elles longtemps défendre leur cœur contre des gens qui leur prennent si souvent la tête ?

Le passage du Saumon est la patrie d'un bal où se pressent en foule toutes les grisettes du quartier Montmartre : gantières et polisseuses, modistes et lingères, brodeuses et passementières, brunes et blondes, mineures et majeures, toute cette population de minois chiffonnés, sous des bonnets plus chiffonnés encore, vient puiser dans la valse l'oubli de la veille et l'insouciance du lendemain. La fatigue du plaisir guérit la fatigue du travail : c'est de l'homœopathie appliquée à la danse. Le bal du Saumon est moral. Les danseuses en tablier de soie échappent comme des anguilles aux filets de l'Amour, mais se laissent prendre volontiers aux rets de l'Hymen ; quand un commis du *Minaret* ou de la *Petite Jeannette* fréquente trop assidûment le parquet conjugal du bal du Saumon, on peut être sûr qu'avant six mois il sera sacré époux et père.

Alors la noce se transporte en corps, depuis l'enfant au berceau jusqu'à l'aïeul en habit marron, dans les salons de Deffieux, ce Vatel du boulevard du Temple, qui a le privilége de restaurer les mariages de la rive droite. Le bal conduit à l'autel, l'autel conduit à table, la table mène on ne sait où, et voilà comme tout va pour le mieux dans un bal où le galop se fait le sergent raccoleur du mariage.

Sur la rive gauche, le Prado est le domaine privé des Écoles. Les étudiants, au retour des vacances, y retrouvent la liste civile de maîtresses que Paris, ce tuteur complaisant, leur paye volontiers. Ils entrent au Prado comme ils entraient à la Chaumière. A la façon dont ils pressent le plancher du talon de leurs bottes, on sent qu'ils sont les maîtres céans. La troupe volage des grisettes, que la pluie a chassée du boulevard du Mont-Parnasse, pouvait-elle se reposer autre part que sur le quai aux Fleurs : joyeuses alouettes, elles se prennent aux mêmes piéges en tournant les mêmes valses. Le Prado est donc une chaumière à laquelle on a mis un toit ; seulement Élisa galope au bras d'Oscar, au lieu de figurer avec Arthur, et Philibert offre un verre de bischoff à Caroline, au lieu de partager un pot de bière avec Anna.

S'il nous fallait compter tous les établissements de bal qui ouvrent leurs portes au public, une page ne suffirait seulement pas à l'énumération de leurs titres. Après l'Opéra, la Renaissance, Valentino, Musard, ces grands seigneurs du carnaval, combien de bals fourmillent de la Bastille à la Madeleine, de Montmartre au Panthéon ! M. Charles Dupin seul les pourrait dénombrer. Tous les arrondissements, tous les quartiers, toutes les rues, les places les plus obscures, les maisons les plus humbles, les barrières les plus reculées ont les leurs. Allez, cherchez, fouillez, vous ne trouverez pas une famille qui ne soit représentée dans ce grand tourbillon.

Qui parle encore du carnaval de Venise ? Paris a tué cette antique gloire, cette vieille renommée. Le Rialto s'éclipse devant le boulevard des Italiens. Ce n'était pas assez pour la grande ville d'avoir autour du front la couronne de l'intelligence, il lui a fallu de plus conquérir la royauté du plaisir. Le carnaval de Paris est une des illustrations de la France.

Et, d'ailleurs, les splendides fêtes de chacune de ses nuits ne donnent-elles pas du travail à dix fabriques?

Quand viennent les jours gras, la fièvre fait bondir tous les pieds; les hommes les plus sages et les plus rangés aspirent la folie dans l'air. Le bal attire les femmes comme l'aimant le fer. Alors la grisette improvise un costume avec les loques éparses dans le grenier, l'étudiant mange du pain, boit de l'eau, met son paletot chez *ma tante*, et danse pendant soixante heures sous le catogan d'un hussard. Ceux qui n'ont rien empruntent, ceux qui doivent achètent, et tout Paris répond à l'appel du mardi gras.

Les masques tombent avec le jour des Cendres, mais le bal ne meurt pas. Le carême s'est bien civilisé depuis le concile de Trente: c'est un bourgeois constitutionnel qui a lu les contes de M. de Voltaire. Quand le grand bruit du carnaval a passé comme une tempête, le faubourg Saint-Germain et le faubourg Saint-Honoré, ces deux frères siamois de l'aristocratie, ouvrent à deux battants les portes de leurs hôtels: les ambassades dansent. C'est le tour des bals à bénéfice: les jolies femmes de la Chaussée-d'Antin tournent une valse au profit des indigents. On galopait l'an dernier pour la Pologne, on galopera l'an prochain pour la Navarre et le Guipuscoa. Laissez faire le temps, et les bals de Paris viendront en aide à tous les empires, à toutes les royautés.

Mais, enfin, une brise tiède a fondu les neiges; les chimériques lilas de Romainville fleurissent, le marronnier du 20 mars se couronne de feuilles vertes, l'herbe s'étoile de fleurs; le printemps est venu! En avant! en avant! Les Parisiens montent aux barrières, et les bals en robes blanches s'envolent dans les campagnes.

Chicard redevient Tircis, et Manon Lescaut, Galathée.

AMÉDÉE ACHARD.

LES FÊTES A BORD.

I. — LE BAL.

HARMANTE frégate, ma foi! comme elle bondit! comme elle incline! comme elle marche! elle effleure à peine la mer!

— Par la *brise carabinée* qu'il faisait ces jours-ci, les pauvres diables qui étaient dehors ont dû rudement *bourlinguer*. Heureusement le *coup de fouet* est passé, ça s'apaise.

— Regardez donc; elle diminue de toile, elle rauge la terre à portée de pistolet, elle mouille; bien, très-bien manœuvré!

— Sa ceinture blanche est souillée de rouille, son gréement est en désordre; certainement elle a des avaries à réparer... C'est qu'il ventait aussi comme il n'a pas venté ici depuis vingt ans.

— Franchement, c'est un beau morceau de bois!»

Du quai de Lisbonne, deux marins suivaient en causant ainsi les évolutions d'une frégate française qui venait de jeter l'ancre dans le Tage. Bientôt les voiles furent carguées et serrées, les embarcations mises à flot, et les matelots ne tardèrent pas à se suspendre aux agrès pour les rajuster et les restaurer.

Huit jours après, *l'Aréthuse* se mirait coquettement dans les eaux calmes du fleuve, ses peintures étaient rafraîchies, ses cordages, noircis et alignés avec un soin merveilleux, se dessinaient sur le ciel, où semblaient se perdre les flèches élancées de ses mâts. Le commandant et les officiers devaient donner le soir même à leur bord une fête que le plus beau temps favorisait.

Les plaisirs des marins, comme leurs fatigues, sont subordonnés à l'état de l'atmosphère, à l'intensité des brises, aux mouvements des flots; aussi, pour eux, pas de plans prémédités; dans leur vie incessamment accidentée, tout doit être imprévu, brusque, saccadé, impromptu; et l'impromptu donne du charme aux plus vulgaires divertissements. Les invitations faites dans la matinée, le gaillard d'arrière était déjà transformé en un salon

somptueux; quelques heures seulement avaient suffi pour opérer cette brillante métamorphose; mais cinq cents hommes y avaient activement concouru, et les flancs d'un
navire sont si riches de féeries. Semblables à la boîte de Pandore, ils recèlent des trésors
enfouis au milieu des maux qu'ils peuvent répandre. Chargés à mitraille contre l'ennemi,
prêts à vomir les combats et la mort, faits pour braver l'ouragan et défier la foudre, ils
gardent d'ingénieuses folies et des refrains joyeux pour embellir les instants d'une hospitalité fugitive. Leur peuple belliqueux sait tresser des guirlandes de fleurs et les poser
sur des têtes gracieuses : Hercule filait aux pieds d'Omphale.

A bord de l'*Aréthuse*, une tente rehaussée de pavois éclatants sert de dôme à l'enceinte réservée ; les hiéroglyphes de la tactique navale relevés en festons l'encadrent, et
tout autour flottent en tapisseries des draperies armoriées et des pavillons de mille couleurs; elle est isolée de l'avant par un rideau national. Les bancs de quart et les grossiers apparaux de manœuvre, les palans, les poulies, les cordes goudronnées, ont disparu;
l'on ne voit plus qu'une salle élégante, spacieuse, mais encore pittoresque et originale.
Les planchers unis et blancs, minutieusement citronnés, les ornements, l'éclairage même,
tout rappelle le navire malgré son déguisement de boudoir; car ces planchers sont sil-
lonnés par les noires coutures d'un pont; ces ornements sont des trophées d'armes, et
les lustres multipliés qui se balancent à de luisantes filières [1] sont des fanaux de combat.
En dépit de leurs piédestaux simulés, les mâts travestis en colonnes se devinent; les
caronades, caparaçonnées de housses, devenues les dossiers des banquettes, se trahissent
par leur couvre-lumière de cuivre; on reconnaît le cabestan dans cette massive console
chargée de vases de fleurs; la roue du gouvernail avec son immuable devise : HONNEUR
ET PATRIE; les escaliers enfin, vainement couverts de tapis, disent qu'on est à bord. Mais,
si l'on pouvait l'oublier après tous ces indices, cet officier en hausse-col, à la fois maître
des cérémonies et gardien forcé de la frégate, nous en ferait souvenir. Il va, il vient,
il court, il se multiplie, les plaisirs des autres sont pour lui une affaire de service; pendant tout le jour, il a dirigé les préparatifs; c'est lui qui a fait établir à la flottaison ce
vaste radeau sur lequel débarqueront les invitées comme sur le seuil d'un palais de Venise; c'est lui qui inspecte les rameurs, qui les choisit parmi les plus jolis garçons de
l'équipage, et s'assure que leur tenue est non-seulement propre, mais distinguée et
chicarde. «Vous serez farauds aujourd'hui, leur dit-il, vous allez chercher du beau
monde; allons, Fréjus, rabats le collet de ta chemise, refais-moi le nœud de ta cravate.
—Et toi, Maurice, veux-tu bien te coiffer mieux que ça, tu as l'air d'un conscrit; un
peu plus sur l'oreille, donc.—Qu'as-tu fait de ton ruban de chapeau, Nicolet?—Et toi,
Landerneau, va-t-en mettre un pantalon neuf.» Il ne se contente pas de ces recommandations, il se mêle de leur toilette, les tourne et les retourne comme des poupées, donne
à leur patron des instructions pour leur mise, les répète de nouveau à l'élève de corvée,
et descend dans les canots lui-même pour voir si les tapis sont brossés et les bancs parfaitement grattés. Les officiers partent enfin dans les diverses embarcations, pour aller
chercher les dames jusque chez elles; lui, fait encore balayer la salle de bal; il a l'œil à
tout, à l'intérieur et à l'extérieur, au personnel et au matériel. Il n'a garde de négliger
l'orchestre, parfois venu de terre, mais le plus souvent composé de matelots instrumen-
tistes. Dans ce dernier cas, surtout, l'affairé lieutenant prend mille précautions pour
que rien ne manque au moment décisif : «Vous attendrez mon signal pour commencer,
pas de malentendu, mettez-vous d'accord; et attention!»

---

[1] Filières, nom des cordes horizontales qui servent de tringles aux tentes et aux rideaux du
navire.

Un coup de sifflet parti du rivage interrompt ce discours, et avertit de l'arrivée des premiers invités à la chaloupe. Au même instant, des matelots descendent avec des fanaux sur la plate-forme flottante, l'officier de garde les suit, et quand l'embarcation accoste, il est le premier à offrir l'appui de son bras à l'une des dames qui débarquent. Dès qu'il paraît avec elle à bord du navire, l'orchestre entonne une marche triomphale, les autres officiers, les élèves, montent successivement; le gaillard d'arrière se peuple et s'anime, il étincelle de parures de femmes, de broderies, et d'uniformes de toutes les nations. Les alentours de la frégate présentent un spectacle également animé: une foule de canots de guerre, de batelets de passage, de gondoles flamboyantes et pavoisées, abordent, débordent, se croisent et se pressent. Les états-majors de tous les vaisseaux de la rade, les agents diplomatiques, les nationaux et les étrangers, prennent d'assaut le radeau et l'escalier de commandement. Parmi les dames qui se sont assises entre les caronades, on ne remarque pas une moindre diversité: toutes les coteries de Lisbonne se trouvent confondues; il a nécessairement fallu une fête maritime pour que lady Klington se soit résignée à figurer au même bal que la comtesse da Carvoa; et dona Juana l'Andalouse, mortellement brouillée avec le *cercle portugais,* n'a pu résister à l'invitation d'un simple enseigne: elle est venue s'exposer courageusement aux médisances et à la morgue de ses rivales. Une pareille occasion de plaisir est si rare! D'ailleurs elle a pour chevalier un officier du bord, elle est chez elle!

Le commandant et les officiers de la frégate ne se sont pas arrêtés à de vaines considérations locales: ils n'ignoraient pas sans doute la confusion qui proviendrait du rapprochement fortuit de sociétés divisées entre elles; mais il s'agissait d'improviser une réunion brillante, ils n'avaient ni le loisir, ni la facilité de faire un choix. Que leur importent, du reste, les dissensions intestines et les bouderies des invitées; toutes leur sourient également à eux, et ils feignent de ne rien savoir.

Cependant les quadrilles se forment, la valse, la sauteuse, le galop, leur succèdent, et l'on entend des rires entrecoupés, des chuchottements moqueurs, des causeries polyglottes, d'étranges conversations qui n'ont aucun rapport avec celles d'un bal ordinaire. Une gaieté folle ne tarde pas à se répandre dans l'assemblée, car une sévère maîtresse de maison ne préside pas à cette réunion: on est à bord, les parfums de la mer et ceux du plaisir enivrent déjà toutes les têtes, la fusion s'opère, la froideur s'efface, la scène devient bruyante; il n'y a plus d'étrangers sur l'*Aréthuse,* le roulis de la danse les a amarinés. Les rafraîchissements et le punch circulent; des mousses, dans leur léger costume matelot, se glissent au milieu de la foule parée, et l'un d'eux pourrait s'étonner à bon droit d'enteudre une jeune fille, appuyée au bras d'un élève de première classe, demander une leçon de manœuvre.

« La mer venait jusqu'ici?

— Oui, mademoiselle, jusqu'ici; nous étions penchés sur le côté, tout à fait engagés.

— *Engagés,* dites-vous, qu'appelez-vous engagés? c'est encore un mot de marine. »

Le mousse passe sans se soucier de la savante définition que donnera le professeur à son écolière.

Pastourelle ! crie le chef d'orchestre.

Heureux signal, il permet à notre aspirant de trouver une repartie convenable, et le voilà méditant profondément sur la valeur d'une expression technique, tout en allant en avant; se transportant au dernier coup de vent en faisant un jeté-battu; et pendant le rond de main, résolvant tant bien que mal son obscur problème.

« Eh bien ! *engagé ?* demande encore la jolie danseuse, revenue à sa place.

— C'est un terme marin qui définit aussi bien l'état actuel de mon cœur que celui de notre frégate au fort du mauvais temps. Il va *sombrer* sous votre sourire, comme *l'Aré-thuse* allait le faire sous les efforts de la bourrasque. »

Un petit *heum* saccadé est la récompense de cette définition si péniblement obtenue ; et l'élève, inhabile à pareil jeu, fera cependant tous ses efforts pour le prolonger jusqu'a-près la contredanse. Les termes de marine s'enlacent dans les compliments, ils se trans-forment en madrigaux, ont de l'actualité, et paraissent presque de bon goût.

Les officiers de *l'Aréthuse* ne sont pas les seuls triomphateurs ; les lieutenants et les midshipmen anglais ou américains, les capitaines et les gardes-marine portugais, tous ces militaires étrangers, tous ces agents consulaires, tous ces diplomates qui pullulent sur le gaillard d'arrière, savent exploiter et rendre utiles à leurs projets d'amour les douces licences permises à bord. Lord Stanley, capitaine de la corvette *Pearl,* a déjà dansé trois valses et deux contredanses avec la comtesse da Carvoa. Il est vrai que le noble comte son mari n'a point paru dans la salle de bal : il se livre tout entier à d'autres émotions ; il est dans la chambre du commandant, où la bouillotte et l'écarté trônent à l'envi. Les doubles cruzades, les *moedas* et les milliers de *reis,* s'entassent, s'empi-lent, paraissent et disparaissent en une cave ou en cinq points. Le démon du jeu est l'invité nécessaire de toutes les fêtes aristocratiques.

Dans la batterie, illuminée par mille bougies, se dresse une longue table chargée de rafraîchissements et de mets délicats : c'est là que les maîtres-d'hôtel du capitaine et de l'état-major déploient leurs talents et leur activité ; les vins de France (car ceux de Por-tugal et d'Espagne sont dédaignés), le champagne surtout, coulent à flots. Ces puissants auxiliaires triplent la gaieté ; un galop monstre, un cotillon échevelé, des rondes bre-tonnes, ou des farandoles provençales, remplacent les figures régulières. Les panneaux ouverts, qui d'abord faisaient frémir les danseuses, la tempête subite qu'elles semblaient craindre, l'incendie et la soute aux poudres dont la pensée avait glacé quelques courages, tout est oublié par ces jeunes femmes qu'enhardit le plaisir. Un aventureux enseigne qui conduit le *jabadao* ne craint pas de soulever le drapeau qui sépare l'arrière en feu de l'avant plongé dans l'ombre : la barrière est franchie, les matelots groupés se rangent en haies pour laisser passer les plis sinueux de cette chaîne bondissante, qui fait irruption dans leur domaine. L'obscurité est profonde, et peut-être des lèvres téméraires ont osé effleurer de blanches épaules ; mais on est à bord, et l'on en rit ! La bande joyeuse rentre enfin dans la salle du bal après avoir fait le tour du navire, et plus d'un front de jeune fille s'est couvert d'une rougeur subite, qu'on ne peut pas uniquement attribuer aux ébats de la danse.

Mais, hélas ! les premières teintes du crépuscule argentent les sept collines de Lisbonne, les fanaux pâlissent, de longs coups de sifflets résonnent, les canaux sont armés, et déjà l'on descend à regret sur le radeau. Les officiers reconduisent leurs invitées, la salle du bal disparaît, les tentures et les pavois sont enlevés ; nous ne sommes plus que sur le pont de *l'Aréthuse.*

Et maintenant, pendant toutes ces joies, tous ces jeux, tous ces rires du gaillard d'arrière, que faisait l'équipage relégué sur l'avant ? Transportons-nous en observateurs de l'autre côté de la barrière, qu'un imprudent enseigne n'a osé soulever qu'à la faveur de l'ivresse générale. Écoutons les bons matelots supportant stoïquement le supplice de Tantale et la privation de sommeil. Pas un seul ne regrette son hamac : ils s'associent aux plaisirs de leurs officiers, ils savent que ce bal fait honneur à la frégate. Étendus au-près du rideau, dont ils dérangent les plis pour avoir leur petite part de spectacle, ils causent à demi-voix :

« Ho ! Friséic, viens donc voir cette princesse qui se promène avec le commandant ;

est-elle suivée, hein! en a-t-elle un racage [1] de perles fines, et des boucles d'oreilles pire que des soleils! Comme ça est voilé de *satins et falbalars!*

— Et *c'tte* petite *noirde* qui fait un coup de blague avec le *major; Fé d'ann Doué* [2]! ce serait pas à dédaigner comme du tabac moisi.

— C'est fini! on se croirait à Musard, ajoute le Parisien, genre mousseux et soigné, quoi! s'en donnent-ils nos officiers!

— La valse à cette heure! En voilà une blonde là qui vire de bord comme un vrai lougre; c'est que le lieutenant Canvel s'y entend à la manœuvrer, hein! *lève les lofs! change derrière* [3] *!* et allez donc! A ton tour, matelot, regarde.

— Cavalisca! s'écrie un Languedocien, mé sémbla veïré dansâ *las tretas* dé Mounpeïê [4]!

— On n'oubliera pas *l'Arrêteuse* dans ce pays-ci, j'en réponds!»

De pareilles conversations ne discontinuent pas; seulement les anciens ont jugé prudent d'aller dormir un moment dans quelque coin obscur du faux-pont, car ils savent que le lendemain d'une fête doit être un jour de corvées et de fatigues : il faudra laver, briquer, fourbir avec plus de soin que jamais; il faudra réparer les effets du plaisir comme ceux d'un gros temps.

Il se présente tant de difficultés pour monter convenablement de semblables fêtes à bord d'un navire de guerre, qu'elles sont fort rares, nous devons l'avouer. Toutefois nous pourrions nommer une frégate-amiral qui, étant en station à Fort-Royal (Martinique), donnait régulièrement une réunion dansante par semaine.

Si les *grands bals* sont peu fréquents en marine, et réservés d'ordinaire aux solennités patriotiques, il est un autre genre de fêtes encore moins répandu : c'est *le bal du gaillard d'avant.* Mais il nous suffit qu'il existe pour en citer un exemple.

Il y a quelques années un petit brick, qui venait d'essuyer un violent coup de cape, entra en relâche dans le port de Mahon. Les gens de l'équipage s'étaient comportés de manière à mériter une récompense générale, et le capitaine, voulant leur prouver efficacement sa satisfaction, les aurait envoyés courir en ville *bord sur bord,* si des ordres supérieurs ne s'y étaient opposés. Des rixes entre les marins français et américains stationnés aux Baléares avaient amené plusieurs fois de tragiques dénouements, et il était expressément défendu aux commandants de laisser descendre aucun de leurs matelots. Force était donc de remettre indéfiniment les faveurs promises en mer, ou de transporter à bord les plaisirs de la terre ferme. Ce dernier moyen pouvait seul convenir : on n'hésita pas un instant, et par un jour de beau temps, le navire tout entier fut abandonné au génie installateur des contre-maîtres de manœuvre. Une longue table occupa l'espace compris entre les deux mâts; l'orchestre fut placé sur la dunette; les rideaux, les tentes, les fanaux et les pavois disposés en un clin d'œil; et l'on n'attendit plus qu'une cargaison de Mahonnaises. Il en fallait quatre-vingt-dix, pas une de moins, car l'équipage était composé de quatre-vingt-dix hommes. Quand tout fut prêt, un élève de corvée partit à la recherche des danseuses : «Débrouillez-vous, mon ami, avait dit le capitaine; un aspirant ne doit jamais être à court d'expédients; vous savez ce qu'il nous faut, partez, et soyez bientôt de retour.»

---

[1] Un racage est un chapelet de pommes de bois enfilées dans une corde.
[2] *Fé d'ann Doué!* (exclamation bretonne) littéralement, foi de Dieu!
[3] *Lève les lofs! change derrière!* Commandements successifs du virement de bord.
[4] Saperlotte! il me semble voir danser *les treilles* de Montpellier. Les treilles sont une danse languedocienne.

Cette mission serait difficile peut-être pour le plus habile diplomate ; mais l'élève s'est mis en grande tenue, il a confiance en lui : leste, joyeux et hardi, il ne craint plus d'effaroucher des oreilles trop délicates ; il n'ignore pas le jargon hybride dont il devra se servir, et n'a pas besoin d'interprète pour ouvrir les négociations. Hier, en passant devant un cabaret de bonne apparence, il se rappelle avoir lancé un regard éloquent à Mariquita la Catalane. Deux beaux yeux noirs, un teint rosé, un gracieux sourire, ne s'oublient pas si vite qu'il ne sache où retrouver la sémillante hôtesse de la *fonda marinera*. C'est chez elle qu'il entre *ex abrupto*. Un mot de l'élégant jeune homme a suffi ; la belle enfant se met en costume de bal, sort la première, et guide à travers les rues l'ambassadeur en aiguillette ; elle frappe à toutes les portes de *vendas*, de *casas de bebida*, et d'ateliers d'ouvrières, appelant ses connaissances et ses amies, donnant le mot de ralliement : «En route ! en route ! bal à bord du brick français !» L'aspirant se trouve bientôt à la tête d'une bande nombreuse de charmantes recrues, qui marchent à quelques pas de distance. Son cortége féminin fait la boule de neige, et se grossit merveilleusement : en moins d'une heure la *levée* de danseuses est terminée. Fier de son succès, le tricorne en tête, l'épée au côté, le raccoleur s'avance gravement, suivi par un essaim de brunes piquantes, de blondes éveillées, de bonnes filles, à la mantille noire, aux grands peignes d'écaille, coquettement attifées et pomponnées, qui descendent en caquetant la rampe de Villa-Carlos [1]. A cet aspect l'équipage pousse un cri de joie ; tous les canots du brick accourent au rivage, et ramènent à bord le précieux chargement. Déjà le trombone et la grosse caisse retentissent, on danse, on saute, on s'étourdit, on chante, on crie, on est aux anges ; le vin de Catalogne circule ; la franche gaieté du gaillard d'avant est à son comble : «*Chacun a sa chacune, v'là le plaisir !* Vive le capitaine, le *rancio* [2], et *les particulières !*»

Le commandant préside à la fête, les officiers en sont les commissaires, les élèves font les factions de nuit, car tous les matelots sont exempts de service ; enfin le farouche capitaine d'armes veille activement au maintien du bon ordre et de la paix.

La nuit est une magnifique orgie militairement dirigée . . . .

. . . .

Enfin, quand le soleil se montre dans le goulet, à l'horizon, comme un convive fatal sortant de la tombe, un long coup de sifflet traduit l'ordre sévère de l'officier de quart :

«EMBARQUENT CHALOUPIERS !

— LE BEAU SEXE A TERRE ; ET EN DOUBLE !»

Une demi-heure après l'équipage est réparti à ses postes de propreté :

«ATTRAPE A LAVER ET BRIQUER, HAUT ET BAS !»

(*En avant la pompe, les seaux, le sable et les balais !*)

« Allons, les caïmans, dit le maître de manœuvre, tu t'es amusé cette nuit, patine-toi-z'à matin, et fais moi z'un pont de satin !»

[1] Faubourg de Mahon.
[2] Vin vieux.

G. DE LA LANDELLE.

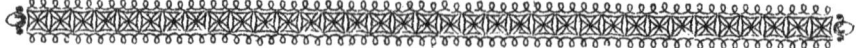

L'HUISSIER DE CAMPAGNE.

NFANT du canton qu'il exploite, le praticien en herbe, à peine arrivé à l'âge de raison, consacre les blondes années de sa jeunesse au culte des expéditions et à l'adoration du code civil. Le rêve doré poursuivi par son âme ardente, l'ambition qui germe et mûrit dans son cœur, se résument dans l'espoir d'ajouter au nom que lui ont transmis ses aïeux la qualification d'huissier patenté de troisième classe sous n'importe quel numéro, et de voler glorieusement sur la trace de ses prédécesseurs. — Voler est employé ici dans le sens purement figuré. — Enfin, il parvient à ce but constant de ses désirs, et dans la carrière que son patron ne poursuit plus, il va secouer la poussière des nombreux exploits de ses devanciers, tout en héritant de leur science et de leurs vertus sous forme d'un volume ayant pour titre *le Parfait huissier*. Une fois en possession de sa charge, le nouveau titulaire se choisit une femme, ce qui fait dire aux mauvais plaisants du lieu qu'il a pris à la fois une charge et un fardeau.

Représentez-vous une bonne figure d'homme paisible, figure souriante, joviale, surmontée d'une casquette et encadrée dans un col de chemise qui semble vivre en parfaite intelligence avec les deux oreilles qui le caressent : c'est l'huissier de campagne qui, étalé dans son fauteuil, rédige à la hâte les exploits du jour, ou écoute gravement les doléances de quelques plaideurs qu'il tâche de mettre d'accord, avant que la justice n'ait fourré le nez et la griffe dans leurs affaires.

Car l'huissier de campagne n'est pas un de ces fauteurs de chicanes comme on en rencontre encore parfois dans les grandes villes. Il est lui-même une espèce de juge de paix, et joue souvent le rôle de conciliateur : il met les parties en présence ; il discute avec elles ; il établit le fort et le faible de chaque cause ; il atténue les torts de l'un par la comparaison des torts de l'autre, et bien souvent des procès qu'un homme moins probe et plus avide aurait pu exploiter longuement au détriment de deux familles ont expiré dans l'étude de l'huissier, avant qu'une seule démarche irritante eût commencé les hostilités.

Quelquefois ce n'est pas une besogne facile que de mettre d'accord deux enragés plaideurs que l'amour-propre, la mauvaise foi, ou même le seul besoin de plaider, excitent l'un contre l'autre ; car les paysans sont *chicaneurs* par instinct. Ils aiment la poussière des paperasses et l'atmosphère des tribunaux. Les disputes judiciaires sont le plus doux délassement de leur vie laborieuse et pénible. Depuis que la civilisation et le code pénal ont réprimé ces haines d'homme à homme et de pays à pays qui ensanglantaient nos villages, les habitants des campagnes ont reporté sur les querelles moins sanglantes, mais plus ruineuses des procès, ce besoin d'activité et de lutte que la nature a mis au fond du cœur de tous les hommes. On pourrait peut-être rencontrer dans chaque bourgade de notre France plus d'une copie parfaite de Pierre Peables, ce type original et comique de plaideur que Walter Scott a jeté dans son roman de *Redgauntlet*.

Quand tous les moyens de conciliation sont épuisés, l'huissier est obligé de subir les exigences de son client : c'est son état, c'est son devoir. Alors les frais commencent. Pour un choux arraché dans un jardin, pour quelques branches coupées à une haie, pour une poignée d'herbe mangée par un mouton, assignations, jugements, commandements, saisies, oppositions pleuvent, s'échangent, se succèdent. Le procès voyage du canton au chef-lieu, du chef-lieu à la cour royale, de la cour royale à la cour de cassation. Les paperasses s'amoncellent, les frais se gonflent comme ces boules de neige que les écoliers roulent dans la cour de leur collége. Huissiers, avoués, greffiers, avocats, chacun tire à soi tant qu'il peut ; le trésor public engouffre la plus grande partie des frais dans ses caisses voraces, et aux pauvres plaideurs ballottés, tiraillés, rongés jusqu'aux os, souvent tous ces vampires ne laissent pas même pour consolations les coquilles de l'huître.

Mais l'huissier de campagne réussit presque toujours à empêcher ces ridicules procès. Il gronde, il se fâche, il jette parfois les clients à la porte, et ceux-ci reviennent le lendemain, confus et repentants, lui annoncer qu'ils ont *arrangé leur affaire.*

Aussi il est fêté, choyé, respecté à l'égal du médecin et du notaire : même on le préfère au notaire, qui est plus froid, plus roide, plus *monsieur,* et au médecin dont la brusquerie et la science redoutable imposent à ces simples et crédules natures ; tandis que l'huissier, c'est un ami qui entre sans façons, s'assied à table, coupe un morceau de pain bis à la *miche* commune, une tranche de lard dans le *buffet*, avale un verre de piquette, fait danser les marmots sur ses genoux, lutine les grosses servantes, et a toujours le *petit mot pour rire* au service de la ménagère qui file sa quenouille au soleil, ou trempe la soupe aux choux dans les écuelles de terre peinte.

Le cabinet n'est que la plus pâle moitié de l'existence de l'huissier de campagne; c'est dans ses tournées presque quotidiennes qu'il étale aux yeux de l'observateur tous les détails saillants de son caractère. Quand il a réuni un certain nombre de *copies* à porter dans le même groupe de villages, il se lève avant le soleil, donne ses instructions à sa femme, et se met en route. Son équipement de voyage est simple et ne nécessite guère que quelques frais de blanchissage au retour de chaque course. Un chapeau de paille à larges bords, une blouse de toile grise, un pantalon de coutil, des guêtres de peau pour traverser les boues, et de gros souliers ferrés, composent son costume. Ajoutez à cela un énorme bâton de vigne sauvage qui peut lui servir au besoin d'appui ou de défense, et un immense portefeuille dépassant de moitié la poche de sa blouse, et s'élevant à la même hauteur que le col de sa chemise. Ce portefeuille contient les copies qu'il doit distribuer; du papier blanc pour les *commissions* qu'il pourra trouver sur sa route; un crayon, une règle, une plume métallique, et une petite fiole de verre habillée d'une robe de peau et qui remplit les fonctions d'écritoire. En hiver, il met pour tout supplément de toilette une toile cirée sur son chapeau, une veste sous sa blouse, et un pantalon de gros drap au lieu du pantalon de coutil.

Le voilà parti. Il se hâte; car il a une longue tournée à faire, et ne rentrera peut-être pas avant la nuit. Voyez comme il marche vite; avec quelle aisance il combine et harmonise les mouvements de ses jambes, de ses bras et de son bâton! C'est que pour cet homme habitué à faire quelquefois quinze et vingt lieues dans une journée, la marche a été une étude et est devenue une science. Il connaît la manière de poser le pied sur un terrain marécageux ou hérissé de roches; il sait de quelle façon on doit se reposer pour ne pas engourdir dans l'inaction les muscles tendus par un violent exercice; il gouverne et modère son pas, pour se ménager les forces et la respiration, comme un cavalier habile règle et tempère les mouvements d'un cheval qui doit accomplir une longue course.

L'huissier de campagne possède à fond tous les détours, tous les sentiers, toutes les échappées des terrains qu'il parcourt; il marche indifféremment sur la route, à travers champs, ou dans les mille replis des bois; il va à vol d'oiseau, suivant la ligne droite, se frayant un chemin au milieu des marais, escaladant les haies vives, franchissant les ruisseaux gonflés par les pluies, pour arriver aux hameaux, aux maisons écartées dont il sait la position bien mieux que l'arpenteur-géomètre du pays. Et, au milieu de ces fatigues, de ces luttes incessantes contre les difficultés du sol, on le voit toujours gai, alègre, dispos, jetant de joyeux bonjours aux paysans échelonnés sur sa route, répondant aux sourires par des sourires, aux plaisanteries par des quolibets, poursuivant de ses bons mots le laboureur qui trace lentement un sillon, appuyé sur sa charrue, la faneuse qui amoncelle en tas le foin odorant, ou le braconnier qui guette un lapin sur la lisière d'un bois.

Quand il traverse un village, les bonnes femmes viennent à la porte pour le voir passer; les chiens aboient à sa rencontre avec un air de connaissance; les buveurs attroupés dans les cabarets l'appellent et l'invitent. Et lui salue les bonnes femmes avec un *moulinet* gracieux de son bâton; appelle les chiens par leur nom respectif, et répond aux buveurs sans ralentir sa marche. Puis il entre chez un des pauvres diables auxquels il doit laisser une citation ou un commandement.

«Eh bien! père Thomas, vous vous laissez mettre l'huissier *aux trousses...*

— Qu'est-ce qu'il y a donc, monsieur Despré?

— Il y a 40 francs que vous devez à Jérôme, mon vieux, et dont il ne peut pas vous arracher un sou.

75

— Ah ! monsieur Despré, les temps sont si durs !...

— Et les créanciers aussi, n'est-ce pas? Prenez garde, mon brave homme, il ne faut pas vous laisser manger en frais pour si peu de chose. Tenez, prenez ce *poulet,* et apportez vos écus à l'audience.»

Tous les devoirs de l'huissier ne sont pas aussi faciles et aussi agréables à remplir. Quelquefois il faut saisir le mobilier d'une pauvre famille, mission pénible et douloureuse qu'il n'accomplit qu'avec dégoût et que pourtant il faut accomplir. Dans ces occasions, il se munit de deux recors, et inventorie à la hâte tous les ustensiles du malheureux ménage, en ayant bien soin de fermer les yeux sur quelques provisions qu'on lui cache, sur quelques instruments de cuisine ou de culture que le débiteur indigent fait évader par une porte de derrière. Puis il arrive aussi, mais plus rarement, qu'il faut vendre les objets saisis. Alors l'huissier se cuirasse le cœur de son mieux contre les larmes des femmes, les cris des enfants et la muette désolation de l'homme. Mais, malgré son stoïcisme affecté et son impassibilité résolue longtemps d'avance, les paysans des alentours accourus à la vente sur la foi des affiches reconnaissent bientôt à ses regards émus, à sa voix entrecoupée, combien il déplore en lui-même les tristes rigueurs de son ministère.

Mais tous ne font pas ainsi la part des exigences de son devoir. Il arrive parfois que quelques débiteurs intraitables et rancuniers enveloppent dans la même haine et dans la même vengeance le créancier impitoyable qui use de son droit en les poursuivant, et l'homme inoffensif qui n'est là qu'un instrument passif de la loi.

Cela se résume, pour le malheureux huissier, en quelques coups de bâton distribués par une main vigoureuse, en guet-apens dressés au détour d'un sentier obscur, en meubles, casseroles et poêlons lancés à sa tête, à l'époque d'une saisie ou d'une vente. Heureusement que de tels épisodes ne sont pas communs dans sa vie, et qu'un bon arrêt de police correctionnelle lui fait justice du malfaiteur.

Nous avons dit que l'huissier se hâtait de prendre une femme, dès son entrée en fonctions. Cette femme est pour lui quelque chose de plus qu'une épouse vulgaire. Elle ne lui sert pas seulement à perpétuer sa race, à raccommoder ses chaussettes, à faire cuire sa soupe, et à laver son pantalon de coutil ; l'épouse de l'huissier de campagne est à la fois un clerc intelligent et fidèle, un associé habile à soutenir ses intérêts, un second lui-même qui le remplace pendant ses courses, reçoit les clients, prend les commissions, et quelquefois même, après plusieurs années d'exercice, familiarisée avec la routine des matricules et le style barbare des exploits, rédige à l'avance la besogne qu'il faudra distribuer le lendemain. Plus tard, immiscée par une longue habitude aux détours tortueux de la chicane, elle donne des consultations aux paysans ; indique la marche à suivre pour les procès ordinaires, et son mari lui-même ne dédaigne souvent pas de lui demander ses conseils dans les affaires les plus embrouillées.

Un grand philosophe l'a dit, et beaucoup d'autres l'ont répété après le grand philosophe : La science est fatale au bonheur ! Une fois que la compagne de l'huissier est arrivée à cet apogée d'utilité et de savoir, elle abuse ordinairement de son importance, pour empiéter sur le terrain des droits conjugaux ; elle se construit peu à peu dans le ménage une autorité sourde et occulte qui sape insensiblement l'autorité du maître. Ce sont d'abord des bouderies sans importance, de légères contradictions, des bouffées de mauvaise humeur que le mari imprévoyant laisse passer en courbant la tête. Mais bientôt les bouderies se transforment en longues rancunes ; les contradictions se changent en disputes, et les bouffées rares et passagères deviennent des bourrasques terribles, d'interminables tempêtes. Ce n'est plus une servante soumise, une épouse attentionnée, un associé indulgent ; c'est une moitié qui veut devenir le tout, un tyran domestique, un frondeur impitoyable des faiblesses dont le fragile huissier n'est pas plus exempt que les autres individus de son espèce et de son sexe.

Adieu les parties de billard et de piquet au café du lieu, en compagnie du percepteur, du greffier, de l'employé aux contributions indirectes et du brigadier de gendarmerie ! Adieu les bouteilles de vin blanc, les tranches de jambon et les rôties de fromage grillé que l'on consomme le matin, dans la petite salle de l'auberge, en racontant les chroniques de la veille, et en attendant l'arrivée du journal ou de la voiture publique !...

Madame a mis le veto sur toutes ces petites jouissances, vu que l'argent se dépense plus vite qu'il ne se gagne ; que la besogne ne se fait pas en buvant et en jouant au piquet, et qu'il ne manque pas de fainéants et de *mange-tout* pour alimenter les mauvais lieux, sans qu'un père de famille, un homme en place aille courir les cafés et les auberges comme un libertin et un débauché. L'huissier n'a d'autre alternative que de céder pour avoir la paix, ou de se résigner à des orages quotidiens, en transgressant les ordres de son implacable moitié ; mais, comme il tient beaucoup au vin blanc du matin et aux parties de billard de l'après-midi, il se résigne ordinairement aux orages.

Du reste, quand arrive le dimanche, l'huissier échappe à l'autorité usurpatrice de sa femme, et recouvre complétement son libre arbitre jusqu'à cinq heures du soir.

Avant 1830, le dimanche était simplement pour l'huissier un jour de repos, attendu que, par *insinuation* du procureur du roi, il était tenu d'assister régulièrement à la messe et aux vêpres de son village respectif ; mais, depuis la révolution de juillet, le café a empiété sur l'église, les cartes sur le Paroissien, et la demi-tasse sur le sermon. Depuis que des considérations ministérielles ne l'astreignent plus aux devoirs de piété, l'huissier est devenu frondeur, sceptique et voltairien ; il a placé sur son bureau Volney en regard du code civil, l'*Origine des cultes* à côté du *Parfait huissier*, et il se livre à de violentes diatribes contre les calotins et les marguilliers. En outre, il a cessé entièrement de dire bonjour au suisse, et il ne soulève plus son chapeau de paille lorsqu'il rencontre le curé. Quant à ses opinions politiques... il n'a pas d'opinions politiques.

Sa femme, qui n'a pas fait autant de chemin que lui dans la voie du progrès, passe une grande partie du dimanche à l'église, et oublie, en travaillant à son salut, de faire damner son mari : c'est la seule raison qui détermine celui-ci à ne pas abolir entièrement le culte extérieur.

Puis viennent les jours d'audience, dans lesquels, sous prétexte de causer avec ses clients et de *faire la pratique*, il escamote encore quelques heures de bon temps et quelques verres de bon vin, jusqu'au moment où l'on se rend à la grande salle de la mairie où le juge de paix tient ses séances. Là l'influence de l'huissier s'éclipse presque totalement derrière une influence supérieure ; ce n'est plus qu'un pâle satellite qui réfléchit les rayons de l'astre autour duquel il gravite : les paysans n'ont d'yeux et d'oreilles que pour les gestes et les paroles du juge de paix, de ce dépositaire peu imposant parfois de la justice civile, qui prononce en dernier ressort sur les dettes vulgaires, la vente d'un *habillé de soie*, et les coups de poing donnés et reçus dans une dispute. La fonction de l'huissier se borne simplement à appeler les causes, à crier silence aux plaideurs obstinés, et à donner des coups de pied aux chiens du voisinage qui viennent mêler leurs accords aux bruyantes plaidoiries des avocats rustiques.

L'huissier possède encore un ennemi intime avec lequel il entretient une guerre non moins acharnée qu'avec sa femme : c'est le fisc, représenté par le contrôleur du lieu. On ne saurait se figurer quelles ruses adroites, quelles petites perfidies, quels machiavéliques détours l'huissier emploie pour tromper le fisc, pour enlever au trésor royal le coût d'un enregistrement ou les trente-cinq centimes que ne vaut pas une demi-feuille de papier timbré. Par une adresse inconcevable, et qu'il serait trop long d'expliquer ici, il fait servir souvent la même demi-feuille à trois exploits consécutifs, après quoi cette demi-feuille, déchirée en deux, lui fournit encore une de ces affiches qu'il expose à la porte des églises et des mairies pour les ventes par contrainte ou par décès. L'escamotage des frais d'enregistrement s'exécute en attendant jusqu'au dernier jour pour faire enregistrer les exploits et en donnant ainsi aux parties le temps de s'arranger à l'amiable ; du reste, cette dernière opération est entièrement dans l'intérêt des plaideurs et ne rapporte pas un centime à l'huissier.

Il est encore une foule d'abus dégénérés en usage par l'habitude, une quantité de petites licences pour lesquelles il faut sinon l'autorisation ouverte, du moins l'acquiescement tacite du contrôleur : aussi l'huissier ne néglige-t-il aucun sacrifice pour se mettre dans les bonnes grâces de ce redoutable surveillant. Dès qu'un contrôleur nouveau est envoyé dans le canton, l'huissier assiste immanquablement à son arrivée : il s'empare du nouveau débarqué, le flaire, l'examine ; nouveau Lavater, il étudie sur sa figure les angles saillants et rentrants ; il observe toutes les rides, tous les plis qui peuvent trahir ses penchants, ses vertus et ses faiblesses ; il analyse chaque parole ; il scrute chaque mouvement ; il devine chaque pensée. Puis, quand *il connaît son homme*, quand il sait quel appât il doit mettre à ses hameçons, quel gâteau il doit jeter à la gueule de ce cerbère, il s'en retourne en se frottant les mains d'un air triomphant, et dit en rentrant à sa femme : « Encore un que *je ferai au même*. »

L'huissier de campagne continue invariablement le même genre de vie , jusqu'à ce qu'il ait amassé deux ou trois mille francs de rente à la sueur de son front; après quoi il vend sa charge, et tombe dans la classe des bourgeois ordinaires.

EUGÈNE NUS.

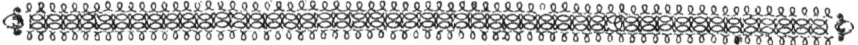

LE SOUFFLEUR.

 'IL est au monde une profession modeste, ignorée, et qui ne satisfasse point l'amour-propre, c'est celle de souffleur dans un théâtre. Aussi ne compte-t-on guère de souffleurs par vocation : l'idée de s'ensevelir vivants dans un trou affriande fort peu de gens. C'est un état que l'on embrasse après avoir tâté de vingt autres, et en désespoir de cause. Assez souvent le souffleur est un comparse à qui l'on a reconnu de l'intelligence, ou un comédien invalide, pauvre diable qui use son reste de soufflé à

souffler ce qu'il ne pourrait plus crier. Parfois c'est un acteur incompris, qui a passé les belles années de sa jeunesse à se faire siffler de côté et d'autre, et s'est estimé tout heureux de trouver, sous le capuchon de bois de sapin, un asile où il pût reposer sa tête battue par l'orage, et tourner pour toujours le dos à ce public stupide qui a méconnu son talent.

Le souffleur est donc plutôt vieux que jeune. Sa mise, éminemment classique et râpée, est celle d'un commis en librairie ou d'un employé au Mont-de-Piété, et contraste d'une manière frappante avec la toilette excentrique de l'artiste dramatique. La redingote de castorine, le pantalon de nankin à petit *pont,* le chapeau *bolivar,* sont encore de mode pour lui. Au théâtre, une calotte grecque ou un bonnet de soie noire protége son chef dégarni de cheveux. De grosses besicles en argent, signe distinctif de ses fonctions, surmontent son nez, qui est fourni de tabac aux dépens de la troupe entière. *Les petits cadeaux entretiennent l'amitié,* dit-on; et les comédiens ne sauraient refuser le libre accès de leurs tabatières à celui qui leur vient si souvent en aide, et les empêche de *patauger.* C'est un prêté-rendu. D'ailleurs, il est doux, serviable, et restant en dehors des rivalités, des petites haines qui divisent en tout temps les trop chatouilleux disciples de Thalie, il jouit de cette paix de l'âme, de cette égalité d'humeur, fruits précieux d'une heureuse médiocrité.

Quelque grande que soit la dose de sensibilité départie par le ciel au souffleur, une fois tapi dans sa cahute, il devient inaccessible à toute émotion. Paroles d'amour ou de haine, lazzis, cris de désespoir, coups de poignard, pluies de feu, éclats de la foudre, applaudissements, sifflets, jambes des actrices, il voit tout, entend tout avec la même impassibilité; Orphée lui-même ressuscitant avec sa lyre le trouverait insensible. Eh! que deviendraient les acteurs, bon Dieu! si le souffleur ne conservait pas sur lui un empire absolu, s'il se permettait la moindre distraction! Sans lui, que de tirades manqueraient leur effet! Que de *tartines* seraient impitoyablement *chûtées!* Et quelle vertu, quel courage surhumains il faut avoir pour ne pas tomber de sommeil en entendant rabâcher à satiété les ouvrages soporifiques de certains auteurs!

Dans les troupes nomades, et dans les théâtres de la banlieue de Paris, théâtres qui méritèrent jadis le nom de *galères Séveste;* le souffleur cumule plusieurs emplois: il est à la fois souffleur, costumier, régisseur, machiniste, lampiste, garçon d'accessoires. Il pousse même la condescendance jusqu'à balayer la scène. Tout ceci ne serait rien s'il n'avait encore à faire la besogne des acteurs, qui sont trop surchargés de travail pour avoir le temps d'apprendre leurs rôles, et les jouent tout bonnement *au souffleur,* c'est-à-dire sans en savoir quelquefois le premier mot. Aussi le plus difficile des douze travaux d'Hercule n'est-il rien en comparaison de ce que notre homme a à faire pour que les pièces arrivent sans encombre au dénoûment.

Il est rare que le souffleur soit garçon. Six heures par jour de solitude dans un trou lui ont assez démontré que l'homme est né pour vivre en société. Il s'est donc marié; mais son humble condition ne lui a pas permis d'aspirer à la main d'une bien riche héritière, et c'est dans la classe industrieuse des ouvreuses de loges ou des habilleuses qu'il s'est choisi une compagne. Quelquefois il tente les chances du commerce, et tient, conjointement avec son épouse, un petit assortiment de blanc, de bleu, de rouge, de pattes de lièvre, de pompons, et autres objets et ingrédients à l'usage des artistes.

Si le ciel bénit l'union du souffleur, et lui accorde des enfants, la troupe les adopte et les regarde comme siens. Les coulisses deviennent leur berceau, leur patrie: ils y grouillent sans cesse; ils y grandissent cajolés, choyés, bourrés de bonbons par tout le monde, et finissent presque toujours par se lancer de bonne heure dans la carrière dramatique, au grand désespoir de leur père, qui sait par expérience toutes les couleuvres qu'il y a à avaler dans ce malheureux métier d'acteur, et eût voulu faire de ses enfants d'honnêtes artisans.

Lorsqu'on monte une pièce nouvelle, et que les rôles commencent à être sus, le souffleur ne manque plus une seule répétition. On le voit alors, le manuscrit à la main, suivre attentivement toutes les scènes, depuis la première jusqu'à la dernière. Il s'accoutume ainsi aux *temps* que prennent les acteurs et à leur manière de dire. Ceux-ci, de leur côté, se font si bien à ses habitudes, s'identifient tellement avec lui, que Talma lui-même était troublé dans son jeu lorsque le bruit de la page retournée par le souffleur arrivait à ses oreilles un peu plus tôt ou un peu plus tard que de coutume.

Le jour de la première représentation venu, le souffleur fait un peu de toilette : il met son habit le moins râpé, son gilet le plus frais, sa cravate blanche la plus irréprochable, et arrive au théâtre *in fiocchi*, tenant à la main le manuscrit orné de faveurs vertes. Puis, il va prendre les dernières instructions de chacun des artistes sur les mots à *envoyer*, les passages à *soutenir*, dit quelques paroles au directeur, se promène un instant bras dessus bras dessous avec l'auteur, et disparaît sous la scène.

Si la pièce marche bien, il remontera à chaque entr'acte, afin de prendre sa part des félicitations, compliments et poignées de mains que l'auteur ne saurait alors manquer de distribuer avec une largesse non pareille. Si la pièce tombe, il se gardera bien de reparaître dans les coulisses, et se tiendra coi dans son trou, comme le limaçon dans sa coquille. Il sait à quoi il s'exposerait en agissant autrement : l'auteur ne lui offrirait plus qu'une laide grimace, et les acteurs auraient tous à lui reprocher quelque chose, celui-ci, de l'avoir laissé *en plan ;* celui-là, de l'avoir soufflé quand il n'en avait pas besoin ; un autre, de l'avoir *mené* trop vite, etc., etc.

Une faculté bien précieuse chez un souffleur, c'est la mémoire. Un souffleur sans mémoire est quelque chose de manqué, d'incomplet, comme une campagne sans eau ou une belle fille sans dents. Je n'en veux pour preuve que le trait suivant.

C'était dans un théâtre d'une petite ville de province. On venait de lever le rideau. Un acteur aujourd'hui bien connu du public parisien, et qui avait ce jour-là mieux dîné que de coutume, s'avance d'un air pensif au milieu de la scène et commence en ces termes :

Lorsque je vins dans Rome...

Ne se rappelant plus la fin de la phrase, il s'arrête, et lance un coup d'œil expressif au souffleur afin de réclamer son assistance ; mais celui-ci ne disant mot, il ne trouve rien de mieux à faire que de recommencer sur un autre ton, et après s'être recueilli un moment :

Lorsque je vins dans Rome...

Ici, même silence forcé ; et rien ne part du trou, si ce n'est le bruit de feuillets tournés et retournés précipitamment.

« Soufflez, soufflez donc ! » fait l'artiste à voix basse, et gagnant d'un pas vers la rampe, il reprend pour la troisième fois, et plus haut que les deux précédentes :

Lorsque je vins dans Rome...

Mais il est encore obligé de s'arrêter. Pour le coup, furieux, exaspéré de voir le *tacet* du souffleur se prolonger indéfiniment :

« Eh bien ! monsieur, lui crie-t-il, voyons, que faisais-je dans Rome?

— Ma foi ! je n'en sais rien, répond naïvement l'interpellé en avançant la tête hors de son trou : on a déchiré la page qui pouvait me l'apprendre.»

À ces mots, un rire vraiment homérique s'empara de toute la salle, et peu s'en fallut qu'on ne jetât des couronnes aux deux auteurs de ce plaisant hors d'œuvre.

CHARLES FRIÈS.

LES ÉCOLES DE NATATION.

Es badauds, ruisselant de sueur, se pressent, se heurtent, se bousculent devant le thermomètre de l'ingénieur Chevalier, afin de contempler la hauteur inaccoutumée où s'élève l'esprit de vin dans son tube de cristal. — Il n'est pas de peu d'importance de connaître au juste le nombre de degrés centigrades contre lequel on a à pester.

Pas un nuage au ciel. Le soleil de la canicule darde en plein sur Paris, et transforme chaque maison en une fournaise ardente. Dans les rues, l'asphalte fond sous les pieds; un peu plus, et les malheureux promeneurs y resteraient pris comme des moineaux dans la glu.

Voici le bon temps pour les écoles de natation. Depuis le matin jusqu'au soir, elles sont toutes grouillantes de monde; on s'y touche, on s'y porte; impossible d'y démêler la couleur de l'eau : partout des têtes, des nuées de têtes ! Mais parmi cette multitude de baigneurs de tous les âges et de tous les rangs, qui vont, viennent, s'appellent, badinent, folâtrent, et présentent un tableau si vif, si animé, le principal personnage, celui autour duquel tous les autres viennent se grouper comme de simples accessoires, c'est le *grenouillard*.

Le *grenouillard* n'a point de rival à la *brasse*, à la *marinière*, à la *coupe*, et à la *planche*, soit *simple*, soit *godillée*. À lui la palme pour donner une savante *passade*, pour plonger avec art, pour fendre l'eau sans en soulever une seule goutte, pour fumer, tout en nageant, avec une grâce de lion. Jaloux d'utiliser ses talents au profit de l'humanité, il ne se passe pas de mois, de semaine, de jour, sans qu'il arrache à la mort quelque malheureux sur le point de se noyer ; en foi de quoi il possède une collection de médailles et de certificats.

Le grenouillard ne descend jamais dans la partie inférieure de l'école : il ne hante que l'*amphithéâtre,* où il trône en souverain, entouré d'une cour respectueuse à laquelle il se plaît à narrer ses prouesses nautiques. Il est vantard et hâbleur de même qu'un chasseur ou un commis marchand. Lorsqu'il s'ingère de *piquer une tête,* de *donner un pied devant* ou *une victime, de se jeter en petit paquet,* il n'oublie pas de crier une heure à l'avance : *Place au tapis ! place au tapis !* Et la galerie d'applaudir avec fureur à ses cabrioles.

Tant que la saison le permet, le grenouillard ne quitte pas l'école de toute la journée : il en est le pilier ; il y déjeune, il y dîne, il y goûte, il y soupe. Une seule chose le taquine : c'est de ne pas pouvoir y coucher. Enfin il ne se sépare presque point de son caleçon, qui est invariablement rouge.

Ignorant cette dernière particularité, un quidam, nullement grenouillard, avait fait l'acquisition d'un caleçon rouge. Tandis qu'il flâne innocemment, revêtu de son emplette, à l'amphithéâtre d'une de nos écoles, survient un grenouillard. Celui-ci, induit en erreur par la nuance du susdit caleçon, prend notre homme pour un confrère, et, désireux de lier connaissance avec lui, il le pousse dans l'eau sans autre forme de procès, ainsi que cela se pratique en pareil cas.

Aussitôt l'on accourt de tous les point de l'école : deux grenouillards qui plaisantent entre eux, peste ! cela promet d'être curieux.

Le quidam se débat d'abord à la surface de l'eau, en poussant des sons inarticulés, parmi lesquels on croit distinguer : *La perche* [1]*! la perche !* puis il disparaît complétement.

« Un grenouillard qui feint de ne pas savoir nager ! s'écrie-t-on à la ronde, ah ! charmant ! délicieux ! » Trois minutes se passent : pas de grenouillard.

« Satané grenouillard, continue-t-on, a-t-il l'haleine longue ! Décidément, il est amphibie. » Et pendant ce temps, le soi-disant amphibie buvait, buvait... Encore quelques instants, et sa saturation était complète. Bref, si le grenouillard véritable n'avait pas fini par se jeter à l'eau, le grenouillard supposé aurait payé de sa vie l'idée malencontreuse qu'il avait eue de se parer d'un caleçon rouge.

---

[1] La *perche,* long bâton que l'on tend aux baigneurs en détresse.

Au reste, le caleçon rouge commence à devenir rare dans les écoles : on se lasse de tout, même de barboter entre quelques planches, et, chaque jour, des grenouillards renoncent aux gloires de l'amphithéâtre pour se faire *canotiers*. Que Zéphyr leur soit léger !

Le propriétaire d'une école se plaignait dernièrement à nous, et avec raison, de l'indifférence actuelle du public en matière de natation. Jadis, chacun ambitionnait le titre de bon nageur : pour l'obtenir, rien ne coûtait. On se rappelle encore ces audacieux qui s'amusaient à *donner des victimes* du haut du pont Royal, au grand effroi de la duchesse d'Angoulême qui, se trouvant alors dans ses appartements aux Tuileries, les fit prier poliment, par un officier de service, d'avoir à cesser leurs dangereuses culbutes. On n'a pas oublié non plus, j'imagine, ces nageurs intrépides, qui, partis du quai d'Orsay, firent, à la nage, le trajet de Paris à Saint-Cloud, en poussant devant eux une table en liége, chargée de comestibles et de vins de toutes espèces. Il est vrai que plusieurs n'arrivèrent au but que bien tard, et hors d'état de jouir de leur triomphe : ils étaient asphyxiés... Mais ceci n'est point notre affaire.

A l'heure qu'il est, tout cela est bien changé, et le feu sacré semble éteint chez les nageurs : on nage bourgeoisement, comme l'on danse, sans se piquer d'amour-propre pour mieux faire, et si quelque nageur émérite apparaît par hasard, il n'inspire guère plus d'intérêt que celui qui viendrait exécuter, dans une contredanse, des entrechats et des jetés-battus.

Dirigeons maintenant nos regards sur la foule des baigneurs ignares, sur les porteurs de caleçons bleus, blancs, jaunes, violets, panachés ; il est parmi eux des originaux qui ont droit à notre attention.

Voyez plutôt !...

Ce monsieur qui sort de son cabinet avec un caleçon pimpant, un serre-tête de toile cirée, et un petit thermomètre à la main. Il s'approche de l'eau d'un air inquiet, et y plonge son instrument, afin de constater si elle est suffisamment chaude. Cette expérience ne le satisfait pas d'une manière complète, à ce qu'il paraît, car il croit devoir s'éclairer de l'avis d'un baigneur, à qui il pose cette question : L'eau est-elle *bonne* ? Sur la réponse de celui-ci, qu'elle est *excellente*, il se débarrasse de son thermomètre, et descend résolument l'échelle. A peine a-t-il touché l'eau du bout du pied : « Diantre ! qu'elle est froide ! » s'écrie-t-il, et, remontant au plus vite, il se r'habille et part comme il est venu ;

Ce pessimiste, à qui vous n'ôteriez pas de l'idée que le fond de l'eau est tout parsemé de clous, de culs de bouteilles, et autres objets d'un contact peu agréable. Aussi, dans la crainte de se déchirer les pieds, reste-t-il, pendant tout le temps de son bain, accroché après les *claies* ;

Ce collégien tout bleu de froid, qui secoue le joug de la discipline, et gagne les coins sombres pour y fumer, à l'insu du *pion*, des petits morceaux de jonc en guise de cigares ;

Cet acrobate manqué, qui se pose en rival d'Auriol, et, sans penser une minute à se baigner, exécute des tours d'adresse et d'agilité, au risque de briser ses membres, lesquels ne sont pas, hélas ! taillés sur le modèle de ceux de l'Apollon du Belvédère ;

Et ce ci-devant jeune homme, qui veut à toute force apprendre à nager, malgré son âge et ses dispositions négatives pour ce genre d'exercice. Suivons-le dans le cabinet consacré à la *leçon à sec* : là, maintenu en l'air horizontalement, au moyen de courroies qui lui passent sous le corps, — à peu près comme ces crocodiles empaillés qu'on voit suspendus dans les cabinets d'histoire naturelle, — notre nageur en herbe va gigoter sous les ordres d'un professeur qui lui commandera des *pliez*, des *détachez*, des *assemblez*, le tout à raison de 3 ou 4 fr. l'heure. Certes, voilà de l'argent bien employé.

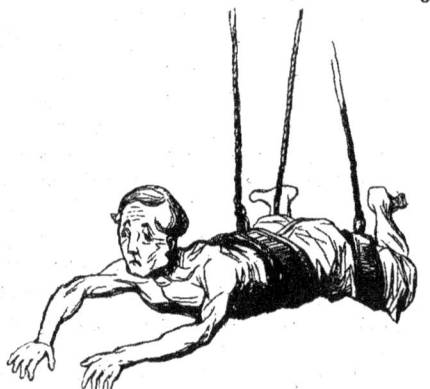

Vous me demanderez, sans doute, quelles sont les fonctions de cet individu en habit noir et en cravate blanche, qui vient de manquer de choir dans l'eau tout habillé, tant est grande sa préoccupation à suivre des yeux les pieds des baigneurs?

C'est l'*artiste pédicure* attaché à l'établissement. Il est à la piste de cors, d'oignons, et de durillons à extraire ; ce qu'il fait, dit-il, *sans douleur*, et au plus juste prix. Écoutez-le, et il ne tardera pas à vous convaincre, eussiez-vous les pieds les plus sains du monde, que vous êtes menacé de marcher bientôt avec des béquilles, si vous n'avez pas immédiatement recours à son bienfaisant ministère. Craignant peu qu'on lui dérobe les secrets de son art, c'est en plein vent, sur le premier banc venu, qu'il soulage l'humanité souffrante.

Entendez-vous cette voix enrouée qui appelle à la *pleine eau ?* — C'est celle du *maître*

nageur, vieux dur à cuire, infailliblement blessé à Wagram ou à Austerlitz, et dont la joue est gonflée d'une éternelle chique qu'arrosent de fréquents petits verres. Le maître nageur est petit, carré d'épaules, ventripotent. Il se tient toujours droit comme un I, la tête haute, le jarret tendu. Il porte un chapeau de cuir bouilli, coquettement placé de travers sur sa tête grisonnante, une chemise de grosse toile, un large pantalon bleu, des escarpins sans bas à ses pieds. Ses oreilles sont ornées de boucles en cuivre doré, figurant des ancres. Sa conversation, émaillée de nombreuses fautes de français, roule d'ordinaire sur la honte qu'il y a à ne pas savoir nager, et le plaisir qu'on éprouve à *tirer proprement sa coupe.* En ce moment, il monte en bateau avec une douzaine d'amateurs qu'il a recrutés pour la pleine eau. Voilà les douze nageurs à l'eau ! Quant à lui, il reste dans le bateau, occupé à les regarder avec la tendresse inquiète d'une poule surveillant sa jeune couvée. Que l'un d'eux s'écarte, aussitôt le cri : *Ohé ! au bachau,* le rappellera auprès de lui. Qu'un autre *boive un bouillon,* à l'instant il s'élancera à son secours, plongera, ira fouiller le fond du fleuve, et ne reparaîtra pas seul, soyez-en sûr. Douze baigneurs lui ont été confiés, et il serait perdu de réputation s'il ne les ramenait pas tous sains et saufs.

N'oublions pas, dans cette revue un peu rapide des écoles de natation, d'accorder une petite place au *garçon de cabinet,* image du mouvement perpétuel, courant au triple galop de côté et d'autre, afin d'ouvrir aux baigneurs les portes de leurs cellules respectives. Il y aurait de l'ingratitude de notre part à ne pas mentionner aussi la *buvette,* près de laquelle nous avons tous passé, étant enfants, des moments si doux, en contemplation devant les biscuits, les croquets, les sucres d'orge, les bâtons de chocolat, les cervelas à l'ail, qu'on y débite à des prix exagérés.

Parmi les nombreuses écoles de natation de Paris, il en est qui semblent avoir fixé plus particulièrement la vogue. Ce sont les écoles *Petit, Deligny,* et celle dite *du Pont-Royal.* La première, située près de l'île Louviers, est recherchée pour la limpidité de ses eaux, vierges, à cet endroit, de tout contact avec les mille égouts de la ville; et la dernière, pour sa position au centre de la capitale et la propreté de ses cabinets. L'école *Deligny,* qui occupe un fort bel emplacement sur le quai d'Orsay, est le rendez-vous habituel des dandys, des militaires, et de tous ceux qui aiment une eau rapide et profonde. Sa proximité du château des Tuileries lui vaut la pratique des princes, qui y ont un joli salon pour leur usage particulier.

Il me reste à dire quelques mots des écoles de natation moins comfortables, à l'entrée desquelles sont écrits ces mots peu ambitieux : *Bains à 20 cent. ;* vastes cuves accessibles à toutes les bourses, et où la société n'est pas toujours très-choisie. Là, point de caleçon qui gêne le corps dans ses mouvements! point de cabinet séparé! On se déshabille pêle-mêle, en famille; on se jette à l'eau avec un morceau de savon ingénieusement percé d'un trou, et attaché au bras avec une ficelle; on se frotte, on se refrotte, et une fois le savonnage terminé, on se dirige vers ses *effets.* Ici se présente parfois une difficulté : les effets ont disparu; ils ont été remplacés par d'autres; et tel individu qui est arrivé en bottes, en redingote et en chapeau, se voit forcé de revenir chez lui en sabots, en blouse et en casquette, chose fort désagréable, surtout à celui pour qui *le plaisir n'est* pas *dans la variété.*   CHARLES FRIÈS.

LE STÉNOGRAPHE RÉDACTEUR.

E n'est pas, hâtons-nous d'en prévenir nos lecteurs, du sténographe pur sang que nous voulons les entretenir, de ce disciple de Prépéan ou de Taylor, de ce sténographe impassible, scrupuleux, qui reproduit, avec le même sang-froid, la même exactitude, les paroles de M. Fulchiron ou celles de M. de Lamartine, qui, avec le même soin, et sans se le reprocher le moins du monde, traduit les paroles d'Odilon Barrot ou de M. Jollivet, celles de M. Jacques Lefèvre ou de Berryer, du sténographe, enfin, sous les doigts infatigables duquel se multiplient sans cesse ces innombrables suppléments dont la veuve Agasse ou ses successeurs écrasent impitoyablement, pendant les sessions, les malheureux condamnés par leur position gouvernementale ou administrative à recevoir et à lire le *Moniteur officiel*.

Les sténographes du *Moniteur* sont, qu'on nous pardonne ici une comparaison toute militaire, le corps d'armée, la masse écrasante de la presse parlementaire; les sténographes rédacteurs de la tribune haute en sont la cavalerie légère, les tirailleurs, les éclaireurs, les Cosaques même, si l'on veut. A eux donc le talent si difficile de se créer, sans être ni prépanistes ni tayloriens, une méthode abréviative à l'aide de laquelle, au lieu de donner un compte rendu sec et froid des séances parlementaires, ils font assister leurs lecteurs aux discussions chaudes et animées; à eux l'art de se conformer, avec un tact et une adresse qui ont bien leur mérite, aux exigences du format et de l'opinion de leur journal; à eux, surtout, cette intelligence indispensable, qui les fait élaguer de leur compte rendu toutes les redites, toutes les inutilités, qui leur apprend, suivant l'expression consacrée dans la tribune, à laisser *filer* l'orateur lorsqu'il *patauge*, à passer sous silence tout ce qui entrave la discussion, à faire ressortir tout ce qui lui donne de l'importance et de la clarté.

Au sténographe rédacteur seul appartient le droit de dramatiser sa séance, ou de la rendre piquante et gaie, suivant que la discussion a été solennelle, ou, ce qui arrive quelquefois, facétieuse jusqu'au ridicule. A lui, soit qu'il travaille à un journal ministériel ou à une feuille de l'opposition, le soin de faire parler français MM. S... ou B..., ou de reproduire leurs cuirs; de rendre concis et clairs jusqu'aux discours de MM. D... et C...; de prodiguer à pleines mains, avec une spirituelle malice, les mouvements de séance, de distribuer les *on rit*, les *sensation prolongée*, les *approbation*, les *dénégation*, les *très-bien*, d'ajouter après une tirade à effet *M.***, en descendant de la tribune, reçoit*

78

les félicitations de ses nombreux amis ; ou de mettre au bas d'un discours, dont le manuscrit lui a été confié avant la séance, *Une longue agitation succède à cette brillante improvisation ; la séance est suspendue pendant quelques instants, etc.,* et autres enjolivements qui donnent à son récit ce que l'on est convenu d'appeler la couleur locale.

Pour cette troupe légère de la presse, qui se complaît surtout aux escarmouches, aux surprises, aux combats d'avant-postes, les graves et silencieux sténographes du *Moniteur* sont des êtres fort respectables, mais fort à plaindre ; aussi n'est-ce pas sans un sentiment de pitié qu'on les voit, de cinq minutes en cinq minutes, venir d'un pas majestueux se placer au pied de la tribune parlementaire, dans l'enceinte réservée aux élus, et obligés de se conformer au décorum de l'assemblée. On les plaint surtout quand on les voit jeter un regard de regret et d'envie sur cette joyeuse tribune des journalistes, où l'épigramme, le sarcasme, se croisent et se multiplient, où les bons mots s'entrechoquent, se pressent, se heurtent, où certains honorables sont traités sans pitié, flagellés sans miséricorde, où d'autres sont exaltés jusqu'à l'enthousiasme. C'est là surtout que pleine et entière justice est rendue au talent des orateurs, sans acception d'opinions ; c'est là que, avant l'ouverture de la séance, l'on traite gaiement les graves questions qui vont se débattre, qu'instruit par ce qui a été dit, on prévoit ce qui va être dit encore ; qu'on se fait une fête d'entendre Berryer qu'on aperçoit déjà se promenant, les mains derrière le dos, dans un des couloirs, méditant une de ces magnifiques harangues qu'on ne reproduit jamais bien, parce qu'on se laisse involontairement entraîner au charme de l'écouter ; car, il faut le dire, Berryer est la terreur des rédacteurs à la tribune comme au barreau. Avec lui pas de subterfuges, pas de ces ressources si faciles avec d'autres orateurs ; malheur au sténographe qui compte sur ses notes ; il ne faut rien lui demander à lui, car il n'écrit rien, les faits, les dates, les chiffres, tout est classé dans son admirable mémoire avec une clarté, un ordre qui vous éblouissent, vous étonnent, et vous confondent ; ajoutez à cela la puissance de l'organe, la majesté du geste, l'entraînement de la diction, et puis cherchez, si vous l'osez, à reproduire un discours de Berryer, à faire partager à vos lecteurs l'enthousiasme qui électrise les auditeurs : c'est impossible, renoncez-y, et conseillez à vos amis d'aller entendre le grand orateur plutôt que de le lire. Vous voyez que nous trahissons les secrets du métier. Qu'on se garde de croire, cependant, que l'on ne travaille pas dans la tribune des journalistes : ce serait une grande erreur. Quand l'assemblée, calme et attentive, écoute une de ces belles et éloquentes harangues dans lesquelles les plus graves intérêts du pays, son honneur, sa gloire, sa grandeur, sont discutés avec chaleur et entraînement, alors règne dans la tribune des journalistes un silence solennel, que trouble à peine le cri des plumes qui volent sur le papier. Alors, anathème à celui qui se permettrait une plaisanterie, qui prononcerait un mot ; il n'est même pas permis d'être enrhumé pendant les grandes discussions.

Mais c'est alors aussi qu'il faut voir le sténographe rédacteur pour bien le connaître : c'est un curieux spectacle que celui de ces hommes qui, pendant des heures entières, attentifs, osant à peine respirer, surexcitent par l'ardeur du travail toutes leurs facultés, leur imagination, leur intelligence, leur mémoire, qui dérobent d'un regard, sur les lèvres de l'orateur, le mot qui échappe à leur oreille, et dont la main rapide et infatigable traduit en hiéroglyphes dont eux seuls ont la clef, et la pensée abstraite et profonde, et la phrase harmonieuse, et la période brillante et sonore.

Heureusement toutes les séances n'exigent pas autant d'activité : qui pourrait tenir six mois à un pareil travail ! Les rédacteurs ont de temps en temps ces séances calmantes, où les longs scrutins se succèdent, où les rapporteurs des commissions font précéder leurs conclusions d'interminables rapports écrits qui assommeraient le lecteur le plus intrépide, et dont tout journal qui a du bon sens fait grâce à ses lecteurs. Il y a aussi le chapitre des considérations politiques : elles ne sont pas, il est vrai, les mêmes pour tous les rédacteurs, mais enfin chacun a les siennes. Arrêtez ! vont s'écrier quelques censeurs rigides : si vous entrez dans de plus longs détails, vous allez mettre à nu la *cuisine* des journaux, comme le dit M. Jules Janin dans sa lettre à madame Émile Girardin ; et pourquoi pas? Pourquoi cette partie indépendante de la presse n'avouerait-elle pas ce qu'elle fait? De quoi la blâme-t-on? Qu'on cite le talent transcendant qu'elle a tué, la nullité parlementaire dont elle a fait une puissance! Les subventions accordées aux journaux par les différents ministères ont-elles empêché Berryer d'être le roi de la tribune? L'esprit de parti a-t-il empêché les Mauguin, les Lamartine, les Odilon Barrot, les Arago, les Garnier-Pagès, et quelques autres d'être d'éloquents orateurs? Non ; cette presse indépendante, qu'on calomnie, n'a fait que réduire à sa juste valeur ces réputations de clocher, qui viennent se fourvoyer à la tribune ; elle n'a pas craint de reproduire fidèlement les spirituelles et piquantes attaques dont elle a été l'objet de la part de M. le comte J....., mais elle a donné avec la même exactitude les grossières et brutales injures de M. B......; car les unes et les autres étaient un hommage involontaire rendu à sa force et à sa puissance. On ne dépense pas tant d'esprit pour attaquer l'ennemi qu'on méprise; on ne défend pas si violemment son *picotin d'avoine* contre le critique importun dont on croit n'avoir rien à craindre.

Nous l'avons dit, et nous nous empressons de le répéter, on professe dans la tribune des rédacteurs la plus profonde estime pour les sténographes du *Moniteur ;* mais on ne peut pas, cependant, pousser le respect pour ces graves collègues jusqu'à ne pas comprendre et apprécier la différence de positions dans lesquelles, par suite de circonstances indépendantes de leur volonté, se trouvent les sténographes du *Moniteur* et les rédacteurs de la tribune.

Le sténographe du *Moniteur* est un esclave auquel un orateur, quel qu'il soit, demande impérieusement la reproduction textuelle, et même fort souvent recorrigée après coup, de son discours ; le rédacteur de la tribune haute est un être indépendant, que sa volonté ou son caprice seuls engagent à donner à ses lecteurs, ou ce qui lui paraît bien, ou ce que, de bonne guerre toujours, il peut trouver ridicule dans les discours de ses antagonistes : de là la reproduction complète, dans certains journaux, des discours de messieurs tels et tels, et les citations fort amusantes de messieurs tels et tels autres.

De cette différence de position il résulte un fait bien facile à comprendre, c'est que les orateurs exigent des uns comme un devoir ce qu'ils réclament des autres comme un service. C'est que pairs et députés comprennent très-bien que le *Moniteur officiel* n'est lu nulle part, tandis que, dans tous les châteaux, tous les salons, tous les cafés de Paris et de nos départements, on reçoit, ou *le Courrier français,* ou *le Constitutionnel,* ou *la Quotidienne,* ou *le Siècle,* ou *la Gazette de France,* et que, dans l'intérêt de la réélection du député, ou de la popularité du pair de France, car la chambre des pairs tient maintenant à être populaire, il est essentiel qu'on ne lise pas seulement dans les journaux répandus partout : M.*** combat l'amendement, ou M.*** prononce en faveur du projet de loi un discours que le bruit des conversations ne nous permet pas d'entendre, etc. ; et comme les chambres, en votant tous les ans leur budget, y portent cinq mille francs de supplément par mois au profit du *Moniteur,* pour indemnité de supplément de sténographes nécessaires pendant la session, on exige de l'un et on demande aux autres.

Veut-on une preuve de ce que nous avançons? la voici : le rédacteur d'un des journaux les plus répandus écrivit un jour à un député fort connu, pour le prier de lui faire
obtenir deux cartes d'entrée pour la séance du lendemain. L'honorable, homme de beaucoup d'esprit, lui répondit en ces termes :

« Monsieur,

« Je m'empresse de vous envoyer les deux cartes d'entrée que vous m'avez demandées
pour la séance de demain. Je profiterai de cette occasion pour vous prier de vouloir bien
ne pas ajouter *on rit* à la fin de toutes les phrases de mes discours.

« J'ai l'honneur d'être, etc. »

Un mot maintenant sur le personnel assez curieux de la tribune des rédacteurs. C'est
l'assemblage de gens presque toujours spirituels; nous disons presque toujours, parce
qu'il y a nécessairement des exceptions; mais de gens laborieux, car c'est un rude métier que celui de rédacteur des chambres. Dans cette réunion on remarque tout à la fois,
et côte à côte, de jeunes stagiaires et des avocats distingués qui se sont fait dans le barreau une réputation de talent et d'esprit que personne n'oserait leur contester, de spiri-
rituels feuilletonistes, qui, non contents d'enrichir hebdomadairement de leurs remarquables et piquants articles des journaux littéraires et sérieux, rendent compte avec
exactitude et talent, dans ces mêmes journaux, des froides et arides discussions parlementaires. On y voit aussi une série d'auteurs, dont les joyeux vaudevilles font rire le
soir les orateurs dont ils se sont moqués le matin: chacun son théâtre, chacun ses succès.
Enfin, on voit dans cette tribune, à côté d'anciens militaires, de jeunes romanciers bien
connus, et jusqu'à des médecins qui, sans doute, lorsqu'ils ont à traiter ou le spleen ou
l'hypochondrie, prescrivent comme dictame à leurs malades la lecture de certains discours : aux grands maux les grands remèdes.

Peut-être pense-t-on que ces gens de professions de foi si diverses, travaillant à des
journaux d'opinions si différentes, si antipathiques même, sont peu liés entre eux. Eh bien!
il n'en est rien; ils sont tous les meilleurs amis du monde : *la Quotidienne,* servons-nous
de l'expression consacrée, est très-liée avec *le Courrier français*; *le National* invite à
déjeuner *la France*; *le Constitutionnel* s'en va tous les jours bras dessus, bras dessous avec *le Moniteur parisien*, et le *Journal des débats*, ce haut fonctionnaire de la
presse, offre sans façons une prise de tabac au *Messager* ou au *Commerce*. En un mot,
dans la tribune des rédacteurs, chacun travaille, chacun s'entr'aide, et nous pourrions
dire avec raison, en parodiant un mot historique, que si l'égalité était possible sur la
terre, c'est dans la tribune des journalistes qu'il faudrait la chercher.

Ne faisons cependant pas la part trop belle; il y a bien là aussi quelques faux frères,
quelques envieux qui vous flattent tout haut en vous dénigrant tout bas, quelques accapareurs qui font en dessous tout ce qu'ils peuvent pour obtenir au rabais l'emploi d'un
collègue qui ne se méfie pas d'eux : hélas! dans quelle classe de la société ne trouve-t-on
pas maintenant de pareilles gens? Mais ceux-là, il faut les plaindre, et se féliciter de ce
qu'ils sont en bien petit nombre, et surtout bien signaler le besoin qu'ils éprouvent eux-
mêmes de cacher ou de nier leurs manœuvres.

Les sténographes rédacteurs chargés spécialement de rendre compte des séances de la
chambre des pairs étaient, il y a quelques années, c'est-à-dire après la révolution de

juillet, puisque ce n'est que depuis cette époque que les séances sont publiques au Luxembourg, regardés comme des *sinécuristes* qui reproduisaient fort à l'aise, et sans se donner beaucoup de mal, les séances très-rarement orageuses de la chambre haute; aussi existait-il et existe-t-il encore une notable différence dans les appointements que reçoivent les rédacteurs de la chambre des pairs et ceux de la chambre des députés.

Certes les discussions sont, dans la chambre des pairs, moins vives, moins brillantes, moins *incidentées,* que celles de la chambre des députés ; on n'y voit jamais de ces luttes acharnées entre les ministres et l'opposition, de ces harangues animées dont les expressions s'éloignent souvent du langage parlementaire : là point de ces apostrophes violentes, point de ces cris tumultueux, de ces longues interruptions, de ces rappels à l'ordre si fréquents au palais Bourbon. Mais là toujours une discussion grave, sérieuse, approfondie, soutenue avec dignité par des hommes qui ont consacré toute leur vie à l'étude des questions qu'on agite. Aussi les rédacteurs savent-ils d'avance, rien que par le titre de la loi qu'on doit examiner, quels seront les pairs qui prendront part à la discussion; on respecte les spécialités au Luxembourg, et l'on n'y voit pas, ou très-peu du moins, de ces gens qui croient pouvoir parler de tout et sur tout, qui demandent également la parole sur une question militaire ou sur une question d'économie, qui parlent avec le même aplomb de finances ou de politique étrangère, d'agriculture ou de jurisprudence.

Et puis on a tant répété, dans les journaux, à MM. les pairs de France, qu'ils ne faisaient rien, qu'ils votaient sans les discuter toutes les lois que leur envoyaient les députés, on leur a tant dit que leur chambre n'était qu'une chambre d'enregistrement, qu'ils ont voulu donner plus de solennité à leurs discussions, plus d'éclat à leurs débats, plus de temps à leur examen.

Il résulte de tout cela que le travail des sténographes rédacteurs de la chambre des pairs est devenu plus pénible; car on se tromperait étrangement si l'on croyait qu'il est plus facile de suivre avec attention et de reproduire avec clarté un débat grave, approfondi, sérieux et froid, dans lequel la science et le raisonnement brillent sans avoir recours au clinquant des phrases sonores, que de rendre un discours à effet, ou de faire ce qu'on appelle dans la tribune des rédacteurs la *physionomie* d'une séance tumultueuse et bruyante. Cependant empressons-nous d'ajouter que les séances sont moins longues et moins fréquentes à la chambre des pairs : ce n'est donc, sans doute, que cette circonstance qui a motivé la différence que nous avons signalée. Puisse cette observation consoler ceux de messieurs les rédacteurs de la chambre des pairs dont l'amour-propre serait froissé par une question d'argent !

Parmi les sténographes rédacteurs des deux chambres il en est qui ont une double difficulté à vaincre : ce sont ceux des journaux du soir. Il faut non-seulement qu'ils fassent bien, mais encore qu'ils fassent vite. Ils n'ont pas la soirée à eux pour traduire leur sténographie ou leurs notes, quelles qu'elles soient; ils ne peuvent même pas relire ce qu'ils font, car, leur journal devant paraître presque immédiatement après la clôture de la séance, il faut qu'ils envoient, de demi-heure en demi-heure, de la copie à l'imprimerie. Ils n'ont pas, s'ils sont en arrière, la faculté de laisser en lacune un discours qu'ils pourraient faire demander le soir à l'orateur : non, il faut qu'ils soient toujours au courant. C'est surtout pendant ces discussions animées, qui piquent vivement la curiosité publique, qui font qu'on se jette avec avidité, le soir, sur le journal, pour voir ce qui s'est passé à la séance, que leur travail est pénible : point de répit pour eux; plus la séance est animée, rapide, tumultueuse, plus elle est difficile à faire, et plus le rédacteur en chef les harcèle pour avoir des feuillets, car il est de son intérêt que son journal paraisse le premier de tous ceux qui se publient le soir.

De plus, il faut que les rédacteurs des chambres pour les journaux du soir ne comptent que sur eux; ils n'ont pas part entière dans cette officieuse complaisance qui fait que les rédacteurs des journaux du matin s'entr'aident quelquefois; et l'on en comprendra la raison : si le rédacteur d'un journal du matin a pris avec soin un discours, et qu'il le prête à un journal du soir, on pourra le lendemain l'accuser d'avoir copié la feuille qui aura paru douze heures plus tôt. Mais cela se sait parmi les sténographes rédacteurs, et ne change rien à la bonne harmonie habituelle qui règne entre eux. Et puis il est rare que, dans les séances un peu fortes, les rédacteurs des journaux du matin n'aient pas une grande partie de leur travail à traduire, à revoir; car on exige plus des derniers que des premiers. En revanche, les rédacteurs des journaux du soir, obligés de terminer presque avec la séance, peuvent profiter de leur soirée pour se remettre de leurs fatigues, tandis que les rédacteurs des journaux du matin s'en vont travailler souvent pendant plusieurs heures encore, avant même de pouvoir dîner.

Les rédacteurs des correspondances de province sont, sous le rapport du travail, les bienheureux de la tribune, et, si ce n'est l'ennui d'écrire avec cette détestable encre autographique sur ce vilain et ennuyeux papier préparé, leur tâche est facile : ils n'ont à donner qu'un sommaire plus ou moins détaillé, plus ou moins étudié de la séance, et, dès quatre heures et demie, ils sont obligés de s'arrêter, car il faut faire des épreuves, et les envoyer à la poste avant l'heure du départ des courriers.

On voit encore dans la tribune des journalistes quelques Anglais qui prennent des notes qu'ils expédient à Londres; mais ceux-là ne trouvent place dans la tribune qu'à titre d'hospitalité, et, en dépit du traité de la quadruple alliance, on les accueille encore, au moins jusqu'à la déclaration officielle de la guerre: on attend le *casus belli* pour les expulser.

Il y a entre le modeste sténographe rédacteur et les honorables membres dont il se constitue le secrétaire un point de ressemblance qu'il est essentiel de signaler. Comme le député, le rédacteur est tout feu au commencement de la session; la discussion de l'adresse le trouve encore plein d'ardeur; dès les premiers beaux jours il est plus tiède, et quand vient le beau soleil de juin, il est tout à fait de glace. Malheureusement ici la comparaison n'est plus possible : quand l'ordonnance de clôture est enfin publiée, MM. les députés vont dans leurs terres jouir de leurs revenus; le sténographe rédacteur, qui n'a habituellement, du moins que nous sachions, ni terres ni revenus, reprend avec plus de zèle l'exercice de la profession aux émoluments de laquelle les travaux de la session étaient venus en aide.

Alors cette foule bigarrée, qui vient de passer six mois côte à côte dans la tribune, se dissémine tout à coup : les uns retournent au palais, les autres au théâtre; celui-ci va finir un roman que la session avait interrompu, celui-là rend visite à ses malades qu'il trouve guéris; plusieurs courent se livrer à d'innocents plaisirs, tels que celui de la pêche à la ligne. Et qu'on ne croie pas que nous fassions ici un détestable calembour, car nous pourrions, au besoin, citer quelques rédacteurs qui aspirent pendant toute la session au moment qui, les bannissant du palais Bourbon, les rend aux bords de la Seine ou du canal Saint-Martin.

Il passe vite, ce temps de loisir qui sépare les sessions parlementaires; il passe vite pour les ministres, pour les pairs, pour les députés, cela se conçoit, et l'on comprend que ces messieurs se fassent souvent attendre. Mais ce temps de liberté devrait passer encore plus vite pour les sténographes rédacteurs; et cependant, à peine novembre est-il arrivé, que déjà ces oiseaux qui paraissaient quelques mois auparavant si joyeux de s'échapper de leur cage cherchent les moyens d'y rentrer : on les voit dès lors revenir au journal, reprendre l'air du bureau, se remettre au courant de la politique, se préparer, en un mot, à recommencer avec courage les travaux qu'ils avaient peut-être maudits plus d'une fois à la fin de la précédente session.

Il est facile de deviner le motif de cette différence entre les députés et les rédacteurs, d'expliquer le peu d'empressement des uns et le zèle des autres : les députés n'ont à faire que les affaires du pays ; les sténographes ont à faire les leurs, ce qui est bien différent.

Bientôt on n'a plus que quelques jours de liberté avant l'ouverture de la session : alors une assemblée de sténographes rédacteurs est convoquée par les questeurs de la chambre. Là on se retrouve, on se félicite ; on examine quelques nouveaux visages, quelques inconnus, rédacteurs éphémères de ces journaux passagers, qui naissent avec un ministère, et souvent ne vivent pas même si longtemps que lui, enfants perdus de la presse, dont l'existence tient à la nomination du président, à une phrase de l'adresse, au vote d'une loi, à la plus insignifiante proposition dont un caprice fait une question de cabinet. Ceux-là changent tous les ans ; à eux seuls donc les courses, les démarches, les demandes, les inquiétudes avant et pendant la session, car ce qu'on appelle les journaux solides changent rarement de rédacteurs des chambres : comme ils payent bien et exactement, ils ont les plus habiles, et ils les gardent longtemps ; on pourrait même presque regarder comme le thermomètre de la prospérité d'un journal l'ancienneté de service de ses sténographes rédacteurs. C'est dans cette assemblée préparatoire qu'on nomme trois syndics parmi les plus anciens et les plus capables : ces syndics ont pour devoir de maintenir l'ordre dans la tribune et de défendre les droits de leurs collègues.

Enfin arrive l'époque de la session, et avec elle le rude travail, les veilles, les fatigues, mais aussi les folles communications et les piquantes causeries. Telle est la vie d'un sténographe rédacteur. Quelques-uns ont dû à leur habileté des positions brillantes. Nous ne voulons pas parler des vivants, mais nous pouvons citer les morts : Maret, depuis duc de Bassano, a dû en grande partie son avancement et sa fortune à l'adresse avec laquelle il saisissait et rédigeait ce que lui dictait l'empereur avec cette promptitude et ce laconisme qui lui étaient particuliers ; et cependant Maret, qui recueillait de la bouche même de Napoléon ces manifestes, ces memorandum, comme on dit aujourd'hui, qui faisaient trembler l'Europe, et qui maintenant doivent paraître fabuleux, aurait été bien certainement un très-mauvais sténographe du *Moniteur ;* mais s'il ne fût pas devenu pair de France, il n'y a pas de doute qu'il eût fait un excellent rédacteur de la tribune haute.

La séance d'ouverture, ou séance royale, est encore un jour de repos pour les rédacteurs. Le discours de la couronne est toujours écrit d'avance ; on n'a pas besoin de le prendre, on n'a donc qu'à tracer, pendant cette courte séance, la physionomie toujours à peu près la même de cette réunion solennelle de tous les pouvoirs de l'État. Les quelques jours pendant lesquels la chambre compose son bureau ne sont pas non plus très-pénibles ; mais enfin vient la discussion de l'adresse, ce terrible écueil des sténographes comme des ministres, cette grande bataille dans laquelle toutes les fractions de la chambre combattent avec fureur, où les ministres se défendent avec le courage que donne la crainte d'une défaite honteuse, lutte terrible pendant laquelle les juges du camp n'ont pas plus de trêve que les combattants, et dont le récit est comme le premier chant de cette épopée dont le budget est la catastrophe.

A dater de ce moment, plaignez le sort des sténographes rédacteurs : leur travail est pénible, ingrat même, et par grâce, si vous voulez leur rendre un peu de justice, réfléchissez quelquefois, quand vous aurez lu dans les longues colonnes de votre journal le compte rendu de quelque belle séance, à tout le mal qu'il a fallu se donner pour suivre cette orageuse discussion, l'entendre, la comprendre, et la reproduire de façon à contenter tout à la fois les lecteurs, les directeurs de journaux, et surtout les orateurs, cette espèce plus irritable encore que le *genus irritabile vatum* dont parle Horace.

A. JADIN.

LES FÊTES A BORD.

II. — LE PASSAGE DE LA LIGNE.

OLLEMENT bercée par les vents alizés, la frégate *l'Aréthuse* vogue sous le ciel pommelé des tropiques : escortée par des troupes chasseresses de dorades, de coryphènes argentés, et de noirs dauphins, elle glisse à travers les bandes fugitives des poissons volants, elle s'avance magnifique et gracieuse, comme une jeune reine parée des plus riches atours. Ses nappes de toile blanche, semblables à l'étoffe ouvrée dont se coiffaient les duchesses de Bourgogne, descendent de la tête des mâts jusqu'au niveau de l'Océan, et se développent sans faire un pli, bien en dehors de ses hanches arrondies. En termes marins, elle porte *basses voiles, huniers, perroquets, catacois, papillons, focs, brigantine* et *bonnettes* haut et bas. La brise caresse amoureusement ces diverses surfaces, carrées, trapéziformes, triangulaires, fixées à des vergues, ou suspendues à des cordages, retenues par des anneaux coulants ou par des nœuds inflexibles. La mer clapoteuse scintille aux rayons empourprés du soleil couchant, la température baisse et tiédit : il est doux de monter sur le pont pour respirer un air plus frais, car l'intérieur de la frégate est encore brûlant ; la cale surtout ressemble à une fournaise ; et cependant c'est dans la cale, chez *Pluton* le contre-maître, que se tiendra ce soir le grand conseil des dieux. Les habitants de l'Olympe abandonnent les régions éthérées pour rendre visite aux puissances infernales ; les trois chefs de hune et celui du beaupré, le patron de la chaloupe, Flafla le fifre, Alexis le Parisien, et quelques autres divinités du second ordre descendent au fond du *Tartare :* il s'agit d'une importante délibération.

Quand tous les membres de l'assemblée sont au complet, que l'on s'est assis en rond au-dessous du grand panneau, à son aise, c'est-à-dire dans ce costume léger qu'affectionnent les personnages de la fable, le roi des enfers ouvre la séance :

« Y paraît, Parisien, qu'on va passer la ligne ces jours-ci ?

— Le chef de timonnerie l'a dit ce matin, comme je l'ai répété à Hervé. »

Hervé, chef de grand'hune, déclare aussitôt qu'il n'y a pas de temps à perdre, et qu'il faut aviser à distribuer les rôles : «Moi, dit-il, je serai le postillon, si on veut.

— Et moi, le meunier, ajoute Fréjus, chef de la hune de misaine.

— C'est pas ça! murmure Requin, le chef du beaupré : commençons par le commencement, ou bien j'en suis plus!... Qui fait le père la Ligne?

— Toi, c'est connu!

— Et madame la Ligne?

— Faut que ça soit un mignon, répond le président, un peu retroussé, qui sache se gréer en princesse dans le distingué.

— Moi! dit Alexis, je m'y connais; j'ai joué le rôle de la Dame blanche au Gymnase des artistes tireurs de savate, faubourg Saint-Marceau, à Paris.

— Toi! madame la Ligne! tu n'as pas assez bon ton; à ta dégaine de voyou, on te prendrait pour... suffit! *Cale* ta gueule, et espère ton tour.

— Mauvais ton, excusez!

— Veux-tu l'être, Friséic? ça te va tout à fait.

— Tiens! Friséic, c'est vrai; il a la mine qu'il faut, le nez camard, la bouche bien fendue, pas un fifrelin de barbe, la coupe d'une poupée qui sortirait du couvent; seulement, tu chiqueras pas pendant le baptême.

— Connu! répond le chef d'artimon, flatté du choix dont il est l'objet; on sait ce qu'on doit avoir de genre.»

Requin continue les questions : «Qui fait le curé?

— Flafla, pardi! qui veux-tu que ça soit?

— Bon! Et Neptune?

— Moi, si on veut, dit Concarneau, patron de la chaloupe.

— Et le barbier?

— Le Parisien! le Parisien! c'est son affaire.

— Moi, dit le contre-maître de cale, je suis Pluton; je commande les diables et les gendarmes. Ceux que vous choisirez chacun pour votre morceau seront de la noce, et les autres... on les baptise, voilà! A cette heure, Parisien, as-tu fait la lettre?

— Oui, maître Pluton, la voici.

— Lis-nous ça!

«Monsieur le commandant,

«Leurs Majestés le père et la mère la Ligne ont l'honneur de vous prévenir que de-«main, à dix heures du matin, sauf votre bon plaisir, elles descendront à votre bord «pour faire baptiser tous les individus de votre frégate qui n'ont jamais passé dans l'autre «hémisphère.»

Pluton et Requin échangent un coup d'œil; Alexis continue sa lecture, Flafla sourit d'un air dédaigneux, Hervé rompt le silence le premier :

«C'est bête comme tout, Parisien! tu n'y entends rien de rien!

— Oui, c'est bête! s'écrie l'assemblée d'une commune voix, c'est trop long! Faut que ça amuse le commandant, ou bien n'en pas faire du tout. Parisien, tais-ta *boque*; prends ton papier et ta plume, mets-toi contre le fanal, et écris ce qu'on va te commander. Flafla! dis-y la chose.»

Flafla se gratte l'oreille, passe sa langue sur ses lèvres, fait la réflexion que la frégate porte soixante bouches à feu, et dicte :

« *Le* 60 *du mois des z'haricots de l'année des cancrelas ; de la maison de cam-*
« *pagne du bonhomme la Ligne, dans la grand'hune du paradis.* »

« Monsieur le capitaine de vaisseau commandant de *l'Arrêteuse,*

« Comme nous étions à nous curer les yeux, à mon épouse et à moi, avec une bouteille
« de tafia, hier soir, dans notre Louvre de perles fines, à cinq cent millions de lieues
« plus loin que le soleil levant, notre Satan de vigie, qui n'a pas l'œil embrumé, nous a
« signalé, par le sémaphore, que vous vous disposiez à passer dans notre royaume, avec
« toute une cargaison de fahis-gas qui n'ont pas reçu le baptême. En ayant eu la connais-
« sance, sur notre ordre on a gréé notre voiture et nos lunettes pour se mettre en route,
« voir si vos papiers sont en règle, et votre signalement conforme; en même temps que
« nous avons eu la politesse de vous faire l'honneur de vous envoyer un postillon en
« avant de nous, qui vous remettra la présente, à seule fin de vous demander l'heure
« qui vous plaira le mieux. C'est pourquoi nous débarquerons sur votre bord, comme de
« juste et de raison, au moment qui conviendra à nos excellentes Majestés, sauf votre
« respect...

— Mets donc *Majestés* en grosses lettres, Bédouin !

« sauf votre respect, et avec votre permission, à 10 heures du matin, accompagnés de
« toute notre société.

Signé : *le Bonhomme* la Ligne, *roi des Trois - Piques,*
et madame la Ligne, *avec sa famille.*

« Enregistré au bureau des armements de l'enfer,

Signé :

Carottier trompe-la-mort, commissaire filou
qui pose zéro et retient tout. »

« C'est-y ça, les anciens?
— Oui, oui, Flafla. Allons, Parisien, mets l'adresse *par-dessur.* Ah ça ! il n'a pas
l'air content ; il marronne, m'est avis ? Tu n'en seras pas, si tu fais ta tête ; choisis, et
défie-toi que je *t'amure.*
— Attention ! La paix dans la cale ! dit Pluton, revenu à son caractère officiel de contre-
maître.
— C'était bien la peine de me faire recommencer, répète le Parisien ; ma lettre, à moi,
c'était en français, au moins ! »
Requin et Concarneau lancent des regards si terribles à l'infortuné Alexis, qu'il
n'ose poursuivre ses doléances, et s'estime heureux encore de conserver son emploi de
perruquier.
Les rôles principaux se trouvant ainsi répartis, les notables du gaillard d'avant
choisiront à leur gré, parmi le reste de l'équipage, les utilités, les figurants et les com-
parses.

Dans les longues traversées, comme celles de l'Océan, la farce traditionnelle de l'équateur ou du tropique produit un bon effet sur la multitude devenue maîtresse du navire pendant cinq ou six heures de beau temps: c'est une distraction dont le souvenir sera agréable aux matelots jusqu'à la fin de la campagne, un épisode burlesque à inscrire sur les pages sérieuses du journal de bord, un moment de plaisir pour mille de fatigues et d'ennuis. Aussi le capitaine abdique toujours ses pouvoirs en faveur du père la Ligne et de son étrange cortége; l'on ne tente jamais d'empêcher des jeux grossiers consacrés par un long usage, et dont le classique dénoûment est, comme on sait, quelques bouteilles de vin pour le présent, et pour l'avenir, quelques pièces de cent sous, *de quoi faire un repas soigné lors de l'arrivée au mouillage*. La première fête célébrée en mer est donc l'origine d'une seconde fête qui aura lieu en rade : le commandant et la cambuse du navire font les frais de l'une, ceux de l'autre sont prélevés sur les passagers, les officiers et les bourgeois du bord qui n'ont pas antérieurement pénétré dans la zone torride.

Tous les initiés aux mystères de la cale travaillent sans relâche à se procurer les costumes et les attributs nécessaires : on fait des perruques, des barbes et des appas d'étoupe; on emprunte à la timonerie ses pavillons de signaux; au canonnage, un affût qui sera transformé en char pour le bonhomme la Ligne et sa famille; au maître de manœuvre, des harpons et des fouines qui deviendront les sceptres et les tridents des divinités; aux élèves, leurs aiguillettes et leurs chapeaux montés, destinés aux gendarmes, car le gendarme occupe une place respectable dans la mythologie de ce carnaval marin.

Enfin tout est prêt : on doit couper l'équateur la nuit prochaine; il est temps d'afficher la pièce, *par permission des autorités constituées*. Après le dîner de l'état-major, à l'heure où le commandant monte habituellement sur le pont, un bruit sourd se fait entendre dans la mâture, une grêle de fèves et de haricots secs tombe de la grand'hune, une voix formidable, partie d'en haut, hèle la frégate, et l'officier de service répond catégoriquement à ses nombreuses questions. Bientôt, au milieu d'éclairs et de tonnerre, de coups de pistolets et de roulements de tambour, le postillon, le meunier, son écuyer, et leurs montures, descendent périlleusement par les étais, poussant des cris aigus, et débitant des charges provençales ou bretonnes qui excitent l'hilarité générale. A la suite d'une parade assez longue, pour laquelle l'esprit du postillon lutte avec ses coups de fouet, et celui du meunier avec ses aspersions de farine, la lettre rédigée par Flafla est pompeusement remise au capitaine, qui fait aussitôt distribuer des rafraîchissements aux messagers du père la Ligne. Tel est le prélude obligé de la grande représentation remise au lendemain, et que l'équipage attend avec la plus vive impatience.

Les heures de veille se passent à faire des contes menaçants aux novices et aux passagers du pont; le baptême de la ligne leur est dépeint sous les plus affreuses couleurs : aussi les apprentis navigateurs frémissent d'effroi lorsque l'heure fatale tinte à la cloche du bord, et que les premières fioritures du tambour retentissent dans la hune de misaine, car c'est dans la hune de misaine que les dieux se sont réunis; ils sont cachés encore aux regards des profanes par d'épais rideaux, et vont descendre majestueusement pour se former en ordre de bataille. En bas, les attendent des hommes déguisés en ours au moyen de paillets lardés [1], et qui sont les coursiers du bonhomme la Ligne. La troupe paraît enfin, défile dans les échelles de haubans, se laisse glisser de cordage en cordage, s'empare du gaillard d'avant; les gendarmes font faire place aux souverains des cieux, de l'Océan et des enfers, et le cortége s'ébranle. Des tambours et des Turcs, sous les ordres

---

[1] Paillet lardé, sorte de natte confectionnée avec des torons de cordes tressés ensemble.

du tambour-major Neptune, ouvrent la marche ; un prêtre, l'étole au cou, des enfants de chœur, la sonnette en main, les suivent de près, puis le postillon et

> Ses ours attelés, d'un pas tranquille et lent,
> Promènent sur le pont le monarque indolent ;

c'est-à-dire Requin, qu'on ne peut reconnaître sous son épaisse perruque et sa barbe gigantesque. A côté de lui se carre madame son épouse, allaitant un poupon de toile à voile, et aux pieds de ce couple imposant on admire mademoiselle Tropique, leur fille, dont le plus jeune mousse fait le personnage. Pluton et sa division de diables et de diablotins deminus, barbouillés de noir et de goudron, hérissés de plumes de poulets et traînant des fers, feignent d'attaquer le char sacré ; mais les gendarmes repoussent victorieusement les assaillants. Derrière les combattants, le meunier, semant toujours la farine à pleines mains, et le perruquier, armé d'un pinceau à savon, d'un plat à barbe, et d'un immense rasoir de bois semblable à la palette d'Arlequin, égayent les spectateurs par un déluge de lazzis, de singeries et de poses empruntées au cancan. La procession fait plusieurs fois le tour du navire, et finit par s'arrêter dans une chapelle réservée, où l'on a dressé un autel et des trônes pour les principales déités. La paix se conclut alors entre les démons et la maréchaussée. Neptune va demander le porte-voix à l'officier de quart, et commande des manœuvres impossibles et grotesques, au grand ébaudissement des marins. La célébration du sacrifice commence dans le temple. Flafla bénit l'assemblée ; Pluton et le père la Ligne, les Turcs et les gendarmes, assistent dévotement à ces mystères bouffons que suit immédiatement le baptême. On procède avec ordre et retenue : d'abord les passagères sont traitées galamment, on se contente de leur passer le pinceau à barbe sur le menton, et de les arroser d'eau de Cologne ; les passagers de l'arrière, les officiers et les élèves sont un peu moins ménagés, surtout si l'on a quelques griefs contre eux ; mais l'appât de l'offrande et la générosité des néophytes tempèrent toujours les élans facétieux des officiants. Le grand-prêtre et ses clercs, le barbier et le meunier, n'aspergent, ne savonnent, ne goudronnent et n'enfarinent qu'avec poids et mesures les autorités réelles du bord. Toutefois, un serment immuable est exigé de tous ; il fait partie essentielle de la cérémonie : l'honneur des matelots mariés devra être respecté par tous ceux qui reçoivent le sacrement. On pourrait déduire de graves réflexions de cette autre précaution inutile : à nos yeux, c'est le grain de sagesse toujours enfoui sous le tas des folies populaires. Au milieu d'un bizarre salmigondis du sacré et du profane, quel est l'Ésope navigateur qui a imaginé de rappeler aussi tristement aux marins leurs affections délaissées au delà de l'Océan ? Aux paroles mystiques de Flafla, le farouche Pluton a tressailli peut-être en songeant à sa pauvre femme, qui l'attendra deux ans et plus !

Le tour du capitaine d'armes, du maître-commis et des cambusiers est arrivé ; voici le beau moment : la vengeance est le plaisir des dieux. Comme le rigide censeur est bafoué ! on le trempe à dix reprises dans une baille pleine d'eau de mer ; on fait pleuvoir des cataractes sur sa tête ; il ne sort de la sainte chapelle qu'enduit de suie, de goudron et de farine, badigeonné et galipoté comme une galiote hollandaise. Quant aux rogneurs de rations, ces traîtres, ces brigands, qui mettent le pouce dans la mesure de vin, comme on leur sert ample portion de rafraîchissements ! quel bain on leur fait prendre pour les punir de leurs larcins quotidiens !

«Bon poids, monsieur le curé ; double pesée à celui-là qui retranche si souvent les autres !» dit père la Ligne d'un ton solennel, quand arrive le distributeur.

Et l'Olympe d'éclater d'un rire homérique.

Les infortunes des parias du bord ont attiré l'équipage entier jusqu'alors en garde contre les ruses du cortége sacré : la foule ne peut résister au désir de voir immoler les boucs d'iniquité sur l'autel de l'équateur ; le cercle se resserre, devient compacte, est tout yeux et tout oreilles. Si quelque cambusier se fâche, on applaudit, on hue, on crie, on est au cinquième ciel : tout à coup les fonds baptismaux s'écroulent, la pompe à incendie se démasque, un déluge tombe de la hune sur les curieux, un jet continu les poursuit, et ne fait grâce à personne, aux torchons ni aux épaulettes ; le commandant lui-même n'est pas épargné. Au même instant une effroyable lutte s'engage ; les divinités et les simples mortels y prennent la même part : on s'empare de tous les seaux, de toutes les gamelles du bord, on court, on s'évite, on s'arrose, on s'inonde à l'envi. La mer fournit les armes, le combat devient terrible ; mais il n'y a ni vainqueurs ni vaincus : les deux camps sont également trempés.

Midi sonne, le baptême général est achevé : l'équipage a double ration, et la gaieté se prolonge jusqu'au soir. L'arrière prend alors une physionomie nouvelle. Le jour du passage de la ligne est un jour de l'âge d'or : les rangs sont nivelés, on veut du plaisir pour tous. Un bal est décrété d'une commune voix par les dignitaires de l'avant et par les chefs du bord. Un orchestre improvisé s'installe au pied du grand mât, et les danses les plus effrénées tourbillonnent sur le pont. La variété des costumes et des nudités de toutes les couleurs est plus grande encore que le matin : on voit des hommes verts, ocre-rouge, blanc de plomb ; tous les novices, tous les mousses, se sont fait des robes de femme ; quelques vieux de la cale, malgré leurs épais favoris, sont déguisés en danseuses ; et hourra ! la valse ! hourra ! le galop ! hourra !

Le père la Ligne, à la faveur de la nuit, se glisse dans la hune ; sa terrible voix, grossie par le braillard [1] de combat, interrompt le ballet : on écoute. Il ordonne une ronde colossale. La musique lassait ; il fallait quelque chose de plus dévergondé, de plus bruyant : Hourra pour la ronde ! hourra !

Flafla, maintenant en Vénus hottentote, se jette sur la claire-voie, et entonne d'une voix rauque la plus gaie et la plus cynique des chansons du répertoire marin. Le vin et le punch portent la frénésie à son comble : officiers, passagers, matelots, tous se prennent par la main, chacun hurle et bondit à qui mieux mieux ; l'orgie est complète, elle déborde. Si un paisible bâtiment de commerce passait le long de l'*Aréthuse*, il forcerait de voile, et s'éloignerait avec terreur, craignant d'avoir rencontré le pirate du *Black captain* ou *le Voltigeur hollandais*, le juif errant de la mer. Cependant la brise fraîchit, le navire s'incline et fuit rapidement, la mer frémit le long du bord..., et la ronde, la ronde mugit encore.

Au point du jour, l'officier de service était seul sur le banc de quart : son ton de voix était rude et impérieux, la frégate fendait les flots avec la même vitesse, et les matelots hâlaient sur les cordages, au son aigu du sifflet du maître.

[1] Braillard, grand porte-voix.

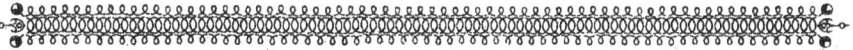

LE PAYSAN MARSEILLAIS.

 e territoire de Marseille est divisé en une multitude de petites propriétés
que l'on désigne sous le nom de *bastides*. C'est là que le négociant
satisfait d'une fortune modeste, le marin qui sent s'amollir la triple cuirasse de chêne et d'airain célébrée par Horace, le bourgeois fatigué des
bruits de la ville, se retirent pour finir tranquillement leurs jours à
l'ombre d'un bouquet de pins, ou d'un berceau de mûriers. Les savants
du Midi ont longtemps discuté sur les causes qui peuvent avoir amené un tel fractionne-
ment de la propriété rurale : les uns l'ont attribué au caractère marseillais, qui aime à
resserrer sur un petit espace et à cacher soigneusement les mystères de l'existence domestique ; les autres ont soutenu qu'à l'époque de la peste, un grand nombre de bour-

geois se retirèrent à la campagne, firent ceindre de murs leurs héritages, quelle que fût d'ailleurs leur dimension, et attendirent la cessation du fléau, confinés dans une sorte de lazaret champêtre. Si à ces deux causes on joint la crainte de la maraude, toujours très-active au sein d'une population flottante comme celle de Marseille, on pourra se former une idée assez juste de l'origine de ces bastides, qui ont de tout temps excité la verve satirique des voyageurs.

Quoi qu'il en soit, sur ces châtellenies de quelques arpents, larges comme un parterre des Tuileries ou du Luxembourg, vit une classe d'hommes qui n'a pas d'autres moyens d'existence que ceux qu'elle peut tirer de la culture du sol. Il faut que le produit de la bastide nourrisse, non-seulement le paysan marseillais, mais encore ses enfants, qui sont ordinairement très-nombreux, sa femme, son âne, et son chien. Or, figurez-vous qu'une partie de la surface de ces arpents est occupée par une grande bâtisse se donnant, autant que possible, les airs de château, qu'un bon quart du terrain est enlevé à la culture par suite de la nécessité absolue où se trouve chaque propriétaire d'avoir une vingtaine de pins en guise de forêt; songez que cet étroit espace contient encore un poste à feu, une garenne, une réserve composée de vignes et d'arbres fruitiers pour le locataire; supputez les chances du mistral, celles de la sécheresse, ajoutez à tout cela la nécessité où se trouve le paysan de partager les légumes, le vin, le blé, l'huile, les fruits, avec le maître, et rendez-vous compte, si vous pouvez, de l'existence de la population agricole des environs de Marseille !

Cette existence est une épopée toute entière ! A l'aurore, la famille est réunie autour d'une vaste table : un anchois nage majestueusement dans une assiette au milieu d'une mer de vinaigre, où l'on distingue à peine les maigres filets d'or de quelques gouttes d'huile; chacun des convives vient effleurer à son tour, avec un morceau de pain timide, le poisson, qui serait à coup sûr bien digne de voir se renouveler en sa faveur le miracle du lac de Tibériade. A midi, on mange un morceau de morue assaisonnée de quelques haricots quand le soleil n'a pas brûlé la récolte, et le soir on soupe avec un ognon. Après s'être ainsi convenablement engraissé de jeûne et repu d'abstinence, le paysan s'endort en attendant l'anchois du lendemain : *O fortunati nimium !*

Comment se nourrissaient pendant ce temps l'âne et le chien ? O miracle de la Providence, prodige de l'instinct ! l'âne broutait philosophiquement sa crèche, et le chien faisait un magnifique festin de cigales et de sauterelles. A proprement parler, le paysan, l'âne et le chien marseillais ne mangent qu'une fois la semaine, le dimanche : c'est le jour où ceux qui habitent la campagne reçoivent leurs amis, où les citadins viennent pendant vingt-quatre heures goûter la paix des champs. Alors le foyer s'allume, la broche tourne, les parfums nationaux de l'*aioli* et de la *braulade* remplissent l'atmosphère. Le paysan est joyeux, parce qu'il sait que les débris du festin seront pour lui ; le chien laisse les sauterelles s'ébattre dans les blés, et les cigales chanter leurs odes éternelles ; l'âne fait entendre des braiements de reconnaissance anticipée : l'écorce des petits pois, les feuilles vertes de la salade, la queue des artichauts, lui composeront un repas digne des dieux.

Pour prix de ses labeurs, le paysan a droit à la moitié de la récolte. De là un sujet éternel de disputes entre lui et le propriétaire. Celui-ci a toujours peur d'être volé. Quand vient l'époque des moissons, il s'arme d'un fusil à deux coups, et passe la nuit à veiller sur les quatre ou cinq gerbes qui vont faire semblant de remplir ses greniers ; il compte les fruits qui pendent à l'arbre, et si le vent en fait tomber quelques-uns, il exige qu'on les lui présente ; il préside aux vendanges, à la cueillette des olives, veillant lui-même à ce qu'aucune grappe ne soit soustraite, à ce qu'aucune olive ne soit enlevée au pressoir pour subir clandestinement, dans l'officine du paysan, la honte de la picholine. Ne pouvant frauder le propriétaire, le paysan lui fait payer sa surveillance d'une autre façon : sous le moindre prétexte, le colon arrive en ville pour donner des nouvelles de ce qui s'est passé à la maison des champs : il s'installe à l'office, fait d'innombrables repas, emporte les débris dans sa besace, et continue les joies du festin au sein de sa famille. Si vous avez de vieux habits, des souliers troués, des chapeaux hors de service, le paysan vous les demandera, et le dimanche suivant vous le verrez habillé de vos dépouilles opimes. Le paysan marseillais, pour mettre à neuf les vieilles hardes, vaut à lui seul trois portiers de Paris. Au milieu de cette misère profonde, l'agriculteur dont nous parlons a aussi son luxe : c'est le tabac. Le paysan fume quand il ne fait rien, il fume quand il travaille, il fume en se levant, en se couchant, il fume toujours. Pour satisfaire à ce goût ruineux, notre héros n'a qu'une ressource, la chasse.

Tous les matins, armé d'une vieille coulevrine, il poursuit les becfigues de buissons en buissons. Il ne tire qu'à coup sûr; il appuie son canon sur des branches, il vise, il pointe pendant un quart d'heure; lorsque le coup part, les échos retentissent à plusieurs milles à la ronde : on dirait la détonation d'une pièce de huit. Quand l'oiseau ne tombe pas, le paysan est désespéré, il a perdu une charge de poudre, il rentre chez lui, car il ne tire qu'un seul coup de fusil par jour. A la fin de la semaine, la mère de famille fait une liasse des six fauvettes, et les porte à la ville. Si elle ne les vend pas ce jour-là, elle revient le lendemain, et ainsi de suite, jusqu'à ce que la vente s'opère. Tous les matins, elle fait ainsi une lieue pour gagner vingt sous. Ne faut-il pas que son mari fume !

Le comble du bonheur pour un paysan marseillais est d'avoir un propriétaire qui chasse. Le bourgeois phocéen aime à se lever avant l'aurore : il se rend à la campagne, s'enferme dans un poste, et attend le passage des grives. Malheureusement les affaires l'appellent, le trajet qui le sépare de la ville est long, les grives ne passeront que dans une demi-heure, mais il faut que le chasseur se rende à la Bourse. Le paysan s'installe alors tranquillement à la place de son maître, il tue le gibier avec sa poudre, et, à la fin du mois, il perçoit un traitement fixe pour la peine qu'il prend à enfermer les appeaux, après le départ du bourgeois, leur donner la prébende, et nettoyer leurs cages.

Ce sont là les seuls revenant-bons du paysan. Comme encouragement, le propriétaire lui donne, aux fêtes de Noël, six morues et quatre livres de nougat, et, au jour de l'an, il pousse la munificence jusqu'à offrir à chacun de ses enfants une pièce de cent sous. Ces écus sont soigneusement mis de côté, et, au bout d'un certain nombre d'années, ils se convertissent en une bague d'or et une montre d'argent. Ceux qui n'achètent point de bague se donnent une superbe paire de pendants d'oreilles. Cette population si malheureuse aime cependant son sort : tous les paysans marseillais parlent avec enthousiasme de leur patrie; transportés ailleurs, ils s'ennuient, ils brûlent sans cesse d'y revenir. Leurs chiens partagent eux-mêmes ce patriotisme : conduits à la ville, ces gardiens de la bastide deviennent tristes; ils cessent d'aboyer à la lune, et finissent par mourir enragés.

N'allez pas croire, toutefois, que l'agriculture marseillaise n'ait pas son aristocratie : elle existe dans les paysans qui cultivent plus spécialement les potagers. Ceux-là sont riches, n'ont point de propriétaires qui les tourmentent, et ne s'allient qu'entre eux. Dans notre article de *l'Abbat*, nous montrerons dans toute son intégrité l'éclat de leur existence princière. A chaque jour suffit sa peine, à chaque article suffit son type. Contentons-nous pour aujourd'hui de cette silhouette du paysan marseillais.

TAXILE DELORD.

CERTAINS VIEUX CÉLIBATAIRES.

CHAPITRE Iᴇʀ.

Petit préliminaire insinuant, suivi de divers aperçus, plus la peinture d'une toilette fort extraordinaire.

ᴇʀᴛᴀɪɴs vieux célibataires ! Quel est ce titre? diront peut-être tout d'abord nombre de gens très-sensés. Pourquoi ce mot *certains* ? Il ne s'agit donc point d'une généralité? Pas tout à fait, judicieux lecteur, et c'est précisément en quoi ce mot certains est ici fort à propos ; car, pour peu que vous réfléchissiez combien diversement nuancée une même catégorie d'individus, tellement que celui-là commettrait certainement de monstrueuses erreurs, qui, à première vue, et sans plus ample examen, confondrait brutalement tel homme avec tel autre ; pour peu surtout que vous n'ayez point l'incroyable inconvenance de vous endormir sur les trois ou quatre premières pages du présent opuscule, alors je ne doute pas, lecteur, que vous ne saisissiez aussitôt combien pleine de sagesse et de courtoisie l'opportune restriction du susdit titre.

En effet, Dieu me préserve de penser que dans l'homme que je vous vais dépeindre soit typéfiée toute la respectable classe des vieux garçons. L'arbre du célibat a plusieurs branches, comme celui du mariage, et paraphrasant certain mot de Molière, je dirai que, de même qu'il y a fagots et fagots, ceux-ci faits de bois vert, ceux-là de bois pourri, de même il peut y avoir célibataire et célibataire. Ainsi, entre autres personnes fort honorables, et que nous n'avons garde de confondre avec l'homme dont il s'agit, nous citerons d'abord le marin ; lequel ne s'est point marié, par la seule considération que ne pouvant transporter une femme à son bord, et lui étant presque toujours en mer, il s'est dit, non sans quelque raison, que tandis qu'il voguerait de çà, de là, démâtant et abordant les vaisseaux ennemis, il se pourrait fort qu'on en fît autant à la vertu de sa chaste moitié : célibataire par état, et que nous approuvons.

Nous citerons ensuite le savant, le mathématicien, lequel, à force de s'abstraire tout entier dans son cerveau, à force d'additionner et de multiplier dans sa tête, n'a point jugé nécessaire de multiplier autrement, trouvant d'ailleurs bien assez laborieux son mariage avec dame science, femme forte, comme on sait, et rude aux enfantements : célibataire scientifique, et que nous respectons.

Nous citerons l'homme de tribune ou de gouvernement, lequel, dans ce grand maniement des affaires, dans cette incessante préoccupation des besoins communs, a fort bien pu ne pas songer à une famille, lui dont sa position faisait déjà l'un des chefs de la grande famille humaine : célibataire politique et que nous honorons.

Nous citerons l'auteur favorisé qui, parvenu tout ensemble à la maturité et à l'Académie, et, dès lors, s'accoutumant à l'heureuse somnolence qui caractérise les travaux et les réunions de cette illustre compagnie, a pu raisonnablement craindre que la féminine turbulence ne vînt à déranger ses graves habitudes : célibataire littéraire, et dont nous apprécions trop le sommeil pour souhaiter rien qui l'en puisse tirer.

Nous citerons encore l'homme distrait, qui ne s'est point marié par cela seul qu'il n'en a jamais trouvé le temps : célibataire préoccupé. Puis celui auquel manquèrent, ce dit-on, certaines conditions indispensables : célibataire naturel. Celui qui ne prit point femme, uniquement parce qu'aucune femme ne le voulut prendre : célibataire forcé, et, comme tel, ayant droit à tous les égards qu'exige l'infortune.

Nous citerons enfin..., que ne citerions-nous pas? vous, par exemple, vénérable célibataire qui me lisez; vous, avec lequel je ne me pardonnerais de ma vie d'avoir pu me brouiller un seul instant; vous, en un mot, assez clairvoyant, je l'espère, pour appliquer le portrait que je vais vous tracer à maint vieux garçon de votre connaissance, mais pas assez aveugle sur vos propres qualités pour vous l'appliquer à vous-même.

Sur ce donc, et m'abritant derrière cette petite précaution oratoire, à l'usage de tous les honorables vieux garçons des quatre parties du monde, je commence.

S'il est, lecteurs, une vérité qui se puisse généralement admettre, c'est que jamais peut-être en nulle époque plus qu'en la nôtre, n'abondèrent certains vieux garçons. Et d'où vient cela, sinon de notre égoïsme croissant, qui, à force de resserrer l'individu, à force de stériliser toutes ses facultés relatives, finit par dessécher en lui jusqu'au besoin de la famille, cette sève première des sociétés?

Quelqu'un, madame de Staël, je crois, a défini l'amour de l'égoïsme à deux, d'où l'on peut, par extension, définir la famille de l'égoïsme à plusieurs; et du moins reste-t-il encore à quelque issue ouverte aux abondances du cœur. Mais que dire d'un vieux garçon qui ne pense qu'à lui, ne pourvoit que lui, et n'aime que lui? Quoi de plus éteint, quoi de plus infécond, quoi de plus muré qu'un tel homme? Quelle plus complète expression du *moi* humain dans son extrême rétrécissement? Certes, aucune. Et d'abord numériquement représentée par de certaines masses, toute société tendant, comme je l'ai dit, à s'individualiser de plus en plus, et peu à peu se dissolvant, à n'être plus, en quelque sorte, qu'une longue addition du chiffre 1 superposé, de cela ne peut-on pas conclure que, dans l'ordre social, l'homme resté vieux garçon par égoïsme est à la disjonction ce que le patriarche est à l'agrégation? l'un au commencement des peuples, l'autre à la fin; l'un source d'amour et d'abondance, homme providentiel et respecté, l'autre marais croupissant et infertile, personnalité étriquée et honteuse; en un mot, l'un vieillard, l'autre vieux.

Aussi, lecteur, s'il vous advient de rencontrer par le monde quelque chose de ridé, et dont on rit, quelque ruine rhumatismale aux allures grotesquement juvéniles, quelque frivole sexagénaire ayant du coton dans les oreilles et de la frisure par-dessus, quelque impuissant satyre aux yeux veinés, miteux et impudiques, quelque bouche doublement flétrie, pleine de chicots et d'obscénités, quelque vieillesse désœuvrée et vagabonde qui va traînant toujours et partout les inoccupations de son cœur, dans les coulisses de la Bourse, sur les bancs des tribunaux, dans les stalles du Théâtre-Français, partout où l'on peut dormir et s'oublier; enfin quelque infirme dandy sans chez-soi, sans coin du feu, coureur de restaurants, dînant çà et là, et pique-assiette par ennui, pilier de tous les repas et de toutes les noces, grand faiseur de couplets gaillards et d'épithalames gazés, chanteur fêlé, amuseur de dessert, fourmillant en calembours, qui fait rimer Bacchus avec Vénus, s'égaie avec la mariée, plaisante sur les truffes, recommande le poivre dans la salade, tranche du jovial, du fringant, et intimide les toutes jeunes filles, et lorgne les poitrines décolletées, et sourit, et galantise, et clignotte. O lecteur, s'il vous advient de rencontrer un tel homme, à tous ces signes caractéristiques reconnaissez l'homme de mon titre; reconnaissez l'un de ceux que j'ai étiquetés: *certains vieux céli-*

bataires, uniquement, je le répète encore, pour ne les pas confondre avec quantité d'autres fort respectables de tout point.

Et d'abord, dans le vieux célibataire en question, quatre côtés bien distincts, et qu'il importe de spécifier : son dessus, lequel est ridicule ; son dessous, lequel est dépravé ; sa condition, laquelle est misérable ; son rapport social, lequel est nul.

Expliquons-nous et procédons par ordre.

J'ai lu quelque part que rien ne ressemble moins à une femme qu'une vieille femme. De même de maint vieux garçon relativement au garçon. La raison en est que, par garçon, on entend généralement un jeune homme, et que mon vieux garçon est un vieux jeune homme : ce qui y ressemble fort peu. Or, il lui veut toujours ressembler : d'où le ridicule.

Ainsi, voyez-le au moment où notre Adonis délabré se reconstruit de pied en cap pour quelque soirée, quelque noce, où il veut à toute force folâtrer, papillonner, éblouir. D'abord le visage, ce qui n'est point petite affaire, car notre homme n'en est plus seulement à se raser. En fait de toilette, il se supplicie ; en fait de barbe, il s'épile : il épile ses joues crevassées, il épile son menton déguenillé, il épile ses narines en broussailles. Puis vient le tour des eaux de senteur : eau pour raffermir les gencives, eau pour purifier les bouches nauséabondes, eau pour nettoyer les yeux gommeux, eau pour extirper les boutons, eau pour adoucir la peau,... que sais-je, trente-six eaux, trente-six pommades dont notre homme, en trente-six façons, et se frotte, et se graisse, et s'imbibe : après quoi, quand il pense s'être suffisamment épluché, lavé, parfumé, et que de toutes ses lessives, de toutes ses odeurs, il ressort tout propret, tout muguet, et marbré, et couperosé, vermillonnant comme une engelure, notre Adonis se trouve frais, et il s'admire ; et tout en se mirant il teint ses sourcils. Il teindrait bien aussi ses cheveux ; mais de cheveux, peu ou point ; car le libertinage de son esprit a dès longtemps desséché son crâne. Alors, que faire ?

Vous le savez toutes, ô mes jeunes lectrices, une tête chauve, cela n'est guère tentant, guère conquérant; cela sent furieusement la soixantaine. — Eh bien! une perruque. — D'accord, mais comment?—Grise ou blanche, sans doute?—Grise ou blanche, mesdames! Allons donc: mais vous n'y pensez point. Du gris à ce jeune vieux! c'est tout au plus s'il voudrait du noir, du châtain. Eh! que non pas: parlez-moi de quelque chose de tendre, de juvénil, d'Arcadien; d'une belle et fine perruque, bien frisottante, bien blondissante, à la bonne heure! Voici ce qu'il nous faut. Et tenez, la perruque est arborée. Contemplez et émerveillez-vous. Admirez comme cela boucle adorablement par devant, sur les pliures de son front jaunâtre; de côté, sur le rouge de ses oreilles plates; par derrière, sur le gras de son cou plucheux. A votre avis est-il non-sens plus grotesque? Est-il plus fou carnaval? Est-il plus hétéroclite déguisement? Et cependant, de la sorte empanaché, mon ruineux Narcisse est content; il croit qu'il est beau; il croit qu'il est coiffé; et il s'attife, il se pavane; de tous côtés il masque sa vieillesse, et il appelle cela être vêtu.

Car remarquez, je vous prie, que dans cette singulière arlequinade tout le reste du costume est à l'avenant. Autour de son cou, par exemple, que faudrait-il? quelque libre et moelleuse cravate où pût reposer commodément tout ce bizarre fouilli de peaux fripées. Nullement: aujourd'hui, qui dit cravaté dit encaissé; et il s'encaisse, il met son cou au carcan. De même de ses jambes; pauvres vieilles jambes endolories, ce qu'elles demandent avant tout, c'est quelque bon pantalon ample et chaud, où elles puissent flotter au large. Vaine requête: la vogue étant aux pantalons collants, mon vieux garçon veut encore être de vogue; et pour cela faire, il s'étrique, il s'amincit; il sangle ses rhumatismes; il crucifie ses infirmités. De plus, comme chez lui toute espèce de formes sont en déchet et en écroulement, croyant obvier à la chose, il commence par s'appliquer préalablement quantité de faussetés en coton, le tout comme complément de mascarade. Car, voyez: tout à l'heure il peignait son visage à fresque, voici maintenant qu'il replâtre son corps. Du haut jusqu'en bas il se rebâtit à neuf. Quel plus complet déguisement! Il y manque cependant une dernière pièce, lecteur, une dernière folie, une dernière souffrance, et c'est par où je terminerai le tableau de cette ridicule toilette.

Ainsi, figurez-vous, d'une part, les plus fins escarpins, petits, mignons, aussi amenuisés que possible; de l'autre, les plus étranges pieds, ceux de mon vieux garçon; pieds rouges, boursouflés, légumineux, difformes, sorte de plates-bandes tuberculeuses, la seule fécondité qui soit en lui. Figurez-vous, lecteurs, ce double aspect, et dites-moi ce que vous en pensez.— Ce que nous en pensons! Eh! mais nous pensons que très-évidemment la nature ne fit point ces pieds pour ces escarpins.—Ce qui n'empêche pas, judicieux lecteurs, que ces escarpins aient été faits pour ces pieds. Oui, messieurs, ce pied va entrer dans cette chaussure; cette énormité dans cette exiguïté. Mais, vous écrierez-vous, une telle entreprise n'est point praticable, et même le fût-elle, une fois emboîté de la sorte, cet homme ne saurait marcher. Il ne s'agit point de marcher, il s'agit d'être chaussé, de faire pied jeune...— Mais il souffrira horriblement.— Il s'agit d'être chaussé, vous dis-je. Et qu'importe la marche, la souffrance? Qu'importe la furieuse résistance de ses pieds? Qu'importe, qu'entre les doigts, sur les doigts, de toutes parts, lutte et s'insurge toute la végétante peuplade des cors et des oignons? mon vieillard n'en tient compte. Il est féroce envers son corps; pour se rendre plus sûrement ridicule envers tous, il se rend despote envers lui-même. Nulle pitié! nulle miséricorde! Il bouscule ses doigts, il brutalise ses cors, il pétrit ses oignons, il empile le tout, et, bon gré, mal gré, il faut que le tout s'encaisse. Vainement le gras du cou-de-pied, accru et bouffi par le racornissement des doigts, menace à tout moment de déborder par-dessus les parois de l'escarpin, comme du lait par-dessus la bouilloire, ce martyr de ses fatuités s'est mis en tête d'être chaussé, et il l'est; c'est-à-dire qu'il sue et grimace, qu'il ne tient pas sur ses jambes, qu'il vacille sur lui-même, qu'il s'accroche à tous les meubles. Mais qu'importe! Pour pouvoir tenter quelques pas de suite, il compte sur l'engourdissement qui suit la douleur.' En effet, ce bienheureux engourdissement venu, s'il ne marche pas tout à fait, du moins il glisse, et tout en glissant il va. Suivons-le, lecteur; car il est curieux de voir à quoi bon toute cette décoration grotesque et douloureuse.

CHAPITRE II.

Le salon, l'âme, et la rue; vieux fat, vieux dépravé, vieux coureur.

Suivons cet homme, ai-je dit à la fin de mon premier chapitre; et ainsi ferons-nous, lecteur. Regardez plutôt : c'est bien lui. Il descend à grand'peine de cabriolet; il monte l'escalier, se raffermissant de son mieux sur ses escarpins; il rajuste sa cravate, et il sonne. La comédie va commencer. Observons.

Laquais, ouvrez la porte et annoncez. Voici mon suranné damoisel en plein exercice; voici son fou costume en plein salon. D'abord il s'avance galamment, impétueusement, fixant chacun; puis, cherchant des yeux la maîtresse de la maison, il s'incline; il fait croissant, il salue aux quatre points cardinaux. Après quoi il va vers les dames, et il sourit; il va vers les hommes, et il sourit; il caresse l'épagneul, et il sourit; il sourit aux rideaux, aux meubles, aux tapis, à tout, et, pour terminer, il se sourit à lui-même.

De même de sa conversation : ce ne sont que banalités charmantes, souriantes, rou-coulantes. Cet homme, puant par circonstance comme un chansonnier de Piron, est pour l'instant fleuri comme un almanach des Grâces; il est tout sucre, tout madrigal; on croirait entendre feu Florian. S'il s'approche d'un cercle de dames, il s'écrie tout haut : « Quelle est cette corbeille de roses ? » Et il se mire dans ses phrases, il se dandine sur ses amabilités. De plus, comme il porte un lorgnon négligemment en sautoir, entre la paroi supérieure de l'orbite et les quelques plis qui longent le dessous de l'œil, il trouve moyen de l'assujettir durablement pour la soirée, et, bien qu'il en résulte un de ses sourcils plus haut que l'autre, et tout un côté de sa figure plissé, ainsi vitré d'un seul œil, mon homme n'en continue pas moins ses évolutions. Il précipite ses pauvres jambes, il se harasse, il s'épuise, il agite sa vieillesse en mille inutilités. S'il ne parlait, ou s'il ne se faisait voir, il lui semblerait qu'il ne vit point. Il faut qu'il soit en évidence, en spectacle; et il tournille, minaude, papillonne, voltige, se mêlant à tout, jasant çà et là, allant de femme en femme, complimentant leur toilette, s'adonisant sur leur fauteuil, ramassant les mouchoirs, les bouquets, se donnant toutes sortes de mouvements, dansant même quelquefois! et tout cela du reste avec une si extraordinaire afféterie de gestes et de langage, avec une si singulière complication de rides et de sourires, avec une si colossale incohérence entre l'âge et le costume, qu'en vérité il émerveille un chacun, réjouissant fort tous ceux auxquels il ne fait pas lever les épaules. Aussi, lorsque quittant un groupe, il court colporter dans quelque autre coin du salon l'infatigable circonvolution de ses mielleuses banalités, les femmes, le suivant des yeux, disent : vieux fou! les jeunes gens, se le montrant du doigt, disent : vieux sot! moi je dis : vieux fou, vieux sot, et surtout vieux satyre!

Oui, lecteur, vieux satyre! car, tandis qu'il se penchait adorablement sur le fauteuil des dames, les étourdissant ainsi de son bourdonnement inutile, n'avez-vous pas alors remarqué comment, profitant de la position, son regard s'insinuait furtivement, lascivement dans les corsages entre-bâillés. De même, lorsqu'il s'est approché de ce groupe de jeunes gens, n'avez-vous pas entendu comment, se mêlant à leurs joyeux propos, il leur glissait à demi-voix quelque gaillardise bien honteuse, se croyant par là plus jeune que les jeunes? Et, bien plus, avant son entrée dans le salon, tandis qu'il passait par l'antichambre, ne l'avez-vous point suivi, point épié? N'avez-vous pas alors observé comment s'émancipant des mains avec certaine femme de chambre fraîche et rebondie, il lui murmurait à l'oreille quelques mots qui l'ont fait rougir jusqu'au blanc des yeux? N'avez-vous rien vu de tout cela? Aussi bien, lecteurs, croyez-m'en, si ce vieillard n'était que ridicule, je n'en rirais pas, et je le plaindrais, parce que la vieillesse est faible, et que toute faiblesse est respectable. Mais, bien loin qu'il en soit ainsi avec cet homme, si j'en ris, si je l'attache justement à la sellette des gens tympanisés, c'est qu'à tout prendre le dessous est chez lui pire encore que le dessus; que ses ridicules ne sont en quelque sorte qu'une floraison difforme de ses vices; que pour peu que l'on jette bas toute cette étrange décoration, on trouvera sous son jeune costume de la flanelle, sous cette flanelle des infirmités, sous ces infirmités des dissolutions; c'est qu'enfin il en est de lui comme de ces livres qu'il cache dans sa bibliothèque : de belles dorures reliant un sale roman; de beaux habits reliant un cœur immonde.

Cela est, et cela devait être. Toujours à de certains moments la nature ouvre à nos facultés certaines directions, certains penchants dont nul ne saurait s'écarter, sans qu'aussitôt, et par une déviation irrésistible, il ne s'enfonce d'année en année dans les plus tortueuses dépravations. Je veux dire que, les premières ardeurs de la jeunesse passées, et l'âge venu où l'homme doit être père, celui-là qui, réfractaire aux lois de la nature, ferme pour toujours sur son cœur les portes du célibat, celui-là, déchu par degrés de sa dignité native, ne peut à la longue que se transformer horriblement dans le mauvais emploi de ses sensations détournées et suries. Expliquons-nous plus clairement encore par une comparaison.

Lorsque la femme, devenue mère, est près d'allaiter son enfant, si la trop grande abondance du lait, s'arrêtant tout à coup, reflue vers la nourrice au lieu d'aller vers le nourrisson, qu'arrive-t-il? le lait devient poison. Il se corrompt faute d'issue; il se gangrène par la compression; d'où suivent pour la pauvre mère de terribles maladies, d'effroyables ulcères, et même trop souvent une sorte de lèpre empourprée qui partout s'étend sur son corps.

De même, pour ainsi parler, du lait comprimé des tendresses et des préoccupations paternelles. Ah! vous avez voulu barrer cette tendance! Ah! vous avez voulu refouler cette affection! Ah! vous avez voulu supprimer cette nécessité! Eh bien! malheur à vous! je vous en donne avis; car de la sorte obstruée dans ses épanchements, cette source de paternité et d'amour se corrompra par la stagnation; chacune de ses gouttes deviendra fange en stationnant dans vos sensualités, et ce qui était dans votre cœur une fécondité nécessaire s'y transformera, faute d'issue, en épouvantable gangrène. Gangrène envahissante! interne putréfaction! qui promptement s'étendant hors des régions du cœur, d'un côté rampera jusqu'aux cellules de votre cerveau, jusqu'à l'universel palais de toutes vos puissances intellectuelles, tandis que de l'autre elle se ruera profondément, tortueusement, par tous les obliques canaux de vos charnelles convoitises. Ainsi de votre intérieur pollué.

Et, pour mieux m'expliquer encore par la déduction de ce qui doit en résulter extérieurement, comme l'homme ne peut supprimer en lui aucunes facultés, quelles qu'elles soient, mais seulement leur donner le change; comme directement ou indirectement il faut à tout prix qu'elles débouchent, par où dès lors le pourront-elles, sinon par la voie la plus ouverte, j'entends par celle des habitudes prises. Et quelles seront ces habitudes, sinon celles inhérentes au jeune homme? habitudes sans règle et sans arrêt, coureuses et désordonnées, qui vont de partie en partie, de femme en femme, de volupté en volupté; en un mot, habitudes naturelles et excusables dans l'âge de l'exubérance et de la force, mais intempestives dans la maturité, mais inexcusables et honteuses dans la décrépitude. Telle sera l'embouchure par où s'échapperont forcément les tendances faussées de l'homme dont nous parlons. Et de ceci, quel résultat?

O vieillard! j'ai ouvert ton cœur; maintenant je veux ouvrir ta vie cachée, afin d'exposer aux yeux du monde en quelle épouvantable dissolution ceux-là se précipitent, qui croient pouvoir impunément se tracer une existence en dehors des fertiles exigences de la nature et des plans immuables de Dieu. Plein encore du souvenir des enivrantes voluptés de ta jeunesse, tu as voulu les continuer là où la nature en avait marqué le terme, et c'est dans ce vouloir même que tu seras châtié. Pour te punir dans ton indiscipline, la nature frappera ton corps de ces deux plaies du libertinage, la lassitude et l'impossibilité. Et ne crois point pouvoir suppléer la science à la force! N'espère point que, par la concentration de tous les raffinements de ta pensée, tu puisses rattraper jamais toutes ces jouissances perdues. Vainement, infructueusement, quelle que soit l'infinie variété de tes honteuses expériences, quelle que soit l'infatigable recherche de ton esprit dans les choses dévergondées, tu ne saurais, quoi que tu fasses, rendre à ton corps sa jeune énergie, à tes sens leur élasticité première. Une trop continuelle tension les a émoussés, comme un trop continuel labeur a usé tes forces. Il te faut, malgré toi, t'apercevoir que tu vieillis, que tout chez toi se détend et s'écroule, et qu'il est enfin temps de te mettre hors de scène. Eh bien! fais-le; prends ton parti une bonne fois; vieux et infirme, sois du moins sage à ton corps défendant. Mais non, tu ne le peux même pas; car autrement à quoi t'occuperais-tu? Rien autour de toi! ni femme, ni enfants, ni famille. Ce qui te pousse, c'est moins le désir que le désœuvrement. Ce qui t'entraîne avant tout, c'est l'irrésistible ennui de ta vie solitaire; c'est la fatalité de ton célibat. Voici ce qui t'emporte en dehors des jouissances permises à ton âge; voici la cause trouvée de tes impudiques préoccupations. Et de là, pour toi, comme suite nécessaire, une lutte terrible entre cette persévérance de l'esprit et cette lassitude des sens, entre cette intellectuelle lasciveté et cette matérielle impuissance; de là, dis-je, et toujours par une engouffrante progression, de là pour toi les plus monstrueux excitements, les plus crapuleuses curiosités, les plus abominables inventions.

Aussi, lecteurs, cet homme que je vous ai dépeint en dessus et en dessous; cet homme comme vous en voyez, comme vous en connaissez; cet homme qui, la veille encore peut-être, tançait fort moralement son neveu sur ses inconduites, et d'ailleurs le premier comme toujours, à lapider de ses paroles quelque pauvre fille abusée, parce que toute vieillesse qui n'est point à respecter est envieuse et impitoyable, cet homme, lecteurs, si je ne craignais d'épouvanter vos chastes oreilles, je voudrais terrifier vos âmes par le nocturne spectacle de ses aventureuses lubricités.

Je voudrais vous le montrer alors que, sorti de chez lui, le soir, entre dix et onze heures, après avoir suivi les trottoirs à pas lents, et lorgné les jeunes filles à travers tous les carreaux, on l'entrevoit soudain qui dévie brusquement dans quelque petite rue sombre et malsaine, pleine de boue et d'ignominie; vieillard honteux et toujours seul qui s'y faufile alors furtivement, craintivement, longeant les maisons, évitant chacun, et rabattant de son mieux son chapeau sur son visage, et la tête rentrée dans les épaules, et regardant en dessous, de tous côtés, çà et là, comme un voleur qui se cache. Je voudrais vous le montrer au moment où, s'arrêtant dans son oblique recherche, et quelques paroles échangées à voix basse, conduit alors par l'une des vivantes marchandises de ces hideux bazars, il tourne tout à coup, et s'enfonce et disparaît dans une sorte d'allée étroite et noire, plus fétide encore que la rue; allée où il trébuche, où il tâtonne, jusqu'à ce qu'enfin se heurtant les jambes contre les marches ébréchées de quelque escalier fangeux et serpentant, il y grimpe cependant encore du plus vite qu'il peut, tant cet homme craint de rencontrer des regards, même dans cette obscurité; tant il est vrai que toute bassesse est peureuse, et que jamais, si dépravé qu'on soit, on ne saurait étouffer en son cœur le sentiment moral de sa honte. Je voudrais enfin.... mais non, pour l'honneur de l'humanité, mieux vaut tirer le rideau, mieux vaut se taire sur cet homme; car bien heureux encore s'il en reste où nous le laissons, s'il ne donne point dans quelque chose de pis; s'il n'achève pas de maculer sa vieillesse en de plus illicites monstruosités.

CHAPITRE III.

État misérable du vieux garçon dans son intérieur; les collatéraux et la gouvernante.

Quelle est généralement, et à peu d'exceptions près, la dissolution commune à toute la classe d'hommes que nous vous signalons? Vous l'avez vu précédemment, lecteur; et certes, à ne les considérer que dans cette grande déchéance de toute morale, et partant de tout droit à la vénération, c'est déjà là pour eux, ce me semble, une assez pleine misère. Il en est cependant pour eux une plus poignante encore, parce qu'elle est en quelque façon plus matérielle, plus immédiate. Je veux parler de ce grand délaissement où ils vivent, de cet absolu dénûment où ils sont de toutes consolations d'intérieur.

Et, en effet, quels cœurs leur sont véritablement acquis? Autour de leur existence, quelle tendresse? quelle affection? De quoi est faite la domesticité qui les soigne, sinon d'intérêt et de vénalité? Rien pour eux qui ressemble à des attentions réellement aimantes. Pas d'enfants, pas de femme! Des amis, peut-être. Mais non. Cet extrême appui est même refusé à leur vieillesse; eux qui n'aimèrent jamais qu'eux seuls ne sauraient avoir d'amis; et tout ce qui leur reste alors se borne à ces froides qualifications de parenté qui n'annoncent que l'héritage, à des neveux, à des cousins, à des collatéraux. Triste support pour leurs dernières années; car s'il arrive que, par une exécrable exception, quelques-uns soient si dénaturés que de souhaiter la mort à leur père, que sera-ce de collatéraux qui, pour la plupart, ne peuvent avoir d'autre attache envers leur vieux parent que l'espoir d'en hériter quelque jour? Ce sera, certes, une étrange affection que la leur; et si nous la voulons approfondir davantage, entrons un moment dans l'éternelle comédie des conversations humaines, afin de mieux voir le fond des cœurs à travers la transparence des paroles.

TROIS COLLATÉRAUX DINANT ENSEMBLE, ET AU DESSERT.

PREMIER COLLATÉRAL (*se curant les dents, et d'un air tout à fait dégagé*).

Eh bien! à propos, et notre honnête vieil oncle? Il y a, ma foi, fort longtemps que je ne lui ai fait visite. Quoi de neuf sur son compte? Se soutient-il toujours?

DEUXIÈME COLLATÉRAL (*faisant son gloria, et avec un visage qui n'indique nullement la tristesse*).

Hum! hum! Il ne va pas des mieux, le cher homme, pas des mieux. Voici environ quelque huit jours que moi et mon fils allâmes lui rendre nos devoirs, et il m'a paru bien vieilli; les yeux cernés, les joues creuses. Quant à moi, je trouve qu'il baisse sensiblement.

TROISIÈME COLLATÉRAL (*épanoui et se versant un petit verre*).

Vous trouvez! Ainsi, vous craindriez...

DEUXIÈME COLLATÉRAL (*prenant ledit gloria*).

Beaucoup. Pensez donc : si ma mémoire est fidèle, savez-vous que notre excellent oncle ne date pas moins que de 1771.

TROISIÈME COLLATÉRAL.

Précisément : de mars 1771.

DEUXIÈME COLLATÉRAL.

Ce qui, tout compté, ne va pas fort loin des 69 bien sonnants, ce me semble. De plus, il a mené une vie! non que je veuille lui en faire un reproche : à tout péché miséricorde; mais, comme on dit : tant va la cruche à l'eau qu'à la fin...

PREMIER COLLATÉRAL (*d'un air fort content de lui*).

Elle se casse; et il commence à se fêler terriblement, le digne homme! hi! hi! hi!

(*Ici rires unanimes et approbateurs des trois collatéraux, suivis de maintes autres facéties de la même force, et de diverses anecdotes plus ou moins édifiantes sur le vieillard.*)

TROISIÈME COLLATÉRAL (*après la première explosion passée*).

Or çà, mais savez-vous que les choses étant comme nous le... craignons, il ne serait peut-être point mal que j'allasse m'en assurer plus positivement auprès de son médecin.

LES DEUX AUTRES.

Vous connaissez son médecin?

TROISIÈME COLLATÉRAL.

Oh! très-bien : un ancien ami à moi, un camarade de collége. Il faudra que j'en cause demain avec lui; parce que, après tout, vous sentez, si notre oncle..., non que je désire le moins du monde qu'il lui arrive un *malheur*, à ce bon vieillard!

PREMIER ET DEUXIÈME COLLATÉRAL (*avec un geste qui témoigne toute leur horreur pour une pensée aussi dénaturée*).

Allons donc!

TROISIÈME COLLATÉRAL.

Mais vous comprenez... Vous verserai-je encore un petit verre? Vous comprenez, notre parent est d'un âge à payer plus tôt que plus tard... la dette commune. Et dès lors, quoi ? après lui, n'est-ce pas les droits de nos enfants ; les nôtres. Enfin , nous avons nos droits.

PREMIER ET DEUXIÈME COLLATÉRAL (*impétueusement*).

C'est incontestable.

TROISIÈME COLLATÉRAL.

N'est-il pas vrai ? Vu donc son état fâcheux, entre nous, à combien estimez-vous que pourra se monter... la succession.

PREMIER COLLATÉRAL (*devenu grave*).

Ah oui ! Voilà justement ce qu'on ne peut savoir, parce que, comme nous disions, le cher oncle n'a pas toujours vécu fort moralement ; et les cadeaux aux petites filles, les femmes à entretenir, les bals, les fines parties de toute sorte, que sais-je ? tout cela fait qu'il a dû effroyablement dépenser.

TROISIÈME COLLATÉRAL (*plus grave que le premier*).

Dépenser ! Dites gruger. Cet homme n'a jamais songé qu'à lui.

DEUXIÈME COLLATÉRAL.

Encore, ne serait-ce rien que ses dépenses, si d'autres n'y mettaient aussi la main. Mais l'entourage, mon cher, l'entourage ! Vous savez assez qui je veux désigner.

LES DEUX AUTRES (*d'un ton lugubre*).

Oui, oui, la gouvernante.

DEUXIÈME COLLATÉRAL (*s'animant*).

Enfin, la dernière fois que j'y suis allé ; j'ai tout vu de mes yeux : un gaspillage ! des fêtes, des festins, des galas ! On dîne là dedans comme si on n'avait que cela à faire. Je vous dis que c'est une honte ; qu'ils lui mangeront sa dernière chemise, le malheureux ! sa dernière chemise ! J'ai voulu lui faire quelques petites observations, dans son intérêt. Peine perdue... Il tremble devant elle ; il en a peur : un enfant. Et vous avouerai-je plus : d'après l'insolence ouverte de la dame, je crains...

LES DEUX AUTRES (*inquiets*).

Vous craignez ?

DEUXIÈME COLLATÉRAL.

Un testament.

TROISIÈME COLLATÉRAL (*se levant de table avec emportement*).

C'est une indignité ! je le disais hier encore à ma femme : on devrait interdire cet homme. Un testament ! et pour qui ? pour des va-nu-pieds, des étrangers, des misérables !

PREMIER COLLATÉRAL.

Tenez, notre dîner est terminé. Voici ce qu'il nous faudrait faire : aller chez lui immédiatement, et tous les trois, afin de sonder le terrain.

Volontiers, et quant au testament...

J'en parlerai à mon avoué. Il y a évidemment captation ; il doit y avoir eu captation ; et on verra par là s'il existe ou non une justice en France.

Et sur ce, tous trois de se mettre en route, et ainsi de leur sollicitude pour leur excel-lent oncle.

Mais parmi les paroles prononcées dans cette édifiante conversation, il en est une dont je vois d'ici quantité de mes vieux égoïstes se saisir avec jubilation et triomphe. Qu'im-porte, en effet, se récriera l'un d'eux, que nous autres célibataires n'ayons ni enfants, ni famille ; nous n'en avons pas moins notre intérieur. Bien que non mariés, nous n'en avons pas moins une femme : nous avons la *gouvernante*.

Voilà comme parle ce digne vieillard, ajoutant de plus sans doute, et non sans quel-que joie, que la condition de ses pareils le débarrassant de toutes les charges du ma-riage, il n'a par là ni fils à établir, ni fille à doter, ni maint autre tracas de cette sorte. Mais, lecteur, ne vous y fiez point. Si spécieuse que soit cette apparente satisfaction de son égoïsme, il ne nous montre pas le fond de son âme, le revers de son existence. Croyez que ce qu'il en dit part moins d'un contentement vrai que d'un amour-propre qui veut s'aveugler ; que quand il s'efforce de persuader aux autres qu'il est heureux, c'est surtout pour se le persuader à lui-même ; croyez, dis-je, que bien loin que cette unique ressource d'intérieur qui lui reste, la gouvernante, lui soit aussi providentielle qu'il le prétend, là encore se cache pour lui tout ce qui perce toujours plus ou moins à travers les attentions vénales ; mille ennuis, mille tracas, mille brusqueries, mille dégoûts ; en un mot, un très-intime dénûment, une très-réelle et très-profonde misère.

Ainsi, lecteurs, cette gouvernante dont il se targue, que sera-t-elle ? vieille ou jeune, sans doute. Eh bien ! dans la première hypothèse, et c'est la plus rare, voilà d'abord ce que je dis : que, pour certains motifs que nous savons, un tel homme n'ayant pu la choisir que jeune, si, lui vieux, elle est vieille, c'est qu'elle aura vieilli auprès de lui ; et si elle a pu vieillir auprès de lui, c'est qu'elle aura pris empire sur lui. Car, autrement, com-ment concevoir qu'il l'ait gardée, lui que nous connaissons si affamé de primeurs. Pour ses soins, peut-être, sa fidélité, son dévoûment. Allons donc ! la reconnaissance et cet homme n'eurent jamais rien à démêler ensemble ; et, de son côté, d'ailleurs, jamais cette femme n'eut rien de tel pour lui ; les apparences de l'affection, tout au plus, mais le fond jamais. Pour lui être réellement attachée, il faudrait qu'elle le respectât, et pour le respecter, elle le connaît trop. Ce qu'elle aime dans cette maison n'est donc que la position qu'elle y tient, et elle n'est dévouée à son maître que comme le sont les chats : pour le logis et la nourriture. Principalement pour le logis où elle commande, où elle maîtrise, où elle a la haute main sur tout ; logis où elle n'a pu vieillir, je le répète en-core, que parce que l'ascendant de cet homme a fléchi devant le sien ; parce que cette infériorité de caractère l'a mis au point de n'oser plus la renvoyer, ni même la contra-rier ; qu'elle est, pour ainsi parler, son maire du palais, son Richelieu ; qu'elle est véri-tablement *gouvernante*. Or, si d'égal à égal toute infériorité est déjà un malheur, quoi de pis que de trembler devant sa domestique.

Mais, dira-t-on, si, lui vieux, elle est jeune ? Oh ! alors, lecteur, cet homme sera gou-verné plus étroitement encore : l'intempérie de nos désirs énervant toujours nos volontés,

85

cette jeune femme le mâtera par sa grande faiblesse, son libertinage ; et tous deux faisant échange de soumission, elle par l'abandon de sa jeunesse, lui par l'abandon de tout
empire dans le logis, de la sorte, et sans compter l'argent et les cadeaux, elle touchera
en autorité le revenu de ses complaisances ; elle sera, dans tous les sens du mot, la maîtresse de son maître ; maîtresse peu dévouée au surplus, femme qui, s'étant vendue, et
comprenant sa honte, doit se croire, par cela seul, d'autant moins méprisable qu'elle
déteste plus le marchand qui l'a avilie. Puis elle est dégoûtée de cet homme. Et comment
en serait-il autrement dans une femme jeune et vigoureuse ? Aussi pense-t-on qu'elle s'en
contente ? Ce vieillard s'est-il figuré qu'elle voulût à jamais s'ensevelir dans sa décrépitude ?
Oh ! que non pas ! Je vous réponds moi que pour s'ébattre au champ des vraies amours,
elle saura fort se permettre, de temps à autre, quelque bonne escapade hors de cette ruine,
et que plus la ruine ira croulant, plus les escapades seront fréquentes... Alors on aura à
visiter ses tantes, ses cousines, ses amies, que sais-je ? mainte occasion de sortie. Bien
mieux : si le vieillard devient tellement impotent qu'il ne puisse plus bouger de son fauteuil, on ne se gênera plus du tout ; on trouvera incommode de se déranger, et, sur ce,
tous les amoureux d'accourir, toute la cohorte de se précipiter. Il pleuvra au logis maint
cousin prétendu, maint *pays* de contrebande, des clercs, des étudiants, des carabins,
des soldats, tous s'invitant à dîner, tous jeunes et robustes, fort dénués et fort affamés,
gens mangeant bien, buvant bien, avec des estomacs très-ouverts et des poches très-vi-
des ; grands dévastateurs de celliers et de garde-manger, qui tous, trouvant le tour on
ne peut plus joyeux, et d'ailleurs fort maigrement nourris pour l'ordinaire, s'étaleront
alors de tout leur appétit dans cette succulente abondance. Et même passe encore s'ils en
restaient là : mais comme on a remarqué que, par compensation sans doute, toute maîtresse payée était d'autant plus donnante à l'endroit de ses doux amis, qu'elle est plus
dévalisante à l'endroit de son payeur, celle-ci, notre gouvernante, se garde bien de manquer à une aussi louable coutume, dépouillant le vieil homme pour revêtir le jeune : c'est-
à-dire que seule réglant tout et pourvoyant à tout, elle vole, elle dilapide, double le
prix de tous les achats, en invente même au besoin, et par tous les bouts monnaye son
intendance. De plus, comme notre vieux fat eut toujours, vous le savez, la ridicule manie
de s'habiller en jeune homme, malheur à ses habits s'il advient que l'ami du cœur soit de
sa taille et de son encolure, car alors Dieu sait sur quel dos tout cela passe ! Dieu sait si,
tandis que leur infortuné propriétaire tousse et crache au coin de son feu, habits, pantalons, chapeau et escarpins, ne vont pas se pavanant traîtreusement dans quelque guin-
guette, ou galopant dans quelque bal public.

De la sorte, cet homme est trompé, volé, et il en voit bien quelque chose. Mais quoi ?
le pli est pris. Vieux et infirme, il est si faible qu'il laisse faire : c'est même à peine s'il ose
se plaindre ; il se tait.

CHAPITRE IV.

Toujours les collatéraux et la gouvernante. — A qui le vieillard ?

Dans le précédent chapitre, lecteur, comment avons-nous laissé notre vieux garçon ?
Trompé, volé, et n'osant se plaindre. Or en cela il faisait d'ailleurs très-sagement, ne
fût-ce que pour son repos, car, ainsi que l'ont *craint* ses neveux, il baisse sensiblement,

le digne homme; et c'est quand il faudrait autour de ses derniers jours le plus de tranquillité et de soins, c'est justement alors qu'il va se trouver harcelé et bloqué par des persécutions plus grandes.

En effet, devant la terreuse lividité de son teint, devant la grande cavité de ses yeux, devant le spectacle de toute cette caducité croulante, la gouvernante s'est dit un beau matin : Diable! diable! est-ce que mon vieux maître voudrait déménager, par hasard? Ceci devient inquiétant; parce qu'enfin, après lui, zéro pour moi : tout retournera à des parents, à des collatéraux, gens qui hériteront de sa mort, sans avoir eu à supporter sa vie; pendant que moi, qui, tout au contraire, l'ai soigné, l'ai veillé; moi qui ai eu à souffrir de toutes ses incommodités, de toutes ses gronderies, il me faudra sortir de la maison comme j'y suis entrée, les mains vides, et j'aurai infructueusement dépensé auprès de ce vieux les plus belles années de ma jeunesse! Cela doit-il être? cela serait-il juste? Non, messieurs les collatéraux, et, ne vous en déplaise, nous aviserons à ce qu'il en soit autrement.

Sur quoi, et dans cet équitable projet, notre gouvernante de sucrer ses façons, de s'entartufier de tout point : machiavélisme dont tout d'abord mon vieillard se trouve mieux. Ainsi, on le négligeait quelque peu, on le brusquait même assez souvent, et tout à coup voici qu'on l'enveloppe des soins les plus empressés, des plus minutieuses sollicitudes. «Pourquoi vous mettre ainsi entre deux airs? Pourquoi vouloir manger de ce mets? vous savez, cependant, que cela ne vous est pas bon. Vous vous exposez trop; vous faites des imprudences.»Et du matin au soir on le cajole, on le dorlotte, on s'enquiert avec soin de sa santé. On craindrait tant de lui voir aventurer cette santé précieuse! on craindrait tant de le perdre! Triste pensée qui amène tout naturellement de non moins tristes considérations sur l'affreuse possibilité d'un tel malheur. Hélas! à Dieu ne plaise que cela puisse arriver! Aussi bien, on ne s'en consolerait jamais, on n'y survivrait même pas, au besoin. Puis, une fois privée de son bon maître, que deviendrait-on? Une pauvre fille abandonnée, sans appui, détestée de tous les neveux, précisément à cause de sa tendre affection pour un oncle qu'ils abandonnent. Et l'on baisse la tête, on porte la main à ses yeux, comme par un mouvement involontaire, tellement que mon vieillard touché en pleure presque lui-même d'attendrissement. Bon! se dit-on alors, voici l'instant. Et aussitôt, entre deux larmes, entre deux attentions, deux caresses, on lui glisse tout doucettement à l'oreille trois ou quatre mots concernant une petite disposition testamentaire quelconque. Paroles qui, je dois l'avouer, ne plaisent pas d'abord à notre vieux garçon, vu que, n'étant nullement disposé à mourir, il déteste tout ce qui sent la bière. Mais, que cela le choque ou non, il n'est point au bout : une fois le mot lâché, on ne s'arrêtera pas en si beau chemin; et le matin, le soir, dans la journée, toujours, les cajoleries de redoubler et avec elles les insinuations testamentaires.

De leur côté, les collatéraux ont eu vent de la chose, et ils en ont été effarés. Ils ont tenu conseil entre eux, et tous aussitôt d'accourir, la figure pâle et renversée, toisant la gouvernante avec épouvante, et flairant les intentions du vieux parent. Chacun d'eux arrive à la file, amenant, l'un, sa femme, l'autre, ses enfants, et jamais le cher oncle ne fut tant visité, tant fêté! car, de même que la gouvernante, tous ces honnêtes héritiers le cajolent et l'amadouent de leur mieux. Toutes ces avidités ont rentré leurs griffes; elles sont bénignes, caressantes; elles font patte de velours.

Mais voyez : la lutte commence. Les collatéraux se sont dit : Faisons expulser la gouvernante; la gouvernante s'est dit : Faisons expulser les collatéraux. Et, comme il faut pour cela que l'un des deux partis s'empare complétement du vieillard, c'est autour de lui, c'est sur lui, que s'agitera ce furieux combat d'affamés, dont il est, en quelque sorte, le but et le champ clos ; c'est à sa tranquillité que va s'attaquer cette guerre de vautours. Entre cette voracité collatérale et cette voracité domestique, il sera tiraillé en tous sens, comme une proie. Et maintenant, vous, lecteur, qui commencez à vieillir, et qui aimez votre repos, vos aises, je vous le demande : n'y a-t-il point là de quoi vous épouvanter ? et cette seule considération n'est-elle pas suffisante pour marier tout le genre humain ? Mais, passons, et pour l'instant ne nous occupons que du seul point qui nous doive importer, c'est-à-dire, à qui la victoire ? à qui la proie ? à qui le vieillard ?

Quant à moi, je vous l'avouerai, je crains fort pour les neveux. En somme, la gouvernante tient son maître de plus près ; et, bien qu'après mainte et mainte escarmouche, ils se soient un beau jour retirés tout joyeux, dans l'espérance d'un très-prochain triomphe, je leur annonce, moi, que cet avantage momentané ne servira qu'à précipiter leur défaite.

Ainsi, dans leur dernière conversation avec leur oncle, qu'ont-ils fait ? Directement, et sans ménagement aucun, ils ont attaqué la gouvernante : bataille décisive, comme vous voyez. Et d'abord, en avant de leur attaque, les tirailleurs, l'artillerie légère, ou , si mieux vous l'aimez, parlant sans figure, échelonnées de loin en loin, çà et là , les demi-insinuations, les demi-méchancetés : que l'état souffrant où ils voient leur cher oncle leur semble exiger la plus attentive surveillance ; que, quant à eux, ils se réjouiraient fort d'un tel emploi ; qu'ils ignorent si la personne qui en est chargée s'en acquitte avec tout le dévouement convenable, mais qu'on ne peut guère en douter, à moins que de la supposer bien ingrate envers un si bon maître, d'autant qu'après tout la position qu'elle occupe près de lui est fort heureuse pour elle ; que certainement elle doit s'en montrer très-reconnaissante, et qu'en admettant qu'elle ne le fût pas autant qu'elle devrait l'être, il serait bien à souhaiter qu'elle le fût. Que sais-je , enfin ? mainte autre perfidie de la sorte enveloppée. Ensuite de quoi, de parole en parole, d'instigation en instigation, et la fusillade ainsi commencée sur toute la ligne , alors les grandes révélations, les grandes médisances , le gros canon : qu'elle a fait ceci, cela ; tenu tel propos, médit de telle ma-

nière, et qu'on le sait de très-bonne part; qu'en toute occasion, par exemple, elle va se moquant tout haut des infirmités de son maître; qu'elle raconte à qui veut l'entendre *mainte particularité sur sa vie, ses habitudes*, brodant mille histoires, forgeant mille calomnies, et partout enfin disant de lui un mal affreux; qu'en outre elle s'entend avec tous les marchands; qu'elle le vole horriblement, comme dans un bois, et qu'on en montrera les preuves. Que bien plus, fait *non moins choquant pour notre vieux garçon*, elle mène une conduite effroyable; que c'est une honte pour la maison, un scandale dans tout le quartier; que tel dimanche, en tel lieu, à telle heure, on l'a vue dans un fiacre avec *tel ou tel jeune homme*, et, huit jours après, avec un autre dans les bosquets d'un bal de barrière, et encore une huitaine après avec un troisième! Chagrinantes révélations qui, toutes, comme bien vous pensez, ne laissent pas que de mortifier quelque peu le vieillard, de lui échauffer singulièrement les oreilles. Aussi s'en aperçoit-on, et daube-t-on d'autant sur la gouvernante. On ne s'en tient plus seulement à ce qui est, on enjambe hardiment de la médisance dans la calomnie; c'est à qui accroîtra, embellira tout ce que l'on a recueilli sur son compte! c'est à qui la bombardera de plus près dans l'esprit de son maître!

Tant et si bien, qu'une fois les collatéraux partis, mon homme, lequel a la tête montée, d'un ton très-bref et qui ne lui est point habituel, intime à la gouvernante qu'il la veut interroger sur diverses choses; et là, non sans entrecouper ses phrases d'un effroyable accès de toux, causé sans doute par l'irritation, il l'accable de tous ses reproches, de toute sa colère; il déverse sur elle tout le boisseau d'accusations dont on vient si charitablement d'encombrer sa cervelle. Mais notre gouvernante n'est point femme à s'épouvanter de si peu. Quoique d'abord étourdie par quelques vérités, elle a bientôt repris toute son assurance, et elle nie effrontément. Qu'on fasse paraître les monstres qui l'accusent, et elle les confondra. Aussi bien elle devine d'où sortent tous ces affreux mensonges; mais que Dieu pardonne à ses ennemis, comme il est vrai qu'elle est innocente, et qu'il est bien cruel à une pauvre fille de se voir calomniée de la sorte! Est-ce là le prix de sa fidélité, de son affection? Et elle pleure, sanglotte, se pâme : d'où suit que la très-mince dose d'énergie restée à son maître étant plus qu'à moitié évaporée en paroles, il commence à se sentir ému. Alors changement de ton. Tout à l'heure les larmes la suffoquaient; maintenant elle s'emporte, trépigne, arpentant la chambre à grands pas, bousculant tout, renversant les chaises, et tout cela avec une telle volubilité de mots, une telle tempête de cris, que, d'ému seulement qu'il était, voilà mon vieillard terrifié! Bon! se dit la donzelle, je gagne du terrain. Et la comédie continue. « Au surplus, s'écrie-t-elle *tout à coup*, que veulent vos neveux? mon renvoi, n'est-ce pas? Eh bien! mon paquet ne sera pas long; je pars demain. » Et cette menace à laquelle il ne s'attendait point, cette subite solitude où il se voit d'avance achève de terrasser son maître. Il tombe immobile sur son fauteuil; il ne souffle plus.

Pauvre infirme! bien t'a pris vraiment de faire cette sortie. Ce jour-là on lui sert sa soupe froide; son rôti brûlé; ses légumes non cuits; tout son dîner à l'envers. Que s'il hasarde timidement une toute petite observation sur la chose, on lui répond rudement que si ce dîner ne lui plaît point, il n'a qu'à faire sa cuisine lui-même. Le soir venu, c'est pis encore. On est, dit-on, fort enrouée, et on refuse tout net de lui lire son *Constitutionnel*, comme d'habitude. Grande privation pour un vieillard qui a surtout besoin de somnifère. Ennuyé, et ne sachant que devenir, demande-t-il quelque pauvre biscuit, quelque pauvre petit verre de liqueur, à seule fin, observe-t-il craintivement, de se ragaillardir quelque peu; on riposte brusquement qu'il n'aime qu'à se griser, et qu'il devrait avoir honte. Il faudrait d'ailleurs descendre à la cave, et on ne descendra certes pas. On n'est pas en humeur de rire, de faire bombance, et l'on n'a pas envie de passer toute la nuit à lui administrer des tasses de thé comme l'autre fois. En un mot les liqueurs ne lui valent rien et il n'en aura pas.

Puis mainte autre brusquerie, mainte autre méchanceté : ce soir-là, pas de tisane pour son catarrhe, pas de crachoir sur sa table de nuit. On va même jusqu'à lui escamoter ses pantoufles, jusqu'à repousser sournoisement le tapis sous le lit, jusqu'à ne lui point allumer sa veilleuse ; et, plus tard, lorsqu'il est couché, au lieu de le tapoter moelleusement sous son édredon, de le border délicatement dans ses draps ; au lieu de tout cela, du poing et du genou, on donne au lit une si effroyable bourrade, que si le mur ne se trouvait là fort à propos, édredon, oreiller et vieillard culbuteraient infailliblement dans la ruelle. Hélas! plaignez-le, l'infortuné! cette nuit-là il ne saurait dormir. Il est agité, tourmenté ; et le matin, voyant paraître la gouvernante toute vêtue comme pour le départ, alors, semblable à ces Romains énervés dont parle Pétrone, lesquels fondaient en larmes pour la moindre vétille, cet enfant de soixante-dix ans se sent tout prêt à pleurer. Que voulez-vous ? notre gouvernante s'en aperçoit, et elle en est touchée. Après tout, elle est bonne fille, la chère demoiselle! et dévouée comme nous la connaissons, sinon à l'homme, du moins au testament, elle se laisse d'abord attendrir, puis elle se fait longtemps prier, puis elle consent à rester, et la voilà plus que jamais installée maîtresse au logis. Aussi, dès ce moment les collatéraux sont-ils tous en pleine déroute, et consignés. Argonautes malencontreux, cette toison d'or est gardée à vue, et défense à eux d'en approcher. Il est vrai, je dois le confesser à leur honneur, qu'ils ne perdent point encore tout courage, et que ne pouvant plus rien par eux-mêmes auprès du vieux parent, ils tentent d'y mander à leur place quelques amis communs. Mais la gouvernante a l'œil à tout ; elle flaire les amis, et il en est d'eux comme des collatéraux : consignés. Désormais, vieillard, il faudra que tu accèdes à ce que l'on exige de toi, ou sinon je t'annonce que forcément, à jamais, on te retranchera vivant de la société des vivants. Plus rien pour tes derniers jours, ni visite, ni distraction, ni compagnie. Cette femme, se méfiant de chacun, ne te laissera plus voir nul autre qu'elle ; et de la sorte tu seras séquestré dans ses craintes ; tu seras muré dans

ta domestique, et toujours, ô homme malheureux! dans cette captivité, dans cette solitude, toujours reviendront pour toi les persécutions testamentaires, comme la cloche
qui mesure les heures au prisonnier, comme le glas qui présage la mort au mourant.

CHAPITRE V.

Le vieux garçon impitoyablement bousculé dans ses dernières maladies. — Sa mort terrible.

Devant les tribulations de toute sorte auxquelles nous avons fait assister nos lecteurs,
surtout devant cette extrême solitude dans laquelle cette femme intéressée emprisonne son
vieux maître, il ne m'étonnerait point que quelques-uns se fussent écriés avec une ver-
tueuse indignation : Eh! pardieu! qu'il renvoie cette mégère! Fort bien, lecteur, mais
d'abord le peut-il? en a-t-il la force? Abandonné par elle, que voudriez-vous qu'il de-
vînt? Serait-il sûr d'en rencontrer quelque autre qui s'accommodât de ses maladies, de
ses infirmités? infirmités auxquelles elle est faite, qu'elle connaît. Puis, parvenu à cet
âge où l'on tient à son fauteuil par cela seul qu'on s'y assied tous les jours, il tient de
même à cette femme. Sans compter qu'elle est jeune, qu'elle est fraîche, et n'est-ce pas
assez vous dire par quels côtés secrets, outre l'accoutumance des soins journaliers, ce
vieux libertin doit encore être attaché à cette femme? Vous voyez donc bien, lecteur,
qu'il lui faut la garder, céder à ses exigences; et ainsi fait-il tôt ou tard.

Seulement en est-il plus heureux? Hélas! non. Car une fois le testament obtenu, le
legs assuré, et cet homme déclinant toujours de plus en plus, alors, et quoique comptant
bien encore sur quelque bonne somme de la main à la main, notre accapareuse donzelle
commence à s'occuper beaucoup de la possession fort probablement prochaine dudit
legs. Et, dans cette pensée, mille rêves sur cet argent, mille projets sur son emploi. Avec
le legs elle se retirera dans son *endroit,* elle y achètera un petit fond, elle s'y mariera,
fera fortune. Pour elle, plus de gêne, de servitude; elle aura son intérieur, son chez-
soi, voire même une domestique; et cette perspective lui sourit fort, et elle voudrait
déjà tenir le legs, moins le légataire. Quoi donc! d'ailleurs, on aura tiré de cet
homme tout ce qu'on en pouvait tirer, et il persévère à vouloir vivre, et il faut toujours
le soigner, qui pis est! Ceci devient singulièrement fastidieux. Aussi s'en plaint-on souvent avec les commères du quartier. «En vérité, ma chère, la position n'est plus tenable.
Figurez-vous que j'ai encore passé les deux nuits dernières à le veiller. On n'a pas idée
d'une telle fatigue. Quant à moi, vous l'avouerai-je? je n'y tiens plus; et si je ne veux
pas y laisser mes pauvres os, il serait réellement à souhaiter que cela finît; autant du
reste pour lui que pour les autres, ajoute-t-on hypocritement; parce que, vrai, ma
chère, et comme vous êtes une honnête femme, il souffre aussi par trop le digne homme!»

Ce qui veut dire, ô vieillard, que cette femme est lasse de toi; qu'elle appelle ta mort
de tous ses vœux; qu'elle t'enterre par avance de ses regards à toutes les minutes du jour.
Ce qui veut dire que, tout désir secret perçant toujours plus ou moins à travers les
actions, par brusqueries, par contrariétés, par secousses, en un mot par tout ce qui peut
activer une souffrance destructive, tout ce qui peut saper une extrême décrépitude, elle
te hâte ardemment vers ta dernière heure, elle te précipite vers ton tombeau. O dure

expiation de ton célibat ! ô châtiment de ton égoïsme ! ô vieillard ! que je te plaindrais si
je ne te connaissais déjà.

Mais silence ! voici devant nous un spectacle encore plus terrible ! voici cet homme sur son
lit de mort ! Et tandis que, dans quelque autre coin du monde, à la même heure peut-être,
s'éteint aussi quelque homme patriarcal, mourant pour qui l'on prie et l'on pleure,
vieillard qui expire entouré de toutes les larmes de sa famille, de toute la douleur de ses
amis, de tous les regrets de ses domestiques, et mieux encore, de toute la bonne conscience
de sa vie passée ; tandis qu'ainsi expire cet homme, considérez autour de cet autre moribond combien secs tous les yeux ! combien pétrifiés tous les cœurs ! Et quelle terrible
incurie pour ses souffrances ! et quel grand abandonnement pour son agonie !

Pour son agonie, dites-vous ? Quoi donc ! quelqu'un meurt-il dans cette chambre ?
j'aperçois bien un homme sur ce lit, mais ce ne peut être un mourant. Nul n'a l'air d'y
songer ; nul n'y prend garde. Et ces gens, que font-ils ? je les vois tous courir çà et là
avec un empressement extraordinaire et une ardeur étrange dans les yeux... A quoi
donc s'occupent tous ces gens ?

A quoi ! demandez-vous ? Ils volent, ils dévalisent, ils emportent. Cette femme est là
avec tous ses cousins, toutes ses cousines, toutes ses amies ; et c'est à qui fouillera, c'est
à qui prendra ; et pendant ce temps cet homme agonise.

Secrétaire et buffet, armoires et commodes, on ouvre tout, on bouscule tout ; et ce
qui est titre au porteur, on s'en saisit ; ce qui est couvert d'argent, on l'empoche ; et
nappes, draps, mouchoirs, serviettes, on arrache tout des tiroirs ; puis, quelques femmes
démarquent le linge, quelques hommes font divers paquets, d'autres enfin empilent le
tout dans des malles ; et pendant ce temps cet homme agonise.

Hâtez-vous ! hâtez-vous ! gens avides. N'entendez-vous point des pas dans l'escalier ?
c'est peut-être l'autre meute qui vient : les collatéraux avec les huissiers pour mettre
les scellés partout. Et tous en effet de se hâter, triplant leurs regards, accélérant leurs
mains, se multipliant pour le vol. Il semble, à les voir, qu'avec tous ses grands yeux,

tous ses longs bras, le briarée de la spoliation s'étende effroyablement dans cette longue file d'appartements dévastés ; et c'est une précipitation, une course, un tumulte, un déménagement, un pillage !... et pendant ce temps cet homme agonise !

Hélas ! hélas ! malheureux ! tu souffres cependant ! tu te sens mourir, et tu te plains ! inutile souffrance ! inutile plainte ! Il s'agit bien de toi, vraiment ! il s'agit d'une curieuse pièce d'argenterie que l'on a vue, et que l'on ne retrouve plus. Mais, regardez : on va enfin vers lui ; et sans doute on l'a entendu gémir ; sans doute on en a pitié ! Nullement ! nullement ! Ce n'est que pour lui demander où donc il a mis son épingle en diamant; ce n'est que pour chercher sous son traversin, afin de voir s'il n'y aurait point caché sa montre. En vérité je crois que s'ils l'osaient, ils enlèveraient jusqu'aux draps, jusqu'aux matelas du lit où il expire ! O férocité spoliatrice ! ô heure de délaissement et d'angoisse !

Ainsi cet homme qui, sur la terre, n'aima que lui et ne songea qu'à lui ; cet homme négatif quant au cœur, sans sympathie et sans tendresse, voué par le célibat aux plus honteuses passions, et qui ne vit en quelque sorte dans cette vie qu'une affaire de sensualité et de bombance ; cet homme, si inclusivement idolâtre de sa chair, qu'il lui destina tout, qu'il n'exista que par elle et pour elle, ne s'entourant dès lors que de tout ce qui pouvait aiguiser ses convoitises, et de plus en plus matérialiser tout son être ; cet homme, dis-je, déjà si dénué et si déserté dans sa vieillesse à l'endroit de ces mêmes jouissances, eh bien ! lorsque lentement, douloureusement arrive enfin pour lui le dernier terme, alors la mort et ses domestiques emportant chacun de leur côté, l'une son corps, les autres, ses biens, alors, ô mesure comblée de son châtiment ! cet homme reste seul, seul dans son agonie ! aussi nu, aussi spolié, aussi abandonné que s'il était le dernier habitant du globe ! Alors, personnes ou choses, tous ces matériels soutiens de son existence se retirant tout à coup et à la fois de tout ce qu'il s'attacha, de tout ce qu'il rechercha si uniquement et avec tant d'ardeur, il semble se faire autour de son lit de mort un extrême refus, un délaissement terrible, une fuite épouvantable ! Il semble que, comme avant-goût de ce vide infini où sans doute la justice de Dieu fait choir éternellement après leur mort ceux qui n'existèrent que pour eux, il semble, dis-je, que dans cette chambre, presque caverne et presque sépulcre, remplie par le vol et la mortalité, la nature se plaise à prolonger encore cet égoïste, le tenant de la sorte comme un moment suspendu dans le grand vide qu'entr'ouvre autour de lui l'implacable égoïsme des autres. En un mot, cet homme n'exista que pour jouir ; on ne s'occupe de sa mort que pour le voler ; et de même qu'il vécut seul dans les satisfactions de ses sens, de même il meur seul dans les souffrances de son agonie.

Quoi de plus misérable !

CAMILLE BERNAY.

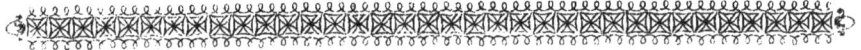

LE CHIMISTE.

 ɪ ʟ y a plusieurs variétés de l'espèce chimiste, sans compter celles qui ne peuvent être analysées. On est chimiste de par l'Institut, de même que l'on est homme de lettres à titre d'académicien ; ce qui n'empêche pas beaucoup de gens de lettres d'être étrangers à l'Académie ; nous ne dirons pas d'académiciens étrangers aux lettres, cela paraîtrait trop incroyable.

Suivons le chimiste dans les diverses combinaisons qu'il affecte ; étudions le secret de ses affinités ; sachons, si c'est possible, sous quelle forme il se présente à la loupe de l'observateur. Le chimiste existe : il s'offre à nous sous les emblèmes touchants d'une réalité actuelle et contemporaine ; c'est un argument de littérature objective, comme disent les Allemands. Le chimiste de nos jours est un homme positif. L'esprit humain se fatigue à donner à la fiction, en la parant de formes brillantes, le degré d'autorité qui convient à une croyance, et épuise toutes les formules du paradoxe pour arriver à une vérité grande ou petite. Le chimiste étant donné comme l'expression quelconque de ce réalisme qui passe pour un besoin de l'époque, nous trouvons qu'il répond parfaitement à sa vocation. On rencontre en lui un homme simple, prime-sautier, le savoir en cravate de taffetas noir et en redingote à la propriétaire. On s'est ingénié récemment à faire la caricature du génie, faute, peut-être, de pouvoir prêter au talent des couleurs assez séduisantes. Si le chimiste est autre dans son laboratoire que dans les romans, c'est que, apparemment, il est moins difficile d'être romancier que d'être chimiste.

Le chimiste est à la matière ce que le philosophe est à l'esprit. Cette vérité passée à l'état de dogme scientifique et littéraire, disons un mot du laboratoire du chimiste.

Le laboratoire d'un chimiste se compose de plusieurs pièces au rez-de-chaussée, qui diffèrent peu d'un atelier ou d'une fabrique : une cour d'un côté, un jardin de l'autre, et entre les deux, le repos, si favorable à la science.

La première pièce, spacieuse et bien éclairée, forme le laboratoire proprement dit. C'est là que sont les fourneaux, adossés au mur, à cheminée conique, susceptible de recevoir un feu de forge. Au milieu, une table surchargée d'appareils de Woulf ; des fioles, des flacons de toute dimension. L'un de ces flacons est rempli de l'eau de Raymond Lulle (acide nitrique), cet admirable savant qui fut excellent chimiste en croyant n'être qu'un homme politique, ce qui est arrivé à bien des personnes depuis Raymond Lulle.

Un autre flacon renferme de l'esprit de vin (alcool rectifié), dont l'usage et la connaissance remontent à Arnaud de Villeneuve, maître du chimiste précédent : ainsi pour divers autres liquides, tels que l'acide hydrochlorique, sulfurique, l'acide acétique. A chacun de ces liquides se rattache l'histoire parfois très-dramatique des expériences qui ont amené sa découverte. La science, comme l'art, est une initiation qui coûte souvent plus qu'elle ne rend; nous disons aux premiers inventeurs, car d'autres pensent que la chimie n'est vraiment utile qu'en rendant plus qu'elle ne coûte.

A côté de ces liquides colorés diversement se trouve une boîte renfermant plusieurs petits flacons : c'est celle que l'on pourrait appeler l'écrin du chimiste, autrement dit, la boîte aux réactifs, dont on peut voir la définition dans les traités de chimie expérimentale. Le laboratoire n'en est que l'exposition.

Dans le pourtour de cette pièce règnent des bassins en cuivre posés sur une planche solide. Au-dessous vous rencontrez une machine électrique, une cuve pneumatique, un gazomètre, ou un *pyromètre*.

Ce qui doit surtout fixer les regards, c'est, sous un globe de verre gardé à vue comme les diamants d'une actrice de la Comédie française, une balance en cuivre, avec une flèche d'acier poli, et des bassins de platine. La balance se tient dans un parfait équilibre, et il n'est pas rare d'en rencontrer de telles; ce qui l'est davantage, c'est que celle-ci est sensible à un souffle : le soupçon d'un corps, la présence d'un atome, un acte réfléchi de la volonté, pourrait la faire pencher d'un côté ou de l'autre; une femme, une fleur au vent n'est pas plus mobile que ce pivot scientifique dont la qualité la plus précieuse est l'immobilité; une balance, enfin, comme il en faudrait une à Thémis, car on prétend que l'équilibre n'existe qu'en peinture sur celle qui lui sert de symbole et de cachet. Cet instrument, destiné à peser tous les corps pondérables, et principalement ceux qui ne le sont pas, repose sur une tablette de porphyre. Le porphyre sert en outre à broyer les minéraux, et à les réduire en poudre impalpable.

Des creusets en argent, argile, ou platine, des globes en verre à col long, larges et arrondis, appelés *matras*, des cornues, des fourneaux, des tubes en verre, des éprouvettes (verres à pied), et des capsules de plusieurs sortes, argent, porcelaine, platine, reposent quelquefois sur l'entablement d'un grand fourneau, avec d'autres fourneaux portatifs de plusieurs formes et dimensions; car, pour décomposer la matière, il faut préalablement composer l'instrument, l'appareil qui doit lui servir de creuset.

Tous les chimistes n'ont pas un laboratoire, de même que tous les savants, une bibliothèque : il en est qui forment à eux seuls toute leur science, et dont le principal appareil consiste dans cette intuition puissante, cette habileté de main, ce coup d'œil investigateur qui dénote le chimiste.

Qu'est-ce qu'un chimiste? où cela naît-il? quels sont ses insignes, ses droits, sa patente? Le chimiste partage-t-il avec l'homme de lettres le privilége de n'appartenir à aucune profession? en a-t-il une, au contraire, au-dessus de toutes les autres et de la loi-même ?

On est chimiste par l'opinion bien plus que par la loi. Voyons toutefois comment on le devient.

Cet homme qui jouit aujourd'hui d'une position aisée plutôt que modeste, qui est membre du conseil de salubrité, de la Société d'émulation, qui le sera un jour du conseil des hôpitaux, est venu à Paris en veste et en sabots. Il a été admis, par une faveur spéciale, à servir gratis dans le laboratoire de Vauquelin. La science le nourrissait alors d'eau d'Arcueil, et son maître lui donnait six francs par mois pour faire bonne chère. L'enfant croissait en âge et en chimie, recueillant quelques parcelles du savoir du professeur, en nettoyant les appareils; il a eu l'honneur de passer ensuite pour élève, quoiqu'il n'eût été que garçon chez le célèbre chimiste; enfin il a conçu l'amour-propre de savoir la chimie comme ceux qui l'ont apprise pour leur argent; il s'est dit *enfant de la balle;* on l'a cru, on l'a consulté, et il s'est trouvé que ce que le professeur ne faisait qu'enseigner aux autres, il le lui avait appris, et quelques manuscrits qu'il a hérité secrètement du professeur ont servi à lui compléter une petite réputation de chimie, suffisante pour le rendre expert dans la matière, et aujourd'hui, en effet, c'est un expert et une première variété du chimiste.

Cet autre, plus hardi et plus entreprenant, s'est livré à toute l'audace de ses tentatives, et, compulsant les écrits de tous les chimistes, il a fait de la science comme on fait du drame et du vaudeville, de toutes pièces. Il a extrait, tant de son propre fonds que de celui des autres, huit volumes substantiels, qui passent, surtout aux yeux des ignorants, pour le code de la science. Il est fleuri, fleurdelisé, renté, anobli. Le gouvernement s'est empressé de reconnaître en lui une expression d'intérêt matériel tout à fait digne d'encouragement. Il faut le croire un grand chimiste, car c'est pour cela qu'on l'a fait baron.

Sans l'être précisément (chimiste, bien entendu), un autre sait la chimie; il y joint même beaucoup d'autres sciences, et, à titre de savant, mot immense! il jouit de beaucoup de places et d'emplois. Comme Horace, et sans le secours d'aucun Mécène, il *a frappé les astres de son front sublime.* On parlait autrefois d'un homme d'esprit pour peu qu'il sût écrire; l'habitude de récompenser les savants fait que tout le monde l'est un peu à l'heure qu'il est. Celui-ci a porté à sa plus haute expression le titre de chimiste. Toutefois la chimie est bien peu de chose à ses yeux sans l'astronomie, et l'astronomie sans la politique; il n'a manqué à J.-J. Rousseau et à Mirabeau que de savoir un peu d'astronomie pour s'égaler à ce grand homme.

Dans un laboratoire plus paré que savant, un bourgeois de mœurs élégantes et aristocratiques s'est livré à quelques manipulations qui ont passé pour des expériences, celles-ci, pour des découvertes. Il n'a pas tardé de se faire un nom, en tout bien tout honneur et toute chimie; il vise à la députation, et guérit du mal de dents. N'osant trafiquer ouvertement de la renommée, ce qui est nécessaire pour s'enrichir, il le donne à un produit odontalgique qui suit son cours dans le monde chimique manufacturier, industriel et commercial. Par une sorte d'attermoiement bourgeois, tout à fait à la hauteur d'une petite vertu, il a stipulé que son nom ne serait pas livré aux bêtes, c'est-à-dire aux journaux, et cela pour ne pas être exposé à se voir nommé député et chimiste dans le même journal.

Hippocrate dit oui, et Galien dit non. Cette opposition de principes et d'opinions est de tous les états.

Or, écoutez: Hippocrate professe couramment, l'éprouvette sur la main, une science nouvelle que les anciens chimistes connaissaient à peine, et que les chimistes futurs ne connaîtront peut-être jamais, une science toute individuelle, la *toxicologie.* Habile, du reste, actif ingénieux, hardi et peu novateur, on le voit trancher toutes les questions qui peuvent l'être chimiquement. Il a créé beaucoup plus qu'une spécialité, c'est-à-dire toute une science, dont une époque de crimes et de passions féroces faisait un besoin. Il s'est placé à la tête d'une de ces influences qui rendent un homme indispensable; sa parole est devenue le *fiat lux* de la justice; l'arsenic, ce roi de la nature morte, n'a pas eu de forme protéique qui ait échappé à ses investigations; il l'a transformé lui-même en fluide plus ténu que l'air respirable, et le moins respirable de tous les fluides; il aurait retrouvé, au besoin, la recette perdue du feu grégeois, ou de la *poudre de succession,* pour en faire un arguil a poussé jusqu'au paradoxe l'art de découvrir un crime, et désigner un criminel : l'antiquité connut l'art d'interroger la tombe et le secret des morts à l'aide des oracles ; de nos jours la chimie a les siens. Toutefois, n'est-ce pas le cas de s'écrier, avec Racine :

> Un oracle fatal ordonne qu'elle expire ;
> Un oracle dit-il tout ce qu'il semble dire ?

Il est de la nature des oracles eux-mêmes d'être passés au creuset de l'analyse. Les anciens nous ont assez appris à ne pas croire sans discussion aux modernes, et à ne point faire d'un des éléments d'une cause, l'avis du chimiste, cette cause tout entière.

Une longue pratique de la justice et des toxiques, deux choses qui n'obéissent pas aux mêmes réactifs, ont amené Galien à ce scepticisme raisonné. Comme chimiste, il a fait souvent parler le bon sens avec éloquence, et montré que la vérité simple et nue jusqu'à l'évidence est encore plus sûre que la science appuyée des quatre Facultés. Opérant sur les mêmes corps, à l'aide des mêmes organes et des mêmes instruments, il est arrivé, en prouvant beaucoup, à établir avec certitude que la science prouve peu de chose, et les chimistes encore moins. Cet homme est encore un expert et un chimiste.

Un homme de lettres qui veut parvenir ou exister seulement, comme dit Figaro, se met à assembler des mots, à retourner des phrases, à donner, s'il le peut, une forme nouvelle à cet éternel article de journal, qui est le pain quotidien de l'abonné. Le chimiste compose un mémoire où il révèle un fait nouveau, et qui a vieilli suffisamment pour paraître tel, et de préparateur à l'une des sept ou huit chaires de chimie que Paris possède, il s'élance sur les marches de l'Institut. Il tient quelquefois la balance entre Hippocrate et Galien, et forme à lui seul une majorité compacte et homogène, d'un sens si profond à notre époque.

Le chimiste type est celui dont nous visitions, il n'y a qu'un instant, le laboratoire. De cette pièce, qui est comme l'atelier de l'opérateur, si nous passons dans une seconde, nous trouvons qu'elle est parquetée comme un salon, qu'il y règne un ordre, une propreté incompatible avec les travaux des chimistes. C'est là que reposent les minéraux, les sels, les racines, les cristallisations naturelles ou artificielles, des bocaux ornés d'étiquettes, enseigne de la science, plutôt que cette science écrite. Dans une armoire à glace, dont le chimiste ne manque jamais d'avoir la clef, reposent les échantillons précieux, les cristallisations remarquables, les minéraux d'un gisement particulier. Ce cabinet est autant celui du curieux que du savant.

Le chimiste proprement dit n'est ni celui qui exploite la science, ni celui qui la professe, ni celui qui en poursuit un filon aurifère pour s'en faire une spécialité. Nous trouvons le chimiste dans son cabinet, au milieu d'une foule d'expériences et de travaux qui lui sont personnels. Homme d'expérience et d'investigation froide, et armé de cette longue patience qu'un savant a défini *le génie*, nous voyons le chimiste marcher posément d'une induction à une autre, et se tenir sur la trace de tous les travaux contemporains. On lui doit une foule de découvertes, d'améliorations matérielles dans les éléments qui composent notre bien-être de chaque jour, sans que rien de tout cela ait fait bruit sous son nom. Il fera, selon la dureté des temps, du sucre avec des raisins, du pain avec de la fécule, du bouillon avec n'importe quoi. Le chimiste est l'homme d'une société qui commence, et l'orateur, de même que le poëte, sont les types tranchés d'une société qui finit. Transportez un chimiste dans une île au sein d'une colonie, il trouvera quelles sont les

qui ne le sont pas; comment on peut se nourrir, produire, exister aux dépens de la nature et des trois règnes qui la composent.

C'est dans son cabinet que le chimiste s'aide de tous les instruments qui concourent à
créer des mondes, ou à élargir au moins celui où nous vivons : une forte loupe, un mi-
croscope, des verres lenticulaires pour les études de physiologie végétale; une foule d'appareils microscopiques lorsqu'il s'agit d'opérer en petit; sur un petit entonnoir, repose
un filtre grand comme la paume de la main ; dans une capsule de porcelaine, un liquide
incolore est soumis à cette évaporation lente qui favorise une cristallisation impossible.
Le moins apparent de ces instruments est quelquefois celui dont on attend les plus beaux
résultats. Au-dessus de cette investigation lente et laborieuse, il y a le hasard, qui est
aussi un grand expérimentateur et un grand chimiste. Priestley, dont le nom a marqué
dans cette science, ne croyait qu'au hasard, et lui attribuait la plupart de ses découvertes. Nous énumérerions les merveilles qui sont sorties du creuset du chimiste, qu'il
faudrait encore l'être un peu pour en comprendre la valeur. Lisez des vers passables à un
chimiste, il bâillera involontairement: ainsi de ses expériences pour les profanes. Tous les
arts, toutes les sciences et tous les métiers, ont un jargon à part, des intérêts et des passions qui restent éternellement inintelligibles pour le public. Autour du chimiste, dans
son cabinet, sont renfermées les principales publications du ressort de cette science, les
Annales de chimie et de physique, la *Revue scientifique du docteur Quesneville*,
le *Bulletin de chimie et de pharmacie*, des mémoires, des correspondances: il y a là des
lettres signées de Berzelius et de Liebig. Le moins indéchiffrable des caractères qu'elles
renferment serait de l'algèbre pour un amateur.

C'est à cet expérimentateur qu'une science, qui n'est pas précisément la chimie, mais
qui se confond avec elle, la pharmacie, doit de faire corps, d'avoir des lois et un
enseignement homogène, et d'être professée dans une école spéciale. De graves intérêts
reposent sur les travaux et les expériences du pharmacien chimiste. Il est souvent chargé
de veiller à l'amélioration du régime et au service hygiénique des hôpitaux; il veille à la
préparation de tous les médicaments qui peuvent être prescrits dans le service médical des
hospices et des prisons, il en formule de nouveaux, et possède l'initiative de toute une
branche des connaissances humaines la plus utile en application.

En somme, rien n'est plus varié, plus complexe, que le sens de cette expression, le
chimiste. Ses instruments, sa personne, son entourage, n'ont rien de merveilleux ;

mais sa science l'est beaucoup. Le chimiste est plus que jamais un homme actuel. S'il a renoncé à l'astrologie qui l'élevait au rang des devins et des êtres supérieurs, il a adopté l'annonce qui ne laisse pas de le placer encore parmi les prodiges. Partout déifié, panthéonisé dans les journaux, dans les cours de justice, mis en commandite, et étendant son patronage à toutes les sociétés industrielles et manufacturières, le chimiste aspire à la dictature des intérêts matériels. On l'a vu, revêtu du manteau de la pairie, sous cet habit qui inspire de grandes métaphores, mettre sans façon Homère au-dessous de Papin, qui est loin de valoir le chimiste lui-même mis au rang des dieux, et tout étonné d'y être. S'il est un endroit où l'on aime à rencontrer le chimiste, c'est, sans contredit, dans son laboratoire. Le laboratoire du chimiste a très-heureusement perdu cette teinte de merveilleux, ce prestige des sciences occultes qui fit longtemps des alchimistes, dont le type compose, avec celui du juif et du traître de mélodrame, la personnification de l'épopée dramatique au moyen âge. On ne trouve dans le laboratoire du chimiste, ni télescope, ni miroir philosophique, ni signes symboliques, ni constellations ébouriffantes. Ces choses, dont on dédaigne aujourd'hui de se moquer, ne sont rien cependant qu'une formule usée, un paradoxe. Nos descendants en trouveront d'autres tout aussi niaises, que nous n'apercevons pas, parce qu'elles nous fascinent, et qui auront fait leur temps. Chaque siècle a sa petite erreur, son petit préjugé, qui grandit comme une montagne, et qui s'affaisse, comme l'île de Robinson Crusoé, dans l'océan des âges.

De grands noms se sont inscrits parmi ces illustres chercheurs, qui, en lutte avec des erreurs, des préjugés, des sottises et des superstitions de tous genres, ont eu souvent besoin d'adopter le langage du mensonge et de l'ignorance pour se livrer à la recherche de la vérité, cette pierre philosophale de la chimie. Paracelse, Van Helmont, Basile Valentin, Raymond Lulle, Arnaud de Villeneuve, figurent dans cette liste, qui se ferme en France avec le nom de Lavoisier, pour s'ouvrir à une nouvelle série de chimistes dont nous avons l'honneur de coudoyer chaque jour la renommée. S'il faut juger du savant par son laboratoire, celui du chimiste se compose aujourd'hui d'alambics, de fourneaux, de machines électriques, de cuves à mercure, de cloches pneumatiques, de mortiers, de philtres, de piles voltaïques, toutes choses qui parlent aux yeux autant qu'à l'imagination, et donnent l'idée d'un pouvoir défini. Le chimiste n'est plus, en effet, qu'un opérateur, joignant au pouvoir de surprendre la nature dans ses admirables travaux celui de les répéter quelquefois dans ses expériences. La nature est-elle autre chose qu'un vaste laboratoire dont nous admirons les appareils, et dont nous ignorons l'opérateur et le chimiste?

ANDRÉAS.

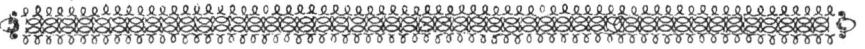

L'ABONNÉ A UN THÉATRE DE PROVINCE.

EMANDEZ à un homme comme il faut de province pourquoi la société ne va pas au spectacle ; il vous répondra que c'est parce qu'il n'y a que de mauvais acteurs. Demandez au directeur pourquoi il n'a que de mauvais acteurs, il vous répondra : c'est parce que la société ne va pas au spectacle.

A ces chances si contraires, à ces probabilités de misère si menaçantes, quel remède opposera un directeur intelligent ? Une bonne liste d'abonnés, s'il est possible : l'abonné est un tributaire positif; il souscrit et paye d'avance. Si les rangs sont pressés, si le bataillon en est nombreux, le commencement de l'année théâtrale s'ouvre sous les plus heureux auspices. Un bon prospectus, avec des promesses, puis encore des promesses, et toujours des promesses, voilà ce qui importe. Le directeur, *avant l'abonnement*, montre à tout le monde les lettres par lesquelles les premiers sujets de Paris lui promettent quelques représentations dans le courant de l'année ; *après l'abonnement*, les difficultés sont survenues, les artistes de Paris sont trop exigeants; il est vraiment impossible de s'entendre avec eux.

Le progrès agit enfin sur l'abonné de province : il lui faut des nouveautés ; l'ancien orchestre, qui suffisait pour l'opéra de Dalayrac, doit être au moins doublé pour exécuter la musique de Meyerbeer. L'ancien décorateur n'avait fait qu'un palais romain et un salon de Molière : on exige une salle gothique ; et comme elle doit coûter près de mille écus, la petite ville a bien voulu, sur la proposition du maire, voter huit cents francs pour cet objet : le directeur n'aura donc à s'endetter envers le peintre que pour deux mille deux cents francs.

Il y a dans chaque troupe d'abonnés (car dans chaque ville ils forment une corporation d'autant plus compacte, que la liste est, à quelques noms près, toujours la même), il y a, dis-je, des abonnés de deux sortes : ceux qui font du spectacle leur grande affaire, leur occupation principale, le souci capital de leur existence, et ceux qui ne voient dans le théâtre qu'un délassement, une distraction, qu'ils adoptent sans passion, et qui n'est pas pour eux chose indispensable. Les premiers peuvent être nommés les abonnés *actifs* ; les autres, les abonnés *passifs*. On sent bien que je ne m'occuperai pas de ces derniers.

L'abonné actif, le seul qui offre un côté intéressant à l'observateur, se divise lui-même en deux catégories, que l'âge seul sert à distinguer. Il est vieux, ou il est jeune : vieux, il est *galant* ; jeune, il est *tapageur*.

Il semble, au premier coup d'œil, que le jeune abonné devrait être le plus porté à la galanterie : il n'en est rien, pourtant. Pour jouir de toute l'estime d'une actrice de province, il faut avoir une position faite, une fortune indépendante, et des habitudes de générosité, qui cadrent assez mal avec la position des jeunes gens, pour l'ordinaire étudiants, commis, ou sous-lieutenants, fort aimables d'ailleurs, mais qui, en fait de luxe et de dépenses, n'ont guère que de magnifiques intentions. L'abonné de soixante ans prend hardiment le pas sur cette jeunesse étourdie. C'est lui qui conseille le directeur, qui fait renouveler l'engagement des actrices, qui prête un peu d'argent, se porte conciliateur dans les discussions, et daigne accepter, avec deux ou trois de ces dames, le soir, chez le directeur, un magnifique souper, qu'il a lui-même commandé, et payé dès le matin.

Pour ce respectable doyen de l'abonnement, il n'y a musique nouvelle qui tienne : Rossini l'étourdit, Meyerbeer l'ennuie, Halevy l'impatiente. Après avoir, en public, fait le sacrifice apparent de ses opinions, il attend comme l'heure du berger l'heureux moment où, après le souper, il pourra obtenir de la première chanteuse ces airs si tendres qui le charmaient autrefois. Et l'actrice, qui connaît le faible de ce respectable protecteur des beaux-arts, dirigeant vers lui un regard où brille l'expression la plus délicieuse, lui récite, l'un après l'autre, les airs langoureux de nos vieilles pièces.

> Rien, tendre amour, ne résiste à tes armes...
> (*Gulnare.*)

> Pour mieux te prouver mon amour...
> (*Idem.*)

> Je t'aimerai toute la vie...
> (*Aline.*)

> Je suis encor dans mon printemps,
> Abandonnée, et sans défense...
> (*Une Folie.*)

> Aussitôt que je l'aperçois,
> Mon cœur bat et palpite...
> (*Azémia.*)

> Sans être belle on est aimable,
> On a certain air agréable...
> (*Ambroise.*)

« Voilà des airs ! voilà de la musique ! s'écrie le vieil abonné. Ils ont beau dire, je ne comprends pas leur tapage; et, après trente ans encore, je m'attendris jusqu'aux larmes à ces chants qui expriment si bien l'amour. » Puis, lançant à l'actrice un regard plein d'une expression qu'elle supporte avec un courage héroïque, il chante lui-même, d'une voix tendre :

> Femmes, voulez-vous éprouver
> Si vous êtes encor sensibles ?...

et chevrotant les deux autres couplets, sans faire grâce aux convives d'un seul vers, il répand toute la sensibilité de son âme sur le dernier :

> Ah ! rendez grâce à la nature !...

Le lendemain de ce souper, où tout le monde a bien mangé, et où l'abonné seul s'est amusé, le directeur, le régisseur, l'actrice et sa compagne, reçoivent à domicile un joli cadeau, assurément bien mérité par la patience et la politesse avec lesquelles l'amateur du temps de l'empire a été religieusement écouté.

Pour celui-ci, fidèle à ses anciennes affections, il hait jusqu'au nom des emplois nouveaux, qu'il fait semblant de ne pas comprendre. Un *ténor* est toujours pour lui un *Elleviou*, et il ne se décidera jamais à appeler le *Martin* un *baryton*; une *basse chantante*, fût-ce Lablache ou Levasseur, n'est autre chose qu'une *basse-taille* à ses yeux; la *prima donna* est une *première chanteuse à roulades*, qu'il veut toujours distinguer des *mères nobles* et des *Dugazons*; et, si vous pensez que le *second ténor* est un peu faible, il vous répond que ce jeune homme a bien assez de voix pour un *Colin*.

Franchissez au moins un siècle, et arrivez a jeune abonné. Ce que celui-ci redoute le plus, ce qui le rendrait malade et malheureux au dernier point, ce serait de ne pas passer pour un homme à la mode. Les drames nouveaux, il les dévore; la musique savante, il l'écoute, ou fait semblant de l'écouter, pendant cinq actes, avec une apparence d'admiration qui lui vaudra, pour prix de sa laborieuse patience, la réputation bien méritée de dilettante. Si Meyerbeer, se rendant aux eaux, passe, fût-ce en poste, par la petite ville, le jeune abonné, averti par son ami le maître de poste, accourt immédiatement, et tout pressé de chanter au compositeur un air de *Robert le Diable,* comme si celui-ci ne le connaissait pas, il saisit le moment où l'infortuné voyageur prend un bouillon, et entonne l'air *Des chevaliers de ma patrie,* de manière à bien convaincre Meyerbeer que, parmi les chevaliers de notre patrie, il y en a peu d'aussi ennuyeux.

Jaloux de se mettre en communication avec les sommités de notre littérature, le jeune abonné a écrit à Victor Hugo pour lui demander lequel était le meilleur de ses portraits, et l'homme célèbre a répondu : «Je n'en sais rien.» Il a supplié Alexandre Dumas de lui envoyer la collection de ses ouvrages, et celui-ci lui a répondu que c'était l'affaire de son libraire. Il a annoncé à Scribe, que, grâce à son insistance, on allait enfin monter au théâtre de sa petite ville la pièce du jour, *la Calomnie,* et lui a demandé quelques instructions à ce sujet, et Scribe a répondu : «Ma seule instruction consiste à recommander qu'on joue ma pièce le mieux possible.» Toutes ces lettres, conservées avec soin, forment une précieuse collection d'autographes, et l'on dit dans la ville que le jeune abonné est le correspondant des premiers littérateurs de Paris.

La vie de province est monotone. Un jeune homme qui attendrait du sort et des circonstances l'occasion de voir les dames et d'en être vu pourrait souvent n'être heureux qu'en espérance. Le théâtre est une occasion toute simple d'observation mutuelle. Là, de la galerie aux premières loges, un homme peut parfaitement juger de l'effet d'une nouvelle mode arrivée de la capitale; et des premières loges à la galerie on peut distinguer l'énorme différence qui existe entre des gants glacés jaunes, brillants et frais, et d'obscurs gants noirs, qui n'ont d'autre avantage que d'être toujours les mêmes; entre un élégant frac vert, de forme moderne, aux boutons guillochés, et le désespérant habit noir, éternelle livrée des magistrats, des avocats, et des médecins de tous les pays. Un jour, ce sont ses manchettes que le jeune abonné montre sans affectation; un autre jour un objet nouveau paraît fixer son attention, et il n'a pour but que de montrer un binocle magnifique. Il y a des moments où tout le monde bat des mains, et où il applaudit avec sa canne; il est impossible que ce bruit particulier n'attire pas les regards, et sa canne, en effet, mérite bien d'être vue.

Le spectacle est-il changé subitement? Le public voudrait en savoir la cause, et appelle à grands cris le régisseur. Celui-ci arrive, salue trois fois, et attend qu'on l'interroge, ce que personne n'ose faire. Alors, à la grande satisfaction de l'assemblée, le jeune abonné prend la parole : « Le public désirerait savoir pourquoi le spectacle a été changé aujourd'hui. » Le régisseur se tourne respectueusement du côté de son interloteur, fait une réponse que le public accueille toujours avec bienveillance, et le jeune abonné va faire un tour au foyer, où il reçoit les félicitations de ses honorables amis.

Mais c'est surtout dans deux circonstances capitales que le jeune abonné se passionne, et essaye son empire sur la multitude : c'est l'époque des débuts et celle de la clôture théâtrale qui amènent au théâtre ces incidents importants et ces graves rumeurs dont toute la ville doit retentir le lendemain. Dans ces occasions solennelles, le jeune abonné ne se montre plus seul, mais soutenu de tout le bataillon de ceux qui sont jeunes, ou qui se croient jeunes comme lui. L'actrice paraît ; elle est jolie, mais elle vient occuper l'emploi de celle qui, l'année dernière, s'est fait dans la ville des amis puissants, et qui, n'étant pas engagée ailleurs, reprendrait ses rôles si l'échec de celleci lui faisait place. L'orchestre, composé de ses vieux amis, paraît tiède et presque hostile à la débutante. La jeune génération qui peuple le balcon a résolu de déjouer cette cabale de vieillards : à chaque scène, à chaque air, la nouvelle actrice est applaudie, on l'inaugure avec enthousiasme, et l'ovation bruyante d'un aimable avenir réduit à la confusion et au silence les vénérables voltigeurs du passé.

Mais il est de ces talents devant lesquels les discordes s'apaisent, et qui réunissent tous les partis dans une commune admiration. Madame Lucile, la *prima donna,* élève du Conservatoire de Paris, qui a débuté à l'Opéra, et qui doit y retourner après quelques études en province, a obtenu dans la ville un de ces succès contre lesquels toute critique est impuissante. Vieux abonnés, jeunes abonnés, premières loges, parterre, tout le monde applaudit avec frénésie. Se voyant l'objet de l'adoration publique, la *prima donna* a résolu de se placer en tout au premier rang, et, pour preuve de cette noble ambition qu'on ne saurait trop louer, elle a exigé du directeur des appointements de vingt mille francs, qu'on ne donne, ni qu'on ne donnera jamais dans une ville de troisième ordre. Le départ est donc résolu, les adieux sont déchirants, et la dernière représentation est témoin d'un triomphe pyramidal. Les vieux abonnés ont retrouvé, pour applaudir, la vigueur de leur jeunesse, les dames des loges jettent des fleurs dont l'actrice est couverte, et qui jonchent le sol autour d'elle. Une **couronne de magnifiques fleurs** est lancée des troisièmes loges par un **bras** vigoureux, et comme un billet s'y trouve **joint,** et que toute l'assemblée crie : *Les vers ! les vers !* on voit rougir aux premières un jeune abonné que l'on sait être ami de la littérature, et que chacun soupçonne d'être l'auteur de l'aimable surprise. Le régisseur a été solliciter la permission de l'autorité, sans l'approbation de laquelle rien ne peut se lire sur le théâtre, et avec un organe sonore qui dévoile l'habitude de l'ancienne comédie, il lit le madrigal suivant :

De vos talents, de vos attraits si doux,
La mémoire en nos cœurs doit rester immortelle ;
Comme vous Vénus était belle,
Mais chantait-elle comme vous ?

Les applaudissements éclatent, et l'idée est admirée ; car enfin, personne ne sait comment Vénus a chanté, et il est fort délicat d'avoir trouvé à madame Lucile un avantage sur Vénus. Le lendemain, le journal du département reproduit le quatrain, et ajoute ces mots : « Quoique l'auteur ait voulu garder l'anonyme, on n'en devine pas moins que cette charmante poésie doit être attribuée à l'un de nos jeunes abonnés au théâtre, connu par son goùt pour la littérature , par ses relations avec les hommes de lettres les plus distingués de la capitale , et par son tact , qui fut souvent utile à nos artistes et à nos amateurs. »

Charles Durand.

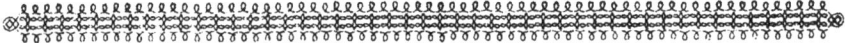

LES FÊTES A BORD.

III. — LES JOURS FÉRIÉS. — LE SPECTACLE.

omme pour mériter la permission de faire campagne , la plupart de nos coutumes de terre ferme se sont barbouillées de goudron , et ont revêtu la rude casaque de matelot , puis, s'élançant à l'abordage, le juron à la bouche et la hache au poing, elles ont envahi l'arrière et l'avant du même bond , et grâce aux déguisements qui leur servent de passe-ports, elles ont conquis le droit de régner en pleine mer. L'étiquette et ses froides minuties ne sont pas restées au rivage ; mais aussi le vieil usage de se réjouir périodiquement à certaines époques de l'année a levé l'ancre avec les marins, et les a suivis au large. Les fêtes chômées sur le sol de la patrie le sont également sur les ponts des navires ; les joyeuses folies maritimes du passage de la ligne ou du tropique ne les excluent point, et, leur jour venu , on les accueille gaiement si les flots et les vents veulent bien le permettre.

Semblable à l'antique Panthéon, l'Océan est le lieu d'asile de tous les cultes ; les navigateurs des quatre extrémités du monde y chantent tour à tour leurs hymnes religieux ou nationaux. Hier, sous cette latitude, passait un vaisseau anglais hurlant *Rule, Britannia !* et *God save the queen!* demain, ce sera peut-être une polacre napolitaine dévotement enivrée en l'honneur de saint Janvier ; aujourd'hui, c'est la frégate française *l'Aréthuse* célébrant à sa manière le 1ᵉʳ mai , les glorieuses , le nouvel an , ou le mardi gras.

Ces quatre solennités ne diffèrent presque pas entre elles , surtout si l'on se trouve sous voiles. Point de salves d'artillerie ; en ce cas , l'on n'a que faire d'effaroucher les bonites et les marsouins; on réserve les détonations pacifiques pour le séjour en rade, et les deux fêtes réglementaires perdent ainsi leur marque distinctive. Une inspection de deux heures en grande tenue et en armes, une double ration de vin à dîner, la permission de jouer, de danser et de chanter à plein gosier, depuis midi jusqu'au soir, appartiennent aussi bien au premier jour de l'an qu'à la Saint-Philippe, ou au 28 juillet ; le mardi gras seul est exempt de toute espèce de corvée : c'est le seul jour férié où l'équipage ne soit pas forcé d'acheter ses plaisirs par une parade militaire cent fois maudite. La matinée, il est vrai, a été consacrée aux travaux habituels; mais le reste du temps sera complétement abandonné aux meneurs du peuple matelot.

A bord de l'*Aréthuse*, Flafla est en possession de présider aux distractions du gaillard d'avant : l'autorité l'y encourage et lui en sait gré. En considération de sa verve exhilarante, bien des peccadilles lui sont pardonnées, et une grande indulgence est le prix de ses saillies. Le fou du navire a ses priviléges comme celui des cours d'autrefois, car il provoque le rire et la gaieté franche de tous ces braves gens enlevés à leurs affections pour vivre emprisonnés sur les flots, et soumis à la plus rude discipline. Voici trois fois vingt-quatre heures qu'on l'apercevait à peine aux manœuvres générales, jouant du fifre pour donner le pas, et disparaissant aussitôt; on remarquait aussi les fréquentes absences de Friséic et du Parisien, et l'on se disait tout bas : «Bien sûr, à eux trois, ils nous préparent quelque comédie pour notre carnaval ; pourvu toutefois qu'il fasse beau temps mardi qui vient!»

Le ciel a été favorable aux vœux de l'équipage ; une brise rondelette balance la frégate comme dans un hamac ; pas de houle, pas de nuages, on court en bonne route, *bon quart partout!* Déjà se forment au pied des mâts des groupes semblables à ceux des collégiens au commencement d'une récréation lorsqu'il s'agit de voter pour les barres, le diable boiteux ou la balle empoisonnée, et c'est la même question qui se débat. Assaut de bâton ! en avant les fleurets ! à moi les tireurs de sabre ! crient les uns ; rallie au loto, qui veut des cartons ? à la galoche ! on ne roule presque pas ; à la drogue, matelots ! à la *brisque !* qui en est ? répondent les autres. Tout à coup un bruit confus domine les diverses motions des orateurs, une oscillation marquée agite toutes les têtes : *Flafla ! Flafla ! c'est Flafla !* répète-t-on de tribord à babord. On court, on se pousse, on se presse ; aux plus lestes les premières galeries. Ceux-ci sont étendus à plat-pont, ceux-là accroupis à la façon des Orientaux; une multitude compacte se tient debout en quatrième et cinquième rang ; les derniers venus ou les plus petits se perchent dans les haubans, et les grands étais convertis en loges grillées; quelques officiers et tous les élèves, accourus au bruit, assistent de loin au spectacle donné par le fifre et ses deux acolytes.

On sait qu'à la mer les principales embarcations du navire, emboîtées les unes dans les autres, sont installées au milieu du pont sur de solides chantiers ; c'est de cette éminence que Flafla va haranguer son auditoire. Cette fois, il est travesti en charlatan forain ; Friséic, costumé comme au passage de la ligne, jouera le rôle de son épouse ; Alexis, le Parisien, sera paillasse. L'intéressant trio appelle longtemps à son de trompe, de casserole et de tambour, les traînards du faux-pont ou de la cale. L'opérateur commence enfin par un éloquent exorde en bouts-rimés, que suivent les discours et les démonstrations les plus grotesques. Le Parisien exploite les facéties de la barrière du Trône; madame Friséic rajeunit de son mieux quelque vieux conte maritime qu'elle débite d'une voix flûtée ; l'illustre Flafla, qui se vante d'avoir commencé sa sixième, abuse des citations latines : elles font son triomphe ; les vieux de la cale admirent et envient ce talent oratoire et cette fécondité à toute épreuve. Cependant des dialogues à l'instar des bagatelles de la porte s'engagent sur le tréteau, et amènent toujours d'heureuses réparties, qui excitent les applaudissements frénétiques de la galerie. Une critique grossière est l'assaisonnement obligé de ces improvisations : ainsi les acteurs choisissent toutes leurs épithètes et comparaisons de mépris dans les antipathies avérées du matelot; l'Anglais, le gendarme, le commissaire, le cambusier et le soldat, sont des mines inépuisables en traits satiriques. Flafla déclame

de grands vers contre la perfide Albion : on est ravi. Il récite quelque version nouvelle du
jeu de loto, comme :

> 47, le commissaire pendu
> Pour avoir rogné un petit écu ;

ou ,

> 79, cambusiers venus du fond de l'enfer,
> Qu'on va tous jeter au fond de la mer.

On rit. Il raconte un sien exploit au détriment des *tourlourous* ou des *grippe-jésus ;*
on éclate en bruyantes marques d'approbation. Enfin, il finit par se quereller avec sa
femme et son valet ; les coups de poing sont le bouquet du feu d'artifice, la péripétie du
drame. Au cri : « Défie du paquet de viande ! » la tendre Friséic est jetée au beau milieu des spectateurs ; Paillasse ne tarde pas à subir un sort à peu près semblable , et le
parterre prend alors une part active à la scène qui se déplace. Personne ne songe aux jeux
de cartes ni aux assauts d'armes, on est en train de rire et de chanter ; le repas du soir
n'interrompt les plaisirs que pour un instant, et bientôt les passavants et les gaillards, livrés aux gens de l'équipage, retentissent de leurs tumultueux ébats.

Quelquefois la farce est beaucoup plus régulière : c'est franchement un vaudeville ou
même un drame, dont une troupe de gabiers et de novices régalent les camarades. Les
pères nobles ont bien leur prix ; mais les jeunes premières sont surtout adorables.

Nous avons vu *la Tour de Nesle, l'Auberge des Adrets,* et *Robert Macaire,* représentés ainsi par les comédiens ordinaires de la frégate *la Dryade ,* où ces divertissements
avaient lieu tous les dimanches , et faisaient fureur ; toutefois la pièce qui obtenait le plus
grand succès était sans comparaison *Michel et Christine.* Les marins attendris trépi-
gnaient dès que commençait le couplet pathétique :

> Pour un soldat qui n'en a point l'usage ,
>   Ça pèse un peu ; mais cependant ,
>   Malgré ce surcroît de bagage,
>   Je chemine toujours gaîment (*bis*).
> Oui , désormais, sans plus risquer d'attendre ,
> Les malheureux à moi pourront s'offrir,

à ce vers, la multitude n'y tenait plus, et faisait chorus avec effusion :

> Car j'ai du fer pour les défendre !
> Et de l'or pour les secourir,
> Et de l'or ! oui , de l'or ! pour les secourir !

La généreuse strophe de M. Scribe était devenue l'hymne patriotique du bord ; on ne
se lassa pas de la répéter sous la misaine pendant toute la campagne. Lorsque la frégate
désarma, l'équipage en masse fit demander *Michel et Christine* au directeur du théâtre
de Rochefort. Le jour de la représentation , le paradis et le parterre étaient pleins de matelots qui venaient pour la dernière fois assister à leur *comédie* favorite. Au moment fatal , ils ne purent s'empêcher d'entonner de leurs cinq cents voix le refrain qui avait fait

leurs délices deux ans consécutifs ; et le lendemain , en sortant de la ville , le sac au dos , l'étui de fer-blanc pendu à la boutonnière , et le bâton à la main , ils chantaient encore avec enthousiasme :

> Car j'ai du fer pour les défendre !
> Et de l'or, etc.

En prenant le mardi gras pour exemple , nous n'avons pu signaler quelques particularités propres au premier jour de l'an ; nous n'avons parlé ni des carillons de tambour qui longtemps avant le lever du soleil , donnent l'aubade à tous les membres de l'état-major et à toutes les parties du navire , ni des députations de beaux parleurs que le gaillard d'avant envoie aux autorités du bord , ni de l'irruption des matelots dans le logement des officiers , ni de l'hospitalité exercée par ceux-ci , qui offrent le petit verre , et trinquent avec leurs inférieurs pour commencer dignement la nouvelle année. Ces usages sont encore à peu près ceux de la terre ferme. Les visites de corps au commandant et à l'amiral sont de rigueur, et si l'on est sur une rade étrangère , on va de navire en navire français faire ses visites de cérémonie comme dans une ville de province.

Nous ne dirons que peu de mots des fêtes chômées par une fraction de l'équipage , tandis que tout le reste vaque aux travaux ordinaires. Il en est deux principales, la *Sainte-Barbe* pour les chefs de pièces et chargeurs ; la *Saint-Nicolas* pour les gabiers. On ne les célèbre qu'en rade , et c'est sur elles que sont calquées celles des maîtres et prévôts d'escrime ou de danse , ou celle encore que les officiants de la ligne font en commémoration du grand baptême , et aux frais des ci-devant néophytes.

Si le 4 décembre [1] , ou le 10 septembre [2], on s'est trouvé à la mer, les confréries remettent leurs solennités spéciales à l'arrivée au mouillage ; mais dès que l'ancre est tombée , elles plaident chaleureusement auprès des chefs pour obtenir le droit de compenser la perte que les éventualités de la navigation ont fait éprouver à leurs saints patrons. Un repas splendide est le fond des réjouissances ; on fait venir de terre de la salade, du rôti et des friandises ; le second du navire détermine la quantité de vin que l'on pourra boire, et l'on s'attable pour un nombre d'heures incalculable ; le commandant et les officiers ont leur place réservée au banquet , et y paraissent un moment. Les ovations, les santés et les toasts s'y multiplient ; les chants belliqueux , les romances et les couplets badins égayent le dessert ; et le soir, il ne manque pas de boute-en-train pour organiser les danses sur le gaillard d'avant. Les farandoles et les rondes sont , comme on voit , la fin sacramentelle de tous les divertissements des marins à bord. Comme accessoires, elles couronnent toujours leurs plaisirs prémédités ; mais souvent aussi elles constituent seules des fêtes impromptu, et convertissent soudain un jour de spleen en un jour d'allégresse.

G. DE LA LANDELLE.

---

[1] Sainte-Barbe.
[2] Saint-Nicolas.

LE BAYONNAIS.

Un ignoble bateau ponté, sale comme la galiote de Poissy, peuplé, comme elle, de nourrices, de matelots et de nourrissons, nous reçoit à Dax, et descend avec nous le courant de l'Adour ; il parcourt de nuit ses rives accidentées : le jour paraît à peine, et nous voici sous les murs de Bayonne, devant un immense pont de bateaux qui s'ouvre pour nous livrer passage. Quelques brasses encore, et nous touchons terre, près de la douane, vis-à-vis une masure qu'on nomme l'entrepôt, au milieu de l'activité commerciale, des voitures de roulage, des bouviers, des ballots de laine et des portefaix. Les magasins s'ouvrent, les persiennes battent les murailles, les porteurs d'eau hurlent à fendre la tête, chacun s'éveille, le grand œuvre va commencer. Au négociant notre première visite.

Celui que je vous présente servira à vos études comme terme moyen pris entre les différentes nuances qui composent le commerce bayonnais : en lui vous généraliserez le caractère de tous ; en accumulant sur sa tête les qualités ou les défauts de ses voisins, vous en ferez un homme type, un négociant modèle.

Le négociant bayonnais est gros et court, son teint est animé, sa tête développée, non pas au profit de l'imagination, comme chez toutes les races méridionales, mais au profit de la science mathématique, qu'il porte au plus haut degré, et qu'il sait employer à son plus grand avantage. Actif, plein de finesse, surtout quand il s'agit de ses intérêts, il est d'une patience extrême quand il s'agit des intérêts des autres : il sait à merveille l'art de flatter, de capter, d'exploiter les gens qui lui sont nécessaires, et de les délaisser, comme un meuble inutile, dès qu'il en a tiré tout le parti possible. Il est très-peu sensible aux nécessités sociales de notre civilisation, ennemi du monde, aussi difficile à courber à ses usages, qu'un paysan bas-breton aux rigueurs de la discipline militaire, et passionné surtout pour ce *far niente* qui permet de vivre, après la journée faite, au milieu d'un cercle, d'un café, sans gants, en paletot, le chapeau sur la tête, le cigare à la bouche. Le progrès, l'industrie, les beaux-arts ne sont pas de son goût ; la peinture, il n'en comprend pas la nécessité, entouré qu'il est de jolies femmes et de riches contrées ; la musique est quelque chose de trop futile pour la vie positive qu'il s'est faite. Il est un seul plaisir qu'il aime, une seule distraction qu'il recherche, parce qu'elle lui permet de penser encore spéculations, armements, contrebande, douanes, ou parce qu'elle l'amène quelquefois à ne pas penser du tout : cette distraction est un bon dîner. Mais ce n'est pas le bon dîner en famille ; le négociant bayonnais n'est jamais en famille hors de chez lui : c'est un de ces dîners entre hommes, qu'Alphonse Karr appelle *gueuletons,* commandé à l'avance à Monthau, le restaurateur célèbre de Biarritz ; à Gras, le traiteur à la mode du Boucau. Il est à Bayonne vingt associations de six ou huit individus chacune, dont le but unique est un joyeux repas. On loue à Biarritz une petite maison, on la meuble, on la décore pour l'ouvrir chaque dimanche et y dîner bruyamment ; on achète un *couralin* [1] pour aller au Boucau, — à l'embouchure de l'Adour, — dîner une bonne fois pour toute la semaine, loin de la parcimonie du ménage quotidien et du tête-à-tête conjugal ; on loue quelques cacolets, ou l'un des omnibus nouvellement implantés à la porte d'Espagne, pour aller à Cambo chercher, non pas quelques verres d'eau thermale, non pas l'air vif de la montagne, mais toujours un bon dîner.

Si le bon dîner est une des affaires importantes de ce monde, s'il est le mobile de bien des actions grandes et petites, je puis certifier qu'à Bayonne, plus qu'en aucune ville de France, il n'est rien, après les affaires commerciales, de plus dignement apprécié ; que l'homme qui traite bien, fût-il Anglais ou Russe, fût-il… contrebandier, non pas, c'est un métier fort honorable, mais douanier ou inspecteur de police, sera le bienvenu parmi la bourgeoisie de la petite ville ; on vantera par-dessus tout la bonté de ses vins, l'abondance, sinon le bon goût, qui règne sur sa table ; et lui seul, mieux que tout autre, aura le difficile talent d'opérer la fusion entre tous les partis, et de réunir chez lui carlistes et républicains : tant il est vrai que pas une passion, pas un préjugé ne résistent à une table bien servie, et qu'à l'axiome « ventre affamé n'a point d'oreilles » on peut ajouter cet autre, non moins vrai, « bon appétit n'a pas d'opinion. »

Nulle autre part qu'à Bayonne on ne rencontre d'aussi nombreux exemples de fortunes rapides, et, par conséquent, en aucune de nos villes commerçantes on ne trouve autant de chefs de maison plus rapidement parvenus. Il n'y a pas peut-être, parmi les comptoirs commerciaux, dix maisons dont la raison sociale ne date d'hier. Tous ont commencé étant peu de chose ; et, à force d'aptitude, de finesse, de ce génie mercantile qui naît avec l'individu et ne s'acquiert pas, sont parvenus à élever leur nom inconnu, leur comptoir

---

[1] Petit bateau plat destiné aux promenades sur l'Adour.

à peine accrédité, sur les ruines d'une maison commencée comme ils commencent, et tombée comme ils tomberont peut-être... par un *malheur* 1. Aussi est-ce ici la raison de ce que je disais tout à l'heure, du peu de penchant du Bayonnais, en général, pour ce qui est le monde, le progrès et l'art, et pour les étrangers, par conséquent. Il a commencé avec la dose d'instruction strictement nécessaire pour tenir un grand livre et balancer ses comptes; et, songeant exclusivement à sa fortune, il s'est peu inquiété, à mesure qu'elle s'est accrue, de suppléer aux défauts de l'éducation première; il a pensé même, j'en suis certain, qu'on trouverait dans une belle position financière de suffisantes excuses pour quelques *lapsus linguæ* ou quelques erreurs chronologiques.

Tel, en effet, a commencé porteballe qui, à l'aide d'une activité immense, de cet esprit spéculatif qui tire parti de tout, est parvenu en peu de temps à un rang passablement honorable; tel autre, sachant par cœur les sentiers de la frontière, a fait d'immenses bénéfices en portant lui-même à Mina des armes et des munitions pour combattre les troupes françaises; tel autre encore, il y a peu de temps, faisant abnégation d'opinions et de sympathies politiques devant l'amour du gain, fournissait tour à tour à la reine Christine et à don Carlos des vivres, des munitions et des effets; celui-ci, qui fait en amateur le métier de son père, sourit avec finesse lorsque *le Phare* ou *la Sentinelle* annoncent que six ballots de salpêtre ont été saisis par la douane sur la cime des Pyrénées; vous l'entendez ajouter tout bas qu'au même moment vingt ballots entraient en Espagne, à cent mètres de là, et que les actifs surveillants de la frontière ont été joués encore une fois.

La contrebande là-bas est un grand mot : nul de ceux dont elle est la ressource ne se fait un crime de l'avouer bien haut; mais elle est au nombre de ces petits péchés d'habitude qu'on confesse volontiers, et dont on n'aime pas s'entendre faire un reproche : aussi est-ce une question fort délicate à traiter.

On conçoit, après tout, que Bayonne, placée aussi près de l'Espagne, ait cédé à la tentation et tendu les bras à des malheureux qui se battaient, avaient faim, et étaient nus de l'autre côté des Pyrénées. Le commerce par mer est devenu depuis longtemps difficile pour les comptoirs bayonnais. L'embouchure de l'Adour, placée sur un côté du golfe que ne préservent ni falaise, ni rochers, entourée, interceptée par les sables que la mer amène des Landes et des côtes cantabriques, est difficilement accessible en tout temps : une barre qu'aucuns travaux humains ne pourront détruire, si même ils parviennent à l'éloigner, en interdit l'entrée aux navires d'un fort tonnage, et ce n'est que dans des conditions atmosphériques qui semblent devenir de plus en plus rares, que les navires caboteurs peuvent entrer à Bayonne, heureux encore s'ils peuvent en repartir après de longues semaines d'attente. Il fallait donc un autre aliment à l'activité commerciale des Bayonnais : les guerres de la Péninsule donnaient de grands avantages à la contrebande d'exportation; beaucoup s'y sont jetés, quelques-uns s'y sont enrichis, et du temps qui court une telle fin excuse les moyens.

Il en est d'autres dont la fortune ne repose pas sur des bases aussi périlleuses et n'en marche pas moins avec rapidité. Deux ou trois maisons mettent chaque année sur l'Océan une douzaine de navires destinés à la grande pêche : celles-là sont les seules fidèles à la vieille réputation du pays basque; seules elles continuent ces hardies pérégrinations qui

---

1 On montre, dans la principale rue de Bayonne, un commerçant qui a été affligé de trois *malheurs* dans un court espace de temps. Au premier, il a acheté la maison qu'il habitait; au second, il l'a élevée d'un étage; au troisième, il est devenu propriétaire d'un bien de campagne. On espère que si la fortune le maltraite une quatrième fois, il pourra devenir l'un des contribuables éligibles de l'arrondissement.

ont commencé la fortune de Saint-Jean-de-Luz et de Bayonne. Autrefois chasseurs à la baleine, les Bayonnais sont devenus pêcheurs de morue : ils ont fondé les meilleures maisons de Terre-Neuve, et les meilleurs équipages qui parcourent le grand banc sont ceux que recrutent la Soule et le Labourd.

Après les morues, dont on ne devine que trop la présence dans une grande partie des rues de Bayonne, viennent les balles de laine, qui jouent un grand rôle dans l'économie sociale de l'endroit; les résines, la térébenthine que produisent les *pignadas* des landes, et enfin la construction des navires. Leur solidité, leur légèreté, l'élégance de leurs formes, sont appréciées au loin, et pendant longtemps le gouvernement a entretenu dans le port des chantiers dont les cales, maintenant abandonnées, ont donné à la marine militaire bon nombre de bâtiments légers.

Bayonne, à bien prendre, a plutôt l'aspect d'une colonie que d'une ville française. Le Bayonnais pur sang ne forme qu'une très-petite partie de sa population, qui, pendant les six années qui viennent de s'écouler, s'était accrue du double par une multitude de réfugiés espagnols appartenant aux premières familles du Guipuscoa et de la Navarre. Bayonne, la seule ville commerçante dans une grande étendue de ce coin de la France, a été de tout temps le but vers lequel a tendu quiconque s'est trouvé un caractère entreprenant, une tête dressée aux quatre règles, et une fortune à faire. Basques et Béarnais y sont en grande majorité; on y rencontre quelques Bordelais, des Landais, des Espagnols naturalisés, et peu de Toulousains. Chacun s'y fait reconnaître au caractère dominant de sa caste, et au milieu d'eux, le Bayonnais pur sang à un langage particulier qui exagère encore l'accentuation originale de l'idiome gascon.

Aussi la physionomie de la ville est-elle des plus animées; à chaque pas on y rencontre des types que nulle part ailleurs on ne trouve réunis. Sur la place Grammont, sous les arceaux du Port-Neuf [1], des groupes d'Espagnols engloutis dans un ample manteau qui ne laisse apercevoir que la tête, la main droite et un cigare, discutent à haute voix sur les intérêts de leur malheureux pays, et conspirent peut-être à qui mieux mieux.

F. GRENAN. SC

[1] Les *Panoramas* de Bayonne, moins l'élégance, moins le luxe, moins les jolies femmes.

Dans la rue principale de la ville, entre un vieux pont de bois qui menace ruine, et la Bourse en plein vent du commerce bayonnais [1], le paysan et le portefaix basques marchent la tête haute sans se déranger d'une semelle pour faire place à qui que ce soit; le bouvier excite ses bêtes d'une voix glapissante, et, ne pouvant modérer son activité au gré de leur lente démarche, court en avant jusqu'à trente pas, revient à eux, les pique de l'aiguillon, s'éloigne de nouveau, les appelle, et revient encore; le courtier marron va de comptoir en comptoir recueillant des commissions et des escomptes; la marchande de poisson, venue au pas de course de Saint-Jean-de-Luz, à six lieues de là, apporte sur sa tête les produits de la pêche du matin dans le golfe, s'annonce par des cris comme elle seule au monde en profère, et qui déchirent les oreilles à vingt mètres à la ronde, parcourt la ville sans prendre de repos, et repart aussi lestement qu'elle était venue; le commis marchand, placé sur la porte de son magasin en attendant le chaland, apostrophe chaque passant, chaque servante, chaque grisette, de plaisanteries gros-sel qui font rire tout le voisinage; des cáméristes biscayennes, aux longues tresses flottantes, traînent ou portent vers la place d'armes une multitude d'enfants ornés de plumes.

[1] La Bourse de Bayonne est un carrefour formé par cinq rues au centre de la ville, et appelé *les Cinq-Cantons*

De pauvres petits Aragonais demi-nus, chaussés d'*alpargatas*, armés d'un long bâton et se drapant dans un débris de couverture rayée, demandent l'aumône de porte en porte.

Enfin aux *Cinq-Cantons*, l'élite des commerçants élabore les nouvelles d'Espagne, fume un cigare de compagnie, et cause du prochain ; car là comme ailleurs, à Bayonne comme dans la petite ville de Picard, le prochain est souvent en jeu.

Après le bon dîner dont je vous parlais tout à l'heure, vient la grisette, qui tient une grande place dans la seconde vie du Bayonnais : c'est une des charmantes créations de ce monde. Elle est femme d'abord, c'est son premier et son plus grand mérite ; elle est jolie ensuite, et nulle n'a plus de droits qu'elle au nom patronymique de *Gracieuse*, si prodigué dans le pays basque. Elle a l'œil vif, la bouche toujours souriante, le cœur bon et facile, le visage d'un ovale parfait, la tête bien posée, la taille fine, quelque chose, enfin, de cet indéfinissable caractère, de ce *donayre* qui distingue la Navarraise et la Castillanne, et qui prouve qu'il y a plus de l'Espagne que de la France dans tout le pays enclavé entre la Bidassoa et l'Adour. Enfin rien n'approche de la coquetterie de sa mise, de la grâce de ses manières ; et ce mouchoir qui couvre le sommet de sa tête, ce nœud inimitable, ces pointes si originalement placées, semblent un défi lancé au bon goût et à l'art toujours heureux des modistes parisiennes.

Il semble au Parisien tombé de France au milieu de Bayonne que la première et la plus importante partie de la population de la ville, la classe commerçante, soit issue de quelque bon, lent et lourd habitant des villes anséatiques ; l'autre partie, seule, n'a jamais songé à renier son origine, et si, aux Cinq-Cantons, vous cherchez en vain la couleur locale, chez *Janin*, au *Petit Versailles* [1], hors barrière, en un mot, vous retrouvez la joyeuseté béarnaise et la folie basque, les mauvaises têtes des environs de Pau, et les beaux sauteurs du Labourd. C'est hors la ville qu'on reconnaît le pays.

[1] La *Chaumière* et le *Prado* de Bayonne.

On remarque chez la jeunesse bayonnaise une tendance prononcée vers le progrès. Son instruction est de beaucoup supérieure à celle de ses pères. Ce n'est pas qu'elle soit passionnée pour le travail, ce n'est pas qu'elle ne soit fort aise de répandre joyeusement ce qu'ils ont péniblement amassé ; mais, soumise de bonne heure aux travaux bureaucratiques, elle s'y est peu à peu courbée, et s'en est fait une douce habitude. Les jeunes gens des classes moyennes, c'est-à-dire de celles qui n'ont pas eu d'aussi heureuses chances au gros jeu qui se joue sur les rives de l'Adour, forment le ban et l'arrière-ban des commis et élèves négociants ; la jeunesse dorée, issue de l'aristocratie financière, en prend un peu plus à son aise, flâne du matin au soir, et sait sur le bout du doigt toutes les aventures galantes et tous les scandales locaux.

Il est, certes, parmi cette génération nouvelle, quelques jeunes hommes d'intelligence et d'avenir, et j'en citerais au besoin, il en est jusqu'à... deux..., qui se sont occupés de recherches sur l'histoire de leur pays et de travaux littéraires. Ceux-là, il est vrai, et quelques autres encore parmi leurs proches, sont venus chercher au milieu de Paris ce vernis de bonne éducation, cet usage du monde qu'on ne prend nulle part en province ; il leur en restera certes quelque chose : mais il en est de ces qualités comme de toutes les sciences de ce monde, il faut, pour ne pas les oublier, de fréquentes occasions de les mettre à profit, et ces occasions manquent.

Quand vient le dimanche, Bayonne cesse d'être une ville demi-française, pour revêtir toutes les apparences d'une cité espagnole. Les magasins, les comptoirs, sont clos dès la veille, la grisette met ses habits de fête, la noblesse navarraise reprend pour un instant son costume national, la cloche tinte, et Basques, Béarnais et Biscayens, marchands et courtiers, négociants de tout âge, de toute classe, de toute importance, se pressent sur le parvis de l'église. Là aussi se fait voir le jeune lion bayonnais [1] ; mais, de même que le don Vicente de certaine comédie de Moreto [2], « il entend la messe à la hâte avec quelque voisin babillard qui l'amuse. Dès que l'*Ite missa est* le relève de l'obligation qui l'a amené, il se réunit à deux ou trois amis, s'empare de la porte, et la conversation s'engage : chacune est soumise à un tribut, à un droit de péage ; les médisants qu'ils sont ne laissent ignorer à personne si dona Inès est ennuyeuse, si dona Julia est coquette, si dona Helena se farde, si celle-ci est bien mise, si celle-là est blanche ou noire... »

Après la messe, la population tout entière se porte sur les glacis de la place, la garnison parade et défile ; puis peu à peu un incroyable flot de voitures de toutes formes, des omnibus, des chars à bancs, des charrettes, des coucous, des calèches, des cabriolets, des fiacres et des cacolets, s'élancent hors des remparts sur la route d'Espagne; en un instant la ville est déserte, pas un habitant n'y reste, hors les vieillards, les enfants à la mamelle et les nourrices ; tout ce qui est jeune, tout ce qui est ingambe, tout ce qui aime le plaisir et la bonne chère est en route pour Biarritz.

Biarritz ! Il n'est rien dans toutes les joies parisiennes que l'habitant de Bayonne veuille comparer à ce petit village, il n'est pas un plaisir qui vaille ce plaisir, pas un nom qui soit digne de ce nom. Et c'est presque vrai !... Il n'est pas, sur toutes les côtes de France, un seul point où la mer soit plus belle, plus grande, plus majestueuse; il n'est pas, depuis Brest jusqu'à la Bidassoa, de rochers plus beaux, plus hardis, plus menaçants ; nulle part, quand vient l'équinoxe, les flots ne déferlent avec plus de furie.

Réunissez ces trois noms si chers aux bons bourgeois de Paris : Vincennes, Montmorency, Saint-Cloud, et vous n'aurez pas une somme de félicité équivalente à celle que

---

[1] *Formica-leo.*

[2] *La ocasion hace al ladron*, jornada primera.

représente ce seul mot : Biarritz ! Là seulement le négociant s'avoue heureux : on y dîne à merveille; là, plus qu'en aucun autre lieu des environs de Bayonne, la grisette rit, saute et babille; là, sur une place étroite et poudreuse, les beautés de la ville étalent leurs plus belles toilettes; là afflue le peuple tout entier : il court tumultueusement au rivage, se déshabille à la hâte, nage et barbote tant que dure le jour.

C'est que nulle part aussi on ne trouverait une population plus bruyante, plus vive, plus joyeuse, pour animer un semblable tableau; et Biarritz serait à Dieppe, qu'il ne serait plus qu'un bain à l'eau de rose, et une succursale du cercle Montmartre ou du café de Paris.

Et le soir arrive : les équipages de toute espèce qui depuis le matin courent de Bayonne à Biarritz, et de Biarritz à Bayonne, ne suffisent plus pour reconduire à la ville cette foule qui se presse tumultueusement sur la route.

Et pendant une partie de la nuit, toute la campagne d'Anglet retentit du bruit des chevaux, des jurons des cochers, des joyeux éclats des grisettes, des jeunes gens rentrant à pied à travers les sables, et de ce cri perçant des Basques qui traverse les airs, et que l'écho de la falaise répète à une lieue de là. Puis tout se tait et tous dorment, chrétiens et juifs.

Juifs !... c'est vrai : ce mot annonce encore une partie importante de la population bayonnaise, et l'omettre dans l'esquisse que j'ai entrepris de tracer serait une faute grave. Suivez-moi donc : pour la connaître, il faut la voir chez elle; et là-bas, de l'autre côté de l'Adour, elle posera devant nous tout entière. Traversons cet immense pont de bateaux qui joint les deux rives : le terrain que nous foulons appartient au département des Landes, mais il est encore faubourg de Bayonne; sur la hauteur qui nous domine est assise la citadelle, qui protége la ville; autour de nous est *le Saint-Esprit,* petite ville sale et pauvre, mal bâtie, mal pavée, suant la misère et la vermine par toutes ses crevasses. Là vit, là se traîne cette race originale, toujours poursuivie, toujours malheureuse, et qui, par le travail, par l'astuce, par la ténacité, s'est fait peu à peu un nom, a pris, comme toute autre, sa place au soleil, et a fini par réclamer, faire valoir et faire accepter un droit de bourgeoisie que nul aujourd'hui ne lui conteste.

Elle est peut-être la seule et la dernière en France qui, il y a vingt ans encore, fût proscrite et poursuivie. Il y a vingt ans, une ligne infranchissable de démarcation séparait les deux villes; Bayonne, fière à l'excès du présomptueux *nunquam polluta,* inscrit sur ses armes, n'eût jamais voulu se laisser souiller par la présence d'un enfant d'Israël, et un juif rencontré dans ses murs après le coucher du soleil eût été poursuivi 'à coups de pierres et traqué comme une bête fauve.

Aujourd'hui ce préjugé, cette antipathie de voisinage, commencent à disparaître; mais ils étaient trop profondément, et depuis trop longtemps enracinés, pour ne pas résister encore. Le progrès était parvenu à combattttre une haine religieuse; il est resté presque impuissant quand il a eu à lutter contre l'esprit financier. Quand vint 1830, ne remontons pas au delà, le peuple juif de Saint-Esprit se sentit plus libre, il eut confiance en ses forces, il marcha uni et serré, prit place au delà de l'Adour, au milieu de ces remparts dont l'approche lui avait été interdite, et peu à peu ses comptoirs furent riches et estimés à l'égal des comptoirs bayonnais. Voilà pourquoi, bien que confondues aujourd'hui en apparence, les deux populations seront encore longtemps divisées. Et d'ailleurs il est entre elles des différences remarquables: la race, d'abord, et ce type de figure israélite, qui est le même partout; l'accent ensuite, car l'enfant de Saint-Esprit conserve un jargon tout particulier qui n'est ni basque, ni gascon; puis enfin l'éducation des femmes: la beauté, l'amabilité, l'instruction sont choses aussi communes chez les dames israélites que rares chez les dames bayonnaises; et l'on conçoit aisément après cela que le Bayonnais soit rancunier et jaloux à l'endroit du juif, qui peut-être se montre un peu trop vain du terrain qu'il a gagné.

Voilà Bayonne. Je vous ai décrit, autant que mes souvenirs m'ont été fidèles, la physionomie originale de cette ville et les principaux caractères de ses habitants; maintenant il me resterait bien une question à résoudre: il me resterait à prononcer sur l'homme que j'ai tenté d'analyser ce jugement *post mortem* qu'on prononce sur chacun de nous avant l'heure de l'oubli; mais j'hésite devant l'accomplissement de ce dernier devoir, et je laisse:

Aux lionceaux dont il fait la fortune,

Aux contrôles absents d'une garde nationale problématique,

Aux dames bayonnaises toujours délaissées, toujours exclues des plaisirs de ce monde, dévotes à l'excès, par désœuvrement autant que par conviction,

Le soin de dire, quand il ne sera plus, s'il fut

Bon citoyen, bon père et bon époux.

GERMOND DE LAVIGNE.

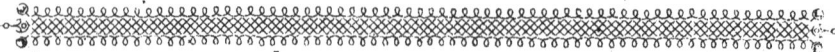

LA

GOUVERNANTE DU CURÉ DE VILLAGE.

ANS l'ombre de chaque église de village, et non loin du cimetière, il est une maison de modeste apparence, une maison humble et chaste, isolée des autres habitations, couverte en tuile ou en ardoise, et quelquefois aussi couverte en chaume. On n'y voit point de fenêtres donnant sur la rue ou sur la place : s'il en existe quelques-unes, les volets en sont soigneusement fermés. La maison tout entière semble tournée vers le jardin attenant. De ce côté seulement elle prend un air de gaieté et de vie : les rayons

93

du soleil levant se jouent à travers des vitres qu'une main diligente nettoie chaque matin; des plants de vigne, des abricotiers tapissent les murs, et encadrent les fenêtres d'une verte guirlande. Ni les fleurs rares, ni les arbres exotiques ne s'étalent dans ce petit enclos; mais les légumes, les fleurs et les fruits de nos climats y croissent pêle-mêle. Des allées bien entretenues, et bordées de buis ou d'œillets d'Espagne, un bout de charmille, une étable et une écurie ajoutées au corps de logis principal, tel est l'ensemble de cette demeure où l'on n'entend d'autres bruits que le son des cloches de l'église voisine, et les chants qui s'élèvent de la basse-cour.

L'habitant de cette maison n'en sort que pour vaquer aux devoirs d'un ministère sacré, pour porter aux pauvres des secours, aux malades et aux mourants des consolations et des espérances. Quoiqu'il soit indulgent et facile, un grand nombre de villageois s'effarouchent encore de sa présence et redoutent sa censure : ils l'appellent dans leurs besoins, ils le fuient dans leurs plaisirs. Pour lui, point de famille, point de réunions d'amis et de parents où les cœurs s'épanchent, où la gaieté circule et se communique de proche en proche : il n'a point de compagne; rarement sa retraite est égayée par la présence d'une mère ou d'une sœur.

C'est le curé du village.

Eh bien ! les distractions de ce monde, l'affection de ces amis, la tendresse de cette famille, les attentions de cette compagne, il trouve tout cela dans sa vieille gouvernante. Gouvernante ! tel est, en effet, son titre véritable. Celle à qui le règlement intérieur de la cure est abandonné sans contrôle, qui gouverne la cuisine, la salle à manger, le jardin, qui administre au nom de son maître, qui le gouverne lui-même à son insu, pourrait-elle être confondue dans la classe des servantes ordinaires ? Non, certes. Que le curé soit jeune, elle lui tient lieu de mère : vieillard, elle devient pour lui une amie et une confidente; elle anime sa solitude; elle souffre et se plaint avec lui. En un mot, elle ne le quitte pas pendant sa vie, et lorsqu'il la précède dans un monde meilleur, elle ne tarde pas à le suivre.

Une mission si complexe conviendrait sans doute à peu de femmes, et peu de femmes aussi seraient dignes de la comprendre et de la remplir. Il faut que celle qui s'y destine y ait été préparée par les événements. Il est des conditions indispensables d'âge, de goûts, de caractère, de position et de bonne renommée. Ces conditions, et les habitudes que la gouvernante du curé contracte dans ce long tête-à-tête auquel elle se voue, ses façons de parler et d'agir, ses qualités, ses défauts, et jusqu'à ses petits ridicules, en font un des types les plus tranchés parmi les types de province.

C'est une femme de quarante à cinquante ans, petite, vive, alerte, d'une physionomie honnête et intelligente : elle est veuve, ou elle n'a jamais été mariée; elle a perdu ses enfants, ou elle n'en a jamais eu. On la croirait pauvre, si son habileté à tenir un ménage, son économie et sa propreté minutieuse ne paraient son indigence. D'autres se souviennent, et peut-être se souvient-elle aussi qu'elle fut jolie dans sa jeunesse : même à l'âge *canonique* où elle est parvenue, elle a gardé quelque chose de gracieux, un certain soin, une certaine habitude de plaire. Sa mise, quoique simple, annonce plus de goût que l'on n'en trouve d'ordinaire dans les campagnes. Une réputation d'ordre et d'activité, une piété bien connue, des mœurs que la calomnie a respectées, tout la désigne au choix du curé qui vient d'être installé dans la paroisse; son nom même s'harmonise avec son extérieur et l'emploi qu'elle sollicite : elle s'appelle Marthe ou Ursule. Son isolement est un titre de plus en sa faveur : n'ayant ni parents ni famille, elle se consacrera uniquement à celui qui vit sans famille, et par une adoption que Dieu a rendue facile au cœur des femmes, et à laquelle celle-ci est déjà préparée, elle fera du presbytère sa maison, du curé l'objet de tous ses soins et de toutes ses affections.

La voilà donc investie de ce titre qu'elle a tant ambitionné! la voilà établie maîtresse et souveraine dans son petit royaume. Déjà la sombre demeure a pris un autre aspect : Ursule la parcourt du haut en bas. Grâce à elle les carreaux de la salle à manger, le parquet en bois blanc du salon, les vieux meubles, la vaisselle, semblent rajeunis, tant ils sont cirés, frottés, nettoyés. Mais quoi! c'est véritablement un ménage de garçon que celui dont l'intendance lui a été confiée. Point de bois dans le bûcher, point de vin dans la cave, point de provisions dans le grenier, point de linge dans les armoires; et, faut-il le dire, point d'argent dans le secrétaire! Le bagage que le nouveau dignitaire de la cure a apporté avec lui était si léger et si mince! Celui-ci est venu préoccupé de la responsabilité qu'il assumait sur sa tête, se défiant de ses propres forces, méditant les devoirs de sa mission; mais comment il vivrait, avec quelles ressources il monterait son petit ménage, il n'y a pas songé : il faut donc qu'Ursule y songe pour lui. Laissez-la faire, et, à force d'industrie persévérante, elle suffira au nécessaire, et parviendra même à se ménager un peu de superflu. Elle ne se donne point de repos qu'elle n'ait amassé une provision convenable de toile, et façonné des draps, des nappes, des serviettes, des rideaux. Pendant ce temps, elle ne néglige point le potager; une colonie naissante de poules et de canards s'ébat dans la basse-cour; bientôt une vache, l'orgueil et la joie d'Ursule, sera installée dans l'étable. Que désormais le curé retienne à dîner un de ses confrères, sa gouvernante n'aura pas à rougir de son hospitalité.

N'y a-t-il pas quelque chose qui attache et qui intéresse dans cette réunion de deux êtres si différents d'esprit, de langage et d'éducation; tous deux isolés du reste des hommes, l'un tournant vers le ciel ses pensées, l'autre incessamment occupée de soins matériels; celui-ci rendant à Dieu le culte qui lui est dû pour lui-même, celle-là s'excitant à la piété par amour et par admiration pour son maître? Dans les attentions qu'elle lui prodigue, il n'y a pas seulement la sollicitude et la vigilance d'une mère, il y a aussi le respect et la soumission d'une pénitente. Dès les premiers jours elle s'est prise d'une sorte de fanatisme pour cet homme si jeune encore, et revêtu d'un caractère si auguste, si dévoué à son église, et si abandonné, si charitable aux pauvres, et si pauvre lui-même. L'entourer de soins, obtenir un peu de son affection et de sa confiance, justifier par mille égards le choix qu'il a fait d'elle, voilà où elle met son ambition. Elle s'étudie à le contenter et à lui plaire; elle devine ce qu'il désire avant même qu'il n'ait parlé; elle l'écoute avec recueillement; elle se montre heureuse de le servir.

Sévère et difficile en ce qui la regarde, c'est surtout lorsqu'il s'agit de lui qu'elle se montre minutieuse. Elle veut que ses aubes, ses rabats et ses surplis, soient toujours d'une blancheur irréprochable. Où trouver du linge qui soit mieux tenu et plus artistement plié que le sien? Pénétrez dans la chambre où il repose, dans le cabinet où il travaille et où il prie, quel ordre! quelle propreté! comme ce lit invite au sommeil! quelque épais, quelque bien rembourrés qu'en soient les matelas, Ursule s'inquiète encore : il faudra pour la rassurer que le curé consente à l'addition d'un sommier, et même d'un lit de plume; elle lutte contre ses scrupules, et elle le force à s'accorder cette douceur qu'il croyait devoir s'interdire. C'est elle aussi qui a suspendu ces rideaux à l'alcôve et aux fenêtres; c'est elle qui a su ménager ce demi-jour si favorable à la méditation. Chaque matin, pendant la messe, elle range à leur place accoutumée les papiers et les livres dont son maître s'est servi la veille. Au retour, il trouvera sous sa main son bréviaire et ses auteurs favoris : elle aura pris la précaution de marquer la page à laquelle il les avait

laissés ; elle lui épargne jusqu'au travail de cette recherche ; si elle pouvait les lui épargner tous !

Avec quelle impatience elle épie l'instant où il sortira de l'église ! Il rentre au presbytère, et déjà le déjeuner tout chaud est posé sur une petite table que recouvre une nappe
éblouissante ; déjeuner bien frugal, mais apprêté avec tant de soin, et servi avec tant de
propreté, qu'il éveille l'appétit, et flatte les yeux avant de flatter le goût. Assise dans un
coin de la chambre, occupée de son rouet ou de sa quenouille, Ursule jouit de son ouvrage. Toutefois elle ne laisse pas de surveiller le verre et l'assiette de son maître. Dès
qu'il a besoin d'elle, elle accourt : elle va et vient en silence, et avec une agilité qu'on
n'aurait pas attendue de son âge.

Cette attention intelligente brille surtout dans les apprêts du dîner. C'est là qu'elle
déploie tout ce qu'elle possède de ressources et de savoir. Un peu gourmande pour son
propre compte, elle ne se borne pas à rassasier l'appétit, elle le tente, elle le provoque,
et le curé est obligé de se défendre des mille séductions de son art : maintes petites querelles s'élèvent entre eux à ce sujet. A mesure qu'Ursule prend plus d'empire sur son
esprit, elle le gronde doucement de montrer une telle indifférence pour sa santé. Il se
rendra malade, lui répète-t-elle sans cesse ; il se refuse tout : pourquoi n'aurait-il pas plus
souvent de la viande de boucherie et de la volaille ? Dieu merci ! la basse-cour est bien
fournie... Que dire ? que répondre ? le curé laisse faire sa gouvernante : il permet
qu'elle ajoute quelque chose à son frugal ordinaire, et il cesse de se reprocher ces délices
gastronomiques en réfléchissant que ce n'est pas seulement pour lui, mais que c'est aussi
pour elle.

Ses journées s'écoulent dans ce cercle d'occupations qu'elles ramènent continuellement.
Sa vie, pour être un peu monotone, n'est pas sans plaisirs. Ursule n'est point curieuse des
distractions du dehors. Elle se trouve si bien dans sa retraite ! elle y règne avec une autorité si absolue ! Tout ce qui l'entoure n'est-il pas son ouvrage ? n'en jouit-elle pas ? ne
peut-elle pas en disposer comme de son bien ? N'est-ce pas elle qui, semblable au fermier
de la fable,

> Vous fait argent de tout, convertit en monnaie.
> Ses chapons, sa poulaille ? *elle* en a même au croc.

Croyons-en là-dessus le proverbe bourguignon ; elle disait le premier jour : la vache de
M. le curé ; le second jour elle disait déjà : notre vache ; le troisième jour elle a dit :
ma vache ; et, depuis, elle ne dit plus autrement. Elle s'est tellement accoutumée à cette
communauté d'intérêts, qu'elle fait de l'*égoïsme à deux,* s'il est permis d'appliquer aux
choses du ménage ce qu'une femme célèbre écrivait de l'amour. Malgré son bon cœur, il
lui arrive de disputer aux pauvres ce qu'elle a amassé. Le curé se cache d'elle pour répandre ses aumônes ; et lorsqu'elle le surprend en flagrant délit de charité, elle va jusqu'à opposer les maximes d'une prévoyance mondaine aux magnifiques préceptes de
l'Évangile.

Mais si elle ne court pas au-devant du monde, le monde afflue dans sa retraite. Péni-
tentes de tout âge, fiancés qui veulent presser la publication de leurs bans, maris radieux qui sollicitent le baptême pour leurs nouveau-nés, héritiers qui viennent mar-
chander un enterrement, tous les rangs de la société passent successivement devant elle.

C'est le curé que l'on demande ; mais le curé est retenu au chevet d'un malade. Qui recevra cette foule de visiteurs? qui s'affligera avec ceux qui pleurent? qui se réjouira avec ceux qui rient? qui dissertera avec les personnes timorées sur les faiblesses de la chair et les piéges de l'esprit malin? enfin, qui changera, suivant les gens, de contenance et de langage? qui? la gouvernante. Elle écoute les prières des uns, elle comprend l'impatience des autres; elle grave dans sa tête les recommandations de tous; et lorsqu'ils reviennent au bout de quelques jours, le curé peut leur dire à bon droit, en leur montrant Ursule :

Allez lui demander si je sais votre affaire.

Le soir arrive; il arrive si tôt dans les campagnes! fatigué de ses travaux de la journée, le curé s'enferme dans son cabinet. Le temps n'a pas encore établi entre sa gouvernante et lui la douce familiarité qui viendra plus tard. Elle reste seule; mais elle sait qu'il est là, qu'il se livre à de saintes lectures ou à de pieuses méditations. Elle s'efforce de suivre son exemple : elle tombe dans de vagues rêveries. Les souvenirs d'un passé malheureux se mêlent aux images d'un riant avenir, et les préoccupations du ménage aux pensées d'une autre vie. Elle se retire enfin dans sa chambre, où elle s'endort d'un sommeil paisible, bien sûre de retrouver tout son bonheur à son réveil.

Cependant, la force de l'habitude, les discrètes attentions d'Ursule, son zèle éprouvé, produisent à la longue leur effet. Cette froide réserve dont elle souffrait sans se plaindre disparaît peu à peu. Le curé commence à lui témoigner un confiant abandon, il la consulte, il pense tout haut devant elle, il recherche son entretien et sa société. Jusque-là elle avait pour lui autant de crainte que de vénération : elle n'a pas cessé de le révérer ; mais déjà de nombreux indices annoncent qu'elle a cessé de le craindre. Ce n'est point assez pour elle : son instinct de femme se développe. Le titre dont elle se décore légitime ses prétentions, et elle aspire à le mériter. Quels moyens mettra-t-elle en usage? par quelle gradation imperceptible conduira-t-elle son maître de la réserve à la confiance, et de la confiance à la plus entière sujétion? C'est là son secret : c'est celui des femmes supérieures. Un jour viendra où le curé sera amené à ne voir que par ses yeux, et à ne décider que par son conseil : influence d'autant plus grande qu'elle est plus cachée, et que celui qui est ainsi dominé ne s'en aperçoit pas. Après tout, cette œuvre de diplomatie est-elle donc si difficile ? Quand on pense que la gouvernante vit dans une solitude complète avec son maître, qu'aucun plaisir, aucune distraction du dehors ne vient le lui disputer, qu'il lui est livré moralement, on s'étonne qu'il retienne encore quelques restes d'énergie virile, et qu'il puisse croire au mensonge de son autorité.

C'est là justement le triomphe de la politique d'Ursule. Dès ce moment elle se trace à elle-même un plan habilement conçu, et non moins habilement exécuté ; le tact qui lui a appris à fonder son empire lui apprend à le conserver. Elle redouble d'égards et de prévenances; elle se confond dans une sorte d'adoration. Écoutez-la parler de son maître : ces mots, *M. le curé*, prennent dans sa bouche une autorité irrésistible; elle les prononce avec emphase. A ce mot redouté, elle inclinerait volontiers la tête comme elle fait à celui de Jésus-Christ : M. le curé a fait ceci ; M. le curé a dit cela; M. le curé pense de telle manière... Pourrait-elle dire, faire, penser autrement que M. le curé? elle s'efface derrière lui ; elle se couvre de son ombre; elle le grandit aux yeux de ses parois-

siens; elle exalte sa piété et ses bonnes œuvres; puis, lorsqu'elle lui a attiré le respect et
l'obéissance de tous, elle se prend à trembler devant son ouvrage. Le spectacle de ce
respect et de cette obéissance réagit sur elle, et l'entraîne à son tour. Contraste étonnant! elle gouverne l'homme, et elle n'ose pas lever les yeux sur le prêtre.

C'est ce mélange de domination et d'obéissance, de familiarité et de pieux respect,
qui imprime à la physionomie de la gouvernante un caractère particulier; toutefois son
influence ne tarde pas à s'échapper de l'enceinte étroite du presbytère, et à se produire
au dehors. Les dignitaires du village lui témoignent une condescendance affectueuse;
elle vit dans l'intimité la plus étroite avec plusieurs vénérables matrones, qui versent
dans son sein leurs scrupules religieux et leurs espérances de salut. Si la femme du maire
et celle de l'adjoint ne se disputent pas toujours ses bonnes grâces, en revanche les
femmes des pauvres laboureurs lui portent envie. Qu'est-ce, en effet, que leur existence
laborieuse, pleine de privations et de soucis, en comparaison de cette vie fleurie, exempte
d'inquiétude, toujours calme, toujours unie, qui s'écoule à l'ombre, dans l'abondance et
dans la sanctification?

Quant au vulgaire des servantes, elles sont trop au-dessous de la gouvernante du
curé pour ne pas en être jalouses. C'est en vain qu'elles affectent de lui refuser le titre
qui lui appartient, et de la ravaler jusqu'à elles : leur voix est étouffée par la voix publique; elles sont forcées d'avouer ses perfections comme femme de ménage, sa science
profonde des secrets culinaires, la diversité infinie de ses talents; mais, incapables d'apprécier son dévouement et de saisir l'habileté avec laquelle elle a su fonder son crédit,
elles l'expliquent par une interprétation injurieuse. Qu'un sourire d'approbation accueille
çà et là leurs calomnies, qu'elles trouvent un auxiliaire dans la malignité publique,
nous ne prétendons pas le nier. Aussi bien que faut-il en conclure? sinon que toutes les
gloires ont leurs détracteurs, et que la médisance consolide, en les attaquant, les grandes
renommées.

Il est deux fonctionnaires qui subissent de plus près l'influence qu'elle exerce autour
d'elle; deux satellites qui vivent comme plongés dans les rayons que répand cette
étoile lumineuse : nous voulons parler du sacristain et du maître d'école. Il suffit d'étudier leur contenance et l'expression de leurs traits, lorsqu'ils abordent Ursule, pour
comprendre ce qu'elle est réellement, et ce qu'elle peut. Jamais courtisans ne se montrèrent plus obséquieux envers un maître absolu; c'est à qui obtiendra d'elle un regard
d'approbation, un mot flatteur, une marque d'intérêt et de sympathie. Rivaux amis, ils ne
troublent point le village du scandale de leurs débats; ils savent qu'ils se perdraient par là
sans retour, et que celle qui tient leur sort entre ses mains exige de ses esclaves un culte
silencieux. Pour mieux lui plaire, ils s'efforcent de se surpasser dans leurs fonctions respectives. Tous deux, réunis au lutrin, mugissent à l'envi : l'assemblée admire, et se
sent édifiée; elle ne sait pas qu'en chantant si fort les louanges de Dieu, ils ne chantent
que les louanges de la gouvernante.

Ce n'est pas tout : le soir, après l'angelus, après la fermeture de l'école, ils viennent former un petit cercle qu'elle préside. Que de dévotes méchancetés, que de charitables
médisances sont mises en circulation! C'est alors que l'on déroule la chronique scandaleuse
de l'endroit : les choses ne s'expriment point crûment comme partout ailleurs; elles n'en
sont que plus piquantes; on raconte à mots couverts; on a recours à des tours de phrase
pudibonds, à des clignements d'yeux significatifs. Souvent Ursule, par un caprice de
pruderie, impose silence aux narrateurs; elle crie à la médisance, et recommande bien
d'épargner le prochain; mais bientôt sa nature féminine l'emporte, et elle demande que

l'histoire continue ; le maître d'école brille surtout dans cet exercice. Ses prétentions oratoires, les vers et les pages d'écriture, prodiges de calligraphie, qu'il offre à Ursule pour sa fête, sembleraient lui assurer la palme... O vanité! c'est par l'excès même de ses prétentions qu'il échoue. Le sacristain, avec sa grossière jovialité, l'emporte sur lui. L'infortuné pédagogue, tombé du faîte de ses espérances, recherche en lui-même les causes de sa chute. N'est-ce pas, se demande-t-il, parce qu'il a épousé en dernier lieu le parti du maire ? n'est-ce pas parce qu'il professe des idées libérales, ou parce que sa connaissance supérieure du latin portait ombrage au curé?...

Voilà bien des raisons puissantes, sans compter celles que le magister ne s'avoue pas : aussi apprendrez-vous bientôt qu'il a été destitué de ses fonctions. Son crime était de s'être montré peu respectueux envers les autorités locales, c'est-à-dire envers M. le curé, c'est-à-dire... ou plutôt cela s'entend, et ne se dit pas... envers la gouvernante.

Que si le même individu cumule les fonctions de sacristain et de maître d'école, il n'en est que davantage dans la dépendance d'Ursule. Sa dignité, loin de l'émanciper, le rend doublement esclave. Pourrait-il ne pas trembler lorsqu'il a tant à perdre !

Après un tel exemple, qui ne baisserait la tête ? qui ne reconnaîtrait le pouvoir dont Ursule est armée ? Venez donc à elle, vous toutes qui voulez acquérir une renommée de piété et de vertu ; c'est elle qui fait les réputations ; hélas, ses ennemis prétendent que c'est elle aussi qui les défait : sa confiance et son amitié sont un certificat de bonne vie et mœurs. Venez à elle, jeunes filles qui ambitionnez d'être admises dans la congrégation de la Vierge ; braves gens qui poursuivez le gain d'un procès, qui postulez un débit de tabac, une place de régisseur, ou de messager de la poste ; sollicitez son crédit, vantez-le lui à elle-même : elle n'en conviendra pas, elle s'étonnera que vous puissiez lui en supposer aucun ; mais votre démarche la flatte secrètement, et déjà votre cause est gagnée.

Le croirait-on ! cette femme, nourrie dans le giron paisible de l'Église et à l'ombre même du sanctuaire, a donné accès dans son cœur aux passions tumultueuses de la politique. Ne la blâmons pas trop sévèrement ; elle a entendu déclamer si souvent contre les libéraux, les niveleurs, les républicains, qu'ils ont fini par lui inspirer une pieuse horreur ; elle les hait sans se faire scrupule, comme elle hait le démon. Seulement elle ne distingue pas bien en quoi consiste leur crime ; elle a toujours évité d'éclaircir ce mystère, craignant d'y trouver quelque iniquité monstrueuse ; elle les juge, et elle les condamne de confiance. De qui lui parlez-vous ? qui venez-vous lui recommander ? Un libéral ! Juste ciel! qu'il n'approche pas! qu'il ne souille point de sa présence l'air qu'elle respire ! Surtout ne la sollicitez point en faveur d'un tel homme ; point de pitié, point de merci pour lui! Un libéral!...

Elle l'écouterait peut-être s'il ne passait que pour athée.

Ursule s'est donc formé une opinion politique. Chaque matin, elle se recueille un moment afin de lire ce qu'elle appelle *la gazette* ; elle arme son nez d'antiques besicles ; elle s'assied gravement, et, dégageant la feuille parisienne de son enveloppe timbrée, elle commence. De temps en temps elle s'arrête pour reprendre haleine, reposer sa vue fatiguée, et méditer sur ce qu'elle vient de lire : les nouvelles de Rome ont toujours le privilége de l'intéresser. Rassurée sur la santé du saint-père, elle aime à s'égarer dans des récits de voyages ; elle traverse les mers, et suit les missionnaires aventureux jusque chez les peuples sauvages :

Que le monde, dit-elle, est grand et spacieux !

Elle revient enfin de ces excursions lointaines, et elle s'occupe des intérêts de l'Europe. Elle s'enfonce dans les discussions les plus ténébreuses. Pour se retrouver parmi tant de raisonnements subtils, pour démêler ensemble Naples, Berlin, Vienne et Saint-Péters-bourg, l'honnête gouvernante fait des efforts désespérés. Combien de fois ne s'endort-elle pas au milieu de ce rude exercice! la feuille lui échappe des mains, ses bras pendent négligemment le long de son fauteuil, et sa tête, se penchant peu à peu sur ses ge-noux, se relève soudain par un ressort machinal. Lorsqu'elle se réveille, l'esprit rempli d'images effrayantes, de femmes assassinées, de presbytères attaqués, d'églises pillées, elle se signe dévotement, et conclut en elle-même que l'impiété fait partout des progrès nouveaux, que les liens de la société vont se dissolvant, et que la fin du monde est proche.

Mentionnons en passant le tendre attachement d'Ursule pour son carlin Azor, animal intéressant qu'elle s'est donné un jour que le maître d'école et le sacristain l'avaient dé-laissée, les ingrats! et révélons une des faiblesses de cet esprit supérieur. Combien de fois le curé ne lui a-t-il pas fait la guerre à ce sujet! elle-même en rougit; elle s'en veut d'avoir si peu de force; elle se promet de montrer à l'avenir plus de courage, et de bannir de folles terreurs, qui, ainsi que cela lui a été prêché, sont un péché véritable : l'habitude et la contagion de l'exemple triomphent de toutes ses résolutions... Eh bien, oui, Ursule est superstitieuse! elle a peur... elle a peur des revenants, elle croit aux rêves, aux présages, et même, qui le croirait! aux incantations des sorciers. La nuit, lorsque le vent murmure à travers les arbres du verger, lorsque les hauts peupliers crient sous l'effort de la tempête, Ursule n'ose pas sortir de sa chambre. Le presbytère lui paraît rempli de bruits mystérieux; il lui semble que les morts, couchés dans le cime-tière voisin, se relèvent de leurs tombes, et se promènent couverts de leurs linceuls blancs. Écoutez-la: elle vous dira, en baissant la voix, que la gouvernante de l'ancien curé a entendu, une certaine nuit de Noël, les lamentations d'une âme en peine qui de-mandait des messes et des prières. N'a-t-elle pas vu elle-même... Ici elle s'arrête par une discrète réticence. Pressez, insistez, vous obtiendrez indubitablement l'histoire effrayante et véritable de quelque apparition surnaturelle; il y a tant d'horreur dans l'accent, dans le geste, dans le regard de la gouvernante, que ses auditeurs pâlissent en l'écoutant, et se serrent les uns contre les autres. C'est en vain que le curé cherche à les reconforter par maints préceptes religieux; lui aussi, il n'a pu se défendre d'une certaine émotion. Lorsqu'il se retire dans sa chambre, il frissonne en passant devant la petite fenêtre qui donne sur le cimetière; il évite d'y jeter les yeux, et il allonge le pas sans le vouloir.

Outre son carlin Azor, Ursule possède encore une sorte d'animal domestique : c'est cet enfant qui, revêtu d'une tunique blanche, et coiffé d'une petite calotte rouge, circule de la sacristie au chœur, dépêche les répons, agite la sonnette, et entonne de la voix la plus pointue le *Domine salvum*... : enfant mutin qui, d'un air délibéré, prête ses jeunes mains au mystère redoutable de la transsubstantiation; qui voit célébrer avec une égale indifférence les baptêmes, les mariages, et les enterrements; qui rit, même en entourant de cierges allumés le cercueil d'un enfant comme lui, dont la tombe semblerait creusée pour sa taille! L'*enfant de chœur*, tel est le nom qu'on lui donne, est placé sous la haute surveillance d'Ursule. Il lui appartient plus qu'à sa propre mère : elle s'en fait tour à tour un page, un messager, un aide de cuisine. C'est elle qui, les dimanches et les jours de grandes fêtes, l'arrange dans son gracieux costume : ses mains ridées passent et repassent sur cette tête blonde, sur ces joues roses et potelées. Elle veut, mais en vain, garder avec l'espiègle une mine sévère : elle lui sourit en le grondant.

Mais le second coup de la messe a sonné. Ursule achève l'œuvre importante et difficile de sa toilette : elle se contemple longtemps dans son miroir, et elle s'achemine enfin vers l'église, son chapelet et son livre d'heures à la main. Là, superbement assise dans un banc réservé, tandis que les villageoises restent accroupies sur leurs genoux, elle surveille l'assemblée. Quelle que soit sa piété, ses yeux se détournent fréquemment de l'autel pour prendre note de chacun des assistants. Plus tard, elle dira, avec les commentaires obligés, les dentelles que portait celle-ci, la jupe et le mouchoir de cou de celle-là. En attendant, forte de ses relations continuelles avec l'église, elle se sent, pour ainsi dire, à son aise en présence de Dieu. Il lui semble que les bénédictions célestes que le curé invoque vont descendre, par un privilége spécial, sur la tête de sa gouvernante, et que le *Dominus vobiscum* s'adresse particulièrement à elle. Elle sait par cœur tout l'office, et elle se fait gloire de marier sa voix aux mugissements des chantres. Comme elle prête une oreille attentive au prône ! comme elle est fière de l'éloquence du curé ! comme elle en épie l'effet sur les visages des paysans ! comme son air pénétré prépare et entraîne la conviction de l'assemblée !

Quand vient l'époque de la première communion, Ursule quitte le presbytère pour la nef de l'église, et elle partage les travaux dont son maître est alors accablé. C'est à elle qu'est remis le soin de discipliner la troupe des jeunes filles. C'est elle qui les catéchise, qui leur souffle les réponses convenables, et qui leur apprend les diverses évolutions de cette imposante cérémonie : quelle autre que la vénérable présidente de la congrégation de la Vierge serait digne de ces fonctions ? Voyez-la, vêtue de blanc, et couverte de longs voiles, marcher à la tête du troupeau. Elle communie la première, afin de participer aux grâces qui seront répandues dans ce jour solennel, donnant ainsi à la paroisse édifiée le précepte et l'exemple.

Opposons à ce tableau une scène toute différente. Le curé attend un jeune vicaire qui lui est envoyé par son évêque : plusieurs ecclésiastiques des environs ont été invités à dîner. Voici un grand jour pour Ursule ! soutenir la réputation qu'elle s'est acquise, mériter les suffrages de ces juges éclairés, prouver qu'elle égale en talents leurs gouvernantes, faire qu'ils soient jaloux de son maître, et que celui-ci s'applaudisse de son choix ; enfin se montrer dans toute sa gloire au nouveau vicaire : quelle tâche ! Tel qu'un général dans un jour de bataille, elle endosse son plus beau costume, et commence par passer en revue ses troupes auxiliaires, deux matrones aux bras rouges, qu'elle a enrôlées la veille ; après quoi, comme dit La Fontaine :

> ..... on fricasse, on se rue en cuisine.

Les principaux habitants ont envoyé au presbytère le produit de leur pêche ou de leur chasse. Nous épargnerons au lecteur la nomenclature des mets que l'on apprête. Nous ne dirons pas non plus les inquiétudes, les transes, les agitations, de la gouvernante. L'heure suprême est venue : les merveilles de son art sont posées sur la table dans une symétrie appétissante. Si le rôt n'était point cuit ! si le gibier était trop faisandé ! si... mais, grâce à Dieu, tout est trouvé délicieux, parfait. Ursule est sommée de comparaître devant ses juges : elle s'avance, rouge d'animation et de joie, dans un désordre de toilette qui prouve quelle part active elle a prise aux travaux de la journée. Elle fait une humble révérence, et elle écoute, les yeux baissés et le cœur palpitant d'allégresse, les éloges unanimes décernés à son talent. Heureuse Ursule ! voilà du bonheur pour toute une année ! Elle savoure en elle-même ces louanges, elle se repaît du contentement que son maître a dû éprouver, tandis que les deux matrones, demandant des joies plus solides, se jettent avidement sur les restes du festin.

Cependant le temps a marché ; le curé s'est fait vieux : ses mains tremblantes peuvent à peine soutenir le poids du saint ciboire, et, pendant l'hiver, la goutte le cloue sur son fauteuil. Ursule est vieille aussi, mais d'une verte vieillesse, et, d'ailleurs, elle trouve des forces dans son dévouement ; les années l'ont accru au lieu de l'affaiblir. Les différences qui séparent le maître du serviteur se sont effacées avec l'âge : c'est un ami qu'elle soigne ; c'est un protecteur révéré, auquel elle se prodigue avec un zèle aussi jeune et aussi chaleureux qu'autrefois. Elle ne le quitte pas un seul instant : elle prépare elle-même, et elle lui présente d'un air affectueux, les tisanes, les potions que le médecin a ordonnées. Elle lui tient lieu de médecin et de garde-malade : ne connaît-elle pas son tempérament ? ne sait-elle pas ce qui lui fait du bien, et ce qui lui est contraire ? Lorsque le curé vient à s'assoupir, elle retient son souffle, et craint de respirer. Dès qu'il s'éveille, elle est près de lui, toujours bonne, toujours empressée, s'oubliant elle-même, et ne vivant que pour le soulager. Tantôt elle lui raconte, afin de l'égayer, quelques-unes de ces anecdotes dont elle possède un fonds si riche ; elle le tient au courant des affaires de ce petit monde qui lui était tant connu, et dont il se sépare tous les jours. Tantôt elle écoute avec respect ses maximes et ses allusions à une autre vie. Elle prête l'oreille aux citations latines qui lui reviennent à la mémoire : elle affecte un air d'intelligence comme si elle les comprenait. Elle a toujours prétendu qu'elle n'était point absolument étrangère à cette langue, et elle ne manque jamais d'expliquer certains passages, tels que *Pater noster — Virgo Maria — panem quotidianum*. En la voyant occupée de ces soins pieux, qui n'oublierait pas ses petits travers, et les défauts de son âge mûr ; défauts qui tenaient moins à son caractère qu'à sa position, et qui n'étaient souvent que l'exagération de ses qualités.

Enfin sa mission sur la terre est accomplie, le bon curé s'est éteint doucement. C'est de ce moment qu'Ursule s'aperçoit qu'elle est seule : elle cherche autour d'elle, et s'agite avec inquiétude comme un pauvre chien abandonné ; elle sent qu'il lui manque quelqu'un à soigner. Sa vie est désormais sans but, sans objet : elle ne vit plus, elle végète. Bientôt sa tombe est creusée tout à côté de celle de son maître, et le même ciel réunit sans doute ces deux âmes qu'une touchante fraternité avait unies ici-bas.

FRANÇOIS COQUILLE.

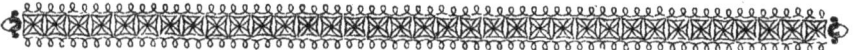

LE ROULIER.

Vers minuit, quand tout le monde se livre enfin au repos dans l'auberge de la commune de***, et que la lune semble blanchir encore les longues murailles blanches qui bordent la route, on entend de loin comme un bruit vague et sourd ; le bruit s'accroît et devient distinct ; le murmure des larges roues de la charrette qui tournent lentement en broyant quelques cailloux se mêle au tintement aigu des sonnettes de l'attelage ; puis un sifflet commence un air que la servante Madeleine a entendu siffler vingt fois : *Portrait charmant...* et un grand coup de fouet interrompt la mélodie... *portrait de mon amie...* et un épouvantable juron menace les bêtes pour les engager à donner un dernier coup de collier. C'est bien Gaspard ! Il s'arrête devant la porte ; Madeleine s'avance, reçoit un baiser du roulier, lui applique un grand coup de poing entre les deux épaules, et va préparer son souper.

La table est couverte, la flamme pétille, et près de la bouteille, à côté du verre de Gaspard, Madeleine a mis un autre verre, car elle sait que Gaspard n'aime pas à boire tout seul ; mais le devoir avant tout. Jamais le roulier, si altéré qu'il fût, ne prit le pas sur ses bêtes. C'est lui qui les dételle et les conduit dans l'écurie ; c'est lui qui garnit le ratelier, et examine avec soin les harnais et l'équipage ; puis, accompagné de *Castor,* qui ne quitte pas son maître, il tourne le loquet, s'avance près du feu de la cuisine, tend la main à Madeleine, et lui dit : « Voilà !... c'est à nous deux maintenant ! »

La conversation, pendant le souper, devient intéressante. Madeleine veut tout savoir, et il faut la mettre au courant des nouvelles. Savez-vous de qui elle s'informe ? De la compagnie du roulier, de ses bonnes bêtes chéries, car, n'en riez pas, ses bêtes, c'est sa compagnie, sa société de tous les jours ; c'est sa famille, qui partage avec lui le soleil et l'orage, la chaleur et les frimas. Chacune d'elle a son nom et son caractère particulier, et sur les six qui composent son magnifique attelage, il n'y en a pas deux qui se ressemblent. *Garo* et *le Borgne* sont les deux chevaux les plus robustes. La place au timon revenait de droit à Garo, pour lequel la charge n'est qu'un jeu ; mais le Borgne a fait le méchant, et, indépendamment de ses ruades, a mordu au cou son compagnon en allant à l'abreuvoir. Gaspard, qui connaît la discipline, a décidé que le coupable serait au timon, et n'en bougerait pas jusqu'à Lyon ; trait de sévérité qui a paru produire sur le moral de la bête l'impression la plus favorable. Au milieu de l'attelage figurent *Doucette* et *Maigron*, véritables animaux de juste milieu, sages et dociles, réguliers dans leurs habitudes, et dont les amis du progrès pourraient tout au plus critiquer l'allure routinière. A la tête du cortége, c'est *Cocotte,* si belle et si douce, et le gros *l'Enflé,* qui n'est pas à l'abri de quelques censures. L'Enflé dirigeait autrefois la marche, et s'était tellement accoutumé à la paresse, que plus d'une fois on surprit flasque et vide la corde qui le séparait de Cocotte, tandis que celle-ci s'escrimait en efforts pour entraîner ceux qui la suivaient. La pauvre bête en fit une maladie qui, grâce à Dieu, fut courte, Gaspard ayant toujours sur lui la lancette au moyen de laquelle il lui rendit la santé ; mais, pour éviter de tels efforts à l'avenir, le roulier décida que l'Enflé serait placé le second ; et, permettant à Cocotte, désormais attelée en tête, de ménager sa santé délicate, il a soumis à une active surveillance le ci-devant paresseux, qui ne peut plus s'oublier maintenant sans être rappelé à l'ordre par un coup de fouet, et par cette apostrophe, *gros feignant !...* qui paraît humilier prodigieusement son amour-propre. A ce personnel de la troupe ambulante, il faut ajouter un des acteurs les plus attentifs, c'est Castor, le chien favori, l'ami et le compagnon du maître. Sa position intermédiaire donne à Castor une grande influence. Si, aux yeux du maître, il est presque une bête, aux yeux des bêtes, il est presque un maître. Sous ce vaste édifice que compose la charrette et son chargement, est suspendu à quatre chaînes un lit couvert du foin le plus doux, et qui se balance de la manière la plus agréable. C'est là que voyage Castor, mollement bercé, et souvent livré au sommeil lorsque le chef de la communauté marche lui-même à côté de la voiture. Il est bien arrivé quelquefois à Castor de vouloir rendre à son maître le même service ; mais au moment où Gaspard se livrait paisiblement au sommeil, étendu sur les ballots de marchandises, Castor marchant à côté de Cocotte pour l'empêcher de dévier, et celle-ci suivant fidèlement le milieu de la route comme une bête qui comprend toute l'étendue de sa situation, on a vu des inspecteurs de police (de quoi la police ne se mêle-t-elle pas ?) faire citer le roulier devant le juge de paix, comme coupable d'avoir abandonné les rênes pour dormir sur sa charrette, comme si la société, pour se préserver de tout dommage, n'avait pas une garantie doublement rassurante dans l'intelligence de Cocotte et la fidélité de Castor.

Que de fois, traversant les villes et les villages par un beau soleil, l'on a vu tout le personnel de l'attelage, la tête haute, au bruit harmonieux de mille sonnettes, et au chant joyeux du roulier, exciter sur son passage l'admiration et l'envie du paysan et du laboureur! L'un ne pouvait s'empêcher de trouver merveilleuse la propreté des courroies et des mors, et des plaques cuivrées qui brillaient çà et là sur les parties diverses des harnais ; un autre admirait ces espèces de housses en toile bleue, bordées d'une frange rouge, qui servaient de parure aux six nobles bêtes; quelques-uns, enfin, critiquaient le plumet de Cocotte ; mais c'était évidemment par jalousie, car on reconnaissait maintenant que Cocotte, sans paraître trop fière, le portait avec beaucoup de grâce et de dignité.

A côté de cette charrette, imposante par sa masse et par le nombre de marchandises dont elle était chargée, marchait Gaspard, un des heureux du siècle, Gaspard, propriétaire de ce magnifique attelage, transportant la marchandise d'autrui de Marseille à Lyon sur sa propre voiture, avec ses propres chevaux, gai, bien portant, bon nombre d'écus dans la poche, et la pipe à la bouche, calculant son bénéfice probable, dont la certitude embellissait encore pour lui le chemin. Des guêtres de cuir le défendaient contre la boue et la poussière ; une blouse bleue, déjà faite à la fatigue, recouvrait son vêtement de velours couleur olive, et la modestie de son aspect contrastait avec tout le luxe de son équipage. C'est ainsi que Napoléon, au milieu d'un riche état-major, se distinguait par un costume d'une extrême simplicité.

Cependant Gaspard savait ce qu'on doit à l'étiquette et aux convenances. Cette blouse poudreuse, exposée à tous les accidents de voyage, et son bonnet de coton, surmonté de la mèche classique et bariolé de mille couleurs, il les enlevait à l'approche de la ville, et les roulant avec soin, les déposait dans la voiture, les confiant à la garde de Castor ; il brossait sa *faquine* de velours, rafraîchissait ses cheveux d'un coup de peigne, et plaçait son chapeau, légèrement incliné, sur cette figure rayonnante à la fois de santé et de probité. Jamais un vigoureux gaillard ne parut si honnête homme, et jamais honnête homme ne sembla si bien portant.

C'est que, voyez-vous, sous cette physionomie calme, il y avait une conscience plus calme encore. Compter les services que ce brave homme aimait à rendre, ce serait chose impossible. Toute commission que lui donnait sur la route une de ses pratiques était remplie avec un zèle, un désintéressement qui le faisait aimer de tout le monde. Pour un message important, pour un envoi d'argent, c'était toujours lui que désignait la confiance ; on disait : «Vaut mieux attendre quelques jours encore, Gaspard passera»; et Gaspard était chargé du paquet.

Un jour, dans une auberge de village, il fut témoin d'une scène violente qui éclata entre une vieille aubergiste et sa domestique. Celle-ci était une bonne fille, dont la faute était légère, et qui, désespérant de trouver du pain ailleurs, supportait les injures et même les coups de sa maîtresse sans proférer une plainte. Gaspard, témoin de cette héroïque résignation, murmurait entre ses dents : «Qu'avez-vous à dire? lui demanda la méchante aubergiste. — Cré nom ! s'écria le roulier, j'ai à dire que vous êtes une méchante vieille, et que si un homme maltraitait ainsi cette pauvre fille, je battrais sa peau comme un tambour. Je ne mettrai plus les pieds dans votre sacrée bicoque, Madeleine restera dans le village, hors de chez vous, jusqu'à ce que je lui aie trouvé une place; et voilà deux écus de six francs que je lui prête jusqu'à ce qu'elle puisse avoir du pain dans une meilleure condition.» Madeleine pleurait de joie. Gaspard continua sa route, et quatre jours ne s'étaient pas écoulés, qu'elle reçut sur du gros papier blanc la lettre suivante, cachetée avec de la mie de pain :

«Madeleine,

«J'y ai di ò pere Rigo que ge raipondé de vou, é il vou pran an toutte confianse. «Mété-vou de suhite an routte. Conduissai-vou bien toujour, é voilà!

«Ge vou salut.

«GASPARD.»

Madeleine se rendit, en effet, chez l'aubergiste Rigot, où elle fit preuve de zèle et d'intelligence, et le brave homme, qui était veuf, lui laissa presque tout le soin de sa maison. C'est là que vingt fois depuis le roulier l'a revue, et les voilà à causer au coin du feu comme de vrais amis, car jamais amitié ne fut plus véritable.

Et ces qualités de Gaspard, elles distinguent presque toute la classe dont le bon roulier fait partie. Voyez-les, ces gais enfants de la Provence, s'acheminant de Marseille à Avignon, puis au Pont-Saint-Esprit, à Vienne et à Lyon, toujours la guêtre de cuir, le bonnet colorié, la blouse bleuâtre et la faquine de velours olive, tous semblables par le caractère, l'accent, et presque aussi par la figure; voyez-les se disséminer au soleil sur la grande route, en sillonner toute la longueur, et se tenir à distance, comme étrangers les uns aux autres; puis, quand les gelées arrivent, quand le verglas fait glisser les pauvres bêtes, et menace de malheur chaque attelage, se rapprocher pour se secourir, marcher de conserve avec confiance comme une caravane de frères et d'amis, celui-ci dételant ses chevaux pour aider l'autre à la montée, celui-là secourant les bêtes malades de son confrère, tous portant leurs secours pour relever l'équipage qui verse, tous prêts à recueillir par humanité le malheureux qui souffre de froid et de fatigue, et qui, assis sur une charrette, et secouru d'un bon verre de vin, oublie un moment ses maux; et se sent renaître à la vie.

«Encore quelques années de voyage, disait Gaspard, heureux de son sort, et je me retire au pays, dans ma bonne ville d'Aubagne, où je n'attellerai plus que pour porter au marché les légumes et les fruits de mon jardin. En attendant, travaillons, et vive l'ouvrage qui donne du pain!

C'était dans la cour d'un riche négociant de Lyon, M. Bonaud, que le bon roulier se livrait ainsi aux espérances les plus légitimes. Depuis plusieurs jours, il avait déposé en ville les marchandises qu'il avait apportées de Marseille, et il venait, selon son usage, faire son chargement chez M. Bonaud. Des colis nombreux étaient, en effet, dans la cour. Gaspard prend dans un coin du bureau une feuille de papier qu'il dépose sur le pupitre du patron; la page commence par ces mots imprimés : *A la garde de Dieu, et sous la conduite de...* (en blanc), *nous vous expédions les articles suivants.* «Eh bien! monsieur, dit le roulier, êtes-vous disposé à remplir ma lettre de voiture?»

Le négociant regarde fixement Gaspard. «Mon cher ami, répondit-il, il y a du nouveau. J'en suis fâché pour toi, mais je n'aurai plus besoin de tes services à l'avenir. Tu n'as plus rien à charger chez moi, ni probablement dans la ville.

— Vous plaisantez, monsieur. Seriez-vous mécontent de moi?

— Je n'en fus jamais plus satisfait.

— Et pourquoi donc donnez-vous la préférence à un autre?

— Dieu m'en garde! aucun autre n'obtiendra la confiance que j'ai eue si longtemps en toi; mais le roulage nous est devenu inutile, mon cher Gaspard. Une nouvelle invention, celle des bateaux à vapeur, nous permet dorénavant d'expédier dans le Midi nos marchandises en plus grande quantité et à meilleur marché que par le passé; ces bateaux feront en quatre jours le trajet que tu fais en deux semaines, et les prix de transport, déjà au-dessous des tiens, baisseront encore tous les jours, car on établira d'autres bateaux en concurrence; et sur le Rhône, on n'a à nourrir ni bêtes ni gens.

— Mais c'est donc le diable! s'écria Gaspard effaré, qui a fait ces inventions pour ruiner les pauvres gens?

— Je te plains; mais tu le vois, c'est un mal sans remède; et ta profession, au moins pour ce qui me concerne, devient parfaitement inutile.

— Cré mille noms!... Et où est cette machine-là? peut-on voir cette mécanique qui travaille sans manger?

— Je m'y rends dans ce moment. Viens la voir, si tu veux.»

Le roulier désolé s'est rendu sur la rive du fleuve. Il voit fumer la cheminée, s'approche, et examine la machine. On a beau lui en expliquer les effets, il n'y croit pas, et soutient qu'il est impossible qu'une marmite bouillante ait autant de force que ses six belles bêtes réunies. Mais, voyant tout le monde persuadé du mérite et des avantages de l'invention qui lui ravit son pain, il se résigne et se tait. Puis, pour la première fois depuis vingt ans, il sent ses yeux se remplir de grosses larmes, et s'éloigne, honteux d'être vu, pour se livrer seul à ses tristes réflexions.

«Fini, dit-il, fini!... à la fleur de l'âge, et au plus beau moment de mon travail! fini pour toujours, avec un si bel équipage, qui me faisait tant d'honneur, et qui m'avait donné tant de peine! Il faudra tout vendre maintenant, et la charrette, et les bêtes, et les harnais, et tout le train! Le Borgne, Maigron, Doucette, Garo, qui était un si bel animal! l'Enflé un mauvais caractère, mais une solide bête, sur laquelle on pouvait compter. Et Cocotte! si bonne, si belle, et que j'aimais tant! Vendre Cocotte! non, c'est impossible!... elle restera avec moi. Eh bien! si le roulier devient jardinier, si, au lieu de mon attelage à grand train, je n'ai plus qu'un tombereau à un cheval, ce seul cheval sera Cocotte. Elle n'est pas fière, et nous nous consolerons ensemble. Allons, sacredieu! du courage, Gaspard, Dieu n'abandonne pas les pauvres gens.»

Le lendemain le roulier quitta Lyon pour n'y plus revenir. Et comme, plongé dans ses réflexions, il suivait tristement, sans siffler et sans fumer, le chemin qui borde le Rhône, il vit s'avancer avec une rapidité miraculeuse un bateau à vapeur qui sillonnait l'onde de toute la force de sa machine, ajoutée à la rapidité du courant. La cheminée lançait une fumée noirâtre, dont les tourbillons s'élevaient dans un ciel pur, les roues traçaient avec fracas sur la surface de l'eau deux parallèles écumeuses, une pyramide de marchandises s'élevait sur l'avant, et ne semblait pas plus charger le bâtiment que le fardeau le plus léger; sur l'arrière, une tente était dressée, et une multitude de passagers y étaient assis à l'ombre, voyageant sans fatigue, respirant un air frais, et souriant à la diversité des paysages qui se succédaient à leur vue par centaines. Tout semblait respirer le bonheur sur le fleuve, et quelques minutes s'étaient à peine écoulées, que le roulier voyait déjà le bateau à l'horizon. Alors il reporta amèrement ses regards et sa pensée sur la rive. A l'aspect de sa voiture vide, de ses chevaux qui semblaient surpris d'une si légère corvée, de ce bon Castor, qui marchait la tête basse, comme s'il comprenait le chagrin de son maître, le roulier retrouva toute sa douleur, et se sentit profondément accablé ; bientôt il releva la tête : « Que je suis bête ! quand je me brûlerais le sang, est-ce que j'empêcherais cette machine de faire tourner ses roues et fumer sa cheminée ? Autrefois, c'était nous, à présent, c'est d'autres ; il faut se consoler, et voilà ! »

Gaspard réfléchit qu'après tout il lui reste quelques économies, que tout le monde n'est pas roulier, et qu'avec du travail, chacun se tire d'affaire. Arrivé à Marseille, il s'occupe de la vente de ses bêtes, mais il n'embrasse pas sur-le-champ une autre industrie. Un devoir sérieux l'appelle auparavant là où le roulier et le grand seigneur se rencontrent, à l'église. Indépendamment du culte de Marie, plus spécialement cher aux matelots, le voyageur provençal a en grande vénération sainte Madeleine et saint Lazare. Tout enfant du peuple a appris de sa mère l'histoire, les fautes et le repentir de Madeleine, et il en est peu qui n'aient été conduits à la *Sainte-Beaume*, que la tradition assure avoir été l'asile de la pénitente.

A la Sainte-Beaume, à l'église, le roulier est entouré de sa famille et de ses amis ; car si leur science est bornée, leur croyance ne l'est pas, et le curé, ce vieux conseiller des familles, les accusa parfois de négliger les saints mystères, mais jamais de les nier ou de les profaner. Le roulier prie, et prie bien.

Plusieurs d'entre eux, moins philosophes que Gaspard, juraient contre les bateaux à vapeur. « Il faut te résigner, disait-il au mécontent. — Me résigner à perdre mon pain ? c'est une autre affaire, et nous verrons. — Qu'est-ce que tu feras ? — (Tous ensemble :) Nous nous fâcherons. — Celui-là qui veut se fâcher contre une marmite ! — Eh bien, nous la briserons. — On en fera une autre, on en fera deux, trois, cinquante. Les marchands de marmites gagneront gros, et le roulier n'en sera pas plus avancé. Croyez-moi, vendez vos bêtes, et plantez des choux. J'en plante demain, moi, et de fameux : nous n'avons plus autre chose à faire. »

Le nombre des rouliers a été, en effet, diminuant de jour en jour, et si leur industrie n'est pas tout à fait éteinte, elle a beaucoup perdu de son importance en perdant presque toute sa nécessité. Cependant le voyageur qui côtoie les rives du Rhône et les bords de la Durance a cent fois encore rencontré sur sa route le roulier du Midi, offrant, dans quelques-uns des types qui ont survécu à sa décadence, le portrait fidèle de cette espèce pittoresque telle qu'elle existait aux plus beaux jours de sa prospérité.

Longtemps, beaucoup plus longtemps que le postillon, le roulier est resté fidèle à la poudre, aux cadenettes et au catogan, et le soin extrême qu'il prenait de sa coiffure était toujours en rapport direct avec l'aisance dont il jouissait, et l'importance de sa situation dans le corps ambulant dont il faisait partie. Un roulier entrait-il dans une auberge, un seul coup d'œil jeté, non sur l'ensemble de sa toilette, mais sur sa tête seulement, révélait le luxe, la simplicité ou l'indigence de son équipage, qu'on n'apercevait pas encore. Vingt ans, la blouse sale et les cheveux tondus ras et sans poudre, annonçaient le roulier surnuméraire et pauvre, auquel le modeste nom de charretier conviendrait peut-être davantage. Trente ans, les guêtres de cuir, la blouse propre, les cheveux poudrés le dimanche, et une queue grosse et courte, c'était le roulier de classe moyenne, auquel on pouvait supposer une voiture passable, et quatre bêtes d'embonpoint fort inégal. Mais qui n'a vu s'avancer avec un calme majestueux au milieu d'une salle à manger d'hôtellerie, le roulier de première classe, ce type original de la grâce provençale ? Il

ôte son chapeau avec une intention évidente, mais sans aucune affectation, et sa coiffure se fait soudain remarquer par des détails qui, assurément, ont occupé le perruquier toute une matinée. Ce n'est point le demi-toupet du postillon, bizarre et imparfaite
copie de la perruque de l'ancien gentilhomme. Le roulier est parfaitement tondu sur le
sommet de la tête et sur les tempes, et la poudre seule orne cette partie exactement tail-
lée en brosse. Une ligne qui tombe du front sur les joues, et qui est parallèle avec l'ovale
de la figure, indique la séparation que le peigne de l'artiste a su faire entre ce qui devait tomber sous le ciseau et ce que le bon goût devait respecter. De cette ligne partent des
deux côtés plusieurs papillotes, qu'une pommade odoriférante maintient en crochets et colle
à la figure, semblables à celles que certaines coquettes ont appelées des *accroche-cœur*. Le
derrière de la tête seulement a été respecté ; car, destinée à former le catogan court, mais
copieux, la végétation capillaire a toujours commandé le respect aux ciseaux du coiffeur,
comme, chez les anciens, le bois sacré défiait la hache impitoyable. Peigné, collé, poudré, et serré par un ruban de velours noir étroit, mais vingt fois replié sur lui-même,
le catogan, pour dernier degré d'élégance, est terminé par une petite agrafe d'argent,
se détachant avec éclat sur le noir du ruban, sur le blanc mat de la poudre, et annonçant évidemment que le porteur d'une tête si proprement cultivée n'est sûrement pas un
homme ordinaire. Qui ne devinerait à ces détails le magnifique attelage de Gaspard, et
ses beaux harnais, et ses cuivres, où l'on se mire, et ses housses bleues et rouges, et ses
sonnettes retentissantes, et ses plumets ébouriffés ?

Tel est, en effet, le roulier... hélas ! tel il était du moins ; et, dût le lecteur en éprouver quelque chagrin, il faut bien lui apprendre quel ravage font le temps et le prétendu
progrès. Ami du roulier dès mon enfance, j'ai voulu, depuis la révolution de juillet, revoir ces hommes qui me séduisaient tant autrefois. J'ai cherché Gaspard à Marseille, et
l'ai enfin trouvé sur la grande route, qui n'a pas cessé d'être son domicile. La voiture
qu'il conduisait m'a paru modeste ; mais enfin les légumes qui la remplissaient étaient
ceux de son jardin, et la propriété est une belle chose. Cocotte, assez bien conservée,
avait encore quelque chose de coquet et de gracieux, comme ces femmes d'un certain
âge dont Fontenelle disait : «On voit que l'amour a passé par là.» Dans toute cette simplicité respirait un air d'aisance et de bonheur qui plaisait d'abord à la vue ; mais il fallait finir par regarder en face mon roulier, ce type idéal du genre, ce Gaspard, si imposant autrefois. Le croiriez-vous ? ce même Gaspard, ce même homme, je l'ai vu, en
pantalon large, en blouse grise, sans poudre, et coiffé à la Titus ! Il n'y a donc plus de
rouliers !...

CHARLES DURAND.

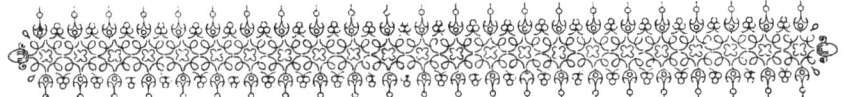

LES FÊTES A BORD.

IV. — LES RONDES.

 u commencement d'une campagne, l'on a peu d'efforts à faire pour porter les matelots à se divertir entre eux; quelques joyeux lurons seront toujours prêts à donner le branle si l'autorité prend l'initiative, et souvent même ils viendront demander, de leur propre mouvement, l'autorisation de chanter et de danser. Le dimanche soir, l'officier de service, comme le pacha Schahabaham, n'a qu'à donner l'ordre de s'amuser, et, dès que le sifflet du maître a répété ce commandement, chacun s'empresse d'obéir.

L'usage réglementaire est que les communications officielles partent d'abord de l'arrière : le porte-voix les annonce, mais elles resteraient sans effet si elles n'étaient immédiatement traduites en sons perçants par le sous-officier de veille au pied du grand mât. Lorsque le chef de quart cesse de parler, une note aiguë, longuement prolongée, invite aussitôt les hôtes du bâtiment à prêter une oreille attentive. Autrefois, des diverses parties du vaisseau, du pont, de la mâture, des batteries, et de la cale, *le monde* répondait en chœur : COMMANDE! Aujourd'hui un silence absolu remplace le bruyant répons tombé en désuétude, et le maître exprime, en rossignolades stridentes, en vibrations argentines, en gammes ascendantes ou descendantes, en roucoulements, en arpéges piqués ou coulés, saccadés, précipités ou soutenus, quelle est la manœuvre générale, quelle est l'opération partielle dont on doit s'occuper sur-le-champ : toutefois les signaux de convention ne sont pas infinis, et une voix rauque supplée à leur défaut, pour annoncer, en prose maritime, les volontés du capitaine ou du second, pour proclamer une mesure récemment prise, ou pour publier une réclame. Après *le coup de sifflet d'avertissement*, le maître se penchera sur le grand panneau, et dira :

«L'équipage est prévenu qu'ils sont tous consignés jusqu'à nouvel ordre, vu que Requin, Fréjus, Alexis et Frise-Poulet, qu'étaient à terre, n'est pas rentré de permission à matin !»

Et de sourds murmures répondront à cet arrêté sévère, dont pâtissent tant d'innocents.

Une autre fois, l'iman du bord s'écriera :

«Tout un chacun qu'aura trouvé un sac à malice, avec un livre de messe dedans, à madame la préfetesse, passagère, qu'il vienne le rendre au maître de quart!»

Ou bien :

« Ceux-là qu'auront pris des rats, qu'il les rapporte au capitaine d'armes ! on lui donnera un quart de vin de récompense par tête, et deux s'ils ont croché un nid ! »

Enfin, s'il s'agit seulement d'avertir les matelots qu'il leur est permis de se livrer à leurs jeux : ATTRAPE A DANSER ! vociférera le maître de quart.

Quelques minutes après, le pont sera ébranlé par les sauts cadencés des amateurs de rondes, et d'étranges refrains se confondront avec les sifflements du vent dans les agrès.

Mais quand dix-huit ou vingt mois se sont écoulés depuis le départ de France, il n'est pas aussi aisé de mettre le gaillard d'avant en train : le coup de sifflet du maître est accueilli avec une morne insouciance; chacun reste accroupi dans son coin, car la tristesse est dans tous les cœurs. Le matelot, moderne Antée, a besoin de toucher du pied le sol de la terre, pour pouvoir continuer sa lutte contre la puissance herculéenne de l'Océan. Habitué à faire au commerce d'actifs voyages de quelques mois, il ne résiste pas à l'oisiveté d'une longue station militaire à l'étranger; tout résigné qu'il est à son sort, il souffre de l'absence, et les interminables séjours en rade de Fort-Royal ou de Valparaiso étouffent les élans de sa gaieté naturelle. Lui, qu'on a vu quitter la patrie avec une admirable insouciance, ne vit plus que par l'espérance de la revoir; peu de jours lui suffiraient, il est vrai, pour le remettre en état d'entreprendre une nouvelle campagne, mais ces quelques jours lui sont devenus absolument nécessaires.

A bord de l'*Aréthuse*, mouillée maintenant dans la baie de Rio-Janeiro, chaque voile qui paraît à l'horizon donne aux gens de l'équipage un frisson de désir. Dès qu'un grand navire est signalé, l'on accourt en masse sur l'avant, tous les yeux interrogent le goulet avec anxiété, et l'on se demande si c'est enfin la *relève !* la relève, qui prendra la place de la frégate, et fera faction à son tour devant la capitale du Brésil : hélas ! ce n'est pas elle; la relève n'arrive point ! Et les fausses alertes se multiplient, et les marins découragés s'abandonnent à un spleen contagieux. En pareille circonstance, un bon capitaine ne doit négliger aucun moyen de retremper le moral de ses subordonnés : il doit leur donner des distractions à tout prix, les consoler autant qu'il est en lui, ou du moins les stimuler par une plus grande dose de libertés et de plaisirs. Un homme comme Flafla est alors d'une valeur inappréciable, car Flafla *est solide au poste,* et, seul peut-être, encore inaccessible à la nostalgie épidémique. Aussi on le fait venir, on lui recommande d'inventer quelque charge, et d'user de toute son influence; on lui laisse carte blanche, mais il faudra que sa verve réveille l'équipage engourdi par l'inaction et l'exil. L'heureux fifre, fidèle à ses antécédents, comprend sa mission bienfaisante, et, grâce à lui, les rondes et les chansons si longtemps oubliées galvaniseront le gaillard d'avant. Chaque soir, au coucher du soleil, le coup de sifflet : *attrape à danser !* réunira les curieux et les danseurs, et l'on attendra moins impatiemment l'arrivée de la relève.

En diplomate habile, le jovial boute-en-train a profité d'une nuit sombre, pendant laquelle toutes les écluses célestes semblaient rompues; il savait que l'orage serait un tonique propre à surexciter ses camarades. Tandis que les échos des mornes répétaient les grondements du tonnerre, que les éclairs scintillaient dans la mâture, et que la pluie tombait à torrents, il s'est glissé sous le petit gaillard, où les anciens fumaient la pipe à l'abri : « Vive Bari-barou ! Matelots ! s'est-il écrié, qui vient se rafraîchir d'un coup de gosier ? Rallie à la danse, c'est moi qui chante. » Et il a entonné :

> Bon ! bon ! bon ! bons mariniers,
> Laiss' Bari-barou tonner,
> Bons mariniers, bon ! bon !

Un cercle de jeunes gens a suivi Flafla sous la pluie battante; en répétant son refrain, ils bondissent à la lueur fantastique des éclairs; puis les grognards se mêlent à eux; puis deux ou trois rondes concentriques, semblables à celle du sabbat, et tournant en sens différents, se prennent à hurler la chanson bien-aimée; puis enfin on n'entend plus le bruit du tonnerre.

Le lendemain, le pli est pris, et, quoiqu'il fasse beau, Flafla parvient assez facilement à réunir les danseurs; toutes les bucoliques maritimes sont successivement déroulées entre les plats-bords de *l'Aréthuse*, les gaudrioles fortement épicées font renaître le rire et la joie. Un Provençal chante [1] :

Les Saintongeois, à leur tour, conduisent la danse, et ils obtiennent la palme, car les plus jolies rondes de matelots sont de leur pays.

Les nombreux rapports de la marine avec l'armée ont dû naturaliser sur les navires

---

[1] Le patron Barbu a gagné la joute, mais, tombant sur la tête, il s'est rompu la nuque.

de guerre les couplets de route des soldats. Les idylles et les rondeaux militaires qui sont chantés en chœur pendant les marches ont été les bien-venus, et, légèrement modifiés par les compositeurs des passavants, ils font désormais partie essentielle de leurs classiques. Le *bons grenadiers, bons canonniers, bons cuirassiers,* s'est naturellement converti en *bons mariniers !* Les enfants des villes de garnison, les Boulonnais, les Dunkerquois, les troupes passagères, et surtout les marins de la garde, ont transplanté sous la misaine les ballades de guérite, qui n'ont rien perdu de leur crudité native en embarquant. Les Flamands, les Bas-Bretons et les méridionaux, parlent des idiomes particuliers, qui ont rendu leurs chansons moins populaires à bord ; mais les gens de la côte de Lorient à Bordeaux ont facilement introduit les leurs sur tous les bâtiments de la flotte. Nantes et La Rochelle sont le plus souvent les lieux où se passe le récit. Ainsi :

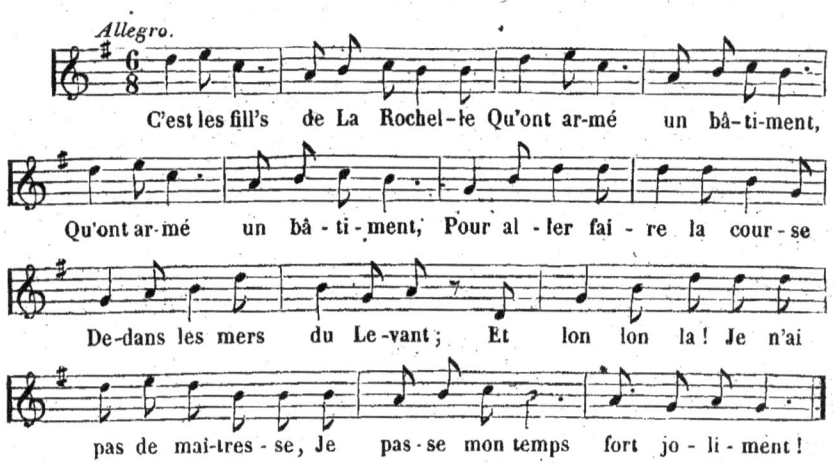

Allegro.

C'est les fill's de La Rochel-le Qu'ont ar-mé un bâ-ti-ment,

Qu'ont ar-mé un bâ-ti-ment, Pour al-ler fai-re la cour-se

De-dans les mers du Le-vant ; Et lon lon la ! Je n'ai

pas de maî-tres-se, Je pas-se mon temps fort jo-li-ment !

tel est le début de la longue description des perfections d'une corvette digne de la fée Preciosa : *la coque en est de bois rouge, travaillé fort proprement ;* la grand' voile est en dentelle, les huniers en satin, les mâts d'ivoire, les poulies en diamants, et les cordages en fil de soie. L'équipage, en rapport avec cet Alcazar maritime, est composé de brunes piquantes et de délicieuses blondes, qui, au dire du poëte, *n'ont pas plus de dix-huit ans.*

Dessur le pont de Nantes, se dénoue une intrigue amoureuse entre un sémillant matelot bordelais et une jeune fille ; et c'est encore les charmes d'une Nantaise qu'exalte la chanson des *Trois marins,* qui, naufragés sur les côtes d'Espagne, y rencontrent une meunière, leur compatriote. Ils renouvellent connaissance avec une naïve facilité, si bien que l'un d'eux ne manque pas d'offrir à *la belle,* sans plus de précautions oratoires, sa main calleuse, son cœur doublé de tendresse, et le retour à Nantes.

La ronde saintongeoise est de nature moins égrillarde que les refrains militaires ; mais elle est toujours sur un air pétillant, original et parfait pour danser en rond ; souvent la pointe grivoise à laquelle on doit éclater de rire se fait attendre jusqu'au dernier couplet ; souvent même elle est abandonnée à l'inspiration du chanteur, qui, nouvel Odry,

l'improvisera sans balbutier. Les jolies pensionnaires de Saint-Cyr auraient pu écouter
d'un bout à l'autre la simple narration suivante :

Le plus jeune des trente
Commence une chanson,
Commence une chanson, *sur le bord de l'île,*
En chargeant de boucauts
Sur le bord de l'eau.

— La chanson que tu chantes,
Je voudrais la savoir.

— Entrez dedans ma barque,
Et je vous l'apprendrai. »

Quand la bell' fut entrée,
Ell' se mit à pleurer :

«Qu'avez-vous donc, la belle,
Qui vous fait tant pleurer?

Pleurez-vous votre père
Ou l'un de vos parents?

Pleurez-vous votre mère?
Pleurez-vous votre enfant?

— Je pleure un brig-goëlette
Parti la voile au vent,
Parti la voile au vent, *sur le bord de l'île*,
Tout chargé de lingots,
Sur le bord de l'eau;

Doublé de cuivre rouge,
Gréé d'or et d'argent,

Est parti vent arrière,
Les perroquets au vent,

Est parti pour la traite
Avec mon bel amant!»

Parfois, enfin, malgré ses allures plus qu'enjouées, la ronde des matelots célèbre une grande catastrophe, comme le naufrage de *la Méduse,* ou un fait glorieux, comme le combat du *Vengeur,* que nous avons entendu entonner à Flaffa lui-même; elle peut enfin devenir sentimentale et mélancolique comme celle-ci, la dernière que nous citerons :

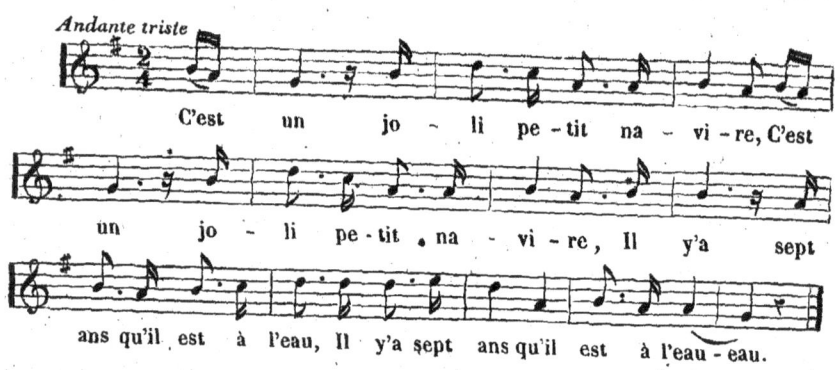

C'est un joli petit navire, C'est un joli petit navire, Il y a sept ans qu'il est à l'eau, Il y a sept ans qu'il est à l'eau-eau.

Tant il a couru *vent arrière*
Avec bonnett'z et perroquets,

Tant *au plus près*, et tant *grand'largue*,
Que le calme l'a *genopé* [1].

Au bout de quatorze semaines,
Le vin, le pain, leur a manqué;

[1] Genoper, étreindre fortement, au moyen de tours très-serrés, deux cordages réunis par un troisième qui est la *genope*.

Faut tirer à la courte paille
Pour savoir qui sera mangé.

Celui qui fait tirer les pailles
La plus courte lui est restée.

«Mon second, prenez le navire,
A Bordeaux le ramènerez.»

Le mousse entend le capitaine,
Sitôt il se met à pleurer :

«Laissez-moi monter dans la hune,
Pour vous le sort je subirai.»

Le mousse monte dans la hune,
Ouvre l'œil de tous les côtés.

«Je vois la brise qui se lève,
La mer sur les brisants briser.

Terre ! je vois la grande grève,
La girouette du clocher ;

Je vois la flèche de l'église,
Et les cloches qu'on fait danser;

Je vois les moutons dans la plaine,
Et la bergère à les garder ;

Je vois la fill' du capitaine
Et son amant à son côté.

Ces chansons simples, et la plupart du temps composées par quelque pêcheur du rivage, transportées du rivage sur les navires de long cours, augmentées et modifiées
par les rapsodes du gaillard d'avant, témoignent du sentiment musical et poétique de
nos matelots. Elles complètent pour le lecteur l'analyse d'un caractère toujours original,
sous quelque aspect qu'on le considère ; elles disent combien d'imagination et de sensibilité
réelle se trouve enfoui sous l'écorce rude et cynique de ces hommes qui se complaisent
au récit de leurs propres souffrances. A travers les refrains obscènes, celui qui écoute
gravement un certain nombre de ces rondes découvrira comme une veine d'or au milieu de la fange, un mot, une phrase, un couplet pour le dévouement, pour le courage,
pour la reconnaissance, pour la piété filiale surtout, cette vertu sacrée du marin qui
connaît à peine sa vieille mère, et qui l'aime tant ! Car c'est toujours l'histoire du baleinier mourant qui recommande aux camarades de cacher sa triste fin à sa *bonne femme :*
«Tu lui donneras mon sac, les enfants, en lui disant que j'ai déserté pour l'amour d'une
sauvagesse.» Et les autres comprennent cette généreuse volonté d'un fils qui préfère se

savoir taxé d'ingratitude maudit peut-être , que justement et maternellement regretté ,
mais sans espoir de retour.

Le peuple maritime devait se peindre , comme tous les autres , dans sa poésie : pas de
fadeurs , pas de grands mots , peu ou point d'épithètes , de rares descriptions , quelques
faits , beaucoup de dialogues , du naturel. C'est une vie intime que celle de l'Océan : ainsi ,
une grande action est représentée par un épisode isolé , tout un combat naval par le détail
de ce qui se passsait à la pièce de Lamigeon , l'aide-canonnier : Assis sur un affût , et
inactif en face d'un sabord abandonné , il est interrogé par l'officier de batterie :

«Tous mes servants sont morts, mon capitaine ;
J'attends mon tour ! (*Farira-dondé !*)»

L'impudique muse en vareuse rend hommage à l'héroïsme entre deux *farira-dondé*
dont eussent rougi les bacchantes ; un alliage impur est obligatoire dans les détails , une
idée grande et noble a souvent dicté les strophes du narrateur ; mais , avant tout , il faut
rire , et rire à gorge déployée , quand revient la ritournelle.

En traçant la monographie des fêtes à bord , il nous a semblé qu'une place importante appartenait de droit aux rondes, ces compagnes fidèles de l'orgie des gens de mer.
On les chante sur les rives de France , et au sein de l'exil ; on les chante sous les tropiques lorsque la chaleur énerve le corps , et elles réveillent l'énergie. Dans les latitudes
glacées , lorsque les marins piétinent en groupes serrés entre le grand mât et le mât de
misaine , on les chante encore pour se réchauffer et aller au pas tous ensemble. A bord
des bâtiments de commerce , où le sifflet n'est pas usité, elles se substituent souvent au cri :
Hissa-o-ha-hisse-hissoué ! et l'on travaille avec plus d'ardeur. C'est animé par leurs joyeux
réfrains que le corsaire de la Manche établissait pendant la guerre ses grandes voiles
latines , qu'il chargeait ses pistolets , et qu'il bordait ses avirons. C'est en les répétant en
chœur, que les équipages incorporés dans les armées impériales faisaient leurs longues
étapes terrestres , et qu'ils se préparaient au combat. Bien des fois elles ont eu le don
d'adoucir, pour nos marins prisonniers, les rigueurs des pontons anglais , et l'on se
rappelle qu'à Alger, les naufragés captifs des bricks *le Silène* et *l'Aventure* faisaient
trêve à leurs angoisses en les dansant dans leur prison. Aussi ces farandoles dévergondées méritent-elles à plus d'un titre le nom pieux de consolatrices : que la brise de mer,
dont elles ont l'âpreté, les emporte sous son aile , et qu'elles montent légères, car elles
ont séché bien des pleurs !

G. DE LA LANDELLE.

LES CONSEILS DE RÉVISION.

'EST ordinairement au mois de mars que les conseils de révision se mettent en route pour examiner les héros que la patrie appelle, chaque année, par la voix de la conscription. Les·conscrits et les giboulées arrivent de compagnie : au demeurant, le mois placé sous l'invocation du dieu de la guerre pouvait seul convenir au départ des jeunes soldats.

La loi, qui a mis les conseils de révision entre la chaumière et la·caserne, veut·que les citoyens français soient bien constitués pour avoir le droit de se faire tuer. Il faut que les amants de Bellone soient beaux garçons, sinon elle n'en veut pas. En conséquence, un chirurgien est attaché aux conseils de révision ; Esculape revise les fils de Mars. Il exige des jambes bien tournées et des torses convenables pour·les déclarer propres au service militaire. Qu'on s'étonne, après cela, des ravages érotiques que commettent nos régiments toutes les fois qu'ils passent la frontière !

L'organisation des conseils de révision est identique dans toute la France. Ils se composent toujours, et quand même, du préfet, du général commandant le département, ou de son délégué, et d'un membre du conseil de préfecture. A cette trinité délibérante, issue du chef-lieu, la loi adjoint, dans chaque canton, un membre du conseil général et un membre du conseil d'arrondissement. Ces cinq personnages, en habits plus ou moins brodés, décident, à la pluralité des voix, de l'aptitude des conscrits à passer au rang de soldats. Le chirurgien a voix consultative, ainsi que le sous-intendant militaire et le capitaine de recrutement, qui représentent au conseil l'administration de la guerre.

L'itinéraire des conseils de révision est déterminé d'avance. Le préfet a fulminé sa direction et sa durée dans un arrêté enregistré au recueil des actes administratifs du département, sorte de bulletin des lois au petit pied. Si l'exactitude est la politesse des rois, elle est aussi celle des conseils de révision. Ils partent et arrivent à jour fixe : rien ne saurait les empêcher de commencer leurs opérations à l'heure prescrite ; il n'y a pas de vent, il n'y a pas de pluie, il n'y a pas de grêle, il n'y a rien ; les rivières débordées peuvent emporter les ponts et couler les bacs ; l'orage peut défoncer les routes et noyer les chaussées ; la tempête peut aussi faucher les arbres le long du chemin ; l'émeute atmosphérique a beau élever des barricades, et creuser des abîmes, le conseil de révision va toujours, comme Ahasverus, le juif errant. Il est imperméable ; le temps est une chimère pour lui, comme l'or pour M. Scribe. Il part et arrive. Si les parlements attendent quelquefois, les conscrits n'attendent jamais.

Le plus souvent le conseil de révision voyage en chaise de poste flanquée de gendarmes. Le gendarme est le bras séculier de la loi. C'est la peur de la loi qui maintient le dévouement à la patrie à un degré d'enthousiasme convenable ; beaucoup de vocations belliqueuses se seraient ignorées si les gendarmes n'avaient été là pour les révéler à elles-mêmes ; sans la peur qu'ils inspirent il est plusieurs maréchaux de France qui seraient encore paysans aujourd'hui. Le long de la route, les petits bergers regardent curieusement la voiture préfectorale, les rouliers se rangent sur les côtés de la chaussée, les cantonniers sortent à la hâte des cabarets, et jettent quelques cailloux dans les ornières, les laboureurs arrêtent la charrue ; le conseil de révision passe en fumant. La brigade de gendarmerie attend le cortége à l'entrée du bourg voisin, à cheval, en grand costume, le sabre à la main. Si, par hasard, le préfet du département n'a pas encore visité la capitale du canton, le maire stationne en tête de la brigade, le ventre ceint de l'écharpe municipale ; le garde champêtre, lancé en éclaireur, veille sur le chemin, prêt à donner le signal ; le valet de ville, coiffé du tricorne officiel, maintient le bon ordre dans les rangs de la population ameutée par la curiosité ; le conseil municipal, rangé en demi-cercle, précède une haie tortueuse de gardes nationaux dépareillés ; les conscrits foisonnent tout autour : le chef-lieu est au port d'armes. Enfin, le fusil du garde champêtre a fait feu ; la cloche de l'église, mise en branle par le bedeau, sonne à toute volée ; le tambour du valet de ville, qui cumule les fonctions d'officier civil et d'officier militaire, retentit. La voiture arrive, le préfet descend, le maire s'avance, les chefs des autorités constituées se découvrent simultanément ; le conseil de révision et le conseil municipal se saluent. Alors une voix se fait entendre ; le premier magistrat du canton a pris la parole. Malgré l'émotion inséparable d'un début qui n'est pas le premier, il arrive tant bien que mal à la queue de son discours, improvisé à loisir par le magister du village ; s'il oublie çà et là quelques lambeaux de phrase, il y supplée admirablement par un nombre considérable de poignées de mains ; l'effusion du sentiment cache l'absence de logique grammaticale ; la syntaxe expire, la pantomime triomphe, et le maire, enthousiasmé et haletant, pousse un cri : Vive M. le préfet ! reprend le conseil municipal en chœur ; le valet de ville bat un roulement, et la garde nationale répond ; de proche en proche le cri gagne les rangs mêlés de la population ; les gamins accourent ; les filles mettent le nez à la fenêtre, les portes s'ouvrent, et tout le village, comme un seul homme, hurle, d'une voix unanime : Vive M. le préfet !

Cependant M. le préfet s'efforce de mettre un terme au retentissement de cette popularité de programme : il lève ses bras brodés vers le ciel, et se hâte de prononcer, comme Neptune, le *quos ego* qui calmera la tempête. Le *quos ego* est un petit discours approprié à la circonstance : en général, le discours est peu long, parce que c'est toujours avec un nouveau plaisir que M. le préfet le termine. Une nouvelle poignée de main clot la cérémonie. La garde nationale fait volte-face ; le maire se place à la droite du préfet ; le conseil municipal se range en bataille sur une des ailes ; le conseil de révision imite sa manœuvre sur l'autre ; la population de tout âge et de tout sexe se groupe derrière, le tambour bat derechef, et le cortége, guidé par le garde champêtre, qui tient l'emploi de sapeur et de tambour-major, se met en marche au travers de bandes de poules, de canards, et d'enfants, qui pataugent de compagnie dans les rues du village.

Le préfet, qui, quoi qu'on en dise, est le plus souvent homme d'esprit, arrive sans rire à l'hôtel de ville. L'hôtel de ville est ordinairement une pauvre maison mal fermée, et mal blanchie, où, comme le plumeau sur le feutre de Matalobos, pend piteusement un drapeau consterné. C'est dans l'hôtel de ville que le conseil de révision se livre aux actes les plus importants de sa mission : il dîne, et il revise ; il fait l'un avant l'autre, suivant l'heure ; tantôt celui-ci, tantôt celui-là ; la loi des préséances a laissé le champ libre à l'appétit.. Mais les conseils de révision sages et expérimentés font toujours passer le devoir avant l'estomac ; l'égoïsme, cette fois, est d'accord avec le dévouement. Les fonctionnaires publics sont gourmets ; la pratique de la vie et des affaires leur ayant appris l'influence des comestibles, ils aiment à traiter les affaires sérieuses à table. Les tournées du conseil de révision sont aussi pour les préfets une tournée annuelle, où ils exercent en grand la police administrative. Ils ne veulent pas, d'ailleurs, compromettre les joies d'une digestion pleine de souvenirs gastronomiques dans l'atmosphère nauséabonde d'une salle de révision. ·

La loi veut que les séances du conseil de révision soient publiques. En conséquence, les portes de l'hôtel de ville toutes grandes ouvertes laissent arriver la foule jusqu'à la salle où le préfet préside, assis gravement sous le buste de plâtre officiel. A ses côtés siégent les membres du conseil de révision, tandis que le secrétaire de la mairie, assisté d'un employé de la préfecture, dresse les listes du contingent. Devant la table du conseil s'étend le banc excessivement peu rembourré où doivent s'asseoir les maires du canton. A défaut de cabinet, un paravent, fourni par une des autorités locales, se dresse à l'angle de la salle : c'est derrière ce rempart de papier que les jeunes conscrits apparaîtront devant le conseil, à la façon d'Ève devant le serpent. Deux ou trois gendarmes, pleins de bonhommie sous leur gravité, se tiennent debout çà et là, appuyés sur leur grand sabre. Le chirurgien attend, les mains derrière le dos comme Napoléon à Austerlitz.

Enfin, l'heure a sonné : la séance est ouverte. Au milieu du silence on entend la voix de l'employé de la préfecture qui appelle les jeunes gens de la classe ; le chirurgien retrousse ses manches, et l'examen commence.

Hélas ! il faut le dire, l'espèce humaine est bien laide vue de près : sous un frac bien taillé, elle fait encore illusion ; mais lorsqu'il ne reste même plus la feuille de figuier primitive, c'est une chose triste à voir. Ce sont partout torses contournés, genoux cagneux, jambes tordues, épines dorsales vacillantes, poitrines creuses ; que sais-je, encore ! des choses étranges, qui n'ont de dénominations qu'en latin ou en grec, et qui ne s'appellent pas en français. Les gens qui ont assisté aux tournées d'un conseil de révision ne s'étonnent plus si la vérité trouve tant de peine à se faire bien venir dans le monde : l'imprudente ne se présente-t-elle pas toute nue ? Les tailleurs et les marchandes de modes sont les bienfaiteurs de l'humanité ; on leur devrait voter des médailles d'honneur pour les engager à nous mieux déguiser, s'il était possible, les uns aux autres.

Si le progrès existe, ce n'est pas, du moins, sous le point de vue de la forme qu'il se manifeste. Si Adam revenait au monde, il serait en droit de nous renier pour ses fils, ou, tout au moins, de suspecter la moralité de sa femme. En sortant d'un conseil de révision, on ne peut plus malheureusement douter de la collaboration du diable, dont il est question dans la Genèse.

C'est surtout au milieu des populations industrielles que cette décadence de la forme est sensible. L'homme approche du papion : au train dont va la vapeur, il ne faut point trop se moquer des singes qui grimacent sous leur palais de verre ; ce serait imprudent. Il est nombre de cités opulentes où les orang-outangs foisonnent sous la veste de l'ouvrier. Que sera-ce donc dans cent ans ?

Lorsqu'un cas douteux se présente, le conseil de révision se lève en masse, et braque ses lunettes et ses lorgnons sur le citoyen qui, pour l'instant, voudrait bien être poitrinaire. On l'examine ni plus ni moins qu'un levraut à la halle. En fera-t-on un grenadier, ou le laissera-t-on à la tête de ses troupeaux ? Une voix décide de son sort à la majorité : il va se faire tuer en Afrique, ou il retourne à la ferme.

Jusqu'à présent le conseil n'a eu affaire qu'à des maladies bien constatées, qu'à des infirmités probantes ; il a libéré toutes les myopies et toutes les fluxions, et s'est réservé les fortes poitrines et les larges épaules ; il a séparé le bon grain de l'ivraie ; tout va pour le mieux, et le contingent va être complet bientôt ; mais voilà qu'un épi cherche à se glisser parmi la paille. Un superbe Français, qui ne tient pas à servir le pays à raison de cinq sous par jour, exhibe d'une infirmité, afin de se débarrasser de ce droit, qui est un devoir quand on ne possède pas quinze ou dix-huit cents francs pour céder ce droit à un de ses compatriotes. Dans ces graves circonstances, le conseil de révision se prépare à confondre l'imposture, et à démasquer la fraude. Le jeune Français a fort bien appris son rôle : s'il est sourd, il n'entend rien ; s'il est muet, il ne parle pas. Mais le conseil est tout plein d'une sagacité mûrie par l'expérience ; comme le renard de la fable, il possède en son sac cent histoires, et le conscrit, quoi qu'il fasse, est toujours mis en défaut.

S'il est sourd, le préfet, après avoir épuisé la série des piéges ordinaires, monnaie courante d'habileté administrative, passe au grand jeu, mesurant son attaque sur la défense. Il interpelle le patient d'une voix de Stentor ; le patient répond doucement au préfet, qui reprend d'une voix tonnante ; l'interrogatoire continue, et les demandes croisent les réponses ; mais, au contraire de ce qui se passait chez Nicollet, où tout allait de plus en plus fort, le ton de la voix préfectorale devient ici de plus en plus faible ; la voix suit une gamme descendante ; bientôt ce n'est plus qu'un soupir : le conscrit, entraîné par le dialogue, répond toujours sans prendre garde à l'affaiblissement progressif du ton, qui semble s'effiler lentement comme une pyramide. Quand il s'arrête, il est trop tard, et le préfet, impassible comme la loi, le congédie en lui disant : « Allez, le conseil vous déclare propre au service militaire. »

Si, par hasard, ce moyen ne suffit pas, le préfet ordonne par signe au conscrit de se dépouiller de ses vêtements, comme si le conseil voulait passer à l'examen de ses qualités corporelles. Tandis que le pauvre diable se déshabille, le chirurgien glisse habilement quelque monnaie dans une de ses poches : alors, quand il repasse la jambe dans sa culotte, ou le bras dans sa veste, l'argent s'échappe, tombe, retentit ; l'étourdi, inaccoutumé à ces bruits métalliques, tourne la tête, et le conseil le nomme soldat à l'unanimité.

Ordinairement le nouveau soldat décharge toute sa colère sur son chapeau, qu'il aplatit à coups de poings.

Les myopes de fraîche date se laissent prendre au piége des lunettes en verre de vitre, avec lesquels ils s'empressent de lire couramment.

Il est des aveugles qui, la veille, ont tué tous les lapins de M. le maire à l'affût ; des asthmatiques qui en braconnant, ont mis tous les gardes champêtres sur les dents ; des poitrinaires qui, chaque dimanche, ne manquent jamais d'assommer une demi-douzaine de leurs contemporains ; des bègues qui chansonnent M. le curé et sa servante : mais c'est vainement que tous luttent pour échapper au pantalon garance ; les conscrits grecs avaient certainement meilleur marché d'Ulysse, que les conscrits français du conseil de révision.

La loi n'a point d'oreilles ; il lui faut son nombre d'hommes, et elle les prend où elle les trouve ; tant pis pour ceux qui sont beaux et bien faits. La conscription n'est pas comme le paradis ; on voit aisément que c'est une institution libérale ; s'il y a une foule d'appelés, il y a aussi une foule d'élus.

Dans son pèlerinage au travers du département, le conseil de révision rencontre toujours deux individualités curieuses, contre lesquelles il s'efforce d'appeler toute la sévérité des tribunaux, quand par hasard il les peut saisir : le chevalier d'industrie et le sorcier. Le plus souvent le chevalier d'industrie est un négociant retiré, qui a eu des malheurs dans sa jeunesse. Ces malheurs, il n'en explique pas la nature ; mais tout porte à croire que leur propriétaire en a subi les conséquences dans les prisons de l'État : c'est un baron de Wormspire en raccourci. De son ancienne et splendide position, il n'a conservé, dit-il, rien que des relations nombreuses et utiles avec les personnages les plus recommandables du département. Il ne demande pas mieux que de rendre service au malheureux atteint par la loi ; mais pour faire agir ces relations utiles et nombreuses, il ne lui faut pas moins de cent écus : les personnages recommandables ont besoin d'un habit ou d'un chapeau neuf. Les cent écus sont remis au vieux négociant ; il se met en quatre, et répond du succès : le jeune homme sera libre, et la famille s'en réjouit. En conséquence, le lendemain, le pauvre diable part ; mais le baron de Wormspire est parti la veille pour aller exercer ailleurs, à moins qu'un gendarme n'ait la scélératesse de le traîner sur les bancs de la police correctionnelle.

Le sorcier est presque toujours berger. Celui-là connaît beaucoup plus de moutons que de hauts personnages ; mais comme il ne fait jamais rien, on suppose qu'il a eu le temps d'apprendre beaucoup de choses. C'est pourquoi, en consultant les astres et les simples, il a appris que si une honnête famille lui faisait cadeau de quelques vieux louis d'or, il ne serait pas impossible que le conscrit ne fût exempté par l'influence de la lune et de la verveine. On donne quelques philippes neufs à défaut de vieux louis ; et le protégé de la lune est enrégimenté en qualité de cuirassier. Il y a des sorciers qui à ce métier-là se font de bonnes rentes, et achètent sur leurs vieux jours une ferme avec quelques hectares de prés ; Dieu et la verveine aidant, ils deviennent propriétaires et électeurs : il faut bien que tout le monde vive. Il est vrai que parfois M. le procureur du roi a l'indélicatesse d'intervenir au milieu de ce petit négoce ; le code pénal a proscrit les fils de l'enchanteur Merlin.

Quand le conseil de révision a obtenu le contingent déterminé par l'arrêté ministériel, il se prépare à manger le dîner de l'hospitalité locale. Lorsqu'il ne se restaure pas aux frais du budget communal, c'est le membre du conseil général qui se fait une fête de le recevoir. L'appétit d'un conseil de révision est une rude chose ; les administrateurs sont assez friands de bons morceaux ; le conseil, d'ailleurs, se lève tôt, se couche tard, marche beaucoup. Entre le dernier homme et le potage, il a encore trouvé le temps de rendre visite aux antiquités de l'endroit. Tous les bourgs ont des antiquités, les plus jeunes surtout : ceux-là sont bâtis sur des ruines. Le sous-intendant militaire a dessiné le croquis de l'abbaye, ou découvert quelque tumulus, qui est un four à chaux ; le général a grimpé sur les décombres d'un vieux rempart, à trois pieds au-dessus du niveau des plans de navets ; le préfet a posé la première pierre d'une fontaine qui coulera pour son successeur ; le conseil en masse a fait l'école buissonnière. En chemin, il a reçu maintes pétitions qu'il se gardera bien de lire, et qu'il cache tout au fond de ses poches. Quand il rentre au logis, il est en fort bonne humeur, et surtout en fort bon appétit.

Une nombreuse compagnie se presse autour de la table du banquet : le maire et le curé, ces deux clefs de voûte de l'édifice communal, l'écharpe constitutionnelle et la soutane religieuse, se serrent la main, quand par hasard elles ne se déchirent pas ; le juge de paix, puissance redoutable, qui seule peut mettre un frein à la fureur des partis. La citation fait reculer l'émeute au village ; tous les murs mitoyens, tous les fossés divisoires du pays, dorment en paix sous son égide. L'instituteur primaire, le représentant de l'intelligence, salue l'homme de loi : le rudiment et le Code s'estiment et se comprennent ; bien d'autres encore, le notaire et le percepteur, le marguillier et l'adjoint, tous s'asseyent, et la table plie sous le poids des services.

Si les conseils de révision ne mangent pas toujours bien, au moins mangent-ils toujours beaucoup : la quantité supplée à la qualité. Le passage des conseils est un temps de désolation pour le gibier du département : les lièvres sont traqués, les lapins ne trouvent même plus un terrier pour reposer leur tête, les perdrix sont décimées ; on porte le fer et le feu au sein des basses-cours ; les garennes dépeuplées voient mourir tous leurs habitants ; on ne respecte rien ; ni l'âge, ni le sexe, ni la maigreur, ne trouvent grâce devant les valets indigènes : c'est le massacre des innocents. Pendant vingt-quatre heures, les maires sont les Hérodes du poil et de la plume.

Après un mois de tournée, où se rencontrent à peu près les mêmes incidents et les mêmes impressions, tout le monde rentre au chef-lieu, et tout va pour le mieux dans le meilleur des gouvernements.

Il n'y a que quatre-vingt mille soldats de plus, et dix mille lièvres de moins.

AMÉDÉE ACHARD.

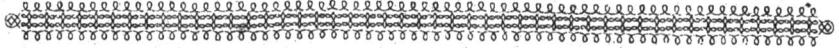

LA SOUS-MAITRESSE.

Pauquet.   Pecou.

 ELLE-LA, qui la connaît, qui la plaint, qui la console?

Et cependant elle est jeune, belle, spirituelle, intelligente. Hier encore, c'était une enfant rieuse, mutine, et sans désirs. Mais la voilà grande; ses études sont terminées; elle vient d'atteindre dix-sept ans; et cet âge heureux, qui donne la liberté à toutes ses compagnes, qui les rend au monde, où les attendent les fêtes, les plaisirs, les triomphes, et aussi, hélas! les passions du monde, commence son isolement et sa captivité : la pension se transforme en prison. A dater de cette époque, elle ne s'appelle plus Louise, Anaïs, Julie, etc. ; on ne la désigne plus que sous le nom de son emploi, *mademoiselle* : elle est devenue sous-maîtresse.

Ses parents l'ont ainsi décidé. Pauvres la plupart du temps, ils se sont *saignés* pour lui donner l'éducation d'une héritière ; ils se sont imposé mille sacrifices pour lui préparer ce qu'ils appellent un avenir. Un avenir entre les quatre murs d'un jardin ! le cloître avec tous ses ennuis, moins la vocation et la foi religieuse du cloître !

La sous-maîtresse est presque toujours la fille d'un petit employé ou d'un commerçant ruiné ; quelquefois même elle appartient à une famille noble déchue. Élevée selon le rang auquel la destinait son manque de fortune, placée de bonne heure dans un magasin, elle eût pu apprendre un état, unir son sort à celui d'un habile ouvrier ou d'un petit marchand, connaître les joies du ménage, et vivre heureuse au sein d'une honnête médiocrité ; mais ses parents auraient cru déroger en lui assurant cette humble condition. Ils se sont imaginé qu'il serait plus honorable pour elle de posséder quelques connaissances en histoire et en géographie, d'écorcher quelques phrases d'anglais ou d'italien, de mettre en pièces sur le piano quelques variations de Herz, de dessiner une tête antique d'après la bosse, que de savoir tenir des livres, diriger une maison de commerce, ou exceller dans une profession manuelle. Mais qu'elle payera cher, la pauvre enfant, les rêves ambitieux de ses parents et cette *brillante* éducation qu'ils n'auront pu lui donner qu'au prix de pénibles privations, et quelquefois qu'au prix même de leur existence ! N'avons-nous pas vu dernièrement cet orgueil maternel s'exalter jusqu'à la férocité ? N'avons-nous pas vu une mère de famille, désespérée qu'un revers de fortune la forçât de retirer de pension sa fille aînée, avoir l'horrible courage de tuer les deux autres, et de se suicider après, pour alléger ainsi les charges de son mari, et le mettre à même de continuer l'éducation de la seule enfant qui lui restait. Trois victimes immolées à cette folle vanité ! trois crimes dont le résultat probable sera de faire quelque jour de cette fille si aimée une sous-maîtresse ! Mais laissons là ces tristes réflexions ; il y aurait trop à dire sur ce fatal égarement qui pousse tant de familles pauvres ou peu aisées à rêver pour leurs enfants un avenir au-dessus de leur position : c'est là une des plaies les plus douloureuses de notre époque, et celle cependant dont on semble s'occuper le moins. On célèbre tous les jours avec emphase les bienfaits de l'éducation, on cite les noms de quelques hommes sortis des classes obscures, et parvenus par leurs talents aux grandes charges de l'État, à la fortune, à la réputation ; mais on ne parle pas de cette multitude de jeunes gens jetés par l'aveuglement paternel, sans appui, sans recommandation, sur le seuil des professions libérales, où les accueillent, après tant d'illusions vite déçues, le découragement, l'inaction, et quelquefois même la misère et le désespoir.

Dès les vacances, le noviciat de la sous-maîtresse commence. La porte de la pension, qui livre passage à l'essaim joyeux des petites et des jeunes filles avec lesquelles elle a vécu jusqu'alors, se referme devant elle. Pour la première fois, elle n'ira pas animer de sa gaieté le modeste logement de sa mère, rendre visite à tous ses parents pour leur montrer ses prix et les étonner de ses progrès, assister le dimanche aux grands repas de famille, où le dessert lui donnait toujours l'occasion de chanter une romance, aux grands applaudissements des convives. Les spectacles, les promenades à Passy et à Saint-Cloud, les chemins de fer de Versailles et de Saint-Germain, lui sont interdits cette année ; il faut qu'elle renonce à tous ces petits plaisirs, à tous ces petits triomphes des vacances ; il faut qu'elle emploie ces deux mois fériés à se préparer au redoutable examen qui doit lui conférer le titre de sous-maîtresse. Sa première sortie sera pour l'hôtel de ville, où s'assemble le comité chargé de la délivrance des diplômes. Mais que d'inquiétudes, que de veilles, que d'insomnies, avant de comparaître devant cet auguste tribunal! Nuit et jour elle travaille, elle relit ses cahiers, elle dévore un à un tous les petits traités composés par M. Lévi, elle interroge sa mémoire, la met d'avance sur la sellette, la harcèle, lui fait subir toutes les épreuves préliminaires du combat où elle va s'engager. Enfin, le grand jour arrive : la voilà sous les armes, dans tous ses atours, et avec toute sa science de pensionnaire, en présence du savant aréopage.

Aux premières questions qu'on lui adresse, son cœur bat, une vive rougeur colore ses joues, tout comme s'il s'agissait d'une première déclaration d'amour; elle se trouble, la tête lui tourne; ce qu'elle savait si bien hier, ce matin, il n'y a qu'une heure, elle l'a complétement oublié. Il se passe dans sa mémoire une confusion inattendue; les montagnes se déplacent, les fleuves changent de lit, les villes de position; la chronologie est tout intervertie; les dates voltigent, les peuples passent de l'Orient à l'Occident, le port du Pirée devient le nom d'un homme; enfin, les rois et les reines se heurtent, se mêlent, s'épousent, se détrônent, sans s'être jamais connus : c'est un chassé-croisé général. Heureusement pour elle, ce désordre et cette émotion débordent en deux ruisseaux de larmes qui implorent silencieusement l'indulgence des juges. Tout examinateur qu'on soit, il est bien difficile de n'être pas touché d'une pareille requête : aussi les aspirantes ne s'en font-elles pas faute. Celles qui ont passé trente ans peuvent même se permettre, à l'occasion, l'évanouissement ou l'attaque de nerfs. Mais ces moyens extrêmes offrent généralement moins de chances d'intérêt. Les secours que réclame la position d'une femme qui se trouve ou qui feint de se trouver mal, l'empressement qui se fait autour d'elle, les fenêtres qu'on ouvre, les flacons, les verres d'eau qu'on apporte, tout ce tumulte, ces cris, ces soins, affectent presque toujours désagréablement les spectateurs désintéressés. Les pleurs, à la bonne heure! voilà une recommandation qui manque rarement son effet : soyez donc insensible aux larmes d'une pauvre petite échappée de pension qui frissonne de timidité sous vos yeux!

Aussi on la rassure par quelques paroles bienveillantes, on l'encourage par un sourire presque galant, on la remet sur la voie. La mémoire et la réplique, un instant en déroute, lui reviennent peu à peu, tout rentre dans l'ordre. Mnémosine a touché du doigt sa jolie tête; la sérénité et l'esprit d'à-propos renaissent après cet innocent orage, qui s'est fondu en quelques larmes; le sourire des juges a signalé, comme l'arc-en-ciel, le retour du calme. Bref, elle sort de cet examen si redouté par la porte d'ivoire : celle de l'espérance.

Donc elle est reçue. Elle possède enfin son diplôme d'institutrice; la voilà en règle, patentée comme le médecin et l'épicier; elle pourra maintenant attendre de pied ferme les visites des dames inspectrices dans le cours de l'année scolaire. La chaîne est rivée; Dieu sait quand et comment il lui sera possible de la rompre.

Pendant les premières années, elle ne la sent guère. La nouveauté de son autorité flatte son amour-propre; elle se laisse aller à cet entrain de la jeunesse qui rend tout facile et aimable. D'ailleurs, rien ne semble changé à son existence : ce sont toujours les mêmes occupations et les mêmes distractions; son costume même n'a pas été renouvelé; la robe de soie bleue et le chapeau de paille blanc d'uniforme ne sont pas usés; sans le grand châle dont elle s'enveloppe les jours de sortie, vous la confondriez facilement avec ses élèves. Pendant les classes, elle affecte bien, pour réprimer les caquetages, des airs de gravité qu'un sourire dément à chaque injonction; mais vienne l'heure de la récréation, si, au milieu de toutes ces enfants qui glapissent dans le jardin, qui se poursuivent en riant, qui se livrent à la gymnastique, aux jeux du volant et de la poupée, vous apercevez une jeune fille pleine de santé, le visage en feu, les cheveux au vent, la première à la course, la plus agile aux exercices, la plus animée à tous ces amusements, soyez certain que c'est la sous-maîtresse. Sa surveillance est encore un plaisir. Elle est la reine de cette ruche d'abeilles qui bourdonnent autour d'elle, la consolatrice des affligées, la protectrice des opprimées, l'idole de toutes. Aussi le jour de sa fête les bourses de la pension ont-elles été vidées pour lui offrir un cadeau : jamais souscription ne se fit avec plus d'empressement, de gaieté et de mystère. *Mademoiselle* est si bonne, si douce, et surtout si enfant ! A l'époque des vacances, il est bien rare qu'elle ne reçoive pas quelque invitation des parents de ses élèves favorites pour aller à la campagne : c'est à qui l'aura et la fêtera de son mieux. Comment toutes ces petites ovations ne lui dissimuleraient-elles pas tout ce que sa position a de précaire et de dépendant ?

Malheureusement le temps marche, et à sa suite les désirs, les rêveries, les besoins. On ne peut pas toujours jouer à la poupée, même lorsque la poupée est de chair et d'os, et qu'elle marche, babille, et pleure *tout de bon :* aussi peu à peu la sous-maîtresse se prend-elle à réfléchir. Cette existence réglée à son de cloche commence à lui apparaître sous de sombres couleurs. Doit-elle donc passer sa vie à faire taire des petites filles, à veiller à ce qu'elles ne se barbouillent pas la figure d'encre, à leur seriner les principes du catéchisme et de la grammaire? Lui faudra-t-il

Traîner dans un jardin une éternelle enfance ?

Clarisse, qui était moins jolie qu'elle, a épousé un avocat; Adèle, qui louchait horriblement, est devenue la femme d'un médecin ; la pâle Clotilde, qu'on avait surnommée *Notre-Dame des sept douleurs,* a déjà quatre enfants : son mari est l'un des plus riches marchands du quartier des Lombards. Charlotte, qui n'a jamais pu comprendre la *division,* Charlotte, dont l'ineptie et la magnifique chevelure rousse étaient l'objet de toutes les moqueries, trône maintenant dans un salon somptueux de la Chaussée d'Antin : sa dot a tenté un banquier. Toutes sont heureuses, ou du moins dans les conditions ordinaires du bonheur. Seule de ses anciennes compagnes, la sous-maîtresse languit délaissée. Brillez donc de tout l'éclat du jeune âge; que votre miroir vous dise chaque matin que vous êtes belle ou gracieuse; ayez l'esprit orné, le cœur ouvert aux sentiments tendres, aux nobles impressions ; soyez douée des plus aimables qualités, soyez, en un mot, une de ces femmes dont on dit dans le monde : *C'est une femme charmante* : tout cela pour jouer niaisement à *La tour, prends garde* avec des pensionnaires! A quoi bon alors la jeunesse ! à quoi bon l'esprit, le désir de plaire, le besoin d'aimer, et tous ces rêves délicieux, tous ces élans du cœur!

Il est bien difficile qu'au bout de quelques années d'exercice la sous-maîtresse ne fasse ce triste retour sur elle-même. Elle prend en dégoût cette vie de recluse à laquelle elle est condamnée : tout lui pèse, tout la fatigue ; elle reste étrangère aux bruyants amusements qu'elle partageait naguère. Ses pensées ne sont plus au milieu de tous ces petits êtres roses et blancs, longtemps sa famille et ses seules affections : ses pensées font l'école buissonnière, emportées par les désirs, inquiétées par les regrets. Combien elle regrette, la pauvre fille, sa beauté qui décline, sa jeunesse qui s'écoule, *et le temps perdu!*

Le peu qu'elle entrevoit du monde, par échappées, du fond de l'immense chapeau où son visage est englouti, lorsque, ses jours de sortie, elle conduit sa vieille mère aux Champs-Élysées et sur les boulevards, ne fait qu'augmenter l'amertume de ses réflexions. Voilà les heureuses du siècle qui passent : les unes la coudoyent, les autres l'éclaboussent, ouvrières, bourgeoises, et grandes dames. Le soleil luit pour toutes ces privilégiées : pour toutes, les agitations prospères ou adverses de la vie sociale, les joies de la famille, les douceurs de la maternité ; pour toutes, excepté pour elle, qui ne tient au monde, ni par les plaisirs qu'il procure, ni par les peines et les soucis qu'il engendre. Le sort de la bourgeoise endimanchée qui se promène triomphalement, flanquée de son mari et de ses enfants, *ses plus beaux diamants,* lui semble aussi digne d'envie que celui de la femme élégante qui se prélasse, nonchalamment inclinée sur les coussins moelleux d'une calèche. Et si son cœur souffre douloureusement des comparaisons que lui suggère naturellement le spectacle de cette foule radieuse, sa vanité féminine n'est pas moins vivement blessée. Au milieu des parures fraîches ou brillantes des promeneuses, elle se sent presque rougir de sa mise plus que modeste. Mais le moyen de n'être pas toujours de deux ou trois ans en arrière de la mode avec les quatre cents francs qu'elle reçoit d'appointements, et dont elle emploie une partie à procurer quelques *douceurs* à la vieillesse de sa mère !

S'il est un art, comme l'a dit Gresset,

> de donner d'heureux tours
> A l'étamine, à la plus simple toile,

les nonnains en ont emporté le secret ; la sous-maîtresse ne l'a jamais connu. Et pour qui, bon Dieu ! voudriez-vous qu'elle se mît en frais de toilette ? Sur qui essayer *le pouvoir de ses charmes* et les agaceries de sa coquetterie ? Sur les professeurs *les plus habiles de la capitale* (style de prospectus), qui viennent, pendant une heure, donner des leçons aux pensionnaires ? Mais le maître d'écriture est un homme de cinquante ans, chauve comme la main, spirituel comme une rame de papier, ébouriffant comme une lettre majuscule ; il porte des breloques à sa montre, et n'a pas de sous-pieds à son pantalon. La belle tentation de devenir *l'épouse* de ce monsieur ! Le maître de dessin est marié en troisièmes noces, et père de cinq enfants. Le maître d'anglais... *goddam!...* c'est un homme jugé. Celui d'allemand ? il est Allemand. Le professeur de musique ? Ah ! celui-là, je ne répondrais pas qu'il ne fixe plus particulièrement qu'il ne faudrait l'attention de la sous-maîtresse. Il est jeune (à peine vingt-cinq ans), blond, bien frisé, d'une tournure et d'une mise élégantes ; ses habits décèlent le ciseau d'Humann ou de Roolf ; sa cravate est toujours artistement arrangée, et sa chaussure ne laisse jamais rien à désirer pour le vernis. Mais c'est *un premier prix du Conservatoire !* Comprenez-vous ? Un premier prix du Conservatoire, c'est-à-dire un jeune homme qui se croit appelé aux plus hautes destinées musicales, et qui *en attendant* daigne enseigner le solfége. Il a déjà tout le sérieux du génie : il est grave, roide, compassé. En entrant dans les classes, et en sortant, il salue d'un air froid la sous-maîtresse : c'est là la seule marque d'attention qu'il lui donne ; demandez-lui si elle est jolie, il vous répondra qu'il ne l'a jamais regardée. Toutes les petites filles en raffolent malgré sa sévérité, et se disputent le plaisir de se faire gronder par lui. Il est le sujet de leurs conversations les plus importantes : « M.*** n'est pas de bonne humeur aujourd'hui. — Tiens, il a oublié sa canne à pomme d'or. — Il a un gilet blanc. — Il a coupé ses moustaches. — Je l'aime mieux comme cela. — Il est moins bien. — Il ressemble au frère d'Ernestine, etc., etc. » Tout en feignant de *faire finir* ce feu roulant de commérages, la sous-maîtresse ne laisse pas que d'y prendre un intérêt trop grand pour son repos ; et les regards qu'elle jette à la dérobée sur le jeune dandy prouvent suffisamment que toutes ces observations de pensionnaires ne lui sont pas indifférentes. Examinez-la avec attention lorsque la clochette du portier annonce l'arrivée du professeur de musique, et je me trompe fort si vous ne remarquez pas sur son visage et dans son maintien quelque indice d'un amour naissant, qui ne demanderait pas mieux que de grandir. Mais parlez donc d'une sous-maîtresse à ce futur Beethoven, qui a déjà fait une romance !

Voilà, si je ne me trompe, le personnel masculin dont les besoins des études nécessitent la présence à la pension. Toujours les mêmes figures plates, ennuyées ou dédaigneuses : cela n'est-il pas bien réjouissant ? Et, cependant, dans sa vie monotone, c'est là l'unique distraction de la sous-maîtresse. Qu'un professeur soit remplacé par un autre, grave et rare événement, ce changement l'occupera pendant tout un mois. Ne faut-il pas être bien abandonnée de Dieu et des hommes pour être réduite à considérer une chose aussi insignifiante comme une bonne fortune ? Un habit noir râpé remplacé par un autre non moins râpé ; un cuistre succédant à un cuistre ; le pédantisme sous la forme d'un pauvre diable, maigre, jaune, efflanqué, venant s'asseoir à la même place qu'il avait hier sous la forme d'un gros homme, court et replet : l'ennui en long au lieu d'être en large. Tudieu ! le joli passe-temps ! Mais, qu'y faire ? la sous-maîtresse n'a pas le choix. Ah ! qu'il vaudrait mieux, sans doute, donner à ses pensées un cours plus naturel, rire en liberté de tous ces riens, qui attirent si facilement sur les lèvres des jeunes filles ce sourire frais et rose comme la bouche ; rêver à cette chose importante, qui comprend toutes les autres, et qui fait pâlir les fronts de dix-huit ans ! Voilà ce qu'elle se dit souvent en se promenant sous les tilleuls poudreux de sa prison. L'air est tiède ; la grande ville bourdonne : à deux pas le plaisir, la passion, le mouvement. Mais tous ces bruits confus viennent expirer au seuil de la pension : les murs sont sans échos, et sur la porte d'entrée, à côté de l'inscription ordinaire

INSTITUTION DE JEUNES DEMOISELLES.

BOARDING SCHOOL FOR YOUNG LADIES.

vous pouvez lire ce *nota bene* rassurant :

L'Institution n'a pas de fenêtres sur la rue.

Pas de fenêtres sur la rue ! Cela ne vaut-il pas l'inscription infernale du Dante : *Lasciate ogni speranza, etc.* Pas de fenêtres sur la rue ! Ainsi donc, pour la sous-maîtresse, pas même cet honnête délassement de tous les ennuis, cette innocente distraction du pauvre comme du riche, cette récréation de la grisette laborieuse, qui interrompt son travail pour s'accouder à sa croisée et regarder les passants ! Laissez donc toute espérance, dites adieu à toutes les illusions du jeune âge, ô vous qui entrez en qualité de sous-maîtresses dans ce couvent le plus triste des couvents. Sœur Hélène, vos yeux noirs sont trop vifs, amortissez-en le feu ; les vôtres sont trop rêveurs, sœur Juliette, et les rêves sont défendus ; sœurs Hortense, Gabrielle, Lucie, sans être habile phrénologiste, je vois dans vos physionomies certains signes que, pour votre repos, il faut faire mentir. Renoncez aux soins de la parure qui vous embellissent, refrenez les élans du cœur, étouffez les désirs dont l'aiguillon vous point, reniez le monde, ses pompes et ses œuvres : maintenant vous pouvez entrer, vous voilà parfaites.

A force d'aspirer à ce degré de *perfection*, on conçoit quelle métamorphose doit s'opérer peu à peu dans la sous-maîtresse. Revoyez-la quatre années après sa prise de voile : que sont devenues sa gaieté, son insouciance, son humeur franche ? Elle est triste, sérieuse, pensive. Et sa beauté, sa fraîcheur, sa santé ? Aux riches couleurs qui animaient ses traits a succédé cette pâleur conventuelle, ce teint d'une blancheur fixe et sans saveur que donnent les habitudes sédentaires de l'existence claustrale. Dix années de la vie parisienne, qui use si vite les femmes, dix années passées dans le tourbillon du monde, au milieu des plaisirs, des fêtes, des fatigues du bal, ne l'eussent pas si complétement changée que ces trois ou quatre ans inoccupés, sur lesquels s'est levé le même soleil terne : l'inaction épuise souvent plus que l'activité.

Enfin, un beau jour, la force de la jeunesse, la curiosité du cœur et des sens, prennent le dessus : la sous-maîtresse forme la résolution de se soustraire, coûte que coûte, à cet engourdissement. Le moindre prétexte lui suffit : l'institutrice en chef lui aura reproché de négliger ses devoirs ; la pluie aura tombé pendant toute une semaine ; ses élèves auront été plus *insupportables* qu'à l'ordinaire, le professeur d'écriture plus démesurément lourd, celui de musique, plus prodigieusement dédaigneux. Il n'en faut pas davantage pour l'affermir dans son projet, elle veut quitter la pension :

> Cherchez qui vous mène,
> Mes chères brebis.

Avant de franchir le seuil de cette maison où s'écoula son enfance, elle éprouve bien un peu d'hésitation. Mais le désir de voir, de connaître, de sentir, la pousse : elle glisse le long de ces tristes murs en leur jetant un regard d'adieu. La porte s'entr'ouvre, et la voilà dans la rue, inquiète, mais pourtant joyeuse. Où ira-t-elle ? que fera-t-elle au milieu de ce monde dont elle ignore le langage et les mœurs ? Elle marchera tout droit devant elle, heureuse de sa liberté, jusqu'à ce qu'elle rencontre un obstacle sur sa route, un de ces obstacles comme il s'en présente tant dans la vie des jeunes filles sans fortune, à qui la société refuse une position conforme au luxe de leur éducation ; quelque jeune désœuvré qui trouvera piquant d'éblouir et d'abuser son inexpérience ; ou quelque jeune artiste encore obscur, tout juste assez niais pour être dangereux, qui cherchera à lui faire partager ses rêves de fortune et de gloire. Et si son pied glisse à ces premières embûches, si ce mot d'amour traîtreusement répété à ses oreilles la trouve au dépourvu, jette, qui s'en sentira le courage, des pierres dans son jardin : la pauvre fille est plus à plaindre qu'à blâmer.

Toutefois, disons-le, ce n'est pas ainsi que finit communément la sous-maîtresse. Elle a d'autres cordes à son arc : tristes cordes, à la vérité, et qui ne valent guère mieux que celle de pendu.

Est-elle d'une nature indolente et passive, s'est-elle résignée dès le commencement aux pratiques fastidieuses de son emploi, et n'a-t-elle, en abandonnant sa première pension, voulu que satisfaire un simple besoin de locomotion : alors vous allez la voir transporter son ennui aux quatre coins de Paris. Elle s'ennuyait au faubourg Saint-Honoré, elle ira s'ennuyer au faubourg Saint-Germain ; du faubourg Saint-Germain elle passera au Marais, du Marais au faubourg Saint-Antoine. Ses pérégrinations s'étendront même *extra muros,* dans un rayon de deux myriamètres : les principales institutions de la banlieue hébergeront successivement son ennui vagabond. Elle se traînera ainsi à travers une longue enfilade de dortoirs, de classes, de réfectoires, jusqu'à sa trentième année. Une fois parvenue à ce terme, elle songera à prendre sa retraite honorablement. On n'accueille guère, en effet, de sous-maîtresse au delà de cet âge. Une figure ridée ferait tache au

milieu de ces visages bouffis : pour vivre continuellement avec ce petit monde, pour
comprendre ses besoins, ses passions, pour s'associer à ses jeux et à ses douleurs, il faut
être un peu enfant soi-même ; il faut n'avoir qu'à se baisser pour se trouver au niveau
de ces petites têtes turbulentes ; il faut, en un mot, qu'à travers la sévérité officielle,
il perce de temps à autre quelques fraîches réminiscences de *gaminerie*. La jeunesse est
donc une qualité indispensable : imaginez-vous une sous-maîtresse de quarante ans sau-
tant à la corde ou jouant au cerceau ? Aussi, avant d'atteindre ce terme fatal, l'ambition
lui est venue : elle n'aspire rien moins qu'au grade d'inspectrice, sorte de factotum fe-
melle qui voit tout, qui sait tout, qui doit être présent partout. C'est là le bâton de ma-
jordome qu'elle a trouvé dans la poche de son tablier de pensionnaire. Une fois investie de
ces éminentes fonctions, elle prend avec sécurité ses quartiers d'automne. Que l'institution
soit vendue, qu'elle passe en d'autres mains, peu lui importe : elle y est fixée à perpétuelle demeure ; sa longue expérience la met à l'abri des changements de dynastie, elle
est réputée immeuble par destination.

A-t-elle amassé quelques économies, chétive épargne de fourmi prévoyante, elle porte
plus haut ses vues ambitieuses : il s'agit pour elle de fonder un établissement d'éducation.
En passant dans un quartier populeux, arrêtez-vous devant cette maison sombre, dont
l'extérieur, bariolé de différentes enseignes, annonce les nombreuses industries qu'elle
abrite ; sur un tableau décoré de deux sphères peintes, vous lisez ces mots en gros caractères :

EXTERNAT DIRIGÉ PAR MADEMOISELLE ***.

IL Y A UNE TERRASSE.

C'est là que vous retrouvez la sous-maîtresse défroquée dans un modeste appartement,
au troisième étage, au milieu d'une vingtaine de petites filles auxquelles elle apprend,
moyennant une faible rétribution mensuelle, la lecture, l'écriture et le calcul. Il y a
loin, sans doute, de ces deux ou trois chambres garnies de quelques tables boiteuses, et
qui servent à la fois de classes et de réfectoires (ainsi que l'indique la rangée de paniers
disposés sur les planches), au comfortable des salles d'étude de l'institution. Les externes
sont souvent mal peignées, mal ajustées ; souvent aussi le prix de leur détention se fait
attendre ; car elles appartiennent à des familles d'ouvriers ou de marchands peu aisés,
qui songent moins à leur éducation qu'à s'en débarrasser pendant une partie du jour.
Mais dans ce pauvre recoin tout imprégné d'odeurs infectes de fromage, de charcuterie,
de salaisons, qu'on appelle un *externat de jeunes demoiselles,* notre ancienne sous-
maîtresse se trouve mille fois plus heureuse que dans la vaste cage où elle régentait naguère une bande de jolies pies bien dressées, bien proprettes, et des mieux embecquetées.
L'air de la liberté sent toujours bon ; et elle est libre. Elle s'appartient enfin à elle-même.
Plus de cloche importune qui lui commande à heure fixe le sommeil et le réveil. Elle peut
disposer comme elle l'entend de ses matinées et de ses soirées. Les dimanches et les jours
de fêtes, elle est plus bourgeoise que la bourgeoise elle-même. Pour comble de bonheur,
supposez, et la supposition est presque toujours vraie, qu'il demeure dans sa maison un
employé de bureau encore vert, de mœurs rassises, ayant *quelque teinture des belles-
lettres,* et, avant une année, le nom de madame *** remplacera sur l'enseigne de l'externat celui de mademoiselle ***. Au lieu d'une terrasse, on aura un jardin, on prendra

une femme de ménage, et peut-être même une sous-maîtresse. Dites encore qu'une brillante éducation ne mène pas toujours à quelque chose !

Mais ne va pas qui veut à Corinthe, et l'Eldorado de l'externat n'est pas accessible à toutes les sous-maîtresses : il faut encore posséder un petit capital pour acheter ou pour créer, ce qui est la même chose, un pareil établissement. Celle qui, en quittant sa pension, ne peut disposer d'aucunes ressources, doit se contenter de courir les leçons en ville, ou de rechercher une éducation particulière. Si ces démarches sont inutiles, elle se jettera dans les bras des Anglais, cette providence de toutes nos professions avortées ; elle passera un bail de son esprit, de son intelligence, de son corps, avec quelque famille riche d'outre-mer, pour élever, de concert avec une femme de chambre, quelque petite miss blanche et délicate. Elle jouira de tous les avantages extérieurs de la fortune : elle aura une voiture et un domestique nombreux à ses ordres : mais que de fois la morgue britannique lui fera regretter l'esclavage de sa pension du Marais, où du moins on parlait, on riait, on pleurait en français ! La Russie a été pendant assez longtemps pour les sous-maîtresses un vrai pays de Cocagne : elles trouvaient à Saint-Pétersbourg le phénix qu'elles n'avaient pu découvrir à Paris, un mari, un vrai mari, quelque riche boyard possesseur de plusieurs villages et de centaines de paysans. Il y a plus d'une comtesse russe qui jadis a mouché des petites filles dans les pensions de mesdames Migneron et Allix. Mais ces jours de mariage sont passés : les Russes sont toujours aussi galants envers les sous-maîtresses françaises, quand elles sont jolies, mais jusqu'au *conjungo* exclusivement.

Si nous voulions suivre plus avant la sous-maîtresse, peut-être la verrions-nous encore se transformer en demoiselle de compagnie auprès *d'une personne seule,* ou en demoiselle de comptoir dans un café en renom, ou faisant les honneurs d'une table d'hôte. Mais arrêtons-nous : ne la cherchons pas si loin de ses premières années, ce serait diminuer le juste intérêt que sa position nous inspire.

Au siècle dernier, un financier, sans doute imbu des doctrines de Jean-Jacques, se présenta un jour à la supérieure de l'hospice des Enfants-Trouvés, et lui dit : « Madame, je désirerais me marier, et prendre ma femme parmi les jeunes filles de votre établissement : voulez-vous me permettre de faire un choix ? » C'était l'heure de la récréation : la supérieure le conduisit dans la cour des orphelines. Le financier, après les avoir passées toutes en revue, en avisa une dont le visage et le maintien lui agréaient. Il la désigna à la directrice, la fit monter dans sa voiture, et l'on n'entendit plus parler ni de l'un ni de l'autre. Au bout de dix ans, le financier rendit une nouvelle visite à la supérieure : « Je suis veuf, lui dit-il, et pendant dix ans ma femme m'a rendu si heureux que, voulant me remarier, je ne saurais mieux faire que de choisir ici une autre compagne. »

Un banquier qui agirait ainsi de nos jours serait la fable de la Bourse ; et pourtant, que d'excellentes mères de famille, que de bonnes ménagères, que de femmes spirituelles, élégantes, gracieuses, ne trouverait-on pas parmi toutes ces jeunes filles condamnées par la pauvreté à n'être pendant toute leur vie que des sous-maîtresses ?

F. DE JONCIÈRES.

LE COMMISSAIRE-PRISEUR.

’ɛsᴛ du commissaire-priseur, ce président obligé de toutes les ventes
à la criée, que l’on peut dire avec raison :

Dans ses heureuses mains, le cuivre devient or.

Il n’est guère d’objets qui, touchés par ses doigts magiques, ne
se transforment soudain en choses précieuses. Grâce à lui, les moin-
dres bagatelles sont souvent vendues à des prix fous. C’est le dieu du négoce, le Mercure
du xixe siècle.— Il tient à la main, en guise de caducée, un marteau d’ivoire, à manche
d’ébène, dont les coups retentissants sont autant de *veto* pour de nouvelles enchères.

Le commissaire-priseur est remarquable par la conscience qu’il apporte à ses ventes.
Toutes sont également importantes pour lui : il ne fait fi d’aucune, et se croirait perdu
de réputation s’il n’opérait les plus minimes, voire celles de quelques guenilles, avec
autant de verve et d’entrain que s’il s’agissait de l’encan des joyaux de la couronne.
Pourtant, il a dû subir l’influence du temps où il vit, et il se complaît particulièrement
dans les ventes de tableaux, de statues, d’armes, de médailles, de porcelaines, et de ces
mille riens consacrés par la mode. C’est là qu’il peut à son aise lâcher la bride à son imagination, et revêtir toutes ses marchandises d’un prisme doré. Sans vouloir lui attribuer positivement l’intention de changer alors les copies en originaux, les croûtes en chefs-d’œuvre,
les vieux sous en médailles antiques, et les porcelaines de fabrique française en porcelaines de la Chine ou du Japon, toujours est-il qu’il obtient de véritables triomphes, et
sait faire monter les enchères aussi rapidement que des fusées : «Messieurs, s’écriait
dernièrement, dans une vente à laquelle nous assistions, un commissaire-priseur, avec
cet accent plein, vibrant, sonore, que vous lui connaissez, messieurs, le lot que nous
avons l’honneur de soumettre en ce moment à votre appréciation, se compose de ce magnifique bahut Louis XV. Approchez, examinez, la vue n’en coûte rien... Allons, messieurs,
des enchères... Voyons, commençons par cent francs.»

Et le crieur de répéter : «Cent francs, cent francs le bahut.»

Ici un rire d’incrédulité moqueuse circule dans tout l’auditoire. Ce rire semble dire :
Cent francs un vieux buffet tout vermoulu, prêt à tomber en poussière? Allons donc !
personne n’en voudrait pour rien.

«Messieurs, continue le commissaire-priseur, votre indifférence m’afflige; en vérité,
vous faites tort à vos connaissances. Vous ne voulez pas du bahut? C’est très-bien... n’en
parlons plus; grâce à Dieu, nous n’en sommes pas embarrassés. Pourtant, messieurs, je

ne puis m'empêcher de vous dire que les bras me tombent en voyant des connaisseurs comme vous rester froids devant une pareille œuvre, une œuvre qu'il est impossible de contempler, sans supposer, je veux dire sans acquérir la conviction, l'intime conviction, qu'elle a pour auteur le célèbre, l'inimitable, l'incomparable Boule.»

Ces mots n'étaient pas achevés, que, de tous les points de la salle, les enchères partaient, volaient, se succédaient comme les coups de fusil dans un feu de file; bref le meuble de Boule, dont personne ne voulait d'abord donner 100 fr., fut adjugé à un trop heureux bourgeois au prix de 675 fr.

Est-il des rapsodies dont il ne puisse se défaire? Alors le commissaire-priseur les éparpille adroitement dans la vente d'une collection provenant de quelque cabinet célèbre. Cette petite rouerie lui réussit toujours à merveille; on achète de confiance, et chacun est satisfait. Comme tous les thaumaturges, d'ailleurs, il a soin de préparer ses miracles de longue main : il ne fait jamais une vente d'objets d'art qu'il n'ait préalablement réchauffé le zèle des antiquaires, des collectionneurs, des marchands, par un déluge de notices détaillées, dont l'ornement de rigueur est un avant-propos dans le genre de celui-ci :

«L'amateur, que le goût passionné pour l'antiquité transporte aujourd'hui dans ces contrées jadis si florissantes de l'ancienne Grèce, est frappé d'admiration à la vue d'un reste de monument qui lui rappelle les souvenirs délicieux de ce que lui a appris l'histoire de ces temps héroïques. Combien ne s'estime-t-il pas heureux si, même à grands frais, et après les plus pénibles explorations, il parvient à posséder un simple fragment qu'il transporte religieusement avec lui dans sa patrie ! Pourquoi donc, en rencontrant ici des objets créés sur ce sol classique des beaux-arts, n'éprouverait-il pas les mêmes jouissances? Est-ce pour avoir changé de lieu qu'ils perdraient de leur mérite et de leur valeur? L'obélisque de Luxor n'est-il pas le monolithe de la haute Égypte, et son transport miraculeux n'ajoute-t-il pas à son intérêt?»

De l'obélisque de Luxor, le commissaire-priseur, dans ce brillant échantillon de ses talents littéraires, saute à l'énumération des tableaux et des statues appartenant à la collection dont il est chargé d'opérer la vente : «tableaux et statues, dit-il, qui semblent remonter au siècle fameux des Apelle et des Praxitèle,» et il termine en assurant que depuis qu'il a l'honneur d'être commissaire-priseur, il n'a jamais rencontré une collection qui méritât d'inspirer autant d'intérêt aux savants, aux artistes, aux amateurs, en un mot, à tous ceux qui aiment à suivre l'histoire de l'art dans ses progrès et sa décadence.

Comme vous voyez, le commissaire-priseur est à la hauteur du siècle, et manie la réclame aussi bien qu'homme de France. Soyons juste, et ajoutons qu'il a souvent un collaborateur pour la confection de semblables morceaux d'éloquence. Ce collaborateur est l'expert qu'il s'adjoint lorsque sa modestie ne lui permet pas de se croire suffisamment éclairé sur la valeur des objets et sur la désignation à leur donner dans le catalogue. Le commissaire-priseur n'est rien moins qu'un puits de science, et, sans l'aide de l'expert, il lui serait fort difficile d'étiqueter convenablement ses marchandises. Est-ce lui, par hasard, qui, dans un amas confus de vieilles ferrailles, irait s'aviser de reconnaître :

— Des pièces en fil de fer pour l'étude de la *névrologie* et de la *splanchnologie?*

Pourrait-il davantage démêler :

— Le Spondyle royal;

— La Harpe impériale, ou Manteau de Saint-James;

— L'Iridine de l'Inde, grand et bel individu, dont la charnière tuberculeuse, dans toute sa longueur, est des mieux caractérisées;

— La Galathée;

— La Trigonie vivante;

— Les Porcelaines, Argus, Carte géographique, Peau de lièvre et Gésier?

Pourrait-il, dis-je, s'il n'était soufflé par quelqu'un, démêler tout cela dans un tas de produits animaux que ses études ne lui ont pas appris à appeler autrement que du nom vulgaire de *coquilles*? Le commissaire-priseur a, ma foi, bien autre chose à faire qu'à tourner des feuillets, et il ne voit guère des livres que leurs couvertures. Cela ne l'empêche pas d'avoir et d'exprimer, au besoin, son opinion en littérature. A ses yeux, le talent d'un écrivain est en raison directe du prix plus ou moins élevé de ses œuvres. Il professe un grand mépris pour la plupart des auteurs du jour. Mieux que personne, et sans les avoir lus, il a été à même d'apprécier le mérite de certains ouvrages dont les réclames des journaux ont constaté le rapide écoulement, et que le marchand, lassé d'attendre l'acheteur, s'est vu forcé de faire vendre en bloc par son ministère. Hélas! que de fonds de boutiques de libraires et d'éditeurs en déconfiture ont passé entre ses mains! Pour lui, son commerce est à l'abri des orages: les faillites et les banqueroutes ne l'atteignent jamais; bien loin de lui nuire, elles lui rapportent et, s'il ne se plaît pas au mal, du moins, assis sur son estrade, le marteau d'ivoire à la main,

> Tranquille, il voit passer les hommes et les temps.

La trompette du jugement dernier sonnerait, qu'on le verrait encore, assisté de son crieur, vulgairement aboyeur, poursuivre le cours de ses ventes et de ses adjudications. L'aboyeur est le compère, le bras droit du commissaire-priseur. Son nom indique assez que son rôle ne consiste pas à rester muet : à lui de crier, de hurler sans cesse la dernière enchère. Inutile de dire qu'une poitrine de fer doit être l'apanage de celui qui se destine à ces pénibles fonctions. L'aboyeur fait en gros ce que le commissaire-priseur fait en détail : l'un prépare, dégrossit la besogne; l'autre y met la dernière main. L'un est la grosse caisse qui attire l'attention des badauds; l'autre le banquiste subtil qui, d'un style chaud et coloré, trace à la galerie le panégyrique de l'incomparable onguent qu'il débite.

A côté de ces deux physionomies si vives, si animées, si bruyantes du commissaire-priseur et de l'aboyeur, remarquons, en passant, la figure muette et impassible du clerc chargé de dresser le bordereau des ventes. On dirait une huître entre deux perroquets criards.

Au milieu des marchands, qui sont les témoins habituels de ses ventes, le commissaire-priseur est à son aise comme le poisson dans l'eau; jamais acteur ne fut, plus que lui, sûr de son public. Chaque fois qu'il lui prend fantaisie de faire une incursion dans le domaine de la plaisanterie, et cela lui arrive assez fréquemment, ses saillies mettent en liesse l'assistance entière; tous rient, même ceux qui n'ont pas entendu. Les marchands n'ignorent pas que les petites causes produisent les grands effets, et ils tâchent ainsi de se rendre propice le commissaire-priseur, cet astre dont ils sont les très-humbles satel-

lites, et qui peut, à son gré, laisser tomber sur eux des rayons favorables, en ne poussant pas trop les enchères des objets dont ils veulent devenir adjudicataires. Au reste, le
commissaire-priseur est la meilleure pâte d'homme qui soit au monde ; il n'a pas un brin
de fiel ; ses discours respirent toujours la bonhomie la plus parfaite, surtout lorsqu'il
converse avec une pratique :

«Eh bien! mon gros, dira-t-il, comment vont les affaires?

— Eh! doucement, tout doucement.

— Ah! çà, nous ne *faisons* donc rien ensemble aujourd'hui?

— Dame! vous vendez tout à un prix... çà devient *écœurant*.

— Laisse donc; tu te plains toujours. On te donnerait les choses pour rien, que tu
trouverais encore que c'est trop cher. Tiens, voici un petit lot qui doit t'aller comme un
bas de soie.»

Le commissaire-priseur connaît les hommes : il sait se mettre à leur hauteur. Autant
son langage est sans façon, commun, trivial, lorsqu'il s'adresse à un marchand, autant
il devient recherché, poli, obséquieux, s'il s'agit de faire mordre à l'hameçon quelque
amateur distingué. Souriant alors avec grâce, et arrondissant ses gestes, il s'exprimera
de la manière suivante :

«Il me semble qu'il y a longtemps, monsieur, que je n'ai eu l'honneur de vous
vendre quelque chose. J'ai là plusieurs objets fort rares, que je serais désespéré de voir
passer en d'autres mains que les vôtres. Si cela peut vous être agréable, je vais les faire
mettre en vente immédiatement. Veuillez donc vous donner la peine de vous asseoir.»

Le commissaire-priseur serait l'être le plus heureux de toute la création, si son métier se bornait à faire des ventes. Mais, point de rose sans épines, point de vente sans inven-taire. Dans l'inventaire, il est tout dépaysé : il n'a plus autour de lui ses figures d'habi-tude, et ressemble à une âme en peine. Sa mission est toute positive, toute prosaïque : elle consiste à aller fouiller les armoires, les bibliothèques, les greniers, où sont renfermés les objets à estimer, ce dont il ne peut s'acquitter sans avaler force poussière. Pour sur-croît de douleur, l'inventaire lui offre fort peu de bénéfice : 6 francs par vacation, et rien de plus. Je dis et rien de plus, parce que nous ne sommes plus au temps où, sous prétexte qu'il ressentait des atteintes de rhumatismes, que le baromètre annonçait la pluie, le commissaire-priseur se permettait d'emprunter les cannes et les parapluies qui lui tombaient sous la main dans le cours de ses inventaires.—Les héritiers d'un commis-saire-priseur, mort il y a quelques années, trouvèrent, dit-on, dans sa succession, des cannes et des parapluies en assez grande quantité pour pouvoir en monter une boutique. A l'heure qu'il est, le commissaire-priseur est un trop gros personnage pour se permettre ces petites pirateries, et il a totalement renoncé aux bénéfices de la cote G. : c'est ainsi qu'on désignait les menus objets qu'il détournait de leur destination primitive pour se les attribuer. Les commissaires-priseurs marchent de pair avec le corps respectable des no-taires, des avoués, des huissiers. Comme ceux-ci, ils se réunissent en chambre. L'établis-sement des commissaires-priseurs date de fort loin. Ils furent créés par Henri II, en 1553. Ils portaient alors le nom de sergents-priseurs. Plus tard, sous Louis XIV, ils prirent celui d'huissiers-priseurs. Ce n'est qu'en 1801, qu'ils reçurent leur dernière dénomination.

De même qu'il est des avocats sans cause, des médecins sans malade, des comédiens sans théâtre, des auteurs sans éditeur, on trouve aussi des commissaires-priseurs sans client. Ce sont les frelons, les sangsues de l'ordre; ils vivent de ce qui leur revient sur le partage de la caisse commune : cette caisse est formée par les 2 $\frac{1}{2}$ p. % déposés sur le montant de chaque vente. De cette manière, ceux qui sont en chômage perpétuel tou-chent à peu près l'intérêt du prix de leurs charges.

Les quatre-vingts commissaires-priseurs du département de la Seine vécurent longtemps unis, et n'ayant pour leurs ventes qu'un local commun. Or, un beau jour, le vent de la discorde souffla parmi eux; et quelques-uns, formant scission, allèrent s'établir dans un vaste hôtel de la rue des Jeûneurs, où ils font une concurrence redoutable à leurs con-frères de la place de la Bourse.

Le commissaire-priseur se faufile dans le monde le plus possible; il y fait la chasse aux clients, aux héritiers, à tous ceux qui, n'ayant plus longtemps à vivre, peuvent, en partant pour l'autre monde, le recommander à leurs exécuteurs testamentaires. Dans ce dernier cas, on peut dire, sans jeu de mots, que, pour lui, la pratique commence alors qu'elle finit. Mais en quittant ses ventes et ses inventaires pour rentrer dans la société, il ne peut pas parvenir à dépouiller le vieil homme, et il traîne partout avec lui les pré-occupations de son état. A la promenade, au bal, au spectacle, à table même, il rêve enchères et adjudications, et rumine dans sa tête ce que pourrait produire la vente des objets qui s'offrent à sa vue : voitures, chevaux, livrées, bijoux, rideaux, banquettes, lustres, tableaux, glaces, vins, mets, vaisselle, il prise tout; un peu plus, et il priserait les hommes aussi bien que les choses. C'est vraiment un homme dangereux à introduire chez soi. Il n'y a pas à lui en faire accroire. Qu'il reste cinq minutes dans une maison, et il pourra dire à un centime près à combien se monte la fortune mobilière de celui qui l'occupe. Personne n'a mieux que lui l'esprit de son métier. Il ne s'amuse pas à jouer au dandy, à singer l'homme de loisir, comme l'agent de change : il se contente de vivre en bon bourgeois, en honnête père de famille, dans un appartement vaste et comfortable, situé dans un des quartiers tranquilles de Paris. Les enfants du commissaire-priseur reçoivent dans un collége l'éducation qu'on est convenu d'appeler éducation libérale. Sa femme, sans rivaliser tout à fait d'élégance avec la femme du notaire, ne laisse pourtant pas de s'habiller avec une certaine recherche : elle se fournit chez les meilleures faiseuses. Quant à lui, sa mise est soignée, quoique fort simple, et rappelle celle de l'avoué, de l'huissier, de l'avocat. Habit, pantalon, gilet noirs, voilà pour la tenue ordinaire. La grande tenue, la tenue officielle veut encore une écharpe noire; mais on lui voit rarement cet attribut de couleur lugubre : le commissaire-priseur redoute les quiproquos; la taille ceinte d'une écharpe noire, il ressemblerait exactement à un commissaire d'une autre espèce — qui le précède dans tous les lieux où il va faire des ventes après décès, — au commissaire des morts. Il se borne donc à porter son écharpe dans sa poche, et ne la produit au jour que dans les grandes occasions; en cas de tumulte, par exemple, lorsqu'il a besoin de justifier de ses droits au titre d'officier public.

Tant va la cruche à l'eau qu'à la fin elle se casse, dit le proverbe : à force de répéter la formule ordinaire : «une, deux, et trois fois, personne n'en veut plus... bien vu... bien entendu... pas de regret... adjugé...» la voix du commissaire-priseur finit aussi par se casser. C'est pour lui le signal de la retraite. Alors il abdique le marteau d'ivoire, en frappe un dernier coup pour adjuger sa charge au plus offrant, et jouit à son tour des douceurs du *far niente*.

Terminons en réparant un oubli. A l'instar des autres hommes, le commissaire-priseur peut avoir son dada, sa manie; mais il est rarement collectionneur, et il donne en cela un grand exemple de sagesse. Placé, comme il l'est, au milieu d'une avalanche perpétuelle de vieilleries, de curiosités, que deviendraient ses honoraires, si une folle passion le précipitait dans la voie des achats pour son propre compte! Voir c'est avoir : telle est sa devise.

CHARLES FRIÈS.

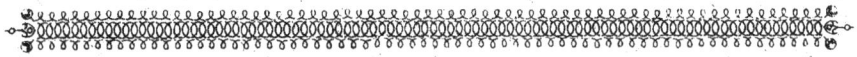

LE PARISIEN EN PROVINCE.

 N a souvent tourné en ridicule le provincial qui vient à Paris ; on s'est plu à le faire le héros des histoires les plus facétieuses, et pour tracer son portrait, on a fait choix des masques les plus grotesques. Je crois que si le provincial tenait à ne pas être en reste de bons procédés, il lui serait facile de prendre une belle revanche. Le Parisien en province n'offre pas une figure moins originale et moins amusante que celle du provincial à Paris ; et s'il a été permis d'assaillir outre mesure celui-ci des traits de la satire et de la moquerie, je ne sache pas qu'il existe, en faveur de celui-là, aucun privilége qui le mette à l'abri de justes représailles. Mais la raillerie, dira-t-on, a prétendu seulement atteindre, parmi les provinciaux, ceux qu'elle pouvait à bon droit considérer comme faisant partie de son domaine ; elle a constamment respecté les hommes qui, apportant à Paris leur tribut d'esprit et de science, ont fait de cette capitale le centre des arts et des lettres, et lui ont donné la suprématie sur les villes les plus éclairées de l'Europe. A la bonne heure ; je ne prétends pas non plus que tout Parisien, quel qu'il soit, passant en province, doive y fournir le sujet d'une caricature. Je me bornerai à exercer mon crayon sur les physionomies qui me paraissent quelque peu prêter à la charge, et celles-ci, je les résumerai toutes dans la figure d'un original de ma connaissance, Anacharsis Bobinard.

Quelle était, à Paris, l'existence de Bobinard au moment où il fut obligé de quitter cet Eden de la jeunesse pour aller habiter la positive et commerçante ville de Nantes ? Commis dans un magasin de nouveautés, il se levait chaque jour à cinq heures du matin, et jusqu'à six heures du soir il déballait, mesurait et remballait le satin, le mérinos, l'indienne et le calicot, libre à peine d'accorder quelques minutes à son frugal déjeuner. Sa journée faite, il se hâtait d'aller au restaurant, pour y procurer à son estomac le médiocre comfort d'un dîner à vingt-cinq sous ; puis, si la soirée était belle, il l'employait en flâneries sur le boulevard, au Palais-Royal, dans les Champs-Élysées ; s'il pleuvait, il se réfugiait dans sa mansarde, où il attendait assez patiemment l'heure du repos, en compagnie de quelque roman de Paul de Kock. Après six jours d'une régularité mathématique, venait enfin le dimanche, son jour de liberté et de joyeux désordre. Alors sortait de l'armoire, dans un état soigneusement conservé, l'habit noir, le pantalon de casimir, le brillant gilet de soie, dont la poche se gonflait vaniteusement de toutes les économies de la semaine.

Pendant que Bobinard s'étreignait la taille, ajustait le nœud de sa cravate, promenait sur sa chevelure une couche de fine pommade au jasmin, une autre toilette s'achevait dans la mansarde en face : c'était celle d'une petite brodeuse, que sa sensibilité naturelle avait mal protégée contre les pressantes attaques du séduisant commis. L'été, on allait faire une promenade à âne à Romainville ou à Montmorency ; l'hiver on se permettait le dîner à deux francs au Palais-Royal, après quoi, l'on courait à *la Gaîté* ou à *l'Ambigu*, maudire *Saint-Ernest* et *Delaistre*, et s'apitoyer sur les infortunes de madame *Gautier* et de *Francisque aîné*. Telle était la vie de Bobinard ; telle est, en général, à Paris, celle des jeunes gens sans fortune que vous voyez pulluler dans les magasins des quartiers Saint-Denis, Saint-Martin et Saint-Honoré.

Héritier futur d'une tante fort riche qui l'appelait auprès d'elle, Bobinard aurait dû trouver dans son changement de position mille motifs pour se réjouir ; mais, en digne Parisien, il eût cru déroger si, à peine installé dans la diligence, il n'avait manifesté une profonde affliction, et fait un appel aux sympathies de ses compagnons de voyage. Dans quelle Sibérie, au milieu de quel peuple sauvage, allaient se flétrir ses plus belles années ! Pour quelle fade et monotone existence on l'arrachait à la vie si pimpante, si variée, si parfumée, si joyeuse, de son bien-aimé Paris ! Et, pendant la route, sa mauvaise humeur s'exhalait sur les objets les plus dignes de fixer l'attention du voyageur. Qu'étaient Orléans, Tours, Angers, sinon de misérables villages, qu'il daignait tout au plus comparer à Vaugirard ou à Montrouge ? Les chemins de halage de la Seine n'étaient-ils pas mille fois plus pittoresques que les rives fertiles de la Loire ? Les coteaux de la Touraine offraient-ils rien qui pût l'indemniser de sa butte Montmartre et de son mont Valérien ? Ah ! qu'il était aisé de voir que ces routes, ces arbres, ce fleuve, étaient des routes de province, des arbres de province, un fleuve de province !

Arrivé à Nantes, Bobinard consacra les premiers moments de son séjour à l'examen de la ville et de ses monuments. C'étaient à chaque pas de nouvelles exclamations : que cette rue est étroite et courte ! que cette place est mesquine ! Où sont mes tours de Notre-Dame, mon Louvre, mon Panthéon ? Si on le conduisait sur le port, toute cette forêt de mâts lui semblait digne à peine d'être exploitée en bois de chauffage ; à la vue des bateaux à vapeur qui sillonnent la Loire d'Angers à Paimbœuf, il s'écriait : «Qu'est-ce que ces coquilles de noix à côté du bateau à vapeur de Saint-Cloud ?» Et il fut sur le point de se fâcher tout rouge contre quelqu'un qui lui fit observer que ce bateau, l'objet de son admiration, était précisément sorti des chantiers de Nantes, et l'un des plus petits qui y eussent été construits.

Enfin, n'ayant pas d'autre parti à prendre, force lui fut de se résigner à vivre dans ce *misérable trou*, comme il disait. Mais, pensa-t-il, je me garderai bien de descendre jusqu'à ces épais et ignares provinciaux : n'oublions pas que je représente ici le pays des lumières, du savoir-vivre, de l'élégance et du bon ton ; il faut que je tienne incessamment à genoux devant ma personne le crétinisme de ces gens-là.

Vous ne sauriez vous représenter, à partir de ce moment, la jactance, la vantardise, la hâblerie de Bobinard. Ses manières et ses discours sont d'une impertinence achevée. Le Gascon, tant célébré comme le héros de la menterie, ne saurait entrer en comparaison avec lui.

Il s'informe quel est, dans la ville, le tailleur en renom ; il le fait venir, et lui commande des habits : «Je n'ose pas, lui dit-il avec un insolent sourire d'indulgence, vous demander que tout cela soit de bon goût ; tâchez, du moins, que ce ne soit pas ridicule.» Il essaie, et fait retoucher vingt fois la redingote, le pantalon, le gilet : aujourd'hui c'est un sous-pied qui n'emboîte pas la botte avec grâce ; demain ce sont des revers qui n'ont pas le *chique ;* il met à bout la patience de l'ouvrier. Lorsque, enfin, il s'est décidé à recevoir les objets comme à peu près confectionnés, il ne manque pas de dire en entrant dans chacune des maisons où il est admis : «Je vous demande pardon de me présenter ainsi *fagoté*. Humann rirait bien de me voir habillé de la sorte, lui que j'ai tant de fois gourmandé pour la coupe de mes pantalons!

Va-t-il au spectacle, il a grand soin de ne faire son entrée que vers le milieu de la seconde pièce; il parle tout haut à l'ouvreuse, dérange vingt personnes pour aller s'installer sur le devant du balcon, tourne le dos à la scène, et promène son binocle de loge en loge. Au moment où l'attention du public est le plus captivée par quelque situation pathétique, il part d'un éclat de rire, et si on lui crie : *chut!* il rit encore plus fort. Il se donne tant de mouvement, et fait tant de bruit, que bientôt se dirigent sur lui tous les regards; les spectateurs chuchottent en se le désignant mutuellement; il entend de tous côtés circuler ces mots : «C'est le Parisien»; et il se rengorge. Une triple salve d'applaudissements accueille l'actrice qui vient de chanter le grand air du *Domino noir;* il lance au parterre un ironique *peuh! peuh!* qu'il accompagne d'un haussement d'épaules des plus méprisants : «Mais, monsieur, lui fait observer son voisin, cette actrice est madame Cinti-Damoreau, que nous avons le bonheur de posséder pour quelques jours.» Vous croyez que cette observation le déconcerte? Point du tout; et il répond avec un aplomb imperturbable : «C'est possible; mais *la Damoreau* n'est pas en voix ce soir; je ne l'ai jamais entendue chanter si mal à Paris.»

C'est surtout au milieu d'un cercle de jeunes gens qu'il est curieux de l'étudier. Avec quel sans-gêne admirable il coupe la conversation, et s'empare de la parole, tranchant sur tout, louant ce qu'on critique, blâmant ce qu'on loue, afin de se donner des airs de connaisseur, entassant avec une merveilleuse volubilité platitudes sur platitudes, et n'admettant pas qu'il puisse s'élever le plus léger doute sur l'infaillibilité de ses arrêts. Voulez-vous le rendre intarissable? Mettez-le sur la voie de ses bonnes fortunes à Paris. Il vous dira à demi-voix, comme s'il craignait d'effaroucher sa propre modestie, que chacune de ses journées était marquée par quelque glorieux triomphe; il avouera même avec humilité que son nom était devenu, pour ainsi dire, un scandale, et que des appréhensions, malheureusement trop motivées, lui faisaient fermer la porte de toutes les maisons où il y avait de jolies filles à marier. Baronnes, comtesses, duchesses, se l'étaient disputé, et il lui serait impossible de dire au juste le nombre de maris qu'il avait eu le désagrément de blesser au bois de Boulogne. Si, dans l'énumération des belles femmes de la capitale, il lui arrive de prononcer un nom qui commande le respect, et qu'un de ses auditeurs se hasarde à lui dire : «Ce nom-là n'a jamais donné prise à la médisance», il répond tranquillement : «Vous croyez?» et se met à rire d'un air qui signifie : j'ai par-devers moi d'excellentes raisons de n'en rien croire.

Mais cette fatuité, ce n'est pas seulement en matière d'amours qu'elle s'exerce. La réputation d'homme à la mode ne lui suffit pas; il faut encore qu'on le croie un homme important en littérature et en politique. Aussi parle-t-il souvent, et avec complaisance, de ses bons amis *Thiers* et *Victor Hugo;* il a vécu dans la plus grande familiarité avec *Lamartine* et *Alexandre Dumas;* il dînait une fois par semaine chez *Guizot,* et *Scribe* ne se fût pas permis de donner une pièce au Théâtre-Français sans lui en avoir fait préalablement la lecture. Il se rappelle qu'étant de soirée chez M. de Broglie, il parvint, dans une chaleureuse improvisation, à démontrer que M. Molé n'entendait rien à la question d'Orient. Tous les cabinets lui ont fait faire des offres; il n'a tenu qu'à lui d'occuper un poste élevé dans la diplomatie: il a préféré garder son indépendance et son franc-parler. Il raconte à qui veut l'entendre que, dînant un jour aux Tuileries, en sa qualité d'officier de la garde nationale, il se permit de faire au roi une observation qui motiva le changement de tout un paragraphe du discours de la couronne.

N'allez pas croire qu'il puisse se présenter une circonstance capable de démonter le sang-froid de Bobinard. Le hasard voulut qu'un de nos illustres, dont il s'était intitulé l'ami intime, se trouvant momentanément à Nantes, passât dans la même rue que lui, et sur le même trottoir. Quelqu'un le tira par le bras, et lui dit :

«A quoi pensez-vous? voilà votre ami, M. C***, dont vous m'avez tant parlé. Vous ne le voyez donc pas?

— Pardon, je l'ai parfaitement vu.

— M. C*** lui-même a passé sans avoir l'air de faire attention à vous, absolument comme s'il ne vous connaissait point.

— Je vous garantis qu'il m'a très-bien reconnu.

— D'où vient alors que vous ne vous êtes ni salués ni serré la main ?

— Nous avons d'excellentes raisons pour cela.

— Vraiment! Y aurait-il eu entre vous quelque chose ?

— Oui; nous sommes en froid. J'ai le malheur d'être franc, et lorsqu'il me fit lecture de la tragédie qu'il destinait au début de la *petite Rachel*, je ne pus comprimer un bâillement qu'il ne me pardonnera jamais.»

Toutes ces choses, débitées avec assurance, ne laissent pas de produire pendant quelques jours un certain effet. Mais notre Parisien ne tarde pas à s'apercevoir qu'il s'est étrangement mépris sur notre époque, et qu'il a eu tort de s'appliquer le proverbe. *A beau mentir qui vient de loin.* C'est que, en effet, il n'y a plus aujourd'hui de la province à Paris la même distance qu'autrefois. Les communications sont si rapides et si fréquentes, les intérêts commerciaux et politiques se rapprochent et se confondent en tant de points, il se fait des deux parts un échange si actif en fait d'arts et de sciences, les journaux, les publications de toute nature, sont tellement répandus, et rayonnent avec tant de vitesse du centre à la circonférence, que le provincial connaît son Paris, et sait, à quelques heures près, ce qui s'y passe, aussi promptement et aussi bien que le Parisien lui-même. Il en résulte qu'un hâbleur de l'espèce de Bobinard ne saurait persévérer dans son rôle sans s'exposer à être bientôt moqué, hué, sifflé. Le *Parisien en province* voit donc chaque jour se resserrer le cercle où peut s'exercer sa jactance ; il ne lui reste plus guère à exploiter que quelque misérable village du Jura ou des Pyrénées.

MOLÉRI.

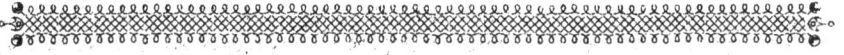

LES RÉFRACTAIRES.

oila un mot avec lequel on a fait bien des drames et bien des nouvelles; soyez assurés, cependant, que l'avenir nous en réserve bien d'autres encore. Les coulisses du boulevard du crime et les revues du faubourg Saint-Germain ne laisseront pas longtemps chômer ce nom-là. Il en est des réfractaires de l'ère constitutionnelle comme des capitaines d'aventure du moyen âge : tous les semestres, à peu près, quelque journal ou quelque théâtre les met en action. Le casque a fait place au feutre troué, la cuirasse reluisante, à la veste de bure, la longue rapière, au fusil rouillé par la pluie : c'est toujours une vie semée de craintes et d'espérances, une existence en pleine campagne, sous l'ombre humide des forêts, dans les clairières verdoyantes, sous le couvert des taillis. Mais cette fois le héros ne marche pas gaiement à la face du soleil; hardi et joyeux, il erre çà et là le long des sentiers solitaires, dans les vallons obscurs, sur les plateaux déserts; il rampe aux alentours des fermes bruyantes, se glisse aux approches des villages populeux, et franchit d'un bond la grand'route où reluit la plaque du garde champêtre. L'un avait à sa suite une compagnie de ces francs archers qui ne craignaient rien, ni le peuple, ni le roi, et Dieu moins encore que le roi. Ceux-ci, au contraire, appellent sur leurs traces le gendarme patient et résolu, qui seul passe où ils ont passé, gravit sur leurs pas la haute colline, et traverse le marais bourbeux sans craindre la fatigue qui l'attend toujours, et la balle qui le frappe quelquefois.

Selon qu'on est abonné à la *Gazette de France* ou au *Constitutionnel,* le réfractaire est un héros ou un bandit. Le plus souvent il n'est ni l'un ni l'autre. Mais il arrive parfois que le paysan qui a quitté sa chaumière, parce qu'il ne voulait pas manger le pain du roi dans des casernes, devient celui-ci ou celui-là, suivant les circonstances. Dans les temps de trouble, c'est le hasard qui en décide. Cependant la route du crime étant moins ardue que celle de l'héroïsme, et les circonstances ne poussant guère que ceux qui ont la noblesse du cœur, chose plus rare que la noblesse du blason, il ne faut point s'étonner si, au demeurant, il y a moins de héros que de bandits.

Il en est des causes qui engagent le conscrit à rester dans ses foyers malgré la loi comme de toutes celles qui décident des grandes actions de la vie. Il est rare qu'elles ne soient pas multiples et diverses. Ce n'est point le résultat prévu d'une volonté ferme et d'une résolution motivée d'avance; c'est ordinairement le résultat accidentel de circonstances fortuites. Souvent, la veille du jour où le conscrit a cherché un asile dans les bois, il avait pleuré sur le sein de sa mère en recevant le baiser d'adieu. Il a suffi d'une nuit et d'un rêve pour le mettre en révolte contre la loi.

Il est des conscrits timides qui, n'ayant pas vu revenir au village ceux qui sont partis autrefois, s'épouvantent quand vient leur tour de les suivre. Ils ont entendu, pendant les longues veillées de l'hiver, des récits terribles de batailles où la mitraille fauchait les hommes comme des épis mûrs. De pauvres mères portaient le deuil de soldats morts au loin sur une terre brûlante, où la voix du prêtre n'avait pas consolé leur agonie, ou béni leur tombe sanglante. De jeunes filles vieillissaient en attendant leurs fiancés. Alors la conscription venait atteindre ceux qui entendaient et voyaient toutes ces choses à l'âge où le cœur s'ouvre aux rêves d'amour; ces esprits craintifs, habitués aux joies paisibles du dimanche, aux tranquilles travaux de la semaine, s'effarouchaient à la pensée d'un avenir mystérieux et sombre, où, pour gagner des épaulettes, une croix, qui rayonnent à l'horizon, il faut exposer sa vie vingt fois dans une carrière pleine de périls. Ceux-là pleurent, s'effrayent, hésitent, et la peur les fait réfractaires. C'est le petit nombre.

Il en est d'autres qui aiment leur pauvre village comme les Mohicans aimaient leurs prairies. La cloche de la petite église a une voix qui parle à leur cœur : c'est sous cette voûte crevassée que la main tremblante du vieux curé a versé l'eau du baptême sur leur front; ce toit humble et misérable a protégé leur sommeil depuis vingt ans, et chaque matin leur voix joyeuse y saluait l'aurore avant les petits oiseaux. C'est là qu'une jeune fille a écouté, confuse et rougissante, les premières paroles d'amour que leurs lèvres aient bégayées. Ils savent les noms de tous les habitants du canton; tout s'ouvre à leur approche, la main, le cœur et la maison. Enfants, ils ont rampé sur cette herbe ; jeunes hommes, ils ont dansé sous ces arbres; il n'est pas un sentier, pas un ruisseau, pas une cabane, pas un pli du terrain, qui ne leur rappelle un souvenir. C'est là qu'ils ont aimé, souffert, pleuré ; leur famille dort à quelques pas du hameau, dans ces petits cimetières de campagne si calmes et si pieux: il leur semble que le départ, c'est l'exil; que jamais ils ne reverront la fumée du village, si par hasard ils quittent le pays. Sitôt qu'ils ont tiré le numéro fatal qui les appelle à l'armée, ils se désespèrent; ils cherchent à mettre en défaut le conseil de révision; puis enfin, quand vient le jour où il leur faut partir pour la garnison, leur courage faiblit et le désespoir les arrête. Ceux-là sont des montagnards; c'est l'amour du sol qui les fait réfractaires.

Quelques-uns demeurent au pays, parce qu'une jeune fille chaque soir les attend derrière la haie du jardin. Cherchez au fond de toutes choses, et vous y trouverez toujours un peu d'amour. Ils ont trouvé le bonheur; ils n'ont que faire de la gloire: leur patrie, à eux, c'est la pelouse où ils dansent en se tenant la main, la prairie où ils se rencontrent par hasard, le vieux tronc moussu où ils s'asseyent; ce sont toutes ces choses qui leur rappellent un sourire, un aveu, un baiser, souvenirs pleins d'espérances! Il y a beaucoup de Pâris au village, autant que d'Hélènes en sabots; et l'amour qui perdit Troie peut encore faire des réfractaires, lui qui ne peut plus faire de favorites.

Mais une cause toujours agissante, et malheureusement toujours exploitée depuis cinquante ans, se joint à toutes ces causes. La politique, cette passion qui supplée à toutes les passions, s'empare merveilleusement de toutes les douleurs qui fermentent dans le cœur des jeunes soldats, se fait une arme de leur colère, de leurs craintes, de leurs angoisses, et soufflant à leurs oreilles des mots qu'ils ne comprennent pas, mais qui, pour eux, signifient indépendance et liberté, les pousse hardiment dans une voie de révolte. Le laboureur, forcé de quitter la charrue, a pris le fusil, mais il le tourne contre les *bleus*. Les premiers chouans furent des réfractaires. La Vendée se souleva contre la conscription, et des armées de réfractaires combattirent pour rester dans leurs foyers. Des gentilshommes se trouvaient par là, et l'on fit une guerre de principes de ce qui était une révolte contre la guerre. C'est encore aujourd'hui la même chose, avec les modifications qu'un demi-siècle apporte dans les affaires de ce monde, où les plus longues durent si peu.

Les chouans de 1830 sont les fils légitimes des chouans de 93 ; seulement ils sont moins nombreux : deux générations ont passé sur la France. Les résultats sont moindres, mais les causes sont les mêmes. Les mêmes passions ont été exploitées au nom des mêmes principes, à peu près par les mêmes hommes. On a mêlé le nom de Dieu à une affaire qui ne le concernait pas, et parlé du roi à des gens qui ne le connaissaient guère ; et il s'est trouvé que de pauvres diables, qui en avaient une médiocre envie, ont été embrigadés pour le service de la bonne cause, lorsqu'ils ne pensaient qu'à éviter les ennuis de la charge en douze temps, et la fraternité de la gamelle.

C'est là l'histoire de beaucoup de réfractaires poussés à la révolte à main armée par des chefs de file qui faisaient bonne chère en leurs châteaux, tandis que leurs soldats guerroyaient à leur profit en rase campagne. Un petit nombre sait ce qu'il fait, et le fait résolument. Ceux-là, étant trop pauvres et trop braves pour quitter la France, se battent et se font tuer. Les réfractaires sont alors les émigrés du peuple. Il y avait, en 1830 comme en 1793, des Cathelineau, des Charette, des Stofflet, parmi les chouans vendéens ; mais ceux-ci sont morts inconnus ; les circonstances leur ont fait défaut. La Vendée a fait place au Bocage, et, ne pouvant avoir de Lescure, le Bocage a eu Diot.

Après la Vendée, ce sont les pays de montagnes qui fournissent le plus de réfractaires. Les Cévennes, l'Auvergne, les départements qui longent les Pyrénées, la Corse ; partout enfin où l'amour du sol est inné dans le cœur de l'habitant. Les riches vignobles de la Bourgogne, les grasses prairies de la Normandie, les fertiles plaines de la Flandre, en comptent à peine quelques-uns : aussi ces provinces sont-elles en grande estime auprès du ministre de la guerre. Si quelque Dupin militaire faisait une carte statistique de la France sous le point de vue du recrutement, ce ne sont point celles-là qu'il couvrirait de la sombre teinte noire. L'homme quitte sans regret les lieux où il a vécu sans peine. La douleur est le ciment de l'amour. Qui ne sait aussi l'amour profond et tenace du Savoyard pour ses montagnes neigeuses, du Highlander pour les *glens* sauvages de l'Écosse, de l'Auvergnat pour ses âpres collines, du Breton pour ses landes désolées, du Corse pour ses *maquis*.

Lorsque la crainte ou la passion, le désir de l'indépendance ou la croyance politique, ont transformé le jeune soldat en réfractaire, sitôt que le jour du départ est passé sans qu'un motif légitime l'ait dispensé de paraître au chef-lieu, à l'heure de la revue, les gendarmes se rendent au domicile du délinquant. Les larmes d'une vieille mère leur disent assez le motif de son absence. Le conscrit vient d'allumer sa pipe avec l'ordre de route émané du ministère, et il a pris le chemin des montagnes ou des bois. Bientôt son signalement circule de brigade en brigade ; on le fait connaître aux gardes champêtres, aux douaniers, aux gardes-côtes, à tous les agents de la force publique. La chasse au réfractaire s'organise dans tout le canton ; il faut qu'il soit arrêté, ou tué s'il résiste. On bat la campagne en tous sens, et à toute heure ; il est poursuivi sans relâche et sans trêve, de jour et de nuit ; on fouille les gorges obscures, les vallons écartés, les grottes, les taillis ; on suit patiemment ses traces ; on s'embusque au détour des sentiers, dans les ruines du vieux manoir, aux portes des fermes ; on questionne la lavandière qui chante accroupie au bord du ruisseau, l'enfant qui passe sur le chemin, le berger qui veille sur les grands troupeaux, drapé dans son manteau de laine, la servante d'auberge, alerte et joyeuse comme l'oiseau des champs : c'est une poursuite infatigable que le temps ne saurait lasser. Mais le réfractaire a, lui aussi, une patience à l'épreuve du temps : il recule lorsqu'on avance, va et vient, leste, rapide, l'œil ouvert, l'oreille au guet comme le lièvre tournant autour de son gîte. Qui connaît mieux que lui les retraites les plus sûres, le rocher creux au flanc de la colline, le chêne évidé de la forêt, l'affût du chasseur près de l'étang. Il n'est point de clairière où il n'ait déniché de petits oiseaux, point de traînes où il n'ait passé tout enfant. Et d'ailleurs, s'il n'a pas d'alliés, n'a-t-il pas beaucoup d'amis? Il a embrassé la lavandière sur l'épaule, un jour qu'elle baignait ses pieds nus dans la fontaine; il a cueilli des pommes pour l'enfant; il a ramené une brebis égarée au troupeau du berger; il a dansé avec la fille d'auberge. Tous ces amis occultes éludent les questions, et ne savent jamais de qui le gendarme veut parler: il n'y a rien de plus impénétrable que la bonhomie du paysan; toute la science d'un diplomate échouerait devant cette ruse d'autant plus puissante qu'elle est inerte, et qui simule la naïveté. Le réfractaire poursuivi trouve donc un asile partout, ou, du moins, presque partout; il dort à l'abri dans la grange ou dans l'étable, sous le chaume et sur la paille. Si le maître de la maison, à qui la richesse enseigne la prudence, refuse de le recevoir, il y a par là une servante accorte qui ouvre nuitamment la porte de la ferme, et prend la main du réfractaire en jetant un os au chien qui gronde. Le matin, il s'éloigne d'un pied leste; il n'a plus faim, et il n'est plus fatigué. Tout le village s'emploie à le sauver; une grande camaraderie le protége; la cause de sa mère est celle de toutes les mères; sa voix suppliante couvre celle du préfet. Un pacte tacite lie toute la population. C'est une association mystérieuse qui agit avec un merveilleux ensemble, sans que les membres se soient concertés les uns les autres.

Et puis, ne le sait-on pas? il y a dans tous les pays, en France comme en Espagne, comme en Écosse, comme partout, un sentiment inné chez le peuple, qui le pousse à se faire le protecteur du faible contre le fort. Tous ceux qui résistent à l'autorité sont les bienvenus auprès de lui. Sa sympathie est acquise d'avance à quiconque se révolte hardiment contre le pouvoir, quel qu'il soit. C'est une protestation à laquelle il doit aide et secours, car il lui semble que la révolte plaide sa cause, à lui, peuple, qui travaille et souffre. Ainsi les Jacques en France, et les Outlaws en Angleterre, pendant les guerres du moyen âge, trouvaient asile chez le pauvre paysan. Ils le pillaient quelquefois, mais n'importe; le Jacques et l'Outlaw avaient travaillé et souffert avec lui: leur commune origine était un baptême qui les lavait de leurs fautes. Encore aujourd'hui les bandits espagnols des *sierras* viennent s'asseoir gaiement au soleil, sous la treille des *posadas,* et l'aubergiste se garde bien d'en parler à l'*ajuntamiento ;* ils boivent au même verre, et se séparent en se touchant la main. Le paysan assassinera le bandit peut-être, si le bandit l'a molesté, mais il ne le dénoncera pas; longtemps il l'a protégé et secouru, et certainement la veille du jour où il lui plantera son couteau dans le cœur, il aura partagé avec lui sa gousse d'ail et son morceau de pain. La popularité des contrebandiers, qui chaque jour échangent des coups de fusil avec les douaniers, est proverbiale sur les deux versants des Pyrénées, et en Bretagne aussi comme en Andalousie.

Ce que le peuple des campagnes faisait au moyen âge pour les Jacques, il le fait aujourd'hui pour les réfractaires; les réfractaires sont les Outlaws du dix-neuvième siècle.

Ce n'est donc point une chose facile que l'arrestation des réfractaires, malgré l'étendue des moyens d'action que possède le gouvernement. Il en est qui vieillissent et meurent sans que la loi ait obtenu justice. Jamais la main d'un gendarme n'a pu toucher leur épaule: ceux-là, il est vrai, sont en petit nombre; beaucoup se soumettent volontairement, et sont dirigés sur leur corps, et quelquefois même rendus à leurs foyers après avoir passé devant un conseil de guerre, qui, prenant en considération cet acte de soumission, les traite, le plus souvent, assez doucement. Pour quelques-uns, le temps efface le souvenir de la faute : l'âge est une prescription. Mais, hélas! il en est d'autres qui meurent tués par le sabre ou le fusil, en guerre ouverte contre la société, terrible holocauste offert à la loi, cette souveraine puissance qui demande encore des victimes humaines, comme les dieux sanglants du paganisme!

Les conditions du réfractaire varient selon les pays. La tradition, cette loi orale et populaire, influe sur sa destinée aussi bien que les mœurs de la population et la nature du sol; il fait à peu près toujours ce que ses frères aînés ont fait. Dans tous les départements de l'ancienne Auvergne, la Lozère, le Cantal, le Puy-de-Dôme, dans le Périgord et le Rouergue, dans le Vivarais et le Quercy, les réfractaires, retenus au pays par l'amour du sol et l'effroi qu'un avenir inconnu inspire toujours aux esprits faibles et ignorants, se livrent à toutes sortes d'industries pour échapper aux recherches de la gendarmerie. Protégés par la configuration même du pays et les sympathies des habitants, ils trouvent à vivre dans les montagnes sans trop de peine. Tantôt pâtres, ils conduisent de grands troupeaux aux pâturages, sur des hauteurs où l'ordre légal se hasarde rarement; tantôt colporteurs, ils pérégrinent de hameau en hameau avec un ballot de menues marchandises sur leurs épaules; valets de labour, ils travaillent dans les fermes écartées, où leur présence, connue de tous, n'est trahie par personne. Si par hasard le chef de la brigade voisine, en échangeant quelques verres de vin avec un cabaretier, conçoit quelques soupçons; le réfractaire, averti par une police amie, s'éloigne de son asile temporaire, et le brigadier, malgré toute son activité, en est pour ses courses et ses petits verres : l'oiseau n'est jamais au nid quand le nid est découvert.

Né pauvre, le réfractaire a vécu pauvrement; il se contente donc de peu. Au besoin, il couche à la belle étoile, et mange du pain dur : que lui importe, pourvu qu'en passant la jeune fille lui jette un sourire avec le refrain de sa chanson, pourvu que sa vieille mère l'embrasse sur la lisière du bois, pourvu, surtout, qu'il respire en liberté l'air vif de ses montagnes. Au demeurant, il n'y a dans sa vie qu'un peu de mystère de plus. Sa fiancée, en attendant qu'elle soit sa femme, devient sa maîtresse; quant à ses amis, ils ne changent pas. Il vivait de sa faux ou de sa bêche; il vivra de son fusil : l'instrument de travail seul est changé. Tous les paysans de France savent manier les armes à feu : le réfractaire était laboureur, il deviendra braconnier. Les gardes champêtres, qui sont du pays, ferment assez volontiers les yeux; les lapins seuls souffrent de cet état de choses; quand ils sont morts, la servante de M. le sous-préfet les achète, et l'autorité les mange sans reconnaître au goût le gibier dont le trépas est une illégalité.

Les insoumis, ainsi que les appellent les journaux du gouvernement, s'habituent aisément à ce genre de vie, attendant qu'il plaise à Dieu ou aux révolutions de susciter quelque circonstance favorable qui leur permette d'en faire légitimer tous les actes et toutes les conséquences.

De Perpignan à Bayonne, dans tous les départements limitrophes de l'Espagne, dans les Vosges et le Jura, le long des Alpes, les réfractaires sont ordinairement contrebandiers. Ils sont aussi contrebandiers, les réfractaires des côtes de la Bretagne et de la Normandie. Mais si les uns exercent à pied, et tout au plus quelquefois à cheval, ceux-ci exercent en bateau : avant d'être insoumis, ils étaient marins. Ici la vie du réfractaire commence à courir un double danger. Si les agents du ministère de la guerre ne lui laissaient guère de repos, voici maintenant les agents du ministère des finances qui s'apprêtent à lui faire bonne chasse. Le gouvernement ne pardonne pas les crimes qui s'adressent au fisc. Le trésor est le cœur de l'État, et c'est l'attaquer au cœur, que s'attaquer aux douanes. Voilà donc deux ennemis implacables acharnés à la poursuite du réfractaire.

Loin de lui manquer, la protection occulte de la population redouble d'activité dans ces circonstances périlleuses. Chacun vient en aide au contrebandier qui trompe le fisc au profit des contribuables : nuire au gouvernement d'abord, et faire quelque bonne affaire ensuite, c'est prendre deux plaisirs à la fois. L'égoïsme se trouve donc d'accord avec la générosité. On donne asile à l'homme qui fraude, au contumace qui vend à bon compte. A ce métier-là le réfractaire, quand il n'attrape pas quelque balle, attrape quelque argent; au bout d'un certain temps il se trouve à la tête d'un comfortable régiment de pièces de cent sous. Il n'est pas rare alors de lui voir faire sa soumission : il se livre aux gendarmes, se laisse incorporer gaiement, et achète un remplaçant, un pauvre camarade qui aura fait de mauvaises affaires. Quitte envers le ministre de la guerre, vous croyez peut-être que l'ex-réfractaire va signer la paix avec le ministre des finances ? Point; quand on a goûté de la vie aventureuse, on ne divorce plus avec les aventures. Les pionniers de l'Amérique du Nord meurent dans les bois. Il y a dans le péril une fascination qui entraîne et séduit. La contrebande est une sorte de condottiérisme où, à l'espérance de faire fortune, se joint le charme d'une existence animée et remuante. On sait que le repos fatigue les marins; le calme du foyer serait, pour le contrebandier, ce que la nostalgie est pour le montagnard. L'esprit a sa patrie où il aime à vivre, et sa patrie, à lui, c'est le danger. Le réfractaire-contrebandier se soumet pour avoir le droit d'épouser la jolie fille qui si souvent a déjoué les ruses des douaniers en donnant le signal du départ; s'il n'avait pas de maîtresse par là, sur la côte ou sur la frontière, il ne se rendrait jamais. Mais, avant la bénédiction nuptiale, il fraude hardiment le voile de la mariée. Peu de temps après il fraudera la layette de l'enfant et la robe de l'accouchée.

Nous avons écrit le mot de chouan déjà. Des côtes de la Bretagne, où passe le lougre du contrebandier, au Bocage vendéen, où *s'égaille* la bande éparpillée des chouans, il n'y a que quelques landes et quelques marais; mais, entre les mœurs des réfractaires il y a tout un monde.

Sitôt que, dans la Vendée, un jeune soldat manque à l'appel de sa classe, quel que soit le motif qui l'ait empêché de partir, il ne tarde pas à battre la campagne, un fusil à la main, et une cartouchière à la ceinture. Une main intéressée a cousu une cocarde blanche à son chapeau, et il se trouve, sans le savoir et sans le vouloir, transformé en héros. Ces héros-là finissent le plus souvent par passer par la cour d'assises. Le nombre des réfractaires, en Vendée, augmente et diminue avec les chances de troubles à l'intérieur, et de guerre à l'étranger ; leur chiffre est le baromètre de l'état politique du pays : il monte avec l'agitation, et descend avec le calme. Alors que les circonstances sont graves, et que l'horizon politique se couvre de nuages, comme disent les premiers-Paris, on voit surgir çà et là les réfractaires dans le Bocage et le Marais, et la gendarmerie a fort à faire. C'est que ces réfractaires-là exercent les armes à la main, et ils font si bien qu'ils obligent bientôt notre maréchaussée constitutionnelle à se conduire à la façon des carabiniers pontificaux dans les marais Pontins : on parlemente à coups de fusil.

Ici la condition des réfractaires se modifie encore. Si dans la campagne ils continuent à jouir du droit d'asile, et possèdent les sympathies latentes de la population, ils soulèvent à un haut degré la haine des citadins. Le réfractaire n'a pas d'ennemi plus implacable que l'habitant des villes; le gendarme et le soldat le poursuivent avec moins d'ardeur que le garde national; partout où au nom d'un principe les réfractaires cherchent violemment à fomenter la révolte, la résistance s'organise avec une énergie qui s'accroît en raison du danger : les villes font une barrière à la campagne.

Les réfractaires acquièrent en Vendée quelques-unes de ces merveilleuses qualités que Cooper prête aux sauvages de l'Amérique. L'habitude d'une vie aventureuse sous le dôme murmurant des forêts, la conscience du danger qui les entoure, la continuité de la lutte, ont étrangement développé dans leur esprit la finesse et l'astuce propres au paysan français. Bientôt la nécessité, cette fée qui fait des miracles encore plus que l'intelligence, leur donne une patience à toute épreuve, une perspicacité exquise, une adresse inouïe, qu'aucune embûche ne peut mettre en défaut. Ils savent endurer la faim, la soif, la fatigue, le froid, sans plainte, sans murmure. Prompts à découvrir une piste, tenaces dans leurs projets, hardis dans l'occasion, vindicatifs surtout, ils évitent les piéges, frappent à coup sûr, et disparaissent dans les halliers après s'être vengés de la trahison. Leurs sens physiques atteignent ce degré extrême d'acutesse où il semble que les organes agissent sous l'influence mystérieuse de l'instinct. C'est l'esprit qui voit, qui entend, qui respire, qui touche. Les réfractaires de l'Ouest expliquent Bas-de-Cuir.

Mais, hélas! il faut bien le dire, car sans doute on l'a compris déjà, la route que suit le réfractaire conduit parfois à un abîme ténébreux. C'est une pente rapide qui côtoie le crime, et quand on s'habitue à la descendre, entraîné par l'exemple, il se trouve souvent que le pied glisse dans le sang. Comment cela se fait-il? Par hasard, certainement, à l'improviste. Le réfractaire n'en avait pas la pensée; mais, malheureusement, tandis qu'il cherchait la liberté dans la révolte, sa main imprudente s'était armée d'un fusil, et ce que l'esprit ne rêve pas, la main l'exécute. Un jour le réfractaire s'est endormi sur l'herbe, en regardant au loin le clocher du village : un bruit de pas criant sur les feuilles sèches le réveille; des gendarmes sont là qui montent la colline; il se lève le cœur palpitant, et s'élance d'un bond vers le taillis, où si souvent il a trouvé un asile. Mais un gendarme plus rapide l'a devancé : la route est coupée. Le réfractaire s'arrête, il hésite; son regard effaré cherche à l'entour; sa main crispée tourmente la platine du fusil; une voix lui crie de se rendre : alors l'arme s'abaisse subitement; une détonation d'abord, un cri ensuite, fendent l'air... le réfractaire est libre; mais, derrière lui, le corps d'un gendarme agonise sur l'herbe teinte de sang.

Une autre fois le réfractaire, poursuivi à outrance, a gagné un canton voisin; il a marché longtemps dans les bois et dans les ravins; il s'est traîné au travers des halliers; ses pieds se sont déchirés parmi les ronces; il est haletant, épuisé; la faim et la fatigue l'accablent : la nuit est venue; l'ombre monte de la vallée, et couvre la campagne de ses ailes noires et silencieuses. Une pauvre ferme est là tout auprès; le feu de l'âtre brille comme un phare à travers les fenêtres mal fermées. Le réfractaire marche droit à la ferme; il écarte le chien qui gronde avec la crosse de son fusil, et il entre. Une famille travaille autour du feu; des femmes, un vieillard, quelques enfants; les hommes ont porté la moisson à la ville. Le réfractaire est seul, mais il est armé. Ce qu'on hésite à lui donner, il le prend. Il avait faim et soif, il mange et il boit. En buvant, il songe que bien souvent dans sa vie errante il a, comme aujourd'hui, souffert, et que parfois, moins heureux, il n'a rien trouvé. Or, le lendemain peut être semblable à la veille : alors le pain et le vin ne lui suffisent plus; il veut encore de l'argent. Le vieillard résiste; le réfractaire menace; une femme, en tremblant, ouvre une vieille armoire; au besoin le réfractaire fera sauter la serrure et brisera les tiroirs : lestement il vide dans ses poches les économies de la famille. Si le vieillard crie trop haut, le réfractaire lève son fusil, et il peut se faire qu'au retour de la ville les hommes trouvent la ferme pillée, et des femmes pleurant autour d'un père assassiné.

Désormais le vol et le meurtre se dressent entre le réfractaire et la société. Engagé dans cette voie fatale, il est bien difficile qu'il puisse s'arrêter : les crimes sont comme les anneaux d'une chaîne, ils se tiennent entre eux. Il n'était que réfractaire, il devient bandit.

Qu'ils soient de la Vendée ou de l'Auvergne, de la Bretagne ou des Pyrénées; qu'ils soient chouans ou contrebandiers, pâtres ou braconniers, tous les réfractaires se trouvent souvent placés dans cette terrible position de demander à la violence les moyens de soutenir leur existence vagabonde, ou de se soumettre à la rigueur des lois. Trop souvent aussi, entre la violence et la soumission, ils choisissent la violence. C'est la crainte qui les pousse. La peur à elle seule fait commettre plus de crimes que la vengeance et l'ambition, la haine et la jalousie ensemble.

On sait avec quelle déplorable rapidité les mauvaises pensées germent dans le cœur de l'homme; il arrive donc aussi que le réfractaire, après quelques mois d'insoumission, laisse parfois la paresse chasser une à une toutes ses habitudes de travail. D'abord il a évité de paraître dans le hameau pour ne pas conduire sur ses traces le gendarme et le douanier; mais, plus tard, lorsque l'attention s'est détournée de lui, il continue à vivre à l'écart, çà et là, à l'aventure. Alors il ne pouvait pas travailler par nécessité; maintenant il ne veut plus travailler par paresse. Le réfractaire se transforme en vagabond. A cette vie errante, il perd peu à peu les sentiments de probité et d'honneur que l'exemple de sa famille lui avait inspirés; il se dépouille, au contact de cette indépendance sauvage, de toutes les habitudes saines et morales puisées dans une jeunesse laborieuse, ainsi qu'un bélier laisse aux buissons du chemin la laine de sa toison. Le vagabondage conduit au vice, le vice engendre le crime, et le réfractaire expie un jour au bagne de Brest ou de Toulon l'erreur d'un moment.

Les villes, les grandes villes surtout, fournissent très-peu de réfractaires. L'amour du sol n'existe pas chez les citadins, qui sont d'ailleurs beaucoup plus familiarisés avec l'existence et les servitudes militaires que le paysan. L'ouvrier, après avoir fait son tour de France, s'arrête au hasard dans la ville où il espère tirer le meilleur profit de son travail; chaque jour il voit des manœuvres, des parades, des revues; il rencontre des soldats partout; il fraternise avec eux aux barrières; ils chantent les mêmes chansons en vidant la même bouteille, et quand le tambour bat la retraite, ils rentrent parfois ensemble en chancelant. Quelque *pays* se trouve certainement dans la garnison, et l'ouvrier ne tarde pas à s'apercevoir qu'on dort aussi bien à la caserne que dans son étroite mansarde, et que souvent on y mange mieux. Le travail ne va pas toujours bien, mais les rations ne chôment jamais. Le soldat est chaudement vêtu, quelquefois l'ouvrier porte en hiver la veste de toile de l'été. Quand vient le jour où, grâce à son numéro, l'ouvrier doit quitter la lime, le rabot ou la truelle, il prend assez gaiement la clarinette de cinq pieds. Il sort de la ville en chantant, comme il l'a fait si souvent pendant son compagnonnage. Que lui importe de vivre à Bordeaux ou à Orléans, à Toulouse ou à Nancy. Il y a du vin partout et les Françaises au nord ne haïssent pas plus qu'au midi le casque du dragon et les épaulettes du grenadier.

A mesure que les lumières se répandront davantage dans les campagnes, le nombre des réfractaires ira sans cesse en diminuant. Certainement, quoi qu'il arrive, il y en aura toujours quelques-uns, mais l'insoumission au recrutement ne sera plus, du moins, un mal endémique dans certains départements. La fréquence des communications est le meilleur remède qu'on puisse appliquer pour guérir ce mal. Les chemins sont de grandes voies frayées par l'homme à la civilisation. En multipliant les rapports, ils multiplient les connaissances, et ils apprennent, en outre, aux diverses classes de la population à se connaître et à s'estimer. Sous ce point de vue surtout, les routes stratégiques ouvertes dans la Vendée, par les soins du gouvernement, sont un grand bienfait, et le pays en recueillera bientôt les fruits. L'insurrection se recrute surtout parmi les réfractaires; en tarissant la source qui la nourrit, on frappe l'insurrection au cœur.

Le développement des écoles primaires concourra à cet heureux résultat, qui n'est déjà plus un problème. L'instruction déposée au cœur de l'enfant est une semence qui fructifie lorsqu'il se fait homme.

Tout le monde gagnera à ce nouvel état de choses, les réfractaires entre tout le monde. La tradition de l'insoumission se perdra dans les campagnes ; les malheureux égarés aujourd'hui par l'amour du sol, et plus souvent encore par les passions politiques, apprendront que le premier devoir du citoyen est l'obéissance aux lois, et aucun ne donnera plus au pays le spectacle effrayant d'une indépendance vagabonde, qu'on n'achète qu'au prix de la révolte, et que le crime accompagne quelquefois.

AMÉDÉE ACHARD.

LES FÊTES A BORD.

V. — MARINE MARCHANDE.

ous laisserions une lacune évidente dans la revue des fêtes et des plaisirs maritimes, si nous ne déplacions pas maintenant le théâtre de nos scènes successives. L'*Aréthuse* a posé devant nous comme le modèle du bâtiment de guerre, où les devoirs du service marchent de front avec les distractions des chefs et des subalternes. C'est à son bord, auquel nous ne disons pas encore un dernier adieu, que nous avons trouvé le bal élégant sur un gaillard d'arrière pavoisé, la folle bacchanale de l'équateur, les solennités patriotiques, les parades, les spectacles, et les rondes joyeuses de l'avant; mais les usages analogues de la marine marchande nous ont nécessairement échappé. Et, cependant, partout où quelques hommes seront réunis, chez le pauvre ou chez le riche, aux rives de la patrie ou aux champs de l'exil, dans l'austère retraite du cloître, et au milieu du tourbillon mondain, à la caserne, sous la tente, dans la mansarde et l'atelier, au fond des mines obscures, à la surface des flots, à terre comme au large, sur le majestueux trois-ponts, ou sur le modeste caboteur, partout il y aura des jours de tristesse et des jours de joie; l'infatigable marin du commerce doit aussi tremper ses lèvres dans la coupe de l'oubli. L'Océan n'est pas tout à fait sans pitié pour son rude laboureur, et lui permet de glaner çà et là de courtes heures de délassement. A bord du trois-mâts, il est vrai, point de brillantes réunions, point de luxe, rien de chatoyant et de parfumé: il faut, lorsqu'on est au port, mettre la cargaison à terre, réparer les agrès, puis charger de nouveau, et appareiller; il faut, dès qu'on a mis sous voiles, veiller, gouverner, manœuvrer sans relâche; et l'on est si peu de monde! Toutefois, malgré ces travaux actifs, le soir, au

pied du grand mât, on se rassemble, on conte, on chante, on rêve à trois ou quatre; l'officier de quart et les passagers de la chambre viennent de temps en temps prendre part à la conversation, et l'on attend patiemment ainsi les vents alisés et le passage du tropique.

La fête du baptême est d'un usage général ; le moindre brick, la plus petite goëlette, la célèbrent de leur mieux; elle est calquée sur celle de notre belle frégate, et fait une heureuse diversion à la monotonie de la traversée.

Quelquefois, au mouillage dans un havre étranger, les équipages des divers navires français se réunissent aux grands , le premier de l'an ; le mardi gras, ou pour la fête d'un des capitaines, qui veut bien être l'amphitryon de ses compatriotes. Tandis que les officiers de tous les bâtiments sont attablés dans la grand'chambre, les matelots se traitent de leur côté ; mais ces circonstances sont d'autant plus rares, que l'ouvrage presse d'ordinaire, et que les lieux de chargement ne sont pas toujours sans danger.

C'est à cela, cependant, que se réduisent les fêtes à bord dans la marine marchande ; l'on n'a pas de temps à perdre en jeux inutiles : le point de mire est le gain, et les voyages sont déterminés à l'avance. Mais l'on a un retour assuré en perspective ; jamais d'inaction, de spleen , ni de nostalgie; on sert, du reste, avec un laisser aller qui plaît aux subalternes, et l'on ne regrette que sous réserve les plaisirs des vaisseaux de l'État. Les divertissements à grand spectacle ne conviennent point , d'ailleurs, à des bâtiments où l'on vit en famille ; et nous n'en trouvons un vague reflet qu'à bord des plus importants trois-mâts dont les voyages sont déjà d'une certaine durée, et que montent quinze ou vingt hommes. On a fait beaucoup de bruit à Bordeaux d'un *raout* donné à Calcutta , à bord d'un de ces navires qui s'intitulait corvette du commerce; on a cité quelques autres exceptions encore moins dignes de remarque : ces pastiches de la grandiose représentation dont les vaisseaux de guerre sont seuls susceptibles ne pouvaient être que fades et mesquins; les éléments les plus nécessaires manquaient forcément, et le colporteur de ballots devait se trahir de mille manières. Les fêtes aristocratiques ne conviennent qu'à ces champs de bataille flottants et populeux , si faciles à convertir en salles de bal, et où, pour opérer des prodiges, les chefs n'ont qu'à dire : *Je veux.*

Quant aux simples matelots du commerce, ils n'éprouvent un besoin réel de distractions bruyantes que sur les baleiniers, car ces derniers bâtiments sont, sans comparaison , ceux qui font les campagnes les plus fatigantes et les plus longues. Aussi, lorsque la pêche a été bonne, et qu'ils rentrent dans une des rades de l'Australie , les jeunes capitaines permettent quelquefois *de faire la noce* en l'honneur des captures obtenues. Les insulaires accourent pour prendre part à des danses non moins barbares que les leurs, et sur les planches graisseuses des passavants , on voit les matelots et les Néo-Zélandaises bondir en hurlant à l'envi. C'est un hideux tableau que celui de cette ronde enivrée à laquelle s'abandonnent avec frénésie la femme sauvage demi-nue et le marin baleinier en épaisse vareuse souillée d'huile et de sang. Ils font des sauts et des contorsions affreuses, poussent des éclats de rire effrayants et des cris atroces; ils s'enlacent, se bousculent, se traînent, et rappellent les formidables ébats des sorcières et des vampires. L'orgie déchaînée rompt toutes les barrières, elle devient furieuse, ne connaît plus de maîtres, et se livre alors à des actes de brutalité souvent déplorables. Les vieux capitaines ont appris par de tristes expériences à être circonspects , et à refuser leur autorisation à ces farouches saturnales, qui sont aujourd'hui sévèrement interdites à leurs bords. La discipline, sur les bâtiments baleiniers, est généralement fort relâchée ; les équipages ne sont presque jamais entièrement composés de Français ; les chefs n'exercent qu'une autorité bien faible auprès de celle des officiers de la marine royale , et n'ont pas à leur disposition de moyens efficaces pour réprimer promptement la révolte ou les désordres graves. Il est donc d'une grande sagesse de s'opposer à des débauches qu'on ne peut arrêter dès qu'elles ont une fois pris leur élan. Aussi les matelots du commerce ne comptent pour rien leurs rares fêtes de bord ; c'est à terre qu'ils se promettent de trouver des compensations à leur vie de dangers et de privations. On les envoie de temps en temps dépenser un jour de liberté et un mois de solde sur le rivage : ils se ruent dans tous les excès, et reviennent, le lendemain, rassasiés et contents, sans que l'autorité dont ils relèvent leur demande jamais compte de ce qu'ils ont fait hors du navire.

Ce que nous avons dit des marins de long cours s'appliquerait, en général, à ceux du cabotage si l'agglomération de ces derniers dans les petits ports ne donnait lieu parfois à des réjouissances particulières. A certaines époques, ils se pavoisent, et reçoivent la population riveraine dans le bassin où ils sont amarrés bord à bord. On passe d'un chasse-marée sur un lougre, du lougre sur un cotre ou une tartane, buvant, chantant, festoyant, en commémoration du jour de Pâques, ou du saint patron de la bourgade. L'après-midi est une frairie maritime, et le soir les cabarets du quai regorgent de cette pacifique et joyeuse troupe d'hommes, de femmes et d'enfants, dont les plaisirs comme les douleurs tiennent toujours à la mer en quelque manière.

Dans les grands ports du commerce, il arrive encore que les caboteurs d'un même point du littoral se réunissent à bord du plus grand d'entre eux, pour chômer l'anniversaire de leur fête paroissiale : le son du *biniou* breton, la ronde saintongeoise, résonnent ainsi au milieu de Marseille, ou dans la rivière de Bordeaux ; le galoubet provençal retentit sur les eaux de Nantes ou du Havre ; et quand vient la nuit, des bandes de matelots, leurs patrons en tête, et chantant des airs du pays, iront terminer chez une complaisante hôtesse la célébration de leur petite solennité locale.

Enfin, il est presque inutile de le dire, sur le bord de la mer, le jeu de la joute ou de la targue, les assauts de canots, les prix d'adresse ou de vitesse, sont le complément nécessaire de toutes les fêtes populaires. Mais déjà ces plaisirs sont moins marins ; le lieu de la scène n'est plus qu'une simple embarcation, et tous les habitants de l'intérieur ont vu des tournois et des courses semblables sur les eaux paisibles de leurs rivières.

Reprenons donc le large, une dernière fois, pour assister à la fête sacrée, commune à tous les hôtes du bâtiment, depuis le capitaine jusqu'au dernier des mousses, à la fête également chère au trois-mâts marchand qui s'est aventuré dans les mers de la Chine et dans l'océan Pacifique, au baleinier qui a passé deux ans et plus à compléter sa cargaison, et au navire de guerre dont la station à l'étranger est à la fin terminée. Cette fête, on nous a deviné, c'est le retour, le retour en France après un long et cruel exil. On ne la solennise ni par des danses, ni par des chansons, c'est le porte-voix, ou les cordes à la main, que le marin la célèbre : il sourit en hâlant sur les manœuvres, ses pensées sont délicieuses, et son cœur a éprouvé une ineffable sensation de bonheur, quand le cri : Terre ! terre ! est joyeusement parti de la mâture.

VI. — LE RETOUR.

Remontons sur la frégate *l'Aréthuse*, que nous avons laissée dans la rade de Rio-Janeiro, attristée par ses déceptions de chaque jour, lasse de sa torpeur, et réveillée quelques heures à peine, grâce à la verve et aux refrains du plus original des saltimbanques maritimes.

Il est environ deux heures de l'après-midi, l'équipage accroupi sous les tentes garde un silence morne et profond, une légère brise se lève du côté du large, et plisse en rides parallèles la surface calme des eaux. Sur la dunette, la longue-vue en main, un seul matelot est attentif aux mouvements extérieurs; ses regards se portent alternativement de la colline des signaux à l'horizon de la mer. Parfois l'officier de service se tourne vers ce factionnaire pour lui demander, comme l'héroïne du conte, *s'il ne voit rien venir;* mais cette question si souvent répétée expire sur ses lèvres, personne désormais n'ose la proférer à bord du navire fatigué d'attendre.

«Une boule rouge, monsieur, frégate signalée!» s'écrie le timonier.

L'officier à son tour observe le mât de la colline: un globe rouge se balance à l'extrémité de la vergue brésilienne.

«Flamme blanche! frégate française!»

Un mousse court sur l'avant, l'heureuse nouvelle circule de bouche en bouche, un murmure d'angoisse se fait entendre; les hommes se dressent nonchalamment dans le doute, et n'osant espérer un tel bonheur. — Si l'indifférente vigie de la côte s'était trompée! pensent-ils.

«Quand je verrai son ancre tomber par le fond, je commencerai à y croire,» dit le père Pluton accouru des sombres cavités de la cale.

«C'est la *relève,* enfants, c'est elle, vrai comme je suis Flafla!»

Le fifre n'a pas achevé son exclamation prophétique, que derrière le fort Santa-Cruz, à l'ouverture du goulet, apparaît la haute mâture d'un bâtiment au corps effilé : toutes les respirations s'arrêtent, tous palpitent d'espérance et de crainte. Soudain une bouffée de vent développe un pavillon national, et un long soupir, douloureusement comprimé, sort à la fois de toutes les poitrines :

«La relève! c'est elle! c'est bien elle! — La voilà, cette bonne relève! — Matelot! matelot! — Oh! Friséic! la France et Fantik la blonde! — Hourra! — Fé d'ann Doué! c'est la relève, pour sûr! — Viva! bravo! — En voilà-t-il une belle pesée! — Bitte et bosse, mille noms d'un nom!...»

Les physionomies s'épanouissent, on crie, on applaudit, on pleure, on jure, on s'embrasse, on saute, on la dévore des yeux, cette excellente relève, on a peur qu'elle s'évapore comme un vain fantôme.

Sur l'arrière, le commandant, les officiers, les élèves, sont rassemblés pêle-mêle; l'étiquette s'est évanouie, la plupart n'ont pas même pris le temps de mettre leurs uniformes pour se précipiter sur le pont. Après une demi-heure d'ivresse générale, les têtes se calment, et l'ordre se rétablit insensiblement.

Cependant *la Revanche* (tel est le nom de la bienvenue) glisse mollement sur la surface plane de la rade; ses plus hautes voiles s'arrondissent pour la conduire au mouillage, tandis que ses huniers et sa misaine pendent pesamment le long des mâts. Enfin, elle cargue et serre partout, elle salue, les deux navires communiquent entre eux, les mystères officiels transpirent bientôt sur l'avant de *l'Aréthuse,* et les matelots enthousiasmés s'écrient :

«A demain ! à demain le départ pour France !

— N'est-ce pas, les anciens! ajoute Flafla, qu'on l'a bien appelée *Revanche,* nous l'attendions depuis assez de temps pour quitter la partie.»

Grands éclats de rire, seconde bordée de clameurs :

«Tapé ! rousturé ! en route ! hep et hioup ! à demain !»

Le lendemain, à la pointe du jour, les massifs anneaux de la chaîne, et l'ancre depuis si longtemps soudée au fond, montaient ensemble avec une merveilleuse rapidité; les marins, en poussant les barres, disaient: «Vire pour France! Pour France dérape! Voici la bonne, matelots! Frappe du pied! arrache! charivari!

— Charivari! et pour qui?

— Pour *la Revanche*, qui va faire station aussi.»

Cette fois le vieil usage caustique de l'ancienne marine était ressuscité du milieu de la joie; on tolérait jusqu'aux versets bruyants et satiriques expressément défendus d'ordinaire.

«Charivari! et pour qui?

— Pour le capitaine d'armes, un pousse-caillou fini!

— Charivari! et pour qui?

— Pour les cambusiers bandits, et ce voleur de maître-commis!»

Le cabestan grondait et frémissait, les modulations du fifre étaient pétillantes, une ardeur contagieuse triplait les forces, la mâture se chargeait de toile, la frégate se courbait sous la brise:

«Pare manœuvres [1], l'appareillage est terminé.»

L'Aréthuse fait ses salves d'adieu; elle passe majestueusement entre le *Pain de sucre*, le morne chauve de tribord, et les forteresses menaçantes de la rive gauche; puis elle disparaît en plongeant dans la ligne d'horizon.

Le drame du retour est en trois actes; entre le premier et le second, quarante-cinq ou cinquante jours se sont passés derrière le rideau. Nous retrouvons nos acteurs par la latitude du port d'arrivage, cherchant des yeux, non plus un navire, mais une côte chérie. L'officier chargé des montres, le chef de timonnerie, le pilote, tous les savants, ont dit qu'on allait voir l'île d'Ouessant dans une heure. Qui la découvrira le premier? «Ouvre l'œil! homme de vigie, ouvre l'œil!» Gloire à celui qui ne se trompera pas cette fois en annonçant la terre.

Terre! Combien de valeurs diverses a ce simple cri du marin: *Terre!* c'est un rivage indifférent qu'on aperçoit par hasard en passant; *terre!* c'est la fin d'une traversée quelconque: «Bon! nous allons nous reposer quelques jours à l'ancre, et nous aurons des vivres frais»; *terre!* c'est un danger fatal, un rivage à pic qui se dresse à l'avant à travers le brouillard et la tempête, et sur lequel on va se briser en mille pièces, c'est la mort, c'est l'enfer! *terre!* enfin, c'est le retour, c'est la patrie, c'est le ciel!

L'équipage impatient manœuvre avec fureur; il lui faut sa terre, maintenant; on la lui a promise; qu'elle vienne donc! Où est-elle? qui la lui rendra? «A-t-on jamais vu des chiffreurs de ragougnasse pareils; ils disent: tu verras Ouessant à une heure; en voici trois, et pas plus d'Ouessant que de salade.» Mais tout à coup: *Terre! terre!* crie le pilote. Son œil de vieux pratique ne peut s'abuser: c'est bien elle tout de bon.

« Allons, monsieur, dit le commandant à l'officier de quart, *en haut tout le monde, et pare à virer.*»

Les vergues tournent sur elles-mêmes avec une effrayante facilité.

«Attention, donc! les enfants, pas trop fort, ne cassons rien!»

Le jeune enseigne qui interrompt ses commandements pour faire cette prudente observation est ivre de joie lui-même; sa voix est tremblante, et il est fier que la côte ait

---

[1] Pare manœuvres! Commandement final pour remettre en ordre et rouler les cordes, désignées collectivement à bord sous le nom de manœuvres.

été reconnue pendant la durée de son service : où l'amour-propre ne va-t-il pas se nicher ?

L'Aréthuse semble comprendre qu'elle rentre chez elle, sa carène brûle la mer. A mesure qu'on pénètre dans le goulet, les vents deviennent plus favorables ; l'équipage salue avec transport les forts et les récifs de sa ville natale, et pas un ancien ne passe devant la dernière roche sans lui faire quelque grotesque sacrifice. Les bonnets de travail , les guètres, le nécessaire d'armes, les brosses et sacs à brosses, sont libéralement jetés par-dessus le bord ; les *cocos*, sortes de casques dont on affublait les matelots il y a quelques années, ne revenaient jamais au port d'armement ; ils étaient de rigueur offerts en holocauste au seuil de la France.

«En voilà un que je n'astiquerai plus, j'en réponds ! — Capelle-toi ça sur la tête, ohé! la balise, pour faire peur aux goëlands! Attrape ce plat à barbe, envoyé !» telles étaient les formules sacramentelles de cette extrême-onction de la défroque militaire.

Les élèves eux-mêmes font leur cérémonie : une hécatombe de nippes rapiécées flotte dans le sillage ; et le lendemain , la marée descendante laisse aux grèves voisines une admirable collection de claques râpés, de casquettes goudronnées , et de mille autres guenilles.

Chacun à son poste pour le mouillage! commande le capitaine , et le troisième acte commence. Nous sommes en rade de Brest ; des bateaux chargés de femmes , de parents et d'amis, sortent du port pour venir au-devant de *l'Aréthuse.* Bientôt l'ancrage est pris , les voiles sont roulées , la campagne est finie. On n'ose encore le croire , c'est trop de bonheur ! Cependant les canots s'avancent, chacun reconnaît un fils, un père, une sœur, une mère, une fiancée peut-être dans cette escadrille qui entoure le navire. On se fait des signes, on se tend les bras, on se parle de loin, des larmes roulent dans tous les yeux ; on a besoin de se donner le baiser du retour, de se dilater le cœur, et de retrouver enfin les affections de la famille et de la patrie. Malédiction ! un pavillon jaune flotte en tête du mât de misaine. Le marin, après ses longues misères , doit subir un dernier supplice plus cruel que celui de Tantale ; la quarantaine, froide, inexorable, absurde dans ses arrêts, l'accueille avec son code aussi barbare que ridicule. Il n'y a pas de malades à bord. pas d'épidémie dans le pays d'où l'on vient; qu'importe! l'intendance sanitaire ne perd pas ses droits pour cela ; il lui faut au moins vingt-quatre heures d'observation , souvent quinze jours entiers. Que la traversée ait été longue ou courte , elle n'en tient aucun compte, comme si le séjour de la mer n'était pas déjà un séquestre réel , et sa mesure est la même pour la lourde gabare ou pour le rapide vapeur.

Adieu ! est le mot de l'arrivée , ainsi qu'il fut celui du départ. — Adieu, vous tous qui m'appelez de vos vœux, nous n'avons pas encore fini de souffrir. — Les délices si long-temps désirées se convertissent en une amère tristesse ; l'attente du signal de libre pratique tient tous les esprits en suspens ; on ne dort plus, on ne vit plus; c'est avec rage qu'on revoit les grosses tours, et les cheminées fumantes , et les toits bleus de la ville grise qui vous repousse sans pitié , quand vous l'aviez caressée pendant deux ans dans vos plus doux rêves.

Mais le pavillon jaune est amené. Un cri d'allégresse retentit de nouveau à bord de *l'Aréthuse;* les douleurs de l'exil et de la quarantaine s'effacent à la fois de la mémoire ; plus d'ennuis, plus de colère, plus de haine , nous sommes libres ; l'amitié , l'amour et le bonheur nous attendent au rivage ; volons à terre , braves marins, et vive la France !

Ainsi finit la campagne par la plus belle des fêtes maritimes , l'oubli de tous les maux, et les voluptés pures de l'âme. On se jette dans les bras d'un vieux père , on s'abandonne aux caresses maternelles, on voit celle dont le souvenir rayonnait dans vos espérances d'outre-mer, et l'on croit qu'elle vous aime encore.

« Les mignons, dit Flafla au gaillard d'avant ameuté, la quarantaine est coulée, notre congé nous espère, les vrais de *l'Aréthuse* feront un drôle de branle-bas avant qu'il soit du temps. Défie-toi les gendarmes, et gare dessous les troubadours à cinq centimes ! »

Toinette, Jeanneton, Périne, la mère Cartahu, et Fantik la blonde, interrompent le discours, elles ont pris la frégate d'assaut ; les voilà qui se jettent au cou de leurs frères, de leurs amants, de leurs maris : *Il a bien fallu qu'elles vinssent à bord, puisqu'eux ne descendaient pas !* Pluton, le contre-maître, ne contient plus son émotion ; Hervé saute de joie ; Maurice est en extase ; Friséic rit aux larmes ; Alexis le Parisien embrasse sa cousine ; mais Concarneau se retire à l'écart et pleure, car il vient d'apprendre que sa *bonne femme* de mère est morte depuis plus de six mois.

G. DE LA LANDELLE.

LES HABITUÉS DE LA COUR D'ASSISES,

PROVERBE.

PERSONNAGES.

M. RONDEAU, ancien tapissier, aujourd'hui rentier.
Mme RONDEAU, sa femme.
COCO, leur fils, âgé de douze ans.
M. SÉVÉRIN.
UNE VIEILLE DAME.
UN SERGENT DE VILLE.

La scène se passe devant l'escalier de la Cour d'assises.

SCÈNE PREMIÈRE.

MONSIEUR ET MADAME RONDEAU, COCO.

RONDEAU. — Là, voyez-vous, madame Rondeau? l'ai-je dit? nous arrivons trop tard. C'est tous les jours la même chose. J'ai beau vous répéter : «Désirée, dépêche-toi. Désirée, tu sais que l'on commence à dix heures,» c'est comme si je... *plaidais...*

Mme RONDEAU.—Aujourd'hui, par exemple, c'est la faute de Françoise... Cette fille-là attend toujours le dernier moment pour faire les choses... Je lui avais pourtant bien recommandé hier au soir de me repasser ma robe bleue pour ce matin.

M. RONDEAU. — C'est pour ça qu'elle l'a repassée après le déjeuner, et quand j'étais tout prêt à partir...

Mme RONDEAU. — La sotte l'avait oubliée...

109

M. Rondeau. — Il fallait prendre une autre robe.

Mme Rondeau. — Ma bleue est ma meilleure..., et je ne pouvais me dispenser de faire de la toilette aujourd'hui... On juge des assassins... Il y aura du beau monde...

M. Rondeau. — Le beau monde a des billets, des banquettes réservées..., et nous n'en avons pas... Aussi serons-nous placés où il plaira à Dieu.

Mme Rondeau. — Nous trouverons toujours de la place.

M. Rondeau. — Après avoir fait queue pendant deux heures !... Moi, d'abord, quand je n'ai pas ma place accoutumée, je n'ai plus de plaisir...

Mme Rondeau. — Prenons toujours notre rang à la queue.

Coco. — Papa...

M. Rondeau, *à un homme en blouse qui est à la queue.* — Môssieur, seriez-vous assez honnête pour céder votre rang à mon épouse ?

L'homme en blouse. — Oùs' qu'elle est vot' épouse ?... C'est ça, vot' épouse ?

M. Rondeau. — Oui, môssieur.

L'homme en blouse. — Oh ! c't' épouse !

(Rires à la queue.)

M. Rondeau. — Comment ! môssieur... je vous parle poliment, et vous me répondez en tournant mon épouse en ridicule !

Coco. — Dis-moi, papa...

Mme Rondeau. — Voyons, monsieur Rondeau, finis...

M. Rondeau. — Non : mais c'est là le fait d'une personne fort mal élevée...

L'homme en blouse. — J'ai pas été élevé du tout... Vous commencez à me *scier,* vous !

Mme Rondeau, *à son mari.* — Mon ami...

M. Rondeau. — Il suffit... Cette explication me satisfait.

L'homme en blouse. — C'est heureux... Si tu n'es pas content, nous n'avons qu'à sortir... j' te casse en deux, toi et m'ame ton épouse...

Un sergent de ville, *s'approchant.* — Avez-vous bientôt fini par là ?... Si j'entends encore un mot, je vous fiche tous à la porte...

M. Rondeau. — A la bonne heure !... voilà les vrais protecteurs de l'ordre public... (*Élevant la voix de manière à être entendu*) j'estime beaucoup le corps des braves sergents de ville.

Le sergent de ville. — On n'a pas besoin de votre estime... Tenez-vous tranquille... vous et votre famille... si vous pouvez...

Mme Rondeau, *bas à son mari.* — C'est qu'il ne nous reconnaît pas... parce que j'ai mis mon chapeau rose...

M. Rondeau. — Il nous a vus assez souvent, pourtant...

Mme Rondeau, *bas à son mari.* — Attends, je vais lui parler. (*Au sergent de ville, avec un sourire aimable*) Pardon, sergent... Est-ce que vous ne nous reconnaissez pas ?

Le sergent de ville. — Si vous sortez de la queue, je vous flanque dehors...

Mme Rondeau. — Mais, c'est nous... regardez-nous bien.

Le sergent de ville. — Eh ben !... après ?

Mme Rondeau. — Nous, qui venons tous les jours...

Le sergent de ville. — Qu'est-ce que ça me fait ?... je ne vous parle pas.

(Il continue sa promenade le long de la queue.)

Mme Rondeau. — Fi ! il est brutal comme un cheval.

M. Rondeau. — Il faut ça pour l'ordre public...

Coco, *tirant son père par la manche.* — Papa...

M. Rondeau. — Qu'est-ce qu'il y a ?... voilà une heure que tu te pends à mon habit.

Coco. — Papa... est-ce que nous allons voir encore des voleurs?

M. Rondeau, *gravement.* — Oui, mon fils... des voleurs... et même des assassins...

Coco. — Des assassins ?... Qu'é que c'est, papa ?... je n'en ai pas encore vu...

M. Rondeau. — Ce sont des scélérats qui ont tué une ou plusieurs personnes...

Coco. — Oh ! papa... alors j'aurai peur... je ne veux pas entrer...

M. Rondeau, *sentencieusement.* — Il faut, mon fils, craindre le crime encore plus que le criminel...

Mme Rondeau. — Ainsi que le disait l'autre jour M. l'avocat général.

SCÈNE II.

Les mêmes, UNE VIEILLE DAME.

(Une vieille dame vient se placer à la queue derrière la famille Rondeau; grand chapeau fané, tour de cheveux blonds, lunettes vertes; nez de perroquet, joues couperosées et luisantes. Elle porte un cabas et une chaufferette.)

Coco, *bas à sa mère.* — Maman, voilà la vieille dame qui me donne toujours des morceaux de sucre.

Mme Rondeau. — Je vous défends de rien demander.

M. et Mme Rondeau, *saluant.* — Madame...

La vieille dame , *faisant une profonde révérence.* — Monsieur..., madame... je suis bien votre très-humble et très-respectueuse... Bien le bonjour, monsieur Coco.

Coco. — Bonjour, madame... Quoi que vous avez dans votre cabas, hein?

Mme Rondeau, *sévèrement.* — Coco !... que je vous entende !

M. Rondeau, *à la vieille dame.* — Eh bien ! vous voilà aussi en retard, comme nous...

La vieille dame. — Ne m'en parlez pas, mon cher monsieur... On m'avait promis un billet, et je comptais dessus... Mais les demandes ont été si *récidivées,* qu'on n'a pas pu me tenir parole... Enfin, il faut se résigner... tout n'est pas rose dans la vie... Je ferai queue comme les autres... (*d'un air aimable*), et j'en serai moins vexée... puisque je partage avec vous cet inconvénient...

M. Rondeau. — Vous êtes bien bonne, madame...

Mme Rondeau, *bas à son mari.* — Elle s'exprime comme une comtesse.

La vieille dame. — J'avais prévu la chose, et j'ai pris mes précautions... D'abord, ma chaufferette, pour monter dessus, si je suis trop loin... et puis quelques provisions de bouche pour ne point être obligée de sortir et de perdre ma place pendant les suspensions... six sous de pommes de terre frites et un hareng... A votre service, monsieur, madame...

Mme RONDEAU. — Nous vous remercions...

Coco. — Oh! moi qu'aîme tant les zharengs!

M. RONDEAU. — Indiscret!... je vous défends... D'abord, l'on doit dire harengs... et non point zharengs... vous parlez comme un porteur d'eau.

Coco. — Ah ben! moi, j'en voudrais un peu.

LA VIEILLE DAME. — Vous en aurez, mon petit homme..., vous en aurez..., quand nous serons entrés...

Mme RONDEAU. — Non, madame, je vous en prie..., cet enfant est d'une indiscrétion!...

M. RONDEAU. — Il n'aura pas de dessert de huit jours, s'il a le malheur d'accepter...

Coco, *pleurant.* — Tiens! moi j'aime l'hareng!

M. RONDEAU. — Encore!... Coco!!!

LA VIEILLE DAME. — Ne le grondez pas, ce pauvre petit... (*Avec une sensibilité banale*) Bel âge! ah! (*Coco se ronge les ongles en boudant, et lorgne du coin de l'œil le cabas de la vieille dame.*) Mais quelle foule..., et les portes ne sont pas encore ouvertes... Il paraît que l'affaire aura un succès *colossant*... On dit qu'elle durera cinq jours... Il y a des témoins qui feront dresser les cheveux *sous* la tête... celle de la victime sera parmi les *piéges* de conviction...

Mme RONDEAU. — La tête de la victime!...

M. RONDEAU. — Peut-être une tête de cire...

LA VIEILLE DAME. — Non pas, non pas..., sa vraie tête en chair et en os... Vous n'avez donc pas lu l'acte d'accusation?

Mme RONDEAU. — Eh, mon Dieu! non.

M. RONDEAU. — Nous avons envoyé plus de trois fois la bonne au cabinet de lecture... impossible d'avoir la *Gazette des tribunaux*..., on se l'arrachait...

LA VIEILLE DAME. — Ah! je vous plains! Moi, je ne viens jamais aux débats d'une affaire sans avoir lu et relu *mon* acte d'accusation... Et je m'étonne bien que vous, monsieur, et vous madame, qui avez l'habitude des cours d'assises, vous ne fassiez pas comme moi.

Mme RONDEAU. — Vous avez raison..., mais le greffier en donne toujours lecture au commencement des débats...

LA VIEILLE DAME. — Ce n'est plus la même chose... un greffier nasillard qui vous récite ça comme son *pater,* au milieu du bruit, des chuchotements, des portes qui se ferment... on en perd la moitié... Tandis que lorsqu'on l'a lu chez soi, dans son journal, on tient son affaire, on a son opinion arrêtée, on prend fait et cause pour ou contre les accusés... Enfin, on juge la cause soi-même..., on est juré...

M. RONDEAU. — Et que pensez-vous des accusés Martin et Grinchard?...

LA VIEILLE DAME. — L'acte d'accusation contient des monstruosités contre eux; mais moi, par habitude, je crois toujours le contraire de ce que dit un acte d'accusation.

Mme RONDEAU. — Il est vrai de dire que les actes d'accusation accusent toujours et ne défendent jamais... J'avais déjà fait cette observation... C'est bien arbitraire pour les pauvres accusés.

LA VIEILLE DAME. — Sans compter que la justice est si *fallacieuse*... Combien de fois n'a-t-on pas vu des innocents condamnés par la justice!

M. RONDEAU. — Ainsi, vous pensez que Martin et Grinchard sont innocents.

LA VIEILLE DAME. — Eh, mon Dieu! qui sait!... les apparences sont souvent trompeuses... il ne faut pas se hâter de condamner... Il vaut mieux faire grâce à vingt coupables que de punir un innocent...

Mme Rondeau. — Cela ne fait pas doute...; mais quand il y a des preuves...

La vieille dame, *s'échauffant*. — Pardi! les preuves... qu'est-ce qu'elles prouvent... Ah! ce sont de fameuses preuves que les preuves!... je m'en vante!

M. Rondeau. — Il n'y a pourtant pas d'autres moyens de prouver...

La vieille dame. — Qu'on en trouve! qu'on en fasse! qu'on en invente!... puisque les preuves ont été quelquefois mensongères..., puisque des témoins ont été quelquefois des faux témoins... On ne devrait plus juger avec des témoins, ni avec des preuves...

M. Rondeau. — Aimeriez-vous mieux que l'on mît les accusés à la question, comme autrefois?...

La vieille dame. — Peut-être, mon cher monsieur, peut-être!... Au moins, avec la question, l'aveu du crime ne dépendait que de l'accusé..., tandis qu'avec vos preuves et vos témoins, l'accusé a beau s'égosiller à crier : «Je suis innocent!» on ne l'écoute pas plus que *du chien*.

Mme Rondeau, *étonnée*. — Que du chien!

La vieille dame. — Je veux dire qu'on ne l'écoute pas du tout.

M. Rondeau. — Ah! dame! s'il fallait en croire les accusés sur parole!... ils auraient tous le prix Montyon...

La vieille dame. — Il y en a peut-être qui le mériteraient.

Mme Rondeau. — Ah! cependant...

M. Rondeau. — Je crois que vous allez trop loin, madame... je le crois... je le crois...

La vieille dame. — Eh! grand Dieu! depuis que je suis la cour d'assises... j'ai vu tant d'erreurs commises par la justice!... Ça fait frémir, madame... Moi, si j'étais juré, j'acquitterais tout le monde.

M. Rondeau. — Pardon! moi, je ne suis pas méchant..., mais je crois que je condamnerais toujours...

La vieille dame. — Oh! monsieur!

M. Rondeau. — Pour l'exemple, madame, pour l'exemple!... Un crime resté impuni engendre dix crimes nouveaux...; tandis que la condamnation d'un innocent..., c'est un bien grand malheur, sans doute...; mais, enfin, ce n'est qu'un malheur isolé..., et la société y gagne encore...

La vieille dame. — Elle y gagne, monsieur!... vous osez dire qu'elle y gagne!

M. Rondeau. — Sans doute; l'exemple! l'exemple!

(Coco a adroitement filouté le hareng dans le cabas de la vieille dame : il le mange en se cachant.)

Mme Rondeau. — Pour moi, j'adore les condamnations... Un acquittement, ça ressemble à une pièce qui ne finit pas..., ça ne vous laisse rien...; mais un bon arrêt de mort..., ou, au moins, de perpétuité..., ça vous prend, ça vous crispe, ça vous agace..., ça vous fait là-dedans un mal qui vous fait plaisir.

La vieille dame. — Ah! madame!...

M. Rondeau. — Que dit-elle? que dit-elle?... Chaque fois qu'elle entend prononcer une sentence de mort..., elle a une attaque de nerfs dans la soirée..., et la nuit, un cauchemar terrible!...

Mme Rondeau. — Eh bien! oui..., je ne dis pas...; mais, malgré ça, je ne voudrais pas, pour le trône de France, manquer une affaire capitale...

La vieille dame. — Que le bon Dieu vous pardonne!... Moi, j'ai entendu ce matin une messe à l'intention de l'acquittement de Martin et de Grinchard... Je devais même faire une quête en leur faveur, comme dame de charité...

M. Rondeau. — Madame est membre d'un bureau de charité?...

La vieille dame. — Pour les pauvres condamnés... C'est moi qui ai fondé cette œuvre pieuse..., et j'en suis la *directeur* principale... Si vous voulez bien me permettre de me présenter chez vous...

Mme Rondeau. — Avec plaisir, madame...

La vieille dame. — J'aurai donc cet honneur, monsieur, madame.

Mme Rondeau. — Quand vous voudrez, madame.

La vieille dame. — A quelle heure vous trouve-t-on, sans vous déranger?

Mme Rondeau. — Après six heures, le soir..., et le matin jusqu'à neuf heures.

La vieille dame. — Fort bien! fort bien!... A cette heure-ci, par exemple..., vous n'êtes jamais chez vous?...

Mme Rondeau. — Rarement... à moins qu'il n'y ait pas de cour d'assises...

La vieille dame. — J'entends! j'entends!... Je me permettrai de vous surprendre un de ces jours...

Mme Rondeau. — Ce sera pour nous une surprise agréable.

M. Rondeau, *bas, à sa femme.* — Tu as peut-être eu tort de l'engager à venir chez nous...; on ne sait pas qui elle est.

Mme Rondeau, *bas.* — Oh! une femme pieuse, respectable..., une dame de charité! Je suis sûre que c'est une personne comme il faut, qui a eu des malheurs...

M. Rondeau. — Je ne suis pas un savant; mais il me semble qu'elle a certains mots dans la conversation qui ne sont pas du grand monde...

Mme Rondeau. — Elle est peut-être étrangère...

La vieille dame, *qui vient de fouiller dans son cabas.* — Ah! mon Dieu!... ah! mon Dieu! mon hareng qui a disparu...

M. et Mme Rondeau, *regardant fixement leur fils.* — Coco!...

Coco, *effrontément.* — C'est pas moi! (*Il ouvre la bouche.*)

La vieille dame. — Ne le grondez pas, monsieur, madame, il se peut que ce ne soit pas lui..., la société est si mêlée dans cette queue...

L'homme en blouse, *se retournant.* — Dites donc, la vieille! c'est-y pour moi que vous dites ça?...(*La reconnaissant*) Tiens! c'est la mère Alexandre!

La vieille dame, *interdite.* — Monsieur..., je ne crois pas avoir l'honneur... (*Bas, à l'homme en blouse*) Ne dis rien, goëpeur, nous faderons le chopin [1].

L'homme en blouse, *bas.* — Suffit, j'tortille mon chiffon [2].

M. Rondeau, *bas, à sa femme.* — Elle connaît ce vagabond?

Mme Rondeau, *bas.* — Il paraît...

La vieille dame, *aux Rondeau, avec amabilité.* — Si quelques pommes de terre pouvaient vous être agréables?...

Mme Rondeau, *un peu froidement.* — Nous sortons de déjeuner.

La vieille dame, *ouvrant son cabas* — Elles sont dorées... Allons! prenez..., sans façon...

M. Rondeau, *sèchement.* — Merci, madame.

Coco, *mettant la main dans le cabas.* — J'en prends deux...

---

[1] Ne dis rien, vagabond, nous partagerons le butin.

[2] Suffit, je mange ma langue (je me tais).

M. Rondeau. — Coco! lâchez ça...

Mᵐᵉ Rondeau. — Vilain gourmand! oh!

La vieille dame. — Laissez-le faire...

M. Rondeau. — Voulez-vous lâcher ça!

Coco, *tenant toujours les pommes de terre.* — Mais puisqu'elle m'a dit : « Prenez sans façon!... »

M. Rondeau, *lui ouvrant la main.* — Lâchez ça!...

Coco, *boudant.* — C'est vrai, aussi, nà! puisqu'elle me l'a dit!...

La vieille dame. — Pourquoi priver ce pauvre enfant; il est gentil comme un ange!

> (Coco lui tire la langue; M. Rondeau ne répond pas à la vieille dame.)

La vieille dame, *à part.* — Ils se méfient... Ce maudit Carguet a tout gâté...; ça allait si bien!...

M. Rondeau, *à sa femme.* — Dis donc, Désirée..., n'est-ce point M. Sévérin qui vient là-bas?

Mᵐᵉ Rondeau. — Où ça?... Mais oui, c'est lui-même.

SCÈNE III.

Les mêmes, M. SÉVÉRIN.

M. Rondeau, *appelant.* — Monsieur Sévérin!... Hé! monsieur Sévérin!

M. Sévérin, *s'approchant.* — Hé! c'est vous, monsieur Rondeau?... Madame, je vous rends mes hommages... Bonjour, Coco.

M. Rondeau. — Comme vous voyez.

La vieille dame, *regardant M. Sévérin, à part.* — Dieu! mon juré de 1835... Je me sauve... (*Elle s'esquive doucement, et sans être aperçue des Rondeau.*)

Mᵐᵉ Rondeau. — Et madame Sévérin?

M. Sévérin. — Vous l'honorez, madame. (*A Rondeau*) Et que venez-vous faire par ici?

M. Rondeau. — Ma foi, nous venons voir juger Martin et Grinchard.

M. Sévérin. — Est-ce que vous êtes témoins?

M. Rondeau. — Mon Dieu, non; mais je vous avouerai que nous avons pris l'habitude, madame Rondeau et moi, d'assister tous les jours à la cour d'assises... Depuis un an, nous n'avons pas manqué une seule affaire un peu importante..., si ce n'est trois huis clos.

Mᵐᵉ Rondeau. — Et c'est bien arbitraire, je vous assure...; car enfin, on dit que les huis clos, c'est ce qu'il y a de plus intéressant...

M. Sévérin. — Je m'occupe fort peu de tout cela, quant à moi... Je laisse à la vindicte publique le soin de venger la société comme elle l'entend... Je suis bien assez contrarié lorsque je tombe juré pour une session... Ça me rend malade.

M. Rondeau. — Je ne vous dis pas...; mais moi, voyez-vous, c'est par principes que je viens... Je pense qu'il n'y a rien de plus utile à l'homme que de contempler les erreurs de ses semblables, afin d'éviter pour soi-même les écueils où les autres ont fait naufrage...

Mᵐᵉ Rondeau. — Comme disait l'autre jour monsieur l'avocat général.

M. Sévérin, *riant*. — Bah! est-ce que vous craindriez de devenir voleur ou assassin?

M. Rondeau. — Non, non, non, sans doute... Ensuite, on apprend les lois...

M. Sévérin. — A la cour d'assises?... On n'y apprend que des lois dont les honnêtes gens, tels que vous, ont fort peu à s'inquiéter...

M. Rondeau. — Sans doute, sans doute...; mais l'instruction ne nuit jamais... Depuis que j'ai vendu mon fonds de tapissier à votre neveu..., et que je vis de mes petites rentes dans un petit appartement de la rue Saint-Louis, il a bien fallu me créer des occupations... L'oisiveté n'est pas permise, même à un rentier, monsieur Sévérin... Voilà mon opinion...; car, enfin, un rentier est un citoyen, et tout citoyen qui ne s'occupe pas devient inutile à son pays!... Alors, nous nous sommes dit, madame Rondeau et moi, que nous suivrions la cour d'assises, pour faire quelque chose.

M. Sévérin. — Enfin, c'est votre goût... Et, dites-moi, monsieur Rondeau, est-ce que vous connaissez cette vieille femme avec qui vous parliez quand je suis arrivé?

M. Rondeau, *se retournant*. — Tiens! elle n'est plus là!... Ma foi, nous la connaissons sans la connaître...; c'est une habituée d'ici..., avec qui nous nous sommes souvent rencontrés, soit dans la salle, soit à la queue...

Mᵐᵉ Rondeau. — Et, vous savez, quand on se voit tous les jours, on se lie, on se parle..., sans se connaître pour ça...

M. Sévérin. — Je pense bien que vous ne savez pas qui elle est...

M. Rondeau. — Vous le savez donc, vous?

M. Sévérin. — Je ne crois pas me tromper..., c'est la femme Alexandre...

Mᵐᵉ Rondeau. — Justement, cet homme en blouse l'a nommée ainsi devant nous...

M. Sévérin. — C'est bien cela... Il y a cinq ans que je ne l'ai vue...; mais sa figure m'était restée dans la mémoire...

M. Rondeau. — Et où l'aviez-vous vue?

M. Sévérin. — Sur le banc de la cour d'assises...

Mᵐᵉ Rondeau. — Juste ciel!... une voleuse!...

M. Sévérin. — Que nous avons condamnée à cinq ans de réclusion... J'étais juré, comme aujourd'hui...

M. et Mᵐᵉ Rondeau. — Est-il possible!...

M. Sévérin. — Voilà les connaissances que l'on est exposé à faire quand on fréquente les cours d'assises.

M. Rondeau. — Vous avez raison..., je me méfiais aussi...; c'est une leçon...

M. Sévérin, *montrant Coco*. — Et ce grand garçon-là, qu'en faites-vous?...

M. Rondeau. — M. Sévérin, je me suis tracé, pour mon fils, un plan d'éducation... Voyez-vous, tout ce qu'on enseigne dans les collèges, ça peut bien faire des savants..., et encore!...; mais ça ne fait pas un honnête homme..., témoin l'assassin Lacenaire, qui faisait des vers comme un ange..., cela ne l'a pas empêché de se baigner dans le sang de trente-trois victimes.

M. Sévérin. — Si on voulait discuter là-dessus, on pourrait vous dire que son complice Avril était une bête qui ne savait ni lire, ni écrire.

Mᵐᵉ Rondeau. — Pardonnez-moi, j'ai vu dans la *Gazette des tribunaux* qu'il savait lire, mais rien que dans les livres.

M. Sévérin. — C'est possible.

M. Rondeau. — Enfin , ça ne change rien à ce que je dis... Je dis que la première éducation qu'un père doive à son fils , c'est d'en faire un honnête homme.

M. Sévérin. — Sans contredit.

M. Rondeau. — En conséquence de ce principe, car il faut toujours partir d'un principe... , j'ai tenu mon fils à l'école jusqu'à ce qu'il eût fait sa première communion. Il vient de la faire. Dès ce moment je me suis dit : «Rondeau, le reste de l'éducation de ton fils te regarde.» Je ne lui apprendrai ni le latin , ni le grec, que je ne sais pas, mais je lui inculquerai des principes de vertu et d'honneur...

M. Sévérin. — Et pour cela , vous le conduisez à la Cour d'assises !

M. Rondeau. — Tous les jours , depuis dix heures... Il n'a vu juger encore que des voleurs... , des faussaires...

Coco. — Ah ! c'est bien joli , les voleurs !

M. Rondeau. — Mon fils , les voleurs sont toujours affreux... (*A M. Sévérin*) Aujourd'hui il verra pour la première fois juger des assassins !... et je compte le mener tous les jours à la Cour d'assises... Les leçons qu'il y puisera ne sont pas seulement des cours de morale que les enfants n'écoutent pas , ou qu'ils ne comprennent jamais... Mieux que cela , ce sont des exemples... , et les exemples sont les leçons que l'on retient le mieux...

M. Sévérin. — Mais à la Cour d'assises on ne voit pas beaucoup d'exemples de morale...

M. Rondeau. — Cela revient à ce que je vous disais tout à l'heure... ; c'est en voyant le mal et ses conséquences qu'on apprend à l'éviter..., à le redouter..., à l'avoir en horreur...

M. Sévérin. — Si je voulais discuter...

M. Rondeau. — Discutez , discutez... Je suis curieux de savoir ce que vous pouvez répondre à ce raisonnement...

M. Sévérin. — Moi , j'appelle le mal ou le vice... la laideur de l'âme..., et cette laideur-là , je la compare à celle du corps...

M. Rondeau. — Où allez-vous de là ?

M. Sévérin. — Si vous rencontrez par hasard , dans la rue , une personne fort laide , sa vue ne produit-elle pas en vous une impression de dégoût, de répulsion ?

M. Rondeau. — Oui : après ?

M. Sévérin. — Si , au contraire , vous êtes le parent de cette personne..., si vous habitez sous le même toit, si , depuis des années , vous la voyez à chaque instant du jour..., n'est-il pas vrai que l'habitude vous familiarisera avec cette laideur..., et que vous finirez même par n'éprouver, en la voyant, aucune espèce de répugnance...

M. Rondeau. — Je vois où vous voulez en venir... ; mais permettez-moi de vous dire que vous allez trop loin... On peut bien se familiariser avec la laideur du corps... ; mais avec le vol !... avec le meurtre !...

M. Sévérin. — Je maintiens ma comparaison... Croyez-moi, monsieur Rondeau, il n'est jamais bon de voir de trop près, de voir trop souvent les choses que l'on doit haïr... Il est bien plus raisonnable de les fuir tout à fait.

M. Rondeau. — Pardon , monsieur Sévérin , je ne veux pas vous contredire... ; mais chacun son système...

M. Sévérin. — Je désire que vous n'ayez pas à vous repentir un jour de celui que vous suivez.

M. Rondeau. — Soyez tranquille ! soyez tranquille ! je vous soutiens que c'est le bon...

Le sergent de ville, *saisissant Coco au collet.* — Je te tiens, voleur !

(Mouvement des époux Rondeau, de M. Sévérin , et des personnes qui les entourent.)

Coco, *criant.* — Ah ! mon Dieu !... Papa !...

Tous. — Qu'est-ce que c'est ?

Le sergent de ville, *à M. Rondeau.* — Fouillez - vous, bourgeois... Avez-vous votre foulard ?

M. Rondeau, *après s'être fouillé.* — Non !... oh mais... non !...

Le sergent de ville. — J'ai vu faire le coup pendant que vous causiez... C'est le gamin qui vous l'a tiré de la poche, et qui l'a à c'tte heure dans la sienne.

M. et Mme Rondeau. — Mon fils !

Le sergent de ville. — C'est votre fils ?... Du moment que c'est votre fils, nous n'irons pas chez le commissaire... C'est égal, le moutard a des dispositions. (*Il s'éloigne.*)

M. Sévérin. — Eh bien ! monsieur Rondeau ?...

M. Rondeau, *à son fils.* — Comment ! malheureux !

Coco, *pleurant et rendant le foulard.* — C'était pour rire...

M. Rondeau, *avec colère.* — Pour rire !

Coco. — Et pour voir si tu t'en apercevrais...

Mme Rondeau. — Je gagerais que c'est ce petit monstre qui a volé le hareng de cette vieille coquine.

Coco, *sanglottant.* — C'était pour rire..., et puis parce que j'aime l'hareng.

M. Rondeau. — Vous aurez le fouet !...

M. Sévérin. — Que dites-vous de cela ?...

(On ouvre la grille de l'escalier qui conduit à la Cour d'assises.)

Le sergent de ville. — Entrez deux par deux, et sans désordre...

M. Sévérin. — Adieu, monsieur Rondeau...

M. Rondeau. — Vous entrez ?...

M. Sévérin. — Oui, mais par la porte réservée... Je vous ai dit que j'étais juré...; vous me verrez sur le banc.

M. Rondeau. — Ma foi, non... Tenez !... ce qui vient de se passer m'éclaire...; plus de Cour d'assises...; je m'en retourne à la maison... Je commence à croire que vous n'aviez pas tort...

M. Sévérin. — Il y a un vieux proverbe qui dit :

A force de hanter le loup , l'agneau devient loup.

MARC-MICHEL.

LE COLPORTEUR.

ENIMORE Cooper, ce grand poëte égaré chez un peuple de marchands, a fait un beau livre avec un colporteur. Son colporteur, à lui, était un espion, et personne de ceux qui lisent n'a oublié la pittoresque physionomie d'Harvey Birch, ce fidèle partisan de l'indépendance américaine.

Bien que le colporteur, en France, dans les temps légaux et tranquilles où nous vivons, ne soit pas souvent mêlé aux hasards d'une insurrection, et ne songe guère à jouer un rôle politique, il ne laisse pas que d'avoir encore une figure originale et curieuse. La nouvelle ne dédaigne pas de le transplanter tout vivant dans ses pages, et le mélodrame le coudoie en passant. Or, soyez assuré que lorsque le drame et le roman s'emparent d'un personnage, ce personnage, quel qu'il soit en apparence, a un caractère et une existence poétiques.

On ne voit guère de colporteurs aux environs des grandes villes. Qu'y pourraient-ils faire? Le petit mercier leur ferait une trop rude concurrence avec son magasin enjolivé de rubans dans la grand'rue du bourg voisin. Autour des centres de population, on aime à se servir sur place, sans attendre le passage d'un marchand; le voisinage des villes, d'ailleurs, rend exigeant; on veut l'étoffe nouvelle, le bonnet à la mode, et le colporteur, qui porte toute sa fortune sur lui, comme Bias, le philosophe grec, ne pourrait guère satisfaire aux caprices des coquettes villageoises. Il ne faut pas confondre le colpolteur avec le marchand forain, qui traîne après lui une voiture abondamment pourvue de toutes sortes de marchandises, va de ville en ville, hante les foires, fréquente les marchés, et fait parfois un commerce étendu. Tout le matériel du colporteur, au contraire, tient dans une balle, sur son dos; il marche à pied, s'approvisionne là où les marchands forains vendent, et resserre tout son négoce entre les frontières d'un arrondissement. Toute son ambition se borne à réaliser chaque jour un modeste bénéfice, à voir grossir à la fin de l'année la petite somme précieusement gardée dans une longue bourse de cuir, à se reposer, quand l'âge aura courbé sa taille, dans une humble maisonnette, avec un petit champ qu'il achètera aux portes du hameau natal. Voilà son rêve, son paradis, son Éden. Ses espérances ne vont pas au delà, et pour les réaliser, chaque soir il prélève sur ses besoins, chaque matin il recommence son éternel pèlerinage, chaque nuit il établit, en s'endormant, le bilan de l'avenir. Son existence est sobre, patiente, courageuse; l'heure du repos ne sonne pas toujours avec l'heure de la fatigue; quand il s'arrête, c'est qu'il a tout fini; si la journée n'était pas close, il se remettrait en marche, sans craindre la pluie qui fouette les arbres du chemin, malgré l'orage qui illumine l'horizon, malgré la nuit qui assombrit la campagne. Que lui importe le gîte! Il sait qu'à sa voix la chaumière du paysan et la cabane du bûcheron ouvriront leurs portes; partout il est connu; à quelque heure qu'il frappe, on lui répondra; l'asile qu'il demande, on le lui donne. S'il a faim, il s'assoira à la table commune, où mangent le maître et les valets; s'il n'y a pas de lit, il y aura toujours au moins une botte de paille, un peu de litière. Alors, qu'on ne s'inquiète plus du colporteur: il jette son ballot, se couche et s'endort. Le matin, quand l'aube blanchit à peine le sommet des collines, il se remet en route; c'est en vain qu'on cherche à le retenir une heure : il serre la main aux habitants de la ferme, choque son verre contre le verre du maître, et part.

Maintenant regardez-le passer. Il va d'un pas sûr et ferme; ce pas est rapide, parce qu'il est continu. La balle de cuir, soigneusement bouclée, est fortement attachée aux épaules du colporteur; un chapeau entouré de toile cirée recouvre sa tête; une veste de velours, une cravate de couleur, des guêtres boutonnées jusqu'aux genoux, de gros souliers ferrés, voilà son costume. Il tient à la main un bâton où pend un ruban de cuir; ce bâton noueux est à la fois un aide et une défense; on sent, à la façon dont son bras robuste le tient, qu'il pourrait s'en servir d'une terrible manière à l'encontre des malfaiteurs. Il marche sans regarder derrière lui; il sait qu'il a une longue course à faire, et il se hâte d'arriver. Comme il a déjà mainte fois parcouru le pays dans tous les sens, il connaît les sentiers qui abrégent le chemin, et s'enfonce sans hésiter au milieu de la montagne, sous le manteau vert des forêts. Il salue en passant le laboureur et le berger, mais ne s'amuse pas à causer avec la fraîche lavandière qui l'agace par un sourire. Le colporteur est homme d'affaires et non pas de doux loisirs; il connaît le prix du temps, et n'aime point à le gaspiller avec les jeunes filles, comme le mouton sa laine le long des églantiers. «Bonjour, bonjour,» crie-t-il à la paresseuse fille qui lève la tête et ouvre la bouche pour babiller. «Bonjour, bonjour,» dit-il à la meunière qui sort du moulin, les mains enfarinées, et l'invite à s'asseoir; et le colporteur va toujours droit devant lui, sans prendre garde aux séductions du joli visage, de l'ombre, et du repos.

Quelquefois cependant il s'arrête. Voilà qu'en traversant la campagne il a rencontré une bande de glaneuses, éparpillées dans les champs sur les pas des moissonneurs. Elles vont, les bras nus, chantant et ramassant les épis échappés à la faucille avide. Midi vient de sonner là-bas au clocher du village; c'est l'heure du déjeuner, et le colporteur passe, le sac sur le dos. Alors toutes les glaneuses laissent là leurs gerbes commencées, accourent autour de lui, l'entraînent sous le bouquet d'arbres près de la fontaine, et toutes, riant et parlant à la fois, s'emparent de sa valise, l'ouvrent lestement, et les marchandises, mouchoirs, fichus et rubans, sont étalés sur l'herbe. On regarde, on choisit, on achète. Il y a fête dimanche au village; toutes les glaneuses ont besoin de quelque chose; celle-ci veut un ruban pour faire un nœud à son bonnet, cette autre a fantaisie d'un madras pour son cou. Le colporteur sera en retard ce jour-là; mais l'occasion est bonne. D'abord il a murmuré, peu à peu il se radoucit; il prend son mal en patience en raison du bien qu'il lui rapporte, et se décide à faire son métier de marchand. Il montre tout ce qu'il a, ses brimborions et ses colifichets, la boucle d'oreille en chrysocale et la chevalière en argent, vante le bon goût des acheteuses, loue sa marchandise, et finit par vendre à tout le monde. Les moissonneurs sont venus après les glaneuses. Là où il y a des filles, les garçons ne tardent pas à paraître, et les garçons imitent assez volontiers ce que font les filles. Il y a d'ailleurs bien des amourettes en campagne;

quand une Églé villageoise accepte le cœur d'un Tircis en veste de bure, elle peut bien accepter aussi un mouchoir de coton, et il y a tant d'Églés et tant de Tircis par là, que la balle du colporteur est singulièrement allégée quand il se remet en route.

Ce que les glaneuses ont fait en été, les vendangeuses le font en automne, et la bourse du colporteur s'en trouve bien. Ces occasions, que le hasard lui présente quelquefois à l'improviste, il lui arrive souvent de les chercher. Le colporteur sait fort bien que la gaieté est prodigue, et que ce que personne ne ferait étant seul, l'amour-propre le fait faire à tout le monde en compagnie.

C'est ordinairement dans l'étendue d'un arrondissement que le colporteur exerce son industrie; quelquefois, mais rarement, il pousse jusqu'aux limites du département; mais il s'arrête moins aux frontières administratives qu'aux frontières naturelles. Ainsi, quelle que soit la province, il suit volontiers le cours des rivières, les contours des vallées; il trace lui-même à son commerce une enceinte qu'il ne dépasse guère, et dans laquelle il va et vient sans cesse, d'une extrémité à l'autre, comme un postillon entre deux relais. S'il veut que son négoce prospère, il faut qu'il soit connu. Et comment le serait-il s'il ne se montrait fréquemment aux mêmes lieux? Si la tradition se perd dans les villes, elle est puissante encore dans les campagnes, et c'est par la tradition que les industries nomades réussissent.

Les colporteurs se multiplient d'autant plus que le pays est plus salutaire, et que les villes sont plus éloignées entre elles. En Auvergne, dans les Cévennes, les Vosges, le Rouergue, le Vivarais, le Dauphiné; dans les Ardennes aussi, dans la Vendée, partout, enfin, où les montagnes, les forêts et les marais rendent les communications difficiles, et mettent de grandes distances entre les cités populeuses, les colporteurs abondent. Ce sont eux seuls alors qui fournissent la ferme et le hameau de ces menus objets de toilette, de cette quincaillerie à bon marché, de cette mercerie à bas prix, qui sont indispensables à l'individu aussi bien qu'au ménage. S'ils n'étaient pas là pour satisfaire aux besoins sans cesse renaissants de la consommation, quand la neige couvre la campagne, où se pourvoiraient donc les métayers et les fermiers qui attendent le retour du printemps pour se rendre à la ville? On ne se doute point aux environs de Paris de ce que c'est que l'hiver dans les contrées montagneuses, dans les départements limitrophes des Alpes et des Pyrénées. Toutes les communications sont interrompues; les fermes isolées vivent au coin du feu, entre les quatre murs de leur cour; toute la famille s'occupe de travaux sédentaires; les femmes filent le chanvre, les hommes battent le blé dans la grange, ou raccommodent les instruments aratoires. Le vent siffle entre les branches dépouillées des arbres; l'étang est gelé; les routes, couvertes de neige, se confondent avec les champs; les troupeaux bêlent dans l'étable. Cela dure six semaines ou trois mois, suivant la rigueur de la saison; on ne sait rien de ce qui se passe à la ville prochaine. C'est alors que le colporteur arrive; ce n'est pas lui que le froid pourrait arrêter. Le blanc linceul qui s'étend sur la terre jusqu'à l'horizon ne peut pas tromper sa marche. Il s'oriente sur la cime des arbres; il suit les bigues plantées comme des jalons le long de la route; il reconnaît la forme du rocher, les sinuosités du torrent, et tout à coup on l'entend frapper à la porte. Les chiens jappent, les servantes accourent, les petits enfants dressent leurs têtes curieuses. C'est lui, c'est le colporteur!

Je vous laisse à penser s'il est le bien-venu, et comme il est reçu. On s'empresse autour de lui; on le fait asseoir tout auprès de la cheminée, on jette dans la marmite une bonne tranche de lard, on le questionne sur tout. D'où vient-il? qu'apporte-t-il? que sait-il? que fait-on là-bas dans la plaine? connaît-il le prix des denrées? A toutes ces demandes il a des réponses; jamais on ne le prend au dépourvu; sa balle est bien garnie, et sa mémoire pleine de tous les *cancans* du pays; il donne selon les goûts : à ceux-ci de petits couteaux, aux autres les chroniques du hameau voisin. En débitant son fil et ses aiguilles, il débite aussi bon nombre d'histoires. Jacqueline la Rousse est mariée avec le grand Pierre ; on disait tout bas qu'elle aurait mieux aimé Antoine le vigneron. M. le curé a été bien malade d'un gros rhume, et sa servante a bien pleuré, croyant qu'il allait mourir. Le bedeau s'est grisé un jour qu'il avait soupé à l'auberge, si bien qu'il a oublié de sonner l'angelus. La petite Louison est partie du pays, et personne ne sait ce qu'elle est devenue. Que ne conte-t-il pas encore? Ce soir-là la veillée se prolonge bien avant dans la nuit; personne ne songe à se coucher; personne n'a sommeil; tout le monde veut entendre et ouvre les oreilles, la bouche et les yeux. Il n'y eut jamais d'orateur mieux écouté ; mais jamais aussi il n'y en eut de plus interrompu. Ce sont à chaque instant des exclamations, des cris de suprise, des remarques, des commentaires. Le colporteur est au centre, les jambes étendues vers le feu ; les gens de la ferme sont rangés tout autour en cercle, les uns assis par terre, ceux-là debout, d'autres penchés curieusement par dessus les chaises et les bancs de bois ; les hommes ont laissé là leurs outils ; le rouet des femmes ne tourne plus ; les mains qui tricotaient restent suspendues; la vieille grand'-mère surtout oublie de tirer le fil de sa quenouille oisive.

Le colporteur est plus qu'un marchand ; c'est une gazette vivante, un journal bipède et voyageur. Il est à la fois le premier-Paris, le feuilleton, l'entre-filet, la réclame, et l'annonce du pays; et tout cela, avec le geste, le regard, l'accent, est bien plus inté-ressant que ne peut l'être une méchante feuille de papier imprimée à la mécanique et pliée sous bandes. C'est un journal animé qui se passionne avec ses auditeurs, et partage les sensations qu'il fait éprouver; il y a entre eux deux toute la différence de la parole à l'écriture, et tout l'avantage reste au colporteur.

Il ne faut pas croire que ce soit à la chaumière seulement que le colporteur est le bien-venu. Il l'est encore à l'auberge et même au château. Il sait se ménager d'agréables intelligences à l'office et dans l'antichambre, et parfois même la châtelaine ne dédaigne pas de le faire entrer au salon, au risque de faire érailler le parquet ciré par les lourdes semelles ferrées de ses souliers. Dans ces occasions-là, il laisse toute sa marchandise sur les fauteuils, et s'en retourne le ballot vide et la bourse pleine : la bonne compagnie du château a tout acheté pour tout donner au premier jour de fête.

La nécessité où se trouve le colporteur de traiter avec toutes sortes de gens et toutes sortes de caractères, de défendre ses intérêts à tout instant, d'étudier l'humeur de ses pratiques, pour écouler plus rapidement sa marchandise, lui donne l'habitude de la ruse et de la dissimulation. A la finesse naturelle aux paysans français, il joint bientôt l'astuce du marchand ; son intelligence, excitée par l'intérêt, se plie à toutes les exigences de sa condition. Loquace, insinuant, flatteur, bon enfant, il déploie une habileté extrême sous les apparences extérieures de la bonhomie dans ses rapports journaliers avec les valets de ferme, les servantes d'auberge, les femmes de chambre de château ; avec tout ce monde d'humeurs et de conditions si diverses qui peuple les campagnes. Mais ce n'est pas seulement à son métier qu'il applique cette habileté, si péniblement enseignée par le temps et l'observation; au besoin, le colporteur sera contrebandier, émissaire, espion même, s'il le faut, aux époques de guerre civile et d'agitation. Sa réputation, bien constatée, le fera choisir tout exprès pour remplir une mission difficile qui demande autant de patience que d'adresse. Il connaît aussi bien que le braconnier les sentiers les plus solitaires, les passages les plus secrets; il est jeune, vigoureux, infatigable, agile comme le contrebandier ; plus que lui il sait parler ou se taire à propos. Il n'est aucune maison où il n'ait pénétré ; il a un métier qui le protége contre le soupçon ; au besoin, il déjoue la surveillance par ses façons mercantiles, et arrive en tournoyant à son but, à l'abri derrière sa balle de colporteur. Toutes nos annales sont pleines d'histoires de colporteurs qui faisaient plus de politique que de commerce. La Vendée et la Bretagne en gardent encore le souvenir. Autrefois, aux temps de troubles, les espions se déguisaient en trouvères; c'était la harpe à la main qu'ils étudiaient les dispositions et le nombre des ennemis. Qui ne se rappelle le grand Alfred dans le camp des Danois? Aujourd'hui ils prennent assez volontiers la veste et le ballot du colporteur. Il y en avait dans l'armée de Stofflet et de Bonchamp; il y en avait aussi dans l'armée de Kellermann et de Hoche.

Mais, si heureusement il se présente rarement des occasions de faire ce métier-là, il est une chose qu'ils font sans cesse, et pour laquelle ils reçoivent de doux sourires, en outre de la bourse qu'on leur glisse dans la main. Si Mercure était le dieu du commerce, il était aussi le confident de Jupiter. Le cumul date de l'Olympe. Ce que Mercure faisait, le colporteur le fait aussi, et le fait très-lestement. C'est lui qui porte les lettres parfumées, qu'on ne saurait confier à la fidélité maladroite et bruyante du facteur rural. C'est un terrible émissaire que ce facteur; il arrive brusquement, sonne à grand bruit, frappe de son bâton, afin qu'on se hâte d'accourir, tant il est pressé, prend la lettre entre le pouce et l'index, et l'agite en l'air, réclame tout haut le port et le décime en sus, et s'en va après avoir mis toute une maison dans la confidence. Le colporteur agit plus discrètement : tandis que tout le monde lui fait fête, il répond du regard à une interrogation muette; une jeune femme s'approche en rougissant; elle glisse timidement sa jolie main parmi les foulards et les jarretières, et rencontre une lettre que la main complaisante du colporteur a cachée par là en effleurant la sienne. Toute la famille est à l'entour, et personne n'a rien vu; le colporteur a retiré un cent d'épingles qu'il donne à la bonne en cadeau; sa voix n'a pas tremblé, son regard ne s'est pas détourné; il continue à vendre quelques bagatelles; jamais il n'a été aussi complaisant; il videra, s'il le faut, sa balle jusqu'au fond, pour trouver un paquet d'aiguilles anglaises qu'on ne lui demande pas : une heure, deux heures se passent, la lettre a été prise, emportée, lue, et voilà que la réponse a été écrite, apportée et rendue. Le colporteur fait son compte, serre sa marchandise, la charge sur son dos, salue et s'en va. Mais, tandis qu'il est en route, deux cœurs battent à la fois, l'un de plaisir, l'autre d'impatience.

C'est le courrier de tous les Léandres qui rencontrent entre eux et leur Héro une famille courroucée, un mari jaloux, obstacles bien plus terribles que l'Hellespont. C'est lui qui rapproche les distances, aplanit les difficultés, et permet à l'amour de goûter l'espérance en attendant que le bonheur soit possible.

Mais s'il pense aux amours d'autrui, il ne faut pas croire que le colporteur oublie ou néglige les siennes. Bien qu'il soit toujours célibataire, le colporteur a le cœur aussi sensible que tous ses frères, les fils d'Adam; s'il ne se marie pas, c'est qu'en vérité il ne le peut guère, étant du matin au soir par monts et par vaux, et couchant au hasard, dans la grange ou dans l'auberge. Sa femme serait veuve de fait les trois quarts de l'année, et quelles que soient les agaceries des jeunes filles de sa connaissance, il a trop d'expérience pour vouloir se soumettre aux chances d'un pareil état de chose. Les villageoises, qui le voient alerte, dégourdi, de joyeuse humeur, voudraient bien l'enchaîner aux liens du mariage; beaucoup essayent de dompter sa sauvage liberté, nonobstant le proverbe qui prescrit de ne pas jouer avec le feu, mais il est rare qu'aucune d'elles réussisse. Plusieurs même, comme des phalènes imprudentes, se brûlent à cette fantaisie dangereuse, et plus tard, quand le bon vieux curé les rencontre, la tête inclinée sur la poitrine et le regard humide, il soupire, et se dit tout bas : «Hélas! hélas! on voit bien que l'amour a passé par là !»

C'est qu'en effet le colporteur est fort inconstant ; il pourrait chanter comme Joconde, s'il savait ce que c'est que Joconde ; comme lui il courtise partout où le hasard le mène, celle-ci et celle-là, la maîtresse et la servante ; aujoud'hui l'une, l'autre à son retour. Mais comme il ne s'arrête guère, il conduit les choses rondement et gaillardement. S'il n'était colporteur, il serait hussard. Il est prodigue de serments, et les compliments ne lui coûtent guère ; mais il arrive parfois qu'il vende comme de la marchandise les bagues qu'on lui donne comme des gages d'amour. Son esprit positif ne comprend pas la poésie des souvenirs, et lorsqu'il quitte un village pour passer dans l'autre, il se hâte d'oublier ses bonnes fortunes pour ne pas surcharger sa mémoire de choses inutiles. Les noms de ses maîtresses pourraient nuire aux noms de ses pratiques ; et l'on sait qu'en bonne règle l'agréable doit céder le pas à l'utile.

Cependant, comme il n'est pas de règle sans exceptions, le colporteur se marie quelquefois ; mais le plus souvent alors il quitte sa profession, et renonce aux plaisirs et aux bénéfices du vagabondage industriel. Oiseau voyageur, il s'arrête enfin ; mais tenez pour certain que, s'il s'arrête, c'est parce qu'il a trouvé une cage dorée. Quand on est fille de fermier riche, on trouve le chemin de son cœur, et il ne tient pas si fort à son ballot qu'il ne consente à le déposer aux pieds de son vainqueur en retour d'une belle dot. Cette heureuse fin n'est pas si rare qu'on pourrait le croire ; le colporteur est actif, honnête en affaire d'argent ; il a acquis de bonne heure une expérience qui toute sa vie lui sera utile ; il a l'habitude du travail ; il sait lire, écrire, et les quatre règles de l'arithmétique lui sont familières. Dans bien des cas un garçon jeune, vigoureux et intelligent comme lui, est une précieuse acquisition pour une ferme, pour une auberge. Son commerce lui a déjà rapporté un petit pécule qui lui permet de se présenter sans crainte ; et certes beaucoup réussissent dans des entreprises plus difficiles qu'un mariage, qui n'ont pas tant de conditions de succès.

Mais si le colporteur n'a presque jamais de femme, il a presque toujours un ami. Cet ami est un chien, un chien qu'il a vu naître, qu'il a nourri, qu'il a élevé ; un vilain, mais fidèle animal, de la race des barbets ou des mâtins. Partout où va le colporteur, son chien l'accompagne ; comme lui il est sobre, patient, joyeux ; il aboie du plus loin qu'il aperçoit la ferme où il a coutume de s'arrêter ; il court, en remuant la queue, gratter à la porte, saute au cou du premier enfant qui lui ouvre, et annonce son maître à tout le monde. Aussi chacun l'aime et le caresse, et les chiens de la ferme, ses camardes, loin de le jalouser, jouent complaisamment avec lui. En route, il va et vient, par-ci par-là, furetant le long des haies et des fossés, mais ne s'écartant jamais beaucoup du colporteur ; si, d'aventure, quelque figure suspecte se montre sur le chemin, si un mendiant vêtu de haillons se présente au coin d'un bois, le chien marche droit en avant, le poil hérissé, la queue haute, les lèvres tremblantes ; il n'aboie plus, il grogne sourdement, et laisse voir une double rangée de dents blanches et aiguës. Quand vient la nuit, il se rapproche de son maître, et marche à ses côtés, l'œil et l'oreille aux aguets, flairant le danger, et le signalant avant que le colporteur ne s'en doute. Pour le défendre, s'il est attaqué, il se fera tuer, brave et fidèle jusqu'au dernier moment.

Il fut un temps où les colporteurs étaient beaucoup plus nombreux qu'aujourd'hui ; ils avaient alors à peu près le monopole du négoce dans les campagnes. C'étaient des négociants au petit pied, qui, après vingt ans d'exercice, achetaient parfois la ferme de leurs clients. Mais il en est de leur métier comme de tant d'autres que les progrès d'un État civilisé ont tués. L'accroissement des voies de communication, le nombre et l'étendue des chemins de grande et de petite vicinalité, les routes stratégiques, le meilleur entretien des chemins, ont eu une influence fâcheuse sur leur industrie. Ce sont autant de carrières ouvertes au commerce, et là où le commerce arrive le brocantage succombe. Chaque année voit donc s'amoindrir le nombre de colporteurs; ils ont à peu près disparu dans les pays de plaines; les montagnes sont leur dernier asile ; encore quelque temps, et ils doivent céder ce terrain au commerce envahissant. Mais ce temps, que les plus intelligents prévoient, est encore assez éloigné pour que nul ne puisse préciser l'époque où le dernier des colporteurs aura vendu son dernier ballot.

Quand il est fatigué, lorsqu'il a assez battu le pays, le colporteur dépose enfin son fardeau pour ne plus le reprendre; il achète une humble métairie avec quelques vaches, et se marie. De son ancien métier, il ne garde que l'ahbitude de beaucoup parler et de mentir quelquefois. Quiconque a beaucoup vu peut avoir beaucoup retenu, dit la fable. Il amuse ses voisins, et plus tard ses enfants, par de réjouissantes histoires qu'il finit par croire à force de les répéter, et le plus vagabond des amants devient le plus rangé des maris par l'application de cette loi des compensations, qui est parfois un paradoxe, et souvent une vérité.

AMÉDÉE ACHARD.

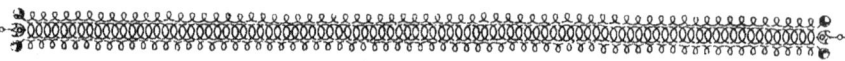

LE PORTEUR DE JOURNAUX.

 OUR donner à la pensée écrite cette vitesse de mouvement inhérente à toute pensée quotidienne, et qui surprendrait de la part d'un conducteur électrique, un homme s'est rencontré rapide, comme la conception elle-même; un homme qui n'a qu'une heure, qu'un moment, qu'une seconde dans sa journée, mais qui est toujours attendu, et qui revient toujours frapper à toutes les portes. A l'exclusion des créanciers et des *amis intimes*, il a le privilége de les trouver toutes ouvertes, et la mauvaise habitude de n'en fermer aucune. Cet homme, vous n'avez nulle raison de lui interdire l'entrée de votre maison, et il en a mille pour s'y présenter. Ne faut-il pas que vous soyez informé que tel ministère qui existait hier n'existe plus aujourd'hui ; que M. un tel, qui avait cent coudées la veille, est le lendemain à peine visible à l'œil nu ; que telle actrice, qui, hier soir en votre présence, a fait *fiasco*, ce matin se trouve avoir chanté comme une sirène, et épouse un prince russe, jaloux d'enlever à la scène un si beau talent. Voir paraître le porteur de journaux, n'est-ce pas vivre deux fois ? n'est-ce pas revenir sur ses impressions d'hier, douter de ce qu'on a vu, senti, éprouvé, et commencer à nouveaux frais l'existence de la veille? Le porteur de journaux change à chaque instant, et c'est pour cela qu'il est éternel comme les vaudevilles de M. Scribe, au physique maigre et efflanqué comme un discours de réception à l'Académie; il apparaît et passe aussitôt, étoile filante de la presse et de la renommée.

Le porteur de journaux est un homme incompris, qui jette sa nouvelle et qui s'en va, qui ajoute chaque jour une colonne ou deux à cette série de feuilletons destinée à rendre précieuse, au bout de dix ans, la collection des journaux quotidiens. (Les journaux d'aujourd'hui sont comme les vins de choix, il leur faut plusieurs années de *feuille*.) Le porteur de journaux court comme l'étincelle, il va et bouleverse tout en criant : *La suite au prochain numéro*.

Confiez-lui de nouvelles gloires, de nouveaux vers, de nouvelles harmonies, tout ce qui vieillit en un jour avec la prétention de vivre à jamais : le porteur de journaux fait fleurir toutes les renommées fraîches écloses, et s'éclipse avec celles qui commencent à s'éteindre. Il est impassible comme un homme chargé d'une grande justice politique, et rendant toujours la même.

Cet homme fabuleux, qui va d'une main tendant un journal récemment muni de ses enveloppes, honneur que l'on rend aux momies même ! de l'autre soutenant sa bricole, qui peut passer, avec raison, pour celle du char de l'État ; c'est, en style de l'Empire, le messager boiteux du Parnasse ; c'est l'incarnation d'une nouvelle forme, le symbole d'une nouvelle religion, le journal fait homme.

Les journaux vont vite, dit la ballade, le porteur de journaux va plus vite encore : il faut qu'il arrive avant son journal ; il faut qu'il se montre partout en même temps, tous les abonnés ayant un égal droit à recevoir les uns après les autres le même journal.

La Bruyère a cru dire une nouveauté en écrivant : « Le nouvelliste se couche le soir tranquillement sur une nouvelle qui se corrompt la nuit, et qu'il est obligé d'abandonner le matin à son réveil. » Nous avons bien progressé depuis, la nouvelle se corrompt bien plus vite, et les choses se savent bien plus promptement. Pour obvier à cet inconvénient du *fait Paris,* le porteur de journaux, semblable en cela au pieux Énée, se lève de très-grand matin, ou se couche très-tard, selon le besoin de ses abonnés. On peut ne pas lire celui du matin, il y en aura un autre le soir pour redire les mêmes choses en moins, et pour compléter ce qui, de sa nature, ne peut être complet, pour être porté enfin par le même homme, un géant qui a les bottes du Petit-Poucet.

Le porteur de journaux part comme un trait, et entre comme une bombe dans un cabinet de lecture. Il intéresse la curiosité sans la satisfaire ; il laisse ici une plume de son aile, et vole là en déposer une autre. Il fait un pair de France à un étage, et annonce à un autre la faillite d'un pauvre diable qui n'en peut mais, ce qui fait qu'à leur réveil les deux locataires sont salués bien différemment par leur concierge, autant qu'un concierge puisse l'être encore d'un homme failli ; il court ressusciter l'espérance dans l'âme d'un auteur qui voit naître avec le feuilleton du jour l'aurore de sa renommée.

Le porteur de journaux doit de ces compensations à ceux mêmes qui alimentent son industrie, car on pense pour lui quand on pense, on écrit pour lui toujours ; c'est pour le porteur qu'on met sous presse, pour les abonnés jamais.

Le porteur de journaux *conserve une espérance.* On lui a dit que le journal devait prospérer, et le porteur de journaux prospère ; il voit croître en perspective le nombre de ses abonnés, il est *aux pièces,* et ne reculera jamais devant l'ouvrage, dût-il sillonner Paris dans tous les sens, devenir ce juif errant, ce fantôme qui est partout et nulle part en même temps.

Avant qu'aucun abonné ait songé au journal du lendemain, ou se soit souvenu de celui de la veille, le porteur de journaux *assiège* déjà son bureau, recueillant le premier la manne du désert ; impatient de gagner sa journée avant de l'avoir commencée, il y va et il y revient. Se faisant arme de tout, tantôt c'est un foulard qu'il exhume pour le mettre au service de la publicité, tantôt c'est l'envergure d'un bras d'Encelade qu'il courbe à cet usage ; malheur aux journaux qu'il peut loger dans son gousset de montre.

Il sait d'avance toutes les stations qu'il doit faire sur son chemin, le secret de toutes les portes, l'humeur de tous les concierges, les pierres d'achoppement qu'il peut rencontrer sur sa route ; il se taxe à l'heure, à la minute, et y renchérit toujours de vitesse sur son propre mouvement. Jamais attardé, jamais malade ou même indisposé, éprouve-t-il un malaise, il l'ajourne ; une migraine, il la repasse à l'abonné.

Fontenelle a dit, je crois, de la curiosité : «C'est la plus matinale de toutes nos passions»; on pourrait ajouter qu'elle est la plus vivace, la plus insatiable ; elle renaît sans cesse des journaux qui l'entretiennent. On a un journal aujourd'hui pour en avoir un demain : c'est à celui-là qu'on s'abonne ; il a le charme de l'inconnu, qui, de toutes les choses de ce monde, est la plus charmante ; c'est par elle que le porteur de journaux existe, et qu'il est sans cesse attendu.

Aussi nul n'a la croyance de sa mission comme le porteur de journaux, nul ne sait comme lui l'intérêt qu'il inspire, la terreur qu'il sème, l'espoir qu'il ressuscite, l'émotion qu'il éveille, la passion qu'il éparpille, le drame qu'il jette au hasard, nul ne grandit chaque jour comme lui : *vires acquirit eundo*. Le porteur de journaux a le sort de ces planètes obligées de graviter autour du même astre, sans s'écarter d'une seule ligne, sans avoir de mouvement qui leur soit propre, ou le droit de se reposer une seconde, de retarder d'un seul instant leur apparition.

On s'arrache les journaux qui tombent de la main du porteur. Qu'ils sont intéressants avant d'avoir été lus ! qu'ils ont de charme quand on les ouvre ! qu'ils renferment d'illusions quand ils renferment quelque chose ! qu'ils sont attachants quand ils doivent l'être ! Après la première ouverture d'un journal quotidien, tout est su, tout est commenté, tout est vu, analysé et jugé. Le porteur disparaît à peine, et l'émotion cesse sous ses pas, le charme se dissipe, l'illusion s'évanouit. On s'aborde : «C'en est fait, elle est condamnée. — Condamnée ! et à quoi ? — Eh, parbleu ! aux travaux forcés. — Ils l'auraient osé ?— Que n'ose-t-on pas de nos jours ? — Pauvre femme ! pauvre faible femme ! — J'excuse son crime. — Je plains son malheur. — Quel grand exemple ! —Quelle atroce punition ! — Lisez-vous le journal ? — Non, cela me suffit.» Et cet homme qui s'était levé pour lire le journal s'en retourne sans l'avoir ouvert. Le journal le plus intéressant est celui qu'on ne lit jamais, tant il est vrai que la publicité ne s'applique qu'aux petits drames, aux petits intérêts de la vie humaine. Ce que l'on sait, a-t-on besoin de le lire. Un livre n'est jamais acheté, pour peu qu'il soit su de tous et qu'il ait paru trop intéressant.

Le porteur de journaux n'a fait que paraître et disparaître, et il n'est déjà plus bon à rien ; c'est un de ces héros, ou hérauts *ad libitum*, qui ne vivent qu'un moment, mais qui renaissent tous les jours. Il répond à ce grand mot, *la presse*, qui cesse à chaque instant de représenter la même idée, et il a pour véhicule l'actualité.

Si l'Évangile n'est plus prêché en plein air, si l'on ne crie plus la vérité pardessus les toits, si notre *Credo* de chaque jour circule comme l'air, se produit comme la lumière du gaz ou du soleil, c'est au porteur de journaux que nous devons ces phénomènes.

Dévouement ambulant, abnégation vivante, politique à pieds et à pattes, on voit le porteur de journaux, pour la moitié d'un petit écu, endosser tous les systèmes, se faire le Sganarelle de tous les pouvoirs en crédit, le véhicule de toutes les doctrines, et faire de sa personne la préface de ses impressions ; et il n'y a de sa part ni *complaisance maudite*, ni coupable flatterie, ni basse adulation, ni fanatisme, ni aveuglement : ce n'est pas une opinion qu'il porte, c'est un journal. L'Europe peut perdre à jamais son équilibre, le globe peut crouler comme tant de journaux ont croulé ou crouleront, il se tiendra debout, ou s'il succombe, *impavidum ferient ruinæ.*

Le porteur de journaux a une vie extrêmement privée. Il est à peine inscrit sur la liste des fonctionnaires publics : on croit qu'il ne l'a jamais été ; on le suppose sans but, sans lien social, lui l'élément le plus actif du monde moderne, l'*aorte* du corps politique ; lui qui fait la société, on l'accuse de ne pas en être, et de vivre en bohémien.

Et il est vrai qu'après avoir fait sa distribution, après s'être promené partout comme un messie, cet homme se couche ainsi qu'il plaît à Dieu, avec plus de sang-froid qu'un ministre, avec plus de calme qu'un procureur, avec moins de millions et plus de gaieté, d'insouciance, qu'un agent de change.

Sans passions et sans préjugés politiques, sans préventions littéraires, le porteur de journaux ignore complétement qu'il y ait une politique et une littérature, et que chacune de ses courses marque un pas immense dans la route du progrès qu'il représente en portant son journal.

L. Roux.

LE MAIRE DE VILLAGE.

'APRÈS une dernière statistique, la France n'a pas moins de trente-cinq mille communes : elle possède donc autant de maires, c'est-à-dire trente-cinq mille citoyens, respectables au premier chef, puisqu'ils payent, en général, d'assez gros impôts, mais d'ailleurs éclairés, impartiaux, exempts de faiblesses humaines, dignes enfin de votre vénération, qui que vous soyez, le tout en vertu d'une ordonnance royale contre-signée de M. le ministre de l'intérieur. C'est un heureux pays que la France !

Il n'est pas possible de rapporter à un type commun tous les membres de cette intéressante famille, si variable qu'elle se recrute dans toutes les classes de la société, si mobile qu'elle dépend toujours du caprice d'un homme, et que la loi la soumet à un renouvellement périodique. D'ailleurs, si les positions modifient le caractère, ce n'est jamais aux dépens des préjugés et des mœurs : le maire d'une ville maritime différera toujours de celui d'une ville de l'intérieur ; la population manufacturière et la population lettrée ne chercheront ni la même manière de voir, ni les mêmes qualités, chez l'homme chargé de représenter leurs intérêts ; il faut encore reconnaître une part d'influence à l'importance des localités, et le maire ne saurait offrir la même physionomie dans la grande ville, dans la petite ville, et dans le village. Ce serait donc un travail immense que d'étudier et de peindre le maire sous toutes ses faces et dans toutes ses variétés; la tâche que nous nous sommes imposée est moins ambitieuse et plus facile, quoique pourtant elle concerne l'espèce la plus nombreuse: nous nous bornerons à tracer, aussi fidèlement que nous le permettent nos observations, le portrait du maire de village.

Pour se faire une idée bien exacte de celui-ci, ce qu'il importe de connaître avant tout, c'est le village dont il est l'administrateur; car les différences qui existent du village à la ville se représentent encore de village à village. Pour ne pas nous engager dans des subdivisions qui pourraient se multiplier à l'infini, nous distinguerons seulement trois variétés bien marquées, que nous allons passer successivement en revue.

Dans quelques départements reculés, surtout aux extrémités méridionales de la France, et de préférence dans les pays montagneux, vous rencontrez de loin en loin un groupe de maisons assez mal bâties, basses, couvertes de chaume, irrégulièrement placées sur une petite rue sale et demi-pavée. Les habitants y vivent dans une ignorance complète des événements: les changements de dynasties, les renversements des trônes, les révolutions, ne s'y manifestent que par la couleur du drapeau. C'est un village, et il y a là un maire. Mais ce maire est un personnage si inoffensif et si oublié; il a fallu si longtemps pour découvrir, au sein de cette population ignorante, un homme qui pût représenter le pouvoir civil, qu'il en est résulté pour lui une espèce d'inviolabilité que tous les pouvoirs respectent. L'Empire l'a trouvé là, la restauration l'y a laissé, la révolution de juillet l'y conserve; il n'a fait que changer d'écharpe à chaque bouleversement nouveau, et c'est en cela que se résument les vicissitudes de sa vie politique.

Quant à sa vie administrative, elle ne brille pas, il faut l'avouer, d'un bien vif éclat. Plus expert à tracer un sillon qu'à déchiffrer les instructions qui lui sont transmises par l'autorité supérieure, il lui arrive souvent de laisser sans exécution les ordres qu'on lui donne, ou, si parfois il s'y conforme, c'est qu'il a préalablement appelé à son aide les lumières du curé. Celui-ci est alors le véritable administrateur; le maire n'est que son mannequin; ce qui n'empêche pas le digne magistrat de porter haut sa tête coiffée du bonnet de coton, d'imprimer à ses énormes sabots un lent et majestueux mouvement de progression, de se rengorger le dimanche dans l'œuvre, et de trancher du despote quand les jeunes gens viennent lui demander la permission de danser sur la place de l'église.

Cette première espèce de village est heureusement la plus rare.

La seconde m'a toujours offert, en petit, l'image d'un État bien organisé. Tout y respire le calme, le travail, le bonheur, et, s'il y a division, ce n'est que dans les hautes sphères qu'elle s'agite; car les trois classes de la société y ont chacune leur représentant. Aux deux extrémités du village, vous remarquerez deux maisons: l'une petite, riante, modeste: c'est le presbytère; l'autre, de belle apparence, visant au quatrième étage, placée d'ordinaire sur une hauteur, flanquée de deux corps de logis en forme de tourelles, ayant un faux air de féodalité: c'est la résidence de l'ex-seigneur. Celle du maire est au milieu; elle est blanche, riante, parée d'un drapeau tricolore. Il y a toute une longue histoire politique dans la position respective de ces trois hommes: le seigneur, le maire et le curé. Les deux premiers se rencontrent: ils passent la tête haute, le regard fixe et assuré; ils se voient sans se regarder. Il y a d'un côté l'orgueil qui survit à la défaite, de l'autre la vanité du triomphe. Le curé et le maire vivent forcément dans des rapports journaliers; les intérêts de l'église ont trop de connexion avec ceux de la mairie pour qu'il en puisse être autrement. Ils ne s'aiment pas intérieurement, et se tiennent même quelquefois rigueur. Le curé ne paraît pas dans les fêtes patriotiques; à l'église le maire brille par son absence. Mais ils sont entre eux dans les termes de la politesse la plus parfaite, et ils diront même assez volontiers à un étranger, l'un : C'est un honnête homme que notre maire ; l'autre : C'est un digne pasteur que notre curé.

Le maire de village touche d'ordinaire à la cinquantaine ; s'il n'a pas une taille élevée, il y supplée, autant que cela est dans ses moyens, par une démarche majestueuse et digne. Il n'est pas élégant dans sa mise, mais il n'oublie jamais qu'il est homme public, et il y a quelque chose d'étudié jusque dans sa simplicité. Dans les salons du sous-préfet, vous le distinguerez à sa cravate d'une blancheur éblouissante, et à son habit noir, dont les basques tombent en s'arrondissant bien au-dessous des jarrets, et dont les revers croisent depuis le haut de la poitrine jusqu'à l'abdomen. Jadis il vivait simplement, petitement même ; mais le lendemain de sa nomination, il avait déjà mis le train de sa maison en harmonie avec sa dignité.

Il y a dans le maire de village, comme dans la Trinité, trois personnes bien distinctes : l'homme privé, le fonctionnaire, et le politique.

Sa vie d'intérieur est calme et sereine. Sa maison est ouverte à tout le monde ; il est accessible au plus humble de ses administrés ; il écoute toutes les réclamations avec une patience angélique ; il prêche le bon accord, et distribue force conseils, tout cela sans intérêt. Seulement si, dans le courant de la conversation, on le nomme *M. le maire*, alors il se redresse, et le contentement intérieur se trahit sur son visage radieux. A part le petit air protecteur qui perce à travers le sourire dont il accompagne ses poignées de main, il vit sur un pied d'égalité parfaite avec tous les habitants de sa commune.

Comme fonctionnaire, il est soumis à l'inconvénient des royautés tempérées par des institutions républicaines. Il rencontre de sourdes oppositions au sein du conseil municipal, et sa vie se passe à résoudre le problème de l'équilibre et de la pondération des pouvoirs. L'adjoint, le juge de paix, le greffier de la commune, le garde champêtre, l'instituteur, sont autant de dignitaires dont il doit faire respecter les priviléges. Simple conseiller municipal sous la restauration, qui ne lui permettait pas d'atteindre plus haut, il a, pendant quinze ans, lutté avec courage ; l'administration trouvait en lui un censeur inflexible, et le maire d'alors un adversaire opiniâtre : il n'a pas fallu moins qu'une révolution pour accomplir son triomphe. Mais, après la victoire, il ne s'est pas endormi dans les délices de Capoue. Tous les abus qu'il avait poursuivis, il travaille sans relâche à les réformer. Après avoir calculé minutieusement sur combien de mètres carrés un réverbère peut projeter ses rayons, il arrête un système d'éclairage au moyen duquel on voit un peu moins clair qu'auparavant, mais qui a l'avantage de s'étendre sur toute la commune ; le puits artésien qu'il fait creuser ne rend pas d'eau à douze cents mètres de perforation : il n'en continue pas moins de perforer. Pourrait-il faire autrement, lui qui a si longtemps blâmé son prédécesseur de ce qu'il ne prenait pas en considération les fatigues des habitants obligés de faire un trajet de dix minutes pour se procurer de l'eau ? C'est au printemps, surtout, qu'il faut le voir exciter du geste et de la voix les destructeurs de hannetons, leur rappeler avec emphase la prime promise par le conseil général pour chaque litre de ces insectes nuisibles, et calculer ce qu'un litre peut contenir, afin d'écrire dans son rapport : «Tant de millions de ces ennemis jurés de notre culture ont succombé cette année, grâce aux soins que j'ai mis à éveiller, à maintenir et à réchauffer le zèle de mes administrés.»

Au milieu de tant de soucis et de peines, notre digne fonctionnaire a bien aussi ses moments de jouissance. La commune a-t-elle obtenu la construction d'un abreuvoir ou d'un corps de garde, il ceint son écharpe, s'entoure des adjoints, des conseillers municipaux, de tous les personnages éminents de la localité, et va solennellement poser la première pierre du nouveau monument, en présence d'une milice citoyenne de vingt-cinq hommes, et au roulement de l'unique tambour qui la précède. Cette cérémonie, où il se montre dans toute sa gloire, est ordinairement terminée par une allocution dans laquelle brille son éloquence, et suivie d'un banquet pendant lequel il s'incline modestement à chacun des nombreux toasts que l'on porte en son honneur. Mais le plus beau de ses priviléges, celui qu'il chérit par-dessus tous les autres, et qu'il ne manque jamais d'exercer, même dans les plus petites occasions, c'est le droit de haranguer. Il harangue à la fête du roi, à la fête de la commune; il harangue le sous-préfet en tournée; il harangue les jeunes garçons et les jeunes filles aux distributions de prix de l'école primaire; et si dans sa commune s'est conservée la tradition des rosières, c'est encore lui qui les harangue et les couronne.

Le maire de village aurait à jouer, comme homme politique, un rôle assez borné, s'il ne prenait soin de l'étendre lui-même, dans le but de se donner aux yeux du pouvoir une certaine importance. Considéré sous ce point de vue, il n'a plus dans sa manière d'être une allure aussi franche. Deux forces le poussent en sens opposé : la commune qui l'a désigné comme candidat à l'autorité, et l'autorité qui, en le nommant, a sanctionné le choix de la commune. Chacune d'elles lui a, pour ainsi dire, imposé l'obligation de lutter à son profit contre l'autre, et il lui faut faire preuve à la fois d'indépendance et de soumission. Sa position est souvent critique ; elle l'est surtout au moment des élections. Mais comme, en cette circonstance, le nombre de voix dont il dispose le rend un auxiliaire très-respectable, il est rare qu'il ne trouve pas moyen de faire ses conditions avec l'administration supérieure; et si de l'urne électorale doit sortir un nom quelque peu compromis, soyez certain que la promesse d'un pont, d'un marché ou d'une route départementale a d'avance étouffé les murmures et rallié les suffrages.

Pendant qu'il veille avec soin à la sûreté de la commune, comme chef de la police municipale, il ne néglige rien pour se donner en plus haut lieu les airs d'un homme indispensable à la sûreté de l'État. Que, dans l'entraînement de l'ivresse, il arrive à quelque mécontent de laisser échapper au cabaret une de ces paroles que n'admet point le vocabulaire légal, voilà soudain notre magistrat sur pied, rassemblant, pour instruire cette grave affaire, toute l'énergie de son caractère, ainsi que toutes les ressources de son esprit. Il fait saisir le coupable, procède lui-même à son interrogatoire, essaye, en lui tendant mille piéges, d'obtenir le nom de ses complices et la révélation de ses abominables projets; puis il rédige un long rapport, bien circonstancié, qu'il adresse au préfet, et dans lequel sont adroitement insinuées quelques phrases apologétiques de sa vigilance et de son dévouement. Le lendemain, il arrive presque toujours que le terrible factieux, après avoir cuvé son vin, va faire d'humbles excuses à M. le maire, qui lui répond par cette paternelle admonition : «Jean, prenons garde à nos discours, et buvons moins; nous avons le vin mauvais.»

Ainsi se dénoue le drame; mais le rapport n'en est pas moins parti : il fera sensation à la préfecture; le nom du maire circulera ce jour-là parmi les convives et les danseurs, et le résultat désiré sera obtenu.

Si, au lieu d'un mécontent, sa bonne fortune voulait qu'il s'en trouvât trois ou quatre, ce serait bien autre chose encore : il irait jusqu'à risquer la proclamation. Rien alors ne manquerait à sa gloire ; il permettrait volontiers qu'on lui donnât le titre de sauveur de la patrie ; il se le donnerait lui-même, au besoin, et ne rêverait plus qu'ambassade et ministère.

A part ces petits travers (chacun de nous n'a-t-il pas les siens ?), le maire de village est ordinairement un homme estimable, doué d'une activité précieuse, dont les intentions

sont pures, qui travaille consciencieusement à mettre de l'ordre dans les finances, à favo-
riser le progrès, à réaliser des améliorations. Son mérite est d'autant plus grand que, si
le zèle qu'il apporte dans l'exercice de ses fonctions n'est pas tout à fait méconnu, il est
en général assez faiblement récompensé. Quand il aura soixante-dix ans, on lui octroiera
peut-être l'autorisation d'orner sa boutonnière d'un ruban rouge. A sa mort, quelques
uniformes renouvelés de la *garde urbaine,* quelques fusils rouillés, l'accompagneront
à son dernier asile, et le curé, oubliant devant la tombe sa vieille inimitié, laissera tomber
quelques phrases sur son cercueil. Enfin, le *Moniteur,* huit jours après, fera ainsi son
oraison funèbre : « M. *** est nommé maire de *** à la place de M. ***, décédé. » Quant
à moi, voici la mienne : «Pour le mal que je désire à certains hommes d'État, je leur sou-
haiterais tout ce qu'on rencontrait souvent, dans cette tête, de rectitude d'idées et de
gros bon sens campagnard.»

Il y a autour de Paris environ cent communes, réunies sous le nom général de *banlieue,*
dont les maires composent la troisième des catégories que j'ai signalées, et méritent à
plus d'un titre une mention particulière.

Le maire de la banlieue est un personnage dont l'importance s'explique par le voisinage du centre gouvernemental. Son nom patronymique disparaît devant sa dignité, et,
depuis le membre du conseil général jusqu'à l'enfant qui le salue respectueusement dans
la rue, tout le monde dira, non pas M. un tel, mais bien M. le maire. Il est impossible
de séparer en lui l'individu du dignitaire. A la mairie, deux scribes au moins sont
à ses ordres dans une pièce d'attente, tandis qu'il médite dans la solitude de son cabinet;
c'est à peine si vous pouvez arriver jusqu'à lui après une heure d'antichambre. Chez lui,
vous chercheriez vainement à le surprendre au sortir du lit, à table, dans un de ces
intervalles de la journée où l'homme libre donne quelques minutes au travail de la
digestion; il est enterré derrière une pile colossale de registres, et jusque dans l'ampleur
commode de la robe de chambre, sous la prosaïque couronne du bonnet de nuit, il se
roidit et pose. En province, au moins, le maire, dans les relations de la vie privée, consent
parfois à se montrer un homme comme vous et moi; il descend jusqu'à causer de la pluie
et du beau temps; rentré dans son intérieur,

> Le masque tombe: l'homme reste,
> Et le *maire* s'évanouit.

Mais, dans la banlieue de Paris, cet éminent fonctionnaire n'a jamais le temps d'être un
simple particulier; il est d'ailleurs pour cela trop pénétré de ce qu'il vaut et de ce qu'il
peut; sa gravité ne se dément en aucune circonstance, pas même dans les épanchements
de la famille, et il croirait déroger s'il disait un mot affable à sa femme ou s'il embrassait ses enfants sans plus de cérémonie que le ferait, dans son ménage, un de ses administrés.

Le maire de la banlieue a deux marottes, l'une générale, l'autre de localité. L'influence absorbante de Paris l'inquiète et le désespère; les intérêts communaux sont
méconnus et en souffrance; il a horreur de la centralisation; il faut rendre à la banlieue
son individualité : voilà pour la première. Il prend un thème, n'importe lequel, les chemins vicinaux, les carrières, le privilége des théâtres, les chemins de fer, que sais-je?
les fortifications sans doute, et il entasse projets sur projets, rapports sur rapports, volumes sur volumes; le préfet de la Seine, le conseil général, n'y peuvent suffire : voilà
pour la seconde. Grâce à cela, des gens qui se piquent de perspicacité ne manquent pas
de dire : C'est une capacité administrative.

Le maire de la banlieue (le croiriez-vous?) est un homme essentiellement politique. Il est chevalier de la Légion d'honneur, électeur, éligible; il a des prétentions à la députation; il a ses entrées à la cour, est exposé à haranguer le roi, et traite les ministres sur un pied d'égalité. Ne croyez pas, d'ailleurs, qu'une mairie de la banlieue se donne comme une autre; que dis-je? elle ne se donne pas, elle se conquiert, pour ainsi dire, à la pointe de l'épée. Jamais lutte de ministre éconduit à ministre titulaire n'engendre plus de mines et de contre-mines; le conseil municipal devient, comme la Chambre des députés, le champ clos de deux rivalités personnelles. L'avénement d'un ministère décide ordinairement la victoire, et je ne serais pas étonné qu'un ministre fît un jour de la nomination d'un maire, comme de la présidence de la Chambre, une question de cabinet.

Je n'ai parlé, du reste, que de la portion intelligente des maires de la banlieue; car, si l'on descend le dernier degré de l'échelle (chose triste à dire), on y trouve plus d'ignorance que dans le village le plus reculé. Mais il est une autre classe singulière et originale, qui ne se retrouve nulle part en France.

Vous habitez Paris; vous êtes riche, capitaliste ou banquier; vous choisissez un point quelconque de la banlieue, et vous y achetez une gracieuse villa. Vous l'habitez l'été, non point pour y jouir de la nature que vous ne comprenez pas, mais parce qu'il serait de mauvais goût de rester à Paris. Vous devenez bientôt membre du conseil municipal; il n'y a qu'un pas de là à la mairie, et, pour peu que vous hantiez les salons ministériels, le pas est fait, vous voilà improvisé maire. Vous pouvez tout à votre aise, si tel est votre bon plaisir, faire annoncer partout: Monsieur le maire de ***. Vous n'entendez rien en administration; mais qu'importe? l'adjoint est là. L'hiver venu, vous regagnez Paris: mais quoi de plus simple? Un jour de la semaine, vous montez en voiture; vous présidez le conseil municipal avec l'ignorance et le déshabillé du grand seigneur, ne fussiez-vous qu'un financier, et tout se borne là.

Si l'on m'eût donné en mille à qualifier cette classe de quasi-maires, je n'aurais pas trouvé le mot: les habitants de la banlieue l'ont spirituellement nommée les *hirondelles*. MOLÉRI.

LE BÉNÉFICIAIRE DE CONCERT.

orsque les bois n'ont plus de feuilles pour abriter leurs musiciens ailés, lorsque la voix seule du vent exhale ses gémissements lugubres dans les parcs d'où ont fui les romantiques promeneuses, alors l'harmonie parisienne recommence son règne bruyant; alors le mot de *concert* tapisse de nouveau tous les coins de rue, et se prélasse aux vitres des éditeurs de romances; le chant se déchaîne avec une sorte de furie; il se fait, sous prétexte d'harmonie, un vacarme qui effrayerait à coup sûr l'honnête Asmodée, s'il s'avisait de se poser sur un toit de la capitale pendant une soirée d'hiver.—Un incroyable mélange d'*ut* de poitrine, de ronron de basse, de sons aigus de chanterelle, de miaulements de hautbois, et d'arpéges de piano, monterait jusqu'au démon boîteux, contraint de reprendre bien vite le chemin d'un monde moins mélomane et plus silencieux.—A notre époque, la musique n'est pas une mode : c'est une fureur, une fatigue, et non un plaisir; un fruit sans sève, une fleur sans parfum. Aimeriez-vous une rose que vingt personnes auraient sentie, une femme qui se produirait à tous les regards? De même, la musique, vierge céleste, qui seule a le privilége de récréer les extases de l'éternité, veut être goûtée sobrement, livrée à peu d'auditeurs; elle n'accorde ses révélations qu'à un petit nombre d'élus, et renie cette armée d'exécutants qui lisent rapidement la note, et en sont encore à épeler les principes de l'art.

Ainsi donc la saison des rhumes est la saison du chant.—Mais qui a fait naître cette rage épidémique?—L'empressement du public, sans doute? Non, car les dilettanti payants de l'Europe entière ne suffiraient point à couvrir les frais de tant de concerts: les coupables sont ces Allemands, ces Italiens, ces Polonais, ces Belges, ces lauréats de Conservatoire, ces merveilles naines que les diligences et la rue Bergère versent chaque année sur le pavé de Paris, à l'instar des sauterelles dont l'Égypte fut jadis inondée. Rendons tout de suite justice à la haute impartialité nationale qui anime les Français. Chez nous, pour réussir d'emblée, il faut être doué d'un nom qui se termine en *er*, en *o*, en *i*, ou en *ky*, s'appeler, par exemple, Kœnesztopfer, Osorio, Marini, ou Kakousky. — L'étrangeté de ces finales attire l'attention; quiconque a lu son petit conte d'Hoffmann ne peut se dispenser de voir si le célèbre violon Kœnesztopfer joue sur un stradivarius qui contient l'âme de sa grand'mère. — Osorio annonce qu'il fait revivre la mandoline castillane et le boléro, dont les traditions sont perdues en Espagne : allons entendre grincer ses cordes de métal.—Marini a eu soin de communiquer à la chronique des journaux une aventure vénitienne digne du temps où il y avait encore une Venise : enfant et simple gondolier, il disait sur les lagunes des stances du Tasse, et ne croyait être écouté que du ciel et de la mer ; lord Byron, charmé de la beauté de sa voix, le tira de sa nacelle pour le mettre au théâtre. — Enfin, Kakousky est un cor de première force. *Notâ.* Ne pas oublier la sympathie d'usage pour les malheurs de la Pologne.

Tel est, pris à l'état individuel, le résumé des invasions musicales de l'étranger. Attendez ! nous avons omis les cantatrices anglaises (il y en a), prononçant ainsi l'italien : *O mio fidaw, ti peurdo!* — les mougiks russes, esclaves jusque dans l'art, et à qui leurs maîtres ne permettent que de souffler chacun une note dans un long tube de cuivre ; — les Styriens de Strasbourg, dont le gosier n'obtiendra jamais que l'inévitable : *La-la-la-ou-ou ;* — les Pyrénéens, qui chantent beaucoup mieux pour les montagnes que pour des oreilles humaines. Nous ne plaçons même pas en ligne de compte les intrépides concertants des sociétés philotechniques de France, les vieux rentiers amateurs faisant de la musique de chambre, les séduisants ténors de salon, ni les petites pensionnaires qui enlèvent le galop avec une assurance imperturbable, et sont destinées par l'admiration de leurs parents à devenir très-prochainement artistes lyriques. — Cherchons les types les plus fréquents du bénéficiaire de concert; triste bénéfice, pour la plupart du temps!...

En première ligne, il faut placer le virtuose réel : — mettez le nom qu'il vous plaira. — Répandu dans le monde, sollicité par les grandes dames, chantant ou jouant chaque soir sous les feux des diamants et des lustres, accablé des exclamations : *Bravo ! ravissant ! délicieux !* il devrait n'éprouver aucune difficulté à organiser ensuite son propre concert. Ne croyez pas, cependant, que toutes choses lui sourient, et qu'il marche entre la *Gloire* et la *Fortune.* Par combien de complaisances dont sa fierté rougit tout bas n'a-t-il pas dû payer d'avance les quelques billets que la haute aristocratie daignera prendre, et payera dédaigneusement ! Son temps, le seul capital du génie, il l'a prodigué ; ses forces, il les épuise à courir sans cesse dans le monde; ce mystérieux demi-jour, cet isolement si favorable à la durée de la réputation, il en a fait le pénible sacrifice pour se rendre aux mille invitations qui pleuvent chez lui. Ainsi, tout lucratif qu'il soit, son bénéfice lui devient onéreux.

Du reste, excusons un peu le grand monde : il s'ennuie tant à force de s'amuser ! Constamment à l'affût du plaisir, il a besoin de saisir au passage ce qui peut lui procurer une émotion ou lui arracher un sourire. Les salons s'ouvrent à l'ombre même du merveilleux: c'est sur cette scène, où ont péri bien des illusions, qu'on promène ces virtuoses encore barbouillés du lait de leurs nourrices, et dont les petits doigts se jouent de toutes les difficultés. Pauvres créatures étiolées ! leur œil brille du feu de la précocité ; mais leur visage pâli atteste de prodigieux efforts et une fatigue démesurée. Musiciens venus en serre chaude, leur patrie commune semble être le pays des éphémères. On se les passe de main en main, on leur donne des bonbons en or, on mesure leur talent à leur taille, et on cherche en quelque sorte le ressort qui les fait mouvoir : les paysans, sur nos places, n'admirent pas davantage les petits valseurs en bois de Nuremberg. Mais ces triomphes ne durent pas longtemps, et l'avenir n'escompte guère de pareils *bénéfices.*

Parlons maintenant du martyr des matinées musicales. L'organisation d'un concert est plus compliquée peut-être que celle d'une armée : on ne se figure point par quelle filière de formalités, de tracasseries, de démarches, de déceptions, il faut passer avant qu'ait retenti le dernier accord de piano. Nous supposons que le musicien en question appartient au genre neutre, c'est-à-dire médiocre, qu'il possède un talent à peu près estimable, jouit d'une apparence de réputation, et a grande envie de réussir : il s'agit d'abord pour lui de trouver une salle vacante, et de prendre date avec Hertz ou Érard, bien heureux quand les locations ne sont pas faites pour deux mois.

Seconde opération : réunir un certain nombre d'artistes de bonne volonté, qui soient libres tel jour, à telle heure; équilibrer les amours-propres, faire rencontrer deux violons qui se détestent, deux pianistes hors du diapason; régler l'ordre des morceaux de manière à ne pas blesser l'orgueil des parties chantantes ou exécutantes; enfin résister doucement au ténor qui exige qu'on lui accorde la faculté d'intercaler auprès d'un air de Giacomo Meyerbeer deux petites romances de M. Bérat, déjà connues de tout le monde, et qu'il se flatte de faire valoir supérieurement. Ceci est pour l'intérieur.

Les soins du dehors ne réclament pas moins l'activité du bénéficiaire. Nourri dans le respect des journalistes, il se présente tour à tour chez ces messieurs, et les conjure de parler un peu de lui, puisque, par métier, ils savent parler de tout. Déjà deux cents billets ont été engloutis dans le gouffre de la publicité, et à peine quelques mots d'avis ont-ils paru à la dernière page des feuilles quotidiennes, noyés entre le *Kaïffa d'Orient* et la *Pommade du lion*. L'infortuné court ensuite à sa répétition; il n'y trouve pas le quart de son monde, et se désole : «N'importe, lui dit-on, tout ira bien; les morceaux sont parfaitement sus, faites afficher.» Le programme s'imprime dans les dimensions les plus gigantesques, le bénéficiaire se jette en cabriolet, et descend chez tous les marchands de musique pour les supplier de vouloir bien lui consacrer un de leurs carreaux. Le lendemain, en recommençant sa tournée, il a la douleur de voir que son affiche est ici absente, là, posée de travers, là encore, dissimulée à moitié pour celle d'un rival plus heureux; il soupire, achète une partition, et obtient à ce prix sa place au grand jour. Excédé de fatigue, mais croyant avoir enfin triomphé de tous les obstacles, le bénéficiaire rentre chez lui en se frottant les mains, et il offre un billet à son concierge pour ne pas offenser par un oubli ce personnage important, lorsque celui-ci lui remet quatre ou cinq lettres dont l'adresse est accompagnée de ces mots : *très-pressé.*——Mauvais signe. — Le malheureux frémit, rompt un cachet, et lit :

«MON BIEN CHER,

«Je suis désolé; il me sera impossible de chanter demain à votre concert. Un enroue-«ment subit m'a pris à la gorge : me voici prisonnier à côté de mon feu. N'accusez que ce « vilain rhume, et comptez sur moi en toute autre occasion.»

DEUXIÈME LETTRE.

«J'avais oublié, monsieur et ami, une invitation datant déjà d'un mois, et que madame «la comtesse M*** vient de me rappeler. Je ne puis m'y soustraire : toute la diplomatie «y sera. Tâchez donc de trouver quelqu'un pour jouer ma partie, et veuillez recevoir «mes excuses et l'expression de mes vifs regrets.»

TROISIÈME LETTRE.

Cher,

«Je suis au comble de la joie. Un engagement superbe! Je pars demain matin pour «Saint-Pétersbourg. Cette nouvelle, j'en suis sûre, vous causera bien du plaisir. Vous «n'aurez pas de peine à me remplacer : tout le monde à Paris sait l'air *Grâce pour moi !*»

Deux autres billets disent à peu près la même chose. Que faire? où aller? Il est minuit. Notre homme ne dort pas; mais, enfin, il réussit le lendemain à reconstituer son édifice démantelé, en allant frapper à la porte de quelques amateurs qu'il eût dédaignés la veille.

Nous abrégeons forcément ce chapitre des mésaventures préparatoires, pour arriver au concert même.

L'heure est passée. Les *rares* spectateurs s'agitent avec cet ennui, cette impatience qu'inspire une salle vide. La symphonie commence : un maigre orchestre écorche Beethoven, et plus d'une oreille fait pour les exécutants une comparaison fâcheuse avec Valentino. Vient le duo italien ; après le grand air de rigueur, le bénéficiaire s'avance ; son regard désolé, tout en paraissant chercher l'inspiration, compte le petit nombre des auditeurs. O recette, que tu sonnes creux dans sa pensée !... Il passe la main sur son front, d'où découle une sueur glacée. Ses genoux fléchissent ; gare au *tremolo !* Il pose l'archet sur les cordes de son violon, et commence un de ces morceaux inextricables, inventés par les virtuoses contemporains, et qui, à travers leurs variations, ne contiennent aucune espèce d'idée musicale, aucune phrase de chant; morceaux dont le principal mérite est de durer trois quarts d'heure. Pendant qu'il se livre à cet exercice gymnastique, d'honnêtes spectateurs, préoccupés de leur dîner, se lèvent avec fracas ; plus d'une mère recommande à ses filles de bien croiser leur châle, de peur de prendre froid. Les murmures des personnes qu'on dérange complètent cette harmonie d'un nouveau genre, à laquelle se joignent les accès de toux des enrhumés, qui profitent du bruit pour se soulager d'une quinte. A peine l'ordre est-il rétabli, que le bénéficiaire entend derrière lui causer très-haut ses propres artistes. Une basse-taille récalcitrante se plaint d'avoir été placée dans la seconde partie, et menace de se retirer, quitte à laisser son partenaire chanter tout seul le duo des *Puritains*. Le pauvre violoniste sent un nouveau frisson lui parcourir les veines ; il perd la tête, saute des pages entières pour arriver plus tôt à la *stretta,* et il a l'humiliation de n'être applaudi que par son portier.

Le concert terminé, et le compte du *doit* et *avoir* établi, il résulte de la balance que le bénéficiaire a perdu cinq ou six cents francs. — Allons, pauvre artiste, remets-toi à courir le cachet, enseigne le solfége aux petites filles, épuise ta patience contre les doigts roides des écoliers; fais du métier, l'art n'ouvre pas ses portes à tout le monde.

Gardez-vous des concerts donnés par les compositeurs de génie inconnu, et dont les partitions, refusées à l'unanimité par l'Opéra ou l'Opéra-Comique, deviennent une embûche tendue au public. — L'ouverture, énormément allongée, se glisse d'abord sous les apparences d'une symphonie, non pas symphonie ordinaire, mais symphonie romantique, avec une action sans paroles, avec des personnages invisibles, que vous devinerez. D'ailleurs, le programme est là pour indiquer le sujet, la gradation d'incidents qui se développeront en *ré majeur* ou en *la bémol mineur.* Vous écoutez de toutes vos oreilles et de toute votre intelligence. Ce grondement de basses vous annonce l'approche d'une troupe de bandits italiens. —Un solo de flûte simule l'innocence aux prises avec le crime et près de succomber. — Attention ! une fanfare d'instruments de cuivre a retenti : ce sont des carabiniers pontificaux qui s'avancent au grand galop pour fondre sur les bandits. — Après une transition obscure signifiant les débats de la justice, le violoncelle nous apprend, par ses gémissements, que l'heure du supplice est arrivée pour les coupables. *Andante*, le cortége s'approche ; *lento*, l'expiation a lieu ; *largo*, tout est fini : les impressions de l'artiste ont reçu leur complet développement.

Prenez-y garde, ceci est sérieux, le maestro nous l'a dit : si vous le mettez au défi, il se chargera de vous prouver que tout dans son art est à refaire. Non qu'il daigne mettre, pour comparaison, la musique d'autrui à côté de la sienne ; car il n'a pas trop de place pour ses élucubrations, et toute la séance sera à peine assez longue pour ses drames à grand orchestre.

Les jeunes filles en sont venues à donner, comme d'autres, leurs concerts ; mais ce n'est guère qu'un moyen pour arriver à l'Opéra. Triste essai, quand les lauriers du Conservatoire n'ont pas couronné leur front. D'avance, leurs mères assiégent, pendant deux mois, le cabinet des pachas de l'Académie royale de musique ; on connaît les habitudes d'emphase de ces vénérables matrones : « Ah! monsieur, s'écrient-elles, il faut entendre ma fille ; pauvre enfant, comme elle roucoule... Quelle voix! un vrai rossignol. Allez, vous ferez une bonne acquisition. »

Le jour du concert venu, la mère de la future Falcon s'établit à la porte de la salle pour voir entrer le directeur tant désiré. Mais celui-ci ne manque jamais de donner sa procuration et son billet au garçon de théâtre, qui, le lendemain, lui dit en rangeant son bureau : « Tenez, monsieur, ça n'est pas fort, ça n'a pas de poumons. » Et les espérances de la cantatrice s'embarquent, avec un engagement de dix-huit cents francs, pour la ville de Brives-la-Gaillarde.

Si vous n'êtes pas fatigué de ce panorama de figures mouvantes, nous vous montrerons encore parmi les bénéficiaires de concert ces inventeurs d'instruments ignorés, mais *dont le besoin se faisait généralement sentir.*— L'un a imaginé une flûte de roseaux, à l'imitation du dieu Pan. — L'autre a assemblé des morceaux de verre formant des gammes. — Celui-ci, porteur d'une chevelure démesurée et d'une barbe beaucoup trop moyen âge, se présente avec une espèce de rebec. —Celui-là prétend, avec un orgue de sa façon, remplacer la voix humaine, et jusqu'à l'orchestre : c'est un économiste. Il possède à la fois dans ses tuyaux Rubini, Lablache, Batta et Thalberg. Il va sans dire que tous les noms de ces instruments encyclopédiques sont tirés du grec, ce qui ne les rend pas plus intelligibles.

Enfin il existe dans les faubourgs une quantité de petites salles où se réunissent et brillent *primi inter pares* les talents avortés, les voix de rebut, les ténors de province, les choristes des théâtres de vaudeville. Là, les billets se payent un franc, et, par faveur, cinquante centimes. Ce ne sont pas les concerts les moins productifs : on y entend des variations sur l'air *Partant pour la Syrie,* et les seules romances qui aient cours dans ces réunions ont été consacrées par trois ans d'orgue de Barbarie.

Pardonnez-nous, lecteur, de ne pas vous mener plus loin. Vous en avez assez vu pour vous convaincre d'un fait : c'est que la musique n'est point, comme on le croit, comme on le proclame banalement aujourd'hui, une mine d'or inépuisable, ouverte à toutes les mains ; c'est que le talent du virtuose tend incessamment à devenir un métier, et que les destinées mêmes de l'art sont compromises, lorsque trop de regards profanes pénètrent les secrets du sanctuaire. Ce qui excitait notre admiration ne provoque même plus chez nous le sentiment de la curiosité. Saturés de chefs-d'œuvre, nous demandons au bizarre d'émouvoir notre fibre engourdie. En un mot, nous devrions solliciter les faveurs de la Musique, cette belle muse, et c'est elle qui, s'empressant d'accourir au-devant de nous, laisse tomber à nos pieds ses trésors les plus précieux. — Moins de concerts, et le mot de *bénéficiaire* aura encore quelque signification.

ALFRED DES ESSARTS.

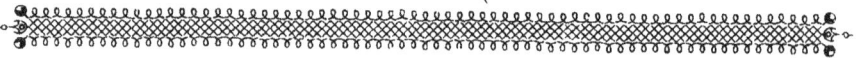

LE MONDE DES ROMANS.

LES FEMMES ÉMANCIPÉES.

 RACE au patronage de quelques *femmes supérieures,* un monde nouveau vient de se former. Désormais un asile est ouvert aux victimes du mariage et de la civilisation : les âmes incomprises, les natures dévastées, les cœurs ulcérés, peuvent s'y présenter sans crainte. Tout ce qui parvient à obtenir un brevet de souffrance morale a le droit d'y être reçu ; toutes celles qui consentent à secouer les dernières faiblesses de leur sexe, les derniers préjugés d'une éducation arriérée, y sont admises : la vertu et l'innocence doivent tseules y rester inconnues.

Heureuses celles qui peuvent faire valoir les blessures d'une union mal assortie, une passion violemment partagée, un égarement prémédité, un flagrant délit d'adultère, et surtout un éclatant procès en séparation ! Toutes les sympathies leur sont acquises, toutes les indulgences leur sont réservées. Dans ce monde à part, l'opinion de la majorité est en opposition constante avec les jugements et les décrets humains.

Et ne croyez pas qu'il soit ici question de l'une de ces innombrables sociétés formées par le caprice de quelque dieu sans emploi, de l'une de ces grandes familles dont les premiers sujets encombrent encore le cerveau de leurs créateurs, de toutes ces fondations en herbe vainement réchauffées par les propagateurs fouriéristes et saint-simoniens ! Le monde dont nous parlons a devancé les théories des réformateurs; il existe, il s'est formé par cette seule raison qu'il était indispensable aux nouveaux instincts de la société. Faible d'abord, il s'est agrandi peu à peu, et aujourd'hui il se rehausse de toute l'importance qu'il se donne. En attendant mieux, sa mission est de régénérer la terre, et de secouer le joug que les hommes font peser sur *la plus belle moitié du genre humain.*

Si vous ne craignez pas d'accepter un rôle secondaire, faites-vous présenter dans l'un des salons ouverts à ce monde exceptionnel : les physionomies les plus étranges vont s'y succéder ; les principes les plus hardis y seront mis en circulation ; toutes les questions sociales y seront agitées et résolues.

Et d'abord , remarquez la composition de cette réunion d'élite ! C'est un mélange de femmes de lettres et de femmes littéraires, de philosophes en jupon , de créatures philanthropes, de femmes fortes, mûries par l'âge et l'expérience du malheur, de jeunes pécheresses au cœur trop sensible , qui demandent à faire oublier leurs fautes passées par l'adoption de nouvelles erreurs. Quelques-unes, mettant à profit leur maturité, ont abandonné les derniers attributs de leur sexe primitif, et ont adopté des noms, des allures et des costumes qui se rapprochent autant que possible de la virilité. Les prénoms dont elles furent dotées à leur baptême étaient trop efféminés : elles les ont effacés dans l'intérêt de l'émancipation, et aujourd'hui elles s'appellent Marc, Fernand , Georges , Edgar, Saturnin. Innocente conquête qui leur révèle enfin le sentiment de leur force, et leur donne un premier vernis d'indépendance et d'égalité !

Fières de ce succès, devaient-elles s'arrêter en si beau chemin ? Aussi leur accoutrement — il est impossible de dire leur toilette — se ressent-il de cet esprit de révolte et d'innovation ? Tous les siècles , tous les âges , tous les pays , ont été mis à contribution dans le but de compléter les déguisements les plus singuliers : c'est une macédoine de pièces et de morceaux étonnés de se trouver réunis , une composition d'ajustements sous lesquels il est impossible de deviner ce *sexe enchanteur.* Et puis , tout cela est dans un désordre si parfaitement médité , dans un état de friperie si bien entendu, qu'on aurait mauvaise grâce à ne pas reconnaître qu'il y a progrès.

Les novatrices audacieuses ont franchement adopté le costume masculin , qu'elles modifient selon leurs caprices. N'espérez plus rencontrer chez elles, et ces robes de soie, et ces mantilles , et ces mille riens inventés par la mode ! Toutes ces vieilleries d'un autre âge ont fait place à la redingote à brandebourgs , au feutre , au pantalon , aux bottes à éperons , emblèmes évidents d'une constante supériorité. Les imitatrices à la suite s'essayent timidement à ces rôles nouveaux, et se contentent de s'affubler de temps à autre de quelques vêtements empruntés à la Grèce ou à la Turquie. L'une d'elles ne reçoit jamais que revêtue d'une robe arménienne et d'un bonnet persan , une longue pipe à ses côtés, et cherchant à saisir, dans le brouillard dont elle s'entoure , quelques idées absentes de son cerveau. Ne lui a-t-on pas dit que l'une de nos célébrités littéraires composait des chefs-d'œuvre sous l'inspiration du tabac, et sous l'influence d'un habillement étranger ?

Dans cette dernière catégorie vient se grouper la *femme turque,* individualité toute française, que nous devons aux instincts aventureux de ce temps. Cette âme ardente, dévorée dès l'âge le plus tendre par la passion des voyages, se sentait mal à l'aise sur une terre trop prosaïque ; la monotonie d'une existence paisible la fatiguait ; un bien-être trop prolongé était devenu pour elle un joug insupportable. Il lui fallait de l'air, de l'espace, du soleil, des incidents imprévus, et , un beau jour, elle recouvra sa liberté en s'embarquant avec le premier venu sur un vaisseau faisant voile pour l'Orient. Enfin , ses vœux sont exaucés ! elle a mis le pied sur la terre promise ; passant de main en main , comme une monnaie qui perd son empreinte dans la circulation , laissant les derniers lambeaux de sa modestie au coin de toutes les pyramides , courant à la suite des caravanes sous le déguisement obligé , cherchant çà et là quelque peuplade errante à gouverner, quelque petit royaume à constituer, et ne rencontrant que des vagabonds assez mal appris pour ne pas respecter leur future souveraine. Après plusieurs années de misère et de déceptions, elle nous est revenue; et Dieu sait dans quel état et avec quelles ressources! On dit que, pour arriver jusqu'à nous, mettant à profit son expérience des hommes et des choses, elle a été quelquefois forcée de toucher les derniers escomptes d'un reste de beauté. Hélas! le malheur ne l'a point abattue. A son retour, forte de ses succès et de ses émotions de grande route, elle est entrée tête haute dans ce monde à part; et là, elle a été accueillie et déclarée femme essentiellement émancipée. C'est ainsi qu'elle est devenue la protectrice de toutes ces natures ardentes poussées vers l'inconnu par des instincts secrets, de tous ces êtres fragiles peu soucieux des joies du ménage et du bonheur de la famille, de toutes ces âmes qui cherchent à briser des liens trop pesants, qui aspirent à des régions lointaines, et qui demandent une vie agitée, une vie pleine d'écueils et de dangers. Que faut-il pour les satisfaire? Presque rien : un petit voyage autour du monde, une idée de l'Atlas, un aperçu du Grand-Désert, une méditation sur les ruines de Palmyre, une entrée au harem, une absence nécessitée par un premier faux pas, puis un album et une nourrice pour recueillir tout cela. Voilà le but de tous ces désirs! Recueillir ses impressions, et obtenir, tant bien que mal, le titre de femme de lettres ou de femme féconde.

Un manuscrit est, en effet, la dernière conquête de la femme revenue d'Orient : trésor précieux destiné à doter le monde de toutes les sublimes idées que peuvent inspirer les contrées les plus rebattues. Mais il faut le mettre en lumière; et l'auteur de ces pages brûlantes recommence à travers Paris des courses incessantes, dans l'espoir de trouver un éditeur. Vainement elle a frappé à toutes les portes, et si vous l'abordez, elle vous fera ses doléances à ce sujet, elle vous dévoilera, faute de mieux, les intimes secrets qu'elle réservait au public. Une fois lancée dans ses souvenirs, elle se gardera bien de vous laisser échapper; et vous serez entraîné malgré vous dans une suite de récits plus incroyables que les contes des *Mille et une nuits*. A l'entendre, elle a rempli partout des rôles importants : Méhémet l'a consultée, Soliman lui doit ses meilleurs plans stratégiques, le jeune sultan l'honorait de visites particulières, et il n'eût tenu qu'à elle d'assister à la bataille de Nezib. A ces grandes questions, viennent s'unir des détails d'un ordre moins élevé : ce sont les intrigues du sérail, la vie du harem, depuis la vente de l'esclave jusqu'aux fonctions de l'eunuque noir, les jaoglans dont elle saura vous démontrer l'utilité. Vous serez encore heureux, si elle consent à vous faire grâce des idées de progrès, des projets humanitaires, des vues d'émancipation qu'a fait naître dans son esprit l'étude des peuples et des pays qu'elle a visités.

Si l'Orient est le domaine de la femme turque, la douleur est la sphère de la femme abandonnée. De tous les produits de notre temps, la femme abandonnée est celui qui fructifie avec le plus d'avantages. Sa sève puissante sait résister aux malheurs qui font le charme de sa vie; la force de sa constitution parvient à surmonter les rudes secousses de son existence. Et puis, n'a-t-elle pas les bénéfices de la position qu'elle s'est faite? n'est-elle pas soutenue par le sentiment d'intérêt et de compassion qui accompagne les grandes infortunes? D'autres cherchent dans le monde des distractions et des plaisirs; elle, au contraire, ne lui demande que des déceptions et des ennuis. Satisfaite du rôle qu'elle a adopté, elle s'est initiée de bonne heure aux blessures du cœur, elle s'en est fait une douce habitude; et la souffrance morale est devenue son élément. Comme toutes ses semblables, elle a été sacrifiée; et, dans une union mal assortie, elle a senti se développer ses dispositions naturelles. Abandonnée plusieurs fois, et plusieurs fois consolée, son courage s'est exercé dans les tristes moments de la séparation; son âme s'est retrempée pendant ces heures d'angoisses. Pourquoi l'âge est-il venu interrompre le cours de ses adversités désirées ? Toujours prête à succomber, cette victime des hommes se plaint maintenant de leur indifférence, et demande une main secourable qui la conduise encore dans la voie des douleurs : elle espère n'avoir pas recueilli les derniers profits de l'abandon.

A côté de cette création sortie toute fanée du roman intime, un être maladif et disgracieux, triste copie d'un modèle imaginaire, se fait remarquer par ses poses mélancoliques. Cette pauvre femme demande incessamment aux rêveries de l'imagination les joies et les voluptés terrestres qu'elle n'a jamais connues. A l'entendre, elle a été maudite à sa naissance ; le ciel ne lui a donné qu'une organisation incomplète, et, comme les créatures déchues, elle se révolte contre lui. Ses jeunes années, elle les a vainement consumées, et dans des épreuves sans cesse renouvelées, et dans des essais toujours infructueux. Elle n'a rien acquis dans ces études ; l'analyse de ses sensations n'a rien produit ; son cœur n'a jamais vibré. N'allez pas lui parler de bonheur, d'entraînement, de passion ; vous toucheriez une corde insensible, vous réveilleriez des désirs à peine calmés ! Et puis vous comprendrait-elle ? N'est-elle pas encore étrangère à la perception de ces idées ? Cependant vous pouvez, sans crainte de la blesser, aborder avec elle une discussion sérieuse sur cette matière. Mieux que vous, elle saura l'agiter et l'approfondir ; et vous serez surpris de sa facilité à faire surgir les questions les plus délicates, les points les plus scabreux. Une fois pénétrée de son sujet, elle n'évitera aucun détail intime, et donnera aux choses des noms si bien choisis, que, par décence, vous serez forcé de rougir de son inconcevable naïveté. Malheur au jeune Werther qui se laisse prendre au regard fauve et à la tristesse de cette ingénue ! Il sait bientôt à quoi s'en tenir sur cette fleur d'innocence sur le retour ! Cette mélancolie, ces aspirations célestes, ces rêves de l'innocence, cette absence de cœur, tout cela se résume dans une laideur repoussante, et dans certaine difformité physique que l'art est quelquefois inhabile à cacher.

Telles sont les sommités de ce monde bizarre, où se rencontrent encore toutes les femmes qu'une conduite trop libre et des allures trop audacieuses ont placées en dehors de la société ; et les Madeleines sans repentir, et celles qu'un éclatant adultère a mises en évidence et en circulation, et les femmes devenues philanthropes par la force des années et d'un penchant irrésistible, et toutes celles qui se trouvent entraînées par esprit de révolte et d'imitation. C'est au milieu de ce monde que les grandes idées d'émancipation et de progrès prennent un libre cours ; c'est dans ce sanctuaire que les lois sont refaites, que les hommes sont régentés, que les liens terrestres sont méprisés ! Le temps viendra donner à ce sexe trop sacrifié une position digne de lui ; bientôt il pourra jouir des droits et priviléges que le législateur lui a refusés. L'avenir lui appartient, et, comme l'a dit le poëte, *l'avenir ne peut pas être décapité !*

Que votre bonne étoile vous conduise au sein de l'un de ces petits cercles péniblement réunis dans un cinquième étage enfumé : le désordre et la pénurie de l'appartement sont de nature à indiquer que la maîtresse du lieu se plaît à vivre dans des sphères encore plus élevées. Dès l'antichambre, vous êtes saisi par une forte odeur de cigare et de philosophie. Dans une pièce plus que modeste, et cependant décorée du titre de salon, deux pauvres chandelles répandent avec peine une demi-obscurité, en attendant le soleil de l'émancipation : vous êtes dans la demeure de l'un des membres les plus influents de cette corporation de *femmes émancipées.* Vous pouvez vous initier à ses projets, et recueillir à votre aise les sublimes décrets qu'elle laisse tomber sur la foule. Selon cette grande *rénovatrice,* tout est à détruire et à refondre ; notre civilisation est vicieuse ; les femmes n'ont pas été comprises ! Que l'une d'elles, fatiguée d'un joug tyrannique, se débarrasse de son mari par un moyen violent : elle a été conduite à cet acte répréhensible par l'injustice des lois et le sentiment de sa supériorité. Qu'une faible créature, douée de toutes les qualités, quitte brusquement le toit conjugal : elle a été entraînée par la *passion*. Enfin, qu'une tendre mère abandonne ses enfants : elle s'est décidée à ce sacrifice parce qu'elle avait une mission plus sainte à remplir ! Telles sont du moins les idées de cette femme supérieure. Ne soyez donc pas surpris si, du haut de son domicile, elle songe à renouveler les bases d'une mauvaise société. Toute son intelligence est dirigée vers ce but utile ; les dernières années de sa vie, elle les consacre à cette œuvre humanitaire. Son monde est prêt ! Elle n'a plus à former que le premier être de sa création : Dieu veuille qu'elle ne le fasse pas à son image.

F. G.

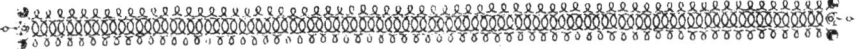

LE BANQUIER.

Croissez et multipliez.

(L'Évangile aux créatures, et les
banquiers aux pièces de cent sous.)

25 + 25 == 100.

(. . . . . . .)

'ARGENT est une marchandise.

    Ceci est un principe reconnu déjà par bien des gens comme un axiome. Tous ceux qui exercent ou connaissent une industrie quelconque, se livrent à la moindre opération d'achat ou de vente, de prêt ou d'emprunt; tous ceux qui touchent au commerce, depuis les hauts et puissants seigneurs de la finance, qui remuent dans leurs coffres et leurs caisses l'or et l'argent à pelletées, jusqu'au timide et obscur brocanteur, qui attend de quelque échange, troc ou marché, longtemps et péniblement élaboré, le misérable gain qui doit le faire vivre au jour le jour : tous ceux-là, dis-je, savent à quoi s'en tenir sur la valeur de l'argent... Les uns le font trop souvente fois bien amèrement savoir aux autres !

    Mais ne faisons pas de récriminations anticipées : il y a du bon partout, et partout aussi du mauvais. Tous les banquiers ne sont pas des juifs, ni tous les nécessiteux ne sont pas des victimes honnêtes, et, par conséquent, à plaindre.

    Mon but est loin de faire une sortie contre ceux-ci en faveur de ceux-là. Je ne prétends pas venir systématiquement vous dire que toujours les petits sont mangés par les grands. La Fontaine et Béranger l'ont dit avant moi, et ils ont peut-être eu raison de le dire; mais un peu d'éclectisme ne gâte rien à l'affaire, et il est bon de reconnaître ici que, dans plus d'un cas, les petits sont rageurs, et donnent souvent du *fil à retordre* aux grands. C'est d'un autre point de vue que je veux vous faire envisager les banquiers et la banque, point de vue dont on paraît jusqu'à présent ne s'être pas assez rapproché, point de vue physiologique plutôt que technique, et qui, tout en ne négligeant rien de ce qui pourra être utile ou intéressant dans les accessoires, vous fera principalement discerner les fibres secrètes, le mouvement, l'animation, la vie de la chose. Ce sera, si vous le voulez, de l'anatomie morale : le commerce sera un corps; l'argent, le sang qui y circule et le fait mouvoir. Vous assisterez au déversement, à la transmission de ce fluide, des hautes régions du corps jusque dans ses régions les plus basses et les plus minimes.

    Pour cela il faut que vous me permettiez une comparaison.

Figurez-vous un immense réservoir, renfermant cet or, fluide vital du commerce. Ce réservoir est placé sur une hauteur, et entouré de difficultés de terrain et d'escarpements. Tout à l'entour, mais à une distance plus que respectueuse, vous pouvez vous figurer le commerce, avide, nécessiteux et cupide, et représenté par tout ce que nous avons d'acheteurs, de vendeurs, de brocanteurs, de rajusteurs, d'accapareurs, d'améliorateurs, de spéculateurs, de fournisseurs, tous de talents, de probité, de mérite, et d'habileté d'espèces différentes, mais tous couvant des yeux cet or éloigné, qu'ils ne peuvent pas toujours atteindre, et s'ingéniant de mille manières pour en arriver le plus près possible, et participer, pour leur somme de vitalité et de bien-être, au bien-être et à la vitalité que doit dispenser à tous le trésor lointain et convoité. — D'autres, plus près du réservoir que ces derniers, se sont imaginé d'être les points intermédiaires, les canaux au moyen desquels l'or pourrait couler de ses suprêmes hauteurs jusque dans les mains laborieuses et mercenaires ; et leur hiérarchie s'est jalonnée de manière à remplir tous les intervalles, toutes les distances, tous les degrés imaginables entre le réservoir et le commerce. Leur idée était bonne, et, en effet, l'or se distribue par eux comme par autant de bouches qui lanceraient à petits jets les eaux d'un volumineux bassin. Comment l'obtiennent-ils, cet or, et à quelles conditions le distribuent-ils ? Voilà ce que nous allons savoir.

Sortons d'abord de notre comparaison, qui est finie, et appelons chaque chose par son nom : notre grand réservoir est tout simplement la haute banque, l'aristocratie de l'argent ; le cercle nombreux qui l'entoure de loin, nous l'avons nommé, c'est le commerce, et les points intermédiaires, les jalons placés à intervalles, sont les escompteurs, depuis le plus infime courtier jusqu'au plus huppé preneur de billets à ordre.

Sans doute, dans les temps primitifs, quand deux hommes faisaient un marché entre eux, et que l'un n'avait pas momentanément en sa possession de quoi payer le prix de la chose qu'il prenait de son vendeur, sa parole devait suffire, et l'autre, après avoir livré sa marchandise, dormait tranquillement sur l'une et l'autre oreille, jusqu'au moment où l'acheteur, plus riche, et revenu à flots, pouvait se libérer envers lui. Aujourd'hui, que tout a marché en suivant l'impulsion ascensionnelle des progrès civilisateurs ; que chacun est *habile*, et fait du dévouement... pour soi, la parole *parlée* ne suffit plus ; il faut la parole *écrite*. La parole écrite, en fait de commerce, n'est autre que le billet à ordre ou la lettre de change. C'est une sûreté de plus ; car, comme le disent ces quatre vieux mots latins, *verba volant, scripta manent*. Encore cette parole écrite n'est-elle pas toujours franche et ponctuelle..., la preuve, c'est qu'elle nous a enfanté les huissiers !

C'est cette parole écrite qui, circulant de mains en mains, et se noircissant d'endos et de signatures, devient la garantie des opérations faites par la banque et le commerce. C'est à l'aide de ces billets que les petites bourses vont solliciter les cordons des grosses, en faisant un appel plus ou moins entendu, non pas à leur générosité, s'il vous plaît, mais à leur intérêt. Alors les grosses bourses examinent, consultent, scrutent, analysent, tournent et retournent dans tous les sens les suppliques timbrées des bourses plates, et, si elles acceptent, après une brèche faite suivant les principes d'une conscience qui... *sait* les affaires, donnent leur compte aux pauvres demandeurs, qui font *de nécessité vertu,* et ne manquent jamais de s'en aller en faisant force remercîments aux très-hauts, très-puissants, très-nobles, et très-généreux prêteurs.

Mais, trêve un instant, si cela vous duit, aux froides énumérations, aux explications philosophiques. Une scène qui se passera sous vos yeux vous en dira au moins autant que tous ces mots secs, et vous le dira certainement d'une manière plus attrayante et plus profitable.

Nous allons nous installer chez un de ceux que nous avons désignés tout à l'heure sous le nom de *points intermédiaires,* c'est-à-dire chez un escompteur. Nous aurions pu prendre aussi bien plus haut ou plus bas, mais je choisis celui-ci, pour la raison que vous allez comprendre. Chez lui nous allons voir arriver toute la multitude affamée des régions basses, avec ses faces humbles et ses formules quêteuses; et lui, plus tard, nous le verrons aborder à son tour les omnipotents du métier, ses seigneurs et maîtres, ceux qui sont pour lui ce qu'il est pour ceux qu'il viendra de recevoir, et de satisfaire ou mécontenter.—En un mot, et pour être plus précis, nous verrons les quartiers Saint-Denis, des Bourdonnais, du Sentier, Saint-Martin, Saint-Antoine, de la Cité, du quai des Augustins, etc. etc. etc., tous endroits de labeur et de commerce, se rendre en foule chez notre homme, que nous logerons à peu près faubourg Poissonnière, ou Montmartre, ou même près de la rue de Provence, et d'où nous le suivrons, lui, ensuite, à l'hôtel de la banque de France, rues Laffitte, Saint-Georges, Saint-Lazare, Chaussée-d'Antin, etc., riches et brillants quartiers où l'or a son trône, où l'on pourrait se faire une bibliothèque en reliant des billets de banque.

Il est dix heures. Arrivez au numéro indiqué, et, sans rien demander au cerbère de concierge, abordez les marches : une plaque vous dira suffisamment à quelle porte vous devez cogner. L'ovale de cuivre convexe, cloué au beau milieu de cette porte, détachera de son fond brillant deux mots gravés en lettres noires : BUREAUX ET CAISSE. Vous pouvez même y voir, en supplément d'indication, ces six lettres hiéroglyphiques qui dispensent de sonner, quand on a le bonheur ou le talent de les comprendre : T. L. B. S. V. P., et qui veulent dire : *Tournez le bouton, s'il vous plait.* Entrez. Traversez, sans vous y arrêter, et l'antichambre où attendent les clients, et le guichet où l'on paye, et que les garçons de recette bariolent toujours de leurs cyniques ou grossières inscriptions; laissez même dans le premier bureau caissier, teneur de livres et autres employés, classe qui ne doit pas faire aujourd'hui le sujet de nos études, et pénétrez directement dans le cabinet du patron.

Vous ne lui trouverez pas la figure pâle, anguleuse, ni les lèvres serrées de nos harpagons modernes. Une face souvent avenante et réjouie pourra vous recevoir, et quelquefois même un certain vernis d'homme du monde pourra se laisser deviner à la manière dont il vous saluera. Il a ses pantoufles, sa robe de chambre, et son bonnet grec aux broderies conjugales. Son corps décrit les zigzags d'un homme pris entre son fauteuil et son secrétaire; devant lui est ouvert son journal; à côté de lui sont entassés des paperasses, des portefeuilles, des bordereaux, des comptes courants, etc.; à sa main droite s'élève majestueusement son magasin, c'est-à-dire son coffre-fort. Ne croyez pas qu'il se plonge dans la politique ou la littérature..., regardez plutôt à quel article est ouvert sa feuille quotidienne : Bourse ! Croyez-vous qu'autre chose germe et fermente dans sa tête? Calcul, chiffre, intérêt, cinq pour cent, vingt pour cent, voilà ses sujets de méditation ! Sa bibliothèque se compose de tous les almanachs de commerce publiés depuis qu'il est dans les affaires, et je ne me fais pas la plus légère idée de ce qu'il doit pouvoir dire à sa femme dans les instants où, malgré toute prédilection pour les nombres, les nombres doivent faire place aux fleurettes domestiques.

Sa marchandise est pour lui une chose si précieuse (et on le conçoit sans peine), qu'il ne songe qu'à elle, à la conserver, à la travailler, à la multiplier. Et il sait si bien par cœur toutes les opérations sur lesquelles reposent ces deux dernières choses, que tout indice, toute formule, tout *guide-âne,* lui sont devenus parfaitement inutiles. Ainsi vous ne verrez à sa cheminée ni barême, ni comptes d'intérêts préparés d'avance, ni autres imprimés aidant les calculateurs novices ou rouillés; il n'a pas besoin de tout cela : sa tête pour tout, rien que sa tête !—Et il vous dira incontinent, croyez-moi, à un dix-millionième près, ce que telle somme à tel taux fait pendant tel ou tel nombre de jours..., j'allais dire de minutes : c'est qu'il vous le chiffrerait, au besoin !

Mais observons. Voici entrer un des clients que nous avons laissés dans l'antichambre. C'est un gros monsieur, court, aux cheveux rares, à la physionomie réservée, aux manières prétentieuses. Sa boutonnière montre ostensiblement un petit morceau de soie rouge, derrière lequel il a l'air, lui, le gros monsieur, de se retrancher pour se donner une importance ou une valeur quelconque. Tout son port, tout son maintien, tous ses gestes, semblent dire : « Puisque j'ai la croix, je dois être considéré. » Il salue obséquieusement, s'assied pour reprendre haleine, passe les mains sur ses genoux, et tousse absolument comme s'il voulait se faire admirer jusque dans sa manière de tousser : « Monsieur, continue-t-il après avoir rétabli son gosier dans son état normal, et en se penchant vers le banquier, monsieur, j'aurai besoin pour *mon trente* d'une quinzaine de mille francs. J'ai cette fin de mois une échéance fort chargée. Voici mon bordereau. » Et il sort cérémonieusement de sa poche une vingtaine de valeurs, billets, traites, acceptations, lettres de change, etc., qu'il pose avec politesse entre les mains de son interlocuteur, qui, connaissant son client, ne jette qu'un coup d'œil superficiel, et répond poliment aussi : « C'est bien, monsieur, vous pouvez compter dessus ; le trente, au matin, les fonds seront à votre disposition. » Et, après une phrase réciproque d'adieu, toujours à cérémonie de la part du gros monsieur, le gros monsieur sort en caressant le parquet de la semelle de ses bottes, et se rengorgeant en lui-même ; car il vient, selon lui, d'accomplir l'acte le plus important de sa vie, de remplir sa plus grande mission... : il vient d'assurer le payement de son échéance ! Comme on le connaît, on n'entame jamais la conversation avec lui, attendu que le gros monsieur déroge très-rarement à sa dignité en s'abaissant au dialogue familier et intime. Le banquier, après son départ, met les valeurs de côté. Son *cédant* (celui qui les lui cède) est bon ; il n'a pas à s'inquiéter du crédit ni de la responsabilité des confectionnaires ou souscripteurs. Il est tranquille, et gagnera sans courir de chances son intérêt, son change, et sa commission.

Le gros monsieur est un riche négociant, homme honorable, du reste, et dont le banquier n'a, en affaires, jamais eu qu'à se louer.

Une autre personne entre. C'est un petit monsieur, cette fois, mais maigre, à la démarche empressée, à la physionomie active. Son costume laisse deviner, et de reste, qu'il n'y apporte pas la moindre prétention. Il a des socques et un parapluie, et semble faire concurrence aux enleveurs de boues, tant son pantalon en est couvert. Il dit bonjour, s'assied, et cause avec familiarité : « Eh bien ! monsieur Rémond, comment vont les affaires ?—Eh ! eh ! monsieur Dufuret, comme ça, ça boulotte.—La fin du mois, cependant, s'est bien passée ?—Oui, cela s'est assez bien payé.—Trop bien ! je n'ai eu que dix protêts. — Là ! plaignez-vous ! mon huissier sort d'ici ; il ne m'en emporte que six. — Eh bien ! si vous ne voulez pas être trop méchant aujourd'hui, je vous apporte... du *nanan*. » A ces mots, le courtier sort de sa poche un énorme et ventru portefeuille, d'où il extrait une seule valeur. « Tenez, continue-t-il, en la mettant sous les yeux de M. Rémond : cinq mille francs sur Bordeaux, à soixante jours... — Mais, interrompt le banquier, qui regarde M. Dufuret en souriant, c'est sur ce même M. de Santiverne, qui ne paye pas ? — Précisément, c'est pour cela que c'est bon. Vous l'enverrez tout droit à votre correspondant de Bordeaux, et vous aurez sur vous le plus joli *compte de retour*[1] que

___

[1] On doit dire ici, pour l'édification des lecteurs du *Prisme* qui ne sont pas initiés aux rubriques des affaires, ce qu'en banque on entend par *compte de retour*. Quand un banquier de province a reçu d'un de ses correspondants de Paris (*et vice versa*) une valeur qui n'a pas été

vous ayiez jamais vu. Cent cinquante francs de frais environ ! c'est soigné ! A combien me le prenez-vous ?—Vous savez; cette place se fait difficilement ces jours-ci. Vous me donnerez *demi pour cent.*—Ah ! vous voulez tout pour vous ! A *un quart,* je vous le laisse. » Et, comme il arrive toujours dans ces sortes de différends, chacune des parties fait la moitié du chemin à la rencontre de l'autre, et on tombe d'accord à *trois huit.* Puis la conversation continue à vaguer sur différentes choses, tandis que M. Dufuret referme son portefeuille, et le remet dans sa poche de derrière. « Avez-vous l'appoint? » interrompt tout à coup M. Rémond. C'est que tout en causant il a calculé ce que font les cinq mille francs à six pour cent pendant soixante jours, et à trois huit de change de place. « Combien ? demande le courtier. — Soixante-huit soixante-quinze », répond le banquier; et il sort de sa caisse cinq billets de mille francs que M. Dufuret met cette fois dans sa poche de devant, et contre lesquels il donne à M. Rémond l'appoint demandé. « C'est tout ce que vous me donnez? ajoute ce dernier; je ne viderai pas votre portefeuille aujourd'hui. — Vous êtes trop dur pour le pauvre monde, reprend l'autre d'un ton moitié convaincu, moitié souriant; il me faut mon *huit* sur tout cela, et j'en ai le placement assuré. » Et comme il a vu que d'autres clients attendaient, et plus encore parce que lui-même attend ou est attendu quelque part, le courtier Dufuret se lève : « Au revoir, monsieur Rémond, à une autre fois. » Il prend familièrement la main du banquier, et une prise dans la tabatière d'or posée sur le bureau, et s'en va.

Pendant que nous parlons encore de ce dernier visiteur, et que le patron encaisse ses soixante-huit soixante-quinze, il serait peut-être opportun de dire deux mots sur la nature des opérations du courtier. Le courtier est un des intermédiaires les plus actifs dont nous avons parlé dans notre comparaison du commencement. Il sert de liaison entre les derniers échelons de la classe travailleuse et les escompteurs de la classe élevée, que l'on désigne indifféremment sous le nom de banquiers, comme je l'ai fait moi-même pour M. Rémond. Il court, il trotte, il ramasse un tas de papiers, de valeurs, auxquels il met son endos, et qui par là deviennent bons pour le banquier, qui ne les prendrait pas sans cette garantie. Nécessairement, à ce métier, il faut qu'il gagne, et d'ordinaire le taux du courtier est assez élevé. Il prend le plus cher qu'il peut à ses clients, et donne à ses preneurs le moins possible. C'est la différence de ces deux prix qui constitue tout son avoir. Le courtier ne travaille pas avec ses fonds : souvent il en a peu; mais il bénéficie sur le mouvement qu'il donne aux fonds des autres. Par ce moyen, il n'est pas rare de voir un courtier faire pour cent, deux cent, ou même trois cent mille francs d'affaires par mois, et n'avoir à lui que vingt, vingt-cinq, ou trente mille francs au plus. Vous voyez que sa signature ne représente pas toujours une valeur pécuniaire. Mais le tact et l'habitude qu'il apporte dans ses choix de valeurs font qu'en affaires on ne court pas plus de chances avec lui qu'avec d'autres, qui souvent en imposent bien davantage.

La caisse de M. Rémond est fermée, et il s'est remis à son travail. Entre une troisième personne; elle est étrangère, a l'allure timide, et s'avance en faisant force saluts :

<hr />

payée à son échéance, il la lui *retourne* (renvoie). Mais en la lui retournant il a bien soin d'y ajouter le plus qu'il peut une kyrielle de petits frais accessoires, tels que courtage, certificat, timbre, commission, ports de lettres, etc., le tout non compris le profit et l'enregistrement, le tout proportionné au capital de l'effet impayé, et le tout n'ayant pas été le moins du monde déboursé par le banquier. C'est un impôt prélevé sur les mauvais payeurs, et que la loi tolère. Dès lors il n'y a rien à dire. — Vous comprenez maintenant pourquoi le courtier Dufuret appelle *nanan* le compte de retour qui peut être fait à M. Rémond pour ses cinq mille francs sur Bordeaux ?

«M. Rémond, s'il vous plaît? — Monsieur, c'est moi-même. — Monsieur, continue le nouveau personnage, comme je sais que vous prenez du papier, je prends... la liberté... de... vous en présenter.» Et il sort de la poche de son gilet deux ou trois effets pliés, fripés, salis, qu'il étale aux yeux du banquier, dont le regard est ailleurs ; car il a considéré l'individu pendant sa phrase à réticences, et il lui demande aussitôt : « De la part de qui venez-vous, monsieur? » A cette question il y a toujours plusieurs réponses prêtes, mais toutes plus ou moins embarrassées. Ou l'on a vu le nom du banquier dans l'*Almanach du commerce,* ce qui, vous le pensez bien, n'est pas suffisamment recommandable ; ou l'on a eu l'honneur d'être... protesté par M. Rémond, ce qui recommande le client surnuméraire d'une manière encore un peu plus faible que la première raison. C'est cette première que notre individu a donnée. «Monsieur, lui répond le patron, sans avoir seulement daigné regarder ses valeurs, je n'ai l'habitude de prendre du papier qu'aux personnes que je connais. — Mais, monsieur, celui-ci est très-bon, je vous assure ; gardez-le, du reste, un jour ou deux ; vous prendrez des renseignements... — Monsieur, j'en ai suffisamment comme cela.» Et M. Rémond pivote sur son talon, et s'assied dans son fauteuil, en tournant le dos au solliciteur, qui sort désappointé, et d'un air plus boudeur, mais aussi plus gauche encore que lorsqu'il est entré.

Ce troisième genre de clients est d'ordinaire très-peu agréable au banquier. Ce sont presque toujours des gens à la conscience élastique ou usée, et qui ne s'effrayent pas trop d'une excursion dans le domaine de la ruse ou de la friponnerie. Ils arrivent à vous avec des valeurs de contrebande, souscrites par des personnes insolvables, des compères, ou même des hommes (il n'y en a que trop, de ceux-là, les misérables!) qui, pour une pièce de cent sous, vont vous signer un billet de cinq cents, de mille et de deux mille francs, d'une signature fictive, d'un nom en l'air, et dont le maître n'existe pas, et qui, après tout, ne peut guère valoir moins que s'ils le signaient de leur nom véritable. Vous concevez que le banquier, pris peut-être une fois à ce piége, doit être désormais sur ses gardes. Et il se trame journellement contre lui, ce grand propriétaire d'argent, des fraudes et des improbités semblables, les unes moins ouvertement indélicates, les autres plus audacieuses ou plus inattendues... Vous voyez, comme je vous le disais au commencement, que les grands ne mangent pas toujours les petits, et que je vous retourne la médaille du bon et du mauvais côté. Quand un fripon vient lui faire escompter un billet mauvais ou faux, et lui vole conséquemment ses espèces, reprocherez-vous au banquier de prendre quelques commissions, quelques changes de place qui récompensent, en petit, et jour par jour, ce qu'on vient de lui prendre en cinq minutes? Toute brèche, en commerce, doit se boucher. Citez-moi un métier où cela ne se fasse pas, et je vous accorde tout ce que vous voudrez.

Mais n'oublions pas que nous sommes encore dans le cabinet de M. Rémond. Maintenant arrivent ensemble, ou à peu de distance les uns des autres, des clients de moindre importance : des fabricants qui ont besoin d'argent pour la paye de leurs ouvriers ; des ouvriers même qui ont à faire quelques légers payements de fournitures ; des épiciers, de petits libraires, des marchands, etc., qui viennent demander, pour le lendemain ou le surlendemain, les uns trois cents, les autres cinq cents, les autres mille francs, et qui déposent à l'avance les modestes valeurs dont ils ont composé leurs bordereaux : valeurs sur Paris, valeurs sur la province, valeurs à courte ou à longue échéance, ils apportent tout ce qu'ils ont, et sortent très-contents d'avoir pu avec cela obtenir une promesse d'argent.

C'est parmi les valeurs apportées par ces gens-là qu'il ferait beau regarder un peu le pittoresque de la chose. Il y en a quelques-unes qui sont si risibles ! des billets confectionnés par des Allemands, des épiciers, des bottiers, des marchands de cuirs, etc. etc., et qui trahissent, sans laisser le moindre doute, les mains habiles d'où ils émanent. Un, entre autres, m'est toujours resté présent à la mémoire. Il était fils d'un père tudesque; jamais plume d'oie française n'avait eu à subir une profanation pareille. En voici la reproduction :

Paris ceu 10 janvier 18..

BON POUR 153-25.

Eau qinzs maye procheins j'épayerret allorde M^r ..... la some deu censin qantretroi frans vaigte sinque sentime, valleure recut anmarchendisse, que je luie doit.

KR.....

Marechan taileure,

Rut sin taunau rait, nº ...

C'est d'une vigoureuse contexture, et le *que je luie doit* de la fin est joli!—Sur d'autres, dont le corps de billet est écrit de la main du créancier, vous voyez la signature du débiteur précédée d'une acceptation stipulée ainsi : *Acpeté, axetté, assept, aquecepét,* et autres variantes du même mot, toutes aussi et plus inconcevables les unes que les autres. Et tout cela n'est rien à dire; il faudrait voir les autographes.

Eh bien ! c'est de cet amas de valeurs que le banquier va s'emparer. Voilà sa marchandise; pour lui, c'est de l'argent : il n'a plus qu'à les faire manœuvrer. Pour cela il les griffe, endosse, et enregistre (le banquier entend aussi la publicité et la renommée à sa manière, et il se mire dans son nom, qu'il imprime sur chacun de ses bouts de papier); il sépare le Paris de la province, et prenant ses deux portefeuilles *ad hoc,* il les y classe mois par mois et échéances par échéances. Ensuite il ouvre un tarif sur lequel sont cotés tous les prix de ses correspondants de province, et leur prépare des lots de valeurs suivant le meilleur marché de chacun. Les choix terminés, les commis enregistrent encore chaque effet aux comptes-courants respectifs, font les lettres . que le patron signe, ferment, cachettent et courent à la poste. C'est là de l'argent expédié en province. Les correspondants qui reçoivent ces valeurs ont dans leur portefeuille du papier sur Paris, qu'ils envoient en réponse. Le banquier dépêche ses garçons de recette, et voilà son argent rentré, le tout avec les bénéfices palpés sur chacune de ces opérations. Cet argent rentré sert à reprendre d'autres valeurs, qui ramènent d'autre argent, et toujours comme cela : c'est une navette continuelle, une roue qui tourne, un renouvellement de tous les jours. Et vous comprenez que, si minimes qu'ils soient, des bénéfices renouvelés si fréquemment doivent finir par s'élever à un certain chiffre.

Pour la négociation de son papier long sur Paris, le banquier a un compte courant ouvert à la banque de France. La Banque, c'est le grand banquier, le grand escompteur. Elle répète, sur une échelle immense, ce que chacun des petits fait chez soi. C'est un océan où se jettent tous les fleuves. Et il n'y a pas à dire que personne le dédaigne et s'en passe; elle est indispensable à tous ceux qui négocient, depuis Laffitte, qui y met par centaines de mille francs, jusqu'au modeste courtier, qui y l asarde quatre ou cinq billets de mille. La Banque prend à quatre pour cent les valeurs que chaque négociant, escompteur ou banquier prend à cinq, ou à six, ou à etc. etc. etc. pour cent ; de sorte que, dans un jour, on peut encore réaliser un autre bénéfice de un ou deux pour cent, outre la commission prélevée en dehors du taux, comme un accessoire supplémentaire qui vient rémunérer les soins du banquier.

La commission modeste peut être tolérée partout sans la moindre récrimination ; elle est due parfois, et il faut bien céder quelque chose. Mais, il est tels banquiers, qui seraient désolés de passer pour juifs, qui ne sont effrayés que du nom, et qui pratiquent parfaitement bien la chose. La commission, pour eux, est un accommodement avec leur conscience ; c'est leur hypocrisie : ils ne prennent que six pour cent, disent-ils ; mais ce qu'ils ne disent pas, c'est qu'à ces six pour cent ils ajoutent une commission si bien calculée, mitigée et voilée, que, sans qu'on s'en doute, l'intérêt double, et arrive, en conséquence, à douze et quelquefois à quinze pour cent ! On ne saurait, de plus, se faire une idée du machiavélisme qui entre dans leur manière de disposer un chiffre, de faire volontairement une erreur d'addition, de forcer les centimes, etc. etc. : c'est un dédale, un crypte d'où l'on ne sort que quand on est ferré à glace sur l'article.—C'est là cependant l'honnêteté et la droiture de plusieurs d'entre les banquiers. Mais hâtons-nous de dire, pour la justification des masses, que ce n'est peut-être pas le plus grand nombre, et que parmi eux l'on se plaît à rencontrer (de loin en loin) quelques franches et honorables exceptions. J'en sais un qui fait son métier, métier si difficile pour une loyale conscience, et qui le fait avec une probité paternelle et toute patriarcale. Aussi ses clients l'aiment, et causent avec lui, non pas comme avec leur *sangsue*, ni leur *grippe-sou*, mais comme avec un homme bienveillant, qui n'oublie pas leurs intérêts tout en faisant ses affaires.

Cette digression nous a éloignés un peu des autres maisons où le banquier écoule son papier sur Paris. Ces maisons, qui font, avec de moindres proportions, ce que la Banque fait en reine de l'argent, sont les Rothschild, les Laffitte, et autres venant en ligne immédiate après ces noms riches et connus de tous. Mais, comme nous avions seulement à les indiquer, attendu qu'ils sont les doublures de la Banque, et que nous aurions eu à répéter pour eux ce que nous avons dit pour elle, nous passons outre, maintenant que notre omission est réparée.

Aussi bien il est temps de dire adieu à ce pauvre M. Rémond, que nous avons laissé dans son cabinet, et qui, pendant notre bavardage, a supputé tous les gains de sa journée, et préparé son bordereau pour la Banque, et ses remises pour ses correspondants de province. Le premier s'en va rue de la Vrillière, et les autres iront rue Jean-Jacques-Rousseau. Ne vous semble-t-il pas, maintenant que vous débrouillez mieux les fils de ses opérations, qu'il y a quelque chose d'assez grand à envisager dans cette promptitude à réaliser des sommes importantes, et sur des points très-éloignés? Vous avez là, devant vous, quarante, cinquante mille francs de valeurs sur Lyon, Marseille, Bordeaux, Toulon, Rouen, Saint-Quentin, Le Havre, etc. etc., et la plupart ayant deux ou trois mois à courir avant d'échoir ; et dans huit jours au plus, sans sortir de votre bureau, vous avez dans votre caisse vos quarante, cinquante mille francs réalisés en espèces sonnantes ! C'est beau ! c'est un joli coup de baguette, que celui qui lance et disperse dans tous les sens, sur toutes les routes, ces lettres commerciales, comme autant de bombes renfermant des valeurs ! C'est une agréable ramification à suivre, que celle qui part de Paris, le grand foyer, le grand centre, pour atteindre, embrasser, circonscrire tous les points, je ne dirai pas de la France, mais du monde entier ! — Vous voyez qu'il y a moyen de trouver de la poésie partout.

Ce serait un grand malheur, par ma foi, de n'en pas trouver une parcelle dans l'industrie de ces riches, que je serais tenté de prendre pour des alchimistes du moyen âge, s'ils ne l'emportaient sur ces derniers dans leur habileté à découvrir la pierre philosophale. Oui, ils la découvrent! oui, ils font du précieux métal...! à moins cependant que cette comparaison ne soit chez moi une sottise, et ne se ressente de la logique imperturbable de la *cuisinière bourgeoise,* qui vous dit : *Pour faire un civet de lièvre, prenez un lièvre.* Si par hasard il fallait dire aussi : *Pour faire de l'or, prenez de l'or,* cela pourrait s'adresser aux banquiers, car ils en ont pour en prendre ; tandis que les pauvres souffleurs de fourneaux alchimiques n'en avaient guère, hélas ! — C'est bien probablement pourquoi ils n'en trouvaient pas.

Et c'est aussi pourquoi bon nombre d'entre nous s'en passeront longtemps... moi le premier, surtout si, au lieu de donner cet article, je m'amuse à bavarder et flâner, comme je le fais depuis un moment. Il y a un mois qu'il devrait être rendu : j'ai perdu trente jours d'intérêt sur le prix qu'il me sera payé. Un banquier aurait-il fait cela...? On voit bien que je ne suis pas banquier [1] !

F. FERTIAULT.

---

[1] Je n'ai prétendu parler ici ni des boursiers (l'agent de change a été fait), ni des prêteurs à la petite semaine (l'usurier promène son titre dans les livraisons des *Français*), ni de ces autres juifs qui peuplent Clichy de fils de familles et de jeunes étourdis ; je n'ai rien voulu dire non plus de ceux qui, sur un billet qu'ils escomptent, en retiennent la moitié pour leur prêt... Quoi que j'aie pu dire des banquiers, il y a loin d'eux à ces dernières gens, et des détails sur leur *honnête* conscience ne pouvaient trouver place sous le titre de cet article.

TABLE DES MATIÈRES.

www.ingramcontent.com/pod-product-compliance
Lightning Source LLC
Chambersburg PA
CBHW061037030726
47504CB00002B/406